U0746894

清詩話全编

康熙期五

張寅彭 編纂
楊 焄 點校

上海古籍出版社

第六册目次

歷代詩話卷五十　庚集五

壽谿　吴景旭旦生氏著

唐詩 卷中之中

登第

《唐宋遺史》曰：「孟東野有《下第》詩：『棄置復棄置，情如刀劍傷。』又《再下第》詩：『兩度長安陌，空將淚見花。』其後登第，則志氣充溢，一日之間，花皆看盡。進取得失，蓋亦常事，而東野器宇不宏，至於如此，何其鄙耶！」

吴旦生曰：東野調溧陽尉，地有投金瀨。林間水際，徘徊賦詠，曹務多廢。至遣假尉代之，而分其半俸。嘗作詩云：「借車載家具，家具少於車。借車莫彈指，貧窮何足嗟。」此其蕭條高寄，類有道者之所爲。退之《薦士》詩云：「有窮者孟郊，受材實桀驁。冥觀洞古今，象外逐幽好。」蓋許之深矣。何一登第即云：「春風得意馬蹄疾，一日看盡長安花。」致小蘇輩譏其工於爲詩，陋於聞道也。

《林下偶談》載東野墓誌云：「年幾五十，始以尊夫人之命來集京師，從進士試，既得即去。」

史云：「年五十得進士第。」樊汝霖云：「時郊年五十四。」三説不同。按《唐登科記》：郊登第在貞元十二年李程榜。又按墓誌：郊死於元和九年，年六十四。自元和元年逆數而上，至貞元十二年，凡十九年矣。郊登第當是四十六。又退之《薦士》詩：「酸寒溧陽尉，五十幾何耄。」蓋郊登第四年方調溧陽尉也。誌謂之「幾五十」，是矣。史與樊説失之。然郊集中有《落第》詩、《再下第》詩，又有《下第東南行》及《下第東歸留別長安知己》等詩，則郊前此嘗累舉京師矣。今誌謂之「年歲五十，始以尊夫人之命來集京師」，又何也？

白打

陶南村曰：「予在蜀見東坡手書一幅曰：『黄幡綽告明皇，求作白打，此亦快人意哉。』味東坡語，似以『白打』爲搏擊之意，然王建《宫詞》云：『寒食内人長白打，庫中先散與金錢。』則『白打』似博戲耳。不知公意果何如？」

吴旦生曰：此以「白打」爲戲，因戲分錢。即觀韋莊詩：「内官初賜清明火，上相閒分白打錢。」其義自明。按《齊雲論》云：「白打，蹴鞠戲也。兩人對踢爲白打，三人角踢爲官場。」劉向《别録》云：「蹴鞠，黄帝所造，本兵勢也。或云起於戰國。」徐堅云：「鞠即毬字。」《霍去病傳》：「穿域蹋鞠。」顔師古《注》云：「以皮爲之，實以毛，蹵蹋爲戲也。」《初學記》作「蹵躩」。焦弱侯云：「以鞠从足作踘，皆一時趁筆之誤。」《唐書音訓》云：「古者以毛實皮，蹙而不擊。後世以杖擊丸，或於驢馬之上。當言毬，不當言鞠也。」《劉貢父詩話》：「歸氏子弟嘲皮日休曰：『八片尖皮砌作毬，火中燂了水中揉。一包閑氣如常在，惹踢招拳卒未休。』今柳三復能之，述曰：『背裝花屈口勿反膝，白打大蹝斯。進前行兩步，蹺後立多時。』柳欲見晉公無由，會公蹴毬後園，偶迸出，柳挾取之，因懷所業，戴毬以見。公出，再拜者三。每拜，毬起復於背膂、幞頭間。公笑而奇之，遂延門下。」

池錦

王建《宫詞》：「如今池底休鋪錦，菱角雞頭積漸多。」

吴旦生曰：《西清詩話》引文宗論德宗奢靡云：「聞得禁中老宫人，每飲流泉，先於池底鋪錦。」《王氏談録》言：「此即文宗對李石云云。問之舊宫人，無此事。」余按：鄭嵎詩世不傳，自曾子固言之，方知其《津陽門》詩皆以韵語紀時事也。其敘賜浴云：「暖山度獵東風微，宫娃賜浴長湯池。刻成玉蓮噴香液，漱回煙浪深逶迤。犀屏象薦雜羅列，錦鳧繡雁相追隨。」自注云：「與王建『池底鋪錦』事相合。」蓋子固稱嵎詩與樂天《長恨》、微之《連昌》並列，其紀事自確。則李石《承詔録》與王建《宫詞》皆摭實也。

輕容

王建《宫詞》云：「嫌羅不著愛輕容。」

吴旦生曰：《齊東野語》：「紗之至輕者曰輕容。」《唐類苑》云：「輕容，無花薄紗也。」《元豐九域志》云：「越州歲貢輕容紗五匹。」元微之寄樂天白輕褣，樂天製以爲衣，有《詠輕褣》詩云：「袴花白似秋雲薄，衫色青於春草濃。」而「褣」字俗本改爲「鏞」，又作「庯」、「榕」，皆誤。又《方物考》云：「緜州巴西縣紗子一匹重二兩，婦人以爲暑服。」李長吉詩：「蜀煙飛重錦，峽雨濺輕容。」

玉蘂花

《高齋詩話》曰：「王建《唐昌觀玉蘂花》詩：『一樹瓏鬆玉刻成，飄廊點地色輕輕。女冠夜覓香來處，惟見階前碎月明。』今瑒花即玉蘂花也。王介甫以之比瑒。蓋瑒，玉名，取其白耳。黄魯直又更其名爲山礬，謂可以染也。廬陵段謙叔，多聞士也。其家所藏異書古刻至多，而楊汝士《與白二十二帖》云：『唐昌玉蘂，以少故貴。自來江南，山山有之。土人取以供染事，不甚惜也。』則知瑒花之爲玉蘂無疑矣。傅子容見此帖，乃作絶句云：『比瑒更礬總未佳，要須博物似張華。因觀異代前賢帖，知是唐昌玉蘂花。』」

吴旦生曰：《韵語陽秋》云：「江南野中有小白花木，高數尺，春開極香，土人呼爲瑒花。瑒，玉名，取其白也。」魯直云：「荆公欲作詩而陋其名，予請名曰山礬。野人取其葉以染黄，不借礬而成色，故以名爾。常有絶句云『高節亭邊竹已空，山礬獨自倚春風』是也。」近見《高齋詩話》云：「此花即玉蘂花。」予恐未必然爾。玉蘂，佳名也。此花自唐流傳至今，當以玉蘂得名，不應捨玉蘂而呼瑒，魯直亦不應捨玉蘂而名山礬也。瓊花惟揚州后土祠中有之，其他皆聚八仙，近似而非也。鮮于子俊詩云：「百蕅天下多，瓊花天上希。結根託靈祠，地著不可移。八蓓冠群芳，一株攢萬枝。」而《春明退朝録》乃云：「瓊花一名玉蘂。」按：唐昌觀有玉蘂，王建所謂「女冠夜覓香來處，惟有階前碎月明」是也；長安觀亦有玉蘂，劉禹錫所謂「玉女來看玉樹花，異香先引七香車」是也；唐内苑亦有玉蘂，李德裕與沈傅師草詔之夕，屢同賞翫，故德裕詩云「玉蘂天中木，金閨昔共窺」，而傅師和云「曾對金鑾直，同依玉樹陰」是也；招隱山亦有玉蘂，李德裕所謂「吴人初不識，因予賞翫，乃得此名」是也。由是論之，則玉蘂花豈一處有哉？其非瓊花明矣！東坡《瑞香詞》有「后土祠中玉蘂」之句，非謂玉蘂花，止謂瓊花如玉蘂之白爾。

楊升庵據宋傅子容之詩，謂：「瓊花，玉蘂。魯直名以山礬，即今之栀子花。佛經名薝蔔花。」胡元瑞謂：「四種迥異，升庵合而一之，大爲孟浪。」因考《合璧事類》所辨四花形色，並録於此。論瓊花云：「瓊花天下無雙，惟揚州后土祠一株耳。世傳此花乃唐人所植，樹大而花繁，清馥異常，潔白可愛，獨殿春芳，冠絶群品，唐賢多題詠之。昨因紹興辛巳之變，或謂今所存者非其舊。使非老道士唐大寧者力言其不然，鮮不以八仙名之矣。蓋此花雖遭狼籍，然其盤根非他所比，似有神物爲之遮護。不然，靈苗不絶，生意復回，既翦而終盛，孰使之然哉？」論玉蘂云：「玉蘂花所傳不一，以爲瑒花、瓊花、山礬，有以爲米囊者，其説皆非也。蓋此花條蔓而生，狀如荼蘼，柘葉紫莖，冬凋春茂。花鬚出殆如冰絲上綴金粟，花心復有碧筩，髣髴膽瓶。其中别抽一英，出衆鬚上，散爲十餘蘂，猶刻玉然。名爲玉蘂，乃在於此，群芳所未有也。」論山礬云：「山礬花俗名椗花，木高數尺，枝肥葉密，淩冬不凋。花白，未開時木犀相似，及開差大，香絶濃，號七里香。尋常山林間多有之。又有千葉者。」按：「椗」即「瑒」，音相近也。論薝蔔云：「薝蔔花一名梔子花，樹高二三尺，葉厚深緑，如兔耳，或似柳而短。凡草木花皆五出，惟此花六出。色白，中心黄。春末抽蕤，夏初結花。又一種，樹高五六尺許，花葉皆差大。謝靈運目爲林蘭，并筆之。」「薝」音膽。

鏡聽

《韵語陽秋》曰：「凡物皆可占，非特蓍龜也。市中亦有聽聲而知禍福者，莫知其所自。觀王建有《鏡聽詞》云：『重重摩挲嫁時鏡，夫壻遠行憑鏡聽。』豈今聽聲之類耶？《大涅槃經》云：『不以瓜鏡、芝草、楊枝、鉢盂、髑髏而作卜筮。』則鏡能占卜，信矣。」

吴旦生曰：鏡聽之法，即《月令廣義》所言「響卜」也。顧元慶謂：「懷鏡於通衢間，聽往來之言，以占休咎。近世人懷杓以聽，亦猶是也。又有無所懷，直以耳聽之者，謂之響卜，蓋以有心聽無心耳。」余觀李廓亦有《鏡聽詞》云：「匣中取鏡祠竈王。」蓋聽者必先竈前跪拜。按《鬼谷子卜竈法》云：「元旦之夕，汎埽爨室，置香鐙於竈門。注水滿鐺，置杓於水，虔禮拜祝，撥杓使旋。隨柄所指之方，抱鏡出門，密聽人言，第一句即是卜者之兆。如有同卜者，以鏡遞執，即是彼兆。三人、五人，皆傳鏡爲主。宜夜静卜之。」

《吕氏春秋》云：「正月元旦，聽都邑人民之聲：聲宫則歲善吉，商則有兵，徵旱，羽水，角歲惡。」《管子》云：「凡聽徵，如負豬豕覺而駭；凡聽羽，如鳴馬在野；凡聽宫，如牛鳴窌中；凡聽商，如離群羊；凡聽角，如雉登木以鳴，音凄以清。」《注》云：「此言呼以聽土地之音，非謂他音皆然也。人之土聲合乎五音，聽其首聲，協而詳之也。」

紅絲硯

《西谿叢語》曰：「王建《宫辭》：『延英引對緑衣郎，紅硯宣毫各别牀。天子下簾親自問，宫人手裹過茶湯。』恐是用紅絲研，江南李氏時猶重之。歐公《研譜》以青州紅絲石爲第一，此研多滑，不受墨。若受墨，妙不可加。王建集中有作『工研』，又作『洪研』，皆非也。」

吴旦生曰：《説文》：「硯，石滑也。」《長箋》云：「訓滑何？滑訓利，利猶厲也。與研摩同義，故曰石滑也。」世但解堅澤爲滑，則不可通矣。通謂研爲硯，墨盂也。高者曰臺，穹者曰瓦。青州紅絲石一，洮河石二，端谿石三，歙州石四，礶䂬石五，皆石也，有玉，有金，有磁，有漆，其類不一。石其常也，故从石。古但作研。又蘇易簡作《文房四譜》，硯爲首。以青州紅絲石爲一，斧柯山第二，龍尾石第三，餘皆在中、下。雖銅雀臺古瓦硯，列於下品，特存古物耳。《東觀録》云：「紅絲石出於青州黑山。其理紅黄相參，二色皆不甚深，理黄者其絲紅，理紅者其絲黄，其紋上下通徹匀布。漬之以水，則有滋液出於其間。以手磨拭之，久而粘著如膏。若覆之以匣，至開時，數日墨色不乾。經夜即其氣上下蒸濡，著於匣中，有如雨露。自得茲石，而端、歙之石皆置之中行，不復視矣。」《研譜》云：「紅絲石研者，須飲以水使足，乃可用。不然，渴燥甚。」唐彦猷云：「此研發墨不減於端石也。」東坡云：「彦猷以青州紅絲石爲甲。或謂惟堪作骰盆，蓋亦不見佳者。今觀雲菴所藏，乃知前人不妄許爾。」

一百六

元微之《連昌宫詞》云：「初過寒食一百六，店舍無煙宫樹緑。自注云：唐時京城寒食火禁極嚴，以雞羽入灰，有焦者皆罪之。念奴覓得又連催，特敕宫中許然燭。」

吴旦生曰：《容齋四筆》謂：「寒食爲一百五者，自冬至之後至清明，歷節氣六，凡爲一百七日，而先兩日爲寒食，故云。他節不然也。杜老有《鄜州一百五日夜對月》一篇，江西宗派詩云『一百五日足風雨』、『一百五日寒食雨』之類是也。」《文獻通考》云：「京師以冬至後一百五日爲大寒食。」《鄴中記》云：「冬至一百五日爲介子推冷食，作乾粥食之，即今麥糕也。」趙嘏《寒食》詩：「一百五日家未歸。」崔魯《春日即事》詩：「一百五日又欲來。」據此則詩人例以百五日爲寒食矣。今微之詞意，謂在清明前、寒食後，店舍已無煙，而宫中然燭，乃一時之權宜耳。然獨云「一百六」者何？按《荆楚歲時記》云：「去冬至一百五日，即有疾風甚雨。」王君玉詩：「疾風甚雨青春老。」又云：「據曆合在清明前二日，亦有去冬至一百六者。」余因攷之，自後漢周舉定爲三日之禁，至唐時盛興之，遂於寒食斷火三日，謂去冬至一百四日、五日、六日也。故或云「一百五」，或云「一百六」，其義一也。《丹陽記》謂：「自冬至至清明凡七氣，至寒食止一百三日，蓋曆家以餘分演之爾。」

雲騅叱撥

元微之詩：「登山縱似望雲騅，平地須饒紅叱撥。」

吴旦生曰：《長慶集》此歌自序云：「德宗皇帝以八馬幸蜀，七馬道斃，唯望雲騅來往不頓。貞元中，老死天廄。臣積作歌以記之。」余按：八馬幸蜀，玄宗事也。其七斃於棧道，雲騅獨存。

而德宗幸梁，亦充御馬。《國史補》云：「德宗幸梁，馬號望雲騅。駕還，飼以一品料。暇日牽而視之，至必長鳴四顧，若感恩狀。後老死飛龍廄中，貴戚畫爲圖。」則謂德宗以八馬幸蜀，過矣。

李方舟《博物志》云：「天寶中，大宛進汗血馬六匹：一曰紅叱撥，二曰紫叱撥，三曰青叱撥，四曰黄叱撥，五曰丁香叱撥，六曰桃花叱撥。上乃製名曰紅玉輦，曰紫玉輦，曰平山輦，曰淩雲輦，曰飛香輦，曰百花輦。後幸蜀，遂以平山、淩雲爲讖。」宋群牧判官王明上《群牧故事》云：「叱撥之别有八：曰紅耳叱撥，曰鴛鴦叱撥，曰桃花叱撥，曰丁香叱撥，曰青叱撥，曰騮叱撥，曰紫騮叱撥，曰榆叱撥。」又云：「北方馬以叱撥爲上。」

白樸

元微之詩：「白樸流傳用轉新。」

吴旦生曰：注言：「樂天於翰林中專取書詔批答詞，撰爲矜式，禁中號爲『白樸』。每新入學，求訪寶重，過於六典。」王勉夫嘗檢《唐藝文志》及《崇文總目》無聞，訪此書不獲。適有以一編求售，號曰「制樸」。開帙覽之，即微之所謂「白樸」者是也。爲卷上、中、下三，上卷文武階勳等，中卷制頭、制肩、制腹、制腰、制尾，下卷將、相、刺史、節度之類。此蓋樂天取當時制文，編類以規後學者。

菖蒲花

元微之《寄贈薛濤》詩：「別後相思隔煙水，菖蒲花發五雲高。」吴旦生曰：微之出使西蜀，知營妓薛濤有辭辨。嚴綬遣濤往侍。後登翰林，濤獻松花紙百幅。微之就於所獻紙寄贈一篇。濤嘗好種菖蒲，故有是句。按《本草》：「菖蒲無花實，有爲瑞。」故古詩：「菖蒲花可憐，聞名未相識。」張籍詩：「深恩已去若再返，菖蒲花開月長滿。」《南史》：「張后方孕，見庭中菖蒲花開，光采非常。后曰：『嘗聞見蒲花者心貴。』因取吞之，遂生梁武帝。」故李長吉詩：「風采出蕭家，本是菖蒲花。」

《繼古叢編》云：「周益公校正《文苑英華》，序以『堯韭』對『舜華』。非《本草》注，安知其爲菖蒲？」按梁元帝《玄覽賦》：「金鹽玉豉，堯韭舜華。」梁太子《賚河南菜啓》：「堯韭未儔，姬歜非喻。」《典術》曰：「堯之仁，天星降精於庭，感百陰爲菖蒲焉。」

紫微

白樂天《入直西省》詩：「絲綸閣下文章静，鐘鼓樓中刻漏長。坐到黄昏誰是伴，紫薇花對紫薇郎。」

吴旦生曰：《天文志》：「紫微，大帝之座，天子之常居也。」與花何涉？唐中書省植紫薇花，後世舍人院紫微閣前輒植此花，雖循唐故事，要亦何義？後余見《海録碎事》云：「開元元年，改中書省爲紫微省，改中書令爲紫微令。」則樂天入直西省所稱「紫薇郎」指此耳。「薇」當作「微」。蓋樂天性愛此花，有《紫薇花》詩云：「除卻微之見應愛，世間少有别花人。」又宋時府治虚白堂前有紫薇花兩株，相傳樂天所植。子瞻守郡時，神宗書樂天《紫薇花》詩以賜之。或植或詠，其性然也。舍人院亦重其人，植其花。謂即此是故實，可也。《堯山堂外紀》云：「范屏麓爲國子時，赴京鄉試。卧舟中，夢入廣寒宫，嫦娥千百輩，齊聲歌樂天此詩。是科果成殿元。續娶吴夫人，小字紫薇。」蓋屏麓居胄山，距余前谿十餘里。特搆紫薇樓，規制宏麗，亦取此兆耳。余猶及見之。

《韵語陽秋》云：「樂天又詩：『紫薇花對紫薇翁。』則此花之珍豔可知矣。爪其本則枝葉俱動，俗謂之不耐癢花。自五月開，至九月尚爛熳。俗又謂之百日紅。」梅聖俞《贈韓子華》詩：「薄膚癢不勝輕爪，嫩幹生宜近禁廬。」又《贈王景彝》詩：「薄薄嫩膚搔鳥爪，離離碎葉翦城霞。」皆著不耐癢事。胡文恭詩：「雅當翻藥地，繁近曝衣天。」《注》云：「花至七夕猶繁。」似有百日紅之意。

瑟瑟

白樂天《琵琶行》：「楓葉荻花秋瑟瑟。」

楊升庵曰：「楓葉紅，荻花白，映秋色碧也。『瑟瑟』，珍寶名，其色碧，故以『瑟瑟』影指『碧』字。讀者作蕭瑟解，非是。樂天又有《暮江曲》云：『一道殘陽照水中，半江瑟瑟半江紅。』此『瑟瑟』豈蕭瑟哉？正言殘陽照江，半紅半碧耳。」

吴旦生曰：《博雅》：「瑟瑟，碧珠也。」《杜陽雜編》：「有瑟瑟幕，其色輕明虚薄，無與爲比。」《唐語林》：「盧昂有瑟瑟枕，憲宗估其值，曰：『至寶無價。』」《水經注》：「水木明瑟。」韋莊詩：「留得貂頭瑟瑟波，潑成紙上猩猩色。」丁謂詩：「翠影疏疏渡，波光瑟瑟凝。」王周詩：「嘉陵江水色，一帶柔藍碧。天女瑟瑟衣，風梭晚來織。」林逋《詠茶》詩：「石碾輕飛瑟瑟塵。」魯交《野果》詩：「碧如瑟瑟紅靺鞨。」靺鞨，國名，古肅慎地也。産寶石，大如巨栗。中國謂之靺鞨。據此則升庵之説益信。迺陳晦伯以劉楨「瑟瑟谷中風」正之。蓋樂天詩言色，公幹詩言聲，用意各别，安得强證爲蕭瑟之瑟也？若盧照鄰《秋霖賦》：「風横天而瑟瑟，雲覆海而沈沈。」乃與公幹同意。

夭邪

楊升庵曰：「唐詩：『錢唐蘇小小，人道最夭邪。』又『長安女兒雙髻雅，隨風趁蝏學夭邪。』夭音歪。」田子藝曰：「夭作歪，非也。夭，少好貌，即妖也。邪，即歪也。葛魯卿詞：『人間花月見新妖，不數江南蘇小。』正謂此也。」

吳旦生曰：「錢唐」二句乃白樂天詩。「夭音歪」，樂天自注也。升庵《詞品》引張仲宗詞：「薄劣東風，夭斜柳絮。」又升庵詩：「桃根桃葉最夭斜。」皆據樂天所注以爲言也。余見《芥隱筆記》云：「樂天詩：『揚州蘇小小，人道是夭斜。』音伊邪反。」豈子藝有取於《芥隱》耶？然《芥隱》作「揚州」，恐誤。按樂天《杭州春望》詩：「濤聲夜入伍胥廟，柳色春藏蘇小家。」又《餘杭形勝》詩：「夢兒亭古傳名謝，教妓樓新道姓蘇。」則樂天稔知其爲錢唐妓也，應從錢唐爲是。郭茂倩《樂府解題》云：「小小，錢唐名倡，蓋南齊時人。西陵在錢唐江之西，故曰西陵松柏下。」按：小小墓一云江干，一云湖曲。張祜詩：「不知誰共穴，徒願結同心。」然不言何地也。《吳地記》云：「嘉興縣前有晉妓錢唐蘇小小墓。」徐凝詩：「嘉興郭裏逢寒食，落日家家拜掃回。只有縣前蘇小小，無人送與紙錢灰。」元張光弼詩：「香骨沈薶縣治前。」

藍尾

《碧谿詩話》曰：「樂天詩：『三杯藍尾酒，一楪膠牙餳。』觀《長慶集》此詩題云『七年元日對酒』，非鑽火時事也。東坡詩：『藍尾忽驚新火後，遨頭要及浣花前。』注引及白詩，非是。宋景文《守歲》云：『且盡鐙前藍尾杯。』」

吳旦生曰：《荆楚歲時記》：「膠牙者，蓋使其牢固不動。」此爲正旦故實，而藍尾詳攷之可不拘時用也。按：「藍」，一作「啉」。蘇鶚《衍義》云：「今人以酒巡帀爲啉尾，即再命其爵也。」南朝有異國進貢藍牛，其尾三丈。或云藍潁水其深三丈，時人取之以爲酒，今兩盞從其簡也。此皆非正。行酒巡帀即重其盞，蓋慰勞其得酒在後也。又啉云者，貪也，謂處於坐末，得酒最晚，腹癢於酒，既得酒巡帀，更貪婪之，故曰啉尾。啉字從口，此即侯白《酒律》所謂「酒巡帀，末坐者連飲三杯以慰之」之説也。按：「藍」又作「婪」。《説文》：「婪，貪也。杜林説：卜者黨相詐驗爲婪。盧含切。」《箋》云：「又作惏，音訓皆同。」《河東記》云：「申屠澄與路旁茅舍老父嫗及處女環火而坐，翁自外挈酒至曰：『以君冒寒，且進一杯。』澄因揖遜曰：『始自主人。』翁即巡，澄當婪尾。」蓋謂最後之杯也。宋景文詩：「稍倦持螯手，猶殘婪尾杯。」《古雋攷略》云：「《廣韵》：『飲酒半去半在曰闌。』當作『闌尾』。」《石林燕語》云：「或謂啉爲燷，如鐵入火，貴出其色。」此尤無稽矣。

侍姬

《本事詩》曰：「白尚書姬人樊素善歌，妓人小蠻善舞。嘗爲詩云：『櫻桃樊素口，楊柳小蠻腰。』年既高邁，而小蠻方豐豔，因爲楊柳之詞以託意云：『一樹春風萬萬枝，嫩於金色輭於絲。永豐坊裏東南角，盡日無人屬阿誰？』」

吴旦生曰：樂天嘗稱妓有樊素者，年二十餘，善唱《楊柳枝》，人多以曲名名之。一日將放去，因作詩自題曰：「不能忘情吟，且謂楊柳枝。」再拜長跪而致辭，辭曰：「素事主十年，凡三千有六百日。巾櫛之間，無違無失。」此東坡所謂「不似楊枝别樂天」也。洪景盧言：「白集中有詩云：『菱角執笙簧，谷兒抹琵琶。紅綃信手舞，紫綃隨意歌。』自注曰：『菱谷、紫紅皆小臧獲名。』」王勉夫又言：「妓不止此，觀劉夢得《贈小樊》詩云：『花面丫頭十三四，春來綽約向人時。終須買取名春草，處處將行步步隨。』又《同州與樂天詩》注云：『春草，白君之舞妓也。』白詩云：『小奴搥我足，小婢搥我背。』又不知『小奴』、『小婢』者是何名也？」白别有詩云：「小花蠻榼二三升。」曰：「還攜小蠻去，試覓老劉看。」此「小蠻」乃酒榼名耳。

三　花

白樂天詩：「舞衣裁四葉，馬鬣翦三花。」

吴旦生曰：《唐六典》：「外牧歲進良馬，印以三花飛鳳之字。」東坡《筆記》言：「李將軍思訓作《明皇摘瓜圖》，嘉陵山川，帝乘赤驃，起三騣，與諸王嬪御十數騎出飛仙嶺下。初見平陸，馬皆驚，而帝馬見小橋不進。」不知「三騣」謂何。今見岑參有《赤驃馬歌》云：「赤髯胡雛金翦刀，平時翦出三騣高。」乃知唐御馬多翦治，而「三騣」其飾也。《復齋漫録》乃引楊巨源《觀打毬》詩：「玉勒回時露赤汗，花騣分處拂紅纓。」嚴維作《敕賜寧王馬》詩：「鏡點黄金眼，花開白雪駿。」又見《名畫録》言：「開元、天寶世尚輕肥，多愛三花飾馬。」郭若虚藏韓幹畫《貴戚閲馬圖》中有三花馬，蘇大參家有韓幹畫三花御馬，晏元獻家有《虢國出行圖》，亦畫三花馬。蓋三花者，翦騣爲三辮耳。

楊升庵云：「唐詩：『朝騎五花馬。』又『五花馬、千金裘。』杜詩：『蕭蕭千里馬，箇箇五花文。』隋丹元子《步天歌》：『五箇花文。』以馬鬣翦爲五花或三花，皆象天文也。」

格　是

白樂天詩：「如今格是頭成雪，彈到天明亦任君。」

吴旦生曰：「格」、「隔」二字同義。《委巷叢談》云：「言已是如此曰『隔是』。」元微之詩：「隔是身如夢，頻來不爲名。」

鑿落琵琶

白樂天詩：「銀含鑿落盞，金屑琵琶槽。」

吴旦生曰：韓退之詩：「酡顔傾鑿落。」按《海録碎事》云：「蒼梧令金佐堯從賊，被黥面，嘗自稱金鑿絡。湘楚人以盞斝中鐫鏤金渡者爲金鑿絡。」又樂天《送春詞》：「銀不洛，從君勸。」「不洛」，酒器也。意「落」、「絡」、「洛」，古字通用。

張祜《琵琶》詩：「金屑檀槽玉腕明。」按《說文長箋》：「琵琶本作擘博戹切，搗也。靶博下切，攙擊也。」唐人多以「琵」作「必」音讀，如云「四絃不似琵琶聲」、「斷腸猶繫琵琶絃」、「忽聞水上琵琶聲」之類是也。楊廉夫詩：「東山宴上琵琶骨。」自注：「琵音弼。」樂天句當如此讀。

《古今樂録》云：「琵琶出於絃鞉。杜摯以爲秦末苦長城之役，百姓絃鞉而鼓之。」又，貞觀中裴洛兒彈琵琶，始廢撥用手，今所謂搊琵琶是也。《席上腐談》云：「王昭君琵琶壞，重造而其形小。昭君笑曰：『渾不似。』今訛爲『胡撥四』。即元史以爲『火不思』，亦訛。」

天地

《韵語陽秋》曰：「孟郊詩：『食薺腸亦苦，强歌聲無歡。出門即有礙，誰謂天地寬。』許渾詩：『萬里碧波魚戀釣，九重青漢鶴愁籠。』皆是窮蹙之語。白樂天詩：『無事日月長，不羈天地闊。』與二子殆霄壤矣。」

吴旦生曰：同一天地也，樂天以不羈便道闊，東野以有礙便不道寬。可見詩人胸次，隨其所發，即有天地。陳無己詩：「天地豈不寬，妾身自不容。」更得風旨。

《泊宅編》云：「韓退之多悲詩，三百六十首，哭泣者三十首。白樂天多樂詩，二千八百首，飲酒者九百首。」

檠

白樂天詩：「鐵檠移鐙背。」

吴旦生曰：樂天自注：「檠，去聲。」唐彦謙《雨》詩：「鐙檠昏魚目，薰鑪咽麝臍。」李義山詩：「九枝鐙檠夜珠圓。」韓退之詩：「牆角君看短檠棄。」皆去聲。按《集韵》：「檠，渠映切。」《注》云：「有足似几物也。」諸詩作去聲用，本此。《黄氏筆記》云：「檠者，定弓體之器。」《周禮》「弓人」注：「音景。」《漢書·蘇武》注：「又音巨京反。」東坡詩：「大弨一弛何緣彀，已覺翻翻不受檠。」陸放翁云：「檠作平聲押。」用《漢》注也。

暖温暾

白樂天詩：「池水暖温暾。」

吴旦生曰：《輟耕録》：「南人方言曰温暾者，乃懷暖也。」《致虚雜俎》云：「今人以人性不爽利者曰温暾湯，言不冷不熱也。」樂天慣以俗語入詩。王建亦云：「新晴草色暖温暾。」

下馬陵

楊升庵曰：「白樂天詩：『自言本是京城女，家在蝦蟆陵下住。』蝦蟆陵在長安。謝良輔詩：『取酒蝦蟆陵下，家家守歲傳卮。』齊己詩：『翠樓春酒蝦蟆陵，長安少年皆共矜。』」

吴旦生曰：《國史補》謂：「董仲舒墓，門人過必下馬，以故號下馬陵，而語訛爲蝦蟆陵。」白公詩亦徇俗之過，奈何升庵又舉他詩以證之邪？東坡詩：「隻雞敢忘喬公語，下馬聊尋董相墳。」又《謝徐朝奉啓》云：「過而下馬，空瞻董相之陵。」元遺山詩：「千年荆棘龜趺在，會有人尋下馬陵。」黄晉卿詩：「時有北人來下馬，不知秦樹幾嗁鵑。」

服章

《容齋隨筆》曰：「唐人重服章，故子美有『銀章付老翁』、『朱紱負平生』、『扶病垂朱紱』之句。樂天詩言銀緋處最多，七言如『大抵著緋宜老大』、『一片緋衫何足道』、『闇淡緋衫稱我身』、『酒典緋花舊賜袍』、『假著緋袍君莫笑』、『腰間紅綬繫未穩』、『朱紱仙郎白雪歌』、『腰佩銀龜朱兩輪』、『便留朱紱還鈴閣』、『映我緋衫渾不見』、『白頭猶未著緋衫』、『緋袍著了好歸田』、『銀魚金帶繞腰光』、『銀章蹔假爲專城』、『新授銅符未著緋』、『徒使花袍紅似火』、『似挂緋袍衣架上』，五言如『未換銀青綬，惟添雪白鬢』、『笑我青袍故，饒君茜綬新』、『老逼教垂白，官科遣著緋』、『那知垂白日，始是著緋年』、『晚遇何足言，白髮映朱紱』。至於形容衣魚之句，如『魚綴白金隨步躍，鵠銜紅綬繞身飛。』」

吴旦生曰：《二儀實録》：「隋煬帝詔牛洪等造章服差等，三、四品紫，五品朱，六品以下緑，官吏青，庶人白，商皁。服色之分，疑自此始。」唐《馬周傳》云：「三品紫，四、五品朱，六、七品緑，八、九品青。」余按：秦時光禄勳有中大夫，漢武帝名光禄大夫，皆銀章青綬。魏晉以來，有左右光禄大夫、光禄三大夫，皆銀章青綬，謂之銀青光禄大夫。詔加金章紫綬，謂之金紫光禄大夫。則章服之别，漢晉已然，非始於隋唐。而唐人特重之，往往形於詩篇耳。

《西清詩話》曰：「唐制：百官服色，不視職事官，而視其階官之品，與今制特異。樂天爲中書舍人知制誥，元宗簡爲京兆少尹，官皆六品，故猶著緑。其詩所謂『鳳閣舍人京兆尹，白頭猶未著緋衫』。南宫啓請無消息，朝散何時復入銜』是也。後與元微之同制加朝散大夫，始登五品。其詩曰：『命服雖同黄紙上，官班不共紫微前。青衫脱早差三日，白髮生遲校九年。』中書舍人雖正五品，必待加朝散而後易緋，此知其不繫於職事官也。前輩記張嘉貞爲中書令，著緋；傅遊藝爲相，著緑，蓋以此也。唐借服色，皆併魚假之。樂天自江州司馬除忠州刺史，有《謝裴常侍贈袍魚袋》詩：『魚綴白金隨步躍，鵠銜瑞草繞腰飛。』其後除尚書郎，後有《脱刺史緋》詩：『便留朱紱還鈴閣，卻著青袍待玉除。無奈嬌癡三歲女，繞腰啼哭覓銀魚。』此與今制特異也。其特賜者，疑亦不相越。《唐書》載牛叢爲睦州刺史，賜金紫，辭曰：『臣今衣刺史所假緋，即賜紫爲越等。』乃賜銀緋。」

《野客叢書》又云：「唐制：服色不視職事官，而視階官之品。至朝散大夫方換五品服色，衣銀緋，封贈蔭子。未至朝散，雖職事官高，未許易服色。封贈之制，雖宰相只許封一代。其封二代，非特恩不可。光禄大夫許門設棨戟，吏三十考轉銀青。此其大略也。觀白樂天爲中書舍人知制誥，簡爲京兆尹，官皆六品，尚猶著緑。其詩所謂：『鳳閣舍人京兆尹，白頭猶未脱青衫。南宫啓請無多日，朝散何時復入銜。』劉夢得《賀給事加五品》詩曰：『入舍郎官换緑衣。』元微之作《武儒衡升朝散大夫制》曰：『今有是級，則服色驟加，誠足貴矣。』樂天《授朝散大夫制》曰：『蔭子封妻，豈惟腰白金而已。』權德輿罷相，爲檢校尚書、興元節度使，改葬其父，因表納檢校尚書，請回贈祖官。不許納官，特贈祖倕禮部郎中。吕温《代鄭相公謝戟十二枝表》曰：『吏考三十，始秩銀青。戰勳十二，乃號柱國。』」

板輿

白樂天詩：「朱旛四從板輿行。」

吴旦生曰：潘安仁《閒居賦》：「太夫人乃御板輿，升輕軒。」《注》云：「板輿，一名步輿，方四尺，素木爲之。」自樂天引用，世遂以板輿爲奉母故事。然按當時三公告老，許以板輿上殿，如傅祗者；又梁韋叡以板輿自載，督厲衆軍，則非專以奉母。

池魚

《清波雜志》曰：「張無盡作一表云：『魯酒薄而邯鄲圍，城門火而池魚禍。』上句出《莊子》，下句不知所出。以意推之，當是城門失火，以池水救之，池竭而魚死也。《廣韵》『池』字韵注云：『池，水沼也。古有姓池名仲魚者，城門失火燒死。』白樂天詩：『火發城頭魚水裏，救火竭池魚失水。』初不主姓名之説，然《廣韵》當有所據。」

吴旦生曰：古語有云：「楚國亡猨，禍延林木；城門失火，殃及池魚。」《通鑑》、正史具載之，非委巷媟語也。如池魚爲姓名，豈又有姓林名木者邪？樂天詩正得語意，而張表下句謂即出古語可。

牡丹

《酉陽雜俎》曰：「牡丹，前史中無説處，惟謝康樂集中言：『竹間水際多牡丹。』成式檢隋朝《種植法》，七十卷中初不記説牡丹，則知隋朝花藥中所無也。開元末，裴士淹爲郎官，奉使幽、冀，迴至汾州衆香寺,得白牡丹一窠,植於長興私第。天寶中,爲都下所賞。至德中,馬僕射鎮太原,又得紅、紫二色者,移於城中。元和初猶少,今與戎葵角多少矣。」

吴旦生曰:歐陽永叔、陸農師、李石皆言:牡丹初不載文字,自則天後始盛。自余觀之,康樂既言永嘉多牡丹,《嘉話録》謂:「北齊楊子華有畫牡丹處極分明。」又《神農本草》云:「一名鹿韭,一名鼠姑。」《廣雅》云:「白茾,牡丹也。」則何云不載文字,自唐始聞哉?按《海記》云:「煬帝闢西苑,易州進二十相牡丹,有赬紅、䞓紅、飛來紅、袁家紅、醉妃紅、雲紅、天外紅、一拂黄、軟條黄、延安黄、先春紅、顫風嬌等名。」則何云隋朝花藥中所無哉?然一牡丹也,據白樂天詩:「共道牡丹時,相隨買花去。一叢深色花,十户中人賦。」白廷翰《唐蒙求》「韓令牡丹」注云:「元和中,京師貴游尚牡丹,一本直數萬。」而柳渾詩:「近來無奈牡丹何,數十千錢買一窠。今朝始得分明見,也共戎葵不校多。」以貞元中牡丹多耳,是何貴賤之不同也。據蜀徐延瓊聞秦州董成村僧院紅牡丹一株,使人取掘,自秦州至成都三千餘里,歷九折七盤,望雲九井,大小漫天,懸險之路,方至焉。而韓滉私第有白牡丹,遽命斸去,曰:「豈效兒女邪?」是何栽覆之不同也。據徐凝《題杭州開元寺牡丹》詩:「虚生芍藥徒勞妒,羞殺玫瑰不敢開。」而炙轂子詩:「牡丹妖豔亂人心,一國如狂不惜金。曷若東園桃與李,果成無語自成陰。」是何譽毁之不同也。據李正封詩:「天香夜染衣,國色朝酣酒。」時楊妃侍,上曰:「妝臺前宜飲以一紫金盞酒。」則正封之詩見矣。而劉夢得《看牡丹》詩:「今日花前飲,甘心醉幾杯。但愁花有語,不爲老人開。」蘇子由云:「此詩感慨。」是何樂悲之不同也。《通志》云：「牡丹初無名，依芍藥得名，故其初曰木芍藥，亦如木芙蓉之依芙蓉以爲名也。而後此種類既繁，標稱各異。」馬虚中詩：「牙牌分榜牡丹名。」是何質文之不同也。

開八袠

白樂天詩：「行開第八袠，可謂盡天年。」

吴旦生曰：注：「七十以上爲開第八袠。」蓋以十年爲一袠，故樂天又云：「已開第七袠，屈指幾多人。」此年六十三元日詩也。《芥隱筆記》云：「《禮》：年八十曰有秩。故以八十爲八袠。又道家流用此語，樂天屢用之。」余按《禮記》：「八十，月告存。」鄭《注》云：「每月致膳。」「九十，日有秩。」鄭《注》云：「秩，常也。日有常膳。」則知《筆記》爲未審矣。如陸放翁詩：「年開九秩尚不死，坐對一編殊未饜。」此年八十三以後所作，其用古始確。

自敘

白樂天詩：「自憐郡姓爲儒少，豈料詞場中第頻。桂折一枝先許我，楊穿三箭盡驚人。」

吴旦生曰：樂天自作墓誌，以白起爲祖，故言「郡姓儒少」也；與弟敏中、行簡三人相繼皆中第，故言「三箭驚人」也。

《避暑録話》云：「世以登科爲折桂。此謂郗詵對策東堂，自云桂林一枝也。自唐以來用之。」温庭筠詩：「猶喜故人新折桂。」其後以月中有桂，故又謂之月桂。而月中又言有蟾，故又改桂爲蟾，以登科爲登蟾宫。用郗詵事固可笑，而展轉相訛復爾。

芰

白樂天詩：「荷芰緑參差，新秋水滿池。」

吴旦生曰：芰，菱也。言荷與菱兩物也。杜牧之《晚晴賦》：「忽引舟於深灣，覩八九之紅芰。」是誤以芰爲荷。東坡詩：「緑芰紅蓮畫舸浮。」乃分别言之。按《酉陽雜俎》云：「四角、三角曰芰，兩角曰菱。」應劭作「蔆」，司馬相如作「薢」。《老學庵筆記》云：「今人謂卷荷爲伎荷。伎，立也。卷荷出水面，亭亭植立，故謂之伎荷。或作芰，非是。」

楊升庵云：「菱乃今之菱角，芰乃今之雞頭。《楚辭》：『緝芰荷以爲衣。』若是菱葉，何可以爲衣乎？又屈到嗜芰，蓋決明之菜，非水中之芰也審矣。緣楚人名菱爲芰，所以致後世之紛紛也。」余按：雞頭曰芡。《古雋考略》云：「雞頭、鶬頭、雁頭、鴻頭、雞壅音邕，皆芡也。」《詞林海錯》云：「芡爲鴻頭。」韓退之《聯句》：「鴻頭排刺芡。」山谷詩：「剖蜂煮鴻頭。」則升庵以芰爲雞頭，誤矣。《管子》：「芡名卵菱，乃借以名之。」豈升庵誤據此耶？檇李李君實云：「吾地小青菱，被水而生，味甘美，熟之可代飧飯。其花鮮白幽香，與蘋、蓼同時，正所謂芰也。春秋時，吾地入楚。屈到所嗜，其即此耶？」則升庵以爲決明之菜，又非篤論。

田子藝云：「《周禮·籩人》：『蔆，芰也。』《疏》云：『即菱角。』亦誤。籩實菜也，名薢茩，一名蕨攗。余觀《學齋佔畢》云：「《爾雅》：『薢茩芵光。』《注》：『芵明也。』即今決明也。或曰蔆也。字從阝，非從氵。及至『蔆蕨攗』，然後從淩。《注》：『水中芰也。』則是陸生之蔆與水中之淩，其爲二物不同。」

酒令

白樂天詩云：「鞍馬呼教住，骰盤喝遣輪。長驅波卷白，連擲采成盧。」《注》云：「骰盤、卷白波、莫走鞍馬，皆當時酒令。」

吳旦生曰：又樂天詩：「醉翻襴衫抛小令。」劉貢父謂：「今人以絲管歌謳爲令者是也。」大都欲以酒勸，故始言送。而繼承者辭之，摇首挼舞之屬，皆卻之也。至八徧而窮，斯可受矣。其或舉故事物色，則樂天所云「閑徵雅令窮經史」，退之所云「令徵前事爲」也。又元微之《題黄明府詩序》云："昔年飲酒，嘗爲觥録事，謂爲酒糾也。"又《東臯雜録》云："孔常父言：唐人詩『城頭催鼓傳花枝，席上搏拳握松子』，此藏鬮爲戲也。"又皇甫松手勢酒令，五指皆有名：大指名蹲鴟，中指名玉柱，食指名鉤戟，無名指名潛虬，小指名虎膺。指節名私根，通呼五指名五峰。此今俗所謂豁拳也。可見酒席諸戲術，其來已久。

《資暇集》云："飲酒之『卷白波』，義當何起？按：東漢既禽白波賊，戮之如卷席然。故酒席倣之，以快人情也。"薛瑩《後漢書》云："黄巾郭太等起於西河白波谷，時謂之白波賊。"《青箱雜記》以爲杯名，非也。陸放翁詩："快似麾兵卷白波。"楊廉夫詩："觴令嚴行卷白波。"王元美詩："相看只解呼紅友，半醉猶能卷白波。"

十

白樂天詩："緑浪東西南北路，紅欄三百九十橋。"

吴旦生曰：唐宋詩人多以"十"字作"諶"音讀，往往作平聲入詩。劉禹錫詩："春城三百九十橋，夾岸朱樓隔柳條。"宋文安公《宫詞》："三十六所春宫館，二月春風送管絃。"晁以道詩："煩君一日殷勤意，示我十年感遇詩。"金蕭真卿詩："兩崖偪側無十步，萬頃逡巡酒一杯。"説家謂里巷間人言利之小者曰"八文十二"，謂"十"爲"諶"，蓋語急故以平聲呼之。田子藝云："非也，『十』當音旬。古人以十日爲旬，故如此讀。」又以「司」字作入聲讀，如樂天詩：「四十著緋軍司馬，男兒官職未蹉跎。」「一爲軍司馬，三見歲重陽。」宋太素詩：「鄜州軍司馬，也好畫爲屏。」「官爲軍司馬，身是謫仙人。」〇又樂天詩：「爲問長安月，誰教不相離。」「相」字上聲。杜詩：「恰似春風相欺得。」「相」字入聲。

浪濺

白樂天《與盧侍御宴黃鶴樓》詩云：「白花浪濺頭陀寺，紅葉林籠鸚鵡洲。」

吳旦生曰：《麈史》云：「頭陀寺在郡城之東絶頂處，西去大江最遠。風濤雖惡，何由及之？」如孫魴《金山寺》詩：「驚濤濺佛身。」《漁隱叢話》云：「金山寺何其低而小哉！」蓋詩人形似太過，率多此疵。張仲達《詠鷺鷥》詩：「滄海最深處，鱸魚銜得歸。」張文寶云：「佳則佳矣，争奈鷺鷥嘴腳太長也。」亦同坐此。

十二行

白樂天詩：「鍾乳三千兩，金釵十二行。」

吳旦生曰：「十二行」，或謂六鬟也。齊肩並立，爲釵十二。然此乃答牛思黯詩，自注云：

「思黯自誇前後服鍾乳三千兩，而歌舞之妓甚多，乃詭予衰老，故答。」則所謂六鬟，良是也。又觀梁武帝所歌《莫愁》云：「頭上金釵十二行。」《演繁露》謂：「排插十二釵也。南齊周盤龍父子俱有神勇，高帝嘉之，送盤龍妾杜氏金釵十二枚。唐制：命婦以花樹多少爲高下，曰花釵若干也。」《留青日札》謂：「古婦人髻高，故能插金釵十二行，乃六雙也。」據此則又是一人用十二釵矣。

富貴

《後山詩話》曰：「白樂天云：『笙歌歸院落，鐙火下樓臺。』又云：『歸來未放笙歌散，畫戟門前蠟燭紅。』非富貴語，看人富貴者也。」

吴旦生曰：唐人之言富貴者，晏元獻謂：「萊公詩『老覺腰金重，慵便玉枕涼』，未是富貴語，不如樂天詩『笙歌歸院落，鐙火下樓臺』，此善言富貴者。」黄魯直又謂：「樂天二句，不如子美『落花遊絲白日静，鳴鳩乳燕青春深』也。」唐人之言窮者，東野詩「種稻耕白水，負薪斫青山」，不如閬仙詩「市中有樵山，我舍朝無煙。井底有甘泉，釜中乃空然」，蓋孟氏薪水自足，而賈家柴水俱無也。

人知樂天善言富貴，而不知其又善言窮也。有詩曰：「塵埃常滿甑，錢帛少盈囊。侍衣甚藍縷，妻愁不出房。」抑何其窘迫無聊耶！《野客叢書》引東坡曰：「淵明《歸去來辭》：『缾無儲粟。』

使餅有儲粟，亦無幾。此翁只於餅中見粟。」歐公曰：「孟郊詩：『鬢邊雖有絲，不堪織寒衣。』就令織得，能幾何？」二公戲言之耳，非真譏之也。才人志士，筆端造化，抑揚高下，不可以一律觀。譬之水泉，揚之可以滔天，抑之不過涓涓於溝洫間爾。文章亦猶是。晏元獻常言富貴，不及金玉錦繡，惟説其氣象。若「樓臺側畔楊花過，簾幙中間燕子飛」、「梨花院落溶溶月，柳絮池塘淡淡風」，窮人家有此景否？

傳席

《輟耕録》曰：「今人家娶婦，輿轎迎至大門，則傳席以入，弗令履地。然唐人已爾，樂天《娶婦》詩：『青衣轉去聲氈褥，錦繡一條斜。』」

吴旦生曰：按李夫人初至，武帝迎入帳中共坐。宫人遥撒五色同心花果，帝與夫人以衣裾盛之，云得多，得子多也。又京房之女適翼奉子，房以其日不吉，三煞在門青羊、烏雞、青牛之神，犯之損尊長及無子。奉謂不然，但以穀豆與草禳之。今人花燭之夕撒果子，及下車則撒穀豆，是始於漢者，尚沿也。更觀《獨異志》云：「昔宇宙初開之時，只有女媧兄妹二人在崑崙山，而天下未有人民。議以爲夫妻，又自羞恥，乃結草爲扇，以障其面。今取婦執扇，象其事也。」審爾則其從來益遠矣。

依

白樂天詩：「坐依桃葉妓。」吴旦生曰：樂天自注：「依，馬皆切。」又詩：「醉依香枕坐。」亦此音也。蘇子卿詩：「黄鵠一遠别，千里顧徘徊。胡馬失其群，思心常依依。」曹子建詩：「願爲西南風，長逝入君懷。君懷良不開，賤妾當何依？」古韵相叶如此。「依」字當作「挨」音也。然觀《漢律曆敘傳》云：「官失學微，六家分乖。一彼一此，庶研其幾。」崔駰《達旨》云：「淳朴散離，人物錯乖。高辛攸降，厥趣各違。」《猛虎行》云：「自矜無當對，氣性縱以乖。朝怒殺其子，暮還食其妃。」則二韵本通故耶。《小雅・采薇》詩云：「昔我往矣，楊柳依依。今我來思，雨雪霏霏。行道遲遲，載渴載飢。我心傷悲，莫知我哀。」蓋其音韵最古。《史記・天官書》：「五帝座後聚十五星蔚然，曰郎位。」《漢書》「蔚然」作「哀烏」，《甘氏星經》作「依烏」，「依」亦音「哀」也。

交情

《本事詩》曰：「元相公稹爲御史，鞫獄梓潼。時白尚書在京，與名輩游慈恩，小酌花下，爲詩寄元曰：

『花時同醉破春愁，醉折花枝當酒籌。忽憶故人天際去，計程今日到梁州。』時元果及褒城，亦寄《夢游》詩曰：『夢君兄弟曲江頭，也向慈恩院裏遊。驛吏喚人排馬去，忽驚身在古梁州。』千里神交，合若符契。」

吴旦生曰：白傅、元相交既深，又善詩，時號「元白」。江淮間新進小生目爲元和詩體。《北夢瑣言》乃謂白集内哭元詩云：「相看掩淚俱無語，别後傷心事豈知。想得咸陽原上樹，已抽三丈白楊枝。」洎自撰墓誌云：「與彭城劉夢得爲詩友。」殊不言元者，人疑其隙終也。余謂不然。按：元寫白詩於閬州西寺，白寫元詩百篇合爲屏風。又元守浙東，白守蘇臺，置驛遞詩往來，謂之詩筒。其詩有云：「有月多同賞，無杯不共持。」又元《上令狐楚書》云：「某與同門生白居易友善，居易雅能詩，或爲千言，或爲五百言律詩以相投寄。小生往往戲排舊韵，别創新詞，名爲次韵，蓋欲以難相挑耳。」又白序劉禹錫詩云：「予與元微之唱和頗多，嘗戲言：僕與足下二十年來爲文友、詩敵，幸也，亦不幸也。吟詠性情，播揚名聲，幸也；然江南士女語才子者，多云元、白，以子之故，僕不得獨步於吴越間，此亦不幸也。今垂老復遇夢得，非重不幸耶？」又白在洛，元過之，以二詩别云：「白頭徒侣漸稀少，明日恐君無此歡。」又云：「自識君來三度别，這回白盡老髭鬚。」未幾，死於鄂，白哭之曰：「始以詩交，終以詩訣。絃筆相絶，其今日乎？」據此則兩人交情，白頭如故。即白之序劉，猶言與元爲文友、詩敵，且云垂老遇劉，未嘗獨厚於劉也。其自誌亦偶及耳。何言隙終，以誣前哲。《賈氏談録》云：「樂天葬龍門山。河南尹盧貞刻《醉吟先生傳》，立於墓側。四方過者必奠酒，方丈之土，常成泥濘。」

柘枝

楊升庵曰：「白樂天詩：『柘枝隨畫鼓，調笑從香毬。』不知『香毬』何用？如今人詞中用『金縷』字，亦不知『金縷』於歌何關？」

吴旦生曰：《羯鼓録》：「柘枝，本拓枝舞也，其後字訛爲『柘枝』。」余觀《瑣碎録》云：「柘枝舞，本後魏拓拔之名。易『拓』爲『柘』，易『拔』爲『枝』。」其説爲有理。《樂府雜録》云：「健舞曲有柘枝，輭舞曲有屈柘。」《樂苑》云：「柘枝曲，羽調也。屈柘枝，商調也。」「屈」一作「掘」，音扭。《韵語陽秋》云：「柘枝舞起於南蠻諸國，而盛於李唐。章孝標云：『柘枝初出鼓聲招，花鈿羅裙聳細腰。』言當招之以鼓。張承福云：『白雪慢回抛舊態，黄鶯嬌轉唱新詞。』言當雜之以歌。而鄭在德詩云：『三敲畫鼓聲催急，一朵紅蓮出水遲。』則所用者一人而已。法振詩云：『畫鼓催來錦臂攘，小娥雙起整霓裳。』則所用者又二人。」按《樂苑》用二女童，帽施金鈴，抃轉有聲。其來也，於二蓮花中藏，花拆而後見，則當以二人爲正。

《夢谿筆談》云：「柘枝舊曲，徧數極多。如《羯鼓録》所謂『渾脱解』之類，今無復此徧。寇萊公好柘枝舞，會客必舞柘枝，每舞必盡日，時謂之『柘枝顛』。今鳳翔有一老尼，猶是萊公時柘枝妓，云當時柘枝尚有數十徧。今日所謂柘枝，比當時十不得二三。老尼尚能歌其曲，好事者往往傳之。」

歷代詩話卷五十一　庚集六

壽谿　吴景旭旦生氏著

唐　詩　卷中之下

夜半鐘

張繼《楓橋夜泊》詩：「姑蘇城外寒山寺，夜半鐘聲到客船。」歐公言：「句則佳也，其如三更不是撞鐘時。」《石林詩話》曰：「公蓋未嘗至吴中，今吴中寺實夜半打鐘也。」范元實《詩眼》曰：「《南史》：齊武帝景陽樓有三更、五更鐘，丘仲孚讀書以中宵鐘爲限。阮景仲爲吴興守，禁半夜鐘。今佛宫一夜鳴鈴，俗謂之定夜鐘。不知唐人所謂夜半鐘者，景陽三更鐘耶？今之定夜鐘耶？然於義皆無害，文忠偶不考耳。」

吴旦生曰：《直方詩話》引于鵠之「遥聽緱山半夜鐘」、白樂天之「半夜鐘聲後」，《野客叢書》引王建之「未卧嘗聞半夜鐘」、許渾之「月照千山半夜鐘」，《復齋漫録》引皇甫冉之「夜半隔山鐘」、温庭筠之「無復松窗半夜鐘」、陳羽之「隔水悠揚午夜鐘」，以爲唐人多用此語也。余觀《唐詩紀事》云：「此地有夜半鐘，謂之無常鐘，繼志其異耳。」《中吴紀聞》云：「詩話嘗辨姑蘇寺鐘多鳴於半夜，竊以其説爲未盡。姑蘇鐘惟承天寺至夜半則鳴，其他皆五更鐘也。」此最核實可信。宋孫覿作《楓橋修造記》，引此詩爲證。又留題寒山寺云：「烏啼月落橋邊寺，欹枕遥聞半夜鐘。」蓋信其非浪吟也。

酇侯

《野客叢書》曰：「酇有二地名，屬南陽者音贊，屬沛郡者音嵯。按茂陵書曰：『蕭何，國在南陽。』則是蕭何封贊明矣。而沛有泗水亭，班固銘曰：『文昌四友，漢有蕭何。序功第一，就封於酇。』誤以爲沛地之嵯矣。楊巨源詩：『請問漢家功第一，麒麟閣上識酇侯。』姚合詩：『酇侯宅過謙。』賈島詩：『往歲酇侯鎮。』諸家皆承此謬。劉晏歲輸至，天子曰：『卿，朕酇侯也。』《唐書釋文》：『酇，南陽縣名，則旰切。』此正得之。」

吴旦生曰：《説文》：「虘，沛國縣，从邑虘切同虎。昨何切。」《長箋》云：「當必以虎而名，寓戒也。蓋蕭何封虘侯，當從此虘字。」《人代紀要》云：「蕭何受封於虘。」則史傳作「酇」，相似之譌。師古遂謂南陽之酇耳。觀鄧禹封酇侯，正取其在南陽。則何從帝起沛，封邑必近沛也。李白《寄譙郡元參軍》詩：「虘才何切臺之北又離群。」《唐書・地理志》：「亳州譙郡有虘縣。」則非南陽屬縣愈明矣。揚雄《十八侯銘》：「文昌四友，漢有蕭何。序功第一，受封於虘。」字從「虘」，與「何」叶。諸唐詩直寫作「虘侯」，音義自當矣。余所定《唐律類裁》中載楊巨源一詩，直寫此「虘」字。

楊升庵曰：「蕭何封於鄼，其後因以爲姓，而鄼訛爲昝。」不意升庵誤至此。

魚橋

李紳《江南暮春寄家》詩：「魚口橋逢雪送梅。」吴旦生曰：元郝天挺注：「魚橋在蘇州子城西，琴高於此乘鯉魚上昇。」余謂此非琴高事也。按：蘇之子城西有乘魚橋者，北宋吴子英得赤鯉，謂子英曰：「我迎汝，汝上我背。」遂飛去。蘇人高啓詩：「誰知有飛仙，赤腳蹋神鯉。波驚風蕭蕭，渡海秋萬里。」蓋指子英也。紳詩亦當指此。因考《列仙傳》：「琴高，趙人，以鼓琴爲宋康王舍人。浮游冀州二百餘年，後辭入碭水中取龍子，與弟子期曰：『齋潔候於水旁，設祠屋。』果乘赤鯉來出祠中，復入水去。」又《名勝志》：「琴高山在徑縣幕山之北。琴高，漢人也。有隱雨巖，是其控鯉上升之所。巖下有釣臺，臺下水即琴谿也。」據此則琴高在幕山、碭水間，何與蘇州事？

界

徐凝《廬山瀑布》詩：「今古長如白練飛，一條界破青山色。」

吴旦生曰：樂天刺杭州時，徐凝與張祜各希首薦，試詩賦訖解送，凝爲元，祜次之。祜自舉金山詩，凝亦舉瀑布二語，遂擅場。後東坡遊廬山，見《廬山記》中云徐凝、李白之詩，不覺失笑，因作一絶云：「帝遣銀河一派垂，古來惟有謫仙詞。飛流濺沫知多少，不爲徐凝洗惡詩。」蓋非之也。然觀《天台山賦》：「赤城霞起以建標，瀑布飛流而界道。」則是凝所云「界破」，其亦有所本矣。曹松詩：「廬山瀑布三千仞，畫破青霄始落斜。」其意亦同。劉兼《征婦怨》云：「玉筯闌干界粉腮。」則又脱胎於瀑布耶？

張祜

《太真外傳》曰：「天寶九載，上舊置五王帳，長枕大被，與兄弟共處其間。妃子竊寧王紫玉笛吹。故張祜詩：『梨花静院無人見，閒把寧王玉笛吹。』」

吴旦生曰：清河張祜，字承吉。《詩藪》云：「刻本祜作祐，覽者莫辨。緣承吉字祜、祐俱通耳。偶閲雜説：張子小名冬瓜。或以譏之，答云：『冬瓜合出瓠子。』則張之名祜審矣。」《雲谿友議》云：「朱沖嘲祜詩：『冬瓜堰下逢張祜，牛矢灘邊説我能。』以祜時爲堰官也。」二説皆未當。按《堯山堂外紀》云：「張有《二子》詩：『椿兒繞樹春園裏，桂子尋花夜月中。』以詩上牢盆使，出其子授漕渠小職，得冬瓜堰。或曰：『賢郎不宜作等職。』張曰：『冬瓜合出祜子。』」《金華子雜説》云：「祜死，子求濟於裴宏慶，署之冬瓜堰官。裴曰：『祜子守冬瓜，已過分矣。』」張爲作《主客圖》，以白樂天爲廣大教化主，而以祜爲入室，即白公款頭之謔，亦一時欽籍語。杜牧之詩：「誰人得似張公子，千首詩輕萬户侯。」蓋指白公也。要其宮體小詩，諫諷怨譎，與六義相左右，未可以雕蟲小巧目之爾。洪容齋稱其《正月十五夜鐙》云：「千門開鎖萬鐙明，正月中旬動帝京。三百内人連袖舞，一時天上著詞聲。」《上巳樂》云：「猩猩血染繫頭標，天上齊聲舉畫橈。卻是内人争意切，六宮紅袖一時招。」《春鶯囀》云：「興慶池南柳未開，太真先把一枝梅。内人已唱《春鶯囀》，花下傞傞軟舞來。」又有《大酺樂》、《邠王小管》、《李謨笛》、《寧哥來》、《邠孃羯鼓》、《退宮人》、《耍孃歌》、《悖拏兒舞》、《阿㒚湯》、《雨霖鈴》、《香囊子》等詩，皆可補天寶遺事，絃之樂府也。

《容齋二筆》云：「明皇兄弟五王：兄申王撝，以開元十二年；寧王憲、邠王守禮，以二十九年；弟岐王範，以十四年；薛王業，以二十二年，薨。至天寶時，已無存者。楊太真以三載方入宮，而元稹《連昌宮詞》云：『百官隊仗避岐薛，楊氏諸姨車鬭風。』李商隱詩云：『夜半宴歸宮漏永，薛王沈醉壽王醒。』皆失之也。」《野客叢書》云：「楊妃以二十四年入宮，號太真。是時申、岐、薛三王雖已死，而寧、邠二王尚存。是以張祜目擊其事，繫之樂章，有曰：『日映宮城霧半開，太真簾卷畏人猜。黄番綽指向西樹，不信寧王迴馬來。』又曰：『虢國潛行韓國隨，宜春小院映花枝。金輿遠幸無人見，偷把邠王小管吹。』蓋紀其實也。」容齋認楊妃爲天寶三載方入宮，所以有是失，不知天寶初太真進册貴妃，非入宮時也。余據勉夫之言，可令容齋折角。但寧、邠以二十九年薨，既載之《唐史》，而《外傳》乃言天寶九載以竊笛事譴放出宮，則何也？集中謂虢國竊邠王笛，而《外傳》謂楊妃竊寧王笛，又不同。若論「薛王沈醉壽王醒」之句，不特薛王確，而壽王亦確。按：唐明皇時，孫遜集中有《壽王瑁妃楊氏廢爲道士制》，可見太真果壽王妃也。

亥市

張祜詩：「野橋經亥市，山路至申州。」吴旦生曰：《青箱雜記》：「荆、吴俗有寅、申、巳、亥日集於市，故謂亥市。蜀有痎市，間日一集，如痎瘧之發，其俗又以冷熱發歇爲市喻。」徐筠《水志》云：「分寧縣，本常州亥市也。西蜀曰痎，如瘧疾間日復作也。江南人惡以疾稱，故止曰亥耳。」《豫章漫鈔》云：「南中每以丑、卯、酉日爲市，故曰兔場、牛場、雞場，豈用亥日爲市，故謂之亥。」余按《月令廣義》云：「亥音皆。」《釋名》：「亥，核也。收藏百物，核取其好惡真僞也。」市之以亥，或取此義，當從亥日爲正。張文昌詩：「江村亥日長爲市。」白樂天詩：「亥日沙頭始賣魚。」黄山谷詩：「魚收亥日妻到市。」

除目

《鶴林玉露》曰：「古詩云：『一日看除目，三年損道心。』予謂人患道心不存耳，道心果存，豈看除目所能損哉？彼慕羶覬餌之念洗滌未浄，往往身寄山林而心存朝市，迹履泉石而意繫軒冕，視山林泉石反苦籠檻桎梏，宜其看除目而心爲之損也。特所損者人心耳，豈道心哉？伊川曰：『百官萬務，金革百萬之衆。曲肱飲水，樂在其中矣。萬變皆在人，其實無一事。』朱文公云：『艮其背是止於止，行其庭是止於動。不獲其身是無與於己，不見其人是亦不見人。無人無己，但見是此道理，各止其所也。』止而至於如此，其誰能動之？昔有僧居深山中，山鬼百計害之。僧不爲動，久乃寂然。僧曰：『山鬼之伎倆有盡，老僧之不聞不見無盡。』此即所謂不獲其身、不見其人者也。心安如是，又豈除目所能損也。」

吴旦生曰：此二語姚合詩也。合，宰相崇曾孫，登元和進士第，調武功主簿，世號姚武功。終祕書監，又稱姚監。嘗取王維等二十六人詩百篇爲《涵元集》，曰：「此詩中射雕手也。」觀其《送張宗原》詩：「東門送客道，春色如死灰。」自是冥心入道之言。又《武功縣閒居》詩：「縣去京城遠，爲官與隱齊。馬隨山鹿放，雞雜野禽棲。」尚何除目得入其胸次哉？

《海録碎事》云：「凡言除者，除故官，就新官也。」《夢谿筆談》云：「除拜官職，謂除其舊籍。不然也。除，猶易也。以新易舊曰除，如新舊歲之交謂之歲除。《易》：『除戎器，戒不虞。』以新易敝，所以備不虞也。階謂之除者，自下而上，亦更易之義。」

五粒

李長吉《五粒小松歌》云：「新香幾粒洪崖飯。」姚令威曰：「五粒未詳。」吴旦生曰：《本草圖經》：「五粒松，粒當讀爲鬣，音之訛也。」言每五鬣爲一葉，或有三鬣、七鬣者。《名山記》云：「松有兩鬣、三鬣、五鬣者，言如馬鬣形。」《癸辛雜識》云：「凡松葉皆雙股，故世以爲松釵，獨栝松每穗三鬣，而高麗所産每穗乃五鬣，今謂華山松是也。」《五代史》：「鄭遨聞華山有五粒松，松脂入地千年，化爲藥，去三尸。因徙居華山求之。」韋應物詩：「碧澗蒼松五粒稀。」陸龜蒙詩：「霜外空聞五粒風。」李商隱詩：「松暄翠粒新。」劉夢得詩：「翠粒照晴露。」元好問詩：「土中松粒龍爪脱。」

銅人

《緗素雜記》曰：「魏明帝青龍五年三月，改爲景初元年。是歲徙長安銅人，重不可致。而李賀謂青龍九年八月。蓋明帝改元景初，至三年而崩，則無青龍九年明矣。」《野客叢書》曰：「據今賀集云青龍元年，《緗素》誤認元年爲九年耳。」

吴旦生曰：若書元年，宜系以景初，不當仍青龍矣。按《魏略》云：「明帝景初元年，徙長安鐘簴、駱駝、銅人、承露盤。盤折，銅人重不可致，留於霸城。大發卒鑄作銅人二，號曰翁仲，列坐於司徒門外。」柳子厚所謂「翁仲遺墟草樹平也」。吾衍云：「墓前石人，通謂之翁仲。按《歷代小志》：『文翁，姓文名黨，字仲翁，漢景帝時爲蜀郡太守。』即此人也。」陳眉公云：「文翁字《漢書》不載，而吾衍亦未及檢證。蓋墓前石羊名神羊，石馬名駁馬。翁仲身長二丈三尺，氣質端勇。少爲縣吏，爲都郵所笞，歎曰：『人當如是耶？』遂入學，究書史。始皇併天下，使翁仲將兵守臨洮，秦人以爲瑞。翁仲死，遂鑄銅爲像，置之咸陽宫司馬門外，見之者猶以爲生。故古之墓間皆用之。至於秦《金人銘》曰：『皇帝二十六年，初兼天下，以爲郡縣。正法律，同度量。大人來見臨洮，身長五丈，足六尺，以爲祥，鑄金人象之。其重二十四萬斤，坐阿房宫前。當漢而徙之未央宫，王莽嘗鐫其膺。又其後，董卓以其九鑄錢，而石虎以其三置鄴宫。苻堅取之，後置長安，以其二爲泉。其一適至陝而堅亂，民以其勞苦患之，乃排陷河中。

吴正子箋云：「按：徙銅仙事，陳壽正史不載，特附注《魏略》云：『明帝景初元年，徙長安銅人，重不可致，留霸城。』又引《漢晉春秋》云：『帝徙銅盤，盤折，聲聞數十里。金人或泣，因留霸城。』其年月與長吉不合，故《緗素雜記》駁之曰：『青龍五年改爲景初，是歲徙銅人。而長吉云青龍，誤矣。』然予按《三輔黄圖》，則景初所徙者，始皇銷鋒鏑所鑄之金人。故《黄圖》歷載始皇所造之因，及董卓銷毁之事，而復曰：『尚餘二人未毁，明帝欲徙之洛陽清明門，至霸城，重不可致。』其留霸城之説，與《魏略》及《漢晉春秋》所載皆合，特二書不以爲秦皇銅人耳。觀《漢晉春秋》『金人』之語，則知非銅仙矣。由是言之，長吉所序亦未可非，安知漢武銅仙不果徙於青龍元年邪？又按《長安記》云：『仙掌大七圍，魏文帝徙銅盤，盤折，聲聞數十里。』今《魏略》等書乃言明帝，是則可疑。《漢書》：『建章宫有神明臺。』《三輔黄圖》云：『神明臺上有承露盤。銅仙舒掌捧盤及玉杯，以承雲表之露，和玉屑服之，以求仙道。甘泉宫通天臺上亦有銅仙承露盤。』

四雨

《漁隱叢話》曰：「『桃花亂落如紅雨』、『梨花一枝春帶雨』、『小院深沈杏花雨』、『梅子黄時日日雨』，皆古今詩詞之警句也。予嘗欲作一草亭，四面各植花一色，榜曰『四雨』，豈不佳哉？」

吴旦生曰：《捫蝨新語》：「『梨花一枝春帶雨』，句雖佳，不免有脂粉氣。不似『朱簾暮卷西山雨』，多少豪傑。」因謂樂天句似茉莉花，王勃句似含笑花，李長吉「桃花亂落如紅雨」似薝蔔花。而王荆公以爲總不如「院落深沈杏花雨」，乃似闍提花。《野客叢書》云：「前輩謂『深院無人杏花雨』之句極佳，此非四雨之數，當作去聲呼。」僕觀此句正祖南唐潘佑之意，佑有詩曰：「誰家舊宅春無主，深院簾垂杏花雨。」然佑句作上聲，非去聲也。其下曰：「香飛緑鎖人未歸，巢燕承塵燕無語。」豈「語」字亦當作去聲邪？《花間集》亦曰：「紅窗寂寂無人語，黯淡梨花雨。」

休齋云：「荆公以『院落深沈杏花雨』爲佳，予謂『杏花雨』固佳，然而『梨花院落溶溶月，柳絮池塘淡淡風』；卻於『風』、『月』上寫出『柳絮』、『梨花』，尤有精神。嘗欲轉移兩句作『溶溶院落梨花月，淡淡池塘柳絮風』，此老杜『紅稻啄餘鸚鵡粒，碧梧棲老鳳凰枝』格也。」

蹋哮虎

李長吉詩：「紫繡麻霞蹋哮虎。」

吴旦生曰：吴正子注：「蹋虎則麻霞必履舄屬。」《説文》：「鞋跟曰韄。」又云：「履跟後貼，音同韄。」今作此「霞」，恐或訛。「蹋哮虎」，《羽獵賦》所謂「屨班首」者是也。班首，虎頭也，言其勇耳。余觀《古今注》云：「古履絇、繶皆畫五色，至漢有伏虎頭，始以布鞔繶，上脱下加，以錦爲飾。」因按草曰扉，麻曰屨，凡布皆可謂之麻。則所云紫繡，乃繡於麻上也。漢之伏虎頭，亦猶東晉之鳳頭履、西晉之伏鳩頭履子，蓋一時之制也。所云「蹋哮虎」，正指漢時鞋上之飾，以形容其服御驕侈耳，不以勇言。

魚　須

李長吉詩：「公主遺秉魚鬚笏。」

吴旦生曰：《禮記・玉藻》之載笏有云：「大夫以魚須文竹。」鄭注：「謂文飾也。」陸氏《音義》謂：「以魚須飾文竹之邊。須音斑。」據此則笏以竹爲質，而刻畫爲魚斑之文以飾之也。今長吉誤以「須」作「鬚」，音訓全乖矣。按司馬相如賦：「靡魚須之橈旃。」此則以魚鬚爲旃，卻不音斑。高季迪樂府云：「前揚豹尾竿，左靡魚須旃。」蓋用此也。如徐師川詩：「頗知鶴脛緣詩瘦，早棄魚須伴我閒。」元楊奂《草堂》詩：「魚須分浪細，虎跡印沙圓。」王弇州詩：「家有魚鬚丞相笏，囊餘雞舌侍臣香。」亦作魚鬚用矣。惟楊廉夫樂府，其詠司空圖墜笏事云：「重來手擲魚須竹，鴛隼班中脱麋鹿。」獨不失《禮經》本意。

《禮記》：「笏，天子以球玉爲之，挺然而方其首，示無所屈於天下。諸侯以象前詘後直，圓其首，屈於天子也。大夫以魚須飾竹，士竹本，象前詘後詘，又示無所不屈也。」《釋名》：「笏，忽也。君有教命及所啓白，則書其上，備忽忘也。」《車服雜事》云：「昔荆軻逐秦王，其後謁者持匕首以備不虞，從此侍官執刀劍。漢高祖偃武脩文，始制以手板代焉。」

蟲

《西谿叢話》曰：「李賀詩：『撰蟲鎪古柳。』劉禹錫詩：『秋蟲鏤宫樹。』此二句皆善。」

吴旦生曰：二語工刻正同，不可謂注蟲魚非磊落矣。《王氏談録》：「舊嘗得句云：『槐杪青蟲縋夕陽。』因思昔人似未曾道，後閲杜詩，有云：『青蟲懸就日。』尤歎其才思無所不周也。」《雪浪齋日記》云：「少游詩甚麗，如『青蟲相對吐秋絲』之句是也。」

若木

李賀《苦晝短》詩云：「天東有若木，下置銜燭龍。」

吴旦生曰：《離騷》：「折若木以拂日兮，聊逍遥以相羊。」《注》云：「若木在西極。」謝莊《月賦》：「擅扶光於東沼，嗣若木於西冥。」五臣《注》云：「扶光，日出處；若木，日没處。」《淮南子》云：「若木在建木西，燭龍在雁門北，蔽於委羽之山，不見日，故以目照之。其神人面龍身而赤色。」《山海經》云：「西北海之外，赤水之北，有章尾山。有神，其瞑乃晦，其視乃明。視燭九陰，是謂燭龍。」《詩含神霧》云：「天不足西北，無陰陽消息，故有龍銜火精以照天門中者也。」張説賦云：「南窮火鼠之譯，北盡燭龍之會。」據此則若木在西，燭龍在北。長吉言「天東」，憒憒。

臺城

李長吉詩：「臺城應教人。」

吴旦生曰：吴正子注：「晉成帝七年作新宫。」《輿地圖》云：「即臺城也。在今上元縣東北五里，周八里。」《容齋隨筆》云：「晉宋間謂朝廷禁省爲臺，故稱禁城爲臺城，官軍爲臺軍，卿士爲臺官，法令爲臺格。今人於他處指言建康爲臺城，非也。」

秦法：諸王公稱教，言教示於人也。蔡邕《獨斷》云：「諸侯之言曰教。」任昉《文章緣起》云：「漢王尊爲京兆尹，出教告屬縣，則教之文起此。」魏晉以來，人臣於文字間有屬和於天子曰應詔，於太子曰應令，於諸王曰應教。

賈島

《帝京景物略》曰：「房山縣南十里，罣然而土埠者，詩人賈島墓也。榛蕪不可識。弘治中，御史盧某訪得於石樓村，讀仆斷碑有據，乃植碑，闢地三畝。大學士西涯李公別樹一碑記焉。按：島字浪仙，范陽人。僧名無本，初祝髮法善寺，一曰雲蓋寺，在瀛州城南，今蕪没無一椽，夜或聞鈴鐸梵唄音焉。島之入東都時，吟『落葉滿長安』句，卒求一聯未得。因突京尹劉栖楚，被繫一夕釋。又一日苦吟驢上，指畫錯然，遇韓京兆愈，不覺衝至第三節。左右擁至尹前，具云：『某方得句「僧推月下門」，欲易「敲」字未妥，引手作推敲勢耳。』尹立馬良久，曰：『作「敲」字。』遂教島爲文舉進士，然舉輒不第。文宗時，得除長江簿。卒年五十六。島常以歲除取一年詩，祭以酒脯，曰：『勞吾精神，以是補之。』島村，一曰賈島峪。蓋詩人丘里名島爲多，身後名島爲久。」

至老無子。李洞慕其詩，範銅事之，常誦賈島佛。今房山有石庵曰賈島庵，景州西南五十里有賈島

吴旦生曰：此麻城劉同人之紀房山縣賈島墓也。同人稱島至老無子，姚合《哭島》詩亦云：「有名傳後世，無子過今生。」及觀唐釋可止《哭島》云：「官卑誤子孫。」又曹松《弔島》云：「稚子哭勝猨。」則何説也？即島之《哭孟郊》詩云：「寡妻無子息，破宅帶林泉。」乃《唐史》謂鄭餘慶郊之妻子，意郊殁後，子酆郢之子，而島亦有螟蛉耶？

《鼠璞》云：「《緗素雜記》及禹錫《嘉話》載賈島事，一謂累舉不第，文宗時坐飛謗，貶長江簿；一謂島爲僧，居法乾寺。宣宗微行，於案上取詩卷覽之。島攘臂奪去。帝慚恧，遂除島長江簿。《唐宋遺史》所載略同。程錡有『奪卷忤宣宗』之句。」《能改齋漫録》云：「浪仙主長江簿，有題長江詩云：『歸吏封宵鑰，行蛇入古桐。』桐在縣廳前。大觀中，縣令胡同老惡其枯枿，砍去。」

李洞《過島舊地》詩：「境搜松雪仙人島，吟歇林泉主簿廳。」又《賈島墓》詩：「位卑終蜀土，詩絶占唐朝。」蓋傷之矣。目島爲詩祖，至於範銅禮之，此亦金鑄少伯、絲繡平原意也。王維愛孟浩然吟哦風度，繪爲圖以翫之。潘閬詠潮著名，好事者以輕綃寫其容，謂之《潘閬詠潮圖》。還道今人有此舉動不？

得句

《臨漢詩話》曰：「賈島詩：『獨行潭底影，數息樹邊身。』其自注云：『二句三年得，一吟雙淚流。知音如不賞，歸卧故山秋。』不知此二句有何難道，至於三年始成，而一吟下淚也。」

吴旦生曰：詩人得句，取其精力所結，獨地至到，自味自甜，未許旁人染鼎。若向此處推勘工拙，便減卻興會矣。《江鄰幾雜志》云：「一僧賦中秋詩：『此夜一輪滿。』至來秋方得下句云：『清光何處無。』喜躍，半夜起撞寺鐘，城人盡驚。李先生捡而訊之，具道其事，得釋。」蓋幸在南唐，嘉斯標舉。若遇高頭巾，且道何必一年方對。《中州集》黄子端《中秋》詩：「明月幾時有，清光何處無。」全用此僧下句。

獻當事

《金陵語録》曰：「聖俞嘗言賈島詩『竹籠拾山果，瓦瓶擔石泉』、姚合詩『馬隨山鹿放，雞逐野禽棲』，雖是山邑荒僻，官況蕭條，不如『縣古槐根出，官清馬骨高』爲工。」

吴旦生曰：《翰府名談》以「雨後有人耕緑野，月明無犬吠花村」見令之教化仁愛，民樂於耕耨，且無盜賊之警。士子投獻當事，此爲佳句。余謂終不若「縣古」一聯，寓情狀物，妙於不經人道處，字字穩貼。至於方諤詩：「琴彈永日得古意，印鏁經秋生蘚痕。」則印上豈是生蘚處？以其守廣，乃云：「鱷去谿潭韓吏部，珠還合浦孟嘗君。」則珠還乃後漢孟嘗，豈可混稱孟嘗君？此皆失於詳審矣。

風涼

《癸辛新集》曰：「唐文宗詩：『人皆苦炎熱，我愛夏日長。』柳公權續以『薰風自南來，殿閣生微涼』。東坡惜其有美而無箴，故爲之續云：『一爲居所移，苦樂永相忘。願言均此施，清陰分四方。』蓋柳句正所以諷也：薰風之來，惟殿閣穆清高爽之地始知其涼，而征夫耕叟方奔馳作勞，低垂喘汗於黄塵赤日之中，雖有此風，安知所爲涼哉？此與宋玉對楚王曰『此謂大王之風耳，庶人安得而共之』者同意。」

吴旦生曰：時五學士屬和，帝獨諷公權兩句，辭清意足，不可多得。令公權題於壁上，字方圓五寸。帝視之，歎曰：「鍾、王復生，無以加矣。」《陳輔之詩話》云：「《舊唐史》：公權應制聯句：『薰風自南來，殿閣生微涼。』然當廣殿高閣，南風之來，不止微涼而已。《新史》易曰：『殿桷生餘涼。』蓋屈桷叢椽受風勁快。此兩字有功於脩詞也。」

《藝苑雌黄》云：「東坡《端午帖子皇帝閣》云：『微凉生殿閣，習習滿皇都。試問吾民愠，南風爲解無？』原其意，蓋欲聖君推南風之德，以及於黎庶也。謂公權有美而無箴，因續四句。其作《端午帖子》詩，用此意也。」陳輔之謂：「有易『殿桷生餘凉』，予謂此語無甚意義。今世所傳，只用公權舊語。故東坡詩：『微凉生殿閣。』」又云：「獨詠『微凉殿閣風』，不聞有『殿桷餘凉』之説。」

六出

章孝標《春雪》詩：「六出花飛處處飄。」「出」音綴。

吴旦生曰：《太平廣記》：「六出花，謂雪也。」《宋書》：「正月朔，雨雪。太宰義恭衣有六出，奏以爲瑞。」朱晦翁謂：「地六爲水之成數。雪者，水結爲花，故六出。立春後則五出矣。」又史繩祖《巖桂》詩：「四出花中異。」自注云：「土之生物，其成數五，故草木花皆五出。惟桂乃月中之木，居西方，地四乃西方金之生數，故花四出而金色，且開於秋云。」又蘇東坡《雪》詩：「薝葡無香散六花。」注云：「薝葡，梔子花也，與雪花皆六出。」按：冬至陰極陽生，梅、桃、李、杏花皆五出；夏至陽極陰生，威靈仙、鹿葱、射干、浄瓶蕉、梔子花皆六出。

祥符間，海陵人王綸有女，年十四，自稱燕華君。一日作《雪》詩：「何似月娥欺不在，亂飄瑞葉到人間。」父問：「『瑞葉』何出？」女曰：「天上有瑞木，花開六出。」

砌臺

張仲素詩：「騁望臨香閣，登高下砌臺。」

吴旦生曰：砌臺，即今擦擦臺也。王侯家作此，以爲臨觀之景。《清異録》所云「金陵士大夫家飯可打擦擦臺」是也。王審琦都尉家，其子曰承裕，幼時其父戲補砌臺使。白樂天詩：「何處風光最可憐，妓堂階下砌臺前。」楊汝士詩：「抛卻弓刀上砌臺。」陸放翁詩：「水殿西頭起砌臺。」

半日閒

徐興公曰：「李涉《游鶴林寺》云：『終日昏昏醉夢間，忽聞春盡强登山。因過竹院逢僧話，又得浮生半日閒。』曾子固續云：『昔人春盡强登山，只肯逢僧半日閒。何事一尊乘興去，醉中騎馬月中還。』」

吴旦生曰：《談藪》：「東坡一日訪佛印於竹寺，印款之，坡因誦涉『竹院』二句。印曰：『學士閒得半日，老僧忙了半日。』相與發一大笑。」《竹坡老人詩話》云：「有數貴人遇休沐，攜歌舞，宴僧舍者。酒酣，誦涉此二句。僧聞而笑之。貴人問：『師何笑？』僧曰：『尊官得半日閒，老僧卻忙了三日。』謂一日供帳，一日燕集，一日埽除也。」余以涉本愛竹，因登山而作此句，極韵事也。佛印猶是雅謔。至作三日勞碌，乃以僧舍爲郵亭，貴人俗甚，然亦僧自取耳。杜牧入文公寺，有僧擁褐獨坐，問杜姓字，旁人以累捷誇之。顧而笑曰：「皆不知也。」杜因題曰：「家在城南杜曲旁，兩枝仙桂一時芳。禪師都未知名姓，始覺空門意味長。」若此僧目無貴人，何忙之有？

畫壁

李德裕詩：「畫壁看飛鶴。」

吴旦生曰：注謂：「唐翰苑粉壁畫海中曲龍山。憲宗臨幸，中使懼而塗之。是後皆畫松鶴。」此李詩所云也。然按祕閣廊壁，薛稷畫鶴，故鄭谷詩：「因看薛稷鶴，共起五湖心。」《集賢注記》云：「集賢院北壁畫叢竹雙鶴。」則是禁壁畫鶴，又不止李所云矣。至於省中舊稱粉署者，粉畫省也。《畫斷》云：「畢宏，大曆二年爲給事中，畫松石於左省廳壁。」黄山谷云：「唐省中皆青壁畫雪，然此不始於唐也。」按《漢官典職》云：「省中皆粉壁，畫古列士、列女。」《東觀記》云：「靈帝詔蔡邕畫赤泉侯五代將相於省。」沈約《宋志》云：「郎官奏事明光殿，殿以胡粉畫古列賢列士。」則知省中畫壁有自矣。

白絹

《雲麓漫鈔》曰：「古結繩而治。二帝以來，始有簡册。以竹爲之，而書以漆；或用版，以鉛畫之，故有刀筆、鉛槧之説。秦、漢末用縑帛，如勝、廣書帛内魚腹，高祖書帛射城上。至中世漸用紙，《趙后傳》所謂『赫蹏』者，《注》云：『薄小紙。』然其實亦縑帛。《蔡倫傳》：『用縑帛者謂之紙。縑貴重，不便於人。倫乃用木膚、麻皮等。』則古之紙即縑帛，字蓋从糸云。故今人呼書曰『策子』，取簡册之義；又曰『第幾卷』，言用縑素也。江南行簡，處州作槧版，而髣髴古制。盧仝詩：『首云諫議送書至，白絹斜封三道印。』豈唐人又曾用絹封者邪？」

吴旦生曰：劉向校讎天禄閣，先書竹，其刊定可繕寫者以上素。揚雄謂：「天下上計者，吾當把三寸弱毫、四尺油素以開其異。」蔡邕非流紈豐素不妄下筆。按《逸雅》：「素，朴素也。已織則供用，不復加巧飾也。」又，物不加飾皆自謂之素，此色然也。則知盧仝「白絹」，猶言素也。《飲馬長城窟行》云：「中有尺素書。」《注》：「尺素，絹也。」《怨歌行》云：「新置齊紈素。」劉履《補注》引荀悦《漢紀》云：「齊國獻紈素絹。」則是絹即素也。

《周禮注》云：「素沙者，今之白縛也。」「縛」音絹，今作「絹」字。佛典多羅樹葉書，凡有二百四十縛，蓋借爲「卷」字也。則古字之借用多矣。

象外

魏菊莊曰：「比物以意，而不指言一物，謂之象外句。如無可詩：『聽雨寒更盡，開門落葉深。』是以落葉比雨聲也。又云：『微陽下喬木，遠燒入秋山。』是以微陽比遠燒也。用事琢句，妙在言其用而不言其名。」

吴旦生曰：唐人琢句，本自有法。一經識者拈出，或意言之外，别具靈鋒；或比偶之間，獨存音節。余不厭詳載之，以見古今人手眼也。魏鶴山謂：「詩家有影對，如陳后山詩：『輝輝垂重露，點點綴流螢。』是以上句對下句。」郭彦深謂：「借景顯題，如杜審言詩：『日照虹霓似，天清風雨聞。』是上句色，下句聲，瀑布水也。」

金聖歎云：「唐人三、四多作側卸，最是好手。而老杜爲尤得其法，如『羞將短髮還吹帽，笑倩旁人爲正冠』、『老去詩篇渾漫興，春來花鳥莫深愁』、『常怪偏裨終日待，不知旌節幾年回』、『永夜角聲悲自語，中天月色好誰看』、『郡人入夜争餘瀝，稚子尋源獨不聞』、『楚妃堂上色殊衆，海鶴階前鳴向人』、『我已無家尋弟妹，君今何處訪庭幃』、『石出倒聽楓葉下，櫓摇背指菊花開』、『遷轉五州防禦使，起居八座太夫人』、『豈謂盡煩回紇馬，翻然遠救朔方兵』、『花徑不曾緣客掃，蓬門今始爲君開』之類。其他如『到來函谷愁中月，歸去蟠溪夢裏山』、『鴻雁不堪愁裏聽，雲山況是客中過』、『越人自貢珊瑚樹，漢使何勞獬豸冠』、『葉縣已泥丹竈畢，瀛洲當伴赤松歸』、『寒雨送歸千里外，春風沈醉百花前』、『江客不堪頻北望，塞鴻何事又南飛』、『不見山中人半載，依然松下屋三間』、『夜半聽雞梳白髮，天明走馬入紅塵』、『知愛魯連歸海上，可令王翦在頻陽』、『曹公尚不能容物，黄祖何因反愛才』、『聖主尚嫌蕃界近，將軍莫恨漢庭遥』、『爲客正當無雁處，故園誰道有書來』是也。或於一樣側卸中，又每每有作拗一句法者，如『江客不堪頻北望，塞鴻何事又南飛』、『不見山中人半載，依然松下屋三間』、『浮世本來多聚散，紅蕖何事亦離披』、『遥知楊柳是門處，似隔芙蓉無路通』、『雖愁野岸花房凍，還得山家藥筍肥』、『振錫纔開三徑草，登船又挂一帆風』、『新斸松蘿還不住，愛尋雲水擬何之』，皆是於題外故作一拗，以自攄其胸前離奇屈曲之氣，此又非側卸一例之所得同也。又見其於側卸之中另有陪一句之法，如『鴻雁不堪愁裏聽，雲山況是客中過』、『門臨蒼莽經年閉，身逐嫖姚何日歸』、『漫有長書憂漢室，空傳哀些弔沅湘』、『眼穿常訝雙魚斷，耳熱何辭數爵頻』、『祇令文字傳青簡，不使功名上景鐘』、『寺寺院中無竹樹，家家壁上有弓刀』、『碧落有情還悵望，瑶臺無路可追尋』、『金管曲長人盡醉，玉簪恩重獨生愁』、『蝴蝶夢中家萬里，子規枝上月三更』、『一缾一鉢垂垂老，千水千山得得來』，皆是明明走出題外，先陪一句，然後只以一句便完正題也。

納納眈眈

《蜀中詩話》曰：「薛濤所作《江月樓》詩：『秋風彷彿吴江冷，鷗鷺參差夕陽影。垂虹納納卧譙門，雉堞眈眈俯漁艇。陽安小兒拍手笑，使君幻出江南景。』」

吴旦生曰：曹能始謂：「江南鈔本與蜀本之外，搜閱而得此詩。」余觀「垂虹」二句，風物流利，即疊字亦不虚下。「納納」用裴遜之詩：「納納江海深。」杜子美詩：「納納乾坤大。」而「眈眈」從「睥睨」生來。《左傳》：「守陴者皆哭。」杜預《注》云：「陴者，城上之睥睨。」《逸雅》云：「城上垣曰睥睨，言於其孔中睥睨非常也。亦曰女牆，言其卑小，比之於城，若女子之於丈夫也。」《字學集要》云：「蓋女牆開箭眼以窺望城下，因名睥睨。」《正異》作「埤堄」，《史記・魏其傳》作「辟倪」，《三蒼》作「䙖䬷」，《説文》作「俾倪」，《韵會》作「壀堄」，《正韵》作「睤睨」。

歷代詩話卷五十二　庚集七

壽谿　吴景旭旦生氏著

唐詩 卷下之上

行馬

《韵語陽秋》曰：「李商隱《九日》詩：『曾共山翁把酒時，霜天白菊繞階墀。十年泉下無消息，九日尊前有所思。不學漢臣栽苜蓿，空教楚客詠江蘺。郎君官貴施行馬，東閣無因得再窺。』蓋令狐楚與商隱厚，楚卒，子綯位致通顯，略不收顧，故商隱怨而有作。然實商隱自取之也。且商隱妻父王茂元與所依鄭亞，皆李德裕黨也。商隱與二人暱甚，故綯以爲忘家恩放利偷合者，是綯惡其異己也。後綯當國，商隱亦歸窮自解。綯雖與一太學博士，然商隱亦厚顔矣。」

吴旦生曰：商隱依楚，以牋奏受知。其子綯疏之。九日，商隱造其廳事，題此詩。綯見之慚恨，扃鑰此廳，終身不處。東坡《九日》詩：「聞道郎君閉東閣，且容老子上南樓。」又云：「南屏老宿閒相過，東閣郎君嬾重尋。」皆用其語也。《漁隱叢話》云：「綯父名楚，商隱又受知於楚。詩中有『楚客』之語，題於廳事，更不避其家諱，何邪？」

《名義考》云:「本以禁馬,曰行馬者,反言之也。」《演繁露》云:「晉、魏以後,官至貴品,其門得施行馬。行馬者,一木橫中,兩木互穿,以成四角。施之於門,以爲約禁。今官府前叉讀作乍音子是也。」《墅談》云:「今制不論崇卑,衙門前皆施之,呼爲鹿角叉子。」《三餘贅筆》云:「鹿性警,群居則環其角,圓圍如陣,以防人物之害。軍中寨柵,埋樹木外向,名鹿角。」余按《周禮・掌舍》:「設梐枑音互,再重。」《注》:「梐枑謂行馬。」鄭玄謂:「行馬再重者,以周衛有外内列。」《漢官儀》:「光禄大夫門外,特施行馬,以旌别之。」魏文帝拜楊彪光禄大夫,令門施行馬。晉孝武置檢校御史,知行馬外事。陳後主時,蕭摩訶以功授侍中,詔摩訶開閤門,施行馬。鮑防詩:「柴門豈斷施行馬。」

蒼鶻

李義山《嬌兒》詩:「忽復學參軍,按聲喚蒼鶻。」

吴旦生曰:《吴史》:「徐知訓怙威嬌淫,調謔王,無敬長之心。嘗登樓狎戲,荷衣木簡,自號參軍,令王髽髻鶉衣爲蒼頭以從。」《五代史・吴世家》云:「知訓爲參軍,隆演鶉衣髽髻爲蒼鶻。知訓嘗使酒駡坐,語侵隆演。隆演媿恥涕泣,而知訓愈辱之。」《輟耕録》云:「唐有傳奇,宋有戲曲、唱諢、詞説,金有院本、雜劇,其實一也,元朝院本、雜劇始釐而二之。院本則五人:一曰副淨，古謂之參軍；一曰副末，古謂之蒼鶻，鶻能擊禽鳥，末可打副淨，故云；一曰引戲；一曰末泥；一曰孤裝。又謂之五花爨弄。」或曰：宋徽宗見爨國人來朝，衣裝鞋履巾裹，傅粉墨，舉動如此，使優人效之以爲戲。然則義山詩蓋指嬌兒之戲弄也。薛能《吴姬》詩：「此日楊花初似雪，女兒絲管弄參軍。」正同此意。

《古今説海》云：「肅宗宴於宫中，女優有弄假官戲。其緑衣秉簡者，謂之參軍椿。此蕃將阿布思伏誅，其妻配掖庭，爲假官之長，所謂椿也。」然余按《樂府雜録》：「戲弄參軍，始自漢館陶令石耽有贓犯，和帝惜其才，免罪。每宴，令衣白夾衫，命優伶戲弄辱之，經年乃放，後爲參軍。」則是漢時已然，非唐始之。如五代王宗侃受維州參軍，宋景德中張景斥爲房州參軍，皆以職名乃俳優所弄，以是爲恨，蓋亦有由矣。

錦瑟

《緗素雜記》曰：「山谷讀義山《錦瑟》詩，殊不曉其意。後以問東坡，東坡云：『此出《古今樂志》。錦瑟之爲器也，其絃五十，其柱如之，其聲也適怨清和。』按：李詩『莊生曉夢迷蝴蝶』，適也；『望帝春心託杜鵑』，怨也；『滄海月明珠有淚』，清也；『藍田日暖玉生煙』，和也。」

吴旦生曰：《許彦周詩話》：「錦瑟之聲，適怨清和。昔令狐楚侍人能彈此四曲。詩中四句，狀此四曲也。」《聞見後録》：「莊生、望帝，皆瑟中古曲名。」《劉貢父詩話》：「錦瑟，是令狐楚家青衣名也。」審爾則義山真浪子矣。東坡分釋四字，詩意分明，遂爲定論。王弇州云：「不解則涉無謂，既解則意味都盡。」余以此詩有不容不解者，故元遺山詩：「望帝春心託杜鵑，佳人錦瑟怨華年。詩家總愛西崑好，獨恨無人作鄭箋。」蓋謂此也。

按《世本》云：「伏羲造瑟五十絃。」正史又言：「組桑爲三十六絃琴瑟。」《中論》云：「朱襄氏使士達製五絃之瑟。」《呂氏春秋》云：「瞽瞍作十五絃之瑟，命之曰大章。舜益之八絃，以爲二十三絃。」《漢書》：「泰帝命素女鼓瑟，帝悲不止，故破五十絃爲二十五絃。」《史記》：「漢武帝因公孫卿言，召歌兒作二十五絃。」《隋志》：「二十七絃，蓋五絃、十五絃，小瑟也；二十五絃，中瑟也；五十絃，大瑟也。」《因話録》云：「秦人鼓瑟，兄弟爭之，破二十五絃而爲二，箏之名自此始。今之制十三絃，而古制亦有十二絃者，謂之秦箏。世俗有樂器而小，用七絃，名軋箏。」

三素雲

李義山《送宮人入道》詩：「九枝鐙外朝金殿，三素雲中侍玉樓。」

吴旦生曰：《雲洞真經》：「立春日清早北望，有紫、緑、白雲，爲三元君三素飛雲，乘八輿之輪，上詣天帝。天子候見，再拜自陳：『某乞願侍輪轂。』三見元君之輩者，白日昇天。」唐試進士，以「立春日望三素雲」爲題，出此。故蘇子容作《皇太妃閤春貼子》云：「萬年枝上看春色，三素雲中望玉晨。」許沖元作《皇帝閤春貼子》云：「三素雲飛依北極，九農星正見南方。」倪雲林詩：「敷腴三素雲，照耀青蓮臺。」

翻案

《藝苑雌黄》曰：「文人用故事，有直用其事者，有反其意而用之者。李義山詩：『可憐半夜虛前席，不問蒼生問鬼神。』雖説賈誼，然反其意而用之矣。林和靖詩：『茂陵他日求遺藁，猶喜曾無封禪書。』雖説相如，亦反其意而用之矣。直用其事，人皆能之。反其意而用之者，非事業高人，超越尋常拘攣之見，不規規然蹈襲前人陳迹者，何以臻此。」

吴旦生曰：杜少陵詩：「羞將短髮還吹帽，笑倩旁人爲正冠。」蓋孟嘉以落帽爲勝，而杜反欲正冠也。王荆公詩：「茅檐相對坐終日，一鳥不鳴山更幽。」蓋王文海有云「鳥鳴山更幽」，而王亦反之也。然此猶反前事與舊語耳。至於自家語有時異用者，如韋蘇州詩：「心同野鶴與塵遠，詩似冰壺徹底清。」又《送人》詩：「冰壺見底未爲清，少年如玉有詩名。」黄常明云：「此可爲用事之法，蓋不拘故常也。」

冰

李義山詩：「碧玉冰寒漿。」吴旦生曰：水凝曰冰，作平聲；所以寒物曰冰，作去聲。包佶詩：「春飛雪粉如毫潤，曉漱瓊膏冰齒寒。」又「玳瑁明珠閣，琉璃冰酒缸」，皆作去聲。《容齋隨筆》云：「唐人謂詞部曰冰廳，冰音柄。」《因話録》云：「言其清且冷也。」歐陽詩：「獨宿冰廳夢帝闕。」

蜨粉蠭黄

李義山詩：「何處拂胸資蜨粉，幾時塗額藉蠭黄。」吴旦生曰：《野客叢書》引《滿江紅》詞云：「蜨粉蠭黄都褪卻。」注：「蜨粉、蠭黄，唐人宫妝。」觀義山詩，知詞注爲不妄也。《鶴林玉露》載《道藏經》云：「蜨交則粉退，蜂交則黄退。」詞云：「蜨粉蜂黄渾退了。」正用此也。説者以爲宫妝，且以「退」爲「褪」，誤矣。田子藝云：「蜂之末歧者，牝也；末鋭者，牡也。蜨之翅文者，牝也；翅純者，牡也。」

荳蔻

張好好年十三，杜牧以善歌置樂籍中，吟一絶云：「娉婷嫋娜十三餘，荳蔻梢頭二月初。春風十里揚州過，卷上珠簾總不如。」劉孟熙引《本草》云：「荳蔻花未大開者，謂之含胎花，言年尚少而娠身也。」楊升庵謂：「其所引《本草》是，言少而娠非也。牧之本詠娼女，言其美而且少，未經事人，如荳蔻花之未開耳。此爲風情言，非爲求嗣言也。若娼而娠，人方厭之，以爲緑葉成陰矣，何事入詠乎？」

吴旦生曰：嵇含《南方草木狀》云：「荳蔻花，其苗如蘆，其葉似薑，其花作穗，嫩葉卷之而生。花微紅，穗頭深色。葉漸舒，花漸出。」《本草》亦云：「荳蔻花作穗，嫩葉卷之而生。初如芙蓉，穗頭深紅色。葉漸展，花漸出，而色微淡。亦有黄、白色似山薑花，花生葉間。南人取其未大開者，謂之含胎花，言尚小如姙身也。」然則《本草》亦狀其花之吐而尚含藴於葉間，有如人之娠耳。孟熙正引此意，非直謂少女之娠也。升庵誤會少而娠之語，添出求嗣一案，可笑。又別引「十三餘」爲「十三樓」，更無謂。楊廉夫豔詞云：「從今不帶宜男草，荳蔻含胎恐太并。」總是戲言耳。

黄山谷《廣陵早春》用其意作詩云：「春風十里珠簾卷，髣髴三生杜牧之。紅藥梢頭初繭栗，揚州風物鬢成絲。」按《禮記》：「祭天地之牛，角繭栗。」《漢書》：「天地牲，角繭栗。」顔師古《注》：「牛角之形，或如繭，或如栗，言其小。」山谷借用以言花苞之小。末句謂風物如此，惜其身之老也。則知荳蔻含胎，紅藥、繭栗同出一意。高續古《紅藥》詞云：「紅翻繭栗梢頭徧。」姜堯章《芍藥》詞云：「繭栗梢頭弄。」張伯雨詩：「微雨催開繭栗花。」吴文可詩：「藥欄繭栗怯春寒。」猶是用山谷詩耳。如張思廉詩：「胡姬年十五，芍藥正含葩。」直脱换牧之、山谷間矣。

二喬

《許彦周詩話》曰：「杜牧之作《赤壁》詩：『折戟沈沙鐵未消，自將磨洗認前朝。東風不與周郎便，銅雀春深鎖二喬。』意謂赤壁不能縱火，即爲曹公奪二喬，置之銅雀臺上也。孫氏霸業，繫此一戰。社稷存亡、生靈塗炭都不問，只恐捉了二喬，可見措大不識好惡。」

吴旦生曰：《深雪偶談》謂：「牧之以滑稽弄辭，彦周雌黄之，豈非與癡人言不應及於夢也？禹錫《題蜀主廟》云：『淒涼蜀故妓，歌舞魏宫前。』亦是此意。惟增悽感，卻不主於滑稽耳。牧之詩如《四皓廟》云：『南軍不袒左邊袖，四皓安劉是滅劉。』如《烏江亭》云：『勝敗兵家未可期，包羞忍恥是男兒。江東子弟多才俊，卷土重來未可知。』則『東風』、『春深』數字，較爲含蓄深窈矣。」余以牧之數詩俱用翻案法，跌入一層，正意益醒，謝疊山所謂「死中求活」也。《漁隱叢話》云：

「牧之題詠好異於人，如《赤壁》、《四皓》皆反説其事。至題《烏江》，則好異而叛於理。項氏以八千渡江，無一還者，誰肯復附之，其不能卷土重來決矣。」嗚呼，此豈深於詩者哉？

承露囊

《嬾真子》曰：「杜牧之《華萼樓》詩：『千秋佳節名空在，承露絲囊世已無。』漢以金盤承露，而唐以絲囊。絲囊可以承乎？此不可解。」

吴旦生曰：《述征記》：「八月一日作五明囊，盛取百草頭露洗眼，令眼明也。」《續齊諧記》云：「弘農鄧紹嘗以八月旦入華山采藥，見一童子執五綵囊，承柏葉上露，皆如珠滿囊。紹問：『用此何爲？』答曰：『赤松先生取以明目。』言終便失所在。」荆楚歲時至八月十四日以錦綵爲眼明囊，遞相餉遺。余因考《隋唐嘉話》云：「源乾曜、張説以八月初五日明皇生辰，請爲千秋節。百姓祭皆就此日，名爲賽白帝。群臣上萬歲壽，王公戚里進金鏡綬帶，士庶結絲承露囊，更相問遺。」則牧之詩蓋紀實也。楊仲弘《早朝》詩：「絲囊已進千秋録，黼座還稱萬壽杯。」用此。《唐實録》云：「天寶七載，百官蕭照等請改千秋節爲天長節，從之。」

張説《上大衍曆序》云：「謹以開元十六年八月端午赤光照室之夜獻之。」宋璟《請以八月五日爲千秋節》云：「月維仲秋，日在端午。」則凡月之五日皆可稱端午。

西子

《西谿叢語》曰：「《吴越春秋》：『吴亡，西子被殺。』杜牧之詩：『西子下姑蘇，一舸逐鴟夷。』東坡詞：『五湖聞道，扁舟歸去，仍攜西子。』予問王性之，性之云：『西子自下姑蘇，一舸自逐范蠡，遂爲兩義，不可云范蠡將西子去也。』嘗疑之，别無所據。因觀《景龍文館記》，宋之問《浣紗篇》云：『越女顔如花，越王聞浣紗。國微不自寵，獻作吴宫娃。山藪半潛匿，苧蘿更蒙遮。一行霸句踐，再笑傾夫差。豔色奪常人，效顰亦相誇。一朝還舊都，靚妝尋若耶。鳥驚入松蘿，魚畏沈荷花。始覺冶容妄，方悟群心邪。』此詩云復還會稽，又與前不同，當更詳考。」

吴旦生曰：楊升庵引《墨子》云：「吴起之裂，其功也；西施之沈，其美也。」又《吴越春秋·逸篇》云：「吴亡後，越浮西施於江，令隨鴟夷以終。」謂子胥死，盛以鴟夷；今沈西施於江，所以報子胥之忠，故云「隨鴟夷」。陳晦伯引《吴地記》云：「嘉興縣一百里有女兒亭。句踐令蠡獻西施，路與潛通，三年始達吴。遂生子，至此亭，其子一歲，能言，因名女兒亭。」《越絶書》云：「西施亡吴國後復歸范蠡，因泛五湖而去。」王弇州謂：「亭在嘉興縣南一百里，爲吴地。蠡爲越成大事，豈肯作此無賴事？未有奉使進女三年，於數百里間而不露；露而越王不怒蠡，吴王不怒越者也。」胡元瑞謂：「太史傳蠡『三遷皆致千金』，又云『長子偕吾力田起家』，則非在越服官日所産明甚。亡吴之後，成名畏禍，而載麗治以適他邦，固其計所必出也。」諸説紛紛。自余斷之，蠡沈鷙善決策，必不潛通於未獻之前，而或載泛於既亡之後，此與三致千金，總不可於聲色貨利中位之也，何必硬證沈江。

東坡詩：「他年一舸鴟夷去，應記儂家舊姓西。」蓋用牧之語也。按《寰宇記》云：「施，其姓也。」是時有東施家、西施家，故山谷詩：「取笑如東施。」聖俞詩：「曲眉不想西家樣。」則是所居在西，故稱西施，非姓也。然既姓西，有何新舊？恐是舊住西，或傳寫之譌，以住字作姓字。

罷亞

杜牧之詩：「罷亞百頃稻，西風吹半紅。」

吴旦生曰：《詞林海錯》：「罷亞，稻多貌。一作穲稏，又作䆉稏。」《字學集要》謂：「皆稻名。」蘇軾《寄吴德仁》詩：「門前罷亞十頃田，清谿繞屋花連天。」毛滂《禱雨》詩：「百里飽看紅穲稏，一杯輕媿黑蜿蜒。」袁世弼《百尺山》詩：「瓊田收䆉稏，玉溜注琅玕。」

幸驪山

《遯齋閒覽》曰：「杜牧《華清宫》詩：『長安回望繡成堆，山頂千門次第開。一騎紅塵妃子笑，無人知是荔支來。』據《唐紀》：『明皇以十月幸驪山，至春即還宫，未嘗六月在驪山也。』然荔支盛暑方熟，詞意雖美，而失事實。」

吴旦生曰：《東城老父傳》云：「玄宗元會與清明節，率皆在驪山。每至是日，萬樂具舉，六宫畢從。」則其幸驪山不止十月也。《長恨傳》云：「天寶十年，避暑驪山宫。」《太真外傳》云：「妃子生於蜀，嗜荔支。南海荔支勝於蜀者，每歲馳驛以進。然方暑熱而熟，經宿則無味，後人不能知也。」又云：「天寶十四載六月一日，上幸華清宫，乃貴妃生日，於長生殿奏新曲，未有名。會南海進荔枝，因以曲名《荔枝香》。」則其幸驪山正在荔支熟時也。牧之詩正合此事實，《遯齋》未及攷耳。

如王建《華清宫》詩：「二月中旬已進瓜。」注云：「唐置温湯監，監丞種瓜蔬，隨時供奉。瓜，夏熟者。二月而進瓜，蓋譏明皇違時及物，求口體奇巧之奉，以悦婦人。」觀此則臨事而嗟，先時而諷，皆詩人微旨，安可以故常論也？

息夫人

《珊瑚鉤詩話》曰：「杜牧之《息夫人》詩：『細腰宫裏露桃新，脈脈無言幾度春。至竟《希通録》云：「至竟，畢竟也。」《後漢·樊英傳》：「朝廷若待神明，至竟無他異。」息亡緣底事，可憐金谷墜樓人。』與所謂『莫以今朝寵，能忘舊日恩』、『看花滿眼淚，不共楚王言』，語意遠矣。蓋學有淺深，識有高下，故形於言者不同也。」

吴旦生曰：楚伐息，破之，執其君，將妻其夫人。楚王出遊，夫人道出，見息君，以死自誓，遂自殺。舊詩云：「金鑪香絶玉樓空，寂寞桃花委地紅。」按：地志載漢陽有桃花夫人廟，即息夫人也。許彦周謂牧之詩爲二十八字史論，張表臣拈出學識，更勝。

《本事詩》云：「寧王宅左有賣餅者妻，王一見屬目，厚遺其夫取之。環歲，問：『汝復憶餅師否？』默然不對。王召餅師，使見之。其妻注視，雙淚垂頰，若不勝情。時座客十餘人，無不悽異。王命賦詩，王維詩先成，有『看花滿眼淚，不共楚王言』之句。」按《左傳》：「楚子以息嬀歸，未言。楚子問之，對曰：『吾一婦人，而事二夫，其又奚言？』」故《國秀集》載維詩作「息嬀怨」，《河嶽英靈集》作「息夫人怨」。

二十四橋

杜牧之詩：「二十四橋風月夜。」

吴旦生曰：揚州之盛，唐世豔稱，故張祜詩：「人生只合揚州死，禪智山光好墓田。」徐凝詩：「天下三分明月夜，二分明月在揚州。」舊稱牧之詩好用數目，如「二十四橋」之類是也。按

《筆談》記二十四橋云：「最西濁河茶園橋，次東大明橋今大明寺前，入西水門有九曲橋今建隆寺前，次當正，當帥牙南門有下馬橋，又東作坊橋，橋東河轉向南，有洗馬橋，次南橋見在今州城北門外，又南阿師橋，周家橋今此處爲城北門，小市橋今存，廣濟橋今存，新橋，開明橋今存，顧家橋，通明橋今存，太平橋，利國橋，出南水門有萬歲橋今存，青園橋，自驛橋北河流東出，有參佐橋今開元寺前，次東水門今有新橋，非古蹟也，東出有山光橋見在今山光寺前。又自衙門下馬橋直南有北三橋、中三橋、南三橋，號九橋，不通船，不在二十四橋之數，皆在今州城西門外。」

《侯鯖録》云：「歐公自揚州移汝州，作西湖詩曰：『都將二十四橋月，換得西湖十頃秋。』後東坡自汝移揚，作詩曰：『二十四橋亦何有，換此十頃玻璃風。』用歐公詩也。」

郵亭

杜牧之《籌筆驛》詩：「郵亭自世換，白日事長垂。」

吳旦生曰：籌筆驛在利州，諸葛孔明籌畫於此，故名。殷潛之詩：「圜觚當入畫，前箸此操持。」李義山詩：「徒令上將揮神筆，終見降王走傳車。」羅隱詩：「抛擲南陽爲主憂，北征東討盡良籌。」

《説文》：「郵，境上行書舍。从邑、垂。垂，邊也。」徐云：「郵之言過，使所過也。」《廣雅》：

「郵，驛也。置，亦驛也。」《廣韻》：「馬傳曰置，步傳曰郵。」《風俗通》云：「漢改郵爲置。置者，度其遠近之間置之也。」漢文帝詔：「餘皆給傳置。」師古《注》：「置者，置傳驛之所，因名置也。」「田横至尸鄉廄置」，臣瓚《注》：「廄置，謂置馬以傳驛者。」「李陵因騎置以聞」，師古《注》：「騎置，謂驛騎也。」

三尸

許渾詩：「夜寒初共守庚申。」

吴旦生曰：《中山玉櫃經》云：「人身並有三尸、九蟲，常以庚申日夜上告天帝，記人罪過，絶人生籍，欲令速死。魂昇於蒼天，魄入於黄泉，唯有蟲、尸獨在地上遊走，曰鬼。或四時八節，三牲祭祀不精，輒與人作禍害，伐人性命。上尸名彭倨，好寶物；中尸名彭質，好五味；下名彭矯，好色慾。此三尸狀如小兒，或似馬形狀，皆有鬚髪，毛長三四寸。人既死，遂出作鬼耳。如人生時形象，衣服長短。親人見之，謂是亡人還家，實非亡人靈也。」《上清無始録》云：「每至庚申日，夕不眠以守之，令不得訴天帝。罪滿五百條，其人必死。三守庚申，三尸振扶；七守庚申，三尸長絶。太元鑊湯，煮而死矣。爾乃精神安定，五臓恬和，不復騷擾。」

柳子厚有《罵尸蟲文》，吴淵穎有《三彭傳》。李頎《王母歌》云：「若能鍊魄去三尸，後當見我天皇所。」温庭筠詩：「風卷蓬根屯戊己，月移松影守庚申。」陸放翁詩：「積雨恐侵春甲子，昏鐙嬾守夜庚申。」近董思白詩：「谷名子午真盈一，坐守庚申不但三。」《芝田録》云：「朝士夜集終南太乙觀，拉醫師同守庚申。醫云：『不守庚申亦不疑，此心良與道相依。玉皇已自知行止，任汝三彭説是非。』」

楸

《説文》：「楸，梓屬也。」《箋》云：「松楸，墓木也。時至秋多悲傷，故从秋。謂楸爲梓屬可，謂即梓不可。唐詩：『松楸遠近千官冢，禾黍高低六代宫。』」

吴旦生曰：此許渾《金陵懷古》之頷聯也。若如《箋》云，則楸幾與白楊同蕭蕭愁殺矣。然觀《韵語陽秋》云：「楸花色香俱佳，又風韵絶俗，而名不編於花譜，何哉？」老杜云：「要把楸花媚遠天。」言其色也。又曰：「楸樹馨香倚釣磯。」言其香也。梅聖俞《楸花》詩云：「圖出帝宫樹，聳向白玉墀。高豔不近俗，直許天人窺。」言其韵也。《埤雅》云：「楸，美木也。故曰：山居千章之楸，其人與千户侯等。」《述異記》云：「越人多橘柚園，歲出橘税，謂之橙橘户。中山又有楸户。」此蓋名高楸籍矣，豈特墓木堪悲而已哉。

董子曰：「木名三時，草命一歲。若椿从春，楸从秋，榎从夏，所謂木名三時。芓从子，黄从寅，茆从卯，莤从酉，荄从亥，芀从丁，茂从戊，芑从己，莘从辛，葵从癸，命以一歲支干，故曰草命一歲也。」

罨畫

許渾《詠紫藤》詩：「家住江南罨畫谿。」楊升庵謂：「當用『罯』字。若『罨』乃魚網，非其訓也。張泌詩：『罨岸春濤打船尾。』謂魚尾遮岸也，此最得其義。然左思《蜀都賦》：『罨翡翠，釣鰋魦。』其來古已。」

吳旦生曰：《説文》：「罨，罕也。於業切。」《箋》云：「奄取禽獸，故从奄。奄，掩省也。」升庵又謂：「吳興有罨畫谿，皆借『罨』字，此字多爲借義所專。余寓此谿久，喜其古藤老樹夾岸交羅，非借一『罨』字，不能盡此谿之勝。」鄭谷詩：「顧渚山邊郡，谿將罨畫通。」劉濤詩：「欲識人間真罨畫，朱藤倒影入青谿。」張西農詩：「風吹未歸去，罨畫小谿平。」張伯雨《客義興王氏》詩：「路入秋陰罨畫間。」迺易之《送吳月舟之湖州》詩：「烏程美酒臨池酌，罨畫青山拄笏看。」

按：罨畫，今之生色也。張祜詩：「紅罨畫衫纏腕出。」楊汝士詩：「罨畫羅裙任嫂裁。」此其義也。若作「罯」字，反索然矣。曾見楊廉夫《苕山水歌》云：「既到車山口，還過罯水濆。」又《漫興》云：「罯畫谿頭翠水家。」升庵或據此爲説邪？《漫興七首》有云：「環沈谿頭買酒去，高堂寺裏看碑來。」

長城女兒雙結丫，陳皇宅前第一家。」乃廉夫至雉城時作。然《蜀都賦》：「八方菴藹。」王充《論衡》：「桃李梅杏，菴丘蔽野。」正同罨畫之義。金人劉致君詩：「罨畫谿山半是梅。」乃用《論衡》語意。

陵　陽

許渾《霅谿》詩：「誰堪從此去，雲樹滿陵陽。」

吴旦生曰：烏程北二十一里爲西陵山，吴太子孫和葬此。子皓繼統，追尊文皇帝陵曰明。以其在西，故名西陵。而吴興郡城在其南，故以陵陽名之。許詩指此。又李涉在維揚，見吴興劉全白之愛姬宋態，作詩云：「陵陽夜宴使君筵，解語花枝在眼前。」牟巘寓居城南，因名其詩爲《陵陽集》，皆謂此也。

玉條脱

温庭筠《傷李處士》詩：「辜負《南華》第一篇。」《唐詩鼓次》作「第二篇」。

吴旦生曰：此條所載不同。《南部新書》云：「大中好文，嘗賦詩，有『金步摇』，未能對。温岐卿孫光憲云：「温庭雲，字飛卿，或作筠字。舊名岐。」沈徽云：「温曾于江淮爲親表檟楚，由是改名。」以『玉條脱』

應之。宣宗令以甲科處之，爲令狐綯所沮，除方城尉。綯曾問其事於岐，岐曰：『出《南華真經》，非僻書也。冀相公燮理之暇，時宜覽古。』綯怒甚。後岐有詩曰：『悔讀《南華》第二篇。』」《北夢瑣言》云：「曾以故事訪於温岐，對以事出《南華》。綯怒，乃奏岐有才無行，不宜與第。所以岐詩曰：『因知此恨人多積，悔讀《南華》第二篇。』」《野客叢書》云：「《真誥》玉條脱事正在第一篇中，謂《華陽》第一篇可也，豈《南華》第二篇邪？」考温集有《題李羽》詩曰：「終知此恨銷難盡，孤負《華陽》第一篇。」無「悔讀《南華》第二篇」之句。《盧氏雜記》云：「唐文宗博覽群書，一日問宰臣：『古詩云：「輕衫襯跳脱。」「跳脱」是何物？』宰臣未對。上曰：『即今之腕釧也。』《真誥》言：『安妃有斲粟金跳脱，是臂飾。』」余竊有疑焉。一云曾問其事，一云曾以故事訪，或者別事，非明指條脱邪？屬對是宣宗，問古詩是文宗，豈判然兩朝事邪？《南華》則無，《華陽》則有，洵矣。而載《南華》者云：「因知此恨。」載《華陽》者亦云：「終知此恨。」詩辭髣髴，非鈔紀之譌邪？

《宛委餘編》云：「《真誥》：『萼緑華贈羊權金、玉條脱各一枚。』周處《風土記》作『條達』：『仲夏造百索繫臂，又有條達等組織雜物相贈遺。』繁欽《定情篇》又作『跳脱』，云：『何以致契闊，繞腕雙跳脱。』蓋一物而三名，傳寫之誤也。」《秕言》云：「條脱即跳脱。韵書：『跳』，田聊切，與『條』同音。」

李義山詩：「羊權雖得金條脱，温嶠終虚玉鏡臺。」余于《元音補遺》見宋本《大都雜詩》，有云：「朱門細婢金條脱，紫禁材官玉鹿盧。」其工麗不減温、李。

額　黄

温庭筠詩：「額黄無限夕陽山。」吴旦生曰：言額上妝黄如殘陽斜抹於山西也，極善形容。昔稱文君眉色如望遠山，亦此意。近陳卧子《蘭陵晚眺》詩：「童山不待夕陽黄。」又於説黄處具有脱换之法。

按：漢宫妝有額上塗黄，謂之鴉黄，王荆公所謂「漢宫嬌額半塗黄」也。楊升庵引陳去非《臘梅》詩：「智瓊額黄且勿誇，眼明見此風前葩。」智瓊，晉代魚山神女也。黄妝實自智瓊始，則升庵未審其漢宫已有之邪？然觀庾信詩：「眉心濃黛直點，額角輕黄細安。」而後周天元帝禁天下婦人不得施粉黛，自非宫人，皆黄眉墨妝。盧照鄰詩：「纖纖初月上鴉黄。」則黄妝或塗額角，或施眉上也。又觀漢日給宫人螺子黛，故云眉黛。曹子建《七啓》：「玄眉弛兮鉛華落。」而後周墨妝即黛，今婦人以杉木炭研末抹額，即其制也。則墨妝或以飾眉，或以點額也。

二十雙

温庭筠詩：「招客先開二十雙。」

吴旦生曰：《唐書·南詔傳》：「官給田四十雙，謂是二百畝。」則以五畝爲一雙也。然觀《輟耕録》謂：「近讀《雲南雜誌》曰：蠻有田皆種稻。其佃作三人，使二牛前牽，中壓而後驅之，犁一日爲一雙。以二乏爲已，二已爲角，四角爲雙，約有中原四畝地。」則又以四畝爲一雙矣。

相思子

胡元瑞曰：「今骰子製甚小，大者不過三數分，無至寸者。而唐人骰子凡四點當加緋者，或嵌相思子其中。温庭筠詩：『玲瓏骰子安紅豆，入骨相思知不知。』相思子即今紅豆。并四枚嵌一面，則唐時骰子將近方寸矣。」

吴旦生曰：此庭筠與裴諴所爲《新添聲楊柳枝詞》也。王摩詰詩：「紅豆生南國，秋來發幾枝。贈君多采擷，此物最相思。」爲梨園所唱。李龜年奔放江潭，曾於采訪使筵上唱之是也。徐興公云：「嶺南、閩中有相思木，歲久結子，色紅如大豆，故名相思子。每一樹結子數斛，非即紅豆也。」温飛卿詩：「樹名從此號相思。」注云：「相思樹，其理邪交，故名。」蓋此木也。

程大昌《樗蒲經》云：「蔡澤説范睢曰：『博者或欲大投。』班固《弈指》曰：『博懸於投，不必在行。』投者，擲也。桓玄曰：『劉毅樗蒲一擲百萬。』皆以投擲爲名也。古惟斲木爲子，一具凡五子，故名五木。後世傳而用石、用玉、用象牙、用骨，故《列子》之謂『投瓊』，《律文》之謂『出玖』。

『瓊』與『玖』皆玉名，蓋借美名以命之，未必真用玉也。繁欽《威儀箴》曰：『其有退食，偃息閒居。操橩弄棋，文局樗蒲。言不及義，勝負是圖。』《注》：『橩，瞿營反，博子也。』『橩』之讀與『瓊』同，其字仍从木，知其初制本以木爲質也。唐則鏤骨爲竅，朱墨雜塗，數以爲采。亦有出意爲巧者，取相思紅子納置竅中。此二者即今名骰子，其體制全與木異矣。方其用木也，五子之形，兩頭尖銳，中間平廣，狀似今之杏仁。尖銳可轉躍，平廣可鏤采。凡一子爲兩面，其一面塗黑，黑之上畫牛犢；一面塗白，白之上畫雉。凡投子者，五皆現黑則名盧。盧者，黑也。此爲最高之采。挼木而擲，往往叱喝，故名呼盧也。其次四黑一白，則其采名雉，比盧降一等矣。自此而降，白黑相雜，每每不同。故或名爲梟，即鄧艾言『六博得梟者勝』也。至於骰子之制，裁去五木兩頭尖銳，而蹙長爲方。既有六面，又著六數，不比五木但有白黑兩面矣。」李君實云：「骰色乃南宋冢宰朱河所造，俗訛爲朱窩。」

流落

《詩話類編》曰：「温庭筠才思豔麗，工於小賦。李義山嘗謂曰：『近得一聯句云：「遠比召公三十六年宰輔。」未得偶句。』温曰：『何不云「近同郭令二十四考中書」？』又藥名有『白頭翁』，温以『蒼耳子』爲對。他皆類此。宣宗好微行，遇於逆旅。温不識龍顏，傲然詰之曰：『公非長史、司馬之流？』帝曰：『非也。』又曰：『得非六參、簿尉之類？』帝曰：『非也。』謫爲方城尉，竟流落而死。杜悰自西川除淮海，庭筠詣韋曲杜氏林亭，留詩云：『卓氏壚前金線柳，隋家隄畔錦帆風。貪爲兩地行霖雨，不見池蓮照水紅。』祁公聞之，遺絹千匹。」

吴旦生曰：《唐書》載：「庭筠才思神速，多爲人作文。大中末試，有司廉視尤謹。庭筠私占授者已八人，執政鄙之，授方城尉。」《詩話》又云：「迮宣宗被謫，大抵凌物府怨，文士結習，亦無足怪。然未有流落之慘，如庭筠之因身以及其後者。舊傳其子憲於僖、昭時就試有司，值鄭延昌掌邦貢，以其父傲毁朝士，抑而不録。遂題一絶於崇慶寺壁云：『十口溝隍待一身，半年千里絶音塵。鬢毛如雪心如死，猶作長安下第人。』後鄭公登相，因國忌行香見之。暮歸，召知舉趙崇，謂曰：『某主文衡，以温憲庭筠之子，深嫉之。今見一絶，令人惻然，幸勿遺也。』於是成名。使非鄭公之末悔，不終流落長安哉？又憲爲李巨川草薦表，盛述先人之屈云：『蛾眉先妬，明妃爲去國之人；猨臂自傷，李廣乃不侯之將。』人多憐之。」

疑病

《全唐詩話》曰：「雍陶爲簡州牧，投贄者稀得見。馮道明下第請謁，云與員外故舊。閽者引進，陶辭曰：『與公昧平生，何云相識？』道明曰：『誦員外之詩，仰員外之德，詩集中日得相見，何隔平生也？』遂吟曰：『立當青草人先見，行傍白蓮魚未知。』又曰：『江聲秋入寺，雨氣夜侵樓。』又曰：『閉門客到常疑病，滿院花開不似貧。』陶聞吟欣狎，待道明如曩昔之友。」

吴旦生曰：《雲谿友議》載此條，作「閉門賓到常推病」。余以「推」者在此，事便實，情便減；「疑」者在彼，事便虚，情便溢。一字之易，相去尋丈。蓋從主卻客，不若客自入而意度之也。盧象詩：「主人非病常高卧。」亦此意也。又陶有《哀蜀人爲南詔所俘》詩云：「漸到蠻城誰敢近，一時收淚羨猨嘑。」楊升庵云：「畏死吞聲而不敢哭，所以羨猨聲之嘑。一『羨』字妙，或改作『聽』，非知詩者。」

白蓮牡丹

《漁隱叢話》曰：「陸龜蒙《詠白蓮》詩：『無情有恨何人見，月冷風清欲墮時。』若移作白牡丹詩，較更親切。」《陳輔之詩話》曰：「唐人牡丹詩：『紅開西子妝樓曉，翠揭麻姑水殿春。』若改『春』作『秋』，全是蓮花詩。」

吴旦生曰：魯望《白蓮》二句，無論體物之工，即「月冷風清」，是何氣韵！斷不屬三春物候。東坡解人，且道決非紅蓮詩也。唐人《牡丹》二句，若以紅樓近於粉房，翠殿近於仗蓋，此又東坡所謂「作詩必此詩」矣。判斷兩家，不若各給原主，二公且莫硬扯。

楊升庵謂：「魯望爲白蓮傳神，然此詩祖李長吉《詠竹》詩：『無情有恨何人見，露壓煙籠千萬枝。』余觀范石湖《嶺梅》詩：『花不能言客無語，日暮清愁相對生。』又似脱胎魯望，而韵格並絶。

《漁隱》謂：「胡武平《白牡丹》詩：『璧堂月冷難成寐，翠幄風多不奈寒。』勝於裴璘所詠『長安豪貴惜春殘，争賞先開紫牡丹。別有玉杯承露冷，無人起就月中看。』何燕泉云：「《神仙吴猛傳》：『猛登廬山，見一叟坐樹下，以玉杯承甘露授猛。』此語不徒然也。」余以胡句固佳，即裴絶亦因看花三月，奔走慈恩，特發此詠。故文宗一加諷念，而此詩夕滿六宮矣。總之，詩家或感時事，或體物情，各有興觸，不向死句較工拙也。較之又謂：「和靖《梅》詩：『疏影横斜水清淺，暗香浮動月黄昏。』近似野薔薇。蓋以此詠桃李尚不可，況野薔薇邪？」何處著此想？不禁掩口胡盧。

王微

《笠澤叢書》載《自遣》詩云：「月淡花間夜已深，宋家微詠有遺音。重思萬古無人賞，露溼清香獨滿襟。」

吴旦生曰：按：王微字景元，南宋人，所著有《詠賦》，是宜云「宋王微《詠賦》也」。《廣文選》誤「王」爲「玉」，題作「微詠」，賦下書宋玉之名。楊升庵駁之，而陳晦伯作《正楊》，以爲王微本傳不云有《詠賦》之作，豈別有見耶？余因考《宋書》、《南史》，俱云微少好學，無不通覽，善屬文，能書畫，兼解音律、醫方、陰陽、術數。爲文古甚，所著文集傳於世。《選注》所稱亦如此，而皆不及《詠賦》。然史傳中載賦如司馬長卿者，亦不概見，何得援以爲辭？若陸魯望篤學精思，而亦云「宋家《微詠》」，直誤信《文選補遺》與《廣文選》等書耳。

郗

黄伯思《法帖刊誤》曰：「晉郗鑒，其姓讀如絺繡之絺。世人以俗書『郗』字作『郄』，因讀爲郤詵之郤，非也。郤詵乃春秋大夫郤縠之後，郗鑒乃漢御史大夫郗慮之後，姓源既異，音讀迥殊。後世因俗書相亂，郗、郤二姓遂不復辨。陸魯望博古矣，其詩有云：『一段清香染郄郎。』亦誤讀也。」

吴旦生曰：《太傅别傳》云：「郗鑒，字道徽，高平金鄉人，漢御史大夫郗慮後也。」《世説》云：「郗夫人謂二弟司空中郎云：『王家見汝輩來，平平爾。』」《晉諺》云：「後來出人郗嘉賓。」《續晉陽秋》云：「盛德日新郗嘉賓。」按：諸書俱作「郗」字，而王右軍爲太傅選壻，其帖反以「郗」爲「郄」，則又何也？

攷《萬姓統譜》，「郗」在平聲四支韵，「郤」在入聲十一陌韵。然於「郗」姓下注云：「山陽，角音。又望出濟南。」於「郤」姓下注云：「濟陰，商音。又望出山陽。」則似兩相系屬者。而《韵要》

云：「郤、郄，同姓也。」焦弱侯云：「《春秋》宣公九年，晉郤缺救鄭成公。十七年，晉殺郤錡、郤犨、郤至。郤讀爲郄，音隙。漢有郄正，晉有郄超、郄鑒。郤，古郄字。」老杜《贈鮮于京兆》詩：「不得同晁錯，吁嗟後郄詵。」直寫「郤」作「郄」字。

越窑

《雲麓漫鈔》曰：「青磁器皆云出自李王，號祕色；又曰出錢王，今處之龍谿出者色粉青。越乃艾色。唐陸龜蒙有《進越器》詩云：『九天風露越窑開，奪得千峰翠色來。好向中宵盛沆瀣，共嵇中散鬭傳杯。』則知始於江南李王與錢王，皆非也。近臨安亦自燒之，殊勝二處。」

吴旦生曰：虞有陶器，三代、秦、漢謂甓器。其後有祕色窑器，言臣庶不得用也。按：周世宗姓柴氏，時所造曰柴窑，天青色細紋。宋汝州造者曰汝窑，淡青色蟹爪紋。河北唐、鄧、耀州悉有之，汝爲魁。江南則處州龍泉窑。政和間，京師自置窑燒造，曰官窑，色青，帶粉紅，有蟹爪紋，紫口鐵足。中興渡江，邵成章倣故京遺製，置窑於脩内司，名内窑。他如烏泥窑、餘杭窑、續窑，皆不逮官窑。有章生一、生二兄弟，主龍泉之琉田窑。生二所陶青器純碎，生一所陶者色淡。哥乃勝，故曰哥窑，鐵足紫口。今群隊者，是元末新燒爾。宣和、政和間出定州曰定窑，色白，外有淚痕者是真。劃花者佳，素與繡花次之。亦有紫定、墨定。東坡詩：「定州花瓷琢紅玉。」蓋定蚤出。後以定之白磁器有芒，不堪用，始命汝造青窑器。凡窑器有茅、篾、骨出者價輕。蓋損曰茅，路曰篾，無油水曰骨，市語也。祕色一作賁色。韓中孚過朱龍圖，「平生愛一賁色酒壺，因宴出示之」是也。

白閣

陸魯望《送浙東德師侍御西歸》云：「詩懷白閣僧吟苦，俸買青田鶴價偏。」吴旦生曰：《長安志》：「終南有紫閣、白閣二峰。」《遊城南記》云：「紫閣在終南山寺之西。」楊巨源詩：「晴明紫閣最高峰。」杜子美詩：「紫閣峰陰入渼陂。」又云：「故山迷白閣，秋水憶皇陂。」賈浪仙嘗歎曰：「知予素心者，惟終南白閣隱者耳。」《相鶴經》云：「青田之鶴。」《永嘉郡記》云：「有沐谿野，去青田九里。中有雙白鶴，年年伏子，長大便去，惟餘父母一雙在耳。精白可愛，多云神仙所養。」

翠碧

陸魯望《翠碧》詩：「紅襟翠翰兩參差，徑拂煙華上細枝。春水漸生魚易得，不辭風雨坐多時。」

吴旦生曰：《爾雅》：「翠，鷸也。」《廣志》：「翡，色赤；翠，色紺。」張揖《上林賦注》：「雄赤曰翡，雌青曰翠，其小者謂之翠碧。」《唐韵》：「鴗音立，水狗也。」《注》：「小鳥，青似翠，食魚，一名魚師，一名魚虎。」崔德符《通羊道中》詩：「翠裘錦帽初相識，魚虎彎環掠岸飛。」元僧良琦作《魚虎子圖》詩：「翠羽畫殊絶，窺魚秋水深。」

紅蓮

陸魯望《別墅懷歸》詩：「近炊香稻識紅蓮。」

吴旦生曰：《中吴紀聞》云：「紅蓮稻從古有之，至今以此爲佳種。」後見楊廉夫宴於顧仲瑛浣花館，主客聯句。仲瑛云：「白鬣魚乍封。」廉夫云：「紅蓮米新舂。」乃紀吴之實也。

煖簧

陸魯望詩：「妾思冷如簧，時時望君煖。」

吴旦生曰：章伯深稱：「魯望此句巧於用韵。」按：笙中有簧，以火炙之，樂家謂之煖笙。蓋簧煖則字正而聲清越，周美成詞有「簧煖笙清」之語。吴郡王、平原郡王兩家聲伎之盛，只笙一部已是二十餘人，自十月旦至二月終，日給焙笙炭五十斤，用錦熏籠藉笙於上，復以四和香熏之。《笙賦》：「剈力結反生榦，裁熟簧。」《注》云：「簧以熟銅爲之。」黄山谷詩：「傅粉未歸唬玉筯，吹笙無伴澀銀簧。」

《説文》：「笙，十三簧，象鳳之身也。」

鳳尾諾

皮襲美《以紫石硯寄魯望》詩：「石墨一研爲鳳尾，寒泉半勺是龍睛。」

吴旦生曰：晉元帝批牋奏曰「諾」，草書「若」字，尾如鳳尾也。按《唐六典》：「太子令，書畫諾。」宋至道初改爲「準」。陸魯望説云：「東宫曰『令』，諸王曰『教』。其事行則曰『諾』，猶天子肯臣下之奏曰『可』也。」晉元批鳳尾諾，時爲琅邪王。又，南齊江夏王鋒五歲，高帝使學鳳尾諾，一學即工，帝以玉麒麟賜之。則諸王亦畫諾矣。《後漢書》云：「南陽宗資主畫諾，梁江州刺史陳伯之目不識書，得文牒辭訟，惟作大諾。」則郡守、刺史亦畫諾矣。後不論崇卑，衙門皆批曰「準」。寇準當國，凡批文字去「十」作「准」，至今相仍。

至正中，王原吉詩：「書題鳳尾仙曹喜，恩浹螭坳學士榮。」

郝天挺云：「龍睛，硯沼也。」

綸巾

皮襲美詩：「白綸巾下髮如絲。」

吴旦生曰：《鄴中記》：「石季龍以女騎千人爲鹵簿，著紫綸巾。」故陸魯望《鄴宫》詩：「曉日靚妝千騎女，白櫻桃下紫綸巾。」按《七脩類藁》云：「綸字，世人皆知兩音：一曰綸，一曰關，而不知其故。蓋綸巾韵同而音近，詩法所忌也，故讀曰關。」《韵會》雖有兩收，皆引釋於「綸」字之下，而無一字及「關」字義。且「關」字仍注「龍春切」，則當爲「綸」字矣。所以二收，因韵書起於沈約。若《説文》，止於一收矣。楊升庵謂：「《説文》：『緸，青絲綬也，音關。』仲長統《昌言》：『身無半通青緸之綬，而竊三辰龍章之服。』《爾雅》：『緸似緸，組似組，東海有之，皆以草色似也。』緸，鹿角菜；組，海中苔，今之燕窠菜也。詩人『白緸巾』、『紫緸巾』皆合用此字，而俗多用『綸』。緸自緸，綸自綸，豈可混用也！」略見丙集蕭賦中。

石筍

《梅澗詩話》曰：「張祜酷好太湖石，三吴太守多以贈之。故陸魯望以詩哭之曰：『一林石筍散豪家。』」

吴旦生曰：「石筍」句乃皮襲美所作。按：張祜性嗜石，常悉力致之。後知南海，間載羅浮石筍，置於曲阿之宅。死未二十年，而故姬遺孕，凍餒不堪。顔宏至作詩哀之，屬魯望和，而魯望又邀襲美同作也。魯望和詩云：「聞道生平偏愛石，至今猶泣洞庭人。」洞庭山在太湖中，丹陽、曲阿屬焉，祜所築室處。洞庭出湖石，嵌空玲瓏，凡園林疊石，以此爲雅觀。但取之甚難，民多被其害。吴融詩：「洞庭山下湖波碧，波中萬古生湖石。鐵索千尋取得來，奇形怪狀誰能識。」

鮠魚

皮襲美詩：「因逢二老如相問，正滯江南爲鮠魚。」

吴旦生曰：《廣韵》：「鮠，吾灰切，魚名，其狀似鮎。」《集韵》：「鮠，吾回切，魚名，鯷之小者。」隋大業中，吴郡嘗獻海鮠魚乾膾四缶，遂以分賜達官。《本草》：「河豚，味甘温無毒。補虚，去溼氣，理腰腳。」按：《本草》所載河豚，乃今之鮰魚，亦謂鮠魚，江浙間謂之回魚是也。吴人所嗜河豚有毒，本名侯夷魚。《本草注》引曰：「華子云：河豚有毒，以蘆根、橄欖等解之。肝有大毒。又爲吹肚魚。」此乃是侯鮧魚，非《本草》所載河豚也。引以爲注，大誤矣。吹肚魚，以其腹脹如吹也。南人捕法，截流爲柵，待群魚大下之時，小拔去柵，使隨流而下，自相排蹙。或觸柵，則怒而腹鼓，浮於水上，人接取之。

《輟耕録》：「按《類編》魚部引《博雅》云：『鯸鮐盈之反，魨也。背青腹白，觸物即怒，其肝殺人。』正今人名爲河豚者也。然則『豚』當爲『魨』。」《坦齋筆衡》云：「楊廷秀與尤延之食河魨。問尤：『河魨原起何典？』尤因舉左太沖賦及劉淵材注答之。楊檢驗二處，信然，呼尤爲書廚。」此載《説郛》中，亦作此「魨」字。

庫露真

皮日休詩：「襄陽作髹器，中有庫露真。」

吴旦生曰：「露」一作「路」。按：《容齋四筆》云：「《新唐書・地里志》：『襄州土貢漆器庫路真二品十乘、花文五乘。』『庫路真』者，漆器名也，然其義不可曉。」《元豐九域志》云：「真漆器二十事是已。」《于頔傳》：「頔爲襄陽節度。襄有髹器，天下以爲法。至頔驕蹇，故方帥不法者稱爲襄樣節度。」《舊唐書・職官志》：「武德七年，改秦王、齊王下領三衛，及庫真、驅咥真，並爲統軍。」疑是周、隋間西邊方言也。楊升庵謂：「玲瓏空虛，故曰庫露。今諺呼書格曰『庫露格』是也。」

《偃曝談餘》云：「庫露真是北酒名。」尚未的也。

鶴俸

皮襲美《新秋即事》云：「酒坊吏到常先見，鶴俸符來每探支。」吴旦生曰：《松陵倡和集注》云：「吴都有鶴料案。」殊未詳「鶴俸」之説。曾彦和知滁州，有《次韵趙仲美西齋自遣》詩：「寧羨一囊供鶴料，會看千里躍龍媒。」注云：「唐幕府官俸，謂之鶴料。今歲敕頭所得止此。仲美省試下，故云。」又宋宣獻有《送黄祕丞倅蘇臺》詩：「鶴料署文移，鮝場收賦算。」此宣獻用襲美所云吴郡事也。陸放翁詩：「末路敢貪請鶴料，微官久厭駕雞棲。」

檣酒夜航

《中吴紀聞》曰：「夜航船唯浙西有之。然其名舊矣，古樂府有《夜航船》之曲。皮襲美《答陸魯望》詩：『明朝有物充君信，檣酒三瓶寄夜航。』」

吴旦生曰：竇子野《酒譜》云：「檣酒，江外酒名。」《山海經》：「檣汁甘爲酒。」《齊民要術》、《沈休文集》皆有「檣酒」。按《輟耕録》云：「凡篙師於城埠市鎮人煙湊集去處招聚客旅，裝載夜行者，謂之夜航船。太平之時，隨處有之。」則不獨浙西有也。

歷代詩話卷五十三　庚集八

苕谿　吴景旭旦生氏著

唐詩 卷下之中

袙腹帩頭

段成式詩：「見説自能裁袙腹，不知誰更著帩頭。」

吴旦生曰：段成式《漢上題襟集》與温庭筠唱和詩章，皆務用僻事。按：「袙腹」，今之裹肚也。王筠《詠裁衣》云：「裲襠雙心共一抹，袙腹兩邊作八撮。」劉熙《釋名》云：「袙腹，横帕其腹也。」

《羅敷行》：「少年見羅敷，脱帽著帩頭。」古本作「幧」七消反。《方言》：「趙、魏之間曰幧頭，或謂之承露，或謂之覆髮。」《儀禮注》：「如今著幓頭，自項中而前交額上，郤繞髻也。」《後漢書》：「向栩好披髮著絳綃頭。」《孫策傳》：「南陽張津著絳帕頭。」《老學庵筆記》云：「帕頭者，巾幘之類，猶今言幞頭也。」韓退之詩以「紅帕首」，已爲失之。東坡詩：「絳帕蒙頭讀道書。」增一「蒙」字，益誤。《愛日齋叢鈔》云：「禹會塗山之夕，有甲步卒千餘人。其不被甲者，以紅綃帕抹其額，自此遂爲軍容之服。唐婁師德募猛士討吐蕃，乃自奮，戴紅抹額來應詔。」其云「戴紅抹額」，亦帕首、巾幘之物爾。《席上腐談》云：「韓詩謂以紅綃縛其頭，即今之抹額也。帕首、幞頭本只是一物，今分爲二物。」

鹽　薑

《桐江詩話》曰：「唐人煎茶用薑，故薛能詩：『鹽損添常戒，薑宜著更誇。』據此則又有用鹽者矣。近世有用此二物者，輒大笑之。然茶之中等者，用薑煎信佳，鹽則不可。」

吴旦生曰：《鄴侯家傳》載皇孫奉節王即德宗煎茶加酥椒之類，泌戲云：「旋沫翻成碧玉池，添酥散出琉璃眼。」則唐人茶用鹽、薑，又用酥、椒矣。《續博物志》云：「茶出銀生諸山，采無時，雜椒薑烹而飲之。」又觀陳后山詩：「媿無一縷破雙團，慣下薑鹽枉肺肝。」東坡詩：「老妻稚子不知愛，一手已入薑鹽煎。」子由詩：「北方俚人茗飲無不有，鹽酪椒薑誇滿口。」則宋時茶猶然也。山谷謂：「寒中瘠氣，莫甚於茶。或濟以鹽，句賊破家。」蓋茶性冷，鹽導入下經，非養生所宜。

更不可解者，李義山《雜纂》以對花啜茶爲「殺風景」。《雲谿友議》云：「夔州游符邀客看花而不飲酒，至今荆襄花下斟茶者吟詩戲曰：『白帝城頭二月時，忍教清醒看花枝。』想唐時有此俗諺，故云爾。」然玄宗與江采蘋鬬茶，此開元中事。陸羽是大曆、元和人，創煎茶法，撰《茶經》三卷。至今鬻茶之家，陶爲其象，置於煬器之間，云宜茶足利，於是茗粥漸著。皎然《茶訣》、陸魯望《茶品》、温庭筠《采茶録》、張又新《煎茶水記》、蘇廙《十六湯品》，蓋菽莽之事彰著若此。而云「殺風景」，何其背馳邪？宋晏元獻以惠山泉煮日注，從容置酒，賦詩云：「稽山新茗緑如煙，静挈都籃煮惠泉。未向人間殺風景，更持醪醑醉花前。」王荆公《寄茶》詩：「金谷看花莫漫煎。」猶戲指前事也。

柳枝

《容齋隨筆》曰：「薛能，晚唐詩人，格調不高，而妄自尊大。有《柳枝詞》五首，最後一章曰：『劉白蘇臺總近時，當初章句是誰推？纖腰舞盡春楊柳，未有儂家一首詩。』自注云：『劉、白二尚書繼爲蘇州刺史，皆賦《楊柳枝詞》，世多傳唱。但文字太僻，宫商不高耳。』能之大言如此。但稍推杜陵，視劉、白蔑如也。今讀其詩，正堪一笑。劉之詞云：『城外春風吹酒旗，行人揮袂日西時。長安陌上無窮樹，惟有垂楊管别離。』白之詞云：『紅板江橋青酒旗，館娃宫暖日斜時。可憐雨歇東風定，萬樹千條各自垂。』其風流氣槩，豈能所可髣髴哉？」

吴旦生曰：皇甫湜有言：「讀詩未有劉長卿一句，已呼阮籍爲老兵；筆語未有駱賓王一字，已罵宋玉爲罪人；書字未識偏旁，高談稷、契；讀書未知句讀，下視服、鄭。」殆爲能輩言邪？黄山谷謂：「薛能欺世。」劉後村謂：「能無忌憚。」正自不誣。按：《楊柳枝》本歌亡隋之曲，故陳子昂詩：「萬里長江一帶開，岸邊楊柳幾千栽。錦帆未落干戈起，惆悵龍舟去不回。」韓琮詩：「行樂隋隄事已空，萬條猶舞舊東風。」晉和凝詩：「萬枝枯槁怨亡隋，似弔吳臺各自垂。」是也。劉、白晚年唱和此詞，白云：「古歌舊典君休問，聽取新翻《楊柳枝》。」又作《楊柳枝》二十韵，注謂：「洛下新聲也。」劉云：「請君莫奏前朝曲，聽唱新翻《楊柳枝》。」蓋稱白傅之別創詞也。後黃鐘商有《楊柳枝曲》，仍是七字四句，但每句下各增三字一句，乃唐時和聲，如《竹枝》、《漁父》皆有和聲也。舊詞多側字起頭，第三句亦復側字起，聲度差穩。

雲谿子云：「杜牧詩：『巫娥廟裏低含雨，宋玉堂前斜帶風。』滕邁詩：『陶令門前罥接䍦，亞夫營裏拂朱旗。』不言『楊柳』二字爲妙。」《冷齋夜話》云：「荆公詩：『含風鴨緑粼粼起，弄日鵝黄裊裊垂。』此言水柳，妙在於言其用而不言其名也。」然余觀鄭谷詩：「半煙半雨谿橋畔，間杏間桃山路中。」《漁隱叢話》以爲此乃柳謎子，詩家又不可不知。

王　崔

王維《鄭州》詩：「他鄉絶儔侶，孤客親僮僕。」崔塗《旅中》詩：「漸與骨肉遠，轉於僮僕親。」楊升庵曰：「王語渾含勝崔。」王弇州曰：「王語雖極簡切，入選尚未；崔語雖覺支離，近體差可。要在自得之。」

吴旦生曰：詩有涉履所至，吻喉筋節，以直以促，發人酸楚，著不得些子文辭。如蘇子卿之「生當復來歸，死當長相思」、傅休奕之「志士惜日短，愁人知夜長」、曹顔遠之「富貴他人合，貧賤親戚離」，皆此類也。何處下「渾含」二字，亦誰能以體律之。昔人謂崔塗此聯與鄭谷「在處有芳草，滿城無故人」一聯可謂委曲形容旅況，非富貴安逸不出户庭者口中所能道。此謂知言。

焚書

章碣《焚書阬儒》詩云：「阬灰未冷山東亂，劉項原來不讀書。」

吴旦生曰：焚書阬在驪山下，即阬儒谷。昔人題云：「焚書祇是要人愚，人未愚時國已墟。惟有一人愚不得，又從黄石讀兵書。」按《黄石公記》云：「黄石，鎮星之精也。黄者，鎮星色也；石者，星質也。」東坡以圯上老人爲隱君子。

萬曆中陳眉公詩：「雪滿前山酒滿觚，一編常對老潛夫。兒曹空恨咸陽火，焚後殘書讀盡無？」天啓中葉聖野詩：「黄鳥歌殘恨未央，可憐一夕葬三良。阬儒舊是秦家事，何獨傷心怨始皇？」一詰責後人，一追咎前人，各妙。

宋蕭森希《通録》云：「按史書，所阬特侯生、盧生四百六十餘人，非盡阬天下儒者。爲其所阬，又非儒者。何以知之？始皇三十二年，使盧生求羨門，刻碣石門，壞城郭，決通隄防。又盧生入海還，因奏録圖書有亡秦之語，始皇乃遣蒙恬發兵三十萬人，起臨洮，築遼水。又盧生説始皇曰：『日方中，人主時爲微行，以避惡鬼。惡鬼辟，真人至。願上所居宮，毋令人知，然後不死之藥可得也。』其後建阿房宮，千間萬落，必自此言發之。」觀此皆盧生等稔其惡，特方伎之流耳，豈所謂儒者哉？

鄭夾漈論秦不絶儒學，有曰：「陸賈，秦之巨儒也；酈食其，秦之儒生也；叔孫通，秦時以文學召，待詔博士數歲。陳勝起，二世召博士、諸儒生三十餘人而問其故，皆引《春秋》之義以對。況叔孫通降漢時，有弟子百餘人。項羽之亡，魯爲守禮義之國。則知秦時未嘗廢儒，而始皇所阬者，蓋一時議論不合者耳。蕭何入咸陽，收秦律令圖書，則秦亦未嘗無書籍也，其所焚者乃一時事耳。」

篦簌

李郢詩：「釵垂篦簌抱香懷。」

吴旦生曰：「篦簌」，下垂之貌。又作「麗䍟」。李長吉《劍子歌》云：「挼絲團金懸麗䍟。」吴正子《注》：「麗䍟，劍鹿盧貌。」李嶠《寶劍篇》：「鹿盧宛轉黄金飾。」《枚乘傳》作「鹿盧」，《韵會》

作「榹櫨」，《虎鈐經》作「轆轤」。金人李欽叔詩：「苔花錦斕斑，懸溜珠麗㲉。」

夜試進士

《容齋三筆》曰：「唐進士入舉場得用燭，故或者以爲自平旦至通宵。劉虛白有『二十年前此夜中，一般鐙燭一般風』之句，及『三條燭盡』之説。」

吴旦生曰：唐制：舉人試院，日暮以燭三條爲限。白樂天集云：「試許燒木燭三條，燭盡不許更續。」韋永貽試先畢，作詩云：「三條燭盡鐘初動，九轉丹成鼎未開。」薛能《省試夜賦》詩云：「更報第三條燭盡，文昌風景寫難成。」黄滔《御試詩》云：「九華鐙作三條燭，萬乘君懸四首題。」五代時，敕進士並令排門齊入就試，至閉門時試畢。内有先了者，上曆畫時，旋令先出。其入策亦須晝試，應諸科對策並依此例。宋時率由白晝，不復繼燭。」《隋唐嘉話》云：「武后以吏部選人多不實，乃令試日自黏其名，暗考以定等第。判之黏名自此始。」

《盧氏雜説》云：「開成中，高諧知舉，内出《霓裳羽衣曲賦》，太學創置石經詩。進士試詩賦自此始。」

《群碎録》云：「殿試，唐武后天授元年始。」

《國史補》云：「進士科始於隋大業中，盛於貞觀、永徽之際。縉紳雖位極人臣，不由進士者，終不爲美。以至歲貢恒不減八九百，其推重謂之『白衣公卿』，又曰『一品白衫』。其艱難謂之『三十老明經，五十少進士』。其有老死於文場者，亦無所恨。故有詩曰：『太宗皇帝真長算，賺得英雄盡白頭。』其都會謂之舉場，通稱謂之秀才，投刺謂之鄉貢，得第謂之前進士，互相推敬謂之先輩，俱捷謂之同年，有司謂之座主。京兆府考而升者，謂之等第。外府不試而貢者，謂之拔解。將試相保，謂之合保。群居而賦，謂之私試。造請權要，謂之關節。激揚聲價，謂之還往。既捷，列姓名於慈恩寺塔，謂之題名。大讌於曲江亭子，謂之曲江會。在關試後，亦謂聞喜。宴後，同年各有所之，亦謂爲離會。籍而入選，謂之春闈。不捷而醉飽，謂之打毷氉。匿名造謗，謂之無名子。退而肄業，謂之過夏。執業以出，謂之夏課。挾藏入試，謂之書策。」

《賈公談録》云：「李貽侍郎知貢舉，夜放榜未畢，書吏得疾暴卒，更呼一吏。方醉，磨墨鹵莽，或淡或濃。一榜之字，濃淡相半，遂成淡墨書榜首。」《蔡寬夫詩話》云：「李程應舉時遇陰，府吏於貢院前問登第人姓名，則有李和而無程。倉皇中用淡墨筆加『王』字於『和』下。果得第，後爲相。因命凡榜書人名皆用淡墨。」范蜀公詩：「淡墨題名第一人。」則所淡書者，登第人姓名也。今放榜但以黄紙淡墨，前書「禮部貢院」四字，餘皆濃墨。豈流傳既久，遂失其本邪？

《唐書・歐陽詹傳》云：「詹舉進士，與韓愈、李觀、李絳、崔群、王涯、馮宿、庾承宣聯第，皆天下選，時稱龍虎榜。故詩曰：『一舉首登龍虎榜。』」《傳録碎事》云：「龍虎榜時，陸贄知舉。」

《摭言》云：「狀元以下，到主司宅，下馬綴行而立，斂名紙通呈，與主司對拜。主事云：請狀元謝名第，第幾人謝衣鉢。」

《摭言》云：「進士及第，賜宴曲江。狀元置司處謂之團司，年最少者謂之探花郎。」《蔡寬夫詩話》云：「唐故事，探花郎，宋熙寧中始罷之。太平興國三年，馮拯爲探花。是歲登第七十四人。太宗賜以詩曰：『二三千客裏成事，七十四人中少年。』」《秦中歲時記》云：「唐進士杏園初宴，謂之探花宴。差少俊二人爲探花使，徧游名園。若他人先折得名花，則二使皆被罰。」《南部新書》云：「唐大中以來，禮部放榜，歲取二三人姓氏稀僻者，謂之色目人，亦曰榜花。」

《學林新編》云：「隋無漏寺在長安，唐武德初廢無漏寺。貞觀二十年，高宗在春宫，爲文德皇后立寺於無漏寺故基，以慈恩爲寺名。西院浮圖，高三百尺。永徽五年，沙門无楚所立，國人謂之雁塔。唐故事：進士及第，列名於慈恩寺塔，因謂之雁塔題名。」《摭言》云：「神龍以來，杏園宴後皆於塔下題名，同年中推善書者紀之。他時有將相，則朱書之。及第後知聞或遇未及第時題名，則爲添前進士字。或詩曰：『曾題名處添前字，送出城人乞舊詩。』」《文昌雜録》云：「唐慈恩題名起自進士張莒，於長安慈恩寺閒遊，題其姓名於塔下，遂爲故事。宋進士題名，皆刻石於相國、興國兩寺，亦慈恩之比也。」《遊域南記》云：「按《唐登科記》有張台，無張莒。」

《盧氏雜説》云：「進士及第，以泥金書帖附家書中，報登科之喜。至文宗朝，遂寢此儀。」

《談苑》云：「士人初登第，必展歡宴，謂之燒尾。説者云：『虎化爲人，惟尾不化，須爲燒去，乃得成人。』又説：『新羊入群，諸羊抵觸，不相親附，燒其尾乃定。』又説：『魚躍龍門化龍時，必須雷電爲燒其尾乃化。』」《石林燕語》云：「《唐書》言：大臣初拜官，獻食天子，名曰燒尾。又，唐人遷官，朋僚慰賀，皆盛置酒饌、音樂宴之，爲燒尾。」《北夢瑣言》云：「宇文翃嫁女與竇璠。登第時，杜尚書宅遭火，家人云：『老鼠尾曳火入庫，因而延燎。』京兆謂宇文曰：『魚將化龍，雷爲燒尾。近日老鼠亦有燒尾之事。』用以譏之。」《摭言》云：「羅玠，貞元中及第開宴，曲江泛舟，玠以溺死。後有關試前卒者，謂之報羅。」《海録碎事》云：「進士放榜後須有一人謝世，名報羅使，言報大羅天也。」

十家

鄭嵎《津陽門》詩：「十家三國争光輝。」

吴旦生曰：唐梨園弟子，以置院近於禁院之梨園也。女妓人宜春院，謂之内人，亦曰前頭人，謂在上前也。骨肉居教坊，謂之内人家。有請俸，其得幸者謂之「十家」。家雖多，亦以「十家」呼之。「三國」，謂秦、韓、虢三夫人也。出《偰鯖録》。

紅綾餅餤

盧延讓詩：「莫欺零落殘牙齒，曾喫紅綾餅餤來。」

吴旦生曰：《避暑録話》：「唐御膳以紅綾餅餤爲重。昭宗光化中放進士裴格等二十八人，以爲得人。會燕曲江，令大官特作二十八餅餤賜之。盧延讓在其間。後入蜀爲學士，既老，爲蜀人所易。延讓乃作此詩。王衍聞知，遂命供膳亦以餅餤爲上品，以紅羅裹之。至今蜀人工爲餅餤，而紅羅裹其外。公廚大燕，設爲第一。」

《洛中紀異》云：「僖宗幸南内興慶池泛舟，方食餅餤。時進士在曲江，有聞喜宴。上命御廚依人數各賜紅綾餅餤，所賜以金合進，上命中官馳以賜。」

潑火雨

唐彦謙《上巳日寄韓八》詩：「上巳接寒食，鶯花寥落晨。微微潑火雨，草草蹋青人。」

吴旦生曰：《退齋雅聞》云：「河朔人謂清明雨爲潑火雨。蓋以禁煙之後，方舉火而雨，若潑之也。」陸放翁詩：「霏霏潑火雨初晴。」

三尺一抔

唐彦謙《題長陵》一聯云：「耳聞明主提三尺，眼見愚民盜一抔。」

吴旦生曰：《石林詩話》：「『三尺』、『一抔』雖是著題，然語皆歇後。『一抔』事無兩出，或可略『土』字。如『三尺』，則『三尺律』謂以三尺竹簡書法律也、『三尺喙』皆可言，獨劍乎？東坡有『買牛但自捐三尺，射鼠何勞挽六鈞』，亦同此病。『六鈞』可去『弓』字，『三尺』不可去『劍』字。」然觀《庚谿詩話》引《漢高帝本紀》曰：「吾以布衣提三尺取天下。」又《韓安國傳》：「高帝曰：『提三尺取天下者，朕也。』」皆無「劍」字。唯《注》曰：「三尺，謂劍也。」則詩家用其本語，何爲不可？余以長陵乃漢高帝墓也，《庚谿》之説爲長。故黄山谷每讀此詩，稱賞不已。劉後村謂：「『三尺』、『一抔』之聯惜不多見。」蓋取其工而當也。

《野客叢書》云：「觀歐陽行周集，有『或掬一杯土焉，或翦一枝材焉』。劉禹錫詩：『血污城西一杯土。』歐陽詢《藝文類聚》於『杯』門編入『長陵一抔土』事，是以『抔』字爲『杯盞』字用矣。又考之古詞中，有以『酒杯』字作『抔土』字押者，如《隴西行》是也。因知古人嘗以此二字通用。」然觀《藝苑雌黄》引《漢張釋之傳》「假如愚民取長陵一抔土」，師古《注》：「抔，步侯反。謂以手掬之也。其字从手。讀爲杯勺之杯，非也。杯，非應盛土之物也。」郭氏《佩觿》論「杯」、「抔」二字云：「杯，奔來切，杯勺也。抔，步侯切，手掬貌也。」駱賓王檄：「一抔之土未乾。」正用張釋之語。僧惠洪有詩云：「人生如逆旅，歲月苦逼催。安知賢與愚，同作土一杯。」其説蓋誤矣。據此，則二字安可通用。

雨淋鈴

羅隱詩：「山雨霏微宿上亭，雨中因想雨淋鈴。」

吴旦生曰：按梓潼縣有上亭驛。明皇幸蜀，問黄幡綽曰：「車上鈴聲頗似人言語。」對曰：「似言『三郎郎當，三郎郎當。』」故又名琅璫驛。《明皇雜録》云：「上初入邪谷，霖雨彌旬，於棧道中聞鈴聲與山相應。上悼念貴妃，因采其聲爲《雨淋鈴》曲，以寄恨焉。」

魏鶴山詩：「弄成晚歲郎當曲，正是三郎快活時。」俗所謂「快活三郎」者，即明皇也。

巨勝

曹唐詩：「白羊成隊難收拾，喫盡谿邊巨勝花。」

吴旦生曰：《唐詩紀事》：「曹唐，字堯賓，桂州人。初爲道士，作《遊仙詩》百餘篇。」《唐詩鼓吹》選十一首，以爲宋邕作，恐未必然也。此二語詠皇初平事。按《神仙傳》：「初平牧羊，隨道士入金華山。其兄相見，問：『羊何在？』曰：『在山東。』但見白石滿地，乃叱石皆起，成羊數萬頭。」《參同契》云：「巨勝可延年，還丹入口。」《廣雅》云：「巨勝，一名胡麻。」陶隱居云：「莖方者巨勝，圓者胡麻。可作蔬，道人多食之。形類麻，故名胡麻。」蘇子瞻《胡麻賦》：「於此有草，衆所嘗兮。狀如狗蝨，其莖方兮。」

氣不長

鄭谷《詠十日菊》云：「自緣今日人心別，未必秋香一夜衰。」

吴旦生曰：休齋謂：「《詠十日菊》，世以爲工。蓋其意不隨物而盡，如『酒盞此時須在手，菊花明日更愁人』，自覺氣不長耳。」曾子固亦云：「詩當使人一覽語盡而意有餘，乃古人用心處，如《詠十日菊》是也。荆公『千花萬卉彫零盡，始見閒人把一枝』，其病亦在氣不長耳。」乃山谷反以《詠十日菊》爲病在氣不長，因言：「文章以氣爲主。西漢文字所以雄深雅健者，其氣長故也。」其論不同，須細參之。

何燕泉云：「陳無己《九日》詩：『人事自生今日異，寒花祇作去年香。』鄭谷《十日菊》詩：『自緣今日人心別，未必秋香一夜衰。』陳詩於菊無誇，而鄭詩無貶。人之視菊，直繫其時焉耳。當其時則重之，而非爲其有所加；過其時則否，而非爲其有所損也。噫！亦可歎耳。東坡小詞：『萬事到頭都是夢，休休。明日黄花蝩也愁。』達者處世，盍於是求之？其心休休，何愁之有？」

狀元

《北里志》曰：「鄭合敬先輩《及第後宿平康里》詩曰：『春來無處不閒行，楚潤相看别有情。好是五更殘酒醒，時時聞唤狀元聲。』」

吴旦生曰：唐新進士，不問科甲高下，唱名出皇城，則例喝狀元。按：鄭谷乃趙昌翰牓第八名。

注：楚娘，字潤卿，妓之尤者。《摭言》作「楚娘」、「潤娘」。《北里志》云：「楚兒者，素爲三曲之尤。晚以色衰，嫁捕盜官郭鍛。以挑鄭光業，爲郭曳箠數十。因貽鄭詩云：『蛾眉常被巨靈掌，雞肋難勝子路拳。』潤娘，字子美，王團兒女。少時聲譽藉藉，崔垂休狎之，題記於潤髀上。爲同年某人見之，因戲贈一絶：『慈恩塔下新泥壁，滑膩光華玉不如。何事博陵崔四十，金陵腿上逞歐書。』」

蝦蟇更

張蠙詩：「箠築調高山閣迥，蝦蟇聲促海濤寒。」

吴旦生曰：郝天挺謂：「江南以木柝警夜，故曰蝦蟇更。」豈以柝聲有似其鳴邪？余作小詩，亦有云：「翩翾蛺蜨方成夢，腷膊蝦蟇已報更。」

槐黄

《遯齋閒覽》曰：「俗語有云：『槐花黄，舉子忙。』謂槐之方花，乃進士赴舉之時。而唐詩人翁承贊有詩云：『雨中妝點望中黄，句引蟬聲送夕陽。憶得年年隨計吏，馬蹄終日爲君忙。』乃知俗語亦有所自也。」

吴旦生曰：《南部新書》言：「長安舉子自六月已後落第者不出京，謂之過夏。多借浄坊廟院及閒宅居住，作新文章，謂之夏課。亦有十人、五人醵率酒饌，請題目於知己朝達，謂之私試。七月後投獻新課，并於諸州府拔解。人爲語曰：『槐花黄，舉子忙。』」據此，則「槐黄」乃肄業之時，而《遯齋》以爲赴舉，何邪？李嶠《詠槐》云：「鴻儒訪業來。」則其義明矣。然觀羅鄴《槐花》詩：「愁殺江湖隨計者，年年爲爾攒奔波。」羅隱詩：「别來愁悴知多少，兩處槐花馬上黄。」則又與翁詩同意。

無定河

何燕泉曰：「陳陶詩：『可憐無定河邊骨，猶是春閨夢裏人。』少讀其詩，謂『無定』者，指河邊骨之飄流莫收耳。比奉命過銀州，見沙河一帶，延迤邊塞，問之人，曰：『無定河也。』地皆沙水，衝徙不常，故以得名。」

吴旦生曰：無定河在青澗縣東六十里，南入黄河。一名奢延水，又名銀水。《輿地記》：「唐立銀州，東北有無定河，即圁水也。後人因潰沙急流，深淺無定，故更今名。」升庵嘗言之，得燕泉親歷，尤信。秦韜玉詩：「無定河邊蕃將死，受降城外戰塵空。」陳祐詩：「無定河邊暮笛聲，赫連臺畔旅人情。」蘇東坡詩：「故知無定河邊柳，得共高原雪絮春。」

《詩話類編》云：「李華《弔古戰場》文：『其存其没，家莫聞知。人或有言，將信將疑。悁悁心目，寢寐見之。』陳陶二語，蓋工於前也。」

凝

吴融《杏花》詩：「軟非因醉都無力，凝不成歌亦自愁。」

吴旦生曰：自凝曰凝，音佞，作上聲讀。今作平音，失之，音律亦不協也。白樂天詩：「落絮無風凝不飛。」又云：「舞繁紅袖凝，歌切翠眉低。舞急紅腰凝，歌遲翠黛低。」觀其屬對之末，則非平音明矣。觀《國風》「手如凝脂」自見。

野馬

《墨莊漫録》曰：「《莊子》言：『野馬也，塵埃也。』乃是兩物。韓偓云：『窗裏日光飛野馬。』以塵爲『野馬』，恐不然也。『野馬』乃田野間浮氣耳，遠望如群羊，又如水波。佛書謂如熱時野馬陽燄，即此物也。」

吴旦生曰：此致堯《唐詩紀事》云：「偓小字冬郎，字致堯。」今曰致光，誤矣。薦趙崇爲相，謫官入閩所作。皇甫百泉以爲是杜牧之詩，誤矣。余於丙集《木賦》既明陰火之説，又據内典龍樹大士云：「日光著塵，微風吹之。曠野中轉，名之爲陽燄。愚夫見之，謂之野馬。渴人見之，以爲流水。」則以此證「野馬」益明。《莊子注》云：「野馬，春月澤中之遊氣，塵埃之細者也。」

調鷹過馬

韓偓《苑中》詩：「外使調鷹初得按，中官過馬不教嘶。」

吴旦生曰：《注》謂：「五坊外使以鷹隼初調習，始能禽獲，謂之得按。」又謂：「上乘馬，必令中官爲馭以進，謂之過馬。既乘之，然後蹀躞嘶鳴也。」《温公詩話》云：「北都使宅舊有過馬廳，蓋唐時方鎮亦效之，因而名廳事也。」《東皋雜録》云：「北都舊有過馬廳。韓魏公爲留守，更新之，榜曰雅集。賦詩云：『過馬傳聞事莫詳，我嚴賓席在更張。不資金石升堂樂，務接芝蘭入座香。』」

返魂

韓偓詩：「玉爲通體尋常見，香號返魂容易回。」

吴旦生曰：致堯此詩，其題云「嶺南梅花一歲再發」，故言返魂也。東坡詩：「返魂香入嶺南梅。」又《和陽公濟梅花》詩：「誰信幽香是返魂。」金人李致美《梅》詩：「冰骨有香魂乍返。」劉致君《墨梅》詩：「誰道神香解返魂。」皆用致堯語。按東方朔云：「月氏國獻返魂香，疾疫夭死者能起之，以熏牙及聞氣者即活。後長安疫，帝分香燒之，死未三日皆活。」

鮑昭

韋莊《寄友》詩：「西望長安白日遥，半年無事駐蘭橈。欲將張翰松江雨，畫作屏風寄鮑昭。」

吴旦生曰：《漁隱叢話》謂：「《南史》本傳：鮑照，字明遠。」宋子京《筆記》云：「今人多誤鮑照爲鮑昭。」李商隱詩：「濃烹鮑照葵。」又金陵有人得地中石刻，作『鮑照』字。《潘子真詩話》云：「景文殊不知武后時諱『照』，唐人因以『昭』名之，事具昭祠堂記。故韋詩直作平聲叶韵，有自來耳。」趙凡夫《箋》云：「昭、照疑即一字，加火轉注。鮑昭，一作鮑照。」

鴝眼

李咸用《端谿硯》詩：「鴝眼工諳謬，羊肝士乍刲。」

吴旦生曰：李之彦《硯譜》：「端石最貴鸜鴝眼。眼之美者，青、黄、緑三色相重，多者自外至心凡九重。或布列硯中，如北斗、心房之形。其生於墨池之外者，謂之高眼；生於内者，曰低眼。」李賀《端州青花石硯》詩：「暗洒萇泓冷血痕。」則謂鸜鴝眼。蘇易簡云：「端所出有四：巖石爲甲，石屋次之，西阬又次之，後歴爲劣。又有活眼、死眼之别。圓暈數重，黄黑相間，瞖精在内，晶瑩可愛，謂之活眼；四旁浸漬，不甚鮮明，謂之淚眼；形體略具，内外皆白，殊無光彩，謂之死眼。活眼勝淚眼，淚眼勝死眼，死眼勝無眼。」姚令威云：「端硯，下巖色紫如猪肝，密理堅緻，温潤而澤，儲水發墨，叩之有聲。但性質堅礦，斷裂尤多瑕疵。秋楓巖石色微淡，可亞下巖，堅潤不及。梅根巖一名中巖，桃花巖一名上巖，二巖石俱沙壤相雜，無水泉，色淡而燥，肌理稍麤。然中巖又勝上巖。新阬石色帶紅紫，其文細密，材質厚大無瑕。然止是巖石，頗乏堅潤。後歷石與新阬略相似，又處其次。西阬六崖石色青微黑，佳者如歙石，麤羅紋，而發墨過之。」趙希鵠云：「下巖惟有舊阬，無新阬。上、中二巖則皆有舊、新阬。」

松下

楊升庵曰：「古人詩句，不知其用意用事，妄改一字便不佳。孟蜀牛嶠《楊柳枝詞》：『吴王宮裏色偏深，一簇煙條萬縷金。不忿錢唐蘇小小，引郎松下結同心。』按古樂府云：『何處結同心，西陵松柏下。』牛詩用此意，詠柳而貶松，唐人所謂尊題格也。後人改『松下』作『枝下』，語意索然矣。」胡元瑞曰：「不如『枝』字本色，一涉『松』字，便著議論。」

吴旦生曰：唐人尊題，往往强此而弱彼。如舒元輿《牡丹賦》：「玫瑰羞死，芍藥自失。夭桃斂迹，穠李漸出。躑躅宵潰，木蘭潛逸。朱槿灰心，紫薇屈膝。」則是斥衆花以信牡丹也。唐彦謙《詠柳》詩：「楚王宫裏三千女，飢損蠻腰學不成。」是又尊柳而貶美人矣，何況於松。若作「枝下」，幾不成語。

三和

鄭培詩：「戎壘三和夕。」

吴旦生曰：《文苑英華》改「和」爲「秋」。楊升庵辨其譌矣。按《孫子兵法》：「兩軍相對曰和。」《戰國策》：「章子爲齊將，與秦軍交和而舍。」又《楚策》：「開西和門。」《注》：「軍門曰和。」《韓非子》：「左和、右和，軍中左右門也。」《漢制攷》云：「左右和之門。」《注》：「今謂之壘門，立兩旌以爲之。」《疏》云：「漢時軍壘爲門，名曰壘門，與古和門同。」

界堠

《後山詩話》曰：「吴僧《錢塘白塔院》詩：『到江吴地盡，隔岸越山多。』此謂分界堠子語也。」

吴旦生曰：後山在錢塘，亦有句云：「語音隨地改，吴越到江分。」何得以「界堠」譏處默也？車若水謂：「吴、越分界在今嘉興之境。越敗吴於檇李，檇李乃越地，正嘉興也。錢塘江乃越地，吴山祀子胥，亦錯。而僧詩爲不知界矣。」余謂不然。《一統志》云：「吴山，春秋時爲吴南界，以别於越，故名。上有子胥祠，又名胥山。」按：檇李，《越絶書》作「就李」。又吴王曾醉西施於此，號醉里。《史記》載吴王傷指，卒於此。又府城東南三十里爲張山，因子胥伐越，屯兵於此，改名胥山。則嘉興雖吴、越分境，而檇李非專越，吴山應屬吴。可證處默之詩不謬，宜羅隱見此二句，驚之爲已有也。

薛逢《送杭州牧》詩：「吴江水色連隄闊，越俗春聲隔岸還。」杜牧《知睦州》今嚴州詩：「谿山侵越角，封壤盡吴根。」薩天錫《送人之浙東》詩：「出江吴水盡，絶岸楚山稠。」同一機軸也。

歷代詩話卷五十四　庚集九

蒔谿　吴景旭旦生氏著

唐詩　卷下之下　五代

治聾

《石林詩話》曰：「世言社日飲酒治聾，不知何所據？五代李濤有《春社從李昉求酒》詩云：『社公今日没心情，爲乞治聾酒一瓶。惱亂玉堂將欲徧，依稀巡到第三廳。』昉時爲翰林學士，有月給内庫酒，故濤從乞之，則其傳已久矣。『社公』，濤小字也。唐人在慶侍下，雖官高年大，皆稱小字。濤性不羈，與朝士言，多以社翁自名，聞者以爲笑。」

吴旦生曰：《禮記》及《國語》云：共工氏之子曰句龍，爲后土官，能平九土，故祀以爲社。《鮒窺膾攡》云：「社飲糍酒，非謂止聾，祀句龍以勞農也。春爲農之始，戊者土德也，立春後第五戊日爲春社。致酒灌句龍乎？」此解爲正，然俗尚相沿。按《雲笈七籤》云：「飲社酒治聾。」詩話載：「宋制：大社二祭，多差近臣。王禹玉爲翰林，典内外制十八年，屢被差。乃題齋宫云：『鄰雞未唱曉驂催，又向靈壇飲福杯。自笑治聾知不足，明年强健更重來。』帝憐之，拜參知政事。」陸放翁詩：「兀兀治聾酒未醒。」馬虚中詩：「無酒治聾燕又歸。」《提要録》云：「社公、社母不食舊水，故社日必雨，謂之社翁雨。」陸魯望詩：「幾點社翁雨，一番花信風。」陸放翁詩：「催花初過社公雨，對酒喜烹谿友魚。」《墨莊漫録》云：「今人家閨房，遇春、秋社日，不作組紃，謂之忌作。」張籍《吴越歌》云：「今朝社日停針線，起向朱櫻樹下行。」

盛名

《漁隱叢話》載《南唐書》云：「夏寶松與詩人劉洞俱於時有盛名，陳德誠嘗有詩以美之曰：『建水舊傳劉夜坐，螺川新有夏江城。』蓋劉洞嘗有《夜坐》之詩，最爲警策，膾炙人口；而寶松有《宿江城》詩曰：『雁飛南浦砧初斷，月滿西樓酒半醒。』亦當時之人所稱詠者，故德誠以此紀之。」

吴旦生曰：洞長於五言，自號「五言金城」。後主詣金陵，獻詩百篇，首覽《石城懷古》云：「石城古岸頭，一望思悠悠。幾許亡朝事，不禁江水流。」後主爲之改容，遂還廬陵。及金陵受圍，洞以詩署路旁云：「千里長江皆渡馬，十年養士爲何人？」又云：「翻憶潘郎章奏内，陰陰日暮好霑巾。」先是，潘佑表有「國家陰陰，如日將暮」句，故洞以此諷之。余據此，則洞之感慨義激，不僅以《夜坐》著聲，亦豈僅以五言期負哉！

婪尾春

《清異録》曰：「胡嶠詩：『瓶裏數枝婪尾春。』人不喻其意。桑維翰曰：『唐末文人有謂芍藥爲婪尾春者。婪尾酒乃最後之杯，芍藥殿春，亦得是名耳。』」

吴旦生曰：蘇東坡詩：「殷勤木芍藥，獨自殿餘春。」嘉靖中謝茂秦《牡丹》詩：「花神默默殿春殘。」皆用此也。陸放翁詩：「酴醿獨殿群芳後。」又「飛絮鍾情獨殿春。」元周衡之詩：「四月三山山下路，野田猶殿菜花春。」則又取此意而變用之耳。

鄭虔《本草》云：「芍藥一名没骨花。」王晉卿收徐崇嗣徐熙之子畫芍藥，名《没骨圖》。

按：芍藥以酒名，而酒本有以春名者。杜子美詩：「聞道雲安麴米春。」李太白詩：「甕中百斛金陵春。」韓退之詩：「且可勤買抛青春。」劉禹錫詩：「鸚鵡杯中若下春。」鄭谷詩：「千缺石凍春。」蘇東坡詩：「一杯付與羅浮春。」章子厚詩：「殷勤分送洞庭春。」王原吉詩：「滿載九峰春。」又如郢之富春、杭之梨花春、烏程之行葉春、滎陽之土窟春、劍南之燒春，皆是也。

末厥兵

《詩話總龜》曰：「李白戲杜甫云：『借問别來太瘦生，只爲從前作詩苦。』『太瘦生』，唐人語也。

至今猶以『生』爲語助，所謂『可憐生』、『作么生』、『何似生』之類是也。陶穀有詩云：『尖檐帽子卑凡厮，短鞫靴兒末厥生。』亦當時語也。余天聖、景祐間已聞此語，時陶公卒未久，人莫曉其義。王元叔博學多識，亦不知爲何語也。」

吴旦生曰：「太瘦生」之詩，洪容齋、胡元任辨其僞作，余於己集杜詩詳載矣。「末厥生」，按陶詩作「末厥兵」。《劉貢父詩話》云：「今人呼秃尾狗爲『厥尾』，衣之短後者亦曰『厥』，然則此兵正謂其末賤耳，故以『末厥』相連言之。」歐陽永叔、王原叔皆莫曉其義，得貢父而始明也。貢父又云：「今不用『厮』字，唐人作『斯』音，五代已作入聲，穀詩『卑凡厮』是也。」

得得

僧貫休詩：「一瓶一鉢垂垂老，千水千山得得來。」

吴旦生曰：貫休姓姜氏，字德隱。錢鏐自稱吴越國王，休以詩投之曰：「滿堂花醉三千客，一劍霜寒十四州。」鏐諭：改爲「四十州」，乃可相見。曰：「州亦難添，詩亦難改。」遂入蜀，以此詩投王建。建遇之甚厚，呼爲「得得和尚」。有《西岳集》，吴融爲序。

休避地渚宫，荆帥高氏館於龍興寺。有叟話時政，乃作《酷吏詞》云：「霰雨灂灂，風吼如斸。有叟有叟，暮投我宿。吁歎自語，云太苛酷。如何如何，掠脂斡肉。吴姬唱一曲，等閒破紅束。

韓娥唱一曲，錦段鮮照屋。寧知一曲兩曲歌，曾使千人萬人哭。不惟哭，亦白其頭，飢其族。所以祥風不來，和風不復。蝗兮螿兮，東西南北。」

花蘂

《後山詩話》曰：「費氏，蜀之青城人，以才色入蜀宫。後主嬖之，號花蘂夫人。國亡，入後宫。宋祖召，使陳詩。誦其國亡詩云：『君王城上豎降旗，妾在深宫那得知。十四萬人齊解甲，更無一箇是男兒。』」

吴旦生曰：花蘂夫人者，以花不足擬其色，似花蘂翾輕也。費氏多才思，因王建《宫詞》百絶傳播人口，效其體，亦成百首。按：王平甫所敘三十二首，刻《成都文類》中。楊升庵尋得其逸詩六十六首，又補入三首，共計一百一首。其末首「鴛鴦瓦上自然聲」者，李珣以爲宫人李玉簫作，實只一百首。余觀詩話或稱費，或稱徐，舛錯無據。余考其時有三花蘂夫人：一爲成都徐畊二女，皆國色。王建納之生衍，衍嗣位，尊爲太后、太妃。同衍禱青城山，遊丈人觀、玄都觀、金華宫、丹景山、至德寺，各有倡和詩刻石。所號順聖淑妃者，初號花蘂。及莊宗平蜀，隨衍歸中土，中途遇害。一爲青城費氏，乃後蜀孟昶宫人。昶降，入宋宫，設昶象祀之，僞稱張仙，以欺宋祖。今畫脩髯寬袖，奉爲張仙送子者，昶象也。對宋祖陳詩，此其人也。一爲閩人之女，南唐李煜選入宫。降，宋祖嬖之。一日遊苑中，使奉晉王酒。晉王言得夫人手摘一花來乃飲，甫至樹下，王從後彎弓射殺之，太祖懽飲如故。

上頭

花蘂夫人《宫詞》云：「新賜雲鬟使上頭。」

吴旦生曰：女子之笄曰上頭，而倡家處女初薦寢於人亦曰上頭。今之《委巷叢談》皆載此語，然則俗謂梳櫳，亦言上頭須梳櫳也。

歷代詩話辛集目錄

宋　詩

卷上之上

卷上之中

卷上之下

卷中之上

卷中之下

卷下之上

卷下之下

歷代詩話卷五十五　辛集一

冓谿　吳景旭旦生氏著

宋詩 卷上之上

苦熱

《古今詩話》曰：「宋太祖采聽至明遠，邊事纖悉必知。有間者自蜀還，上問劍外有何事。間者曰：『但聞成都滿城誦朱山長《苦熱》詩曰：「煩暑鬱蒸無處避，涼風清冷幾時來？」』上曰：『此蜀人思吾來取也。』」

吳旦生曰：《能改齋漫録》云：「梓潼山人李堯夫吟詠尚譏刺，謁蜀相李昊，昊戲曰：『何名之背時邪？』堯夫厲色對曰：『甘作堯時夫，不樂蜀中相。』因是爲昊所擯。自吟《苦熱》詩云：『炎暑鬱蒸無處避，涼風消息幾時來？』」以此知兩句乃李堯夫詩，非朱山長也。「清冷」兩字不逮「消息」遠甚。

《談苑》云：「孟蜀歲除題桃符上云：『新年納餘慶，嘉節號長春。』明年，蜀亡。吕餘慶以參知政事知益州，長春乃太祖聖節名也。」

故人

吕蒙正罷相歸洛，作詩贈友云：「鄰叟盡垂新白髮，故人猶著舊麻衣。」

吴旦生曰：文穆公嘗與温仲舒及一友人讀書洛陽龍門山，誓不作狀元不仕。及唱第，文穆爲狀頭，温亦中甲科，其友人隨拂衣歸隱。後文穆大用，太宗問昔與誰友，文穆即以歸隱者對，遂以著作郎召。不起，故文穆歸，贈之以詩。所謂「故人」，蓋指歸隱者也。歸隱不起固自高奇，然文穆之舉對與贈章，亦足欽其氣誼矣。

梁灝

孔毅夫《談苑》曰：「梁灝八十二歲，雍熙二年狀元及第。謝啓云：『白首窮經，少伏生之八歲；青雲得路，多太公之二年。』後終祕書監。」《遯齋閑覽》亦云：「八十二歲及第，卒年九十餘。」《詩話類編》又載其《謝恩》詩云：「天福三年來應舉，雍熙二載始成名。饒它白髮巾中滿，且喜青雲足下生。觀榜更無朋輩在，到家惟有子孫迎。也知年少登科好，争奈龍頭屬老成。」

吴旦生曰：洪景盧言：「梁公字太素，雍熙二年廷試甲科，景德元年以翰林學士知開封府。

暴疾卒，年四十二。其子固，卒年三十三。史臣謂梁方當委遇，中途夭謝。又云梁之秀穎，中道而摧。」余因觀國史及《朝野雜記》，俱云灝中狀元，年二十三。按：梁公試《庭燎賦》，進士第一人。御殿唱名，自梁榜始，因宴於瓊林苑，遂爲定制。蓋所紀載章章若此，不知何人創晚遇之説，幾成笑柄，亟爲昭雪。

《澠水燕談録》云：「祥符二年，真宗東封岱山。梁固及第，灝之子。四年，祀后土於汾陰。張師德及第，去華之子。兩家父子狀元。魏野賀以詩云：『封禪汾陰連歲榜，狀元俱是狀元兒。』」

重戴

王元之《贈崔遵度》云：「且留重戴士風多。」

吴旦生曰：《堯山堂外紀》云：「宋初猶襲唐制，士子皆曳袍重戴，出則席帽自隨。李巽累舉不第，鄉人曰：『李秀才不知甚時席帽離身。』及第後，乃遺鄉人詩：『爲報鄉閭親戚道，如今席帽已離身。』」余按：遵度及第未脱白時，元之贈此句，故猶言「重戴」也。

《石林燕語》云：「唐至五代、宋初，京師皆不禁打繖。五代始命御史服裁帽。宋淳化初，又命公卿皆服之。既有繖，又服帽，故謂之重戴。自祥符後始禁，惟親王宗室得打繖。其後通及宰相、樞密、參政。則『重戴』之名有别矣。」

詩宰相

王禹偁詩：「杜甫且爲詩宰相。」

吴旦生曰：王昌齡集云：「王維，詩天子；杜甫，詩宰相。」元之本此。丁晉公云：「子美集開詩世界。」張伯雨跋語云：「元紐憐太監請於朝，謚杜甫爲文貞。」《詩話類編》云：「甫十餘歲，夢人令采文於康水。覺而問人，此水在二十里外，乃往求之。見峩冠童子，告曰：『汝本文星典吏，天使汝下謫爲唐世文章。雲誥已降，可於豆壠下取。』甫依其言，果得一石，金字曰：『詩王本在陳芳國，九夜捫之麟篆熟，聲振扶桑享天福。』後因佩入葸市，歸而飛火入室，有聲曰：『邂逅穢我，令汝文而不貴。』」

僧名

劉子儀詩：「惠和官尚小，師達禄須干。」

吴旦生曰：《劉貢父詩話》載此二句，謂取「下惠聖之和」、「師也達」而「學干禄」之事。或有除去「官」字示人曰：「此必番僧也，其名達禄須干。」聞者大笑，乃所謂語病也。《古今詩話》謂劉子儀嘗贈人云云。蔡君謨《詩史》不言劉子儀，而謂劉貢父以爲番僧名。《論語》只有「師也過」，「達」恐是「過」字。此皆大誤。

《古今詩話》云：「楊大年、錢文僖、晏元獻、劉子儀爲詩宗李義山，號西崑體。後進效之，多竊取義山語。御嘗賜百官宴，優人有裝爲義山者，衣冠敗裂，告人曰：『爲諸館職撏撦至此。』聞者大噱。」

孤雁

《復齋漫録》曰：「張漢皋《詩話》謂：『鮑當《吟孤雁》云：「更無聲接續，空有影相隨。」時號「鮑孤雁」。』司馬文正《詩話》謂：『當爲河南法曹，忤知府薛映，因賦孤雁，所謂「天寒稻粱少，萬里孤難進。不惜充君庖，爲帶邊城信」。薛大嗟賞，因號「鮑孤雁」。』詞意非前句可及，宜以張記爲失也。」

吴旦生曰：前句純是描寫，後句是自家寓意，其指各出，無俟優劣。觀《老杜補遺》云：「鮑當『更無聲接續，空有影相隨』，孤則孤矣，豈若子美『孤雁不飲啄，飛鳴猶念群。誰憐一片影，相失萬重雲』，含不盡之意乎？」

雁曰「孤」而不曰「雙」，燕曰「雙」而不曰「孤」，以雁屬乎陽，燕屬乎陰，陽數奇，陰數耦故也。然言雁序、雁行，蓋亦不孤。按衛敬瑜妻王氏《題孤燕》云：「昔年有偶去，今春猶獨歸。故人恩義重，不忍更雙飛。」雖寓意，亦見燕不盡屬于飛。

黄昏

楊升庵曰：「林和靖梅詩：『疏影横斜水清淺，暗香浮動月黄昏。』《葦航紀談》云：『「黄昏」以對「清淺」，乃兩字，非一字也。「月黄昏」謂夜深香動，月爲之黄而昏，非爲人定時也。』蓋晝午後陰氣用事，花房斂藏；夜半後陽氣用事，而花敷蕊散香。凡花皆然，不獨梅也。坡詩：『只恐夜深花睡去，高燒銀燭照紅妝。』宋人《梔子花》詞：『惱人惟是夜深時。』是此理。」

吴旦生曰：「黄昏」字如此看，乃善看詩，亦善看月、善看花。客有舉東坡倅杭州，命思聰和參寥子「昏」字詩，有「千點亂山横紫翠，一鉤新月挂黄昏」之句。以「黄昏」對「紫翠」，恰當兩字，和靖莫本是否？余謂拘拘配偶，詩不若是膠也。「黄昏」作兩字以對「清淺」者，是本句對；「黄昏」不必作兩字以對「紫翠」者，是借對。讀者亦會其神韵而已。蓋言「新月」，即非夜深昏黄之景；而「挂」字不作黄昏時候，亦説不去。

鵃鶹

林和靖詩：「草泥行郭索，雲木叫鉤輈。」

吴旦生曰：「郭索」，蟹行貌；「鉤輈」，鷓鴣聲。《歸田録》謂：「二句爲士大夫所稱，蓋取其屬對親切耳。」余按《太玄經》云：「蟹之郭索。」陸魯望詩：「自是揚雄知郭索。」《困學紀聞》云：「隨陽越雉，鷓鴣也，飛必南翥。晉安曰懷南，江左曰逐隱。」《北户録》云：「衡州南靈鷓鴣，解嶺南野葛諸菌毒，及辟温瘴。又一名鶐音述，多對啼。」《廣志》言鷓鴣鳴云：「但南不北。」《古今注》云：「其鳴自呼。」《南越志》云：「其鳴自號『杜薄州』，食之亡厲。」惟《本草》説鳴云：「鉤輈格磔竹客反。」據此則對誠工矣。然鷓鴣未嘗棲木而鳴，惟低飛草中，昔人以此爲病。如孫莘老《荔枝》詩：「格磔山禽滿院飛。」蓋鷓鴣非庭院之禽，夏月非鷓鴣之時，性又不嗜荔枝，總是失照管耳。

《韵語陽秋》云：「許渾《韶州夜讌》詩：『鸜鵒未知狂客醉，鷓鴣先聽美人歌。』《聽歌鷓鴣詞》云：『南國多情多豔詞，鷓鴣清怨繞梁飛。』又有《聽吹鷓鴣》一絶。知其爲當時新聲，而未知其所以。及觀李白詩云：『客有桂陽至，能吟山鷓鴣。清風動窗竹，越鳥起相呼。』鄭谷亦有『佳人才唱翠眉低』之句，而繼之以『相呼相應湘江闊』，則知鷓鴣曲效鷓鴣之聲，故能使鳥相呼矣。」

山谷詩：「照灘行郭索，焚野得伊尼。」按：佛書謂鹿爲「伊尼」。

倪雲林詩：「觳觫卧雲芳草細，鉤輈啼樹野煙和。」亦佳句也。

葑田

林和靖詩：「陰沈畫軸林間寺，零落棊枰葑上田。」

吴旦生曰：吴中有一種葑田，蓋陂湖間茭蒲所積，歲久爲水所衝，根不與土相著，輒浮水面。人據其上，如筏可撑以往來。厚數尺，袤至數十丈，遂得耕種其間。亦有夜竊去數畝，投牒訴宰者。元末王原吉《題垂虹橋亭》云：「葑田連沮洳，鮫室亂魚鼍。」蓋指此也。

楊升庵云：「葑田，江淮以南有之。」《淮南子》：「大旱，菰封熯。」「菰」即「菰」，「封」即「葑」也。旱燥，故菰封亦乾也。菰葑根相結而生，歲久浮於水上，根最繁而善糾結。以土泥著上，刈去其蔓，枯時以火燎，便可耕種。吴闞駰《十三州志》云：「百粤嶺南有駱田。」「駱」音架。《王氏農書》：「架田即葑田，以木縛架爲曲田，浮水面，以葑泥附木上而成田。其田隨水上下。」《蓬窗續録》云：「雕胡，即茭草，中生菌，如瓜形，可食，故謂之菰。霜彫時采，故謂之彫，因訛爲雕。《管子》書謂之『雁膳』。」

《周禮》「三農」鄭氏《注》云：「三農：山農、澤農、平地農。」「澤農」即種下隰及葑田者也。郭璞《江賦》云：「標之以翠翳，泛之以游菰。播匪蓺之芒種，挺自然之嘉蔬。鱗被菱荷，攢布水蓏。翹莖瀵蕊，濯穎散裹。隨風猗委，與彼潭淹。流光潛映，景炎霞火。」此十二句皆指葑田言也。

鱸魚鄉

陳了翁詩：「秋風斜日鱸魚鄉。」别本「鄉」作「香」。張文潛曰：「魚未爲羹，雖嘉魚，直腥耳，安得香？當作『鄉』字。」《松江詩話》曰：「魚雖不香，作羹芼以薑橙，而馨香遠聞。故東坡詩：『小船燒薤擣香齏。』李伯巽詩：『香齏何處煮鱸魚？』『香』字未爲非也。」《野客叢書》曰：「此『鱸魚香』云者，謂當八九月鱸魚肥美之時節氣味耳，非必指魚之馨香也。張右史既失，而周知和謂虀橙馨香，謬甚。『香』字比『鄉』，甚覺氣味長，與識者參之。」楊升庵亦謂：「『鱸香』何不可之有？」

吴旦生曰：還以「鄉」字爲正。按：屯田郎林肇爲吴江日，作亭江上，因以「鱸鄉」名之，蓋慕愛了翁之句以命亭。詩話所謂後人於其地立鱸鄉亭，和者百餘人，皆不及公詩也。《中吴紀聞》云：「范蠡、張翰、陸龜蒙有畫象在鱸鄉亭旁，東坡有《吴江三賢畫象》詩。」則其地鑿鑿可證。了翁《初至吴江簿》詩云：「中郎亭榭據江鄉，雅稱詩翁賦卒章。蓴菜鱸魚好時節，秋風斜日舊煙光。」語意相類。當筮仕初，志已超然，故其後留題亦及此也。陸放翁詩：「欲與衆生共安穩，秋來夢不到鱸鄉。」正用了翁語也。蔣堂詩：「一水蓴鱸國，群山橘柚鄉。」亦用「鄉」、「國」字。

盂蘭盆

晏元獻詩：「家人愁溽暑，計日望盂蘭。」

吴旦生曰：陸放翁謂：「故都以七月望日具素饌享先，織竹作盆盎狀，貯紙錢，承以一竹，焚之。視盆倒所向，以占氣候。謂向北則冬寒，向南則冬温，向東、西則寒温得中，謂之盂蘭盆。蓋俚俗老媼輩之言也。又每云盂蘭盆倒則寒來矣。」

《荆楚歲時記》:「七月十五日,僧尼道俗悉營盆供諸佛。」按《盂蘭盆經》云:「有七葉功德,並幡花、歌鼓、果食送之。」蓋由此也。經有目連脱母之苦,白佛言:「未來世行孝順者,亦應奉盂蘭盆供養。」故後人因此,廣爲華飾,乃至刻木割竹,飴蠟翦綵,模花葉之形,極工妙之巧。天竺爲盂蘭,此云倒懸救器。謂目連救母飢厄,如解倒懸之具也。楊盈川《盂蘭盆賦》:「青蓮吐而非夏,頳果摇而不寒。」

繭館

晏元獻詩:「繭館蠶初起,瑶箱燕未歸。」

吴旦生曰:「繭館」,上林蠶所也。元帝后猒居深宫,王莽欲市其歡,令四時巡四郊,春幸繭館。虞伯生《題耕織圖》詩:「玉成繭館開琴瑟,宜薦房中備樂歌。」

堯年

晏元獻詩:「二龍驂夏服,雙鶴記堯年。」

吴旦生曰:《異苑》:「太康二年冬大寒,南州人見二白鶴語於橋下曰:『今兹寒,不減堯崩年也。』遂飛去。」故山陵挽章用之。宋元憲亦云：「軒野龍催馭，堯宮鶴厭寒。」庾信《小園賦》：「龜言此地之寒，鶴訝今年之雪。」

落花詩

《漁隱叢話》曰：「夏文莊守安州，莒公兄弟尚在布衣，文莊異待之，命作落花詩。莒公一聯云：『漢皋佩冷臨江失，金谷樓危到地香。』子京一聯云：『將飛更作回風舞，已落猶成半面妝。』予觀《南史》：『梁元帝妃徐氏無容質，不見禮，以帝眇一目，知帝將至，必爲半面妝以俟。』此『半面妝』所從出也。若『回風舞』無出處，則對偶偏枯，不爲佳句。殊不知乃出李賀詩云：『花臺欲暮春辭去，落花起作回風舞。』前輩用事必有來處，又精確如此，誠可爲法也。」

吴旦生曰：《青緗雜記》：「夏文莊見大、小宋二聯，歎曰：『詠落花而不言落，大宋君須狀元及第。又風骨秀重，異日作宰相。小宋君非所及，然亦須登嚴近。』後皆如其言。故文莊聞莒公登庸，賀曰：『昔年安陸，已識台光。』蓋謂是也。」及觀《槁簡贅筆》云：「景文平生數賦落花，晚又賦云：『香隨蜂蜜盡，紅入燕泥乾。』人謂景文與落花俱盡，未幾果卒。」蓋同一賦落花而徵驗若此，詩洵足爲妖祥邪！

紫荷囊

宋景文詩：「榮觀聳麟族，賦筆助荷囊。」

吴旦生曰：人多以「荷」字作平聲讀，故景文又云：「猥挈荷橐，預從豹乘。」劉偉明詩：「西清寓直荷爲橐，在蜀宣風繡作衣。」皆沿其譌而用之也。葛常之引《晉書・輿服志》云：「文武百官皆有囊綬，八座尚書則荷紫。以生紫爲袷囊，綴之服外，加於左肩。」則所謂荷紫者，非芰荷之荷，乃負荷之荷也。《南史》：周捨問劉杳曰：『著紫荷囊，相傳云挈囊，竟何所出？』杳曰：『《張安世傳》曰：陳晦伯云：「《趙充國傳》：『車騎將軍張安世，上欲誅之，充國以爲安世持橐，簪筆數十年。』按：此安世非張湯子安世也。云《安世傳》，誤。而《梁書》、《南史》俱不爲改正。」「持橐簪筆，事孝武帝數十年。」《注》：橐，囊也。』蓋人徒見《南史》『著紫荷囊』四字，遂作一句讀之，殊未知《晉書》『荷紫』之義也。」余喜此證最爲明確。王勉夫謂：「紫荷囊事，其説已久。《唐類表》有云：『佩蒼玉，負紫荷。』宋語豈無自邪？」因考沈約《宋志》、蕭子顯《齊志》，皆謂紫袷囊俗呼曰「紫荷」。《隋志》曰：「朝服綴紫荷，令左僕射左荷，右僕射尚書右荷。」是則「紫荷」之説自晉、宋以來有之。蓋本詩已沿其譌，而又引以附之，是助譌也，而安取此曲證爲？

《桐薪》云：「或謂漢代以盛奏事，負荷而行也。」據此則今俗男女雜佩流蘇，尚有「荷包」之稱，其沿古朝服製乎？

六六鱗

宋景文詩：「尺素愁憑六六鱗。」

吴旦生曰：宋元憲亦有「私書一紙離懷苦，望斷波中六六鱗」之句，謂六六三十六也。唐段成式詩：「三十六鱗充使時，數番猶得裹相思。」此皆謂憑鯉以寄書也。《續博物志》云：「鯉魚大小並三十六鱗。」《夢溪筆談》云：「鯉魚當脇一行三十六鱗，鱗有黑文如十字，故謂之鯉。」《衍義》云：「鯉魚，至陰之物也，其鱗故三十六。」《述異記》云：「鯉魚滿三百六十鱗，蛟龍輒率而飛去。一年置一神守之，則不能去矣。神則龜也。」

抑鮓

宋景文詩：「蟹美持螯日，魴甘抑鮓天。」

吴旦生曰：楊淵《五湖賦》：「連瓶抑鮓。」景文用此。崇禎中沈景倩《田舍》詩：「土潤移橙地，卮香抑鮓天。」則又用景文語。

麥秋

《緗素雜記》曰：「宋子京有《皇帝幸南園觀刈麥》詩：『農扈方還夏，官田首告秋。』注云：『臣謹按：物熟謂之秋，取秋斂之義。故謂四月爲麥秋。』」

吴旦生曰：《月令》：「孟夏之月。是月也，蘼草死，麥秋至。」《注》云：「秋者，百穀成就之期。此月於時雖夏，於麥則秋，故曰麥秋。」蔡邕《月令章句》云：「百穀各以初生爲春，熟爲秋。麥以初夏熟，故以四月爲麥秋。」亦猶贊寧《竹譜》以八月爲春，二、三月爲秋也。《漫叟詩話》云：「吴民載詩：『條風著野方蠶月，高樹移陰又麥秋。』嘗記前輩詩曰：『麥秋晨氣潤，槐夏午陰清。』此二聯未易優劣。」

丙丁

宋子京詩：「何但魚知丙，非徒字識丁。」

吴旦生曰：左太沖《蜀都賦》：「嘉魚出於丙穴。」《注》：「丙穴在漢中沔陽縣北，有魚穴二所，常以二、八月取之。丙，地名也。」《侯鯖録》引「魚以丙日出穴」。故陳藏器謂：「丙者，向陽穴，多生魚。」魚何能擇丙日出入邪？酈善長謂：「穴口向丙。」又引「柏枝山中有丙穴，魚以春末遊渚，冬入穴。不獨漢有也」。皆非正論。舊云魚尾象篆文「丙」字，故曰「丙穴」，蓋《爾雅》魚枕謂之丁，魚腸謂之乙，魚尾謂之丙。此豈專指嘉魚邪？

唐張弘靖云：「挽兩石弓，不如識一丁字。」《野客叢書》辨爲「个」字，非「丁」字，引《續世説》「書此个字」。張翠微《考異》亦謂「个」字。蓋「个」字與「丁」相似，傳寫之誤。又觀《蜀志》、《南史》有「所識不過十字」之語。《史通》謂：「王平所識，僅通十字。」蓋「十」與「丁」益相似也。覺「丁」字無謂。

調馬養花

《迂叟詩話》曰：「大名進士耿芝仙以詩著，其一聯云：『短水淺蕪調馬地，淡雲微雨養花天。』爲人所稱。」

吴旦生曰：《餘冬序録》云：「北人養馬，凡駒未破鞍時，先剗騎於水中，教習行步。所以必於水中者，欲其舉足高也。」《花木譜》云：「越中牡丹開時，賞者不問親疏，謂之看花局。澤國此月多有輕陰微雨，謂之養花天。」

逋峭

《詞林海錯》曰：「魏收有『逋峭難爲』之語。蘇子容詩：『自知伯起難逋峭，不及淳于善滑稽。』魏、齊間指人有風措者，謂之庯峭，一曰波峭。」

吴旦生曰：《晞籛欱聿》乃作「庯峭」。文潞公不曉二字何義，以問子容。子容曰：「宋元憲謂事見《木經》，蓋梁上小柱名，取其有曲折之勢耳。」即用此事作詩爲謝，故有此二句。《集韵》云：「庯庩，屋不平也。庯，奔模切。庩，同都切。庩即屠蘇，義同。」營舍之法，謂之《木經》，宋喻皓所撰也。

需頭

蔡君謨詩：「禁林京兆荷恩光，三上需頭乞郡章。」

吴旦生曰：蔡邕《獨斷》：「凡群臣上書天子者四：一曰章，二曰奏，三曰表，四曰博議。凡章奏皆需頭，稱稽首。表者不需頭。」又曰：「所謂需頭者，蓋空其首一幅，以俟詔旨批答。陳請之奏用之。不需頭者，申謝之奏用之。」

晉人簡帖，後空一幅，仍書空著，以俟朋友之批答。故謝安批子敬之帖尾。

詠　草

徐興公曰：「白樂天《詠草》云：『野火燒不盡，春風吹又生。』已傳播今昔矣。又，唐僧云：『時平生戰地，農惰入春田。』又，元楊基云：『六朝舊恨斜陽外，南浦新愁細雨中。』風調情境，俱不在樂天之下。唐僧句見山谷集。或云蔡襄詩，非也。」

吴旦生曰：《八閩通志》載：「王禹玉云：『蔡君謨《草》詩有「時平生戰地，農惰入春田」之句，其言干教化，非「野火燒不盡，春風吹又生」之比。』」興公編纂《蔡端明别紀》，亦采入此條，而又云非蔡詩，何耶？

茶　品

《學林新編》曰：「茶之佳品，造在社前，其次則火前，其下則雨前，謂穀雨前也。佳品其色白，若碧緑者，乃常品也。茶之佳品，芽蘖細微，不可多得。若取數多者，皆常品也。茶之佳品，皆點啜之。其煎啜之者，皆常品也。齊己《茶》詩曰：『甘傳天下口，貴占火前名。』又曰：『高人愛惜藏巖裏，白甀封題寄火前。』丁謂《茶》詩曰：『開緘試新火，須汲遠山泉。』凡此皆言火前，蓋未知社前之品爲佳也。鄭谷《茶》詩曰：『入坐半甌輕泛緑，開緘數片淺含香。』鄭雲叟《茶》詩曰：『羅憂碧粉散，嘗見緑花生。』沈存中論茶謂：『「黄金碾畔緑塵飛，碧玉甌中翠濤起」，宜改「緑」爲「玉」、「翠」爲「素」。』此論可也。而舉『一夜風吹一寸長』之句，以爲茶之精美不必以雀舌、鳥觜爲貴。今按：茶至於一寸長，則其芽葉大矣，非佳品也。存中此論曲矣。盧仝《茶》詩曰：『開緘宛見諫議面，手閲月團三百片。』薛能《謝劉相公寄茶》詩曰：『兩串春團敵夜光，名題天柱印維揚。』茶之佳品，珍踰金玉，未易多得。而以三百片惠盧仝，以兩串寄薛能者，皆下品可知也。齊己詩曰：『角開香滿室，鑪動緑凝鐺。』丁謂詩曰：『末細烹還好，鐺新味更全。』此皆煎啜之也。煎啜之者，非佳品矣。唐人於茶，雖有陸羽爲之説，而持論未精。至今朝蔡君謨《茶録》既行，則持論精矣。以《茶録》而合前賢之詩，皆未知佳味者也。」

吴旦生曰：唐以前貴蜀茶。孫楚歌云：「茶出巴蜀。」張孟陽《登成都樓》詩：「芳茶冠雲情，溢味播九區。」然蜀中數處産茶，雅州蒙山上有五頂，各有茶園。其中頂曰上清峰最佳，生最晚，在春夏之交。其地即《書》所謂「蔡蒙旅平」也。唐時湖州紫筍入貢，每歲以清明日貢到，先薦宗廟，後分賜近臣。義興初無貢，自李栖筠進萬兩，遂爲貢。玉川子所謂「天子未嘗陽羨茶，百草不敢先開花」也。陸羽《茶經》云：「浙品以湖州爲上，常州次之。」湖州生長興縣顧渚山中，常州義興縣生君山懸腳嶺北峰下。蓋湖、常二境相接，采茶時，兩郡守畢至，最爲盛會。杜牧詩：「溪盡停蠻棹，旗張卓翠苔。柳村穿窈窕，松澗渡喧豗。」劉禹錫詩：「何處人間似仙境，春山攜妓采茶時。」蓋草茶盛於兩浙，以浙東有日注也。至江南李氏，漸貴建茶，始有團圈之製。而大小龍團始於丁謂，而成於蔡襄。東坡詩：「武夷溪邊粟粒芽，前丁後蔡相寵加。」然北苑，官焙也，漕司歲以入貢，茶爲上；壑源，私焙也，土人亦入貢，茶爲次。二焙相去三四里間。若沙溪，外焙也，與二焙相去隔一溪，茶爲下。山谷詩：「莫遣沙溪來亂真。」官焙造茶，在驚蟄後三日興工采摘，是時芽已一槍，閩中地暖如此。

唐子西《鬬茶記》云：「唐相李衛公好飲惠山泉，置驛傳送，不遠數千里。」而近世歐陽少師作《龍茶録》，序稱：「嘉祐七年，親享明堂。致齋之夕，始以小團分賜二府，人給一餅。不敢碾試，至今藏之。時熙寧元年也。」吾聞茶不問團、銙，要之貴新；水不問江、井，要之貴活。千里致水，真僞固不可知。就令識真，已非活水。自嘉祐七年壬寅至熙寧元年戊申，首尾七年，更閲三朝，而賜茶猶在，豈復有茶味哉？

《鶴林玉露》云：「李南金謂：『《茶經》以魚目、湧泉、連珠爲煮水之節。然近世瀹茶，鮮以鼎鑊，用瓶煮水，難以候視，則當以聲辨一沸、二沸、三沸之節。又，陸氏之法，以未就茶鑊，故以第二沸爲合量而下。未若以今湯就茶甌瀹之，則當用背二涉三之際爲合量。』乃爲聲辨之詩云：『砌蟲唧唧萬蟬催，忽有千車梱載來。聽得松風并澗水，急呼縹色緑瓷杯。』其論固已精矣，然瀹茶之法，湯欲嫩而不欲老。蓋湯嫩則茶味甘，老則過苦矣。若聲如松風澗水而遽瀹之，豈不過於老而苦哉？惟移瓶去火，少待其沸止而瀹之，然後湯適中而茶味甘。此南金之所未講者也。因補以詩云：『松風檜雨到來初，急引銅瓶離竹鑪。待得聲聞俱寂後，一甌春雪勝醍醐。』」《因話録》云：「李約性嗜茶，能自煎。謂人曰：『茶須緩火炙、活火煎。』『活火』，謂炭火之燄者也。」

蔡君謨《茶録》云：「藏茶宜箬葉而畏香藥，喜温燥而忌溼冷。故收藏之家以箬葉封裹入焙中，兩三日一次，用火常如人體温。温則禦溼潤。若火多，則茶焦不可食。」《歸田録》云：「洪州雙井白芽漸盛，近歲製作尤精，囊以紅紗，不過一二兩，以常茶十數斤養之，用辟暑溼之氣。」

歷代詩話卷五十六　辛集二

靑谿　吴景旭旦生氏著

宋　詩 卷上之中

進退韵

《湘素雜記》曰：「鄭谷與僧齊己、黄損共定今體詩格云：『凡詩用韵有數格：一曰葫蘆，一曰轆轤，一曰進退。葫蘆韵者，先二後四；轆轤韵者，雙出雙入；進退韵者，一進一退。失此則謬矣。』按：唐介爲臺官，廷疏文彦博。仁宗怒，謫英州别駕。朝中士大夫以詩送行，李師中詩曰：『孤忠自許衆不與，獨立敢言人所難。去國一身輕似葉，高名千古重於山。並游英俊顔何厚，未死姦諛骨已寒。天爲吾君扶社稷，肯教夫子不生還。』此正進退韵格也。『難』、『寒』二字在二十五寒韵，『山』、『還』二字在二十六删韵，誠合體格，豈率爾而爲之哉？近閲《冷齋夜話》，乃以此詩爲落韵詩。蓋渠不見鄭谷所定詩格有進退之説，而妄爲云云也。」

吴旦生曰：李師中此律爲進退韵，余於《律格圖證》既載之矣，後見陸放翁《東山避暑》詩：「避暑穿林隨所之，一奴每負胡牀隨。望秋槁葉有先隕，未暮赫日無餘暉。輪囷離奇澗松古，鉤輣格磔鑾禽悲。北巖竹間最慘慄，清歔倚石真忘歸。」按：此「隨」、「悲」字在四支韵，「暉」、「歸」字在五微韵，正所謂進退韵也。而放翁題中自注云：「用轆轤體。」則又何邪？又見韓子蒼五言詩：「盜賊猶如此，蒼生困未蘇。今年起安石，不用哭包胥。子去朝行在，人應問老夫。髭鬚衰白盡，瘦地日攜鉏。」亦是「蘇」、「夫」字在七虞韵，「胥」、「鉏」字在六魚韵也。

《詩話類編》載葫蘆韵格，謂前少後多，前二後四。今録太白一首，未知然否。其《獨酌清溪江石上》云：「我攜一尊酒，獨上江左石。自從天地開，更長幾千尺。舉杯向天笑，天回日西照。永頼坐此石，長垂嚴陵釣。寄謝山中人，可與爾同調。」又轆轤韵格：單轆轤者，單出單入，兩句換韵；雙轆轤者，雙出雙入，四句換韵。今亦録太白一首，未知然否。其《妾薄命》云：「漢帝寵阿嬌，貯之黄金屋。咳唾落九天，隨風生珠玉。寵極愛還歇，妬深情卻疏。長門一步地，不肯暫回車。雨落不上天，水覆難再收。君情與妾意，各自東西流。昔日芙蓉花，今成斷腸草。以色事他人，能得幾時好。」太白此詩是四句兩變韵，恐未爲雙轆轤格。其法疑如前二韵在東字韵，次二韵入冬字韵，第三兩韵還入東字韵，第四兩韵卻入冬字韵也。若爾，則又與進退韵無甚異，豈有律與古之辨乎？

玉　堂

《許彦周詩話》曰：「《會老堂口號》云：『金馬玉堂三學士，清風明月兩閒人。』初謂『清風明月』古今通用語，後讀《南史・謝譓傳》：『入吾室者，但有清風；對吾飲者，惟當明月。』文忠公文章固優，辭亦精緻如此。」

吴旦生曰：李肇《翰林志》云：「居翰苑者，皆謂淩玉清、遡紫霄，豈止於登瀛洲哉，亦曰登玉堂焉。」《石林燕語》云：「學士院正廳曰玉堂，蓋道家之名。」《繼古叢編》云：「天上神仙壁記之地，亦名玉堂。名山仙人所居之地，亦有玉堂。」然余按漢之待詔者，或在公車，或在金馬門，或在宦者，或在黄門。時李尋待詔黄門，哀帝使侍中往問灾異。對曰：「臣尋位卑術淺，偶遇蒙賢待詔，食大官，衣御府，久污玉堂之廬。」顔師古《注》云：「玉堂殿在未央宫。」蓋玉堂本是殿名，而待詔者有直廬在其側耳。《三輔黄圖》有大玉堂殿、小玉堂殿。據此則漢時已有其稱，豈必取義於道家邪？宋淳化二年十月，翰林學士蘇易簡有劄子乞御書玉堂之署，太宗乃以「紅羅飛白」四字賜之。其後以署字犯英廟諱，故元符中只云「玉堂」。紹興末，學士周麟之又乞高宗御書「玉堂」二字，揭於直廬。已而議者謂「玉堂」乃殿名，不得爲臣下直舍，當如承明故事，請曰「玉堂之廬」可也。《西清詩話》云：「歐陽永叔與趙平叔同在政府，相得懽甚。平叔先告老歸睢陽，永叔相繼謝事歸汝陰。平叔一日單車往過之，時年幾八十矣。留劇飲踰月，縱游而後返。永叔因榜其游從之地爲會老堂。」《倦游録》云：「時吕晦叔知潁，開宴召二公。永叔自爲口號，真一時之嘉會也。」合此觀之，益見歐公二語之工。《紫微詩話》云：「崇寧初，滎陽公與相州太守劉壽臣、唐大學士兩易會於滑，州守陳修伯師錫，殿院也。坐中有詩云：『金馬舊遊三學士，玉麟交政兩諸侯。』蓋紀當時事。」

皮絃

歐陽永叔詩：「坐中醉客誰最賢，杜彬琵琶皮作絃，自從彬死世莫傳。」《避暑録話》曰：「琵琶以下撥重爲難，猶琴之用指深，故本色有轢絃、護索之稱。文忠嘗使彬教他樂工，試爲之下撥，絃皆斷。因笑曰：『如公之絃，無乃皮爲之邪？』故有『皮作絃』之句，非真以皮爲絃也。」孔毅夫《談苑》曰：「元祐五年，彬子焯在金陵。或問：『皮何以作絃？』焯云：『永叔詩詞之過也。琵琶乃國初老聶工造，今尚收藏在家，但無皮絃事爾。』」

吴旦生曰：《酉陽雜俎》載：「開元中，段師彈琵琶，用皮絃。」《五代史補》云：「馮吉，瀛王道之子，能彈琵琶，以皮爲絃。世宗嘗令彈於御前，深善之，因號其琵琶曰繞殿雷也。」蓋前此實有皮作絃者，何獨於杜彬而疑之？按：釋氏書言：「獅子筋爲絃，鼓之衆絃皆絶。」《樂府雜録》：「賀懷智以石爲槽，鵾雞筋作絃，用鐵撥彈之。」又房千里《大唐雜録》：「春州土人彈小琵琶，以狗腸爲絃，聲甚悽楚。」觀此，獨不可以皮爲邪？

班齊

永叔詩：「玉勒争門隨仗入，牙牌當殿報班齊。」

吴旦生曰：宋制：朝殿争門者，往往隨仗而入。及在廷排立定，駕將御殿，閤門持牙班排齊，小黄門接入。上先坐後幄，黄門復出，揚聲云：「入人齊未？」行門當頭者應云：「人齊。」上即出。方轉照殿，衛士即鳴鞭罷。此乃是駕出時也。

《温公詩話》云：「文德殿，百官常朝之所也。宰相奏事畢，乃來押班，常至日旰，守堂卒好以厚朴湯飲朝士。朝士有久無差遣，厭苦常朝者，戲爲詩曰：『立殘階下梧桐影，喫盡街頭厚朴湯。』亦朝中實事也。」

羊胛

永叔《謝人寄牡丹》詩云：「邇來不覺三十年，歲月纔如熟羊胛。」

吴旦生曰：《西清詩話》云：「史載海東有國曰骨利幹，地近扶桑，國人初夜煮羊胛，方熟而日已出。言其疾也。」《漁隱叢話》云：「《通鑑》：『唐太宗時，骨利幹遣使入貢。』骨利幹於鐵勒諸部爲最遠，晝長夜短，日没後天色正曛，煮羊髀適熟，日已復出矣。」余觀《西清》作「胛」，仄聲；《漁隱》作「髀」，平聲，相去甚懸。因考《唐書·天文志》云：「貞觀中，史官所載鐵勒、回紇部在薛延陁之北，去京師六千九百里。又有骨利幹，居回紇北方瀚海之地。草多百藥，地出名馬，駿者行數百里。北又距大海。晝長而夕短，既日没後，天色正曛，煮一羊髀纔熟，而東方已曙。蓋近日出入之所。」則是「胛」也、「脾」也、「髀」也，一舉而三字殊焉。郭次象謂：「羊胛至微薄，不應太疾如此，當以脾爲是。」王勉夫謂：「脾者，肩也；髀者，股也。二字意雖不同，爲熟之時似不相遠。至胛則太速矣。」余觀《農田餘話》云：「至元中，遣官十四員，分道測日影。用四丈之表，至北海北極，出地五十六度。夏至景長六尺七寸八分，晝八十二刻，夜十八刻。疑即唐貞觀二十年骨利幹來朝，言其國日入後煮羊脾熟已天明者，此地是也。」據此則夜雖極短，猶待十八刻而熟，蓋終以「脾」字爲正。然宋元詩人率作「胛」字，何也？如黄山谷詩：「數面欣羊胛，論詩喜雉膏。」迺易之詩：「帳廬宿頓供羊胛，部落晨炊爨馬通。」袁德長詩：「氈屋起營羊胛熟，土房催頓馬駉乾。」

陸儼山云：「歷家大抵以漏刻極長於六十，極短於四十。惟正統己巳官曆，晝刻三十九，夜刻六十一，以爲陰過，故及於變。元《授時曆》則長極於六十二刻，短極於三十八刻，以爲驗。於燕地稍偏北，故然。海國有蒸羊脾未熟而天明者，則短又不止於三十八刻而已。豈漏刻隨日因地有不同者如此，初不全繫於陰陽之消長也。」

作鬧

《隱居詩話》曰：「晏元獻殊作樞密使，一日，雪中退朝，有二客，乃歐陽學士脩、陸學士經元。獻喜曰：『雪中詩人見過，不可不飲也。』因置酒共賞，即席賦詩。是時西師未解，歐陽脩句有：『主人與國共休戚，不惟喜樂將豐登。須憐鐵甲冷徹骨，四十餘萬屯邊兵。』元獻怏然不悦，嘗語人曰：『裴度也曾燕客，韓愈也會做文章，但言「園林窮勝事，鐘鼓樂清時」，卻不曾恁地作鬧。』」

吴旦生曰：按次日蔡君謨上其事，元獻坐此罷相，故云「作鬧」。永叔頗聞元獻有後語，乃作啓以致謝，意終不平。然其憂國愛民之意溢於言表，得二《雅》正變之深旨。人多取其聚星堂對雪賦詩，禁體物語，凡玉、月、梨、梅、練、縞、白、舞、鵝、鶴、銀等事，皆請勿用。永叔於艱難中特出奇麗，然而原其風旨，終遜「作鬧」一詩。

《砦溪詩話》云：「執政以永叔爲作鬧，殊不知老杜《夏日歎》云：『浩蕩想幽薊，王師安在哉？』《夏夜歎》云：『念我荷戈士，窮年守邊疆。』此仁人君子之用心也。如退之『始知神官未賢聖，護短憑愚要我敬』、『雪徑詆樵叟，風廊接談僧』，真作鬧詩也。」

謝吏部

永叔《贈荆公》詩云：「翰林風月三千首，吏部文章二百年。」

吴旦生曰：《南齊書》：「吏部侍郎謝朓長五言詩，與沈約友善。約嘗謂二百年來無此詩也。」永叔引此事。人徒見荆公答詩有「他日若能窺孟子，終身何敢望韓公」之句，遂認「吏部」爲韓公耳。葉石林謂：「荆公自期於孟子，而處歐公以韓愈。」正坐此誤也。

鴨脚

永叔詩：「鴨脚生江南，名實未相浮。絳囊因入貢，銀杏貴中州。」

吴旦生曰：銀杏，一名鴨脚子，謂其葉頗似鴨脚也。江南人共呼爲白菓。此菓北地不能種，故永叔云爾。梅聖俞詩：「北人見鴨脚，南人見胡桃。識内不識外，疑是橡栗韜。」陸放翁詩：「鴨脚葉黄烏臼丹，草煙小店風雨寒。」

《春渚紀聞》云：「元豐間，禁中有鴨脚子四，樹皆合抱。其三在翠芳亭之北，歲收實至數斛。其一在太清樓之東，未嘗著一實。裕陵戒圃者善視之，明年木遂花，而得實數斛。裕陵大悦，宴太清以賞之。」

緑蘿

永叔詩：「江上孤峰蔽緑蘿。」

吴旦生曰：讀之似謂孤峰蒙藤蘿耳，不知其山下爲緑蘿溪也。按：陜州西山甘泉寺，其右曰孝婦泉。泉上有龐氏祠，謂姜詩妻龐氏也。永叔詩：「叢祠已廢姜祠在，事迹難尋楚語訛。」而「緑蘿」句乃此詩首章也。

蒼龍闕

永叔《早朝》詩：「月在蒼龍闕角西。」

吴旦生曰：《漢高帝本紀》：「蕭何治未央宫，立東闕、北闕。」師古《注》云：「未央殿雖南向，而上書、奏事、謁見之徒皆詣北闕，公車、司馬亦在北焉。」是則以北闕爲正門，至今只説天北闕。而又有東門、東闕，至於西、南兩面，無門闕矣。蓋何初立未央宫，以厭勝之術，理宜然耳。《關中記》云：「東有蒼龍闕，北有玄武闕。」玄武，所謂北闕也。《古今注》云：「蒼龍闕畫蒼龍，玄武闕畫玄武。」今據歐詩觀之，是以當前闕狀蒼龍，故云月在西也，則知宋制與漢闕不同。

宋龐右甫《過汴京》詩：「蒼龍觀闕東風裏，黄道星辰北斗邊。月照九衢平似水，羌兒吹笛内門前。」元楊仲弘《紀夢》詩：「海上垂綸有幾年，平居何事夢朝天。蒼龍觀闕東風裏，黄道星辰北斗邊。治世祇今逢五百，前程如此隔三千。揚雄解奏《甘泉賦》，應有聲名達帝前。」則頷聯全用右甫句，何也？

河　豚

《穀父雜録》曰：「永叔稱聖俞《河豚》詩：『春洲生荻芽，春岸飛楊花。河豚於此時，貴不數魚蝦。』意謂河豚食柳絮而肥，聖俞破題兩句便説盡河豚好處，乃永叔褒譽之詞。其實不爾。此魚盛於二月，至柳絮時，魚已過矣。」《石林詩話》曰：「浙人食河豚於上元前，方出時一尾直千錢，二月後一尾纔百錢。柳絮時已不食，謂之班子，而江西人方得食。蓋河豚出於海，初與潮俱上，至春深，其類稍流入於江。歐公吉州人，故所知者，江西事也。」

吴旦生曰：至今蘇俗以上元前爲貴，後此則直漸減。此風尚固然，要不可執是以言詩也。《倦遊録》云：「柳花飛，此魚大肥。江淮人更相贈遺，腐其肉，雜蔞、荻芽，瀹而爲羹。」則是江淮間豈盡效江西邪？韓致堯詩：「柳絮覆溪魚正肥。」則凡魚食楊花即肥，亦不止河豚矣。如東坡詩：「竹外桃花三兩枝，春江水暖鴨先知。蔞蒿滿地蘆芽短，正是河豚欲上時。」《漁隱叢話》又謂：「此二月景致，是時河豚已盛矣。『欲上』之語似爲未穩。」不知此題小景詩，乃作景語耳。是上水之上，非初上之上。《韵語陽秋》改作「河豚欲到時」，大失其意。

劉原父戲謂：「鄭都官外復有梅都官，鄭有鷓鴣詩，時呼鄭鷓鴣；梅有河豚詩，可呼梅河豚邪？」則當時之推許此詩至矣。

太武

梅聖俞詩：「魏武敗亡歸，孤軍駐山頂。」吴旦生曰：陸放翁《入蜀記》云：「過瓜步山，山蜿蜒蟠伏。臨江起小峰，頗巉峻，絶頂有元魏太武廟。太武於宋文帝元嘉二十七年南侵，至瓜步，建康戒嚴。太武鑿瓜步山爲蟠道，於其上設氈廬，大會群臣。疑即此地。王文公詩所謂『叢祠瓜步認前朝』是也。」按：太武初未嘗敗，聖俞誤以佛貍爲曹瞞耳。

躨

梅聖俞《送張沆》詩：「竹存帝女啼，夔學林雍躨。」吴旦生曰：「躨」音罄，一足行也。《左傳》：「苑字刜林雍，斷其足，躨而乘於他車以歸。」按：沆時爲寧鄉令，其地有夔。夔一足，故聖俞狀之。杜子美詩：「山鬼獨一脚。」黄魯直《箋》云：「山魈出江州，獨足鬼。」白樂天詩：「山鬼跳躊惟一足。」正所謂夔也。楊升庵云：「《説文》：『夔，神魖也，如龍，一足。』《山海經》：『禺魖處東海。』」

王弇州云：「傳謂『夔一足』，而《莊子》又有『夔憐蚿，蚿憐風』，世人真以夔一足矣。獨《韓非子》明之：哀公問孔子曰：『夔一足，信乎？』曰：『夔，人也，何故一足？彼其無它異，而獨通於聲。堯曰：夔一而足矣。使爲樂正。非一足也。』」

酴醾

韓持國《詠酴醾》云：「典刑元在酒杯中。」吴旦生曰：酴，酒母也，麥酒不去滓飲也。醾，酒本也，或作酶，一作梅，一作媒。孟康曰酒教，齊人名麴餅曰媒。《王直方詩話》云：「酴醾，本酒名，世以其開花顔色似之，故以取名。山谷所以有『名字因壺酒，風流付枕幃』之句。又云：『風流徹骨成春酒，夢寐宜人入枕囊。』」《海録碎事》云：「酴醾，本作稌穈，後又加酉。」《墨莊漫録》云：「酴醾，或作荼蘼，一名木香。有二品：一品花大而棘長，條而紫心者爲酴醾；一品花小而繁，小枝而檀心者爲木香。」張文潛詩：「萬紫千紅休巧笑，人間春色在檀心。」《冷齋夜話》云：「花詩多比美女。山谷《酴醾》詩：『露溼何郎試湯餅，日烘荀令炷鑪香。』乃用美丈夫比之。」

坐謾

韓持國《寄兄子華》詩云：「移病暫休丞相府，坐謾猶著侍臣冠。」吴旦生曰：子華自相府以病乞補外，出鎮北門；持國以論事不當罷，猶帶職名。故云「移病」，謂移書言病，見《楊敞傳》。「坐謾」見《孝武功臣表》。謾，誑也，音漫。陸放翁詩：「末俗紛紛只自謾，惟公肯向静中觀。」

《蓺林伐山》云：「以言相欺曰謾，以言相誣曰誺。」佛書：「空谷傳聲曰赤諱一作謾白誺。」又偈曰：「掉弄花脣取次謾。」一有「誺」字。

桐木

陸農師爲《韓子華挽章》云：「棠棣行中排宰相，梧桐名上識韓家。」

吴旦生曰：子華、玉汝兄弟相繼爲宰相，其家呼爲二相公。未幾，持國拜門下侍郎，甚有援立之望，呼爲三相公。因建堂，榜曰「三相」。又家門有梧桐木，京師人呼爲「桐木韓家」，以別魏公。

子華以辰年辰月辰日辰時薨，農師又有詩云：「非關庚子曾占鵩，自是辰年併直龍。」子華發解、過省、殿試皆第三，以元祐三年三月薨，皆三數，亦異事也。故蘇頌挽詩云：「三登慶曆三人第，四入熙寧四輔尊。」蓋自樞副遷參政，宣撫陝右，即軍中拜昭文相，再入史館相也。

滄浪亭

《石林詩話》曰：「姑蘇州學之南，積水瀰數十頃。旁有小山，高下曲折相望，蓋錢氏廣陵王所作。既積土爲山，因以爲池瀦水。瑞光寺即其宅，而此其别圃也。慶曆間，子美謫廢，以四十千得之爲居。傍水作亭，曰滄浪，歐公詩所謂『清風明月本無價，可惜只賣四萬錢』者也。子美既死，其孤不能保，遂屢易主。今爲章子厚家所有，廣其故地爲大閣，又爲堂。山上亭北跨水，復有山名洞山，章氏併得之。既除地，發其下，皆嵌空大石。又得千餘樹，亦廣陵時所藏，益以增累其隙。兩山相對，遂爲一時雄觀，土地各有所歸也。」

吴旦生曰：梅聖俞晚年卜築滄浪之旁，與子美相鄰，愛其地也。觀子美《獨步滄浪亭》詩：「花枝低欹草生迷，不可騎入步是宜。時時攜酒只獨往，醉倒惟有春風知。」其一時閒適之致，幽人勝地，可稱雙絶。子美又有《滄浪》詩云：「野蔓蟠青入破窗。」雖佳句，然破窗野蔓蟠其中，似無人居矣。後客死高橋，遂以爲讖。其人亡而地且屢易也。紹興初，沈元叔詩：「只今惟有亭前水，曾識春風載酒人。」程致道詩：「醉倒春風載酒人，蒼髯猶想見長身。」蓋亦游其地而感其人耳。

《中吴紀聞》云：「滄浪亭爲中吴軍節度使孫承祐之池館，其後蘇子美得之。我家舊與章莊敏俱有其半，今盡爲韓王所得。」《吴縣志》云：「韓蘄王軍行潤州，過而樂之。章氏不解意，令督軍餉。始大懼，獻而祈免。千指一夕而散。」余觀子美自爲《滄浪亭記》云：「愛而裴回，遂以錢四萬買之。」洪景盧云：「今蘄王家價值數百萬矣。」元末張伯雨猶慕之，詩云：「闔閭城中可終老，安得四萬買滄浪。」

《避暑録話》云：「《禹貢》：『導漾東流爲漢。』又『東爲滄浪之水』。『滄浪』，地名，非水名也。孔氏謂：『漢水别流在荆州者。』《孟子》記孺子之歌，所謂『滄浪之水可以濯纓』者。屈原《楚辭》亦載之，此正楚人之辭。蘇子美卜居吴下，前有積水，即吴王僚開以爲池者。作亭其上，名之曰『滄浪』。雖意取濯纓，然似以『滄浪』爲水渺瀰之狀，不以爲地名，則失之矣。『滄浪』，猶言『嶓冢』、『桐柏』也。今不言水，而直曰『嶓冢』、『桐柏』，可乎？大抵《禹貢》水之正名而不可單舉者，則以水足之，『黑水』、『弱水』、『澧水』之類是也；非水之正名而因以爲名，則以水别之，『滄浪之水』是也。」

瘞鶴銘

蘇子美詩：「山陰不見换鵞經，京口新傳《瘞鶴銘》。」

吴旦生曰：《瘞鶴銘》刻京口焦山之麓，記載其跡，言人人殊。要以黄伯思之説爲正，知子美詩誤也。顧元慶作《瘞鶴銘考》，録其全文，銘七十二字，序六十一字。

《集古録》云：「《瘞鶴銘》題『華陽真逸』撰，刻於焦山之足，常爲江水所没。好事者伺水落時，摹而傳之，往往祇得其數字，云『鶴壽不知其幾』而已。世以其難得，尤以爲奇。惟予所得六百餘字，獨爲多也。按：《潤州圖經》以爲王羲之書，字亦奇特，然不類羲之筆法，而類顔魯公，不知何人書也。『華陽真逸』是顧況道號。」

《金石録》云：「徧撿《唐史》及顧況文集，皆無此號。惟況撰《湖州刺史廳記》，自稱『華陽山人』爾。」

蔡君謨云：「《瘞鶴》文非逸少字。東漢末，隸最盛。晉、魏之分，南北差異，鍾、王楷法，爲世所尚。元魏間盡習隸法。自隋平陳，多以楷、隸相參。《瘞鶴》文有楷、隸筆，當是隋代書。」

張子厚云：「《瘞鶴銘》今存焦山，凡句讀之可識及點畫之僅存者，百三十餘言，而所亡失幾五十字。計其完書蓋九行，行之全者二十五字，而首尾不與焉。熙寧三年，於焦山之陰偶得十二字於亂石間，其後又有『丹陽外仙，江陰真宰』八字，與『華陽真逸』、『上皇山樵』似是真侣之號。」

《廣川書跋》云：「歐陽文忠謂得六百字。今以石校之，爲行凡十八，爲字二十五，安得字至六百？」

蔡佑云：「其側有司兵參軍王瓚題名小字數十，與《瘞鶴銘》字畫一同。雖無歲月可考，官稱乃唐人。」

《東觀餘論》云：「文忠以爲不類王書法，而類顔魯公，又疑是顧况道號，又疑王瓚。僕今審定文格、字法，殊類陶弘景。弘景自稱『華陽隱居』，今曰『真逸』者，豈其别號歟？」

《續博物志》云：「陶隱居書自奇，世傳《畫板帖》及焦山下《瘞鶴銘》皆其遺迹。」

《西清詩話》云：「讀道藏《陶隱居外傳》，號華陽真人，晚號華陽真逸。道書言：華陽，金壇之地，第八洞天，東、北門俱潤州境也。丹陽與茅山相犬牙，又三茅，陶故居。則《瘞鶴銘》爲隱居不疑。」

《漁隱叢話》載：「黄伯思與劉無言論書云：『唐王瓚一詩，字畫全類此銘。不知即瓚書，抑瓚學銘中字而書此詩也？』劉曰：『疑即瓚書也。』下有『上皇山樵人逸少書』，非王逸少也，蓋唐有此人，亦號逸少耳。」

《昵古録》云：「黄伯思以《瘞鶴銘》爲陶隱居書，似矣。獨謂以《朱陽帖》參之絶類，則予所不許。《朱陽帖》出於信本，蓋不足復疑。且其寒峭取姿，與銘體方嚴，乃一一相反，安得强合？」

笭箵

蘇子美《松江長橋觀魚》詩：「嗚榔莫觸蛟龍睡，舉網時聞魚鼈腥。我實宦游無况者，擬來隨爾帶笭箵。」

吴旦生曰：《漁隱叢話》辨「笭箵」二字音韻甚詳，而《詩林廣記》引元次山集自釋云：「帶笭箵而晝船。」注云：「上丁郎切，下桑荒切，竹器也。」故《唐書音訓》云：「讀作郎桑。見元結本集音訓。又音上力丁切，下息極切，取魚籠也。」蓋有平、仄兩音。自釋又云：「能帶笭箵，全獨而保生；能學聱齖，保宗而全家。傲也如此，漫乎非邪？」其語雖叶韻，然《廣韻》、《集韻》於庚、清、青三韻中不收此「箵」字，並於上聲迥字韻中收之，子美此詩誤押爲平聲矣。又黄魯直《過石塘》詩：「長虹垂地若篆字，晴岫插天如畫屏。耕夫荷鋤解襏襫，漁父嗷網投笭箵。」秦少游《德清道中還寄子瞻》詩：「叢薄開羅帳，淪漪寫鏡屏。疏籬窺窅窕，支港泛笭箵。」皆於青字韻中押之，真誤也。

陶南邨詩：「風檐懸襏襫，煙艇帶笭箵。」自注云：「笭箵，元結自釋：音郎當，蓋竹籠也。」其全詩以「堂」、「長」、「黄」爲韵叶，蓋从《唐書音訓》也。

《大唐新語》云：「漁具總曰笭箵，漁服總曰袯襫。」

澄心堂紙

《王直方詩話》曰：「澄心堂紙乃江南李後主所製，國初不甚爲貴，自劉貢父首爲題之，又邀諸公賦之，世爲貴重。貢父詩云：『當時百金售一幅，澄心堂中千萬軸。後人聞名寧復得，就令得之當不識。』文忠公詩云：『君不見曼卿子美真奇才，久矣零落埋黄埃。君家雖有澄心紙，有敢下筆知誰哉？』梅聖俞云：『寒谿浸楮春夜月，敲冰舉簾匀割脂。焙乾堅滑若鋪玉，一幅百金曾不疑。』東坡云：『詩老囊空一不留，一番曾作百金收。』又從宋肇求此紙云：『知君也厭雕肝腎，分我江南數斛愁。』」

吴旦生曰：澄心堂紙，取李氏澄心堂樣製也。堂在建業，《後山談叢》云：「澄心堂，南唐烈祖節度金陵之宴居也。世以爲玄宗書殿，誤矣。」後主時製紙，極光潤滑膩，往往書畫多藉之。宋初，紙猶有存者。按：《淳化閣帖》皆此紙所榻，歐公《五代史》亦用此屬草。公曾以二軸贈聖俞，聖俞以詩謝云：「江南李氏有國日，百金不許市一枚。」又云：「堪入右軍跡，慙無幼婦辭。」劉原父詩：「斲冰折圭作宫紙。」王文正公詩：「魚澗肯數荆州池。」

呵膠

劉貢父《和陸子履》詩云：「此膠出從遼水魚，白羽補綴隨呵嘘。」

吴旦生曰：呵膠出遼中，可以羽箭，又宜婦人貼花鈿。呵嘘隨融，故謂之呵膠。《洞冥記》云：「善苑國常貢一蟹，長九尺，有百足四螯，因名百足蟹。煮其殼，勝於黄膠。亦謂之螯膠，勝於鳳喙之膠也。」

沈東老

《侯鯖録》曰：「熙寧中，有稱回道人。或曰：『此吕洞賓也。』過沈東老飲酒，寫絶句於壁云：『西鄰已富憂不足，東老雖貧樂有餘。白酒釀來緣好客，黄金散盡爲收書。』七年，坡過晉陵，見東老之子，能道其事。時東老已殁三年矣，坡爲和其詩。」

吴旦生曰：余家前谿距數里而南爲東林山，有沈東老，名思，字持正。以藥十八味釀爲十八仙酒，楊鐵厓所謂「明晨紗帽青藜杖，更訪東林十八仙」也。熙寧元年八月十九日，客號回道人來訪，求一醉，因出酒器十數於席。回曰：「飲器中，鐘、鼎爲大，屈卮、螺杯次之，梨花、蕉葉最小，當爲公自小至大飲之。」東老鼓琴，回浩歌以和。自日中至暮，已飲數斗，無酒色。將達旦，甕無餘瀝矣。舉席上石榴皮題詩庵壁，其色微黄而漸加黑。約此去五年復遇，今日當化去。行至舍西石橋，不知所適。至熙寧五年中秋之吉，東老屬其族人而告之，及期捐館。東坡和其詩曰：「世俗何知貧是病，神仙可學道之餘。但知白酒留佳客，不問黄金覓素書。符離道士晨興際，華岳先生尸解餘。忽見《黄庭》丹篆字，罔傳青紙小朱書。淒涼雨露三年後，彷佛塵埃數字餘。至用榴皮緣底事，中書君豈不中書。」

《齊東野語》云：「沈偕君與，即東老之子也。饒於財。少遊京師，好狎游。時蔡奴聲價，甲於都下。沈呼一賣珠人於其門首，議價不售，撒其珠於屋上，笑曰：『依汝所索還錢。』蔡於簾中窺見。後數日，乃詣之。其家喜相報曰：『撒珠郎至矣。』接之甚至。於是豪侈之聲滿三輔。時賈耘老隱居苕城南横塘上，沈以詩遺之，《蟹》曰：『黄秔稻熟墜西風，肥入江南十月雄。横跪蹣跚鉗齒白，圓臍吸脇斗膏紅。齏須園老香研柚，羹藉庖丁細劈葱。分寄横塘谿上客，持螯莫放酒杯空。』耘老得之不樂，曰：『後進輕我。』且聞其不羈，和韵詆之云：『彭越孫多伏下風，蝤蛑奴視敢稱雄。江湖縱養膏腴紫，鼎鑊終烹爪眼紅。嘲稱吴兒牙似鑀，擘慚湖女手如葱。獨憐盤内秋臍實，不比溪邊夏殼空。』君與怒曰：『賈與郡將往還預政，言人短長，爲人所訟。我以長上推之，乃鄙我如此。』復用韵報之云：『蟲腹無端苦動風，團雌還卻勝尖雄。水寒且弄雙鉗利，湯老難逃一背紅。液入幾家煩海鹵，醢成何處污園葱？好收心躁潛蛇穴，毋使雷驚族類空。』賈晚娶真氏，人謂賈秀才娶真縣君，沈所指『團雌』爲此，而戲語遂傳播矣。」

月卿

楊察詩：「人若月分卿。」

吴旦生曰：《洪範》：「王省惟歲，卿士惟月。」《注》云：「卿士各有所職，若月之有分也。」伊尹曰：「九卿通寒暑。」按：察謫守信州，送行者十二人，因作詩以謝曰：「十二天之數，今宵席客盈。位如星占野，人若月分卿。極醉巫山側，聯吟嶰管清。他年爲舜牧，協力濟蒼生。」三謂十二野，四謂十二月，五謂十二峰，六謂十二律，結謂十二牧，皆用十二故實。

水閣

《漁隱叢話》曰：「賈耘老有水閣在苕谿之上，景物清曠。東坡作守時屢過之，題詩畫竹於壁間。沈會宗又爲賦小詞云：『景物因人成勝槩，滿目更無塵可礙。等閒簾幕小闌干，衣未解，心先快，明月清風如有待。　誰信門前車馬隘，別是人間閒世界。坐中無物不清涼，山一帶，水一派，流水白雲常自在。』其後水閣屢易主，今已摧毀久矣。遺阯正與余水閣相近，同在一岸，悉如會宗之詞。故予嘗有鄙句云：『三間小閣賈耘老，一首佳詞沈會宗。無限當時好風月，如今總屬續谿翁。』蓋謂此也。」

吴旦生曰：《堯山堂外紀》作「遺阯與沈存中水閣相近」，後絶句亦屬存中作，非也。按：胡元任卜居吴興，以漁釣爲適，自號苕谿漁隱。臨流數椽，亦以此命名。僧了宗爲畫《苕谿漁隱圖》，嘗得句，即題其上云：「谿邊短短長長柳，波上來來往往船。鷗鳥近人渾不畏，一雙飛下鏡中天。」「卷起綸竿撇櫂歸，短篷斜掩宿漁磯。日高春睡無人喚，撩亂楊花繞夢飛。」其標致似耘老，而小詩亦不減會宗詞矣。

歷代詩話卷五十七　辛集三

壽谿　吳景旭旦生氏著

宋詩 卷上之下

落英

《西清詩話》曰：「歐公嘉祐中見王荆公詩『黄昏風雨暝園林，殘菊飄零滿地金』，笑曰：『百花盡落，獨菊枝上枯耳。』因戲曰：『秋英不比春花落，爲報詩人子細吟。』荆公聞之，曰：『是豈不知《楚辭》「夕餐秋菊之落英」，歐九不學之過也。』」《高齋詩話》以「秋英」二句爲子瞻跋。《漁隱叢話》云：「於《六一居士全集》及《東坡前後集》並無此二句，不知《西清》、《高齋》何從得此？」

吳旦生曰：《埤雅》言：「鞠如聚金，鞠而不落，故名鞠。」蓋鞠不落華，蕉不落葉，此正理也。《楚辭》乃云：「朝飲木蘭之墜露兮，夕餐秋菊之落英。」《野客叢書》云：「原借此自喻，蓋反物理以爲言也。謂木蘭仰上而生，本無墜露而有墜露；秋菊就枝而殞，本無落英而有落英。物理之變則然。吾憔悴放浪於楚澤之間，固其宜也。歐公意謂荆公得時行道，落英反理之喻，似不應用，故曰秋英云云，欲荆公自觀物理而反之於正耳。」余以歐公稔知其學術，豈片言能反於正哉？

特喚醒「子細」二字，見他生平誤處儘多，不可過執己見，莽莽行事耳。

洪興祖《楚辭補注》云：「秋花無自落者，讀如『我落其實而取其材』之『落』。」魏梅墅《續評》云：「落之爲義，始也，初也，如《禮記》所謂『落成』之落。蓋菊已花，雖枯不落，惟初英乃可餐也。」二解「落」義各異。

王逸《離騷注》云：「英，華也。」《類篇》云：「英，草榮而無實者。」後漢馮衍賦云：「食玉芝之茂英。」言「英華」之英也。《宋書》沈約云：「英，葉也。言食秋菊之葉。」《神農本草》：「三月，采菊葉服之，輕身耐老。」王子喬《變白增年方》：「甘菊，三月上寅采，名曰玉英。」是葉謂之英也。二解「英」義亦異。

黄金臺

《西清詩話》曰：「荆公詩：『功謝蕭規慙漢第，恩從隗始詫燕臺。』以示陸農師，農師曰：『蕭規曹隨，高帝論功，蕭何第一，皆摭故實。而請從隗始，初無「恩」字。』公曰：『退之《鬬雞聯句》：「感恩慙隗始。」若無據，豈當對「功」字也。』乃知前人以用事一字偏枯爲倒置眉目、反易巾裳，蓋謹之如此。」

吴旦生曰：《史記》：「昭王爲郭隗改築宫，而師事之。」《新序》、《通鑑》亦云「築宫」，不言臺也。孔文舉《與曹公書》云：「昭王築臺，以尊郭隗。」任昉《述異記》：「燕王爲隗築臺，今在幽州，呼賢士臺，亦謂招賢臺。」則有所謂臺矣，不載「黄金」之名。按《上谷郡圖經》云：「黄金臺在易水東南十八里，燕昭王置千金於臺上，以延天下之士。」《水經注》云：「固安縣有黄金臺遺阯。」《太平御覽》乃引《史記》，以爲昭王置千金臺上，以延天下士，謂之黄金臺，不知所據。鮑照《放歌行》云：「將起黄金臺。」李善《注》引《圖經》、《晉書》，俱不云《史記》也。皇甫松《登黄金臺》詩：「燕相謀在兹，積金黄巍巍。」李白詩：「燕昭延郭隗，遂築黄金臺。」杜甫詩：「揚眉結義黄金臺。」李賀詩：「報君黄金臺上意。」柳宗元詩：「燕有黄金臺，遠致望諸君。」劉因詩：「黄金亦何物，能令賢重輕。」貢師泰詩：「燕王鋭志移青社，築土懸金奉賢者。」迺賢詩：「千金何足惜，一士固難求。」其於《黄金臺》題下注云：「大悲閣東南隗臺坊内。」楊維禎詩：「金臺百尺媒燕隗。」高啓詩：「歸時應過黄金臺。」祝允明詩：「昭王禮郭生，崇臺懸黄金。」

横陳

《嬾真子》曰：「荆公詩：『歲晚蒼官聊自保，日高青女尚横陳。』『蒼官』，松也；『青女』，霜也。言日高而松上霜不消也。『横陳』出《楞嚴經》『六欲界』中云：『我無慾，應女行事，當横陳時，味如嚼蠟。』以言道人處世間，雖有慾而無味也。蓋荆公自謂如蒼官自保，但青女横陳，不能已耳。」

吴旦生曰：汪彦章詩：「從此空花掃除盡，定須嚼蠟向横陳。」金人李之純詩：「横陳已覺如嚼蠟，皆醉何妨獨啜醨。」是用《楞嚴》語也。然觀梁元帝詩：「王孫及公子，熊席復横陳。」夏英公詩：「横陳皆錦繡，器皿盡金玉。」所謂「横陳」，乃鋪陳之義。《海録碎事》云：「横陳，言同被也。」則李義山所云「小憐玉體横陳夜，已報周師入晉陽」，其謂此邪？他如洪駒父《雪》詩：「偏隨江月横陳夜，未放宮梅獨自香。」任君謀詩：「野寺荒涼人不到，水光山影正横陳。」王君玉詩：「物色横陳詩卷裏，雲濤飛動酒杯中。」皆借用也。荆公又詩：「木落岡巒因自獻，水歸洲渚得横陳。」山谷謂：「『自獻』、『横陳』俱見相如賦，不應用。」惠洪答以「『横陳』出《楞嚴經》。」

《了翁雜鈔》云：「樊宗師所作《絳守園亭記》、陳後山《柏》詩皆以柏爲『蒼官』，則作松誤。」

《復齋漫録》云：「青女，主霜雪之神也。故《淮南子》：『至秋三月，青女乃出，降霜雪。』高誘《注》云：『青女乃天神青腰玉女，主天霜雪。』荆公以『青女』爲霜，於理未當。杜子美《秋野》詩：『飛霜任青女。』乃爲盡理。」梁昭明《博山香鑪賦》云：「青女司寒，紅光繁景。」亦皆爲霜雪神矣。余觀李義山詩：「青女素娥俱耐冷，月中霜裏鬬嬋娟。」黄山谷詩：「嫦娥攜青女，一笑粲萬瓦。」用意隱約爲佳。

通印

《容齋四筆》曰：「『魚通印』之語，本出於王荆公《送張兵部知福州》詩『長魚俎上通三印』之句。

蓋以福州瀕海多魚，其大如此，初不指言爲子魚也。東坡始以『通印子魚』對『披緜黄雀』，乃借『子』字與『黄』字爲假對耳。山谷所云『子魚通印蠔破山』，蓋承而用之。」《遯齋閑覽》云：「其地有通應廟，廟前港中子魚最佳。」王初寮詩：「通應子魚鹽透白。」正采其説。郡人黄處權云：「興化子魚，去城五十里地名迎仙者，爲上所産之處，土名謂之子魚潭而已。初無通應港之名。有大神祠，賜額曰顯應，乃《遯齋》所指之廟者，亦非通應也。潭旁又有小祠一間，庳陋之甚，農家以祀田神。好事欲實《遯齋》之説，遂粉刷一扁，妄標曰『通應廟』，側題五小字曰：『元祐某年立。』此尤可笑。且用神廟封額以名土物，它處未嘗有也。」

吴旦生曰：觀《遯齋》之意，以爲今人求其大可容印者，謂之通印子魚，此亦傳聞之誤。而《容齋》反以通應廟之説爲是妄增。余按《泊宅篇》云：「興化軍子魚，惟通應大師廟前者最美，世稱『通應子魚』。而東坡乃作『通印子魚』，恐誤。」又《麈史》云：「子魚長七八寸，闊三二寸許。剖之，子滿腹。冬月正其佳時。莆田迎仙鎮乃其出處。予按部過之，驛左有祠，謂之通應祠，下有水曰通應谿。潮汐上下，土人以鹹淡水不相入處魚最美。比見士人詩，誤曰『通印』。」據此則按部時實履之言，《遯齋》亦未可非。

《漁隱叢話》云：「韓子蒼《謝寄子魚》詩：『驛騎馳書自海傍，開籃腤喜子魚香。紅螺紫蛤俱羞避，獨許渠儂近酒觴。』子魚味鹹，止可噉水飯。若作酒品之物，殊無風味。」

漢人語

《石林詩話》曰：「荆公詩用法甚嚴，尤精於對偶。嘗云：『用漢人語，止可以漢人語對。若參以異代語，便不相類。』如『一水護田將緑繞，兩山排闥送青來』之類，皆漢人語也。」

吴旦生曰：《野客叢書》亦謂：「『護田』、『排闥』皆西漢語也。」余按：此兩語，公嘗題金陵壁上，指示山谷，蓋得意之句。它如「草深留翠碧，花遠没黄鸝」，人只知「翠碧」、「黄鸝」爲精切，不知是四色也；「自喜田園歸五柳，最嫌尸祝擾庚桑」，人亦知「柳」對「桑」爲的，不知以十干數之，「庚」亦是數也。皆足見其銖兩。

搏黍舂鋤

荆公《題王昂霄水亭》云：「蕭蕭搏黍聲中日，漠漠舂鋤影外天。」

吴旦生曰：按：「搏黍」，黄鸝也。王伯厚謂：「《演繁露》以搏黍爲鷪，不知何出？」蓋未攷《國風・葛覃》注耳。《詩疏》云：「黍方熟時，鳴於桑間。」《方言》云：「齊人謂之博黍。」楊升庵云：「今之布穀也。布、博聲相近，此鳥當名博穀。」余據此，則「搏」作博音無疑。乃升庵《經説部》謂：「搏黍音團，黄鳥也。」何無畫一之見與？《韵府》：「鸀鵏，鳥名，布穀也。」《揚雄傳》注：「布穀一名買鵍，蓋聞其聲則思買鵍鍤以布穀也。其聲曰：『家家撒穀。』又云：『脱卻破袴。』」東坡詩：「南山昨夜雨，西谿不可渡。渡邊布穀啼，勸我脱布袴。不辭脱袴谿水寒，水中照見催租瘢。」

按：「舂鋤」，鷺也。《爾雅》：「鷺舂鋤。」亦取其鷺之行步。《方言》：「齊、魯之間謂之舂鋤。」《海録碎事》云：「步於淺水，好自低昂，故曰舂鋤。」《格物論》云：「鷺鷥，一名舂鋤。林棲，朝出捕魚，夜宿其處。」正指此也。乃《月令廣義》引此入春令中，誤作「春鋤」，可笑。

果下騮

王荆公詩：「呼僮羈我果下騮，欲尋南岡一散愁。」

吴旦生曰：《漢書》：「昌邑王賀召皇太后果下馬乘之。」《魏志》：「濊國果下馬，漢桓時獻之。」《注》曰：「高三尺，乘之可於果樹下行。」《顔氏家訓》云：「周弘正爲宣城王所愛，給一果下馬，蓋濊國所出也。」《北史》：「尉景有果下馬，文襄求之，不與。神武責文襄而杖之。」《述異記》云：「漢樂浪郡出果下馬，高三尺。」《虞衡志》云：「德興産果下小駟，以瀧水者爲最高，不踰三尺，駿者有兩脊骨。」《一統志》云：「果下馬出今羅定州。」李長吉詩：「吾聞果下馬，羈策任蠻兒。」元微之詩：「果下翩翩紫騮好。」歐陽永叔詩：「猶得追閒果下騮。」陳後山詩：「惜子翩翩果下駒。」《海録碎事》云：「果下牛出廣州，以其庳小，可行果樹下，今之𤛑牛是也。」《述異記》云：「日南郡出果下牛，高三尺。」

子耶

王荆公詩：「洲迴藏迷子，谿深礙若耶。」吴旦生曰：建康西南十里有迷子洲，按《字書》謂：「父曰耶，於遮切。」古樂府：「不聞耶孃唤女聲。」杜詩：「耶孃妻子走相送。」又「見耶背面啼」。何尚之戲王絢彧之子曰：「耶耶乎文哉？」絢對曰：「尊者之名，安得爲戲？亦可道草翁之風必舅。」「翁」指尚之，「舅」指何偃。又，費旭詩：「不知是耶非。」殷芸詩：「飄颻雲母舟。」簡文帝笑曰：「費既不識其父，殷又飄颻其母。」據此則「耶」乃古「爺」字也。荆公以「若耶谿」對「迷子洲」，取其「耶」字、「子」字作對工切。《筆談》所載「自朱耶之狼狽，致赤子之流離」，其對意同。

弓

荆公詩：「卧占寛閑五百弓。」

吴旦生曰：佛家以四肘爲弓，肘一尺八寸，四肘蓋七尺二寸。《容齋四筆》云：「《毗曇論》：四肘爲一弓，五百弓爲一拘盧舍，八拘盧舍爲一由旬。一弓長八尺，五百弓長四百丈。一拘盧舍有二里，十六里爲一由旬。」《焦氏筆乘》謂：「盧舍，四里也。」誤。陸放翁詩：「小嶺西南煙水間，頗聞有地百弓寬。」倪雲林詩：「結茅擬候芝三秀，眠鹿應遺地一弓。」宋子虚詩：「五色何年補泬寥，百弓無地駕瓊瑶。」

《桃源手聽》云：「薩波多論曰：『西天度地，以開肘爲一弓。』去村店五百弓，不遠不近，以閑散處爲蘭若。今若以唐尺計之，度二里許也。」

挾

荆公詩：「荒埭暗雞催月曉，空場老雉挾春驕。」

吴旦生曰：翁行可論荆公善下字，下得「挾」字最好，如《孟子》「挾貴」、「挾長」之「挾」。嚴有翼云：「荆公又有『紫莧臨風怯，蒼苔挾雨驕』，陳無己有『寒氣挾霜侵敗絮，賓鴻將子度微明』，其用『挾』字不同。」

青藜

《漁隱叢話》曰：「王荆公《上元戲劉貢父》詩：『不知太乙游何處，定把青藜獨照公。』此詩用事亦精切。《拾遺記》：『劉向校書天禄閣，夜有老人植青藜杖，言是太乙之精，天帝聞卯金之子有博學者，下而觀焉。出懷中竹牒授之。』此既與貢父同姓，又貢父時正在館閣。」

吴旦生曰：《史記》：「漢家以望日祀太乙，從昏時祀到明。」今人於正月十五夜遊觀鐙，是其遺事。故《漁隱》但知劉姓與館閣用於貢父爲切，而不知太乙之用於上元爲更佳也。《篷窗雜録》云：「古稱藜杖，藜即苜蓿。養之歷霜雪，經一二歲，其本脩直，生鬼面，可杖，取其輕而堅。非藜木也。用藜爲然，光最明，可傳火徹夜。古讀書者然藜，以此。」王弇州云：「藜牀，牀之爲杖也。」余觀權德輿詩：「閒卧藜牀對落暉。」似非杖義。

《留青日札》云：「苜蓿，《漢志》作『目宿』，《爾雅》作『⿱艹牧蓿』，或作『萺蓿』。草名，或曰菜。出大宛國，漢使得之，種離宫。一名光風草，今之鶴頂草。似灰藋，秋後結實，黑房纍纍如穄，俗謂之木粟。其米可爲飯，亦可釀酒，故曰：『盤中何所有，苜蓿長闌干。』」「穄」即稷也。

《紫桃軒雜綴》云：「《西京雜記》：『樂遊苑中自生玫瑰樹，樹下多苜蓿，一名懷風，或謂之光風。風在其間，常蕭蕭然熠其花，故名。』茂陵人謂之連枝草。陶隱居以爲長安中有苜蓿園。北人極重此味，既老，則以飼馬。」

披香殿

《西清詩話》曰：「仁宗嘉祐中，後苑賞花釣魚，介甫以知制誥預末坐。帝出詩示群臣，次第屬和。傳至介甫，日將夕矣。亟欲奏御，得『披香殿』字，未有對。時鄭毅夫接席，顧介甫曰：『宜對「太液池」。』故詩云：『披香殿上留朱輦，太液池邊送玉杯。』翌日，都下盛傳王舍人竊柳耆卿詞『太液波翻』、『披香簾卷』之語，介甫銜之。」

吴旦生曰：《復齋漫録》謂：「唐上官儀《初春》詩：『步輦出披香，清歌臨太液。』乃知荆公取儀詩，豈柳詞邪？」庾信《春日》詩：「宜春苑中春已歸，披香殿上作春衣。」長安有宜春宫，此又以「宜春」對「披香」矣。

《蘇魏公語録》云：「仁宗賞花釣魚宴賜詩，執政諸公洎禁從館閣皆屬和。而詩中『徘徊』二字别無他義，諸公進和篇皆押『徘徊』字。及詩罷，再就座，而教坊進戲爲尋訪税第者，至前堂，觀玩不去，曰：『徘徊也。』至後堂，復環顧而不去，問之則皆曰：『徘徊也。』一人笑曰：『可則可矣，但未免徘徊太多。』」楊升庵云：「『徘徊』無别押。予思《漢書·相如傳》有『安翔徐徊』，昭帝廟號『從徊』，揚雄賦有『徊徊徨徨』，松陵詩有『遲徊』，庾信文有『徠徊』。」

《歸田録》云：「真宗朝歲歲賞花釣魚，群臣應制。嘗一歲臨池久之，而御釣不食。丁謂應制詩：『鶯驚風輦穿花去，魚畏龍顔上釣遲。』真宗稱賞。」

而

《詞林海錯》曰：「《周禮・考工記》：『凡人深其爪，出其目，作其鱗之而。』《注》云：『之而，頰頷也。』王荆公《與蘇長公分韵得而字》詩：『采鯨抗波濤，風作鱗之而。』借用亦妙。」

吴旦生曰：按荆公在歐公坐，分韵送裴如晦知吴江，以「黯然消魂唯别而已」分韵。時送者八人：歐陽永叔、王荆公、蘇子美、梅聖俞、王平甫、蘇老泉、姚子張、焦伯强，不聞有蘇長公也。夏茂卿載荆公與長公分韵，則誤矣。老泉得「而」字，押「談詩究乎而」。荆公乃又作「而」字二詩，其一押「風作鱗之而」，其又一云：「春風垂虹亭，一杯湖上持。傲兀何賓客，兩忘我與而。」蓋露長也。茂卿載荆公得「而」字，又誤矣。

鳴午

《復齋漫録》曰：「荆公詩：『静憩鳩鳴午，荒尋犬吠昏。』學者謂公取唐詩『一鳩鳴午寂，雙燕話春愁』之句。予嘗見東坡手寫此詩，乃是『静憩雞鳴午』，讀者疑之，蓋不知取唐詩『楓林社日鼓，茅屋午時雞』。」

吴旦生曰：《西清詩話》：「陳傳道嘗於彭門壁間見一聯云：『一鳩鳴午寂，雙燕話春愁。』後以語東坡：『世謂公作，然否？』坡笑曰：『此唐人得意句，僕安能道此。』」據此，則詩到至處，應讓唐人獨步。此東坡所不能道，荆公所不敢取也。而胡苕谿乃用此語作《春日》一聯云：「語盡春愁雙紫燕，唤回午夢一黄鸝。」不自知其語意淺薄，遂其自然矣。後見《焦氏筆乘》謂：「荆公『鄰雞生午寂，芳草弄秋妍』，此語出於韋蘇州『緑陰生晝寂，孤花表春餘』。」余以此聯上句，實「一鳩鳴午寂」换骨句也。

金山

《遯齋閑覽》曰：「唐人《題西山寺》詩：『終古礙新月，半江無夕陽。』人謂冠絶古今，以其盡得西山之景趣也。金山寺留題者亦多，而絶少佳句，惟『寺影中流見，鐘聲兩岸聞』，又『天多賸得月，地少不生塵』，最爲人傳誦。要亦未爲至工，若用之於落星寺，有何不可乎？熙寧中，荆公有句云：『天末海門横北固，煙中沙岸似西興。』尤爲中的。」

吴旦生曰：《後山詩話》載楊蟠《金山》詩：「天末樓臺横北固，夜深鐙火見楊州。」王平甫以此詩爲莊宅牙人語，解量四至。《復齋漫録》云：「荆公《金山》詩『天末海門横北固，煙中沙岸似西興。已無船舫猶聞笛，遠有樓臺祇見鐙』四句，亦類楊蟠。」《漁隱叢話》云：「平甫《游金山》詩：『北固山連三楚近，中澪水入九江深。』平甫譏楊蟠之詩，乃反自作此等語，則何也？」薩天錫《登金山雄跨亭》云：「疏鐘水國前朝寺，落日海門何處舟？更擬黄昏盡餘興，卻從鐙火望楊州。」即用楊蟠語，亦不減其高雅也。

母淇奥

王荆公詩：「千枝孫嶧陽，萬本母淇奥。」

吴旦生曰：荆公過於鑱鑿，輒失天然之致。只此二語，魏華父謂：「『孫枝』取杜子美賦『桐花未吐，孫枝之鸞鳳相鮮』，此猶未害；如『母淇奥』，稍牽强。」李注云：「世俗謂慈竹爲子母竹。」

洪

荆公詩：「東江木落水分洪。」

吴旦生曰：《漫叟詩話》：「灘石湍激其中，深僅容舟，司舟者謂之洪。若大水，則不復問洪矣。」余按《方言》：「石阻河流爲洪。」銅陵縣有水洪口，江湖間謂分流處爲洪。又石梁絶水曰洪，射洪、吕梁洪是也。蘇東坡《百步洪》詩：「長洪斗落生跳波，輕舟南下如投梭。」周衡之詩：「十人度索上一洪，寸寸强弓挽難起。」馬虚中詩：「萬里長風送短篷，亂流初下吕梁洪。」《漫叟》又云：「江漢有滸，以扞制泛濫，大漲則溢於平陸。水退滸見，舟人謂之水落槽。」臨川詩：「萬里寒江正復槽。」《潛確類書》云：「《莊子》：『吕梁懸水三千仞。』故今言吕梁爲聚水村，即百步洪也。」東坡詩：「亂山合沓圍彭門，官居獨在聚水村。」

謝公墩

《歸田詩話》曰：「王荆公《詠謝公墩》云：『我名公字偶相同，我屋公墩在眼中。公去我來墩屬我，不應墩姓尚隨公。』或謂荆公好與人争，在廟堂則與諸公争新法，在野則與謝公争墩，亦善謔也。然公《詠史》云：『穰侯老擅關中事，長恐諸侯客子來。我亦暮年專一壑，每逢車馬便驚猜。』則公不獨欲專朝廷，雖丘壑亦欲專而有之，蓋生性然也。」

吴旦生曰：《金陵舊事》載：「謝公墩在冶城之尾，冶城本吴王夫差冶鑄處。」《世説》：「王右軍與謝太傅共登冶城，謝悠然遠想，有高世之志，故名謝公墩。」謝靈運撰《征賦》：「視冶城而北屬，懷文獻之悠揚。」指此也。李太白將營園其上，故作詩云：「冶城訪古迹，猶有謝公墩。」

《六朝事迹》云：「荆公宅，地名白塘。元豐七年公病愈，請以宅爲寺，賜額報寧禪寺。由城東門至蔣山，此半道也，亦名半山寺。」《漁隱叢話》云：「山谷稱荆公爲半山老人，故跋《胡笳集句》云：『溢城王寅擬半山老人集句《胡笳十八拍》是也。』」《林下偶談》云：王介甫，初字介卿。王深甫集有《臨河寄介卿》詩，曾南豐集亦有《寄王介卿》詩。《能改齋漫録》載南豐《懷友》篇，蓋集中所遺者，其篇末云：「作懷友書兩通，一自藏，一納介卿家。」

𧽊

王荆公詩：「細浪𧽊雪千娉婷。」吴旦生曰：《委巷叢談》云：「戲擾不已曰𧽊，音如褭。」嵇康《絶交書》云：「足下𧽊之不置，不過欲爲官得人，以益時用耳。」《晉書》：「諺云：和嶠牛，傅咸鞦，王戎蹋𧽊不得休。」梁吴孜《春閨怨》云：「柳枝皆𧽊燕，桑葉復催蠶。」近顧大武《飛將軍賦》云：「聞東兵之入薊者，爲白鳥所𧽊。」

傾家

王平甫詩：「傾家何計效韓公。」

吴旦生曰：此平甫《謝陸農師贈簟》之句，因退之有《簟》詩云「有賣直欲傾家貲」也。按《世説》：劉恢云：「見何次道飲，令人欲傾家釀。」猶云欲傾竭家貲，以釀酒飲之也。故魯直云：「欲傾家以繼酌，退之不過借其意入簟用耳。」朱行中詩：「相逢盡欲傾家釀，久客誰能散槖金。」以「家釀」對「槖金」，便失本意。

霧淞

曾子固《冬夜》詩云：「香消一榻氍毹暖，月淡千門霧淞寒。」

吴旦生曰：《墨莊漫録》：「東北冬月寒甚，夜氣塞空如霧，著於林木，凝結如珠玉。旦起視之，真薄雪也。見晛乃消釋，因風飄落。齊、魯人謂之霧淞。諺云：『霧淞重霧淞，窮漢置飯甕。』蓋歲穰之兆也。」子固有《霧淞》詩：「園林初日静無風，霧淞開花處處同。」東坡《送曹仲錫》詩：「斷蓬飛葉落黄沙，衹有千林鬖髿花。」按：「霧淞」音夢送，與「鬖髿」同音。《黄氏日鈔》云：「音夢送。」顧迴瀾《古雋》云：「音孟送，液雨如霧也。」《字林》云：「凍洛也。」楊升庵詩序云：「洛音索，冰著樹如索也。」一作「霿凇」。曾公衮《戲作冷語》云：「萬山雲雪陰霾空，千林霿凇水摇風。」

寒淺則爲霧淞，寒極則爲木稼。然霧淞召豐，而木稼召凶，不可不辨也。按《左傳》：「魯成公十六年，雨木冰。」劉向以爲：「冰者，陰之盛，而水之滯也；木者，少陽，貴臣卿大夫之象也。

此人將有害，則陰氣脅木。木先寒，故得雨而冰也。」是時叔孫喬如出奔，公子偃誅死。《漢書·五行志》：「木冰亦曰樹介，又曰木稼。」「稼」即「介」之譌。寒甚而木冰，如樹著介胄。《海録碎事》云：「名木冰爲木介，甲兵之象也。」《唐書》：「寧王憲疾時，京師寒甚，凝霜封樹。憲見而歎曰：『此樹稼也。諺云：「木若稼，達官怕。」必有大臣當之，吾其死矣。』十一月薨。」熙寧中，華山圮冰成木稼，已而韓魏公薨。故荆公挽之云：「木稼嘗聞達官怕，山頹果見哲人萎。」

鳳凰臺

《存餘堂詩話》曰：「李太白《鳳凰臺》詩，昔賢評爲千古絶唱。郭功父和韵云：『高臺不見鳳凰游，浩浩長江入海流。舞罷青娥同去國，戰殘白骨尚盈丘。風摇落日催行棹，潮擁新沙换故洲。結綺臨春無處覓，年年芳草向人愁。』真得太白逸氣，是豈其後身耶？」

吴旦生曰：功父母夢李太白而生，少有詩名。袁世弼薦於梅聖俞，聖俞曰：「天才如此，真太白後身也。」故贈詩有「采石月下訪謫仙」之句，人咸以爲太白矣。後同荆公登金陵鳳凰臺，追次太白韵，援筆立成，一座盡傾。然其泚筆飄逸，絶無宋氣，此詩亦能事也。

《遯齋閑覽》云：「功父曾題人山居云：『謝家莊上無多景，只有黄鸝三兩聲。』荆公命工繪爲圖，自題其上云：『此是功父題山居處。』即遣人以金酒鍾并圖遺之。」

羅漢

王禹玉《喜雨》詩云：「良弼爲霖辜夙望，神僧作霧應精求。」吴旦生曰：元豐間久旱不雨，裕陵齋禱甚力。夢一僧躍馬空中，口吐雲霧，既而雨作。遣中貴人物色之，得相國寺五百羅漢中第十三尊者。㸃入視之，正所夢也。禹玉詩記此。又元厚之詩：「仙驥籋雲穿仗下，佛花吹雨匝天流。」按：相國寺羅漢本江南李氏時物，在廬山東林寺。曹翰下江南，盡取其城中金帛寶貨，連百餘舟，私盜以歸。無以爲名，乃取羅漢，每舟載十許尊獻之。詔因賜於相國寺，當時謂之押綱羅漢云。

當句對

王禹玉詩：「舞急錦腰迎十八，酒酣玉餞照東西。」吴旦生曰：樂府《六么曲》有「花十八」，古有「玉東西杯」，而「十」與「八」、「東」與「西」乃當句對。蓋昔人作詩，有當句對而兩句更不須對者，如陸魯望詩「但説漱流并枕石，不辭蟬腹與龜腸」

是也。如李義山詩「池光不定花光亂，日氣初涵露氣乾。但覺游蜂饒舞蝶，豈知孤鳳憶離鸞」，則中二聯俱用此體，故其命題曰「當句有對」。

俗語

王君玉謂嘗有《雪》詩：「待伴不禁鴛瓦冷，羞明當怯玉鉤斜。」吴旦生曰：雪止未消者，俗謂之待伴雪；夜落者，又謂之羞明。兩以俗語采入句中，此點石爲金法也。黄白石《雪》詩：「説道羞明卻不羞，日光玉潔共飛浮。天人胸次明如洗，肯似人間只暗投。」此又反其語而用之。

歷代詩話卷五十八　辛集四

壽谿　吴景旭旦生氏著

宋詩 卷中之上

明允

《石林詩話》曰：「蘇明允至和間來京師，既爲歐陽文忠公所知，其名翕然，韓忠獻諸公皆待以上客。嘗遇重陽，忠獻置酒私第，惟文忠與一二執政，而明允乃以布衣參其間，都人以爲異禮。席間賦詩，明允有『佳節屢從愁裏過，壯心時傍醉中來』之句，其意氣尤不少衰。明允詩不多見，然精深有味，語不徒發，正類其文。如《讀易》詩云：『誰爲善相應嫌瘦，後有知音可廢彈。』婉而不迫，哀而不傷，所作自不必多也。」

吴旦生曰：何燕泉謂：「『佳節屢從愁裏過』，何無養也；『壯心時傍醉中來』，是不能以德將也。」《道山清話》：「老蘇以兵書偏見諸公貴人，皆不甚領略。有人言於富韓公，公曰：『此君專勸人殺戮以立威，豈得直如此要官職做。』然則蘇當時愁態壯心，亦可歎耳。」余不然其説，如後山議明允不能詩，苕谿已斥其誣矣。觀雅安守劉太簡以書薦於韓魏公、歐陽文忠公、張文定公，辭甚愷切，文亦高雅。而張安道守成都時，乃爲作書辦裝，使人送之京師，謁文忠。文忠得明允父子所著書，大喜曰：「後來文章當在此。」即極力推譽。蓋文忠能重布衣，而劉、張二守亦交相薦引之，亦其才足動人也。

《瑞桂堂暇録》云：「老泉攜東坡、潁濱謁文定公時，方習制科業，將應詔。文定公忽出題，令人持與坡、潁，云：『請學士擬試。』文定密於壁間窺之。兩公得題，各就坐致思。潁於一題有疑，指以示坡。坡不言，但舉筆倒敲几上云：『管子注。』潁濱疑而未決也，又指其次。東坡以筆勾去，即擬撰出以納。文定閲其文，益喜。勾去一題乃無出處，文定欲試之也。次日，文定見老泉云：『二子皆天才，長者明敏尤可愛，然少者謹重，成就或過之。』所以二公受知文定，而潁濱感之尤深。」按：子瞻一字和仲，謫黄州時，築室於山之東坡，遂號東坡居士。子由一字同叔。子瞻詩：「還須略報老同叔。」又《元日立春》云：「己卯嘉辰壽阿同。」元日己卯爲子由本命也。又《遺觀音像》云：「持是壽卯君。」蘇小妹好學能文，適其母兄程濬之子之才。老蘇詩云：「汝母之兄汝伯舅，求以厥子來結姻。鄉人嫁娶重母族，雖我不肯將安云。」

老人泉

《蜀中詩話》曰：「東坡《老翁泉》詩：『井中老翁娱年華，白沙翠石公之家。公來無蹤去無跡，井面團露水生花。翁今與世兩無與，何事紛紛驚牧豎。改顔易服與世同，無使世人知有翁。』説家又載東坡圖書刻有『老泉』二字。如此則『老泉』之號未應屬明允也。」

吴旦生曰：《石林燕語》載：「子瞻晚年號老泉山人，以眉山先塋有老人泉，故云。又於卷册間見有『東坡居士老泉山人』八字共一印。其所畫竹，或用『老泉居士』朱文印章，則『老泉』是子瞻號矣。歐陽公作明允墓誌，但言『人號老蘇』，而不言其所自號，亦可疑者。」

余按明允《嘉祐集》云：「十數年前月夜，見一老翁，蒼顔白髮，偃息泉上，就之則隱而入於泉。洵甃以石，建亭覆之，而爲之銘。」又東坡謂：「與子由弟少時爲梅二丈所知，家有老人泉，梅公爲作詩。」又東坡《送賈訥倅眉》詩：「老翁山下玉淵回，手植青松三萬栽。」自注云：「先君葬於蟇頤山之東二十餘里，地名老翁泉。」

厓　蜜

《野客叢書》曰：「東坡《橄欖》詩：『待得微甘回齒頰，已輸厓蜜十分甜。』《冷齋夜話》謂：『事見《鬼谷子》。厓蜜，櫻桃也。』漫叟、漁隱諸公引《本草》『石厓間蠭蜜』爲證。僕謂坡詩爲橄欖而作，宜以櫻桃對言。世謂棗與橄欖争曰：『待你回味，我已甜了。』正用此意。蠭蜜則非其類也。嘗考石蜜有數種，《本草》謂厓石間蠭蜜爲石蜜，又有所謂乳餳爲石蜜者，《廣志》謂蔗汁爲石蜜，其不一如此，安知古人不以櫻桃爲石蜜乎？觀魏文帝詔曰：『南方有龍眼、荔枝，不比西園蒲萄、石蜜。』以『龍眼』、『荔枝』相對而言，此正櫻桃耳，豈餳蜜之謂邪？坡詩當以此證。」

吴旦生曰：《景龍文館記》云：「上幸兩儀殿，命侍臣昇殿食櫻桃。其櫻桃並盛以琉璃，和以杏酪，飲醽醁酒。」《摭言》云：「唐新進士尤重櫻桃宴。乾符中，劉潭及第，時櫻桃初出，和以糖酪，人享蠻畫一小奩，不啻數升。」杜牧之《櫻桃》詩：「忍用烹酥酪，從將玩玉盤。流年如可駐，何必九華丹。」則知唐時已用櫻桃薦酪也。既入糖酪，便似石蜜。則坡詩所言「厓蜜」，其爲櫻桃無疑。《鼠璞》云：「《南海志》：『厓蜜，子小而黄，殼薄味甘，增城惠陽山間有之。』不知與櫻桃爲一物與否，要其類也。」李義山《蜂》詩：「紅壁寂寥厓蜜盡。」此但作蜜用，非是。

此詩首句云：「紛紛青子落紅鹽。」范景仁言：「橄欖木高大難采，以鹽擦木身，則其實自落，所以有『落紅鹽』之語。」《圖經》：「感擥，俗作橄欖。」《太平廣記》：「南威，橄欖也。」《金樓子》云：「有樹名獨根，分爲二枝。其東向一枝是木威樹，南向一枝是橄欖樹。一云：名爲青子者，凡果始青漸黄，而橄欖則長青也。稱青子不言橄欖可知，亦猶稱黄花不言菊可知也。」

北　臺

《詩話類編》曰：「東坡《雪後書北臺壁二首》詩：『城頭初日始翻鴉，陌上晴泥已没車。凍合玉樓寒起粟，光摇銀海眩生花。遺蝗入地應千尺，宿麥連雲有幾家。老病自嗟詩力退，空吟冰柱憶劉叉。』

方萬里云：『雪宜麥而避蝗，蝗生子入地，雪深一尺，蝗子入地一丈。「玉樓」爲肩，「銀海」爲眼，道家語，蓋《黄庭》一種書相傳有此説。』又詩云：『黄昏猶作雨纖纖，夜静無風勢轉嚴。但覺衾裯如潑水，不知庭院已堆鹽。五更曉色侵書幌，半夜寒聲落畫檐。試埽北臺看馬耳，未隨埋没有雙尖。』方云：『「馬耳」，山名，與「臺」相對。坡知密州時作，年三十九歲，偶然用韵甚險，而再和尤佳。』東坡再用韵二首云：『九陌淒風戰齒牙，銀杯逐馬帶隨車。也知不是堅牢玉，無奈能開頃刻花。對酒强歌愁底事，閉門高卧定誰家。臺前日暖君須愛，冰下寒魚漸可叉。』又『已分酒杯數淺懦，敢將詩律鬬深嚴。漁蓑句好真堪畫，柳絮才高不道鹽。敗履尚存東郭指，飛花又舞謫仙檐。書生事業真堪笑，忍凍孤吟筆退尖。』方云：『「鄭谷漁蓑，道韞柳絮，賴此增光，而世無異論。』退之詩：『兔尖齊莫並。』若苦寒，則退尖矣。李白詩：『好鳥吟春歌後院，飛花送酒舞前檐。』『叉』、『尖』二字和得全不喫力。此詩冠絶古今，非天才萬卷書胸，未易至此。王荆公、胡澹庵心服屢和，俱壓不倒，始知詩有絶作，不當復和。」

吴旦生曰：《唐詩紀事》：「劉叉聞韓愈接天下士，步謁之，作《冰柱》、《雪車》二詩，出盧、孟右，樊宗師見爲獨拜，蓋此二章押韵險澀，而『叉』、『尖』二字尤難。」黄常明謂：「眉山《雪》詩能用韵，如云『冰下寒魚漸可叉』和『羔袖龍鍾手獨叉』。蓋子厚嘗云：『江魚或共叉。』又云：『入郡腰常折，逢人手盡叉。』據此則前人落筆，各自有本耳。」《水經注》：「馬耳山高百丈，上有石並舉，雙聳如馬耳。」《示兒編》云：「王晉之與霍辨對談，雪盈尺。王曰：『雪太深乎？』霍曰：『看北臺馬耳果何如？』左右曰：『有兩尖在。』坡蓋用此。」

胡元瑞云：「『玉樓』、『銀海』，句格自佳。而據道書，『玉樓』爲肩，『銀海』爲眼，以『起粟』、『生花』襯之，遂墮千古惡道，學詩者不可不知。」

茉莉檳榔

《冷齋夜話》曰：「東坡在儋耳，見黎女插茉莉，嚼檳榔，戲書姜秀才几間云：『暗麝著人簪茉莉，紅潮登頰醉檳榔。』其放如此。」

吴旦生曰：佛書《翻譯名義》云：「末利曰鬘華，堪以飾鬘，此土云柰。」《晉書》：「都人簪柰花，云爲織女帶孝。」《月令通考》云：「茉莉花自西國移植南海。」古詩曰：「五月炎州路，千叢撲地開。」後宣和中，名著艮嶽，列芳草八，此居一焉。《洛陽名園記》作「抹厲」，陳止齋作「没利」，王梅谿作「抹利」，洪容齋作「末麗」，朱元晦作「末利」。《墨莊漫録》云：「一名抹麗，謂能掩衆花也。」顔持約謫官嶺表，愛而賦詩曰：「譬如追風騎，一抹萬馬群。」陸賈《南行紀》云：「南越五穀無味，百花不香，獨有二花不隨水土而變，謂素馨與茉莉也。」按：素馨香特酷烈，彼中女子以綵絲穿花心，繞髻爲飾。楊誠齋詩：「穿花貫縷盤香雪，曾把風流惱陸郎。」《廣志》云：「劉玉女名素馨，死葬於此，其墓上生耶悉茗花，因名素馨。」

《西谿叢語》曰：「閩、廣人食檳榔，每切作片，蘸蠣灰以荖荖音老，又蒲口切葉裹嚼之。初食微覺似醉，面赤。故坡云：『紅潮登頰。』庚肩吾所謂『無勞朱實，兼荔枝之五滋；能發紅顔，類芙蓉之十酒』也。」然余觀韓翃詩：「檳榔滿地能消酒。」豈醉人赭面而又言消酒，亦甚疑之。後見《鶴林玉露》云：「檳榔之功有四：醒能使之醉，醉能使之醒，飢能使之飽，飽能使之飢。」乃知蘇、韓二詩不爲矛盾也。李當之《藥録》：「檳榔，一名檳門。」《上林賦》：「仁頻。」師古《注》：「即檳榔也。尖長而有紫文者名檳，圓而矮者名榔。」俞益期《與韓康伯牋》云：「檳郎木，大者三圍，高者九丈。葉聚樹端，房栖葉下。華秀房中，子結房外。其擢穗似黍，其綴實似槲，其皮似桐而厚，其節似竹而概。其中空，其外勁。其屈如覆虹，其伸如縋繩。步其林則寥朗，庇其陰則蕭條。」

顧屠

《漁隱叢話》曰：「東坡《送顧子敦》詩有『會當勒燕然，廊廟登劍履』之句，山谷和云：『西連魏三河，東盡齊四履。』或云：東坡見山谷此句，頗忌之，以其用事精當，能押險韵故也。然東坡復自和云：『我以病杜門，《商頌》空振履。』蓋諸公餞子敦，以病不往。押韵用事，豈復不佳？山谷亦再和，有『發政恐傷民，天步薄冰履』之句，押韵又似牽强也。」

吴旦生曰：《王直方詩話》：「顧子敦有『顧屠』之號，以其肥偉也。故東坡《送子敦奉使河朔》詩云：『我友顧子敦，軀膽多雄偉。便便十圍腹，不但貯書史。』又云：『磨刀向猪羊，釃酒會鄰里。』至於云：『平生批敕手。』亦皆用屠家語也。子敦讀之，頗不樂。東坡遂和前篇，末句云：『善保千金軀，前言戲之耳。』」《東皋雜録》云：「尹京時與從官同集慈孝寺，子敦凭几假寐，東坡大書案上曰：『顧屠肉案。』同會皆大笑。又以三十金擲於案上，子敦驚覺，東坡曰：『且片批四兩來。』」《復齋漫録》云：「子敦與山谷同在館中，夏多晝寢。山谷俟其熟睡時，即於子敦胸腹間寫字，子敦苦之。一日，據案而卧。既覺，曰：『爾亦無如我何。』及還舍，夫人詰其背字。脱衣示之，乃山谷所題詩云：『緑暗紅稀出鳳城，暮雲樓閣古今情。行人莫聽宫前水，流盡年光是此聲。』乃市井輩多用此詩以文背，故山谷亦因以戲之。」

銀牀

蘇東坡詩：「露帳銀牀初破睡。」

吴旦生曰：唐人謂井上木欄曰「金井欄」，如太白詩「絡緯秋啼金井欄」是也；又曰「銀牀」，如子美詩「露井凍銀牀」是也。《名義考》云：「銀牀非欄，蓋轆轤架也。」《廣韵》：「轆，井；轤，圓轉木也，用以汲水。」《喪大記》：「以綍繞碑間之鹿盧，南人謂之油葫蘆，北人謂之滑車。」余觀古舞曲之言，《淮南王》云：「後園鑿井銀作牀，金瓶素綆汲寒漿。」則此説良是，要皆指井而爲言也。東坡用作卧息之牀，恐誤。然觀令狐詩：「玉箸千行落，銀牀一半空。」則自唐時已誤作空牀用矣。

《許彦周詩話》載：「嘉祐時，河濱人網得一石，刻詩曰：『雨滴空階曉，無心换夕香。井梧花落盡，一半在銀牀。』按：褚記室謂：『金井飄梧，以葉上有金井字，非井也。』觀小詩得此義。」

如皋

《緗素雜記》曰：「《左傳》：『昭公二十八年，賈大夫娶妻美，御以如皋，射雉，獲之。』杜預《注》云：『爲妻御之皋澤。』『如』訓『之』，則非地名明矣。而東坡和人《會獵》詩云：『不向如皋閑射雉，歸來何以得卿卿。』真誤也。」

吴旦生曰：《復齋漫録》引古樂府張正見《雉子班》云：「惟當渡弱水，不怯如皋箭。」毛處約《雉子班》云：「能使如皋路，相迎巧笑開。」皆用賈大夫事，而東坡蓋承古樂府之誤耳。若潘安仁《射雉賦》云：「昔賈氏之如皋，試解顔之一笑。」山谷《南園記》云：「可盡記子之言，我將鑱之南園之石。他日御以如皋，雖不獲雉，尚期一笑哉。」二公真得傳意。

玉奴

東坡詩：「玉奴絃索花奴手。」

吴旦生曰：「玉奴」謂楊貴妃，「花奴」謂汝陽王璡也。按《南史》：「東昏侯妃潘玉奴。」又《長恨歌傳》：「楊太真生而有玉環在其左臂，環上有墳起『太真』二小字，故小名玉環。」《西粤志》云：「玉環，容州人，長史楊玄琰以千金得之楊康家。」則坡詩似誤。然觀鄭嵎《津陽門》詩：「玉奴琵琶龍香撥。」注云：「玉奴乃太真小字也。」《復齋漫録》云：「東坡《梅花》詩：『月地雲階漫一樽，玉奴終不負東昏。』《南史》：『東昏妃潘玉兒有國色。』牛僧孺《周秦行記》：『潘妃辭曰：東昏以玉兒身死國除，不忍負他。』注云：『玉兒，妃小字也。』坡以『兒』爲『奴』，誤也。」據此則「玉奴」之誤，余竊謂在潘不在楊矣。

余觀詩中稱謂，有不可泥者。樂天《長恨歌》云：「中有一人字玉真。」荆公《梅花》詩云：「膚雪參差是玉真。」則又呼楊妃爲「玉真」。

余觀楊鐵崖《題並笛圖》云：「玉奴絃索花奴鼓，閹奴節腔渾奴舞。阿環自品玉玲瓏，御手移游親按譜。」則似「玉奴」别是一人，而「阿環」正指妃也。又見張思廉《並笛圖》云：「黑奴絃索花奴鼓，譚奴撫掌閹奴舞。阿環自品玉玲瓏，御手夷猶親按譜。」句同而名小異，未審何據。

詩人多以「阿環」稱楊妃矣。按《漢武内傳》：「西王母降於庭，遣侍女詣上元夫人。答云：『阿環再拜，上問啓居。』」則上元夫人亦名阿環。荆公詩：「瑶池淼漫阿環家。」又云：「且當呼阿環，乘興弄溟渤。」方萬里謂：「阿環，王母名。」王、方二子俱誤。

麗華

《古今詩話》曰：「東坡用事多有誤，《虢國夫人夜游圖》詩：『當時亦笑潘麗華，不知門外韓擒虎。』陳後主張貴妃名麗華，俱見收。而東昏侯有潘淑妃，初不名麗華。」

吴旦生曰：《南史》：「張麗華年十歲爲龔良婦給使，後主見而悦之，因得幸。」《大業拾遺記》云：「麗華方倚臨春閣，試東郭㕙紫毫筆，書小砑紅綃，作答江令『璧月』句未終，見韓擒虎躍青驄車，擁萬甲，直來衝入，都不存去就至今日。」據此則隋遣擒虎平陳，而張麗華見收也。詩話俱議東坡誤用事。余以傳寫之譌在一「潘」字，坡不應誤至此。蓋古有四人：漢光武后陰麗華，後漢劉聰妻劉娥字麗華，後周宣帝后楊麗華，與後主妃張麗華耳。更無潘麗華者。豈坡公而不諳此也？

龜趺

《王直方詩話》曰：「東坡爲程筠作《歸真亭》詩云：『會看千字誄，木杪見龜趺。』『龜趺』是碑座，不應見木杪也。」

吴旦生曰：按碑乃墓碑，而亭乃碑亭也。葬於山上，多樹碑半山間，自下望之，則龜趺恰出於木杪，非真在木上也。《春渚紀聞》云：「杜子美《北征》詩：『我行已水濱，我僕猶木末。』豈亦子美之僕留挂木末如猨猱耶？」

緑衣

東坡《送黄師是》詩：「白首沈下吏，緑衣有公言。」

吴旦生曰：「緑衣」乃《詩》篇名。《注》云：「緑，間色，妾之服也。」時師是赴浙憲，坡置酒餞其行，使朝雲侍飲。語師是曰：「他人皆進用，而君數補外，何也？」是謂之「公言」。則知「緑衣」指朝雲耳。後人乃謂「緑衣」小官，猶惜其不留，是「有公言」。誤矣。

陸放翁《序施司諫東坡詩注》云：「某頃與范公至能會於蜀，因相與論東坡詩，慨然謂予曰：『足下當作一書，發明東坡之意，以遺學者。』某謝不能。他日又言之，因舉一二三事以質之曰：『「五畝漸成終老計，九重新埽舊巢痕」及「遥知叔孫子，已致魯諸生」，此語當何爲解？』至能曰：『東坡竄黄州，自度不復收用，故曰：「新埽舊巢痕。」建中初，復召元祐諸人，故曰：「已致魯諸生。」恐不過如此耳。』某曰：『此某之所以不敢承命也。昔祖宗以三館養士，儲將相材。及官制行，罷三館，而東坡蓋嘗直史館，然自謫爲散官，削去史館之職久矣，至是史館亦廢，故云：「新埽舊巢痕。」其用字之嚴如此。而「鳳巢西隔九重門」，則又李建中詩也。建中初，韓、曾二相得政，盡收用元祐人，其不召者亦補大藩，惟東坡兄弟猶領宮祠。此句蓋寓所以不能致者二人，意深語婉，尤未易窺測。至如「車中有布乎」，指當時用事者猶近而易見；「白首沈下吏，緑衣有公言」，乃以其侍妾朝雲嘗歎黄師是仕不進，故此句之意，戲言其上僭。則非得其故者殆不可知，必皆能如此，然後無憾。至能亦太息曰：如此誠難矣。』」

身

東坡詩：「公是主人身是客，舉觴登望得無愁。」

吴旦生曰：白樂天謂：「心是主人身是客。」坡用其語。蓋「身」猶言「我」也，如張飛據水斷橋，瞋目横矛曰：「身是張翼德也，可來其決死。」黄承彦謂孔明曰：「身有醜女，才堪相配。」西海侯蒙遜曰：「禿髮傉檀爲公而身爲侯，何也？」宋彭城王義真自關中逃歸，謂宏曰：「身在此。」魏人拔東陽，問沈文秀何在，文秀厲聲曰：「身是。」魏人執之。謝淪云：「身家太傅。」後梁宗如周云：「身自來不謗經。」凡此皆以「身」爲「我」也。韓子蒼詩：「身今老病投炎瘴，最憶冰厓昨歲秋。」

豹腳蝸牛

東坡作吴興守日，有詩云：「風定軒窗飛豹腳，雨餘欄楯上蝸牛。」吴旦生曰：《潛確類書》：「蚊足有文彩，吴興號豹腳。所以字从文，以有文也。亦或从昬，志其出時也。或从民，昬之省也。」胡苕谿謂：「吴興澤國，春夏之交，地尤卑溼，乃多蚊蚋，子瞻真紀其實。」余因觀子瞻有《游諸寺》詩：「微雨止還作，小窗幽更妍。盆山不見日，草木自蒼然。」二詩曲盡吴興景物，非身親其境者，或未知也。

東坡又詩云：「壁經梅雨畫虒蝓。」《説文》：「虒蝓，蝸牛也。」然觀《古今注》：「蝸牛，陵螺也，形如蜧蝓，殼如小螺，熱則自懸於葉下。野人結圓舍如蝸牛之殼，故曰蝸舍，亦曰蝸牛之舍也。」《閲耕餘録》云：「《魏略》：『焦先、楊沛並作瓜牛廬。』裴松之以爲『瓜』當作『蝸』。按《本草》：『蛞蝓，一名陵蠡，一名土蝸，一名附蝸，一名蠡牛，亦曰瓜牛。』松之未及考耳。」

廷珪墨

《漁隱叢話》載陳履常云：「往於秦少游家見李墨，裕陵所賜，王平甫所藏者。潘谷見之，再拜云：『真廷珪所作也。』世惟王四學士有之，與此爲二矣。」東坡詩：「潘翁跪拜摩老眼，一生再見三歎息。了知至鑒無遁形，王家舊物秦家得。」

吴旦生曰：《遯齋閑覽》：「李超與其子庭珪自易水渡江，遷居歙州。本姓奚，江南賜姓李氏。庭珪始名廷邽，其後改之。故世有奚庭邽墨，又有李庭珪墨。或有作『李庭邽』字者，非也。」余考《輟耕録》云：「世有奚廷珪墨，又有李廷珪墨。或有作『庭珪』字者，僞也。」是則字皆从「廷」，以有「广」頭者爲僞。而《遯齋》、《漁隱》皆从「庭」，何也？真僞自此别，烏可無辨。又《輟耕》云：「奚鼐之子超，超之子廷珪、廷寬。」《晁氏墨經》云：「廷珪之子承浩，廷寬之子承宴，承宴之子文用，文用之子惟慶、惟一、惟益、仲宣，皆其世家也。」

《王氏談録》云：「其『邽』字作『下邽』之『邽』者爲上，作『圭潔』之『圭』者次之，作『珪璧』之『珪』者又次之，其云『奚庭圭』者最下。」

李廷珪《藏墨訣》云：「贈爾烏玉玦，泉清硯須潔。避暑懸葛囊，臨風度梅月。」

辛

《西清詩話》曰：「東坡在北扉，自以獨步當世，與一時侍從更唱迭和，莫不稱首。曾子開賦扈蹕詩，押『辛』字韵，韵窘束而往返絡繹不已。坡厭之，復和云：『讀罷君詩何所似，擣殘薑桂有餘辛。』顧問客曰：『解此否邪？』蓋謂唱首有辣氣故耳。」

吴旦生曰：巧押澀韻，坡所長也；往返酬和，坡所樂也，何至厭惡作庾詞以拒之哉？《庚谿詩話》云：「元祐間，東坡與子開同居兩省，扈從車駕赴宣光殿。子開有詩，東坡兩和，其斷章『辛』字韻皆工。云：『輦路歸來聞好語，其驚堯顙類高辛。』又云：『最後數篇君莫厭，擣殘椒桂有餘辛。』按：《楚辭》以申椒菌桂皆草木之香者，喻賢人也。詩人押險韻，冥搜至此，可謂工矣。」而《西清詩話》遂改其句云：「讀罷君詩何所似，擣殘薑桂有餘辛。」謂坡譏唱首多辣氣，此何理也？坡爲人忼慨疾惡，亦時見於詩，有古人規諷體，然亦詎肯效閭閻以鄙語相詈哉？恐誤後人心術，不得不辨。

遨　頭

東坡《寒食遊西湖》詩：「藍尾忽驚新火後，遨頭要及浣花前。」

吴旦生曰：公自注：「成都太守自正月十日出遊，至四月十九日浣花乃止。」劉須溪謂：「注欠詳。」余按《老學庵筆記》云：「四月十九日，成都謂之浣花遨頭，宴於杜子美草堂滄浪亭。傾城皆出，錦繡夾道。自開歲宴遊，至是而止，故最盛於他時。我客蜀數年，屢赴此集，未嘗不晴。蜀人云：『雖戴白之老，未嘗見浣花日雨也。』」《成都記》云：「太守出遊，士女則於木牀觀之，謂之遨牀，而謂太守爲遨頭。」故陸放翁《寄緜州楊齊伯》詩：「我老一官書紙尾，君行千騎試遨頭。」蓋亦親涉過來耳。

蒼 茫

東坡詩：「愁度奔河蒼茫間。」

吳旦生曰：趙注謂：「『蒼茫』兩字，古人用之，皆是平聲，而先生所用，乃是仄聲。『蒼』字，《廣韵》音麤朗反，而『茫』字上聲，皆不收。不知先生所用出處，以竢博聞。」王勉夫云：「揚雄《校獵賦》：『鴻濛沆茫。』字音莽。白樂天《雪》詩：『寒銷春蒼茫。』又曰：『野道何茫蒼。』並音上聲。蘇子美詩：『淮天蒼茫背殘臘，江上委蛇逢舊春。』自注：『蒼茫，仄聲。』『茫』作仄用，似此甚多。」何燕泉云：「『蒼茫』、『嵬峩』並上聲，如『嵬峩連宵睡』等句，即韓退之《元和聖德》詩『嶽祇嶪峩』字。」

含黄宜紫

東坡詩：「半殼含黄須點酒，兩螯宜紫勸加飧。」

吳旦生曰：陸魯望《蟹志》云：「稻之登也，率執一穗，以朝其魁，吳人謂之輸芒。」段成式亦謂：「蟹八月腹中有芒。芒真稻芒也，長寸許，向東輸與海神，未輸不可食。」余按《吳興掌故録》云：「此大誕妄。蟹子未成時曰黄，黄中有細骨，黄依以生，非稻芒也。入海則黄化爲子，而芒亦漸長。至春深散子，則芒亦輸出，蟹腐矣。」據此則坡詩「半殼含黄」爲有領會。

《姑蘇志》云：「出太湖，大而色黄殼軟，曰湖蟹，冬月益肥美，謂之十月雄。出吳江汾湖者，曰紫鬚蟹。出崑山蔚州者，曰蔚遲蟹。」《海味索隱》云：「紫蟹，江南爲勝，謂殼上斑點者。」據此，又坡詩所謂「宜紫」矣。

《蟹譜》云：「蟹隨潮解甲更生新，故字从解。」《廣雅》：「雄曰蜋螘，雌曰博帶。」《荀子》：「六跪而二螯。」《注》：「跪，足也。」《蟹志》云：「漁者緯蕭承其流而障之，曰蟹斷。」余觀陶南村謂：「『緯蕭』二字尤奇。」不知其出《莊子》「河上翁家貧，緯蕭而食」也。又觀陸放翁詩：「水落枯萍黏蟹椵，雲閒寒日上魚梁。」自注：「鄉人植竹以取蟹，謂之蟹椵。」又范德機詩：「年荒民命椵魚鰕。」則「椵」字較「斷」爲雅。

酥煎

《老學庵筆記》曰：「王建《牡丹》詩：『可憐零落蕊，收取作香燒。』雖工而格卑。東坡用其意云：

『未忍汙泥沙，牛酥煎落蘂。』超然不同矣。」

吴旦生曰：放翁謂坡用王建意，非也。按《客退紀談》云：「孟蜀時，兵部尚書李昊，每春時將牡丹花數枝分遺朋友，以興平酥同贈。且曰：『俟花凋卸，即以酥煎食之，無棄穠豔也。』」坡蓋用此故實耳。坡又有《雨中賞牡丹》詩：「明日春陰花未老，故應未忍著酥煎。」

主孟

東坡與歐陽叔弼詩：「主孟當啗我，玉鱗金尾魚。」

吴旦生曰：《國語》：「優施謂里克妻曰：『主孟啗我。』」《注》云：「大夫之妻稱主，從夫稱也。」《史記·吕后本紀》注引此句，《索隱》云：「孟者，且也，言且啗我物。」則《國語》本注謂「孟」爲里克妻字，謬矣。

黑暗

東坡詩：「雞號黑暗通蠻貨，蜂鬧黄連采蜜花。」

吴旦生曰：杜詩：「黑暗通蠻貨。」《酉陽雜俎》云：「波斯國謂象牙爲白暗，犀角爲黑暗。」

《埤雅》言難别也。

《西谿叢語》云：「犀以黑爲本，其色黑而黄曰正透，黄而有黑邊曰倒透。」《埤雅》云：「角理有正插、倒插。正插者，角腰以上通；倒插者，角腰以下通。亦曰尖花小而根花大，謂之倒插。」

破天荒

東坡《贈姜唐佐》一聯云：「滄海何曾斷地脈，白袍端合破天荒。」吴旦生曰：子由述：「兄子瞻謫居儋耳，瓊州進士姜唐佐從之游，贈此一聯，且語曰：『子異日登科，當爲子成此篇。』崇寧二年，隨計過汝陽，示以此句。時子瞻之喪再踰歲矣，涕泣爲足成之。」《北夢瑣言》云：「唐荆州，衣冠藪澤，每歲解送舉人多不成名，號曰天荒。至劉蜕以荆州解及第，號爲破天荒。」《摭言》云：「時崔魏公作鎮，以破天荒錢七十萬資蜕。蜕謝書，略曰：『數十年來，自是人廢；一千里外，豈曰天荒。』」陸放翁詩：「屑玉定煩脩月斧，堆金難買破天荒。」

中秋

東坡《中秋月》詩：「嘗聞此宵月，萬里同陰晴。」

吴旦生曰：注云：「故人史生爲予言：『嘗見海賈云：中秋有月，則是歲珠多而圓。嘗以此候之，雖相去萬里，他日會合，相問陰晴，無不同者。』」又《使燕録》云：「惟中秋天色陰晴與各國同。」

羅帶劍鋩

東坡詩：「繫悶豈無羅帶水，割愁還有劍鋩山。」

吴旦生曰：韓退之詩：「水作青羅帶，山爲碧玉簪。」柳子厚詩：「海上群山似劍鋩，秋來處處割愁腸。」東坡合二公之句作一屬對。或謂可言「割愁腸」，不可但言「割愁」。陸仲高引晉張望詩云：「愁來不可割。」此「割愁」二字出處也。

鬬草

東坡《次劉景文聽琵琶》詩：「猶勝江左謝靈運，共鬬東昏百草鬚。」

吴旦生曰：《國史纂異》云：「謝靈運鬚甚美，臨刑施爲南海祇洹寺維摩詰鬚。中宗朝，安樂公主五日鬬百草，欲廣其物色，令馳驛取之。恐爲他人所得，翦棄其餘。」東坡以爲東昏侯事，則誤。攷東昏雖昏暴，未嘗翦鬚、鬭草也。萬曆中陳眉公詩：「休將靈運鬚三尺，鬭入兒童百草中。」泛指兒童，乃無礙。

《荆楚歲時記》云：「五月五日有鬭百草之戲。」王岐公《夫人閤端午帖子》云：「後苑尋春趁午前，歸來競鬭玉欄邊。袖中獨有芸香草，留與君王辟蠹編。」魚豢《典略》云：「芸香辟紙魚蠹，故藏書臺稱芸臺。」陸魯望詩：「無多藥草在南榮，合有新苗次第生。稚子不知名品上，恐隨春草鬭輸贏。」故元遺山《論詩三十首》有云：「萬古幽人在澗阿，百年孤憤竟如何。無人説與天隨子，春草輸贏較幾多。」

《中吴紀聞》云：「吴王與西施嘗鬭百草。」故劉禹錫詩：「若共吴王鬭百草，不如應是欠西施。」《清異録》云：「劉鋹在國，春深，令宫人鬭花。淩晨開後苑，各任采擇。少頃，敕還宫，鎖花門。膳訖普集，角勝負於殿中。宦士抱關，宫人出入，皆搜懷袖，置樓羅歷以驗姓名，法制甚嚴，時號花禁。」

俚語

東坡詩：「面臉照人元自赤，眉毛覆眼見來烏。」

吴旦生曰：《王直方詩話》：「今市語答人真實事則稱『見來』，坡詩用俚語也。」《墨莊漫録》引杜詩「鑠石藤稍元自落，倚天松骨見來枯」，坡句法此。而謂之俚語，直方未思耳。余以用俚語無妨，卻看句法何如。彼此等則十四字全俚，何關四字？試以杜句形之，則益俚。

諫苑

東坡詩：「諫苑君方續承業，醉鄉我欲訪無功。」

吴旦生曰：注引《南史》：「李承業作《諫苑》。」不知隋樂運字承業，嘗録夏、殷以來諫争事，名《諫苑》，文帝覽而嘉焉。

鮆魚

東坡詩：「知有江南風物否，桃花流水鮆魚肥。」

吴旦生曰：東坡涉筆游戲，往往以前人成句點竄一二字，足成己意，如此句之襲玄真子是也。「鮆」音紫。注云：「形狹薄而長鬚，一名刀魚，太湖中饒有之。」因按《山海經》云：「浮玉山北望巨區，苕水出於其陰，其中多鮆魚。」《爾雅注》：「鮆呼爲劍魚。」《異魚圖贊》云：「胡蝶所化，列蔑長須。」梅聖俞詩：「絮煖鮆魚繁。」陸放翁詩：「蒓菜鮆魚初滿市，莫將羊酪敵南烹。」楊廉夫詩：「杜宿雞籠山頂鶴，斗量鮆網壩頭魚。」

蜜唧鵂鶹

東坡《嶺南》詩：「朝盤見蜜唧，夜枕聞鵂鶹。」

吴旦生曰：《朝野僉載》：「嶺南獠民好爲蜜唧，即鼠胎未瞬、通身赤蠕者，飼之以蜜，飣之筵上，躡躡而行。以筯夾取啖之，唧唧作聲，故曰蜜唧。」《倦游録》云：「廣南人食鼠，謂之家鹿。」《嶺表録異》云：「鵂鶹，即鴞也。」詳見丙集郭賦中。《爾雅》：「江東呼鵂鶹爲鵋鵙。」《山海經》：「鵋久，即鵂鶹。」《唐・五行志》：「鵂鶹，一名訓狐。」《博物志》：「一名鵋鵂。」

竹醉

東坡詩：「竹是當年醉日栽。」

吴旦生曰：《岳州風土記》：「五月十三日謂之龍生日。」《齊民要術》謂之「竹醉日」，又謂之「竹迷日」。《筍譜》云：「民間説竹有生日，即五月十三日也。移竹宜用此日。」《蒼筠傳》云：「筠每歲惟五月十三日獨醉，或爲人迎置他處，不知也。當時諺云：『此君經年嘗清齋，一日不齋醉如泥。有時倒載過晉地，芒然垂墜俱不知。』」宋子京《種竹》詩：「賴逢醉日終無損，正似得全於酒人。」晏元獻詩：「竹醉人還醉，蠶眠我亦眠。」黄元明詩：「夏栽醉竹餘千个，春糞辰瓜滿百區。」

一云：宜用辰日。黄山谷詩：「根須辰日斸，筍看上番成。」

一云：宜用臘月。杜少陵詩：「東陵竹影薄，臘月更宜栽。」

生子

東坡《賀陳章生子》詩：「膩欲去爲湯餅客，卻愁錯寫弄麞書。」

吴旦生曰：劉禹錫《送進士張盥》詩：「爾生始懸弧，我作座上賓。引筯舉湯餅，祝詞天麒麟。」《注》云：「三朝會曰湯餅會。」《嬾真子》云：「東坡正用此詩，故謂之『湯餅客』也。必食湯餅者，世所謂長命麪也。」《青箱雜記》云：「湯餅，溼麪也。凡以麪爲食煮之，皆謂之湯餅。」《珊瑚鉤詩話》云：「或問湯餅謂之『不託』，何也？曰：未有刀機時，以手託之；既用刀機，則不託矣。」《資暇集》云：「今俗字有『餺飥』，乖之且甚。」然余觀《五代史》：「昭宗云：『朕與宫人一日食粥，一日食不託。』」《注》謂：「『不託』，俗語。當以《方言》爲正，作『餺飥』字。」按《方言》：「餅謂之飥。」《齊民要術》云：「青麪、麥麪堪作飯及餅飥，甚美。」則「飥」之名已見於漢魏矣。《舊唐書》：「太常少卿姜度妻誕子，李林甫手書慶之曰：『聞有弄麞之慶。』客視之掩口。」

一畝宮

東坡《和林子中》詩：「卬頭莫喚無家客，歸埽峩眉一畝宮。」吴旦生曰：子中《在京口寄東坡》詩：「欲唤無家一房客，五雲樓殿鎖鼇宫。」故坡作此和之。《禮記》：「儒有一畝之宫，環堵之室。」坡蓋用此。按《釋名》：「宫，穹也。言屋見於垣上，穹崇然也。」郭璞云：「宫謂圍繞之。」《記》曰「君爲廬宫之」是也。《爾雅》：「宫謂之室，室謂之宫。」《風俗通》云：「宫、室一也。秦、漢以來，尊者以爲帝號，下乃避之也。」《禮記》：「命士以上，父子異宫。」《吕氏春秋》：「季武子入宫不敢哭。」則是士庶皆稱宫矣。《名義考》云：「宫非寢室也，牆也。」《記》：「君爲廬宫之。」《儒行》注：「宫，牆垣也。蝘蜓依牆而生，故名守宫。不得其門而入者曰宫牆外望，宫之爲牆可知已。」

朱顔

《冷齋夜話》曰：「山谷言：詩意無窮，而人才有限。以有限之才，追無窮之意，雖淵明、杜陵，不得工也。不易其意而造其語，謂之换骨法；規摹其意而形容之，謂之奪胎法。樂天謂：『醉貌如霜葉，雖紅不是春。』東坡詩：『兒童誤喜朱顔在，一笑那知是酒紅。』此奪胎法也。」

吴旦生曰：此種語意，不止白、蘇。觀《王直方詩話》，知又有鄭谷詩：「衰鬢霜供白，愁顔酒借紅。」老杜詩：「髮少何勞白，顔衰肯更紅。」陳無己詩：「髮短愁催白，顔衰酒借紅。」皆相類也。

略彴

楊升庵曰：「《爾雅》：『石矼亦曰略彴。』《説文》：『水上横木所以渡者。』徐鉉云：『即今所謂水彴橋也。』東坡詩：『略彴横秋水，浮屠插暮煙。』」

吴旦生曰：《廣志》謂：「獨木之橋曰権音角，亦曰彴音灼。」権，水上横一木爲渡。彴，謂之略彴。漢武天漢三年，初榷酒酤。韋昭云：「禁民酤釀，獨官開置，如道路設木爲権，獨取利也。」今稱關税爲榷貨，乃專利而不許他往之義，亦取此也。」陸魯望詩：「頭經略彴冠微亞，腰插笭箵帶矗頻。」陸放翁詩：「獨木架成新略彴，一峰買得小嶙峋。」楊仲弘詩：「略彴未通谿上路，轒輼方陷漠南天。」□□□詩：「略彴緣溪一徑斜。」沈景倩詩：「廢彴殫猨技，危檣見鳥能。」

對牀

《王直方詩話》曰：「東坡喜韋蘇州詩『寧知風雨夜，復此對牀眠』之句，故《在鄭别子由》云：『寒鐙相對記疇昔，夜雨何時聽蕭瑟？』」又《初秋子由與坡相從彭城賦詩》云：『誤喜對牀尋舊約，不知飄泊在彭城。』子由在神水館賦詩云：『夜雨從來對榻眠，兹行萬里隔遥天。』坡在御史獄有云：『他年夜雨獨傷神。』在東府有云：『對牀定悠悠，夜雨今蕭瑟。』其同轉對有云：『對牀貪聽連宵雨。』又曰：『對牀欲作連夜雨。』又云：『對牀老兄弟，夜雨鳴竹屋。』此其兄弟所賦也。相約退休，可謂無日忘之，然竟不能成其約。其意見於《逍遥堂詩敘》云。」

吴旦生曰：韋蘇州《示元真元常》詩，二蘇祖之以入詠，遂以「夜雨對牀」爲兄弟事用矣。然觀《野客叢書》云：「韋又有詩贈令狐士曹曰：『秋檐滴滴對牀寢，山路迢迢聊騎行。』」則是當時對牀夜雨，不特兄弟爲然，於朋友亦然。白樂天《招張司業》詩：「能令同宿者，聽雨對牀眠。」此善用韋意，不膠於兄弟也。又觀鄭谷《訪元秀上人》詩：「且共高僧對榻眠。」《思圓昉上人》詩：「每思聞浄話，夜雨對繩牀。」施於僧亦未爲不可。然則聽雨對牀，不止一事，今人但知爲兄弟事，而莫知其他。蓋韋詩固佳，重以東坡引用，所以顯然著在耳目，爲兄弟故事。

後庭花

蘇子由《詠雞冠花》詩：「後庭花正盛，憐汝繫興亡。」

吴旦生曰：注言：「矮雞冠，即玉樹後庭花。」余按《潛確類書》云：「一種名壽星雞冠，即矮腳雞冠，有紅、白二色，即後庭花也。」楊誠齋詩：「陳倉金碧夜雙斜，一隻今棲紀涓家。别有飛來矮人國，化成玉樹後庭花。」田子蓺云：「温庭筠詩：『宜男漫作後庭草，不似櫻桃結子紅。』是萱草爲後庭草也。」

百合花一名中庭花，見《本草》。

歷代詩話卷五十九　辛集五

芍谿　吴景旭旦生氏著

宋詩　卷中之下

警悟

《西清詩話》曰：「魯直少警悟，八歲能作詩，送人赴舉云：『送君歸去明主前，若問舊時黄庭堅，謫在人間今八年。』此已非髫稚語矣。」

吴旦生曰：魯直七歲已作《牧童》詩，警悟不待言。其父爲亞夫，名庶，有《怪石》一絶云：「山鬼水怪著薜荔，天禄辟邪眠莓苔。鉤簾對坐心語口，曾見漢唐池館來。」洪駒父比之老杜之有審言。其外父爲謝師厚，名景初，有《王左丞夜至》一絶云：「倒著衣冠迎户外，盡呼兒女拜鐙前。」王直方謂：「編之杜集，無媿也。」故魯直從謝公得句法，嘗有詩曰：「自往見謝公，論詩得濠梁。」由此觀之，以警悟之質，源流有自，又加之琢磨，宜其卓絶矣。嘗游灊皖山谷寺石牛洞，樂其林泉之勝，因自號山谷道人。漢時，廣陵有老翁釣於涪水，自號涪翁。魯直謫涪州别駕，因稱涪翁，一作涪皤。范石湖云：「蜀中稱尊老者爲波，祖及外祖皆曰波。」宋景文謂：「當作皤。」魯直號涪皤，或從其俗也。又謫黔州，號黔安居士。黔中寓開元寺，寺有摩圍泉，因號摩圍老人。至宜州，號八桂老人。陳後山呼魯直爲金華仙伯，故《題李白真》詩：「金華仙伯哦七字，作事不復千金模。」蘇養直詩：「但見金華仙伯語，筆端丘壑飽經心。」

一鴟

黄魯直以詩借書目於胡朝請云：「願公借我藏書目，時送一鴟開鏁魚。」

吴旦生曰：昔稱「借書一瓻，還書一瓻」，後訛爲「嗤」。《商芸小説》引杜預云：「有書借人爲可嗤，借書送還亦可嗤。」或作「癡」字。《資暇集》謂：「借，一癡；與，二癡；索，三癡；還，四癡。此皆頑鄙之極。」余按：當作「瓻」，蓋「瓻」與「瓻」字近而訛耳。《廣韵》云：「瓻，丑飢切，古之盛酒器。大者一石，小者五斗。」蓋云借書以一瓻酒，還書亦以一瓻酒也。

「瓻」通作「鴟」。按：吴王取伍子胥屍，盛以鴟夷革，浮之水中。應劭《注》云：「取馬革爲鴟夷榼形。」又，范蠡號鴟夷子皮。又，揚雄《酒賦》：「鴟夷滑稽，腹大如壺。盡日盛酒，人復藉沽。」顔師古《注》云：「鴟夷，革囊以盛酒也。」《漢紀音義》云：「滑稽，酒器也。轉注吐酒，終日不已，若今之燧尊也。故語之嚮應無窮者取象。今之注子，是其遺法。」《資暇録》云：「元和後，酌酒用注子。太和後，中貴惡其名同鄭注，改曰偏提。」《説郛》云：「猶今酒鱉水。」《南翰記》云：「韵書無『甓』字。」邵康節詩：「大甓子中消白日，小車兒上看青天。」

曾文清《還鄭侍郎通鑑》詩：「借我以一鑑，餉公無兩瓻。」宋子虚《五雜組》云：「往復還借書瓻。」正德中劉士亨詩：「借書不受銀瓻酒，待客惟烹石鼎茶。」蘇子瞻《和陶詩》：「不持兩鴟酒，肯借一車書。」蘇養直詩：「慙無安世書三篋，濫得揚雄酒一鴟。」黄魯直又云：「莫惜借行千里，他日還君一鴟。」元遺山詩：「鴟夷盛酒盡君歡。」嘉靖中王弇州詩：「宛爾並頭雙鑿落，居然大腹一鴟夷。」

糖霜

山谷作頌答雍熙長老寄糖霜云：「遠寄蔗霜知有味，勝於崔子水晶鹽。正宗掃地從誰説，我舌猶能及鼻尖。」

吴旦生曰：王灼《糖霜譜》：「唐大曆間，有僧鄒和尚，不知所從來，跨白驢登繖山，結茅廬以居。須鹽米薪菜之屬，即書於紙，繫錢緡遣驢負至市區。人知爲鄒也，取平直，挂物於鞍，縱驢歸。一日，驢犯山下黄氏諸蔗。黄請償於鄒，鄒曰：『汝未知因蔗糖爲霜，利當十倍。吾語汝，塞責可乎？』試之果信。其色如琥珀，遂爲上品。自是流傳其法。鄒末年北走通泉縣靈鷲山龕中，其徒追及之，但見一文殊石象，始知大象化身。而白驢者，獅子也。」則知山谷所言「正宗」，蓋用此。東坡有詩送遂寧僧圓寶云：「冰盤薦琥珀，何似糖霜美。」亦指色如琥珀也。

《容齋五筆》云：「糖霜之名，唐以前無所見。自古食蔗者，始爲蔗漿，宋玉《招魂》所謂『胹鼈包羔有柘漿』是也。其後爲蔗餳，孫亮使黄門就中藏吏取交州獻甘蔗餳是也。後又爲石蜜，《南中八郡志》云『笮甘蔗汁，曝成飴，謂之石蜜』，《本草》亦云『煉糖和乳爲石蜜』是也。後又爲蔗酒，唐赤土國用甘蔗作酒，雜以紫瓜根是也。唐太宗遣使至摩揭陁國，取熬糖法，即詔揚州上諸蔗榨瀋如其劑，色味愈於西域遠甚，然只是今之沙糖。蔗之技盡於此，不言作霜。然則『糖霜』非古也，歷世詩人模奇寫異，亦無一章一句言之。『糖霜』見於文字者，實始蘇、黄二公。」

我鄉董遐周云：「『猊糖』，見《後漢·顯宗紀》。『販糖之妾』，見馮敬通與婦弟任武達書。『南箕無舌，飯多沙糖』，見《易林》大畜之益。『飴餃餹餳』，見《廣雅》。『餳謂之餹』，見揚子雲《方言》。『繭糖』，見《齊民要術》。『賣糖老姥』見《南齊書·傅琰傳》。『蘇酪沙糖』，見《隋書·真臘傳》。『蝌之將糖，躁擾彌甚』，見《梁書》鍾岏上何允議。『酒無沙糖味，爲他通顔色』，見古樂府《聖郎曲》。『燋糖幸一柈』，見杜詩。『猶馬食之如糖，故名馬唐』，見陳藏器《本草》。唐以後，不復憶矣。」

千秋

山谷詩：「穿花蹴蹋千秋索，挑菜嬉遊二月晴。」

吴旦生曰：《古今藝術圖》云：「北方寒食用鞦韆爲戲，以習輕趫者。」《事物紀原》云：「齊桓北伐，此戲始傳。」《荆楚歲時記》云：「施鉤之戲，以緶作篾纜相罥，緜亘數里，鳴鼓牽之。」《涅槃經》曰：「鬬輪骨輪索。」其鞦韆之戲乎？鞦韆亦施鉤之類也。《天寶遺事》云：「宫中寒食節，競築鞦韆。宫嬪笑樂，帝呼爲半仙之戲。」《酉陽雜俎》云：「寒食有内傷之虞，令人作鞦韆以動盪之。」余按：此出自漢武宫中，本云千秋祝壽之詞。王延壽作《千秋賦》，指此。蓋正作「千秋」字，後世倒其語爲「秋千」，易其字爲「鞦韆」，皆俗譌也。蔡林屋《鞦靬怨》又作「靬」，非是。觀山谷又詩云：「未到清明先禁火，還依桑下繫千秋。」可證。崇禎中陳卧子詩：「禁苑起山名萬歲，複宫新戲號千秋。」最得解。

按《秦中記》：「二月二日，曲江拾菜，士民遊觀其間者尤甚，謂之挑菜節。」山谷用此。劉禹錫《淮陰行》云：「無奈挑菜時，俗本作「脱葉時」，殆不可解。清淮春浪軟。」東坡《惠州》詩：「水生挑菜渚。」蓋用劉語也。鄭谷《益州》詩：「和暖又逢挑菜日，寂寥未是采花人。」郝天挺引《歲時記》「人日挑七種菜作羹」以注鄭句，誤甚。觀人日不得言「和暖」，當是二月二日，亦猶之「春浪」決非「脱葉時」耳。今於山谷詩而益明。

用事

《類苑》曰：「魯直善用事，若填塞故實，舊謂之點鬼簿，今謂之堆垛死屍。如《詠猩猩毛筆》詩：

『平生幾兩屐，身後五車書。』又云：『管城子無食肉相，孔方兄有絶交書。』精妙穩密，不可加矣。當以此語反三隅也。」

吴旦生曰：《唐文粹·猩猩説》云：「阮研使封溪，見邑人言：『猩猩喜著屐，人設酒及屐，乃爲所禽，刺其血。』」又晉阮孚云：「未知一生能著幾兩屐？」又「五車書」，《莊子》言惠施事。蓋魯直上句借孚語以用研事，下句借施事以言作筆鈔書耳。極刻露處能餘其隱，故不嫌其太作意也。

陸放翁詩：「强健猶穿幾兩屐，榮華正似一鉤絲。」薩天錫詩：「山川幾緉屐，日月兩浮萍。」皆佳。「管城」一聯，謂之折句。皆言此體創自魯直，不知唐已有之。《野客叢書》：「張祜詩：『賀知章口徒勞説，孟浩然身更不疑。』李益詩：『柳吴興近無消息，張長公貧苦寂寥。』貫休詩：『郭尚父休誇塞北，裴中令莫説淮西。』杜荀鶴詩：『卷一箔絲供釣綫，種千林竹作漁竿。』皆此句法也。」其在宋時者，《詩林廣記》引東坡詩：「五車經已留兒讀，二頃田應爲鶴謀。」《漁隱叢話》引歐陽脩詩：「静愛竹時來野寺，獨尋春偶過谿橋。」盧贊元詩：「想行客過梅橋滑，免老農憂麥隴乾。」苕谿亦云：「鸚鵡杯且酌清濁，麒麟閣嬾畫丹青。」

雞距鼠鬚

黄魯直詩：「宣城變樣蹲雞距，諸葛名家捋鼠鬚。」

吴旦生曰：此皆筆名。白樂天《雞距筆賦》：「足之健兮有雞足，毛之勁兮有兔毛。就足之中，奮發者利距；在毛之内，秀出者長毫。合爲手筆，正得其要。象彼足距，曲盡其妙。」蘇東坡《答文與可》詩：「爲愛鵝谿白繭光，掃殘雞距紫毫芒。」陸放翁詩：「雞距鋒圜筆絶倫。」

按：均州出鼠鬚筆。王右軍得用筆法於白雲先生，先生遺之鼠鬚筆。又永和九年曲水會，用鼠鬚筆爲《蘭亭記敘》，最得意。其後雖書數百本，無一得及者。鍾繇、張芝皆用鼠鬚筆。杜祁公酬吴殿院鼠鬚筆古、律詩各一篇。蔡君謨爲永叔書《集古録序》，以鼠鬚栗尾筆爲潤筆。歐陽永叔送元甫詩，贈之以宣城鼠鬚之管。蘇東坡詩：「欲寄鼠鬚并繭紙，請君章草賦黄樓。」又，坡嘗以第一龍團茶比之諸葛鼠鬚筆。其子叔黨有《鼠鬚筆》詩，漁隱稱其步驟氣格殊有父風。謝宗可《鼠鬚筆》詩：「莫笑研池濡醉墨，絶勝倉廩飽陳紅。」

《埤雅》云：「鼬鼠，俗謂之鼠狼，一名鼪。今栗鼠似之，蒼黑而小。取其毫於尾，可以製筆，世所謂鼠鬚栗尾者也。其鋒乃健於兔。」《太平清話》云：「宋時有鼠尾筆、狼毫筆。」

𦀇矮挼莎

黄魯直詩：「𦀇矮金壺肯持送，挼莎殘蘜更傳栝。」

吴旦生曰：《春官音注》：「𦀇，皮買反。矲，苦買反。」《方言》：「桂林之間，謂人短爲𦀇矲。」

雉正作矮字呼也。」《曲禮》：「共飯不澤手。」《注》云：「澤，挼莎也。」《古雋考略》云：「莎一作莏。」《經典釋文》云：「煩撋，猶挼莏也。」蓋宋人用事，貴出處相等，傳注中用事，必以傳注中對之故也。陸放翁詩：「醉撫酒壺憐矲矮，卧看香岫愛嶙峋。」謝薖《初夏》詩：「挼挲蕉葉展新緑，從便榴花舒小紅。」

船官

山谷詩：「王侯文采似於菟，洪甥人間汗血駒。相將問道城南隅，無屋止借船官居。」吴旦生曰：按庾子山賦：「風吹雲夢，凍合船官。」《注》云：「船官，官船也。」或疑山谷詩當作「官船居」，是未嘗看庾賦耳。趙復《送晏集賢南歸》云：「船官風破浪，關吏鼓通晨。」

秦西巴

《藝苑雌黄》曰：「古人詩押字，或有語顛倒而無害於理者，如韓退之以『參差』爲『差參』，以『玲瓏』爲『瓏玲』是也。比觀王逢原有《孔融》詩：『虚云坐上客常滿，許下惟聞哭習脂。』黄魯直有《和荆公六言》云：『啜羹不如放麑，樂羊終媿巴西。』按：後漢有『脂習』而無『習脂』，戰國有『秦西巴』而無

「巴西」，豈二公之誤耶？」

吴旦生曰：《韓非子》云：「樂羊爲魏將，攻中山。中山君烹其子，遺之羹。樂羊啜之，盡一杯。文侯賞其功，而疑其心。」又云：「孟孫獵得麑，使秦西巴載歸。其子隨之而嘑，秦弗忍而與之。孟孫怒，逐之，復召以爲子傅。」據此則魯直以「西巴」爲「巴西」，誠誤矣。陳子昂《感遇》詩：「吾聞中山相，乃屬放麑翁。」蓋西巴乃孟孫氏之臣，子昂徒見樂羊中山事，遂謂之「中山相」，則益誤甚。

《漢皋詩話》云：「字有顛倒可用者，如『羅綺』『綺羅』、『圖畫』『畫圖』、『毛羽』『羽毛』、『白黑』『黑白』之類，方可縱横。惟韓愈、孟郊輩才豪，故有『湖江』、『白紅』、『慨慷』之語，後人亦難倣效。若不學矩步而學奔逸，誠恐『麟麒』、『凰鳳』、『木草』、『川山』之句紛然矣。」

紫緜

黄魯直詩：「紫緜揉色海棠開。」

吴旦生曰：沈立《海棠記》言：「其花五出，初極紅，如燕脂點點然。及開，則漸成纈暈。至落，則若宿妝淡粉矣。於葉間或三萼至五萼爲叢而生。其蕊如金粟，蕊中有鬚三，如紫絲。」陳去非詩：「日暮紫緜無數開。」此與魯直同意也。張冕《詠蜀中海棠》云：「山木瓜開十顆顆，水林檎發一攢攢。」注謂：「木瓜、林檎花初發時，與海棠相類。」余按：紫緜色者，謂之海棠，豈與木瓜、林檎類邪？心竊非之。後見《漁隱叢話》云：「閩中漕宇脩貢堂下海棠，有二十四叢。每春著花，有如紫緜揉色者，亦有不如此者。其種類不同，不可一概論也。至其花落，則皆若宿妝淡粉矣。大率富沙多此，並是帚子海棠，正與蜀中相類。今江、浙間别有一種，柔枝長蒂，顔色淺紅，垂英向下，謂之垂絲海棠，與蜀、閩不類。」

李贊皇《花木記》云：「凡今草木以海爲名者，悉從海外來，如海棠、海椶、海柳、海榴、海桐、海木瓜之類是也。」羅大經云：「洛陽人謂牡丹爲花，成都人謂海棠爲花，尊貴之也。亦如稱歐陽公、司馬公之類，不復指其名字稱號。」

竹石牛

《室中語》曰：「坐客論魯直巧自作格，因舉其《題竹石牛圖》云：『石吾甚愛之，勿使牛礪角。牛礪角尚可，牛鬬殘我竹。』如此語意甚新。公徐云：『濁漉水中泥，水濁不見月。不見月尚可，水深行人没。』蓋是太白《濁漉篇》也，山谷亦倣此語意耳。」

吴旦生曰：或稱魯直「桃李春風一杯酒，江湖夜雨十年鐙」，以爲極至。魯直自以此猶砌合，須《竹石牛圖》詩乃可言至耳。余觀此詩機致圓美，只將竹、石、牛三件頓挫入神，自成雅調。陵陽謂其襲太白《濁漉篇》法，然按宋元嘉中語云：「寧作五年徒，不逐王玄謨。玄謨猶尚可，宗越更殺我。」則太白之前早有此等句語矣。況詩家老手，體製縱横，便直取古語，如孟德之「呦呦鹿鳴」、淵明之「犬吠深巷中」、老杜之「使君自有婦」、「而無車馬喧」，亦復何礙？

《野客叢書》云：「魯直詩『角』雖讀爲禄，實則角爾。傅玄《盤中詞》曰：『與其書不能讀，當從中央周四角。』亦以『角』爲禄也。禮，黄鐘爲角，音禄。又如字。四皓中角里先生，音禄。《孔氏祕記》慮將來之誤，直書爲『禄里』。繁欽《禄里先生訓》亦書爲『禄』。」《癸辛雜識》云：「淳化中，太宗問崔偓佺曰：『角姓，或云「用」上加一撇，或云「用」上加一點，果何音？』偓佺曰：『臣聞刀下「用」乃権音，兩點下「用」乃鹿音，「用」上一撇一點，俱不成字。』」

天咫

黄魯直詩：「澒袚瘴霧姿，朝趨去天咫。」

吴旦生曰：任淵注引「天威不違顔咫尺」。洪景盧謂：「《國語》：『楚靈築三城，使子晳問范無宇。無宇不可。王曰：「是知天咫，安知民則。」』韋昭曰：『咫者，少也，言少知天道耳。』《酉陽雜俎》有《天咫篇》，黄詩蓋用此。」徐師川《翫月》四言云：「君家近市，所見天咫。庭户之間，容光能幾。」正祖述黄所用云。

《説文》：「咫，中婦人手長八寸，謂之咫，周尺也。」人手卻十分動脈爲寸口，十寸爲尺，尺所以指尺規榘事也。周制寸、尺、咫、尋、常、仞諸度量，皆以人之體爲法。

折䌲

《潘子真詩話》曰：「『霜威能折䌲』之句，予問『折䌲』所從來，山谷曰：『「勁氣方凝海，清威正折䌲」，庾肩吾詩也。』」

吴旦生曰：阮籍《大人先生歌》云：「陽和微弱陰氣竭，海凍不流䌲絮折，呼吸不通寒冽冽。」一作「則則」。按：唐詩：「春寒側側掩重門。」王荆公詩：「側側輕寒翦翦風。」楊升庵謂：「側，不正也。」「側寒」字甚新，余意本此。「則則」轉而「側側」。蓋「折䌲」字始此，而肩吾詩用其事。又觀張説詩：「塞上䌲應折，江南草可結。」則山谷以前常用之矣。

虎夔藩

《湘煙録》載：「《容齋隨筆》曰：魯直詩：『汲烹寒泉窟，伐燭古松根。相戒莫浪出，月黑虎夔藩。』『夔』字甚新，其意蓋言抵觸，而莫究所出。惟杜工部《課伐木詩序》云：『課隸人入谷斬陰木，晨征暮返。我有藩籬，是缺是補。旅次於小安，山有虎，知禁。若恃爪牙之利，必昏黑撐突。夔人屋壁，列樹白桃，鏝爲牆，實以竹，示式遏，爲與虎近，混淪乎無良賓客。』其詩句有云：『藉汝跨小籬，乳獸待人肉。虎穴連里閭，久客懼所觸。』魯直用此序中語也。」

吴旦生曰：此洪容齋《一筆》中語也，此段下即繼之云：「杜公在夔府所作詩，所謂『夔人』者，述其土俗耳，本無抵觸之義，魯直蓋誤用之。」則是容齋駁魯直之誤用杜序也。今《湘煙録》删末一段不載，使人看之，直是以杜序詮「夔」字義矣。其累後學不淺，特爲詳出。《藝苑雌黄》亦言此詩「夔」字不知作何訓，因引老杜此序，所謂「夔人」，正謂夔府之人耳。朱晦庵云：「山谷頌又用『躨觸』字。按『躨跜』見《靈光殿賦》，自爲蚪龍動貌，元無觸義，不知山谷何所據也。」

諫　果

山谷《謝惠橄欖》詩：「方懷味諫軒中果，忽見金盤橄欖來。想共餘甘有瓜葛，苦中真味晚方回。」

吴旦生曰：戎州蔡次律家小軒外植餘甘子，乞名於山谷，因名之曰「味諫軒」。其後王子予以橄欖送山谷，故賦及之，因名二物爲「諫果」。山谷喜苦筍，嘗從斌老乞之，詩云：「南園苦筍味勝肉，籜龍稱冤莫采録。煩君更致蒼玉束，明日春風吹成竹。」東坡賦苦筍云：「苦而有味，如忠諫之可活國。」陸放翁又云：「我見魏徵殊嫵媚，約束兒童勿多取。」世亦名「諫筍」。

《海録碎事》云：「餘甘青實，狀如山李，味若橄欖。生於近郊者，肉脆而虚，其味薄。生於馬湖者，肉堅而實。在戎州，蓋其味若橄欖，故山谷以爲有瓜葛也。」《異物志》謂：「餘甘、橄欖，一物異名。」恐未必然。

觟鯱

山谷《呈吉老縣丞》詩：「觟鯱今無種，蒲盧教未形。」

吴旦生曰：舊注：「觟、鯱，此兩姓，今無人。」按《太玄》難上九云：「角觟鯱，終以直，其有犯。」《論衡》云：「觟獬同鯱音廌，一角羊也。青色四足，能知曲直，性識有罪。皋陶治獄，其罪疑者，令觸之。有罪則觸，無罪則不觸。蓋天生聖獸，助獄爲驗，即今所畫獬廌也。」《神異經》：「獬廌，東北荒之獸也。性忠觸邪，故立獄皆東北，依所在也。」《異物志》：「見人鬬則觸不直者，聞人論則咋不正者。」

一幨

山谷詩：「畫出西樓一幨秋。」

吴旦生曰：唐詩：「吴淞一幀秋。」山谷本之。「幨」本音静，陸魯望又作平聲押。畫繒曰䁻。

《晉天文志》：「東海氣如圓簦，河水氣如引布。」别作「㡪」、「幀」、「㡣」。

女冠

《桐江詩話》曰：「暢姓惟汝南有之，其族尤奉道，男女爲黄冠者十之八九。時有女冠暢道姑，姿色妍麗，神仙中人也。秦少游挑之不得，作詩云：『瞳人翦水腰如束，一幅烏紗裹寒玉。超然自有姑射姿，回看粉黛皆塵俗。霧閣雲窗人莫窺，門前車馬任東西。禮罷瑶壇春日静，落花滿地乳鴉啼。』」

吴旦生曰：韓退之有「洗妝拭面著冠帔，白咽紅頰長眉青」之詩，白樂天有「綽約小天仙，生來十六年」之詩。女冠宕逸，文士輕儇，往往致有此侮。《湘山野録》載：「中國公主爲尼，掖庭隨出者三十餘人。詔兩禁送至寺，賜齋，傳旨令各賦詩。彭喬年一律最著，都下好事者以《鷓鴣天》歌之。」蓋貴主敢爾，其他又何如也。有歌妓爲尼，復還俗。吴融作詩，頷聯云：「三峽却爲行雨客，九天曾是散花人。」此只是體貼語。頸聯云：「空門付與悠悠夢，寶帳迎迴暗暗春。」可謂形容盡妙。

《東皋雜録》云：「荆公在鍾山興國寺，見一尼入寺，使蔡天啓集句嘲之云：『不住熏爐换好香，爲他人作嫁衣裳。因過竹院逢僧話，始覺空門氣味長。』」

《駒陰冗記》云：「饒州有女尼從士人張生者，戴宗吉贈詩曰：『短髮鬔鬆緑未匀，袈裟脱卻著紅裙。於今嫁與張郎去，羸得僧敲月下門。』」

人鮓甕

《侯鯖録》曰：「瞿塘之下，地名人鮓甕。少游嘗謂未有以對。南遷度鬼門關，乃用爲絶句云：『身在鬼門關外天，命輕人鮓甕頭船。北人慟哭南人笑，日落荒村聞杜鵑。』」

吴旦生曰：《桯史》載：「紹聖二年四月甲申，山谷以史事謫黔南，道間作《竹枝詞》二篇，題歌羅驛曰：『撑厓拄谷蝮蛇愁，入箐攀天猨掉頭。鬼門關外莫言遠，五十三驛是皇州。』『浮雲一百八盤縈，落日四十九渡明。鬼門關外莫言遠，四海一家皆弟兄。』自書其後曰：『古樂府有「巴東三峽巫峽長，猨鳴三聲淚沾裳」，但以抑怨之音和爲數疊，惜其聲今不傳。余自荆州上峽入黔中，備嘗山川阻險，因作二疊，傳與巴孃，令以《竹枝》歌之。前一疊可和云：「鬼門關外莫言遠，五十三驛是皇州。」後一疊可和云：「鬼門關外莫言遠，四海一家皆弟兄。」或各用四句入《陽關》、《小秦王》，亦可歌也。』是夜宿於驛，夢李白相見於山間，曰：『予往謫夜郎，於此聞杜鵑，作《竹枝詞》三疊，世傳之不？』子細憶集中無有，三誦而使之傳焉。其詞曰：『竹竿坡面蛇倒退，摩圍山腰猢孫愁。杜鵑無血可續淚，何日金雞赦九州？』『命輕人鮓甕頭船，日瘦鬼門關外天。北人墮淚南人笑，青壁無梯聞杜鵑。』今《豫章集》所刊，蓋自謂夢中語也。音響節奏似矣，而不能揜其真，亦寓言之流與？」余按：趙德麟所載少游之句，與岳珂所載之末章辭義合符，然覽其全文，應屬山谷。

于湖

楊升庵曰：「王敦屯于湖。帝至于湖，陰察營壘而去。此《晉紀》本文。于湖，今之歷陽也。『帝至于湖』爲一句，『陰察營壘』爲一句。温庭筠作《湖陰曲》，誤以『陰』字屬上句也。張耒作《于湖曲》以正之。」

吴旦生曰：張文潛謂：「游蕪湖，問父老湖陰所在，皆莫之知。按：晉地志有于湖，而無湖陰。乃作《于湖曲》云：『武昌雲旗蔽天赤，夜築于湖洗鋒鏑。』」陸放翁《入蜀記》云：「漢丹陽郡有蕪湖縣，吴陸遜屯蕪湖。」又杜預注《春秋》「楚子伐吴克鳩兹」，亦在蕪湖。至東晉，乃改名于湖。王敦反，屯于湖，今故城尚存。又有玩鞭亭，亦當時遺迹。劉夢得《歷陽書事》詩云：「望夫人化石，夢帝日環營。」蓋夢得自夔州移牧歷陽，過此邑也。帝微行至其營，敦夢日繞之，覺而追不及。

處士牙

《珊瑚鉤詩話》曰：「陳叔易居陽翟澗上村，號澗上丈人，無仕宦意。崇、觀間，朝廷召之，郡守勸駕，不得已而起。晁以道時致仕居嵩山，有詩云：『處士誰人爲作牙，盡攜猨鶴到京華。從今鄰壑堪惆悵，六六峰前只一家。』蓋譏之也。」

吴旦生曰：終南曰徑，巧宦曰媒，虚聲曰盜，種種不堪。今復曰牙，松篁掃地矣。按：韓退之雖與石洪、温造、李渤游，而多侮薄之，所謂「水北山人得名聲，去年去作幕下士。水南山人今又往，鞍馬僕從照閭里。少室山人索價高，兩以諫官徵不起。彼皆刺口論時事，有力未免遭驅使」，讀者謂韓與處士作牙人，商度物價也。晁公句出此。

《詩話總龜》云：「古所稱駔子黨切儈，今謂牙也。本謂之互郎，主互市事耳。唐人書『互』字作『㸦』，『㸦』字似『牙』字，因轉讀爲『牙』。」余按《説文》：「𤘗，牡齒也。凡𤘗之屬皆从𤘗。」則是古「𤘗」字與唐之所書「互」作「㸦」，殆相髣髴邪？《易·大畜》卦：「豶豕之牙。」鄭康成《注》謂：「牙讀爲互。」則二字原相通矣。詩話又言：「互作牙，何得舉世同辭？蓋不足怪，今人以萬爲方，以千爲丿，亦人人道之也。」因觀田子藝云：「今隱語以千爲撇，以萬爲方。蓋俗萬作万，故千舉其首，而万加以點也。」二王帖中亦作万。楊升庵云：「楚方城，古作万城。」

晁無咎

《王直方詩話》曰：「曹輔，字子方，嘗爲省郎，交游間以爲有智數者，故無咎贈詩有『兵甲胸中無敵國』之語。」《苕谿漁隱》曰：「予纂集《叢話》，歷覽群賢詩説，並無評議無咎詩者，止有此一句，不知當時群賢偶遺之耶？」

吴旦生曰：按無咎詩有聲，陳後山戲贈云：「聞道新詞能入樣，相州紅纈鄂州花。」又《東皋雜録》云：「西池題壁一聯：『雨園鳩逐婦，風徑燕將兒。』亦佳句也。」又《許彦周詩話》云：「弔李誠之長短句，措意高古，深悲而善怨，有似《離騷》。」又《珊瑚鉤詩話》云：「退之作《羅池廟迎饗送神》詩，蓋出於《離騷》。而無咎效之，作《楊府君碣系》。即雜之韓集中，豈復可辨？」據余憶記之所及，已有如此，《漁隱》謂並無評者，何也？

《石林詩話》云：「高荷以五十韵見山谷。極賞之，作六言贈荷曰：『張侯海内長句，晁子廟中雅歌。高郎少加筆力，我知三傑同科。』『張』則文潛，『晁』則無咎也。然余觀山谷贈無咎詩云：『執持荆山玉，要我雕琢之。』蓋無咎從山谷作詩，故其集中如《豆葉黄》諸作，絶類山谷。奈何降而與荷齊稱？宜無咎聞之不平矣。」敖東谷謂：「東坡愛李廌之文，山谷愛高荷之詩，後來二子行檢齷齪，使二公有愛才之累，惜哉！」

蘇門

晁無咎詩云：「黄子似淵明，城市亦復真。陳君有道舉，化行井閭淳。張侯公瑾流，英思春泉新。

高才更難及，淮海一髯秦。」

吴旦生曰：蘇門最知名者，黄魯直、張文潛、晁無咎、秦少游，世謂之四學士。陳無己以晚出其門，故不及四人之著。無己《答李端叔書》云：「蘇公之門，有客四人，魯直、少游、無咎則長公之客也，文潛則次公之客也。然四客各有所長，魯直長於詩辭，秦、晁長於議論。」魯直詩云：「晁子知囊可以括四海，張子筆端可以回萬牛。」又《與秦觀書》云：「議論文字，今日乃當付之少游及晁、張、無己，足下可從此四君子一一問之。」文潛詩云：「黄門蕭蕭日下鶴，陳子峭峭霜中竹。秦文倩麗舒桃李，晁論峥嶸走珠玉。」蓋諸子臭味互相推矜如此。及觀無己《次韵黄樓》詩云：「一代蘇長公，四海名未已。少公作長句，班馬安得擬。」文潛《贈李德載》詩云：「長公波瀾萬頃海，少公峭拔千尋麓。」蓋其門之推矜二公又如此。

翦綵

《復齋漫録》曰：「《荆楚歲時記》：『正月七日，翦綵爲人，或鏤金箔貼屏風上，亦戴之，象人入新年，形容改新。』無己《立春》詩：『巧勝向人真奈老，衰顔從俗不宜新。』更覺其工。」《漁隱叢話》曰：「閲《荆楚歲時記》：『正月七日，翦綵爲人，或鏤翦金箔爲人貼屏風，亦戴之頭鬢。』所云止此，即無『象人入新年，形容改新』九字。《復齋》以無己詩有『衰顔從俗不宜新』之句，遂牽合撰此九字，誣甚矣。」

吴旦生曰：余按《荆楚歲時記》：「翦綵爲人，或鏤金箔爲人以貼屏風，亦戴之頭鬢。」其《注》又云：「翦綵人者，人入新年，形容改從新也。」《初學記》亦載之。陳無己詩用此，《復齋》因據此而合言之。《漁隱》不詳考，謂本記無九字，亦鹵莽之極。

《事物攷》云：「賈充夫人翦綵爲花勝，或鏤金箔爲人象瑞圖之形。」是綵勝起於晉也。

黄昏湯

陳後山《贈二蘇公》詩：「如大醫王治膏肓，外證已解中尚彊。探囊一試黄昏湯，一洗十年新學腸。」

吴旦生曰：任子淵注引《圖經本草》云：「合歡，夜合也，一名合昏。韋宙肺癰，黄昏湯治之。取夜合皮掌大一枚，水煮服。」張世南以爲其説牽合無義。閱《本草》：「王孫味若平無毒，主五臟邪氣。吴名白功草，楚名王孫，齊名長孫，一名黄昏。」據此則詩中之意，蓋指當時癖學爲五臟邪氣，須得蘇公一洗之耳。取義精深如此。

《急就篇》注云：「牡蒙，一名黄昏。」

孫思邈有「黄昏散」，夫妻反目，服之必和。《注》云：「黄昏木。」《續博物志》云：「草部、木部黄昏爲二物。」郭璞曰：「守宫槐，晝日聶合而夜舒布也。江東有木，與此相反。俗因名合昏。」

《古今注》云：「合歡似梧桐，枝葉互相結。風來解，使人不忿。嵇康種之於舍前。」

瓣香

《了翁雜鈔》曰：「陳後山詩：『向來一瓣香，敬爲曾南豐。』按：是時東坡正爲郡守，又後山元以坡薦得官。」「瓣」音版。

吴旦生曰：元豐間，曾鞏脩史，薦後山有史才，乞自布衣召入史館。命未下而曾去，故感其知己，作《妾薄命》云云。按：東坡出知杭州，道由南京。後山時爲徐州教授，出界來謁。孫覺不許往，而後山不顧。劉安世上彈文，而後山不顧，且送以詩云：「一代不數人，百年能幾見？」此豈寡情於坡者哉？《送吴先生謁坡》詩云：「爲説人安在，依然一秃翁。」時後山坐黨事廢錮，故云「秃翁」。《灌夫傳》：「與長孺同一秃翁。」《注》言：「無官位版授也。」蓋自謂不負蘇公之門也。

客兒

陳後山云：「詩來已作客兒語。」

吴旦生曰：鍾嶸《詩品》云：「錢塘杜明師夜夢東南有人來入其館，是夕即靈運生於會稽，旬日而謝玄亡。其家以子孫難，送靈運於杜治養之。十五方還都，故名客兒。治音稚，奉道之家靖室也。」梁簡文云：「謝客吐言天拔，出於自然。」

晏殊《類要》云：「靈運，會稽人。世不宜子息，乃於錢塘杜明師舍寄養。師是夜夢有賢人相訪，及曉，乃靈運至。因名夢謝亭。」按：白樂天詩：「夢賢亭古傳名謝，歌妓樓新道姓蘇。」杭州靈隱寺山上有夢謝亭，即杜明師夢所也。施肩吾有《登靈隱山夢謝亭》詩。

山王

陳後山詩：「從昔竹林雖小阮，只今未可棄山王。」

吴旦生曰：《宋書》：「顔延之作《五君詠》，以述竹林七賢。」山濤、王戎以貴顯被黜，故後山以爲未可棄也。東坡云：「他年五君詠，山王一時數。」天啓中錢牧齋詩：「七子舊游思應阮，五君新詠削山王。」

《困學紀聞》云：「山濤欲釋吴以爲外懼，又言不宜去州郡武備，其深識遠慮，非清談之流也。顔延之於七賢不取山、王，然戎何足以比濤，亦猶碈之於玉也。」

鐙闌

《步里客談》曰：「陳無己詩：『睿思殿裏春將半，鐙火闌殘歌舞散。自書小字答邊臣，萬國風煙入長算。』蓋鐙火闌殘乃村鎮夜深景致，睿思殿不應如是。」

吴旦生曰：王勉夫謂：「正所以狀宫中向夜蕭索之意，非以形容盛麗也。」《聞見録》載：「樂天《長恨歌》云：『夕殿螢飛思悄然，孤鐙挑盡未成眠。』豈有興慶宫中夜不點燭，明皇自挑鐙之理？然天上雖非人間比，使言高燒畫燭，貴則貴矣，豈復有長恨等意耶？觀者味其情旨，斯可矣。」

藕花

《老學庵筆記》曰：「吴幾先言：『參寥詩：「五月臨平山下路，藕花無數滿汀洲。」五月非荷花盛時，不當云「無數滿汀洲」。』廉宣仲云：『此但取句美，若云「六月臨平山下路」，則不佳矣。』幾先云：『只是君記得熟，故以五月爲勝。不然，止云「六月」，亦豈不佳哉？』」

吴旦生曰：風蒲獵獵，應是五月事。況自姑蘇歸西湖，經臨平道中作，乃其目擊，氣候有遲蚤，豈可槩論？若作「六月」，則藕花處處皆滿，何獨臨平爲足異也？高季迪《送顧倅之錢塘》云：「早向臨平過，荷花已欲秋。」勉其早行，良亦有意。《珍珠船》云：「東坡一見此詩，爲寫而刻諸石。」宗婦曹夫人善丹青，作《臨平藕花圖》。

谷董盤游

陸道士詩：「投醪谷董羹鍋裹，斸窖盤遊飯盌中。」

吴旦生曰：二句皆摭實也。羅浮潁老取凡飲食雜烹之，名谷董羹，坐客稱善。王摩詰有露葵羹，杜子美有錦帶羹，陳思王製七寶羹。唐明皇射生鹿取血，瀹腸食之，謂之熱洛河。交趾俗，牛、羊腸臟略洗爲羹，名不乃羹。又有羊、鹿、雞、猪肉和骨一釜煮之，調以五味，爲不録羹。

江南人好作盤遊飯，鋪鮓鱠炙無不有，然皆埋之飯中，故里諺云：「撅得窖子。」陸放翁引《北户録》云：「嶺俗：家富者，婦産三日，或足月洗兒，作團油飯，以煎魚、蝦、雞、鵞、猪、羊、灌腸、蕉子、薑桂、鹽豉爲之，即所謂盤遊飯也。」二字語相近，必傳者之誤。

歷代詩話卷六十　辛集六

壽谿　吴景旭旦生氏著

宋　詩　卷下之上

宅家

唐子西《内前行》云：「宅家喜得調元手。」

吴旦生曰：唐宫中稱天子爲「宅家」。《資暇集》云：「至尊以天下爲宅，四海爲家，不敢斥呼，故曰『宅家』，亦猶『陛下』之義。公主已下加『子』字，呼爲『宅家子』。」按《通鑑》：「韓建發兵圍十六宅，諸王呼曰：『宅家救兒。』」「劉季述等至思政殿，皇后趨拜曰：『軍容勿驚宅家。』」

蔣濟《萬機論》云：「五帝官天下，故傳之賢；三王家天下，故傳之子。」今指天子爲「官家」，猶言帝王也。杜鎬對太宗，李仲容對真宗，皆述此義。

水晶宫

《漁隱叢話》曰：「吴興謂之水晶宫，不載之於《圖經》。但《吴興集》刺史楊次公《九月十五夜》絶句云：『江南地暖少嚴風，九月炎涼正得中。谿上玉樓樓上月，清光合作水晶宫。』因此詩也。」

吴旦生曰：《方輿勝覽》載此爲楊傑次公明《月樓》詩也。姜堯章云：「吴興號水晶宫，荷花盛麗。」《漁隱叢話》載：「汪彦章自吴興移守臨川，曾吉甫以詩迓之云：『白玉堂中曾草詔，水晶宫裏近題詩。』以示韓子蒼。子蒼爲改兩字云：『白玉堂深曾草詔，水晶宫冷近題詩。』蓋句中有眼也。」據此則「水晶宫」正指其自吴興移守耳。《詩人玉屑》載此，而芟去「自吴興」三字，殆不知何指。

林子中《聞滕元發知湖州》詩：「欲識玉皇香案吏，水晶宫裏謫仙人。」歐陽公詩：「吴興水晶宫，樓閣在寒鑑。」三興居士詩：「三吴家近水晶宫，行坐紅香緑影中。」陶南邨《題趙待制山水》詩：「水晶宫裏清幽地，不信無人著釣舟。」成原常《送盛克明移家吴興》詩：「辟掾遠移青鎖闥，移家喜近水晶宫。」張翥《陪吴興諸府公宴》詩：「我亦玉堂揮翰手，題詩合在水晶宫。」楊鐵崖詩：「湖州野客似玄真，水晶宫中烏角巾。」陳熙文《送周文焕之吴興》詩：「事簡好將樵唱曲，水晶宫裏坐吹笙。」鄭長卿《題管夫人畫》詩：「白鳳一雙何處下，水晶宫裏赤闌橋。」魏仲房《題趙松雪小象》詩：「天潢玉樹溥華滋，水晶宫小春遲遲。」

《輟耕録》云：「趙松雪刻私印曰『水晶宫道人』，周草窗戲以『瑪瑙寺行者』屬比之，松雪遂不用此印。」

贋本

《竹坡老人詩話》曰：「楊次翁守丹陽，米元章過郡，留數日而去。元章好易他人書畫，次翁作羹以飯之，曰：『今日爲君作河豚。』其實他魚。元章疑而不食。次翁笑曰：『公可無疑，此贋本耳。』其行，送之以詩，有『淮海聲名二十秋』之句。林子中見之，謂次翁曰：『公言無乃過歟？』次翁笑曰：『二十年來，何處不知有米顛子邪？』」

吴旦生曰：鵝酷似雁，而德不然，故凡以僞亂真者曰雁。《韓非子》云：「齊伐魯，索饞鼎。魯人以其雁往。齊人曰雁，魯人曰真。」陸機云：「人莫分於真、雁。」韓愈詩：「居然見真雁。」古乃以「雁」爲「贋」，亦借用也。今作「贋」。宋華願兒稱廢帝爲「贋天子」，「贋」字始於此。楊升庵謂：「《梁書》檄文：『潛窺雁鼎。』疑用《戰國策》顔率求鼎難事，又或用柳下惠岑鼎事。」升庵亦無確據乎？《廣韵》及《字書》云：「贋，五晏切。」《注》：「僞物也。」

《詩話類編》云：「元章書畫奇絶，從人借古本，自臨榻。臨竟，併與臨本、真本還其家，家不能辨也。以此得古人書畫甚多。山谷嘗戲贈云：『滄江静夜虹貫月，定是米家書畫船。』元章嘗以九物换劉季孫子敬帖，不獲，其意歉然。張芸叟詩云：『請君出奇帖，與此九物并。今日投汴水，明日到滄溟。』亦可警膏肓於書畫者。」

《王直方詩話》載東坡跋元章所收書畫云：「畫地爲餅未必似，要令癡兒出饞水。」又云：「錦囊玉軸來無趾。」山谷和之云：「百家傳本略相似，如月行天見諸水。」又云：「拙者竊鉤輒折趾。」皆謂元章好奪取人書畫也。

潘邠老

《冷齋夜話》曰：「黄州潘大臨工詩，有佳句，然貧甚。東坡、山谷尤喜之。臨川謝無逸以書問近新作詩否，潘答書曰：『秋來景物，件件是詩思，恨爲俗氣所蔽翳。昨日清卧，聞攪林風雨聲，遂起題壁云：「滿城風雨近重陽。」忽催租人至，令人敗思。止此一句奉寄。』聞者莫不笑其迂闊。」

吴旦生曰：諷翫此書，嵯峨瀟颾，已無一字不是詩，何必成篇。王弇州謂：「境涉小佳，大有可議。」則不復知有詩意矣。按：邠老没後，無逸在黄州，遇重陽前四日風雨大作，用邠老句廣爲三絶云：「滿城風雨近重陽，無奈黄花惱異鄉。雪浪翻天迷赤壁，令人西望憶潘郎。」「滿城風雨近重陽，不見脩文地下郎。想得武昌門外柳，垂垂老葉半青黄。」「滿城風雨近重陽，安得斯人共一觴。欲問小馮今健否，雪中孤雁不成行。」

《詩説》云：「詩之有思，卒然遇之而莫遏，有物敗之則失之矣。故昔人言覃思、垂思、抒思之類，皆欲其思之來；而所謂亂思、蕩思者，言敗之易也。鄭綮詩思在灞橋風雪中驢子上，唐求詩所游歷不出二百里，則所謂思者，豈尋常咫尺之間所能發哉？」

花信風

《東皋雜録》曰：「江南自初春至初夏，五日一番風候，謂之花信風。梅花風最先，楝花風最後。凡二十四番，以爲寒絶也。徐師川詩：『二十四番花信風。』」

吴旦生曰：《清波雜志》亦言：「江南自初春至首夏，有二十四番風信。」因引潘元質有「卷簾試約東君問，花信風來第幾番」之句。余以此與《東皋雜録》所謂「初春」、「初夏」者，皆記載之譌耳。按：師川詩所云「二十四番」者，自小寒至穀雨也。《蠡海集》云：「蓋自冬至後三候爲小寒，十二月之節氣，月建於丑，地之氣闢於丑，天之氣會於子。日月之運，同在玄枵，而臨黄鐘之位。黄鐘爲萬物之祖，是故十一月天氣運於丑，地氣臨於子，陽律而施於上，古之人所以爲造曆之端。十二月天氣運於子，地氣臨於丑，陰吕而應於下，古之人所以爲候氣之端。是以有『二十四番花信風』之語也。一月二氣六候，自小寒至穀雨，凡四月、八氣、二十四候。每候五日，以一花之風信應之。世所言始於梅花，終於楝花也。小寒之一候梅花、二候山茶、三候水仙；大寒之一候瑞香、二候蘭花、三候山礬；立春之一候迎春、二候櫻桃、三候望春；雨水之一候菜花、二候杏花、三候李花；驚蟄之一候桃花、二候棣棠、三候薔薇；春分之一候海棠、二候梨花、三候木蘭；清明之一候桐花、二候麥花、三候柳花；穀雨之一候牡丹、二候酴醾、三候楝花，花竟則立夏矣。」《演繁露》云：「風名花信，似謂此風來報花之消息耳。按《吕氏春秋》謂：『春之德，風。風不信，則其花不成。』乃知花信風者，風應花期，其來有信也。」

按：師川諱俯，忠愍公之子，黄山谷其舅也，故爲《豫章宗派圖》中人。其詩云：「一百五日寒食雨，二十四番花信風。」《焦氏筆乘》引下句，以爲唐人詩；元遺山《中州集》又謂金人張元石有此二句，皆誤。

慈姥磯

《吕氏童蒙訓》曰：「徐師川言：『作詩自立，不可蹈襲前人。』因誦其所作《慈母谿》詩，且言慈母谿與望夫山相對，望夫山詩甚多，而慈母谿古今無人題詩。末兩句云：『離鸞只説閨中事，舐犢那知母子情。』」

吴旦生曰：三山采石相近處，有名慈姥磯，師川以爲「慈母谿」則誤。蓋「姆」从女旁，與「姥」同，然是山而非谿也。陸放翁《入蜀記》云：「慈姥磯，磯之尤巉絶峭立者。」徐師川謂詩人未嘗挂齒牙，然梅聖俞護母喪歸宛陵，發長蘆江口，有詩云：「南國山川都不改，傷心慈姥舊時磯。」師川偶忘之耳。聖俞又有《過慈姥磯下》及《慈姥山石厓上竹鞭》詩，皆極高奇，與此山稱。

炙面

韓子蒼《題昭君圖》詩：「寄語雙鬟負薪女，炙面慎勿輕離家。」吴旦生曰：子蒼《敘昭君圖》末云：「昭君，南郡人。今姊歸縣有昭君邨，邨人生女，必以艾灼其面，慮以色選故也。」《唐逸士傳》云：「昭君村至今生女，必炙其面。」白樂天詩：「至今村女面，燒灼成瘢痕。」《海録碎事》云：「緑珠井在白州雙角山下，耆老言汲此井者誕女必美。有識者以美色無益於時，以巨石鎮之。雖産女端妍者，七竅四支，多不完具。」

竹尊者

《詩人玉屑》載：「崇勝寺後有竹千餘竿，獨一根秀出，人呼爲『竹尊者』。覺範爲賦詩云：『高節長身老不枯，平生風骨自清癯。愛君脩竹爲尊者，卻笑寒松作大夫。未見同參木上座，空餘聽法石於菟。戲將秋色供齋鉢，抹月批風得飽無？』黄山谷見之喜，因手爲書之，以故名顯。」

吴旦生曰：山谷《題竹尊者軒》云：「平生脊骨硬如鐵，聽風聽雨隨宜説。百尺竿頭放步行，更向腳跟參一節。」豈喜覺範句，而亦作此耶？覺範自記景德寺與謝無逸輩觀禪月所畫十八應真象，而失第五軸，有「未知何處羅齋去，不見雲堂第五尊」之嘲。何不以竹尊者補入，而煩兵妻引歸壁間物耶？一笑。

牆東硯北

晁以道《感事》詩云：「干戈難作牆東客，疾病猶存硯北身。」吴旦生曰：後漢王應仲遭亂不仕，隱牆東。時人爲之語云：「避世牆東王君公。」按《逢萌傳》：「王君公儈牛自隱。」《注》謂：「平會兩家賣買之價。」陸放翁詩：「人怪羊裘忘富貴，我從牛儈得賢豪。」《漢上題襟集》段成式書云：「杯宴之餘，常居硯北。」又云：「長疏硯北，天機素少。」又云：「筆下詞文，硯北諸生。」蓋言几案面南，人坐硯之北也。余有贈友詩：「硯北停雲思碧樹，窗西舊雨話黄梅。」

惏露護霜

周紫芝詩：「雨細方惏露，雲疏欲護霜。」

吴旦生曰：吴中以八月露下而雨，謂之「惏露」；九月霜降而雲，謂之「護霜」。紫芝以方言入詠也。陸放翁詩：「雲輕無力護清霜。」高季迪詩：「江雲薄護霜。」《留青日札》云：「天有雲則無霜，名護霜天則誤矣。」

冠帶

鄧肅於徽宗朝獻《十諷》詩，有云：「但願君王安百姓，國中無日不春風。」

吴旦生曰：先是，太學生無上詩者，獻之自肅始。靖康中，公議讜言，多出太學，世稱爲無官御史臺。按：肅字志宏，别號栟櫚。其風雅調笑，又有足異者。《谿山餘話》載：「朱韋齋即晦庵父一日觴客，栟櫚以冠帶寓之。醉起，韋齋曰：『留以質紙筆。』明日如約，韋齋受筆還冠，以紙少留帶。栟櫚寄一詩曰：『歸帽納毫真得策，索牋留帶計還疏。公如買菜苦求益，我已忘腰何用渠。閉户羽衣聊自適，推窗柿葉對人書。帝都聲價君知否，寄付新傳折檻朱。』前輩標致，正自不群也。」

歷代詩話卷六十一 辛集七

苪谿 吴景旭旦生氏著

宋詩 卷下之下

小盡

《竹坡老人詩話》曰：「頃歲朝廷多事，郡縣不頒曆，所至晦朔不同。朱希真避地廣中，作《小盡行》云：『藤州三月作小盡，梧州三月作大盡，哀哉官曆今不頒，憶昔昇平淚成陣。我今何異桃源人，落葉爲秋花作春。但恨未能與世隔，時聞喪亂空傷神。』按：月有三十日爲大盡，止二十九日爲小盡。」

吴旦生曰：《月令廣義》謂：「盡，終也。大月曰大盡；小月曰小盡，又云灰月。」《釋名》：「晦，月盡之名也。死爲灰，月光盡似之。」《公羊傳》：「提月，六鷁退飛過宋都。提月者何？僅逮是月晦日也。」何休《注》：「提，月邊也，在是月之歲盡。」

《唐西域記》云：「印度國俗，月生至滿，謂之白分；月虧至晦，謂之黑分。《法苑》作白月、黑月。黑前白後，合爲一月。黑月或十四日，或十五日，月有大小故也。故中土節氣與印度遞争半月，中土以二十九日爲小盡，印度以十四日爲小盡；中土之十六日，乃印度之初一日也。」

《搜采異聞録》云：「十五夜爲半月，兩半月爲一月。三月爲一時，兩時爲一行。兩行爲一年，二年半爲一雙。此由閏故，以閏月兼本月，此謂月雙，非閏雙也。以五年再閏爲閏雙。」

三瑞

洪适《題寧海縣》詩：「久以馳魂夢，今登三瑞堂。故山有喬木，近事話甘棠。」

吴旦生曰：洪皓，政和中第進士，爲寧海簿，攝令事，蠲貧弱四千八百户税。縣境荷花、桃實、竹幹有連理之瑞，建三瑞堂。已而生子适、遵、邁即容齋，果應其瑞。此詩乃适行縣時作也。三子並中詞科，繼入西掖。時有賀啓云：「有是父，有是子，相傳忠義之風；難爲弟，難爲兄，俱擅詞章之譽。」

社首

洪容齋作《光堯挽詩》：「鼎湖龍去遠，社首鳳來遲。」

吴旦生曰：《拾遺記》：「成王四年，旃塗國獻鳳雛，育於靈禽之苑。及封泰山、禪社首之後，文彩炳燿。飛走之類，不復喧鳴，咸服神禽之遠至也。及成王崩，沖飛而去。」容齋用此。

三三徑

周益公《贈楊誠齋》詩：「回環自闢三三徑，頃刻能開七七花。」吴旦生曰：慶元間，誠齋以祕書監退休，年未七十，有終焉之意。築園南谿，上開九徑，江梅、海棠、桃、李、橘、杏、紅梅、碧桃、芙蓉九種花木，各植一徑，命曰「三三徑」。因賦詩曰：「三徑初開是蔣卿，再開三徑是淵明。誠齋奄有三三徑，一徑花開一徑行。」時益公罷相，訪誠齋於南谿，留此詩。故誠齋和云：「相國來尋處士家，山間草木也光華。」

《續仙傳》云：「潤州鶴林寺有杜鵑花，高丈餘。或見三女子遊花下，俗傳花神也。周寶鎮浙西，謂道人殷七七曰：『聞君能非時開花，今重九將近，君能開此花乎？』曰：『可。』乃宿鶴林。中夜，女子來曰：『妾爲上元命司此花，今爲道者開之。』九日，花大開如春時。」《集事淵海》云：「殷名天祥，又名道筌，常自稱七七。」東坡詩：「安得道人殷七七，不論時節遣花開。」

謏雨

《鶴林玉露》曰：「范石湖詩：『朝霞不出門，暮霞行千里。今晨日未出，曉氛散如綺。心疑雨再作，轉眼雲四起。我豈知天道，吴儂諺云爾。古來占滂沱，説者類恢詭。飛雲走群羊，停雲浴三豨。月當天畢宿，風自少女起。爛石燒成香，汙礎潤如洗。逐婦鳩能拙，穴居狸有智。蜉蝣强知時，蜥蜴與聞計。垤鳴東山鸛，堂審南柯蟻。或加陰石鞭，或議陽門閉。或云逢庚變，或自换甲始。刑鵝與象龍，聚訟非一理。不如老農諺，影響捷於鬼。哦詩敢誇博，聊用醒午睡。』此詩援引占雨事甚詳，可喜。諺有云：『日出早，雨淋腦。日出晏，曬殺雁。』又云：『月如懸弓，少雨多風。月如仰瓦，不求自下。』二説尚遺，何也？余欲增補二句云：『日占出海時，月驗仰瓦體。』」

吴旦生曰：張協詩：「金風扇素節，丹霞啓陰期。」又云：「朝霞迎白日，丹氣臨陽谷。」傅玄詩：「徂暑未一旬，重陽翳朝霞。」則「朝霞」之諺，當時已入詠，不待石湖也。又如杜詩：「禾頭生耳禾穗黑。」按《四民月令》云：「秋甲子雨，禾頭生耳。」王建詩：「照泥星出依然黑，淹爛庭花不肯休。」按《西谿叢語》引諺云：「乾星照溼土，來日依舊雨。」《瑣碎録》引吴語云：「星宿照爛土，明日依舊雨。」又引諺云：「雲行西，星照泥。」皆言雨候也。蓋唐人又用之。

楊升庵云：「他如『雨灑上元鐙，雲掩中秋月』，又『黄梅寒，井底乾』，又云：『河射角，好夜作。梨星没，水生骨。』又云：『春寒四十五，貧兒市上舞。貧兒且莫誇，且過桐子花。』又云：『黄梅雨未過，冬青花未破。冬青花已開，黄梅再又來。』又云：『舶䑼風雲起，旱魃深歡喜。』又云：『商陸子熟，杜鵑不哭。』皆爲唐宋詩人引用。若陸璣《詩疏》引諺云：『黄栗留看我，麥黄葚黑不。』又引『蜻蛚鳴，衣裘成。蟋蟀鳴，嬾婦驚。』《夏小正注》引：『天河東西，漿洗寒衣。』《國語注》引古語：

『上長冒橛，陳根可拔，耕者急發。』《四民月令》引農謡：『三月昏，參星夕。杏葉盛，桑葉白。』又云：『李子開花，可耕白沙。』又『貸我東藟，償我白粱。』先儒皆以解經，不但詩詞之資而已。」

疑冢

范石湖詩：「一棺何用冢如林，誰復如君負此心。」吴旦生曰：范石湖奉使過漳河，入曹操講武城。城外有疑冢七十二，散在數里間，傳云操冢正在古寺中。《輟耕録》載俞應符題詩云：「生前欺天絶漢統，死後欺人設疑冢。人生用智死即休，何有餘機到丘壟。人言疑冢我不疑，我有一法君未知。直須發盡疑冢七十二，必有一冢藏君屍。」《緑雪亭》言：「老瞞毛骨，豈真葬七十二塚間哉？姦雄欺人，詩家又墮其計，恐老瞞之鬼揶揄矣。」余近觀魯爾章《詠銅雀臺》云：「只今片瓦人争識，七十二墳空自疑。」因笑謂曰：「老瞞遺令：『汝等時時登銅雀臺，望吾西陵墓田。』已明明道破處所矣，大難爲椎埋子屬垣也。」

顛當

范石湖六言詩：「恐妨胡蝶同夢，笑倩顛當守門。」

吴旦生曰：《酉陽雜俎》：「顛當，窠深如蚓穴，網絲其中，土蓋與地平，大如榆莢。常仰桿其蓋，伺蠅蠖過，輒翻蓋捕之。纔入復閉，與地一色，並無絲隙可尋也。」其形似蜘蛛，《爾雅》謂之「王蚨蟷」，《鬼谷子》謂之「蚨鬼」，《金華子》謂之「釣駱橐」。兒童諺云：「顛當顛當牢守門，蠮螉寇汝無處奔。」

耐官

吕東萊《寄向縣丞》詩云：「耐官丞相風流在，坐守簞瓢不訴窮。」

吴旦生曰：《夢谿筆談》：「真宗時，向敏中拜右僕射。麻下日，李昌武當對，上謂之曰：『朕即位以來，未嘗除僕射。今日以命敏中，此殊命也，敏中門下賀客必多，卿往視之，明日卻對來。』昌武乃往，見丞相謝客，門闌悄然無一人。昌武與向親徑入見之，徐賀曰：『今日聞降麻，士大夫莫不歡慰，朝野相慶。』公但唯唯。又曰：『自上即位，未嘗除端揆。此非常之命，自非勳德隆重，眷倚殊越，何以至此？』公復唯唯。又歷陳前世爲僕射者，勳勞德業之盛，禮命之重。公亦唯唯，卒無一言。既退，復使人至庖廚中，問今日有無親戚賓客飲食宴會，亦寂無一人。明日，以其所見對。上笑曰：『向敏中大耐官職。』」《杜陽雜編》云：「朱泚亂長安，源休乃收圖書貯倉廩，作蕭何事業，謂僞黄門蔣諫曰：『若度其才，即吾爲蕭，姚爲曹耳。』識者謂休不奈官職。喬琳戲曰：

『源公真所謂火迫酇侯耳。』」則「耐官職」之説，其來已久。

不斟

吕居仁《答曾吉父》詩：「記我今年病不斟。」

吴旦生曰：《方言》：「斟，益也。南楚凡相益而又少，謂之不斟。凡病少愈而加劇，亦謂之不斟，或謂之何斟。」郭璞解云：「言雖少損，無所益也。」吕公詩用此。今行本改作「不禁」，則失之矣。

放翁

王弇州曰：「昔人所稱廣大教化主者，於長慶得一人，曰白樂天；於元豐得一人，曰蘇子瞻；於南渡得一人，曰陸放翁，爲其情事景物之悉備也。然蘇之與白，塵矣；陸之與蘇，亦劫也。」

吴旦生曰：弇州又言：「放翁頗近蘇氏而矗，楊萬里、劉改之俱弗如也。然放翁又與子瞻殊科。」自余觀之，南渡以後，范石湖、陸放翁兩家爲冠。楊誠齋謂：「范之清新，陸之敷腴。」姜白石謂：「温潤如范，俊逸如陸。」當時已推服之。然范詩易看而難入，當由其温潤，進其清新；陸詩難擇而易躭，當汰其敷腴，寶其俊逸。

蓮花博士

趙章泉曰：「嘉泰壬戌九月，陸放翁夢一故人相語曰：『我爲蓮花博士，鏡湖新置官也。我且去矣，君能暫爲之乎？月得酒千壺，亦不惡也。』遂以詩記之云：『白首歸脩汗簡書，每因囊粟歎侏儒。不知月給千壺酒，得似蓮花博士無？』」

吴旦生曰：《困學紀聞》言：「《列子》：『務外游不如務内觀。』陸游字務觀，本此。」余按：陸母夢秦少游而生子，故名秦之字曰游，即字秦之名曰務觀。後臺臣劾其恃酒頹放，因自號放翁，故作詞有「飄然煙雨中，天教作放翁」之句。蓋文人多異，往往而有，臺臣且以恃酒彈之。何物鏡湖中，偏月給千壺，以相招致，雖寓言，亦足自放矣。

雲子天吴

陸放翁詩：「雲子翻匙新稻飯，天吴拆繡舊衣襦。」

吴旦生曰：二語皆自杜詩脱出。杜子美詩：「飯鈔雲子白。」許彦周云：「雲之子，雨也，言如雨點爾。出《荀子・雲》篇。」又葛洪丹經用雲子，碎雲母也。今蜀中有碎礫，狀如米粒圓白，雲子石也。後見佛經以稻爲雲子，即所謂「汶陽之稼如雲」耶？

子美《北征》詩：「海圖拆波濤，舊繡移曲折。天吴及紫鳳，顛倒在短褐。」言以海圖、舊繡爲小兒短衣，故波濤爲之坼，繡紋爲之移，天吴、紫鳳之類或顛或倒也。天吴，海圖所畫之物。按《山海經》：「朝陽之谷，神曰天吴，是爲水伯。其爲獸也，人面，八首，八足，八尾，背青黄。」《大荒東經》云：「蓋余之國有神人，八首，人面，虎身，十尾，名曰天吴。」何承天云：「魚之大口者名。」《談藪》云：「李大異爲廣西帥，顧坐客曰：『杜詩「天吴」當音華，見《山海經》，未知復見何書？』王仲行曰：『《後漢書》：戴就被收，獄吏燒鋘斧，使就挾之。注引何承天《纂文》：鋘音華。又《詩》：「不吴不敖」、「不吴不揚」，皆音華。』李公稱善。」

不借

陸放翁《巢山》詩：「穿林雙不借，取水一軍持。」

吴旦生曰：史游《急就章》云：「裳韋不借爲牧人。」顔師古《注》：「不借，小屨也。以麻爲之。其賤易得，人人各自有，不須假借，因爲名也。」揚雄《方言》云：「麻屨謂之不借。」《開元傳信記》云：「絲作者謂之履，麻作者謂之不借。」王伯厚《漢制攷》云：「繩菲，今時不借也。」《疏》云：

「夏時謂之菲，漢時謂之不借。」劉熙《釋名》云：「齊人謂韋屨曰屝。屝，皮也，以皮作之。」崔豹《古今注》云：「不借，草履也。漢文帝履不借以視朝。」《楊公筆録》云：「卜式爲郎，中蹻而牧羊。中蹻，即草鞋也，古謂之不借。」

《致虚閣雜俎》云：「仙人鳳子，隱於農夫之中。一日大雨，鄰人借草履。鳳子曰：『他人則可借，我之草履乃不借者也。』其人怒詈之，鳳子以草履擲與，化爲鶴飛去。故後世名草履爲不借。」

《周禮》「玉堪」《注》：「堪讀如薄借綦之綦。」賈公彦《疏》云：「薄借之語未聞，疑即不借。」

《詞林海錯》云：「梵語，瓶曰軍持。賈島《送僧》詩：『我有軍持憑弟子，岳陽江裏汲寒流。』放翁《入蜀記》云：『九日至慧遠法師祠堂，遠公之側，又有一人執軍持侍立，謂之辟蛇童子。』」余有詩云：「汲泉未覺軍持小，設具何妨僕憎空。」己卯冬，西湖上示陸驤武，謬許爲工。《三餘贅筆》云：「吴人呼煖飲食具爲僕憎，以銅爲之。言僕者不得竊食，故憎之也。」《墅談》云：「雜投食物於一小釜中，鑪而烹之，亦名邊鑪，亦名煖鍋。團坐其食，不復別置几案，甚便於冬日小集，而甚不便於僕者之竊食。宜僕者之憎之也，故名。」

糖蟹

陸放翁詩：「磊落金盤薦糖蟹。」

吴旦生曰：放翁《筆記》謂：「唐以前無沙糖，凡言糖者，皆糟耳，如糖蟹、糖薑皆是。」余按《清異録》：「煬帝幸江都，吴中貢糖蟹。則潔拭殻面，以鏤金龍鳳花貼上。」《夢谿筆談》：「大業中，吴郡貢蜜蟹二千頭。又，何胤嗜糖蟹。大抵南人嗜鹹，北人嗜甘，蟹加糖蜜，蓋便於北俗也。」據此則隋時大業已然，安得云唐以前無沙糖耶？及觀《學齋佔畢》云：「宋玉《大招》已有『柘漿』，是取蔗汁始於先秦也。」前漢《郊祀歌》：「柘漿析朝酲。」《注》謂：「取甘蔗汁以爲飴也。」又孫亮取交州所獻甘蔗餳，則是煎蔗爲糖已見於漢時。而《説文》、《集韵》並以糖爲蔗飴，曰飴、曰餳，皆是堅凝可含之物，非糟之謂。何可言煎蔗始於太宗時，而前止是糟耶？

《酉陽雜俎》云：「平原郡貢糖蟹。每年生貢，鑿冰火照，懸老犬肉，蟹即浮，因取之。一枚直百金，馳至京。」

退紅

陸放翁詩：「退紅衣焙薰香冷，古錦詩囊覓句忙。」

吴旦生曰：放翁自注：「唐樂府云：『牀上小薰籠，韶州新退紅。』」余按：此唐世染色名也。「退」與「褪」同，卸衣曰「退」。《檀弓》：「退然如不勝衣。」元微之《雜憶》詩：「憶得雙文衫子裏，鈿頭是鈕扣之屬雲映褪紅酥。」又，花謝曰「退」。陸放翁詩：「褪花梅子已微酸。」嘉靖中王元美《枯蓮》詩：「褪盡紅衣態不禁。」

浮蛆

陸放翁詩：「澆書滿挹浮蛆甕，攤飯横眠夢蝶牀。」

吴旦生曰：蘇學士以晨飲爲「澆書」，李黄門以午睡爲「攤飯」，人皆知之。余按《詞林海錯》云：「酒杯上跳沫爲浮蛆。」毛澤民詩：「冰紗卧甕青蓮羃，浮蛆欲上真珠泣。」《韵語陽秋》載蘇養直《後清江曲》云：「社甕欲熟浮蛆香。」《漁隱叢話》載《自効山谷格》云：「浮蛆琰琰抛青春。」又東坡詩：「浮蛆灩金盌。」金人朱師美詩：「玉盌浮蛆彼何有。」元薩天錫詩：「開甕酒熟浮新蛆。」《清異録》云：「李太白好飲浮玉粱，不知其何物。得吴婢釀酒，促其功。答曰：『尚未熟，但浮粱耳。』試取一盞至，則浮蛆，酒脂也。太白所飲蓋此。」《古雋考略》云：「浮蟻，杯面浮花也。緑蟻，酒之美者，汎汎有浮花，其色緑。」

南園

楊誠齋《寄陸放翁》詩：「不應李杜翻鯨海，更羡夔龍集鳳池。道是樊川輕薄殺，猶將萬户比千詩。」

吴旦生曰：放翁本傳：晚年再出，爲韓侂胄撰《南園閲古泉記》，見譏清議。朱晦翁嘗言其「能太高，迹太近，恐爲有力者所牽挽，不得全其晚節」，蓋有先見之明焉。誠齋寄詩，蓋亦指此耳。然余觀記中曰「許閒」，曰「歸耕」，其名皆出於忠獻之詩，含旨寓託，絶非貢諛之辭，未可深文誅之，致乖其情實也。

白石

《趙威伯詩話》曰：「姜堯章夔居苕谿，與白石洞天爲鄰。潘轉翁字之曰白石道人，且畀以詩云：『人間官爵似樗蒲，采到枯松亦大夫。白石道人新拜號，斷無繳駁任稱呼。』堯章報以長句云：『南山仙人何所食，夜夜山中煮白石。世人唤作白石仙，一生費齒不費錢。仙人食罷腹便便，七十二峰生肺肝。真祖只在南山南，我欲從之不憚遠，無方煮石何由軟，佳名賜我何敢辭，但愁自此長苦飢。囊中只有轉庵詩，便當掬水三嚥之。』」

吴旦生曰：《晉書》：「鮑靚爲南陽太守，嘗行部入海遇風，飢甚，取白石煮之以自濟。」韋應物詩：「澗底束荆薪，歸來煮白石。」故堯章謂煮石苦飢耳。時堯章與黄巖老同學詩於蕭千巖，而黄亦號白石，因稱雙白石。

蔡中郎

《閒中今古録》曰：「元末永嘉高明，字則誠，登至正四年進士，任慶元路推官。見方谷珍來據慶元，避於鄞之櫟社，以詞曲自娱。因劉後村有『死後是非誰管得，滿村聽唱蔡中郎』之句，因編《琵琶記》，用雪中郎之恥。洪武初，徵辟不就。既卒，有以其記進。上覽曰：『五經四書如五穀，家家不可缺。《琵琶記》如珍羞百味，富貴家其可缺耶？』」

吴旦生曰：東國宗敬中郎，不言名，咸稱蔡君。兖州、陳留並圖畫形象，爲之目曰：「文同三閭，孝齊參、騫。」則中郎固孝子也。後村因書所見而作，故云：「黄童白叟往來忙，負鼓盲翁正作場。」蓋惡其唱説之非而詠也。則誠思雪其恥，宜有以改正之，奈何欲止沸而揚其湯邪？《堯山堂外紀》云：「東嘉此記，爲其友王四而作。王四登第，棄其妻周氏，而贅於不花太師家。東嘉欲挽之不可得，故作此以切諷之。名『琵琶』者，取其二字上各有二『王』字，并得四『王』字，爲王四也。牛太師者，元人呼牛爲『不花』，故謂之牛。而託名中郎者，嘗從董卓之辟，而卓亦稱太師故也。」《索隱》云：「託名蔡邕者，以王四少賤，嘗爲人傭菜也。趙五娘者，以姓傳自趙，至周而數適五也。牛丞相者，以不花家居牛渚也。明祖見此記，詢得其實，遂捕王四，寘之法。」弇州引誠齋所載：「牛相國僧孺之子繁，與同人蔡生邂逅文字交，尋同舉進士。才蔡生，欲以女弟適之。蔡已妻趙，力辭不得。後牛氏與趙處，能卑順。」則又姓氏悉合。《晉蔡充別傳》云：「充祖睦，蔡邕孫也。」《羊祜傳》云：「祜，邕外孫，景獻皇后同産弟。祜討吴有功，將進爵，乞以賜舅子蔡襲，詔封襲關内侯。」是襲又邕孫也。《晉后妃傳》云：「景獻羊皇后母蔡氏，邕女也。」《野客叢書》云：「羊祜父道，先娶孔融女，後娶蔡邕女。孔氏生發，蔡氏生承、祜。時發與承俱病，度不能兩存，乃專心養發，故得濟，承竟病死。」據此則邕未嘗無子也，且祜母誠邕之賢女也，《烈女傳》何不載邪？

《湧幢小品》云：「邕父名稜，母袁氏，袁公妹，曜卿姑也。」

陌上花

謝皋羽《詠吴越王妃歸朝》云：「先王烝嘗澤有差，上恩許歌陌上花。」

吴旦生曰：按吴越王妃每歲歸臨安，王以書遺妃云：「陌上花開，可緩緩歸矣。」吴人用其語爲歌，含思淒宛。東坡爲之易其詞云：「陌上花開蝴蜨飛，江山猶是昔人非。遺民幾度垂垂老，遊女長歌緩緩歸。」「陌上山花無數開，路人争看翠軿來。若爲留得堂堂去，且更從教緩緩回。」「生前富貴草頭露，身後風流陌上花。已作遲遲君去魯，猶歌緩緩妾回家。」蓋《清平調》也。陳直方之妾嵇，本錢唐妓，丐詞於東坡。坡因錢唐人好唱「陌上花緩緩」曲，乃引其事戲之云：「陌上花開看盡也，聞舊曲，破朱顏。」崇禎中，錢牧齋臨安道中和其詞而反其意，以寄柳姬云：「陌上花開正掩扉，茸城草緑雉媒肥。狂夫不合堂堂去，小婦翻歌緩緩歸。」「陌上花開燕子飛，柳條初撲麴塵衣。請看石鏡明明在，忍撇妝臺緩緩歸。」「陌上花開音信稀，暗將紅淚裹春衣。花開容易紛紛落，春暖休教緩緩歸。」柳姬名是，字如是，稱河東君。和云：「陌上花開照版扉，鴛湖水漲緑波肥。班騅雪後遲遲去，油壁風前緩緩歸。」「陌上花開一片飛，還留片片點郎衣。雲山好處亭亭去，風月佳時緩緩歸。」「陌上花開花信稀，楝花風暖颺羅衣。殘花和夢垂垂謝，弱柳如人緩緩歸。」

破錢

《古今説海》曰：「毗陵李家有女，方十六歲，能詩。有《拾得破錢》詩：『半輪殘月掩塵埃，依稀猶有開元字。想見清光未破時，買盡人間不平事。』」

吴旦生曰：《唐·食貨志》：「武德四年，鑄開元通寶錢，徑八分，重二銖四累，積十錢重一兩，得輕重大小之中。其文以八分、篆、隸三體。」按：開元錢，高祖時鑄，高宗又鑄之，玄宗又鑄之，肅宗又鑄之。馬永卿所謂唐二百八十九年獨鑄此錢，洛、并、幽、益、桂等州皆置監，故開元錢如此之多也。

《文獻通考》：「武德四年，鑄開通元寶。其文歐陽詢制，自上及右迴環讀。」《六典》及杜氏

《通典》亦作「開通」。呂東萊云：「開通之法不可易。」東坡云：「唐開通錢最善。」此俱可證。後人以錯綜讀曰「開元」，而不知者謂明皇所鑄，蓋有開元年號也。李審言乃云：「唐之錢文如乾元、開元，曰重寶、通寶。俗有云乾重、開通爲可笑，然不知乾重爲誤讀，而開通非誤。」顧迴瀾云：「稱元寶自唐高祖始，稱重寶自唐肅宗始，稱通寶自宋人誤讀開通錢文始，改元更鑄自宋太宗始。」最爲確論。

歷代詩話壬集目録

金詩

卷上

卷中

卷下

元詩

卷上之上

卷上之中

卷上之下

卷中之上

焚香　怯薛　獻書圖　東坊稿
畫葡萄　地肺　輓管君　華陽真逸
槎頭　青䭀飯　石泉　栗
屬對　蹋裹彩

卷中之下

三瓦　躑躅　木犀　三伏八分
吳趨　假對　蕨拳　客星
虎丘　木上座　梧竹　圭齋
人日　硬黄　榕　燭翦

卷下之上

卷下之下

歷代詩話卷六十二　壬集一

壽谿　吴景旭旦生氏著

金詩　卷上

仰山

《堯山堂外紀》曰：燕京西七十里有仰山，峰巒拱秀。中有平頂如蓮花心，旁有五峰，曰獨秀、翠微、紫蓋、妙高、紫微，下多禪刹。章宗遊幸，有詩刻石：「金色界中兜率景，碧蓮花裏梵王宫。鶴驚清露三更月，虎嘯疏林萬壑風。」

吴旦生曰：章宗工書畫，所作詩詞皆饒思致，即此「鶴驚」二語，清英疏豁，不意明昌中復見開元、大曆辭也。嘗賦《雲龍川五月牡丹》云：「洛陽穀雨紅千葉，嶺外朱明玉一枝。地力發生雖有異，天公造物本無私。」

泰和丙寅春，試貢士于萬寧宫。楊焕然席屋偶居前列，聞異香出殿櫺間，一紫衣人顧之，起問題難易，及名氏里貫年齒。去少頃，衆相賀曰：「適駕至矣。」薄暮出宫，傳爲希遇。焕然紀以詩云：「誰言半夜曾前席，白日君王問賈生。」又詔録馬嵬詩，得五百餘首，付詞臣第之。杜真卿詩：「楊柳依依水拍隄，春晴茅屋燕争泥。海棠正好東風惡，狼籍殘紅襯馬蹄。」高德卿詩：「事去君王不奈何，荒墳三尺馬嵬坡。歸來枉爲香囊泣，不道生靈淚更多。」皆在高等。章宗之愛士右文有如此。

日精

宇文叔通《白菊》詩：「仙家藝菊名日精，我今號爾爲月英。」

吴旦生曰：《本草》：「菊花一名日精。」《周禮》：「后服鞠衣。」又作「菊」。《注》云：「日精也。」蓋菊有兩種，花大氣香莖紫者爲甘菊花，此日精也。《風土記》云：「日精治蘠，皆菊之花莖之别名也。」《拾遺記》云：「背明國有紫菊，謂之日精。」

《本草》：「菊一名傅延年。」朱仲新詩：「三徑誰從陶靖節，重陽惟有傅延年。」仙書云：「茱萸爲辟邪翁，菊花爲延壽客。」上官昭容《九日》詩：「卻邪萸入佩，獻壽菊傳杯。」

扶老養和

宇文叔通《和高子文秋興》云：「散步雙扶老，棲身一養和。」

吴旦生曰：元遺山録其詩，注于下云：「『養和』，几名。事見《江湖散人集》。『扶老』，見《歸去來辭》。」然余見遺山詩：「養和徽往失，扶老念時須。」蓋「養和」謂几也，「扶老」謂杖也，豈遺山亦用叔通語邪？按《漢·禮儀志》云：「民年八十、九十賜玉杖，長九尺，端以鳩爲飾。鳩者，不噎之鳥，欲老人不噎也。」《風俗通》云：「周禮：羅氏獻鳩養老。漢無羅氏，故作鳩杖以扶老。」《困學紀聞》云：「『策扶老以流憩』，謂扶老藤也。見《後漢·蔡順傳》注。」據此則「扶老」之義不始見之《歸去來辭》矣。《山家清事》云：「取松樛枝作曲几以靠背，古名養和。」

詞人以此類入詠者不可枚舉，如駱賓王詩：「桃花嘶別路，竹葉瀉離尊。」蓋「桃花」謂馬也，「竹葉」謂酒也。劉禹錫詩：「添鑪擣雞舌，洒水浄龍鬚。」蓋「雞舌」謂香也，「龍鬚」謂拂也。白樂天詩：「樹暗小巢藏巧婦，草荒新葉長慈姑。」蓋「巧婦」謂鷦鷯也，「慈姑」謂鴉也。黄常明詩：「江干食息呼扶老，木末攀緣訝宛童。」蓋「扶老」謂秃鶖也，「宛童」謂女蘿也。王原吉詩：「看雲暮影齊巾角，滴露春聲落枕凹。」蓋「看雲」謂杖也，「滴露」謂酒也。亦見「扶老」不止名杖，而杖又有別名。

勸農官

宇文叔通詩：「劍戟漸銷農器出，人家只識勸農官。」

吴旦生曰：向見虞伯生《題耕織圖》，謂：「元時置十道勸農使，總於大司農，慎擇老成重厚之君子而命之。皆親歷原野，安輯而教訓之。其後功成，省專使之任以歸憲司。憲司置四僉事，其二則勸農之所分也。至今耕桑之事，憲猶上之大農。天下守令，皆以農事繫銜矣。郡縣大門東西壁皆畫《耕織圖》，使民得而觀之。」今又見叔通詩，意金時已有此官，而元踵是以加詳邪？此制大得古王重農之意，後之汰其員而不復講爲可惜也。

洞庭春

宇文叔通詩：「已掃明窗供點筆，爲君擬賦洞庭春。」

吴旦生曰：宋時安定郡王以黄柑釀酒，謂之洞庭春色，色、味、香三絶。以餉趙德麟，因飲東坡。醉後信筆爲詩，頗有沓拖風氣。其詩云：「去年洞庭秋，香霧當噀手。今年洞庭春，玉色疑非酒。」叔通蓋用坡事也。

野鷹來

蔡正甫《野鷹來》云：「鷹莫來，腹肉一飽精神開，招呼不上劉表臺。」

吴旦生曰：《水經注》：「沔水南有層臺，號曰景升臺，蓋劉表治襄陽之所築也。」表性好鷹，嘗登此臺歌《野鷹來》曲，其聲韵似孟達《上堵吟》矣。故東坡詩：「莫上呼鷹臺，平生笑劉表。」又作《上堵吟》云：「臺上有客吟秋風，悲聲蕭散飄入空。」正甫以勝情譜爽事，自爾下筆奔峭，殆不減坡公。田子藝云：「劉景升呼鷹臺，經史『呼』皆作去聲，蓋北音重濁故也。」

元遺山所纂《中州集》，足備金源氏文獻。然如宇文叔通，宋黄門侍郎，以奉使入金，留爲翰林學士承旨；吴彦高，宋宰臣拭之子，米元章壻也，將命帥府，留爲翰林待制，出知深州；蔡伯堅父靖，宋季守燕山，仕金爲翰林學士，伯堅官至尚書右丞相，則三人皆宋儒也。故斷自正甫，爲正傳之宗。按金源樂府，推彦高與伯堅，號吴蔡體。而伯堅二子正甫、特甫，俱第進士。正甫于天德三年擢第後不赴選，求未見書讀之，其辨博爲天下第一。

有無中

蔡正甫詩：「城上春陰暗晚空，城頭山色有無中。」

吴旦生曰：王摩詰詩：「江流天地外，山色有無中。」權德輿《渡楊子江》詩：「遠岫有無中，片帆煙水上。」雖用摩詰語，猶自渾然。歐永叔《送劉貢父守維揚作長短句》云：「平山欄檻倚晴空，山色有無中。」按：平山堂望江左諸山甚近，或以歐公爲短視，故有此句。東坡笑之，因賦《快哉亭》云：「長記平山堂上，攲枕江南煙雨，杳杳没孤鴻。認得醉翁語，山色有無中。」蓋永叔用摩詰語以致誚，而東坡猶且笑之。惟正甫用作「春陰」詩，可免短視之誚。

傳柑

高子文詩：「佳辰近燒燭，盛事憶傳柑。」

吴旦生曰：此子文《次韵東坡定州立春日》詩也。東坡又有《扈從端門觀鐙》詩云：「老病行穿萬馬群，九衢人散月紛紛。歸來一盞殘鐙在，猶有傳柑遺細君。」按：傳柑事始於唐開元間，上元夜以黄柑賜近臣貴戚，謂之傳柑宴。宋時亦襲其事，元夜登樓，貴戚例有黄柑相遺也。洪武初張行中《元宵》詩：「歸來更有傳柑宴，坐列宫釵十二金。」

竹孫

任君謨詩：「竹孫仍帶籜，鳩婦已呼晴。」

吴旦生曰：《爾雅》：「筍，竹萌也。一曰龍孫。」僧贊寧謂：「龍未聞化竹。化竹爲龍，豈宜以筍爲龍孫。」然觀陳子昂詩：「清川高竹長龍孫。」陸放翁詩：「過母龍孫已放梢。」張伯雨詩：「龍孫乍脱綳兒錦。」其于義未礙也。又《竹譜》云：「竹祖，最初所種之竹。」陸魯望詩：「藥名卻笑桐君少，年紀翻嫌竹祖低。」吴融詩：「祖竹定敧檐雪折，稚杉應拂凍雲齊。」又唐詩：「祖竹叢新筍。」又「祖竹護龍孫」。陸放翁詩：「子母瓜新間尊俎，公孫竹長映簾櫳。」梅堯臣詩：「蛇祖龍孫生産後。」

語曰：「天將雨，鳩逐婦。」《爾雅翼》云：「鳩拙不能爲巢，纔架數枝，往往破卵。無巢不能居，天將雨則逐其雌，霽則呼而反之。今人辨其聲，以爲『無屋住』。」

參横

劉致君《墨梅》詩：「趙郎愛香人不知，羅浮山下有佳期。春寒徹骨角聲起，才記參横月墮時。」

吴旦生曰：《龍城録》載：「趙師雄遷羅浮，見美人，共飲，少頃醉寢，乃在大梅樹下。月落參横，但惆悵而已。」秦少游詩：「月落參横畫角哀，暗香消盡令人老。」蓋致君所謂「趙郎」正指師雄，而語意又奪胎少游。然相沿之誤，亦不自知其失攷也。杜詩：「天横醉後參。」洪容齋謂：「以老杜全篇考之，蓋初秋所作也。今人梅花詩多用『參横』字，若以冬半視之，黄昏時參已見，至丁夜則西没矣，安得將旦而横乎？惟東坡詩：『紛紛初疑月挂樹，耿耿獨與參横昏。』乃爲精當。」余觀師無忌《秋夜吟》云：「拊劍一太息，月暗天横參。」此與老杜同爲合作。

《困學紀聞》云：「古樂府《善哉行》：『月没參横，北斗闌干。親友在門，忘寢與餐。』《龍城録》語本此，而未嘗考參星見之時也。」

雞鳴埭

劉致君《墨梅》詩又云：「荀妃早發雞鳴埭，殘月微分燭下妝。」

吴旦生曰：《南齊書》：「武帝數幸瑯琊城，宫人常從。早發至湖北埭，雞始鳴，故呼爲雞鳴埭。」温飛卿有《雞鳴埭曲》。李義山《南朝》詩：「雞鳴埭口繡襦迴。」按：檢江蓄水曰堰，壅水爲堰曰埭。江南謂之埭，巴蜀謂之堰。楊大年詩：「繁星曉埭聞雞度，細雨春場射雉歸。」秦少游詩：「古埭天連雁，荒祠木蔽牛。」王荆公詩：「荒埭暗雞催月曉，空場老雉挾春驕。」

寒具

劉無黨《題梁忠信山水》云：「明窗短幅來何處，亂點依稀涴寒具。」

吴旦生曰：桓玄喜陳書畫。客有食寒具，不濯手而執畫帙者，偶涴之，後遂不設寒具。蘇東坡《跋二王書》云：「怪君何處得此本，上有桓玄寒具油。」無黨句與坡同意。陸放翁詩：「看畫客無寒具手。」

按《齊民要術》云：「寒具，一名餲餅。」《酉陽雜俎》：「伊尹干湯之言有寒具。」吴綱《五總志》謂是今之饊子也。劉禹錫《寒具》詩：「纖手搓來玉數尋，碧油煎出嫩黄深。夜來春睡無輕重，壓匾佳人纏臂金。」亦以爲饊子也。若林和靖《寒食》詩：「有客初嘗寒具罷。」蓋又以寒具爲寒食之具矣。宋玉《招魂》云：「粔籹蜜餌，有餦餭些。」五臣《注》：「粔籹，餲餅也。吴謂之寒具餌，方言謂糕餦餭餳也，亦謂之飴。」此則其乾者也。王逸《注》：「以蜜和米麪熬煎作粔籹，擣黍作餌，又有美餳，衆味甘美也。」朱晦翁《注》：「以米麪煎熬作之，寒具也。」宋林洪謂：「《招魂》此句自是三品：粔籹乃蜜麪之乾者，十月間鑪餅也；蜜餌乃蜜麪少潤者，七夕蜜食也；餦餭乃寒食寒具也。」又觀《漢制考》云：「以二竹籩方，玄被纁裏，有蓋。」《注》：「竹籩方者，器名也。以竹爲之，狀如篋而方，如今寒具筥。」《疏》：「寒具，若籩人朝事之籩。」《注》謂：「清朝未食，先進寒具口實之籩，實以冬食，故謂之寒具。」蓋又以寒具爲寒冬之具矣。

干寶《司徒儀》：「日祭用鰲䴵，晉制呼爲𩝐餅，又曰寒具。」

十眉

劉無黨《題十眉圖》云：「春風曾憶賦妖嬈，人共畫圖成十一。」

吴旦生曰：唐明皇令畫工畫《十眉圖》：一曰鴛鴦眉，又名八字眉；二曰小山眉，又名遠山眉；三曰五岳眉；四曰三峰眉；五曰垂珠眉；六曰月稜眉，又名卻月眉；七曰分梢眉；八曰涵煙眉；九曰拂雲眉，又名横煙眉；十曰倒暈眉。蘇東坡《眉子研》詩：「君不見成都畫手開十眉，横雲卻月争新奇。」蔡正甫《畫眉》詩：「畫手新翻十樣圖，西巡故事出成都。」按《妝臺記》：「五代宫中畫眉有十，與明皇圖同，但一曰開元御愛眉，爲小異。」《錦字書》：「眉妝有十，似從明皇圖摘出。但末云籠春眉，又圖所未備。」附及。

寧馨阿堵

劉無黨《題劉德文戲綵堂》云：「傳家所愛作寧馨，入室不愁無阿堵。」

吴旦生曰：《世説》：「山濤見王衍，曰：『何物老媪，生寧馨兒。』」又「王衍指錢云：『舉阿堵物卻。』」後之詞人直以「阿堵」爲錢，「寧馨」爲兒。如劉禹錫詩「爲問中華學道者，幾人雄猛得寧馨」、黄山谷詩「語言少味無阿堵，冰雪相看有此君」是也。未有以二語合用者。合之，自「家無阿堵物，門有寧馨兒」一詩始，而無黨其踵是以合用邪？然習譌已久，殊未知「寧馨」、「阿堵」乃晉人語助耳。按：禹錫詩「寧」字作平聲呼。金人馮叔獻《習池醉歸圖》詩云：「紛紛誤晉皆渠輩，何獨王家一寧馨。」則又作仄聲矣。《嬾真子》云：「『寧』作去聲，『馨』音亨，今南人尚言之，猶言恁地也。」《桑榆雜録》云：「『寧』，猶言如此；『馨』，語助也。」《容齋隨筆》云：「至今吴中人語言，尚多用『寧馨』字爲問，猶言若何也。宋廢帝之母王太后疾篤，帝不往視。后怒，謂：『侍者取刀來剖我腹，那得生寧馨兒。』」觀此，豈得爲佳兒用？劉真長譏殷淵源曰：「田舍兒强學人作爾馨語。」又謂桓温曰：「使君如馨地，寧可鬬戰求勝。」王導與何充語曰：「正自爾馨。」王恬撥王胡之手曰：「冷如鬼手馨，强來捉人臂。」《東齋記事》云：「『阿堵』，乃今所語『兀底』也。」焦弱侯云：「猶言『此物』耳。」楊升庵云：「猶唐人謂『若箇』，今謂『這箇』也。」殷浩見佛經曰：「理亦應阿堵上。」顧愷之指目睛曰：「傳神寫照，正在阿堵中。」謝安謂桓温曰：「明公何須壁間著阿堵輩。」據此，其義自見。若胡盧山詩：「阿堵中藏徐穉來。」以爲堵牆，益可笑。

適安居士

景伯仁《弔段子新》云：「適安居士舊知聞，廓達靈根厭世紛。辭罷親朋便歸去，一籌今日又輸君。」

吴旦生曰：子新諱繼昌，適安居士，其别號也。性嗜酒，名之曰黄嬌。蓋關中人謂兒女曰阿嬌，故以酒比之。一日天寒，人遺之酒，飲不盡而醉。夜半忽驚起，以衣衾覆酒缸，僵卧榻上。人爲言：「酒自不冰，先生將不爲寒病乎？」子新笑曰：「人病酒可醫，酒病不可療也。」臨終辭鄉里，託以他適。明日卧于黨氏園亭大石上，視之已逝矣。伯仁以詩弔之。

歷代詩話卷六十三　壬集二

壽谿　吴景旭旦生氏著

金詩　卷中

駃

黨世英《喜雨》詩：「山雲駃如驅，山雨沛如傾。」

吴旦生曰：元遺山詩：「駃雨東南來。」自注云：「駃與快同。」江淹《蓮花賦》：「秋風駃兮舟容與。」趙松雪有《駃雪帖》。則是駃雲、駃雨、駃風、駃雪，皆可稱也。他如《慎子》云：「河下龍門，其流駃如竹箭。」崔子虚《論醫脈》云：「遲而少駃爲緩。」鍾繇調周泰云：「乞兒乘小車，一何駃乎？」曹真有名駃號驚帆，臧道顔有《駃牛賦》。

飲

黨世傑《弔石曼卿》詩：「城頭山色翠玲瓏，尚憶清狂四飲翁。鐵馬冰車斷遺響，桃花石室自春風。」

吴旦生曰：《畫墁録》：「蘇舜欽、石延年輩有名曰鬼飲、了飲、囚飲、鼈飲、鶴飲、鬼飲者，夜不以燒燭。了飲者，飲次挽歌哭泣而飲；囚飲者，露頭圍坐；鼈飲者，以毛席自裹其身，伸頭出飲，畢復縮之；鶴飲者，一杯後登樹，下再飲耳。」則曼卿之飲，其名有五。又《類苑》云：「曼卿每與客痛飲，露髮跣足，著械而坐，謂之囚飲；坐木杪，謂之巢飲；以藁束之，引首出飲，復就束，謂之鼈飲。」此所載又不同。而世傑詩稱「四飲」，豈别有據邪？

曼卿守晌山，遣人以泥封桃李核，彈之巖石中，其後花開滿山。又嘗擕妓飲山之石室間，鳴絃爲冰車鐵馬聲。故世傑過晌山，爲詩弔之。

三　絶

趙周臣《寄王子端》云：「李白一杯人影月，鄭虔三絶畫詩書。」

吴旦生曰：唐明皇愛鄭虔之才，以爲博士。善圖山水，好書。嘗自寫其詩并畫以獻帝，大署其尾曰：「鄭虔三絶。」杜子美哀之云：「昔獻書畫圖，新詩亦俱往。三絶自御題，四方尤所仰。」按：元遺山稱子端詩有師法，高出時輩之右；字畫學米元章，其得意處頗能似之；墨竹殆天機所到，文湖州已下不論也。則周臣贈以三絶，當不誣云。

讀詩

周德卿《讀陳後山詩》云：「子美神功接混茫，人間無路可升堂。一斑管内時時見，賺得陳郎兩鬢蒼。」

吴旦生曰：嘗讀杜集《戲爲六絶》，此便是老杜詩話。其一絶云：「才力應難誇數公，凡今誰是出群雄？或看翡翠蘭苕上，未掣鯨魚碧海中。」蓋言前輩之不易貶，又言其不易效也。德卿特借後山以爲言，而非但貶後山已也，亦猶老杜之非貶四傑耳。

《竹坡老人詩話》云：「夔峽道中，昔有杜少陵題詩一首，以『天』字爲韵，榜之梁間。自唐至今，無敢作詩者。有一監司過而見之，輒和少陵韵，大書其側。後有人嘲之云：『想君吟詠揮毫日，四顧無人膽似天。』過者無不笑之。」余觀此正自輕許，而不知其爲「神功接混茫」耳。録爲詞家炯鑒，不僅博一笑。

遠山

劉之昂詩：「遠山句好畫難成，柳眼才多總是情。今日衰顔人不識，倚爐空聽煮茶聲。」

吴旦生曰：張秦娥者，能小詩。其賦《遠山》云：「秋水一抹碧，殘霞幾縷紅。水窮霞盡處，隱隱兩三峰。」其後流落，故劉贈以此詩，秦娥爲之泣下。劉嘗有詩云：「嵩高山下逢秋雨，破繖遮頭水没腰。此景此時誰會得，清如窗下聽芭蕉。」祝枝山誦之，笑其上下淋漓，清在何處。觀其他詩有云：「折盡官橋楊柳枝，春風依舊緑絲絲。嘑鶯爲向行人道，離别何時是盡時？」又云：「雨洗明河畫扇收，匡牀露冷藥闌秋。牆陰未得中庭月，一點螢光草際流。」能於清折之中自成淒斷。

日觀

蕭真卿《日觀峰》詩：「洪波萬里兼天湧，一點金烏出水心。」

吴旦生曰：應劭《漢官儀》云：「泰山東南名曰日觀。日觀者，雞鳴時見日。」《淮南子》云：「日中有踆烏。」《注》：「踆，趾也。謂三足烏也。」《甘氏星經》云：「日者，陽宗之精也。爲雞三足，爲烏二足。雞在日中，而烏之精爲星，以司太陽之行度。月者，陰宗之精也。爲兔四足，爲蟾蜍三足。兔在月中，而蟾蜍之精爲星，以司太陰之行度。」《水島志》云：「琉球國有大崎山，極高峻。夜半登之，望暘谷日出，紅光燭天，山頂爲之俱朗。」《宋學士集》云：「補怛洛迦山在東大洋中，雞初號，遥見東方日出，輪赤如火，流光燭波，閃爍不定。」

燕子圖

田器之《贈燕子詩》:「幾年塞外歷崎危,誰謂烏衣亦此飛。朝向蘆陂知有爲,暮投茅舍重相依。君憐我處頻迎語,我憶君時不掩扉。明日西風悲鼓角,君應先去我何歸?」

吴旦生曰:器之名瑑,雲朔人。明昌五年進士,慷慨有志節,趙周臣所謂「田侯落落奇男子」也。其《燕子圖自敘》云:「從軍塞外,野舍荒涼,有雙燕亦巢此屋。土人屢欲捕之,曲爲全護。此燕晝出夜歸,必開户待之。忽一日飛止坐隅,巧語移時。予始悟明日秋社當歸,殆留别語也。作此詩贈之,寫以細字,爲蠟丸繫燕足上。又八年,任潞州觀察判官,坐廨舍之含翠堂。忽雙燕至,予諦視之,繫足蠟丸故在,蓋往年贈詩者也。」龐才卿畫爲圖,作詩云:「解足分明得帛書,真是當年留别句。」楊之美詩:「海國傳心千驛隔,塞垣回首十年非。」張巨濟詩:「小詩繫足初無意,巧語迎人獨有情。」李之純詩:「心知話盡春愁處,相對依依如故人。」王大用詩:「莫償恩義三生債,分付平安七字篇。」李欽叔詩:「客舍花開新信息,雲兜香冷舊昏黄。」

青奴黄嬭

龐才卿《喜夏》詩:「青奴初薦枕,黄嬭亦升堂。」

吴旦生曰：黄山谷謂：「竹夫人乃涼寢竹器，憩臂休膝，非夫人之職，而冬夏青青，竹之所長，故名曰青奴。」嘗作詩云：「我無紅袖堪娱夜，正要青奴一味涼。」則才卿所謂「青奴薦枕」，其意工矣。《海録碎事》云：「黄嬭，言書卷怡神如嬭媪。有人讀書，把卷即睡，梁人因呼書卷爲黄嬭。」《歲時風土記》云：「唐人呼晝睡爲黄嬭。」據此則「黄嬭升堂」其義安在？才卿特未詳攷耳。正統中周伯器詩：「不信紅塵深没馬，可堪黄嬭亂堆牀。」萬曆中錢牧齋詩：「白蟫舊得藏身訣，黄嬭新繙卻老編。」此用《海録碎事》説也。余有《山居》詩：「樂土歸黄嬭，通侯等緑君。」此用《風土記》説也。

洪駒父六言詩：「引睡直須黄嬭，曲肱正要青奴。」昔人以爲佳，才卿殆本此作對邪？按《博物志》：「孫樵爲史書曰墨兵瀆。」又《海録碎事》謂：「史才操賢與愚，以筆爲獄。」陳眉公云：「『墨兵』、『筆獄』可謂佳對，然竟以『墨兵』對『黄嬭』，亦自工而協。」

自　題

密公《自題寫真》云：「枯木寒灰亦自神，應緣來現胙公身。只因苦愛東坡老，人道前身趙德麟。」

吴旦生曰：名璹，字子瑜。興陵之孫，越王長子，初封胙國公。正大間進封密，稱完顔宗室之良者，必推曰密公。其字畫得蘇、黄之間，家藏法書名畫，幾與中祕等。南渡倉卒，子瑜寶護之，與身存亡，故他貨不得一錢著身，以此貧甚。客至，不能具酒肴，設蔬飯與之共食。焚香煮茗，盡出藏書商略之，使人樂之而不去也。子瑜有詩云：「冷官領取閒中趣，遠勝區區夢蟻忙。」亦自道其高致矣。

崔氏女

《堯山堂外紀》曰：「趙宜之爲鞏西簿，泰和丁卯，道出蒲東普救寺僧舍，所謂西廂者。有唐麗人崔氏女遺照在焉，因命畫工陳居中繪模真像，仍綴四十言以記云：『並燕鶯爲字，聯徽氏姓崔。非煙宜采畫，秀玉勝江梅。薄命千年恨，芳心一寸灰。西廂舊紅樹，曾與月徘徊。』」

吴旦生曰：宜之有詩名，李屏山爲賦《愚軒》，有「落筆突兀無黄初」之句。「愚軒」，其自號也。又自稱十洲種玉大誌。即此詩，已爲實甫全部《西廂記》先聲矣。崔氏女事，莫著於《侯鯖録》，其引王性之《傳奇辨正》云：「嘗讀蘇翰林《贈張子野》詩，有曰：『詩人老去鶯鶯在。』僕按：微之所傳奇鶯鶯事，在貞元十六年春。又言『明年，生文戰不利』，乃在十七年。而《唐登科記》：『張籍以貞元十五年高郢下登科。』既先二年，決非張籍明矣。會莊季裕爲僕言，微之作姨母鄭氏墓銘云：『其既喪夫，遭軍亂，微之爲保護其家備至。』則所謂『傳奇』者，盡微之自敘，特假他姓以自避耳。僕按微之作《陸氏姊誌》云：『予外祖睦州刺史鄭濟。』樂天作《微之母鄭夫人誌》，亦言鄭濟女。而唐崔氏譜：永寧尉鵬亦娶鄭濟女。則鶯鶯者，乃崔鵬之女，於微之爲中表。非特此而已，僕家有微之作《元氏古艷詩》百餘篇，中有春詞二首，皆隱『鶯』字。及自有《鶯鶯》詩、《離思》詩、《離憶》詩，又有《古決絶詞》、《夢遊春》詩，其詩中多言『雙文』，意二『鶯』字爲『雙文』也。」又附微之年譜，有云：「德宗貞元庚辰十六年，是歲微之年二十二。」《傳奇》言：「生年二十二，未近女色。」崔氏年十七，《傳奇》言：「於今之貞元庚辰十七年矣。」辛巳十七年，是歲微之年二十三。《傳奇》言：「生已有辭回去。」所謂「文戰不利，遂上京師」，崔氏書所謂「春氣多厲」，正次年春也。壬午十八年，是歲微之年二十四，以中書判第四等，授校書郎。《傳奇》言：「後歲餘，崔亦委身于人，生亦有所娶。」按：退之作微之妻韋墓誌曰：「選壻時，稹始以選授校書郎。」即與微之《夢遊春》詩「當年二紀初，嘉節三星度」之語同。余細閲此帙，反覆證合，明確可據，直令微之無躲閃處，即知決非張籍事矣。因思子瞻一詩，不攷其爲元公之假姓，而舉以贈張，恐亦莽莽。及觀《侯鯖録》，後又載子瞻此詩云：「詩人謂張籍，公子謂張祜，皆使姓張事。」蓋既引辨之於前，又誤載之於後，何也？《野客叢書》云：「張子野年八十，家猶蓄聲妓。子瞻贈以『詩人老去鶯鶯在』，正用當家故事也。唐有張君瑞，遇崔氏女於蒲，崔小名鶯鶯。元稹與李紳語其事，作《鶯鶯歌》。」然詳審其爲假姓，安得云「當家故事」邪？夫舉鶯鶯以贈張不可，而謂是張籍，可乎？

《才調集》載王之涣《惆悵詩》十三首，皆詠麗人事。其首章即詠鶯鶯云：「鐘動紅孃喚歸去，對人匀淚拾金鈿。」則在唐時已艷其事矣。成化間，黎人於舊魏縣之東得崔氏墓誌云：「鶯鶯嫁太常寺協律郎鄭恒，字行甫，享年六十；崔氏享年七十有六。」乃秦貫爲之銘。陳眉公因收其文於《品外録》，恐亦未可信也。《南濠詩話》云：「《西廂記》，俗傳作于關漢卿，或以爲漢卿不竟其詞，王實甫足之。予閱《點鬼簿》，乃王實甫作，非漢卿也。實甫，元大都人，所編傳奇有《芙蓉亭》、《雙蕖怨》等，與《西廂記》凡十種。」

能

趙宜之《寄元遺山》詩：「老嬾愚軒百不能，飽諳人意冷於冰。清狂舊日躭詩客，灰朽而今有髪僧。」吴旦生曰：丙集郭賦中，余既辨「能」字矣，然「才能」之「能」當於下平十蒸韵用，而不當上平十灰韵用也。《漁隱叢話》云：「能，奴登切，獸名，絶有力。故有絶人之才者，謂之能。」又，能，奴來切，三足鼈也。徐季海詩於「來」字韵中用「法士多瓌能」，乃是僧似鼈耳。余觀宜之詩，「能」字與「冰」、「僧」、「鐙」、「藤」叶，又馮子駿詩：「未得安心如北秀，郤思覓法趁南能。」乃與「藤」、「僧」、「鐙」、「肱」叶。此二詩者，皆叶奴登切，音義兼至，可無「似鼈」之誚。

借對

馮叔獻詩：「老伏固非千里驥，冥飛似是五噫鴻。」

吴旦生曰：梁鴻有《五噫歌》。以「鴻」對「驥」，詩家自有此借對法。余有詩云：「有客潔如鷺，因人熱豈鴻。」亦此意也。

鼓　吹

劉雲卿詩：「身後功名半張紙，夜來鼓吹一池蛙。」

吴旦生曰：孔稚圭以鳴蛙當兩部鼓吹，詞人往往入詠。蘇東坡詩云：「水底笙歌蛙兩部，山中奴隸橘千頭。」是以「笙歌」易「鼓吹」矣。又云：「已遣亂蛙成兩部，更邀明月作三人。」此乃歇後語，不知「兩部」爲何物也，不若雲卿用本色出處，爲顯而穩。

脩月斧

鄭景純《詠酴醿》詩：「玉斧無人解脩月，珠裙有意欲留仙。」

吴旦生曰：《酉陽雜俎》：「太和中，鄭仁本與王秀才遊嵩山，遂迷歸路。見一人，布衣甚潔白，枕一幞物，方眠熟。即呼之，其人笑曰：『君知有月七寶合成乎？月勢如丸，其影，日爍其凸處也。常有八萬三千户脩之，予即一數。』因開幞，有斤鑿數事。」楊廉夫作《脩月匠歌》云：「天公弄丸七寶鈿，脆如琉璃拆如線。月中斤人八萬户，敕賜仙廚璚屑飯。什什伍伍入杳冥，妙手持天輕欲旋。千斤寶斧運化鈞，混沌皮開精魄見。」戴敏《小園》詩：「惜樹不磨脩月斧，愛花須築避風臺。」蔡伯堅《雪晴》詩：「唤取廣寒脩月手，月波千丈卷秋還。」雷希顔詩：「文字喜逢脩月手，津梁媿乏濟川材。」薩天錫《贈別》詩：「桂殿且留脩月斧，銀河未許度星軺。」解大紳《中秋》詩：「吾聞廣寒八萬三千脩月斧，暗處生明缺處補。」馬浩瀾《遊仙》詩：「八萬三千脩月斧，多將玉屑當乾糧。」

楊升庵云：「《中州集》金羽士王予可《詠西瓜》云：『一片冷沈潭底月，半灣斜卷隴頭雲。』孫鐸《詠玉簪花》云：『披拂西風如有待，徘徊涼月更多情。』鄭子聃《詠酴醾》云：『玉斧無人解脩月，珠裙有意欲留仙。』皆極體物之工。」

兀

劉次霄《早行》詩：「馬上兀殘夢，沈沈天向晨。」

吴旦生曰：劉駕《早行》詩：「馬上續殘夢，馬嘶時復驚。」最爲警策，故張爲取作《主客圖》。楊升庵謂：「此句千古絶唱，東坡改之，作『瘦馬兀殘夢』，便覺無味。」余觀東坡《太白山早行》有起句云：「馬上續殘夢，不知朝日昇。」又《中塗雪作》有云：「東風吹宿酒，瘦馬兀殘夢。」情味各妙，無可軒輊，亦是偶愛駕語，而兩用之耳。今次霄復愛坡語，而合用之。

歷代詩話卷六十四　壬集三

苕谿　吴景旭旦生氏著

金　詩　卷下

桃　源

元德明遺山之父《桃源行》云：「憶昔攜家竄巖谷，秦人半向長城哭。回頭塵土失咸陽，繒弋徒勞羨鴻鵠。」

吴旦生曰：「秦人半向長城哭」，下得渾然。王荆公《桃源行》云：「望夷宮中鹿爲馬，秦人半死長城下。」《高齋詩話》以指鹿乃二世事，而長城之役乃始皇也；又指鹿不在望夷宮中，荆公用事失照管耳。德明似本荆公句，而絶無可疵，可謂點鐵成金。

桃源一案，認真不得。余於乙集「漁父」論之矣。今德明鑿定秦人不死以成神仙，故末云：「漁郎偶到本無心，仙境何緣得重尋？」又未免認真之過也。按東坡謂：「世傳桃源事多過，其實考淵明所記，止言先世避秦亂來此，則漁人所見，似是其子孫，非秦人不死者也。」《漁隱叢話》云：「東坡此論，蓋辨證唐人以桃源爲神仙，如王摩詰、劉禹錫、韓退之作《桃源行》是也。惟荆公作《桃源行》，與東坡之論脗合。」《林下偶談》云：「淵明《桃花源記》初無仙語，蓋緣詩中有『奇蹤隱五百，一朝敞神界』之句，後人不審，遂以爲仙。如韓退之詩：『神仙有無何渺茫，桃源之説尤荒唐。』劉禹錫詩：『仙家一出尋無蹤，至今流水山重重。』王摩詰詩：『初因避地去人間，及至成仙遂不還。』王逢原詩云：『惟天地之茫茫兮，故神仙之或容。惟昔王之制治兮，惡魅魑之人逢。逮後世之陵夷兮，固神鬼之争雄。』此皆求之過也。惟荆公與東坡和《桃源》詩，所言最爲得實，可破千載之惑。」然余觀荆公詩爲人推重如此，而以用事失核致議。德明於秦事不誤，而大意仍在唐人窠臼中。蓋詞家之用意用事，可不矜慎哉？

中州集

《藝苑卮言》曰：「元遺山有《中州集》，皆金人詩也。金人如宇文虚中、蔡松年、蔡珪、黨懷英、周昂、趙秉文、王庭筠，其大旨不外蘇、黄，要之直於宋而傷淺，質於元而少情。」

吴旦生曰：金自北渡後，詩教乃行。遺山記録見聞，歷二十寒暑，載爲野史，而《中州集》其一也。意故不止於詩，而一經其手，上下百餘年間金源氏之風，烺烺可誦爾。遺山《自題中州集後》云：「鄴下曹劉氣儘豪，江東諸謝韵尤高。若從華實評詩品，未便吴儂得錦袍。」「陶謝風流到百家，半山老眼净無花。北人不拾江西唾，未要曾郎借齒牙。」「萬古騷人嘔肺肝，乾坤清氣得來難。詩家亦有長沙帖，莫作宣和閣本看。」「文章得失寸心知，千古朱絃屬子期。愛殺谿南辛老子，相從何止十年遲。」「平世何曾有稗官，亂來史筆亦摧殘。百年遺稿天留在，抱向空山掩淚看。」蓋遺山當哀宗之季，及其亡也，築亭於家，不復出。讀五詩者，可以見其梗概矣。

金行

元遺山《詠菊》詩：「黄素金行正，芳甘藥品奇。」

吴旦生曰：范石湖《菊譜》：「黄者，中之色。土，王季月。而菊以九月花，金、土之應，相生而相得者也。其次白色，西方金氣之應。」此遺山所謂「黄素金行正」也。又《月令注》：「菊色言黄者，秋令在金。金有五色，而黄爲貴，故菊色以黄爲正。」

《埤雅》云：「《月令》：『季秋，鞠有黄華。』曰『有』者，非其有之時也。《春秋傳》曰：『有者，不宜有也。』」余以此語非是。按《懸笥瑣探》云：「石湖作《菊譜》，言《月令》以動、植志氣候，如桃、桐輩直云『始華』，而菊獨云『菊有黄華』，豈以其正色獨立，不伍衆草，變詞而言之與？予來河南，行熊耳諸山。時正秋，黄菊叢生。乃悟中州得風氣之正，黄爲正色，而秋時著花，此《月令》紀候所以獨言之也。」楊升庵云：「蝴蝶或白或黑，或五彩皆具，惟黄色一種至秋乃多，蓋感金氣也。李白詩：『八月蝴蝶黄。』深中物理。今改『黄』爲『來』，何其淺也。」

烏白頭

元遺山詩：「行役魚赬尾，歸期烏白頭。」

吴旦生曰：《史記》但言：「天雨粟，馬生角。」《博物志》云：「燕太子丹質秦，欲歸。秦王謬言曰：『烏頭白，馬生角，乃可。』丹仰而歎，烏即頭白；俯而嗟，馬即生角。秦王不得已而遣之。」曹子建詩：「子丹西質秦，烏白馬角生。」鮑明遠詩：「潔誠洗志朝暮年，烏白馬角寧足言。」白樂天詩：「我歸應待烏頭白。」高季迪詩：「妾今能使烏頭白。」錢牧齋詩：「一夜烏頭虚變白，三生鴻爪誤精藍。」王元美《二鳥賦》：「崩城隕室，烏白馬角。」

《通俗文》云：「白頭烏謂之鶻鵃。」鶻，治八反。

雯華

元遺山詩：「剥裂雯華清月秋。」

吴旦生曰：雯，文也，雲成文章也。又石文似雲，亦曰雯華。《古三墳書》：「日雲赤曇，月雲素雯。」劉因《登寺閣》詩：「雯華寶樹忽當眼。」又遺山《寶宫寺》詩：「七重寶樹圍金界，十色雯華擁畫粱。」

妒女

元遺山詩：「風雨不憂鷩妒女。」

吴旦生曰：焚骸禁火之説，余於唐韓詩庚集詳辨之。余觀此詩序言，俗傳介子推被焚，其妹介山氏恥兄要君，積薪自焚，號曰妒女。鄉社至今以百五日積薪而焚之，謂之祭妒女。唐大曆中，制官李諲爲撰祠碑，有「百日積薪，一日燒之」之語。故遺山詩中有云：「稗官小説出閭巷，社鼓村簫走翁媪。」當時大曆十才子，争遣李諲鑱陋語。」蓋亦譏其誣，而詩人不深考，爲之撰辭爾。然觀《太平廣記》云：「妒女者，子推妹，與兄競，去泉百里，寒食不許斷火，至今尚然。」則與「百五日積薪而焚」之語，又何殊邪？

《述異記》云：「妒女泉在并州，婦女不得靚妝彩服至其地，必興雲雨。一名介推妹。」楊升庵云：「妒女者，介之推妹也。廟在并州壽陽縣。」

典刑

元遺山《贈劉仲修》詩：「共知祭酒傳家學，獨愛中郎餘典刑。」

吴旦生曰：遺山自序云：「仲修詩律深密，得于尊公鳳山老人過庭之訓，且其顔狀絶類吾友李從事長源，故篇中有及。」

按：劉向爲劉氏祭酒。《釋名》云：「凡會同饗讌，必尊長先用酒以祭先，故曰祭酒。漢時吴王年長，以爲劉氏祭酒是也。」據此則向爲祭酒，亦此義。杜詩：「劉向傳經心事違。」孔融本傳云：「融善蔡邕。邕卒，有虎賁士貌似邕，融每酒酣，引與同坐，曰：『雖無老成人，尚有典型。』」蔡正甫詩：「有若何堪比夫子，虎賁猶想見中郎。」

女郎詩

《歸田詩話》曰：「元遺山《論詩三十首》内一首云：『有情芍藥含春淚，無力薔薇卧晚枝。拈出退之山石句，始知渠是女郎詩。』初不曉所謂，後見《詩文自警》一編，亦遺山所著，謂：『「有情芍藥含春淚，無力薔薇卧晚枝」，此秦少游《春雨》詩也，非不工巧，然以退之《山石》句觀之，渠乃女郎詩也。破卻工夫，何至作女郎詩？』按昌黎詩云：『山石犖确行徑微，黄昏到寺蝙蝠飛。升堂坐階新雨足，芭蕉葉大梔子肥。』遺山固爲此論，然詩亦相題而作，又不可拘以一律。如老杜云『香霧雲鬟溼，清輝玉臂寒』、『俱飛蛺蝶元相逐，並蒂芙蓉本自雙』，亦可謂女郎詩耶？」

吴旦生曰：遺山論詩，直以詩作論也，抑揚諷歎，往往破的。讀者息心静氣以求之，得其肯會，大是談詩一助。少游乃填詞當家，其于詩場，未免蹋入軟紅塵去。故遺山所詠，切中其病。他日又書以自警，蓋知之深，言之當也。如鍾嶸評張華詩，恨其「兒女情多，風雲氣少」。而遺山乃云：「風雲若恨張華少，温李新聲奈爾何。」則知遺山自出真裁，非一切以女郎抹人也。「東野窮愁死不休，高天厚地一詩囚」，謂其出門有礙，脱口便嗟也；「蘇門果有忠臣在，肯放坡詩百態新」，惜其肆筆成章，不受鑪冶也；「萬古文章有坦途，縱横誰似玉川盧」、「真書不入今人眼，而輩從教鬼畫符」，則直以外道詬之。凡所彈駁，皆足爲談詩助，又不獨一少游矣。

裙

元遺山詩：「此去行廬千萬里，畫羅休鏤麝香金。」

吴旦生曰：宋徽宗時，宫人以麝香色爲鏤金，羅爲衣裙，故遺山及此。

按：古制：衣裳連下有裙，隨衣色而爲緣。堯、舜以降，有六破，及直縫，皆去緣。商、周以其太質，加花繡，上綴五色。自文王始令女人服裙。秦始皇令宫人服五色花羅裙，至今有短裙焉。漢文帝後宫衣不曳地，其貼地者，以不纏足，欲裙蓋之也。漢明德太后禿裙不緣。獻帝時女子好爲長裙，而上甚短。梁武帝造五色繡裙，加朱繩，真珠爲飾。隋煬帝作長裙十二破，名仙裙；又制五色夾纈花羅裙，又制單絲羅以爲花籠裙。唐杜牧之詩：「五陵年少欺他醉，笑把花前出畫裙。」是唐裙亦可隱足也。

梁簡文詩：「羅裙宜細襉。」則裙之用襉，此時已尚細矣。《留青日札》云：「廣西婦女衣長裙，後曳地四五尺，行則以兩婢前攜之。襉多而細，名馬牙襉。」

《海録碎事》云：「後漢墩煌俗，婦人作裙，攣縮如羊腸，用布一匹。皇甫隆禁改之。」

殷文圭詩：「空對襜褕一斷腸。」《説文》云：「直裙謂之襜褕。」

範　家

《餘冬序録》曰：「元遺山集《喬千户挽詩》：『素旗無誄記連姻。』用潘岳《楊使君誄》『表之素旗』語。喬、元皆毛氏壻故也。集有《聽姨女喬夫人鼓風入松》一律：『白雪朱顔一再行，春風纖指十三星。雲窗霧閣有今夕，寶靨羅裙無此聲。瀟灑寒松度虚籟，悠颺飛絮攪青冥。胎仙不比湘靈瑟，五字錢郎莫漫驚。』所謂『姨女喬夫人』，蓋千户之女也。集又有《喬夫人彩繡仙人圖》一絶：『彩服仙童畫不如，直疑萊子戲庭除。青紅未是春風巧，一頌椒花更有餘。』又有《題喬夫人墨竹》二絶：『萬葉千梢下筆難，一枝新緑儘高寒。不知露閣雲窗晚，幾就扶疏月影看。』『只待驚雷起蟄龍，忽從女手散春風。渭川雲水三千頃，悟在香嚴一擊中。』元自注：『夫人參曹洞下禪，有省。』夫喬女明慧多藝如此，而陰教内範則未有聞，豈不可惜？元之詩如此，豈復知名教者哉？考郝經遺山墓銘，載其女有爲女冠者。

今集《貽女》詩云：『珠圍碧繞三花樹，李白桃紅一捻春。看取元家第三女，他年真作魏夫人。』又足知遺山之範家矣。」

吴旦生曰：《閨秀詩評》載元氏《補天花版》詩云：「補天手段暫鋪張，不許纖塵落畫堂。寄語新來雙燕子，移巢别處覓雕梁。」按《誠齋雜記》：「遺山妹爲女冠，文而艷。張平章欲娶之，自往覘其所向。至則方自手補天花版，輟而迎之。張詢近日所作，應聲答以此詩。張竦然而出。」江進之云：「清貞之意，因物觸發，足令觀者起敬。」余謂此真見遺山之範家也。然墓銘爲女，《雜記》爲妹，俱屬女冠，豈其有二人與？

歷代詩話卷六十五　壬集四

茾谿　吴景旭旦生氏著

元　詩　卷上之上

月泉吟社

《詩評》曰：「詩有六義，興居其一。凡陰陽寒暑、草木鳥獸、山川風景，得於適然之感而爲詩者，皆興也。《風》、《雅》多起興，而楚騷多賦與比。漢魏至唐，傑然如老杜《秋興八首》，深詣詩人閫奥，興之入律者宗焉。《春日田園雜興》，此蓋借題于石湖，作者固不可舍田園而泛言，亦不可泥田園而專及。舍之則非此詩之題，泥之則失此題之趣。有因春日田園間景物感動性情，意與景融，辭與意會，一吟風頃，悠然自見其爲雜興者，此真雜興也。不明此義而爲此詩，他未暇悉論，往往敘實者多入於賦，稱美者多近於頌，甚者將『雜興』二字體貼，而相去益遠矣。」

第一名羅公福。三山人，本姓連，名文鳳，字伯正，號應山。詩曰：「老我無心出市朝，東風林壑自逍遥。一犁好雨秧初種，幾道寒泉藥旋澆。放犢曉登雲外壟，聽鶯時立柳邊橋。池塘見説生新草，已許吟魂入夢招。」評曰：「衆傑作中，求其粹然無疵，極整齊而不見邊幅者，此爲冠。」

第二名司馬澄翁。義烏馮澄，字澄翁，號來青。詩曰：「編蘭春思倩吟鞭，著面和風軟似縣。黄犢烏犍秧穀候，雄蜂雌蜨菜花天。把鋤健婦蹋煙壟，抱甕丈人分野泉。忙事關心在何處，流鶯不聽聽嘸鵑。」評曰：「起善包括，兩聯説田園的，而雜興寓其中，末語亦不泥。」

第三名高宇。杭州梁相，字必大。詩曰：「膏雨初晴布穀嘸，村村景物正熙熙。誰知農圃無窮樂，自與鶯花有舊期。彭澤歸來惟種柳，石湖老去最能詩。桃紅李白新秧緑，問著東風總不知。」評曰：「前聯妙於細合，後聯引陶、范，不爲事縛，句法更高。末借言雜興，的是老手。」

吴旦生曰：至元間，浦江吴潛齋渭有月泉吟社，預於丙戌小春月望命題，至正月望日收卷，月終結局。請諸處吟社用好紙楷書，以便謄副，而免於差舛。明書州里姓號，以便供賞，而不致浮湛。聘詩人謝翺、方鳳、吴思齊爲考官。三月三日揭曉，收二千七百三十五卷，選中二百八十名，刻至六十名止，皆有詩賞者也。第一名，公服羅一縑，七丈，筆五帖，墨五笏；第二名，公服羅一縑，六丈，筆四帖，墨四笏；第三名，公服羅一縑，五丈，筆三帖，墨三笏；第四至十名，各春衫羅一縑，筆二帖，墨二笏；第十一至二十名，深衣布一縑，筆一帖，墨一笏；第二十一至三十名，各深衣布一縑，筆一帖；第三十一至五十名，各筆一帖，墨一笏，吟箋二沓。詩限五、七言，律以「春日田園雜興」爲題。余觀其韵事雅規，標勝來今，而評論詩題，尤入神解。如凡作雜興者，皆須領悟此旨也。李西涯以未見此集爲嫌。閩中徐興公家有藏本，録其佳句，如「屋角枯藤黏樹活，田頭野水入谿渾」、「青林伐鼓邨邨社，緑水平疇處處秧」、「土脈正融催觳黐，林陰微合聽鉤輈」、「田烏飛逐耕煙犢，桑扈鳴隨喚雨鳩」、「草青隨意牛羊卧，門静無人燕雀多」、「麥壟風微牛睡穩，芹塘泥滑燕歸忙」、「小雨杏花村問酒，淡煙楊柳巷巾車」、「榆莢雨酣新水滑，楝花風軟薄寒收」。升庵又拈其「山歌聒耳烏鹽角，村酒柔情玉練搥」，皆六十人中警句也。

黄耳

楊焕然詩：「音書黄耳絶，兄弟白眉良。」

吴旦生曰：陸機有犬名黄耳，後仕洛，以竹筒盛家信繫犬頸，走向吴。至家，取答書，仍還洛。詩僧所云「青蠅爲弔客，黄犬寄家書」是也。後犬死，還葬機村。去機家二百步，聚石爲墳，村人呼爲「黄耳冢」。袁海叟有《過黄耳墓》詩：「黄耳墓前春日遲，柳條花萼正參差。多才已逐浮雲去，異物猶令後代思。」攷之本傳，俱爲黄犬。《劉貢父詩話》以爲不然：「自洛至吴，更歷江淮，殆數千里，安能愉人而從舟楫乎？或者爲奴名也。」余以奴子傳書有何足異，至艷千古，貢父之言非是。觀陳敬初詩：「家無黄耳傳鄉信，門有蒼頭記客名。」其非奴子明矣。

五丁

《堯山堂外紀》曰：「蜀人唐仲明，子西孫也。蜀破被俘，鬻於燕市。安陸趙仁甫作疏，鳩貲贖之。疏中有云：『錦江秀色，都爲巴蜀之蕭條；玉壘浮雲，盡入峨眉之悲慘。』郝伯常讀而傷之，作《蜀亡歎》畀仲明爲行券，云：『子規嘑缺峨眉月，嘉陵江中半江血。青天蜀道爲坦途，馬蹏蹴落陰山雪。芙蓉城碎朔風急，虓虎磨牙綺羅穴。不識兵戈三百年，疊鼓一聲肝膽裂。坡仙玉里子西孫，挺身北走來中原。峨岷秋色横眉宇，骯髒獨倚燕市門。時望蘇門一迴首，漠漠萬里煙塵昏。古言蜀險甲天下，一夫扞禦足成霸。前劉後李王復孟，虎視中原雄並駕。于今底事谷爲陵，錦城萬里趨龍庭。當時不與秦塞通，一天自可延千齡。吾子莫漫嗟飄零，厲階權輿實五丁。』」

吴旦生曰：伯常辭意酸激，哀仲明之流落，而其末乃歸咎于五丁之通秦，以致禍沿無盡，蓋其實有不然者。《華陽國志》云：「秦惠王作石牛五頭，朝瀉金其後，曰牛便金。蜀人悦之，乃遣五丁迎石牛。既不便金，怒遣還之，乃嘲秦人曰：『東方牧犢兒。』秦人笑之曰：『吾雖牧犢，當得蜀也。』惠王知蜀王好色，許嫁五女于蜀。蜀遣五丁迎之。還到梓潼，見一大虵入穴中。一人攬其尾，掣之不禁，至五人相助，大呼拽虵。山崩時，壓殺五人及秦五女并將從，而山遂分爲五嶺。其後秦大夫張儀等從石牛道伐蜀，蜀王敗績，開明氏遂亡。」蓋常璩之所載止此，而俗傳以爲因金牛之詐，蜀使五丁力士開山，而谷道始通。余按：三皇乘祇車出谷口，至黄帝爲其子昌意娶蜀山氏之女，生子高陽，是爲帝嚳。在《禹貢》爲華陽、黑水、梁州之域。及周武伐紂，蜀亦從行，則豈自秦時始通道中土哉？正德中王子衡詩云：「古峽天中闢，鴻荒不記年。蔡蒙來禹貢，彭濮記周篇。自是并吞易，非關疏鑿然。金牛本茫昧，世代浪相傳。」

雁帛

《輟耕録》曰：「『零落風高恣所如，歸期回首是春初。上林天子援弓繳，窮海纍臣有帛書。』中統十五年九月一日放雁，獲者勿殺。國信大使郝經書于真州忠勇軍營新館。』右五十九字，郝公書也。公字伯常，澤州陵川人。中統元年拜翰林侍讀學士，充國信使。宋館于真州，凡十有六年始得歸。此書當在至元十一年，是時南北隔絶，但知紀元爲中統也。先是，有以雁獻，命畜之。雁見公輒鼓翼引吭，似有所訴者。公感悟，擇日率從者具香案北向拜，舁雁至前，手書尺帛，親繫雁足而縱之。後虞人獲之苑中，以聞。上惻然曰：『四十騎留江南，曾無一人雁比乎？』遂進師南伐。」

吴旦生曰：《農田餘話》：「郝經奉使于宋，賈似道忌其露乞和之盟，拘於儀真。作帛書附雁足，帛博一寸，高五寸，有陵川郝氏印。三月，虞人獲雁於汴梁金明池，爲安豐教授王時若所得。

延祐五年，集賢學士郭貫出持淮西使節，知之，奏於朝。敕中使取之。仁宗裝潢成卷，命翰林集賢文臣題識之，藏諸東觀。或説世祖有『四十騎留江南，曾無一人如雁』之歎，遂興師伐宋者，妄也。」據此，則始末與《輟耕》有異。因思一雁也，爲子卿則自北而南，爲伯常則自南而北，是天下之至神絶靈，莫踰于雁。然漢廷特飾説以紿之，使驚爲神；而陵川一寸帛，則實有是事也。景泰中丘仲深一絶云：「北雁曾聞寄漢書，又看南雁遞還都。迎鑾鎮上修書處，還似蘇郎雪窖無？」如後二句，故作疑辭以問邪？

姚牧庵

《輟耕録》曰：「姚文公燧玉堂設宴，歌妓羅列。有一人秀麗閒雅，微操閩音。公叩之，泣而訴曰：『妾建寧人氏，真西山之後也。父官朔方時，貸公帑無償，賣入倡家，流落至此。』公遣使詣丞相三寶奴，爲落籍。丞相意公欲侍巾櫛，即檢籍除之。公語一小史曰：『我以此女爲汝妻，女即以我爲父也。』京師傳爲盛事。嘉興貝闕有詩曰：『斷絲棄道邊，何日緣長松。墮羽別炎洲，不復巢梧桐。昔在至元日，六合車書同。玉堂盛文士，燕集來雍雍。金刀手割鮮，酒給葡萄濃。坐有一枝春，秀色不可雙叶。娉婷劉碧玉，綽約商玲瓏。寶釧金雀釵，已覺燕趙空。或聞操南音，未解歌北風。上客驚且疑，姓字初未通。問之慚復泣，乃起陳始終。妾本建寧女，遠出西山翁。父母生妾時，謂是金母童。

梨花鎖院落，燕子窺簾櫳。迢迢宦朔方，位卑食不充。侵貸國有刑，桎梏加父躬。粥女以自贖，白璧淪泥中。秋孃教歌舞，屢入明光宫。永爲倡家婦，遂屬梨園工。京華多少年，門外嘶青驄。不如孟光醜，猶得嫁梁鴻。自傷妾薄命，失落似秋蓬。客聞爲三歎，天道何憒憒。遣使白宰相，削籍歸舊宗。小史十八九，勿恨相如窮。配爾執箕帚，今夕看乘龍。鴛鴦並玉樹，鸚鵡開金籠。棄汝桃花扇，紅牙不復從。提甕自汲水，絺綌自御冬。時多困轗軻，事或忻遭逢。安知百尺井，忽登群玉峰。借問爲者誰，内相姚文公。』」

吴旦生曰：姚牧庵嘗與閻静軒過張妓怡雲小飲，姚偶言「暮秋時」三字，張應聲作小婦孩兒，且歌且笑曰：「暮秋時，菊殘猶有傲霜枝，西風了卻黄花事。」又，史中丞遇牧庵、静軒於道，笑曰：「二先生所往，容侍行否？」因命騶從歸攜酒饌，同造怡雲。姚命張取酒先壽史，張且歌「雲間貴公子，玉骨秀横秋」《水調歌》一闋。史喜甚。席終，左右欲徹酒器，皆金玉者。史云：「休將去，留待二先生來此受用。」後牧庵致政家居，年八十，猶爲侍妾生一子。蓋其情致風逸若此，而獨於玉堂落籍，爲之擇嫁小史黄球，後至顯官，誠盛德事也。

龍眼

陳剛中作《思明州》詩：「元宵已似春深後，龍眼花開蛤蚧鳴。」

吴旦生曰：荔枝、龍眼，並儷海南。荔子自越王通貢，楊妃命騎，遂費詞人之形似。而龍眼以荔過始熟，名爲荔奴，亦名亞荔支焉。章碣詩：「卻擁木棉吟麗句，便攀龍眼醉香醪。」東坡詩：「顛阬仆谷相枕藉，知是荔枝龍眼來。」嗣是詠者寥寥，而僅見之剛中也。所云「元宵似春深」，見其地暖，即薩天錫「閩土臘如春」之意，亦猶四月熟荔枝稱火山耳。

《日詢手鏡》云：「蛤蚧乃一甲蟲，狀類蜥蜴、守宫之屬。其物二者上下相呼，牝聲蛤，牡聲蚧，情洽乃交，兩相抱負。人以手分擘，雖死不開。」《桂海虞衡志》云：「首如蟾蜍，背緑色，上有黄斑點，若古錦文。長尺餘，尾絶短。」傳云：「自旦至暮，變十二般色，傷人必死。」《海録碎事》云：「大月三聲，小月兩聲。」

千　里

劉夢吉詩：「埋盆欲學魚千里，試地先栽芋一區。」

吴旦生曰：《關尹子》：「以盆爲沼，以石爲島。魚環游之，不知其幾千萬里不窮也。」夢吉用此。黄山谷詩：「争名朝市魚千里。」亦此意耳。或引陶朱公《養魚經》云：「以六畝地爲池，池中有九州，則周繞無窮，自謂江湖也。」然無「千里」字，豈可漫證山谷？今得夢吉句，益信矣。金人路宣叔詩：「隨人作計魚千里，知命無憂鳥一天。」

《芥隱筆記》云：「山谷屢用『魚千里』字。『尋師訪道魚千里，蓋世功名黍一炊』，又『小池已築魚千里，隙地仍栽芋百區』。余按：前二句山谷復改曰：『從師學道魚千里，蓋世成功黍一炊。』後二句直是夢吉粉本。」

滕韻

吕徽之《雪》詩有云：「天上九龍施法水，人間二鼠齧枯藤。鶩鶩聲亂功收蔡，蝴蝶飛來妙過滕。」

吴旦生曰：天台吕徽之，博學能文。一日，詣富家易穀種。值大雪，立門下，聞東閣中分韻作雪詩，一人得「滕」字，苦吟弗就，不覺失笑。閣中貴游輩聞之，詢其見笑之由。乃曰：「我意舉滕王蛺蝶事耳。」始邀入坐，衆以「藤」、「滕」二字請，即援筆書此二聯。復請和「曇」字韵，又隨筆寫云：「竹委長身寒郭索，松埋短髮老瞿曇。」寫訖便出門，問姓字亦不答。皆驚訝曰：「嘗聞吕處士名，豈其人邪？」惠之穀。怒曰：「我豈取不義財？」必易之而去。遣人尾其後。雪晴往訪焉，惟草屋一間。忽米桶中有人，乃妻也。天寒，故坐其中。試問：「徽之先生何在？」答曰：「谿上捕魚。」始知真爲徽之矣。至彼，果見之。隔谿謂曰：「諸公先到舍，我得魚換酒來也。」少頃攜魚與酒至，盡歡而散。翌旦，徽之已遷居矣。

玉帶

《輟耕録》曰：「龍麟州過福建，憲府設宴，命官妓小玉帶佐觴。憲使請曰：『今日之歡，皆玉帶爲也，願酬以詩。』麟州負海内重名，雅畏清議，又不能違憲使之請，遂書一絶句云：『菡萏池邊風滿衣，木樨亭下雨霏霏。老夫記得坡仙語，病體難禁玉帶圍。』蓋前輩既不拂人之意，又不失所守，而且用事清切。一時風致，非野儒俗士所能及也。」

吴旦生曰：麟州正用東坡起語作結語，妙合自然。按：佛印住潤州金山寺，東坡過潤見之。師云：「内翰何來？此間無坐處。」坡戲云：「暫借和尚四大，用作禪牀。」師云：「山僧有一轉語，内翰言下即答，當從所請。稍涉擬議，所繫玉帶，留鎮山門。」坡許之。師云：「山僧四大本無，五藴非有。内翰欲於何處坐？」公未即答。師呼侍者收此玉帶，取衲裙相報，因有二絶。坡次韵云：「病骨難堪玉帶圍，鈍根仍落箭鋒機。欲教乞食歌姬院，故與雲山舊衲衣。」後之用其事者，如張起《題迺賢金臺集》云：「玉帶難圍老病身。」唐桂芳《送程仲庸留金山寺》云：「玉帶暫拋煩轉語，楞伽曾寫悟前身。」皆遜步於麟州矣。

剔齒籤

《蓉塘詩話》曰：「趙松雪《老態》詩：『老態年來日日添，黑花飛眼雪生髯。扶衰每藉過頭杖，食肉先尋剔齒籤。右臂拘攣巾不裹，中腸慘慽淚常淹。移牀獨就南榮坐，畏冷思親愛日檐。』徐延之云：『非身處老境，真知灼見者，不能諳此。』」

吴旦生曰：仙人鄭思遠常騎彪。故人許隱齒痛求治，鄭拔彪鬚，及熱，插齒間即愈。陸雲《與兄機書》云：「近日復案行曹公器物，取其剔齒籤一箇，今送兄一本。」趙詩「籤」作「纖」。按：即「籤」字也。

九鼎

宋子虚詩：「列國皆貪禹鼎神，周衰三代寶先淪。不知璽奉高皇日，曾問當時果在秦。」

吴旦生曰：禹鑄九鼎於甘讒之地，故曰讒鼎。服氏《注》以爲「疾讒之鼎」，非是。而《韓非子》作「饞鼎」，亦誤也。夏都平陽及安邑，桀亡，鼎遷來亳，乃隔河也。《書》稱周遷商鼎。武王遷河以南，而安置未善，故成王定鼎于郟鄏。《周本紀》云：「秦取九鼎寶器，而遷西周君於𢾭狐。」

《水經注》云：「周顯王時，九鼎淪没泗淵。秦始皇時，而鼎見於彭城。始皇自以德合三代，大喜，使數千人没水求之，不得。所謂鼎伏也。系而行之未出，龍齒齧其系。故語曰：『稱樂太早絶鼎系。』」潏水李氏辨之曰：「是時泗水在彭城，宋之分，九鼎何緣而至宋？夫取九鼎者，秦昭襄也。始皇乃莊襄之子也。」然觀《舒雅》云：「周威烈王二十三年，九鼎震。」震者，淪之兆。則能震，豈不能没哉？蓋秦有并吞天下之志；不得鼎，無以取重於天下，故託言入秦也。乃知昭襄之世既書鼎入秦，而始皇二十八年又書没泗求鼎，此史氏之微辭也。

《文獻通考》云：「赧王五十九年，周亡。秦昭王取九鼎，其一飛入泗水，餘八鼎入於秦中。」

秦女

宋子虚《詠秦少游女》云：「父貶藤陰老淚潸，黄金誰贖一姬還。看來山抹微雲後，直送蛾眉出曉關。」

吴旦生曰：靖康間有女子，自稱秦學士女。道中題詩云：「眼前雖有還鄉路，馬上曾無放我情。」讀者悽然。曾裘父爲作《秦女行》。

按：少游夢中作《好事近》長短句，有「醉卧古藤陰下，了不知南北」之句。後自貶所歸，卒于藤州，殆成讖語。故晁無咎弔詞云：「醉卧藤陰。」黄山谷詩：「西風吹淚古藤州。」陳剛中詩：

「今夜更遊臺上月，不堪重照古藤陰。」

少游蓬萊閣席上賦長短句，首言：「山抹微雲，天黏衰草。」極爲東坡所稱，呼之爲「山抹微雲君」。又嘗戲云：「山抹微雲秦學士，露花倒影柳屯田。」故范元實祖禹之子爲少游壻，作《詩眼》一卷。嘗在歌舞之席，終日不言。妓有問之曰：「公亦解辭曲否？」笑答曰：「吾乃山抹微雲女壻也。」

至他

宋子虛詩：「壺臧固自知名久，何處更能求郅他？」

吴旦生曰：《史記・韓長孺傳》：「於梁舉壺遂、臧固、郅他，皆天下名士。」《索隱》云：「郅，音質；他，徒何反，人姓名也。」《漢書》作「至他」，蓋謂壺、臧之外，至於他有所舉，皆名士也。余按：郅者，商時侯國，其在漢，則自郅惲、郅壽、郅都、郅伯尚而外無聞焉。子虛作詩，以正史氏之譌，如《噂𠴲》一集，當與楊鐵崖《詠史》樂府並傳。

馮海粟稱其五言律風調悽惋，不勝江哀浦思之情悰。如「承恩金馬詔，失意玉環詞。落月今誰弔，長星夜自明」，雖使太白復生，亦應爲之擊節。七言律：「楊柳昏黄晚西月，梨花明白夜東風。秋千庭院人初下，春半園林酒正中。縮地日攜龍作杖，卧雲時約鳳吹笙。」又五言：「乙鳥歸來社，辛夷開過春。」「身黄松上鼠，頭白竹間禽。」「蜀魄花成血，山魈樹隱身。」「竹枝歌峽夜，椰子醉蠻春。」「空悲祖龍死，但覺鮑魚腥。」「不須填碧海，直欲補青天。」標致極似盛唐諸人，而對偶之工，興寄之永，飄飄然自拔於王金陵「含風鴨緑粼粼起，弄日鵝黄嫋嫋垂」、「北風吹樹勁，西日照窗涼」之頂顲。

病齒圖

宋子虚《題玉環病齒圖》云：「一點春寒入瓠犀，海棠花下獨颦眉。内廚幾日無宣唤，不問君王索荔枝。」

吴旦生曰：風刺隱約，正以婉勝。如馮海粟題云：「華清宫，一齒痛；馬嵬坡，一身痛；漁陽鼙鼓動地來，天下痛。」則又以快勝矣。余後觀薩天錫題云：「一點春酸入瓠犀，雪色鮫綃溼香睡。」又云：「君不聞，華清宫，一齒作楚藏禍根。又不聞，馬嵬坡，一身濺血未足多。漁陽一日鼙鼓動，始覺開元天下痛。」似合子虚、海粟之語隱括成文，然其較本色加劣矣。

子虚又題《玉環聯轡圖》云：「赭袍紅暎縷金衣，笑並花驄酒力微。試問六龍西幸日，有人曾侍翠華歸。」因攷陳伯敷題《楊妃上馬嬌圖》云：「此索《清平調》詞赴沈香亭時邪？抑聞漁陽鼙鼓聲赴馬嵬坡時邪？上馬固相似，情狀大不同，觀者當審諸。」

岑静能《題太真春睡圖》有云：「漁陽鼙鼓邊塵動，臺閣無言卿士懵。婦人一睡四海昏，主闇臣訣總如夢。」

濟之

宋子虛詩：「域開仁壽民能濟，未濟還驅夭横鄉。」

吴旦生曰：《禮樂志》：「王吉曰：延及儒生，述舊禮，明王制，驅一世之民，濟之仁壽之域。」王吉本傳亦作「濟」，今俗作「躋」。顔氏《注》：「域界也。」若是「躋」字，合注登陟之義。域，平履之區，非有崇高之意，何故以登陟爲文？舒子《史纂》言曰：「未濟則民在夭横之鄉，既濟則民履仁壽之域。」「濟」字之義爲長。而世俗作「躋」，莫知其故。

鴛瓦

雅正卿《詠洛神》云：「鄴宫檐瓦似鴛飄，蘭渚鳴鑾去國遥。」

吴旦生曰：《鄴中記》：「鄴城銅雀臺皆鴛鴦瓦。」又《魏志》：「文帝問周宣云：『吾夢殿屋兩瓦墮地，化爲鴛鴦，何也？』宣曰：『後宫當有暴死者。』帝曰：『吾詐卿耳。』宣曰：『夫夢者，意耳。苟以形言，便占吉凶。』言未卒，黄門令奏宫人相殺。」杜子美詩：「殿瓦鴛鴦坼。」楊廉夫詩：

「飄風吹落鴛鴦瓦。」皆用此意。

清容

袁伯長《芳思亭》詩：「以茲一畝園，髣像見疇昔。幽葩與群卉，生意日不息。朝陽漱靈根，三咽妙紬繹。曠懷事幽賞，誓矣躬六籍。」

吴旦生曰：芳思亭者，爲其先尚書公治圃南郊，有堂亭十五，荒廢不可考，築一亭髣其萬一，故稱芳思。又《謝俞光遠爲治别墅》詩：「種竹澆花俟我還，花成雲隖竹成山。」蓋其選勝結茆，性躭恬適，有足述者。君諱桷，字伯長，清容其號。所著詩爲《清容集》。本四明人，讀書吴興，有清容書院。後人題云：「人同緑水長爲主，座有青山不計年。」至今葺其阯新之，署曰清容。

蘆花被

貫酸齋《賦蘆花被》詩：「采得蘆花不涴塵，翠蓑聊復藉爲裀。西風刮夢秋無際，夜月生香雪滿身。毛骨已隨天地老，聲名不讓古今貧。青綾莫爲鴛鴦妒，欸乃聲中别有春。」

吴旦生曰：酸齋過梁山濼，有漁翁織蘆花爲被。欲易之以紬者，翁卻紬曰：「君尚吾清，願以詩輸之。」故爲賦此，竟持被去。人喧傳其事。酸齋至錢唐，因自號蘆花道人。丘彦能家藏《蘆花被圖》一幅，貢泰甫、吴子立、吴敬夫題其上，自此以爲佳事，往往入詠。成原常詩：「薺菜登盤甘似蜜，蘆花紉被暖如緜。」洪武中孫彦舉詩：「竹葉杯中閲四時，蘆花被底舒雙脚。」

曹石倉云：「詠物詩，如《鶴骨笛》、賈策詩：「九皋聲斷楚天秋，玉頂丹砂一夕休。枯朽挽回生死調，淒涼吹盡古今愁。魂歸遼海雲迷樹，曲罷江城月滿樓。惆悵主人三弄罷，杳無消息到揚州。」《走馬鐙》謝宗可詩：「飆輪擁轉駕炎精，飛繞人間不夜城。風鬣追星低弄影，霜蹏逐電去無聲。秦軍夜潰咸陽火，吴炬宵馳赤壁兵。更憶雕鞍年少客，章臺蹋碎月華明。」《蘆花被》之類，極其工巧，以求速肖，而風人比興之義鮮矣。」然石倉終愛其詩，有《和蘆花被》云：「輕如阿縞軟於緜，疊上匡牀野性便。一幅瀟湘全勝畫，五更風雨不成眠。迴文豈藉秦孃織，席地將同子敬氈。白露蒹葭堪作伴，伊人猶在夢江天。」

道衣

薩天錫詩：「洞門花落無人迹，獨坐蒼苔補道衣。」

吴旦生曰：《輟耕録》載：「王守素，錢唐民家女。其夫丁，棄家爲道士於吴山紫陽菴。一日召守素入山，書付四句云：『嬾散六十三，妙用無人識。順逆兩俱忘，虚空鎮常寂。』坐抱一膝而逝。方外謂之騎鶴化。守素亦束髮簪冠，著道士服，奉夫遺屍，二十年迹不下山。年逾七十，幾於得道者。薩都刺贈之詩。」

看雨

《閒中今古録》曰：「薩天錫有一詩送濬天淵入朝：『地溼厭聞天竺雨，月明來聽景陽鐘。』聞者無不膾炙，惟山東有一叟鄙之。公以素愜意，特步訪問其故。叟曰：『此聯措辭固善，但「聞」字與「聽」字一合耳。』公曰：『當以何字易之？』叟徐曰：『看天竺雨。』公詰其『看』字，叟曰：『唐人有「林下老僧來看雨」。』公俯首，拜爲一字師。」

吴旦生曰：郎士元《送錢大》起句云：「暮蟬不可聽，落葉豈堪聞。」《問氣集》謂：「謝朓工於發端，比之于今，有慙沮矣。」吴逸一則以「兩句一意」評之，亦正嫌「聞」字與「聽」字一合也。如姚崇《夜渡江》詩：「聽草遥尋岸，聞香暗識蓮。」蓋從夜落想，則又「聽」與「聞」不妨並用。其結句云：「惟看孤帆影，常恐客心懸。」唐仲言以暗中摸索，忽下「惟看」字，覺有礙；改「惟」爲「怯」，則通篇渾成。余謂「怯看」不成語，此二句即楚王「心摇摇如懸風中之旌」意，仍是暗中作想。凡詩家用「看」字，都不可泥。

祖詠詩：「海色晴看雨，鐘聲夜聽潮。」直是天錫二語先鞭，不獨「林下老僧」句也。攷天錫本集，作「寄賀天竺長老訢笑隱召住大龍翔集慶寺」，蓋大訢住杭中天竺，文宗召赴闕，故云「天竺雨」、「景陽鐘」也。《堯山堂外紀》又以改「看」字爲虞伯生。

秋宫詞

《古今説海》曰：「陸天錫《秋宫詞》：『清曉宫車出建章，紫衣小隊兩三行。石闌干外銀鐙過，照見芙蓉葉上霜。』初讀若汎言一時事，細玩之則見深宫寂寞，望幸不到氣象。且造語渾然，追蹤盛唐。若此者亦不多見。」

吴旦生曰：《備遺録》載天錫《宫詞》十八絶，謂此第十五首也。又楊廉夫《宫詞小序》云：「宫詞，詩家之大香匳也，不許村學究語。爲本朝宫詞者多矣，或拘於用典故，又或拘於用國語，皆損詩體。天曆間，予同年薩天錫善爲宫詞，且索予和什。通和二十章，今存十二章。」然余觀天錫詩集，止載《春詞》、《秋詞》二章，《秋詞》即前所録。其《春詞》云：「深宫晝日垂珠箔，别殿何人度玉箏。白面内官無一事，隔花時聽打球聲。」二詞情事欲絶。其餘所云者，皆别立他題，亦有本集所不載者。

讐書

迺賢《送葛子熙》詩：「高槐疏雨作新涼，猶記讐書白玉堂。」

吴旦生曰：劉向《别録》言：「讎校書，一人持本，一人讀對，若怨家，故曰讎書。」《漢·庾乘傳》：「諸生博士皆就讎問。」《北齊書》：「邢子才有書甚多，而不甚讎校。」嘉祐中置編校官八員，雜讎四館書。馬虛中詩：「注《易》麻衣才脱稿，讎書光禄罷傳經。」洪希文詩：「一春正坐讎書忙。」

《海録碎事》云：「司馬遷爲太史令，紬書史記石室、金匱之書。」《注》：「紬，謂綴集之，音胄。」

劉蕡祠

迺賢作《劉蕡祠》詩云：「鞠躬荒祠下，低迴想遺直。劉君素忠憤，伏闕論邦國。痛陳腹心禍，竟罹考功斥。餘子盡騫騰，鬱鬱負慚色。鄉人仰高誼，千載崇廟食。」其於題下自注云：「唐劉蕡，幽州昌平人，謫死柳州。歷遼、金無能發潛德，至本朝天曆間，昌平驛官宫祺始奏建劉諫議書院。」

吴旦生曰：寥寥數句，該盡其事。惜《帝京景物略》不載此詩，即其敘建祠處，亦於迺賢所注稍殊。

《帝京景物略》云：「昌平劉蕡，唐文宗時，憤宦官恃功專權，應制對策，極言禍福。第策官左散騎長侍馮宿等讀蕡策，嗟服而畏忌，不敢取。時參軍李郃登第，乃上書自劾，乞回所授，以旌蕡直。後七年，甘露難作，令狐楚、牛僧孺皆表蕡幕府，師禮禮之。而宦官深嫉蕡，誣以罪，貶柳州司户參軍。卒後，昭宗感羅衮言，贈諫議大夫，謚文節，封昌平侯。元泰定間，建祠州西南五里，曰諫議書院。至正門，又建祠舊州東，參政許有壬撰碑。明弘治門，談本彝移建學宫内，今圮焉。」

唐時李商隱贈云：「漢廷急詔誰先入，楚路高歌自欲翻。萬里相逢歡復泣，鳳巢西隔九重門。」及蕡卒，復哭之曰：「已爲秦逐客，復作楚冤魂。併將添恨淚，一灑問乾坤。」後之謁劉祠作詩者，李東陽詩：「香火制存身後廟，策時書在閣塵封。」程敏政詩：「氣節可興天下士，燕嘗無媿社中師。」王鏊詩：「氣帶幽并多感慨，策如鼂董亦迂疏。同時下第誰云屈，此外求言總是虚。」周用詩：「千古直臣唐諫議，一篇正學《魯春秋》。」劉龍詩：「一介布衣天下計，滿梁華月古人顔。」趙貞吉詩：「一策乾坤正氣收，當時朋輩至今羞。沙連塞草寒三畝，葉和村煙覆一丘。」陳仁錫詩：「布衣脩諫草，媿已在三公。何直登科日，能生策士風。」胡江詩：「士賤豈經時宰慮，主憂惟望侍臣知。」

妝臺

迺賢賦《妝臺》詩：「誰憐舊時月，曾向日邊明。」

吴旦生曰：易之與危太樸等游南城，各賦十六首，以紀遺蹟，《妝臺》其一也。按：梳妝臺在都城東北隅，李妃所築。今訛爲蕭太后梳妝臺。妃嘗與金章宗露坐，上曰：「二人土上坐。」妃應聲曰：「一月日邊明。」上大悦。

貢泰甫云：「易之，葛邏禄氏也，在西北金山之西，與回紇壤相接，俗相類。其人便捷善射，又能相時居貨，媒取富貴。易之世出其族，而心之所好獨異焉，宜乎見於詩者，亦卓乎有以異於人也。」

觱 篥

迺賢《挽完者都元帥四首》有云：「觱篥按歌吹落月，髑髏盛酒醉西風。」

吴旦生曰：觱篥，羌人吹角也。以笳爲首，以竹爲管。其部在管音前，故名頭管。唐編鹵簿，名爲笳管。樂書又名鳳管。所法者角音，故曰角，即今畫角。白樂天《觱篥》詩：「翦削乾蘆插寒竹，九孔漏聲五音足。」差備其制。

諺云：「三九二十七，籬頭吹觱栗。」言冬至後寒風吹籬落，其聲似觱栗，《豳風》所謂「一之日觱發」也。《豳詩》、《説文》「觱」作「畢」。朱晦庵云：「篳篥，元名悲栗，言其聲悲壯也。悲、觱、畢三聲相沿。」

按：帥嘗漆倭人首爲飲器。

送行

迺賢《送楊梓人守閬州兼寄宣慰家兄》其詩曰：「朱轓五馬出王庭，父老西南望福星。家世久聞清白吏，文章爭誦《太玄經》。岷江水落嘉魚美，劍閣春晴榿木青。若過眉州見蘇子，卯君京國尚飄零。」

吴旦生曰：起語道出守意，三、四指楊氏，五、六指蜀地，以寄家兄作結。辭章清貼，最有成就。

自注云：「東坡稱子由爲卯君。」

《藝苑雌黄》云：「『榿』字，徧尋字書皆無。蜀中多此木，詢之蜀人，則相傳以爲丘宜切。按：介甫絶句『榿』與『移』字同押，則知丘宜切爲是也。」《漁隱叢話》云：「榿木惟蜀中有之，散材而美蔭，易長而可薪。」杜子美《覓榿木栽》詩：「飽聞榿木三年大，與致谿邊十畝陰。」《堂成》詩：「榿林礙日吟風葉，籠竹和煙滴露梢。」蘇子瞻《送戴蒙》詩：「芋魁徑尺誰能畫，榿木三年已足燒。」《次介甫韻》詩：「斫竹穿花破緑苔，小詩端爲覓榿栽。」木山詩：「二頃良田不難買，三年榿木行可樵。」宋子虚《野步》詩：「翳日榿陰翠幄遮，葑園高下弈枰斜。」馬伯庸《題畫》詩：「蜀榿陰十畝，閩荔熟千房。」正德中王守谿《送劉規還蜀》詩：「古柏祠前傷草色，浣花谿上覓榿栽。」

歷代詩話卷六十六　壬集五

壽谿　吳景旭旦生氏著

元　詩 卷上之中

四大家

《輟耕録》曰：「嘗有問於虞伯生曰：『仲弘詩如何？』伯生曰：『仲弘詩如百戰健兒。』『德機詩如何？』曰：『德機詩如唐臨晉帖。』『曼碩詩如何？』曰：『曼碩詩如美女簪花。』『先生詩如何？』笑曰：『虞集乃漢廷老吏。』蓋先生未免自負，公論以爲然。」

吳旦生曰：元詩以虞待制伯生，諱集、楊編脩仲弘，諱載、范應奉德機，諱椁、揭應奉曼碩，諱傒斯爲稱首，謂之四大家，而唯趙承旨松雪，諱孟頫得頡頏其間。評論者亦動引數人爲高例。然觀李元仲云：「豫章三日新婦揭，蒲城百戰健兒楊，蜀郡唐臨晉帖虞，清江漢法令師范。」此論詩之有所長、有所短，時人以爲知言。則其語又與《輟耕》小異。又觀揭曼碩爲德機詩序云：「伯生嘗評仲弘詩如百戰健兒，德機如唐臨晉帖，以予爲三日新婦，而自比漢廷老吏也。」則又與元仲小異。《堯山堂外紀》云：「揭聞『三日新婦』之語不悦，嘗中夜過伯生，問及兹事。一言不合，揮袂遽去。後以詩寄伯生曰：『奎章分署隔窗紗，不斷香風别殿花。留守日頒中賜果，宣徽月送上供茶。諸生講罷仍番直，學士吟成每自誇。五載光陰如過客，九疑無處望重華。』伯生得詩，謂門人曰：『揭公才力竭矣。』就答以詩云：『故人不肯宿山家，夜半驅車蹋月華。寄語旁人休大笑，詩成端的向誰誇？』并題其後云：『今日新婦老矣。』揭召至都，果疾卒。」

伯生

《麓堂詩話》曰：「極元之選，惟劉静脩、虞伯生二人皆能名家，莫可軒輊。世恒爲劉左袒。予獨謂高牙大纛，堂堂正正，攻堅而折鋭，則劉有一日之長；若藏鋒斂鍔，出奇制勝，如珠之走盤，馬之行空，始若不見其妙，而探之愈深，引之愈長，則於虞有取焉。」

吴旦生曰：余觀《輟耕録》載：「楊仲弘每言伯生不能作詩。虞載酒問作詩之法，楊既酒酣，盡爲傾倒，虞遂超悟其理。繼有詩送袁伯長扈駕上都，以所作詩介他人質諸楊。楊曰：『此非伯生不能也。』或曰：『先生嘗謂伯生不能作詩，何以有此？』曰：『伯生學問高，予曾授以作詩法，餘莫能及。』又以此詩詣趙松雪，有『山連閣道晨留輦，野散周廬夜屬櫜』之句。趙曰：『若改「山」爲「天」、「野」爲「星」，則尤美。』虞深服之。」據此，則伯生之爲詩，蓋其抵詣日深，眼亮心虚，《學古篇》是其地位。

《詩話類編》曰：「伯生在宜黄時，嘗倚樓吟詩，有『五更鼓角吹殘雪』之句。忽隔谿一童揖而言曰：『角可吹，鼓不可吹。』亟命召之，已失所在。蓋詩鬼也。」

滕王閣

《麓堂詩話》曰：「胡澹庵集載虞伯生《滕王閣》三詩，其曰：『天寒高閣立蒼茫，百尺闌干送夕陽。』曰：『鐙火夜歸湖上雨，隔簾呼酒説干將。』信非伯生不能作也。今道園遺稿如此詩者絶少，豈《學古篇》所集固其所自選耶？然亦有不能盡者，何也？」

吴旦生曰：葉盛謂：「道園文集，往時劉伯温所刻大字本有歐陽圭齋序，今板已亡矣。近見崑山新刻幹克莊建本，遂於先生四世從孫虞浞家摹得此序，并書一通，冠諸首云。然則伯生詩文散落必多，今本之所無，安知非大字本所有邪？李西涯極許伯生，故特蒐其逸句。又稱伯生《畫竹》詩：『古來篆籀法已絶，祇有木葉雕蠶蟲。』《畫馬》詩：『貌得當時第一匹，昭陵風雨夜聞嘶。』《成都》詩：『賴得郫筒酒易醉，夜歸衝雨漢州城。』真得少陵家法。世人學杜，未得其雄健，而已失之麤率；未得其深厚，而已失之壅腫。如此者，未易多見也。」

《詩話類編》載：「辛好禮諸人問伯生曰：『西江登眺之所，據江山之勝，無踰于滕王閣、望湖亭二處。公幾過皆不留題，何也？』伯生曰：『諸公曾見東坡及僧晦幾詩否？請與誦之。晦幾

《滕王閣》詩云：「檻外長江去不回，檻前楊柳後人栽。當時惟有西山在，曾見滕王歌舞來。」四句含無窮之意，寓無窮之感。東坡《望湖亭》詩云：「黑雲堆墨未遮山，白雨跳珠亂入船。驀地風來忽吹散，望湖亭下水連天。」陰陽變化，開闔於頃刻之間，其氣雄語壯，所謂吞雲夢者。二詩皆不可及，是以無題也。』」

《餘冬序録》云：「胡頤庵集記伯生最愛晦幾此詩，至登閣不敢留題。一曰爲諸生所强，乃即席賦三律并一絶。其絶句云：『豫章城上滕王閣，不見鳴鑾佩玉聲。唯有當時簾外月，夜深依舊照江城。』或謂此劉夢得《石頭城》語，予以爲只是要翻晦幾意耳。黄鶴樓崔、李事與此相類，前輩服善每如此。三律者：『天寒江闊立蒼茫，百尺闌干送夕陽。歲久魚龍非故物，春深蛺蜨是何王？帆檣星斗通南極，車蓋風雲接豫章。鐙火夜歸湖上雨，隔林呼酒説干將。』『高閣城頭户牖開，江中照見碧崔嵬。文章誰復三王後，雲氣長從五老來。畫角數聲南斗落，白鹽萬斛北風回。洲南先有蛟龍窟，怪得詩成急雨催。』『危樓百尺倚闌干，滿目青山不厭看。空翠遠凝江樹小，落霞飛送酒杯乾。千年劍氣侵牛斗，半夜天香下廣寒。我欲乘鸞朝帝闕，五雲深處是長安。』李西涯嘗誦之，爲予言：『宋元來學杜之作，唯虞爲近，而虞此詩尤近杜者。此詩今載《道園遺稿》。』」

《詩話類編》又云：「吴江虞拳言家有伯生三像，其一素冠竹杖，其一自書『邈乎千載』之讚，其一歸休戴笠圖，自書四律詩，今《道園學古篇》、《道園遺稿》皆無之。其辭曰：『浮雲滿空無所依，高岡獨峙來者稀。仙人冉冉遺松老，鳴鹿呦呦生草肥。伐木遠聞何處谷，傾筐近得故時薇。

山中欲雨霧先合，此日先生戴笠歸。』又『南園多竹暑氣微，由來結屋相因依。挂巾石壁晝霧溼，沐髮池水朝陽晞。頻年車馬踐霜雪，六月裳衣無絺綌。鄰翁問舊坐來久，此日先生戴笠歸。』又『老去懸車百慮灰，西風獨愛菊花開。田家酒熟邀皆去，茅屋詩成嬾更裁。欲及天清飡沆瀣，要觀日出上蓬萊。赤松有約應相待，此日先生戴笠來。』又『莫問鄰家駟馬車，此身全不要人扶。雲霄一羽山頭杜，風雨孤村海上蘇。薄命長鑱尋積雪，多情破帽落輕烏。莫圍玉帶垂朱紱，此是先生戴笠圖。』然余觀《道園學古篇》，卻載此詩，題云『陳可復爲予寫戴笠圖，賦詩四首』。又見一絶《題陳可復所寫像》云：『歸來江上一身輕，野服初成拄杖行。祇好白雲相伴住，天台廬阜聽松聲。』此所謂『素冠竹杖』之一像邪？」

《草木子》云：「伯生幼年過薊門酒樓，題詩于壁曰：『連十八書。』其詩曰：『耳目聰明一丈夫，飛行八極隘寰區。劍吹白雪妖邪滅，袖拂春風朽槁蘇。氣集酒酣雙國士，情如花擁萬天姝。如今一去無消息，只有中天月影孤。』當時皆以爲呂洞賓作，爭傳誦之。」

撥鐙

楊升庵曰：「虞伯生題畫古木詩，後主撥鐙法。蓋江南李後主云：『書有七字法，謂之撥鐙法，曰：擫、壓、鉤、揭、抵、導、送也。』『鐙』，古『燈』字。撥鐙、畫沙、懸針、垂露，皆喻言。撥鐙如挑鐙，不急不徐也。楊鐵崖與顧玉山聯句云：『書出撥鐙侵藺帖。』可證其音讀。」

吴旦生曰：此後主《書迹述》所云也。錢若水云：「陸希聲得筆法，凡五字：擫、壓、鉤、揭、抵。用筆雙鉤，則點畫遒勁而盡妙矣，謂之撥鐙法。希聲以授沙門䛒光。光入長安，爲翰林供奉。江南後主亦得此法，復增二字，曰導、送。」《王氏談録》云：「江南李主及二徐傳二王撥鐙筆法，中朝士人吴遵路、待詔尹希古悉得之。吴尤以爲祕，所傳二人與范宗傑而已。其法五字：擫、壓、抵、鉤、揭。吴又云：『更有二字，曰蹲、送者，蹲鋒迎送之謂耳。』」據此，則本是五字，而後增之爲七字矣。然觀林韞《撥鐙序》，則其字又有異者。序略云：「盧陵盧肇以文翰知名，忽相謂曰：『吾昔授教于韓吏部，其法曰撥鐙。今將授子，子勿妄傳，推、拖、撚、拽是也。』」

《説文》：「鐙，錠也。从金，登聲。」徐鉉曰：「錠中置燭，故謂之鐙。」《急就篇》顔《注》：「鐙所以盛膏，夜然燎者也。其形若杅，而中施釭。有柎者曰鐙，無柎者曰錠。柎謂下施足也。」按：古無「燈」字，至漢祠太乙，自昏至曉然燈，故有七枝燈、百枝燈之類。然《上林賦》「鐙」字從「金」旁，是以五金鑄之也。宋玉《招魂》云：「蘭膏明燭，華鐙錯些。」劉楨《贈五官中郎將》云：「明鐙熺炎光。」又「明鐙曜閨中」。梁簡文有《列鐙賦》，陳後主有《光壁殿遥詠山鐙》詩，杜子美詩：「疏鐙自照孤帷宿。」高達夫詩：「高館張鐙酒復清。」岑嘉州詩：「寒鐙静深屋。」蓋「鐙」本是古字，豈待鐵崖詩證其音讀邪？《玉山草堂集》鐵崖詩作「撥蹬」，誤。金元詩用此「鐙」字，如元遺山詩：「鬢雪得年應更白，鐙花何喜也能紅。」虞伯生詩：「綺席列珠樹，華鐙連玉虹。」陶南村詩：「漏催銅史箭，花炮木奴鐙。」迺易之詩：「弓刀夜月三千騎，鐙火秋風十萬家。」熊自得詩：「應悔青鐙白髮長。」劉彥昺詩：「玉皃金雁漆鐙殘。」虞克用詩：「呼鐙索酒忘青年。」即鐵崖，又有《四景宮詞》云：「坐聽鐙人報曉籌。」

牛衣

虞伯生詩：「牛衣春夢鬢蒼浪。」

吴旦生曰：《演繁露》：「王章卧牛衣中。」《注》：「龍具也。」「龍具」之制，不知何若。按《食貨志》：「董仲舒云：『貧民常衣牛馬之衣，而食犬彘之食。』」然則「牛衣」者，編草使暖，以被牛體，蓋蓑衣之類也。劉兼詩：「王章莫恥牛衣淚，潘岳休驚鶴鬢霜。」陸放翁詩：「牛衣未起王章疾，馬磨何傷許靖貧。」蓋用此也。又陸魯望詩：「病中袛自悲龍具，世上何人識羽袍。」陸放翁詩：「生涯破碎餘龍具，學問荒唐守兔園。」則復用注中語。

桄榔

虞伯生《題儋耳東坡載酒堂》云：「翳翳儋耳城，歷歷桄榔樹。」

吴旦生曰：《海槎餘録》謂：「載酒堂，即蘇長公寓儋耳遊宴之地也。今有堂三楹，祀公像于中。元廉訪使伯琦周公隸書碑文一道，列堂東隅。堂周遭有牆，相去百步有塘，寬百畝餘，水土深淺異處，蒲葭、蘆葦之屬最茂密。每春、秋二祀，例率郡僚師儒會飲堂中，即漁此塘以爲樂，名濁勞會，亦洗闔境諸祀之勞之謂也。故傳乳井泉、桄榔庵、茉莉軒，今皆湮廢，遺阯尚存。」

桄榔木，類紵櫟樹。樹杪挺出數枝，每枝必贅青珠數條，每條不下百餘顆，計一樹可得青珠百餘條。團團懸挂，若繖蓋然，可愛也。其木最重，番舶用爲槍，以代鐵。其鍾重鋒鋩，侔于鐵也。東坡《寄文潛桄榔杖》詩：「江邊曳杖桄榔瘦，林下尋苗蓽撥香。」《述異記》：「桄榔皮裹出屑如麪，用作餅食之，與麪相似，因謂之桄榔麪。」《蜀都賦》：「麪有桄榔。」《伽藍記》所謂「麪木」是也。

松煙

楊升庵曰：「朱萬初善製墨，純用松煙。蓋取三百年摧朽之餘，精英之不可泯者用之，非常松也。天曆乙巳，開奎章閣，揀儒臣親侍翰墨。榮存初、康里子山皆侍閣下，以朱萬初所製墨進，大稱旨，得禄食藝文館。虞伯生贈詩云：『霜雪摧殘澗壑非，深根千歲斧斤違。寸心不逐飛煙化，還作玄雲繞紫微。』蓋紀茲事也。」

吴旦生曰：上古無墨，竹挺點漆而書。中古方以石磨汁。至魏、晉時始有墨丸，乃漆煙、松楪夾和爲之，曹子建所謂「墨出青松煙」。而晉人多用凹心硯者，欲磨墨貯瀋耳。或謂燎松丸墨，起于唐王方翼，不知前此已有也。唐高麗歲貢松煙墨，用多年老松煙和麋鹿膠造成。唐末奚超與子廷珪至歙州，其地多松，因留居，以墨名家，尚用松煙。宋元祐間，潘谷作墨，東坡謂其雜用高麗煤，故詩云：「徂徠無老松，易水無良工。珍材取藥良，妙手惟潘翁。」亦用松煙也。熙、豐間，張遇供御墨，用油煙入腦麝金箔，謂之龍香劑。徽宗以蘇合油搜煙爲墨，金章宗購之，一兩墨價黄金一斤。伯生又有跋云：「近世墨以油煙易松煙，嘗謂松煙墨深重而不姿媚，油煙墨姿媚而不深重。若以松脂爲炬取煙，二者兼矣。」

行李

楊仲弘作《劉將軍》詩云：「往年鄂州省，綏靖失其理。交馳赤白囊，來告犯邊鄙。遣人覘虚實，在廷孰可使。矯矯劉將軍，一旦備行李。」

吴旦生曰：《左傳》：「僖公三十年，行李之往來，共其乏困。」「襄公八年，亦不使一介行李告於寡人。」此用「李」字。「昭公十三年，行理之命，無月不至。」《國語》：「行理以節逆之。」此用「理」字。騎官左角曰理，《史記·天官》作「李」，《管子》書大理皆作「李」，古文二字通用。然觀杜預注《左》云：「行李，使人也。」後之遠行束裝稱爲行李，而不知是行使也。按：舊文「使」字作「岑」，「使」字山下人，人下子。傳寫之誤，遂作「李」焉。今仲弘所用，乃得「使」字意。劉孝威《結客少年場行》云：「少年李六郡，遨遊徧五都。」「李」作「使」音。

麥光

楊仲弘詩：「麥光人共賞，棘刺巧無窮。」

吴旦生曰：《蜀中方物記》：「紙曰麥光。」杜子美詩：「麥光鋪几淨無瑕。」蘇子瞻詩：「香雲靄麥光。」王原吉詩：「儻寄麥光牋。」

贈石塘

楊仲弘《贈胡石塘》詩：「先生惟達道，久矣樂山林。致聘無雙璧，爲生過十金。身閒雲出岫，髮短雪盈簪。遁世猶吾志，同盟欲自今。」

吴旦生曰：婺州三胡先生，長誠仲、次穆仲、次汲仲，而石塘乃汲仲號也。清介孤高，仲弘一詩，字字爲其實録。趙松雪嘗爲羅司徒奉鈔百錠，爲石塘潤筆，請作乃父墓銘。石塘怒曰：「我豈爲宦官作墓銘邪？」是日正絶糧，其子千里以情白，坐上諸客咸勸受之，卻愈堅。《送蔡如愚歸東陽》詩：「薄糜不繼襖不暖，謳吟猶是鐘球鳴。」嘗語惟善曰：「此予祕密藏中休糧方也。」《東園友聞》云：趙松雪《挽胡穆仲》詩：「淚溼黔婁被，情傷郭泰巾。」觀此，則其爲人可知矣。

相於

楊仲弘《送范德機》詩：「往歲從君直禁林，相於道義最情深。」

吴旦生曰：繁欽《定情詩》：「何以結相於，金薄畫搔頭。」唐太宗詩：「此時歡不及，調軫坐相於。」杜子美詩：「良友幸相於。」元稹詩：「未面西川張校書，書來稠疊頗相於。」劉得仁詩：「便欲去隨爲弟子，片雲孤鶴肯相於。」按：「相於」即「綢繆」也。德機有云：「浦君高價本璠璵，多幸蒹葭得所於。」亦此義。

傑句

范德機詩：「黄河西去從天下，泰華東來拔地高。」

吴旦生曰：此德機傑句，有函蓋，有振盪，不徒以氣象求之。如云：「日月雙吟鬢，乾坤獨病身。」又云：「乾坤雙蠟屐，江海一漁舟。」又云：「世故風塵雙短屐，生涯天地一扁舟。」三詩辭致若一，且俱在頸聯。要其興會所屬，意到筆落，不自知其髣髴也。生平與仲弘契分，談詩最合，故德機有《進三朝實録》詩：「三后龍光周典册，群臣鵠立漢衣冠。」仲弘則有《寄袁伯長》詩：「祀事悉稽周典禮，頌聲須假漢文章。」又《西曹即事》詩：「李耳舊藏周典禮，蕭何元得漢圖書。」即兩人各自意到筆落，亦不自知其髣髴也。

糞巷

范德機詩：「門巷祇今蘊糞壤，輪蹏自昔走雷霆。」

吴旦生曰：東坡因子過讀《南史》，卧而聽之，語過曰：「王僧虔居建康禁中里馬糞巷，子孫質實謙和，時人稱馬糞諸王爲長者。東漢贊論李固云：『視胡廣、趙戒如糞土。』糞之穢也，一經僧虔，便爲佳號。而以比胡、趙，則糞有時而不幸。汝可不知乎？」今德機詩正用王僧虔事。

鬼趣

《草木子》曰：「危太樸嘗與范德機秋夜同步，德機得二句云：『雨止脩竹間，流螢夜深至。』喜甚，既而曰：『語太幽，殆類鬼作。』不復綴筆。」

吴旦生曰：此德機《感秋》詩也，集中具有全作，豈終自眷惜，爲之綴筆邪？詩云：「蒼山秋意長，池館静而闃。雨止脩竹間，流螢夜深至。羲黄世已遠，雅俗日凋弊。舉手謁頽波，誰識作者意？烏啸魯東門，泗水不染袂。後出三千年，直可肩聖智。機關係風化，詞語特細事。月落閉虚簾，坐夢太古帝。揚眉順玉色，盡發養生祕。勿謂仙學難，此道可立致。」觀其託旨深長，寄懷神聖，蓋將示來學以趨歸。其自家胸次，豈復墮鬼趣哉？要知「類鬼」一語，即是其教來學者知所避就爾。元時作手，獨推范德機、楊仲弘兩先生主裁風雅，凡所著論，堪爲來學津梁。故一時傅與礪、黄子肅輩共述厥旨，以樹式刑。余深契之，因約采其説于次卷，後之有志於詩者，不可不詳求而熟審也。

庾樓

揭曼碩《過江州》詩：「落日照庾樓，驚風滿湓浦。」

吴旦生曰：《世説》：「庾亮在武昌。秋夜景清，殷浩、王胡之之徒登南樓理詠。庾公步來，諸賢欲起避之。公徐云：『諸君少住，老子於此處興復不淺。』因據匡牀，與諸人詠謔。」據此，則武昌事也。范石湖《吴船録》云：「泊江州，登庾樓，前臨大江，後對匡廬。名山大川，悉萃此樓。」

庚元規故事本是武昌南樓，後人以元規嘗刺江州，故亦以庾名，然景物則有南樓不逮者。陸放翁《入蜀記》云：「庾亮嘗爲江、荆、豫州刺史，其實則治武昌。」若武昌南樓名庾樓，猶有理；今江州治所，在晉特柴桑縣之湓口關耳，此樓附會甚明。然白樂天詩：「潯陽欲到思無窮，庾亮樓南湓口東。」固已承誤久矣。張芸叟《南遷録》云：「庾亮鎮潯陽，經始此樓。」其誤尤甚。曼碩復爾承襲，未之深考也。

余于《元詩體要》讀施鈞《武昌南樓》二聯云：「匡牀老子三更月，鐵笛仙人一曲秋。流水白雲吳夏口，西風黄鶴晉磯頭。」亦自雄渾。

寓諷

《詩話類編》曰：「黄子肅爲翰林供奉，人有以『且耕亭』求詩者，黄贈詩云：『萬里扶摇鶴未回，荷鋤聊復此徘徊。閒雲照水自舒卷，幽鳥愛山時往來。琴榻松風寒帶雨，硯池花露碧生苔。且耕亭上春如錦，想見斑衣戲老萊。』蓋其人有親在堂，乃遠遊奔競，曠其家園，故詩寓意云爾。詩以風詠爲義，賦其事而必有所關，使人有以興起，此子肅所以能詩也。」

吳旦生曰：子肅深於德機之學，故其含辭託旨，要有古詩之義。如《送王君冕》云：「君子希道德，永言結同心。」《呈貢侍御》云：「寄語東家兒，紅妝莫輕嫁。」殷勤囑付，「河梁」何讓焉。《古樂府》二首尤可愛玩，一云：「君好錦繡段，妾好明月珠。錦繡可爲服，服美令人愚。不如珠夜光，可以照讀書。」又云：「君好春芍藥，妾好夏池蓮。芍藥多艷色，春風迷少年。不知蓮有實，可以壽君筵。」意言質約，非深于詩學者不能道。

銅爵硯

傅與礪《銅爵硯歌》云：「石麟暗刻魏春秋，銅爵空題漢年月。」

吴旦生曰：按漢孝獻皇帝丙子，改元建安。至庚寅十五年冬，曹操作銅雀臺於鄴。余於逆旅主人見一古瓦，長尺有三寸，闊八寸，質理堅潤，穹腹，背多鑱紋。中有六字曰：「建安十五年造。」隸書凸起，字徑寸餘。此劉夢吉所云「卻愛曹瞞臺上瓦，至今猶屬建安年」也。《道山清話》云：「世傳銅爵瓦，驗之有三：錫花、雷斧、鮮疵三者是也。然皆風雨彫鐫，不可得而僞。」《東觀餘論》云：「《硯譜》謂相州真古瓦，朽腐不可用，世俗尚其名爾。今人乃以澄泥如古瓦狀埋土中，久而研之。近有長安民獻秦武公羽陽宫瓦十餘枚，若今人箭瓦，然首有『羽陽千歲萬歲』字，其瓦殊不朽腐，比相州瓦又增古矣。則知相州古瓦未必朽腐，蓋傳聞之誤耳。」余觀洪武中宋季子得未央宫瓦頭一片，上有「未央長樂」四字。貝季翔作《未央宫瓦頭歌》。此亦不減羽陽瓦也。然觀《偃曝談餘》云：「銅雀瓦，世傳鄴城古瓦。夫魏之宫室，焚蕩于汲桑之亂久矣。」

《鄴中記》曰：「北齊起鄴，南城屋瓦皆以核桃油油之，光明不蘚。筒瓦覆，故油其背；版瓦仰，故油其面。筒瓦長二尺，闊一尺；版瓦之長亦如之，而其闊倍之。今得其真者，當油處必有細紋，俗曰琴紋。有白花曰錫花，傳言當時以黄丹鉛錫和泥，積歲久而錫花見。古磚大者方四尺，上有盤花鳥獸紋、『千秋萬歲』字。其紀年非天保則興和，蓋東魏、北齊也。又有磚筒者，花紋、年號如磚，内員外方，用承檐溜，亦可以爲研。鄴人有言曰：『銅雀瓦研體質細潤而堅如石，不費筆而發墨。』此古所重者，而今絶無。鄴民乃僞造以給遠方。」王荆公詩：「吹盡西陵歌舞塵，當時屋瓦始稱珍。甄陶往往成今手，尚託虚名動世人。」又《容齋續筆》云：「先公得二硯，小者腹有六篆字，曰：『大魏興和年造。』中皆作小簇花團。『興和』乃東魏孝静帝紀年也。予爲銘曰：『元魏之東，狗腳於鄴。高澄侍宴，以大觴屬孝静帝。帝不勝忿曰：「自古無不亡之國，朕何用生爲。」澄怒曰：「朕，朕，狗腳朕。」吁其瓦存，亦禪千劫。上林得雁，獲貯歸笈。玩而銘之，衰淚棲睫。』」又楊升庵云：「曹操臺瓦已不可得，宋人所收乃高歡避暑宫、冰井臺、香姜閣瓦也。予得一瓦，上有『香姜』字。又見京師人家藏一瓦，有『元象』字。『元象』，孝静帝年號也。」

蜑户

傅與礪《送盧茂實之廣東憲幕》云：「鮫宫織罷魚龍出，蜑户珠還蚌蛤來。」

吴旦生曰：《後山談叢》云：「二廣居山谷間，不隸州縣，謂之猺人。舟居謂之蜑人，島上謂之黎人。」《輟耕録》云：「廣東采珠之人懸絚於腰，沈入海中。良久得珠，撼其絚，船上人挈出之。葬於黿鼉蛟龍之腹者，比比有焉。有司名曰『烏蜑户』。『蜑』音但。」《桂海虞衡志》云：「蜑，海上水居蠻也。合浦珠池蚌蛤，惟蜑能没水探取。先煮毳衲極熱，出水急覆之，不然寒慄而死。或遇蛟鼉所觸，往往潰腹折支。人見血一縷浮水面，知蜑死矣。」《升庵外集》云：「漁蜑取魚，蠔蜑取蠔，木蜑伐山，皆生死短蓬間。生食海物，其生如浮，而各以疆界役於官。」

蕙　蘭

《蕘山堂外紀》曰：「蕙蘭寓殯湘中，傅與礪念之不置，賦詩云：『湘皋煙草碧紛紛，淚灑東風憶細君。浪説嫦娥能入月，虚疑神女解爲雲。花陰晝坐閑金翦，竹裡春遊冷翠裙。留得舊時殘錦在，傷心不忍讀迴文。』」

吴旦生曰：與礪誌其妻殯云：「君諱淑，字蕙蘭，姓孫氏。年二十三，歸我於湘中，五月而卒。」又序其遺稿云：「故妻蕙蘭，早失母，父周卿先生以《孝經》、《論語》及《女誡》之書教之，詩固未之學也。因其弟受唐詩家法於庭，得其音格，輒能爲近體。既卒，出其稿，得五言七首，七言十一首，五、七言未成章者廿六句。編集成帙，題曰《緑窗遺稿》，序而藏之。」余攷其詩備載《輟耕録》中，皆秀雅可誦。特取一二絶句，以見其大槩。蕙蘭詩：「樓前楊柳發青枝，樓下春寒病起時。獨坐小窗無氣力，隔簾風亂海棠絲。」「緑窗寂寞掩殘春，繡得羅衣嬾上身。昨日翠帷新病起，滿簾飛絮正愁人。」與礪追和詩：「小窗開盡碧桃枝，憶得青鸞化去時。昨夜秋風妒幽怨，夢中吹斷素琴絲。」「江上愁時復值春，帶圍寬盡不宜身。階前舊種櫻桃樹，日暮飛花故著人。」

歷代詩話卷六十七　壬集六

壽谿　吴景旭旦生氏著

元　詩　卷上之下

詩法正論

傅與礪述范德機先生意

或問作詩下手處。先生曰：「作詩成法，有起、承、轉、合四字。以絶句言之，第一句是起，第二句是承，第三句是轉，第四句是合。律詩則第一聯是起，第二聯是承，第三聯是轉，第四聯是合。或一題而作兩詩，則兩詩通爲起、承、轉、合。如子美詩中《八月十五夜月》二首，『滿目飛明鏡』以下四句説客中對月，是起；『水路凝雪霜』以下四句形容月明，是承；『稍下巫山峽』以下四句言月出没晦明之地，就含結句之意，是轉；『刁斗皆催曉』以下四句言兵亂對月之感，是合。如作三首以上，及作古詩長律，亦以此法求之。大抵起處要平直，承處要舂容，轉處要變化，合處要淵永。起處戒陡頓，承處戒促迫，轉處戒落魄，合處戒斷送。起處若必突兀，則承處必不優柔，轉處必至窘束，合處必至匱竭矣。又以一詩全首論之，須要有賦、有比、有興，或興而兼比，尤妙。《三百篇》多以比興重複，置之章首；唐律多以比興作頸聯；古詩則比興或在起處，或在轉處，或在合處。長篇長律，則轉處或有再轉、三轉方合者。或作三四十韻以上，則先須布置語意，不可錯陳。長篇則當先得起句，絶句則當先得後二句，律詩則當先得中四句。律句固以對偶爲工，然得意處則意對而語不對亦可。長篇古體，則參差中時出整齊語，尤見筆力。最戒似對不對。」或曰：「如子美『老夫清晨梳白頭，玄都道士來相訪』，此二句是起，語極平直，似鄙俗，而實非鄙俗也；『握髮呼兒延入户，手提新畫青松障』，此二句是承，語便春容；『障子松林静窈冥』以下是轉；『已知仙客意相親，更覺良工心獨苦』是再轉，語意極變化之妙；『松下丈人巾屨同』以下是合，乃借松障中實景與當時人事感慨結之，意兼比興，可謂淵永之至矣。及太白『憶昔洛陽董糟丘，爲余天津橋南造酒樓』一詩，往昔看此等起處，皆怪其樸陋。今以起處要平直之説求之，方知平生論詩未及此也。」先生曰：「然。此二詩起得有法，故下面承、轉處自然春容變化。然詩法有正有變，如子美『一片花飛減卻春，風飄萬點正愁人』，起處似甚突兀，然通篇意是惜春，起處正合如此，乃痛快語而非陡頓語也；『且看欲盡花經眼，莫厭傷多酒入脣』，一句承上，一句起下，甚得春容之體；第三聯『江上小堂巢翡翠，苑邊高冢卧麒麟』，就景物中寓感慨意，政是轉處變化之法；結句『細推物理須行樂，何用浮名絆此身』，若非第七句沈著淵永，則第八句便有斷送之句矣。又如《送王司直》詩云：『王郎酒酣拔劍斫地歌莫哀，我能拔爾抑塞磊落之奇才。』起處亦甚突兀，然意卻平直，大概只是説王郎有雄豪之氣、之才耳，與今人尚險詐者不同；下面承兩句云：『豫章翻風白日動，鯨魚跋浪滄溟開。』此申説『才』字，意便春容整齊，若不如此，即非典雅之作，亦接上兩句不住；『且脱佩劍休徘徊』以下三句是轉，力量已極匀稱；又就情景上轉云：『仲宣樓頭春已深，青眼高歌望吾子。』卻以『眼中之人吾老矣』一句結之，七字而含無限之意，勢力如截奔馬，此又詩之變而不離乎正者也。又若太白詩云：『君不見黄河之水天上來。』又有云：『棄我去者昨日之日不可留，亂我心者今日之日多煩憂。』又曰：『攀天莫登龍，走山莫騎虎。』或以興爲起，或以比爲起，一皆不踰此法，未可以矢口成文視之也。」或曰：「子美《醉歌行贈公安顏少府請顧八題壁》云：『神仙中人不易得，顏氏之子才孤標。天馬長鳴待駕馭，秋鷹整翮當雲霄。君不見東吴顧文學，又不見西漢杜陵老。詩家筆勢君不嫌，詞翰升堂爲君埽。是日霜風凍七澤，烏蠻落照銜赤壁。酒酣耳熱忘頭白，感君意氣無所惜，一爲歌行歌主客。』此詩法度與《贈王郎》詩無一不合。」先生曰：「然。又如范先生《和鄧善之》詩云：『曩承持節江之東，騎鯨再上蓬萊宫。蓬萊仙人歌白鶴，聲落五湖煙雨中。世間爵禄不易致，何獨去就如飄風。朝廷禮樂須制作，六經隱義資發蒙。論思廟堂集耆碩，啓口寧讓前諸公。閉門撥書古都市，四方冠蓋方隆隆。我生生長在窮谷，那有文字争人雄。謬蒙引諭百僚上，負禄府署慚無功。一别十年今又五，昔者少壯今成翁。誰知復客七閩下，隔二千里來詩筒。羸軀頓醒瘴癘惡，賴以慰此心忡忡。越王城南浪自白，越王城西花正紅。』此以興爲合者也。又如虞公《三鳳行贈海東之還江南》詩云：『海東之兄弟，三人如鳳皇。胸臆羽翮皆文章，九年三入天門翔。伯沖天，季驚人，一日四海皆知名。東之之文五色雲，見者眩晃生眵昏。三進三已之，了若耳不聞。二人得之喜未足云，東之不愠乃可尊。東書江上還見親，君子之樂樂最真。君不見匡廬之山崷崒而嵯峨，左界豫章渚，川匯爲蠡鄱。其陰浩浩源句，導岷經潛沱。山氣鬱蓄不得去，上衝爲紫蓋，直與天相摩。爲雲覆八極，爲雨漲九河。海東之子能觀山以成德，其進蓋未可量也，偶爾小屈奈爾何。』此以比興爲轉者也。又如楊仲弘先生《寄友》詩云：『聞君遊宦處，正值洞庭湖。落日波濤壯，晴天島嶼孤。舟帆通漢沔，風物覽衡巫。天下文章弊，非公孰起予？』此以興爲承、賦爲轉者也。又如揭曼碩先生《贈徐雲章》詩云：『垂雲厲鷲風，萬里摩高圓。蟠泥鼓巨浪，豈顧九重淵。毛生入楚庭，脱穎俄頃間。粲粲徐公子，長笑起丘樊。朝辭豫章臺，暮過匡廬山。大帆割鶢鶋，極目空波瀾。黄鶴錦袍仙，吹笙紫霞端。相顧一笑粲，青春滿南天。黄金築高臺，更覺郭隗賢。聯翩樂劇輩，相逐入幽燕。平明九門開，劍佩如雲煙。豈無一字薦，傾倒平生言。東風杏花開，待我薊門前。』此以比興爲起者也。其他有通首皆賦而無比興者，在《風》、《雅》、《頌》各有其例，但更難作耳。」或又問曰：「周伯弜所編《唐三體詩法》，以『虚』、『實』二字爲例。若『四實』中《早春遊望》詩及《經廢寶林寺》詩，中四句皆景物，似與賦比興承轉之説不合，何耶？」先生曰：「『雲霞出海曙，梅柳度江春』，於六義屬賦；『淑氣催黄鳥，晴光轉緑蘋』，于六義屬興；『池晴龜出曝，松暝鶴飛回』兩句是景物，于六義屬興；『古砌碑横草，陰廊畫雜苔』兩句是説人事，于六義屬賦。伯弜以『四實』概言之，其説疏矣。」又曰：「杜詩五、七言絶句，有四句皆對者，又如何？」「絶句者，截句也。後兩句對者，是截律詩前四句；前兩句對者，是截律詩後四句；四句皆對者，是截律詩中四句；四句皆不對者，是截律詩前後四句。雖正變不齊，而首尾布置，亦四句自爲起、承、轉、合，未嘗不同條共貫也。如杜詩『遲日江山麗』，是《中庸》『天地位』之意；第二句『春風花草香』，是『萬物育』之意，起、承處可謂平直而春容矣；第三句、第四句是申言『萬物育』之意，然『泥融飛燕子』是言物之動者得其所也；『沙暖睡鴛鴦』是言物之静者亦得其所也，轉、合處可謂變化而淵永，而升降開合之法見矣。」

詩法

黄子肅述

大凡作詩，先須立意。意者，一身之主也。如送人則言離别不忍相捨之意，寄贈則言相思不得見之意，題詠花木之類則用《離騷》芳草之意。故詩如馬，意如善馭者，折旋操縱，先後疾徐，隨意所之，無所不可，此意之妙也。又如將之用兵，或攻或戰，或屯或守，或出奇以取勝，或不戰以收功，雖百萬之衆，多多益辦，而敵人莫能窺其神，此意之妙也。意在於假物取意，則謂之比；意在於託物興辭，則謂之興；意在於鋪張實事，則謂之賦。但貴圓活透徹，辭語相頡頏，常使意在言表，涵蓄有餘不盡，乃爲佳耳。是以妙悟者，意之所向，透徹玲瓏。如空中之音，雖有所聞，不可彷彿；如象外之色，雖有所見，不可描模；如水中之味，雖有所知，不可求索。洞觀天地，眇視萬物，是爲高古；剖出肺腑，不借語言，是爲入神；超達虚空，了悟生死，是爲離衆；寄興悠揚，因彼見此，是爲造巧；隔關寫景，不露形迹，是爲不俗。故意在於閑適，則全篇以雅淡之言發之；意在於哀傷，則全篇以淒惋之情發之；意在於懷古，則全篇以感慨之言發之。此詩之悟意也。意既立，必須得句。句有法，當以妙悟爲上。第一等句得於天然，不待雕琢，律吕自諧，神色兼備。奇絶者如孤厓斷峰，高古者如黄鐘大吕，飄逸者如清風白雲，森嚴者如旌旗甲兵，雄壯者如千軍萬馬，華麗者如奇花美女，是爲妙句。其次必須造語精工，或動静，或大小，或真假，或生死，或遠近，或今古，或虛實，或有無，變化彷彿，使一句之中常具數節意，乃爲佳句。是以洞觀天地之句，似放誕而非放誕；了達生死之句，似虛無而非虛無；剖出肺腑之句，似驫俗而非驫俗。寄興悠揚之句，意之所至，信手拈來，頭頭是道，不待思索，得之於自然；隔關寫景之句，不落方體，不犯正位，不滯聲色，左右上下，無所不通，似著題而非著題，非悟者不能作也。句既得矣，于句中之字，渾然天成者爲佳。下字必須清，必須活，必須響，與一篇之意、一句之意相通，各自卓立，而復相承，是爲本色。若了達生死之句，其字宜高古，宜真率；洞觀天地之句，其字宜籠放，宜開闊，宜雄渾；剖出肺腑之句，其字宜沈著，宜痛快；寄興悠揚之句，其字宜涵蓄不露，宜優游不迫；隔關寫景之句，其字宜精工，宜神奇，宜飛動，宜變化，宜峻峭，宜飄逸，每每有似真非真，似假非假，若有若無，若彼若此之意，爲得之。總而言之，一詩之中，必先得意；一句之中，必先得字。先得意，後得句，而字在乎其中，不待求索者，上也；若先得句，因句之所在而生意，或先或後，使意能成就其句之美者，次也；若先得字，因字而生句，因字而生意，意復與句皆成其字之美者，又其次也。故意也，句也，字也，三者全備，爲妙悟。意與句皆悟，而字有虧欠，則爲小疵。若有意無句，則精神無光；有句無意，則徒事妝點。句、意俱不足，而惟于一字求工，何足取哉！然意之所忌者，最忌用俗，最忌議論。議論則成文字而非詩，用俗則淺近而非古。句之所忌者，最忌虛中之虛，實中之實。須虛中有實，實中有虛。字之所忌者，最忌妝點，最忌襯貼。蓋非本句之所有，而强牽合以成之，是又不可不知。

詩宗正法眼藏

揭曼碩述

五言、七言句語雖殊，法律則一。起句尤難。起句先須闊占地步，要高遠，不可苟且。中間兩聯句法，或四字截，或兩字截，須要血脈貫通，音韵相應，對偶相停，上下匀稱。有兩句共一意者，有各意者。若上聯已共意，則下聯須各意。前聯既詠景狀，後聯須説人事。兩聯最忌同律。頸聯轉意要變化，須多下實字。字實則自然響亮而句法健。其尾聯要能開一步，别運生意結之，然亦有合起意者亦妙。世之學者多用意中間兩聯，而不知首尾起結尤爲難也。

詩句中有字眼，兩眼者妙，三眼者非。且二聯用連緜字，不可一般，中腰虚活，字亦須迴避。五言字眼多在第三或第二字，或第四字，或第五字。

字眼在第三字

鼓角悲荒塞　江蓮摇白羽　竹光團野色　星河落曉山　天棘蔓青絲　舍影漾江流

字眼在第二字

屏開金孔雀　碧知湖外草　坐對賢人酒　褥隱玉芙蓉　紅見海東雲　門聽長者車

字眼在第五字

兩行秦樹直　香霧雲鬟溼　市橋官柳細　萬點蜀山尖　清輝玉臂寒　江路野梅香

字眼在第二五字

地折江帆隱　野潤煙光薄　楚設關河險　天清木葉聞　沙暄日色遲　吴吞水府寬

杜詩法多在首聯兩句，上句爲頷聯之主，下句爲頸聯之主。七言律難於五言律，七言下字較麤實，五言下字較細嫩。七言若可截作五字，便不成詩。須字字不可去方是。所以句要藏字，字要藏意，如聯珠不斷爲妙。

古詩要法

凡作古詩，體格、句法俱要蒼古，且先立大意，鋪敘既定，然後下筆，則文脈貫通，意無斷續，整然可觀。

五言古詩之法

或興起，或比起，或賦起。須要寓意深遠，託辭温厚，反覆優游，雍容不迫。或感古懷今，或懷人傷己，或瀟灑閑適，寫景要雅淡，推人心之至情，寫感慨之微意。悲喜含蓄，而不傷美刺，宛曲而不露，要有《三百篇》之遺意。觀漢魏諸古詩，藹然有感動人處，如《古詩十九首》，皆當熟讀，久之自見其趣。

七言古詩之法

要鋪敘得好，要有開合，要風度，要迢遞，要險怪雄偉，要鏗鏘。波瀾開合，如江海之波，一波既作，一波復隨；又如兵陣，方以爲正，又復爲奇，方以爲奇，又復是正。出入變化，不可紀極。備是法者，惟李、杜也。

長篇妙在鋪敘。時將一聯挑轉，又平平説將去。如此轉换數帀，卻以數語收拾，則妙矣。

木天禁語

范德機

六關

篇法　句法　字法　氣象　家數　音節

右一篇詩成，必須精研，合此六關，方爲佳。不然，則過不無矣。

篇法　有以字論者　有以意論者　有以故事論者　有以血脈論者

七言律詩篇法十三格

一字血脈

鴛鴦

翠鬣紅衣舞夕暉，水禽情似此禽稀。纔分煙島猶回首，只度寒塘亦共飛。映霧盡迷朱殿瓦，逐梭齊上玉人機。采蓮無限蘭橈女，笑指中流羡爾歸。

二字貫穿　三字棟梁在内

江村

清江一曲抱村流，長夏江村事事幽。自去自來堂上燕，相親相近水中鷗。老妻畫紙爲棊局，稚子敲鍼作釣鉤。多病所須惟藥物，微軀此外更何求。

三字棟梁

南遷

瘴江南下接雲煙，望盡黄茅是海邊。山腹雨晴添象迹，潭心日暖長蛟涎。射工巧伺遊人影，颶母偏驚賈客船。從此憂來非一事，可容華髮度流年。

數字連序　中斷在内

中丞弟得徐江陵併起居衛尚書夫人

中丞問俗畫熊頻，愛弟傳書彩鷁新。遷轉九州防禦使，起居八座太夫人。楚宫臘送荆門水，白帝雲偷碧海春。爲報惠連詩莫惜，嗟予斑鬢總如銀。

鉤鎖連環

草

百花苑路易萋陰，五穀塍疇苦見侵。農父芟時嫌若刺，宫人鬭處惜如金。别離空惹王孫恨，麃耨深勞稷畯心。緑野荒蕪好歸去，朱門閑僻少相尋。

順流直下

張鍊師

東岳真人張鍊師，高情雅淡世間稀。堪爲烈女書青簡，久事元君住翠微。金縷機中抛錦字，玉清壇上著霓衣。雲衢不用吹簫伴，只擬乘鸞獨自歸。

雙抛

汴門用兵後

隋隄風物已淒涼，隄下仍多古戰場。金鏃有苔人拾得，鐵衣無土鳥銜將。邊聲暗促河聲急，野色遥連日色黄。獨上高城更愁絶，戍鼙驚起雁行行。

單抛

秋　興其七

昆明池水漢時功，武帝旌旗在眼中。織女機絲虚夜月，石鯨鱗甲動秋風。波漂菰米沈雲黑，露冷蓮房墜粉紅。關塞極天惟鳥道，江湖滿地一漁翁。

内剥

玉臺觀

中天積翠玉臺遥，上帝高居絳節朝。遂有馮夷來擊鼓，始知嬴女善吹簫。江光隱見黿鼉窟，石勢參差烏鵲橋。更有紅顔生羽翼，便應黄髮老漁樵。

外剥

錦　瑟

錦瑟無端五十絃，一絃一柱思華年。莊生曉夢迷蝴蝶，望帝春心託杜鵑。滄海月明珠有淚，藍田日暖玉生煙。此情可待成追憶，只是當時已惘然。

前散

送戴鍊師歸隱

桃花源裏玉堂仙，秀攬千巖萬壑煙。有客重尋鑑湖酒，無人爲上剡谿船。龍行靈雨空壇浄，鼇負神宫複道懸。回首都門眇如許，東風長記柳飛緜。

後散　二字貫穿在内

感興寄友

十年京國總忘憂，詩酒淋漓共賞遊。漢月夜吟鳷鵲觀，苑雲春釀鸕鷀裘。書來慰我臨池上，秋去思君到水頭。爲憶故人張處士，于今江海尚淹留。

五言長古篇法

分段　過脈　回照　讚歎

先分爲幾段幾節，每節句數多少，要略均齊。首段是序子，序了一篇之意，皆含在中。結段要照起段。且選詩分段，節數甚均，三句則皆三句，四句、六句、八句則皆不參差。杜卻不甚如此太拘，然亦不太長、不太短也。次要過句。過句名爲血脈，引過次段。過處用兩句，一結上，一生下，爲最難，非老手未易了也。回照，謂十步一回頭，要照題目；五步一消息，要閑語。贊歎，方不甚迫促。長篇怕亂雜，一意爲一段。以上四法，備《北征》詩，舉一隅之道也。

七言長古篇法

分段　過段　突兀　字貫　讚歎　再起　歸題　送尾

分段，如五言。過段，亦如之，稍有異者。突兀萬仞，則不用過句，陡頓便説他事。杜詩大多如此。岑參專尚此法，爲一家數。字貫，前後重三疊四，用兩三字貫串，極精神好誦。岑參所長。讚歎如五言。再起，且如一篇三段，説了前事，再提起從頭説去，謂反覆有情。如《魏將軍歌》、《松樹障子歌》是也。歸題，乃本末一二句繳上起句，又謂之顧首。如《蜀道難》、《古别離》、《洗兵馬行》是也。送尾，則生一段餘意結末，或反用，或比喻用。如《墜馬歌》曰：「君不見嵇康養生被殺戮。」又曰：「如何不飲令人哀。」長篇有此，便不迫促，甚有從容意思。

五言短古篇法

辭簡意味長，言語不可明白説盡，含黏則有餘味。如：「步出城東門，悵望江南路。前日風雪中，故人從此去。」「忽見明月光，疑是地上霜。起頭望明月，低頭思故鄉。」「開簾見新月，便即下階拜。細語人不聞，北風吹裙帶。」

楊仲弘曰：「五言短古，衆賢皆不知來處。乃只是選詩結尾四句，所以含蓄無限意，自然悠長。」此論惟趙松雪、翁承旨深得之，次則豫章「三日新婦」曉得，清江知之，卻不多用。

七言短古篇法

辭明意盡，與五言相反。如：「休洗紅，洗紅紅色變。不惜故縫衣，記得初揉茜。人命百年能幾何，後來新婦今爲婆。」「石人前，石橋邊，六角黄牛二頃田，帶經躬耕三十年。」

樂府篇法

張籍，一；王建爲近體，次之；長吉虚妄，不必效爲；岑參有氣，惜語硬，又次之。張、王最古。上格如《焦仲卿》、《木蘭詞》、《羽林郎》、《霍家奴》、《三婦詞》、《大垂手》、《小垂手》等篇，皆爲絶唱。李太白樂府，語氣皆自此中來，不可不知也。

要訣在于反本題結，如《山農詞》結卻用「西江賈客珠百斛，船中養犬多食肉」是也。又有含蓄不發結者，又有截斷頓然結者，如「君不見蜀葵花」是也。

「老翁家貧在山住，耕種山田三四畝。苗疏税多不得食，輸入官倉化爲土。歲暮鋤犁傍空室，呼兒登山收橡栗。西江賈客珠百斛，船中養犬多食肉。」

絶句篇法

首句起　《畫松》

畫松一似真松樹，待我尋思記得無。曾在天台山上見，石橋南畔第三株。

次句起　《金陵即事》

三句起　前二句皆閑，至第三句方詠本題。

扇對　《存没口號》二首

席謙不見近彈棊，畢曜仍傳舊小詩。玉局他年無限笑，白楊今日幾人悲。

鄭公綵繪隨長夜，曹霸丹青已白頭。天下何曾有山水，人間不解重驊騮。

閒對　首句閑，次句説本題；第三句閑，結再説本題，應第二句，即《磨笄山》詩也。

順去　松下問童子　問余何事棲碧山　《湘中老人》　行到山窮水窮處　《首座茶》

藏詠　《逢李龜年》

岐王宅裏尋常見，崔九堂前幾度聞。正是江湖好風景，落花時節又逢君。

中斷別意　前二句説本題，後二句説題外意。願領龍驤十萬兵。

四句不聯

兩箇黄鸝鳴翠柳　遲日江山麗

借喻　借本題説他事，如詠婦人者必借花爲喻，詠花者必借婦人爲比。

右十法，絶句之篇法也。此最爲緊，推此以往，思過半矣。

句法

問答

誰其獲者婦與姑　何日東歸花發時

當對

白狐跳梁黄狐立　婦女行泣夫走藏

上三下三

鳳皇樂奏鈞天曲　烏鵲橋通織女河

上四下三

金馬朝回門似水　碧雞天遠路如年

上應下呼

素練抹林雲氣薄　明珠穿草露華新

上呼下應

林花著雨胭脂溼　水荇牽風翠帶長

行雲流水

春日鶯啼脩竹裏　仙家犬吠白雲中

顛倒錯亂

香稻啄殘鸚鵡粒　碧梧棲老鳳皇枝

言倒理順

海岸夜深常見日　寒巖四月始知春

議論語　宋人用之

直書句

鄭縣亭子澗之濱　一去三年竟不歸

兩句成一句

屢將心上事　相與夢中論

蕭蕭千里馬　箇箇五花文

字法

《事文類聚》事不可用，多宋事也。又不可用俚語偏方之言。摘用《史記》、《西漢書》、《東漢書》、新、舊《唐書》、《晉書》字樣，集成聯對。

一副當

白虎觀　金僕姑

碧雞坊　玉具欄

眉語　從長

目成　護短

右用字琢對之法，先須作三字對或四字對起，然後妝排成全句，不可逐句思量，卻似對偶，不成作手也。或二字對起，亦可。路頭差處在此，捕風捉影，如何成詩？至謹至謹。

氣象

翰苑　輦轂　山林　出世　偈頌　神僊　儒先（石屏之類宋賢也。）　江湖　閭閻　末學（末學者，道聽塗説，得一二字面，便雜揉用去，不成一家，又在江湖、閭閻之下。）

已上氣象，各隨人之資禀高下而發，學者以變化氣質，須仗師友，所習所讀，以開導佐助，然後能脱去俗近，以游高明。謹之慎之。又詩之氣象，猶字畫然，長短肥瘦，清濁雅俗，皆在人性中流出。得八法便成妙染，而洗吾舊態也。

儲泳曰：「性情褊隘者，其詞躁；寬裕者，其詞平；端靖者，其詞雅；疏曠者，其詞逸；雄偉者，其詞壯；醖藉者，其詞婉。涵養性情，發於色，形於言。此詩之本原也。

家數

《三百篇》　思無邪　學者不察，失于意見

《離騷》　激烈憤怨　學者不察，失于哀傷

《選》詩　婉曲委順　學者不察，失于柔弱

太白　雄豪空曠　學者不察，失于狂誕

韓、杜　沈雄厚壯　學者不察，失于麤硬

陶、韋　含蓄優游　學者不察，失于迂闊

孟郊　奇險斬截　學者不察，失于怪短
王維　典麗静深　學者不察，失于容冶
李商隱　微密閑艷　學者不察，失于細碎
已上略舉八九家數，一隅三反之道也。

音節

馬御史曰：「四方偏氣之語，不相通曉，互相憎惡。惟中州音韵，四方可以通行，四方之人皆喜于習説。蓋中州天地之中，得氣之正，聲音散佈，各能相入。是以詩中宜用中州之韵，則便官樣不凡。押韵不可用啞韵，如五支、二十四鹽，啞韵也。」

凡例

只要明暗二例，諸作皆然。杜甫、鄭谷四詩可法。

明二首

黑鷹　杜甫

黑鷹不省人間有，渡海疑從北極來。正翮摶風超紫塞，窮冬幾夜宿陽臺。虞羅自覺虛施巧，春雁同歸必見猜。萬里寒空只一日，金眸玉爪不凡材。

雙鷺

鄭谷《三體》作雍陶

雙鷺應憐水滿池，風飄不動頂絲垂。立當青草人先見，行傍白蓮魚未知。一足獨拳寒雨裏，數聲相叫早秋時。林塘得爾須增價，況與詩家物色宜。

暗二首

白鷹

雲飛玉立盡清秋，不惜奇毛恣遠游。在野只教心力破，于人何事網羅求。一生自獵知無敵，百中爭能恥下韝。鵬礙九天須卻避，兔經三窟莫深憂。

鷓鴣

暖戲煙蕪錦翼齊，品流應得近山雞。雨昏青草湖邊過，花落黄陵廟裏啼。遊子乍聞征袖溼，佳人才唱翠眉低。相呼相喚湘江曲，苦竹叢深春日西。

起句

實敘　狀景　問答　反題故事　順題故事　弔古　傷今　頌美　時序　客愁　感歎

結句

勸戒　祝頌　自感　自愛　問信　寄憶　寄書　寄詩　相思　兵戈　我亦　懷古　故事　欣歡　景燕　激烈　何年遊　那可再　何由往　何日歸

已上凡例明暗并起句、結句四法，律詩、絶句、長短篇通用，無出此者。惟童謡一家不在此例，不可不知也。

作詩準繩

楊仲弘

立意　要高古渾厚，有氣概，要沈著，忌卑弱淺陋。

鍊句　要雄偉清健，有金石聲。

琢對　要寧麤毋弱，寧拙毋巧，寧朴毋華，忌俗野。

寫景　景中含意，事中瞰景。要細密清淡，忌庸腐雕巧。

寫意　要意中帶景，議論發明。

書事　大而國事，小而家事、身事、心事。

用事　陳古諷今，因彼證此，不可著迹，只使影子可也。雖死事，亦當活用。

押韻　押韻穩健，則一句有精神，如柱礎欲其堅牢也。

下字　或在腰，或在膝、在足，最要精思，宜的當。

律詩要法　起　承　轉　合

破題　或對景興起，或比起，或引事起，或就題起。要突兀高遠，如狂風卷浪，勢欲滔天。

頷聯　或寫意，或寫景，或書事，用事引證。此聯要接破題，要如驪龍之珠，抱而不脱。

頸聯　或寫意，寫景，書事，用事引證。與前聯之意相應相避，要變化，如疾雷破山，觀者驚愕。

結句　或就題結，或開一步，或繳前聯之意，或用事。必放一句作散場，如剡谿之棹，自去自回，言有盡而意無窮。

七言　聲響　雄渾　鏗鏘　偉健　高遠

五言　沈静　深遠　細嫩

五言古詩與《詩宗正法眼藏》同。

七言古詩與《詩宗正法眼藏》同。

絶句

絶句之法，要婉曲回環，删蕪就簡，句絶而意不絶。多以第三句爲主，而第四句發之。有實接，有虚接。承接之間，開與合相關，反與正相依，順與逆相應，一呼一吸，宫商自諧。大抵起、承二句固難，然不過平直敘起爲佳，從容承之爲是。至如宛轉變化工夫，全在第三句，若于此轉變得好，則第四句如順流之舟矣。

榮遇之詩，要富貴尊嚴，典雅渾厚。寫意宜閑雅，美麗清細。如王維、賈至諸公《早朝》之作，氣格雄深，句意嚴整，如宫商迭奏，音韵鏗鏘，真麟游靈沼，鳳鳴朝陽也。學者熟之，可以一洗寒陋。後來諸公應詔之作，多用此體，然多志驕氣盈，處富貴而不失其正者幾希矣。此又不可不知。

諷諫之詩，要感事陳辭，忠厚懇惻。諷諭甚切，而不失性情之正；觸物感傷，而無怨懟之辭。雖美實刺，方爲有益之言也。古人凡欲諷諫，多借此以喻彼。臣不得于君，多借妻以思其夫，或託物陳喻以通其意。觀漢魏古詩及前輩所作可見，未嘗有無爲而作者。

登臨之詩，不過感今懷古，寫景歎時，思國懷鄉，瀟洒遊適，或譏刺歸美，有一定之法律也。中間宜寫四面所見山川之景，庶幾移不動。第一聯指所題之處，宜敘説起。第二聯合用景物實説。第三聯合説人事，或感歎古今，或議論，卻不可用硬事。或前聯先説事感歎，則此聯寫景亦可，但不可兩聯相同。第四聯就題主意發感慨，繳前二句，或説何時再來。

征行之詩，要發出悽愴之意，哀而不傷，怨而不亂，要發興以感其事，而不失情性之正。或悲時感事，觸物寓情方可。若傷亡悼屈，一切哀怨，吾無取焉。

贈别之詩，當寫不忍之情，方見襟懷之厚。然亦有數等：如别征戍，則寫死别，而勉之努力效忠；送人遠遊，則寫不忍别，而勉之及時早回；送人仕宦，則寫喜别，而勉之憂國恤民，或訴己窮居，而望其薦拔，如杜公「惟待吹噓送上天」之説是也。凡送人，多託酒以將意，寫一時之景以興懷，寓相勉之辭以致意。第一聯敘題意起。第二聯合説人事，或敘别，或議論。第三聯合説景，或帶思慕之情，或説事。第四聯合説何時再會，或囑付，或期望。于中二聯，或倒亂前説亦可，但不可重復，須要次第。末句要有規警，意味淵永爲佳。

詠物之詩，要託物以伸意。要二句詠狀寫生，忌極雕巧。第一聯須合直説題目，明白物之出處方是。第二聯合詠物之體。第三聯合詠物之用，或説意，或議論，或説人事，或用事，或將外物體證。第四聯就題外生意，或就本意結之。

讚美之詩，多以慶喜、頌禱、期望爲意，貴乎典雅渾厚。用事宜的當親切。第一聯要平直，或隨事命意敘起。第二聯意相承，或用事，必須實説本題之事。第三聯轉説，要變化，或前聯不曾用事，此正宜用引證。蓋有事料，則詩不空疏。結句則多期望之意。大抵頌德貴乎實，若褒之太過，則近乎諛；讚美不及，則不合人情，而有淺陋之失矣。

賡和之詩，當觀元詩之意如何，以其意和之，則更新奇。要造一兩句雄健壯麗之語，方能壓倒元、白。若又隨元詩腳下走，則無光彩，不足觀。其結句當歸著其人，方得體。有就中聯歸著者，亦可。

哭挽之詩，要情真事實。於其人情義深厚，則哭之；無甚情分，則挽之而已矣。當隨人行實作，要切題。使人開口讀之，便見是哭挽某人方好。中間要隱然有傷感之意。

歷代詩話卷六十八　壬集七

㟃谿　吴景旭旦生氏著

元詩 卷中之上

焚香

柯敬仲《贈倪元鎮》云：「夜雨推篷寫松石，焚香何處獨題詩。」

吴旦生曰：元鎮自號滄浪漫士，又號浄名庵主。悉散其家産與人，蓋田既散，而税未及推入。催科者坌集，遂逃去，潛于蘆葦中。爇龍涎香，竟蹤迹得之。又張士誠弟士信，使人持絹求其畫。元鎮怒曰：「我生不能爲王門畫師。」即裂其絹。一日，士信遊太湖，聞漁舟中有異香，急傍舟近之，乃元鎮也。敬仲所謂「推篷」、「焚香」，殆屬此耶？

何元朗云：「元鎮棄家，飄然于五湖三泖之間。其詩法韋蘇州，思致清遠，能道不喫煙火食語。昔人言韋蘇州鮮食寡欲，愛埽地焚香而坐。元鎮實類之，不但詩之酷似而已。」

《雲林遺事》云：「嘗有遠國人，道經無錫，欲見之，以沈香百斤爲贄。紿云：『適往惠山。』翼日載至，又云：『出探梅花。』其人以傾慕不得一見，徘徊其家，密令人開雲林堂，使登焉。堂前植碧梧，四周列奇石，東設古玉器，西設古尊彝、法書、名畫。其人方驚顧間，謂其家人曰：『聞有清閟閣，能一觀否？』家人曰：『此閣非人所易入。』其人望閣載拜而去。」

怯薛

《輟耕録》曰：「杜清碧應召次錢唐，諸儒者争趨其門。燕孟初作詩嘲之，有『紫藤帽子高麗靴，處士門前當怯薛』之句，聞者傳以爲笑。用紫色椶藤縛帽，而製靴作高麗國様，皆一時所尚。『怯薛』則内府執役者之譯語也。」

吴旦生曰：清碧名本，江右人。所編《五聲韵》，自大小篆、分、隸、真、草以至各方新字，題曰「同音」。嘗一再游京師，王公貴人，樂與之交。至正中，奏修三史，各舉一處士。清碧以處士徵授翰林待制。至錢唐，辭疾不行。則此正其「怯薛」時邪？

張思廉有《怯薛行》。永樂中周藩誠齋作《元宫詞》云：「幾番怯薛上班慵，生怕鸞輿又别宫。」李昌祺作《至正麗人行》云：「後先雉扇怯薛執，左右麟符火赤佩。」按：元朝有四怯薛：太官怯薛者，分宿衛供奉之士爲四番，番三晝夜。凡上之起居、飲食、諸服御之政令，怯薛之長皆總焉。

獻書圖

張伯雨詩：「侍書愛題博士畫，日日退朝書滿牀。奎章閣上觀政要，無人知有授經郎。」吴旦生曰：文宗御奎章閣，學士虞伯生、博士柯敬仲常侍從，以討論法書名畫爲事。時授經郎揭曼碩比二人寵眷稍疏，因潛著一書曰《奎章政要》以進，二人不知也。有畫《授經郎獻書圖》行于世。伯雨題此詩，蓋柯作畫，虞必題，故云然。此詩不載《句曲外史集》中，余從《輟耕録》見之。

《詩話類編》云：「伯雨，錢塘黄冠也。有詩字名。嘗于一士夫家見袖軸一卷，伯雨首有《山居雪霽》詩一律，後多名筆次韵。今止記憶數首，是皆無集可觀者，録之于左，并書姓字爵里。伯雨詩曰：『日光玉潔千峰立，映雪時晴一氣凝。當晝壚亭催埽巷，犯寒漁艇借收冰。松皮石裂號饑鼠，窗隙塵消撲凍蠅。青茁菜芽渾可愛，倩誰春餤卷紅綾？』張翥自京來杭和曰：『窈窕硐阿人跡斷，隱居學道自神凝。巖頭鶴下松無雪，石底龍蟠水不冰。釀酒春瓶濃勝乳，鈔書雲笈細如蠅。多君肯念還京客，爲織春袍柹蔕綾。』黄溍走筆和曰：『雪中乘興真奇事，無奈舟膠水始凝。朝士白頭慚獨步，仙人赤腳傲層冰。招來盡是雞群鶴，趨附空慚馬尾蠅。夜久松龕同擁毳，絶勝㒒值有青綾。』俞友仁追和曰：『湖上千峰盡失青，湖光十里未消凝。吟詩細嚼梅花蕊，煮茗潛敲澗壑冰。東郭忍寒行似鶴，南屏癡醉坐如蠅。相過内相知乘輿，盛服猶披舊賜綾。』翥字仲舉，先晉寧人，父官于杭，因家錢塘，官至學士。湝字晉卿，義烏人，官至學士。俞字文輔，仁和人，明初會元也。」余按：張仲舉所著有《蜕庵集》，黄晉卿所著有《日損齋集》，何得概云「無集可觀」也？猶夫《水東日記》謂：「元人文集，如馬祖常、元好問之焯焯，今皆無傳。」《餘冬序録》云：「元好問有《遺山集》四十卷，今刻于河南。馬祖常有《石田集》十卷，今刻于陝西。」蓋説家不詳攷，而漫然爲言，類若此。

東坊稿

張伯雨《題范德機東坊稿後》云：「一編上有東坊字，慚媿詩中見大巫。」

吴旦生曰：劉伯温作《句曲外史墓誌》云：「時范德機以能詩名。外史造范，范適出，有詩集在几上。外史取筆書其後，爲詩四韵。守者見則大怒，趨白范。而范驚曰：『吾聞若人，不得見。今來，天畀我友也。』即自詣外史，結交而去。」今觀其《題東坊稿》，即所書四韵者此邪？

《堯山堂外紀》云：「伯雨晚居茅山，罕接賓客。一日，有僧來訪，童子拒之。僧云：『語而主，吾詩僧也。』乃入報。伯雨書老杜『花徑不曾緣客埽』之句，使持以示僧。僧略不運思，足成詩云：『久聞方外有神仙，只住華陽古洞天。花徑不曾緣客埽，石牀今許借僧眠。穿雲去汲燒丹井，帶雨來畊種玉田。一自茅君成道後，幾人騎鶴下蒼煙？』伯雨得詩大驚，延留數日。」

畫葡萄

張伯雨《題温日觀葡萄》詩：「日觀一飲西涼酒，解寫蒲萄絶代無。請師截斷葛藤路，還我黑月摩尼珠。」吴旦生曰：宋子虚詩：「墨花酣春馬乳漲，醉夢渴想西涼姿。」馬虚中詩：「寒藤挂鬼眼，纍纍泠花碧。」僧夢觀詩：「鑌刀翦斷紫瓔珞，纍纍馬乳垂金風。」三詩奇澀，可與伯雨相匹。《圖繪寶鑑》云：「僧子温，字仲言，號日觀，又號知歸子。」《遂昌雜録》云：「日觀居葛嶺瑪瑙寺，人但知其畫葡萄，不知其善書也。今世傳葡萄多假，其真者枝葉鬚梗皆草書法也。」《農田餘話》云：「古人無畫葡萄者，日觀于月下視葡萄影有悟，出新意以飛白書體爲之。酒酣興發，以手潑墨，然後揮毫，迅于行草，收拾散落，頃刻而就如神，甚奇特也。」余得陳眉公畫葡萄扇，乃倣温僧寫破袈裟法，即書其《懷浄土》詩云：「往往來來舊破瓢，此心未了漫徒勞。從今不作輪回夢，只走人間這一遭。」余甚珍之。按：我鄉沈仲華爲日觀弟子，傳其法，亦佳。

地肺

張伯雨《贈危太樸》詩：「秋水渚涯浮地肺，茅君局任守天台。」

吴旦生曰：《圖經》云：「金陵者，洞墟之膏腴，句曲之地肺。其土肥良，故曰膏腴。水至則浮，故曰地肺。」伯雨謂此。又《遊城南記》云：「終南一名太乙，亦名地肺。」《高士傳》所謂「秦時四皓共入商、雒，隱地肺山」是也。《河圖》云：「大懷山爲地喉，岐山爲地乳，昆侖山爲地首。」楊升庵以「地首」對「天台」，以「地喉」對「天首」。

許渾《題孫處士居》詩：「高歌懷地肺，遠賦憶天台。」陸放翁詩：「隱士寄雲從地肺，遊僧問路上天台。」又云：「躡屩未成遊地肺，掩扉聊欲隱天台。」近鄒衣白詩：「家近茅君鍾地肺，身爲仙令署天台。」皮襲美詩：「天台畫得千迴看，湖目芳來百度遊。」成原常詩：「雲外送僧歸日本，月中攜客過天台。」宋子虛詩：「地肺潛通嶽，峩眉秀拂雲。」鄒彦吉詩：「僧居地肺長銜日，佛立天心但附風。」即以之分屬，亦佳。

輓管君

張伯雨《輓趙夫人管君》詩：「曾謁西池閟殿春，賜加大國寵疏頻。擇壻當年郗太傅，能書今日衛夫人。玉鏡離臺空掩月，寶衣堆桁暗凝塵。千秋鄉中名不没，墓有通兒書老銀。」

吴旦生曰：松雪以翰墨著。其夫人管氏，諱道昇，字仲姬，亦工詩畫。《奉中宫命題所畫梅》詩云：「雪後瓊枝嫩，霜中玉蕊寒。前村留不得，移入月宫看。」至今吴興天聖寺壁有夫人所畫朱竹。《太平清話》云：「朱竹，古無所本。宋仲温在試院卷尾以朱筆埽之，故張伯雨有『偶見一枝紅石竹』之句。」加封魏國夫人。卒時，其子雍爲書壙志，故落句云爾。按：歐陽率更子通書母夫人墓銘，母諱老銀。松雪弟孟頫。三子：長亮；次雍，字仲穆；季樂，字仲光。二孫：鳳、麟。甥王蒙。皆以畫名。《妮古録》云：「松雪與丈人節幹月窗判簿二帖。」節幹即松雪舅氏管公也。公無子，松雪奉之甚至。及殁，建孝思道院以主其祀。又云：「夫人出泖西小蒸，今其路尚名管道。」《西谿叢語》云：「衛夫人名鑠，字茂漪，即廷尉展之弟恒之從妹，汝陰太守李矩之妻，中書郎李充之母，王逸少師。善鍾法，能正書，入妙能品。王子敬年五歲，已有書意，夫人書《大雅吟》賜之。」

華陽真逸

張伯雨《寄李季和詩》：「杜陵醉歌不易得，豈惜華陽真逸書。」其下細書自注云：「顧況號華陽真逸。」

吴旦生曰：《瘞鶴銘》，華陽真逸撰。歐永叔謂是顧況道號。劉有定亦謂：「或曰顧況號。」自黄長孺、董彦遠辨其誤，余于辛集蘇詩詳識之。今伯雨方外人，乃於隱居猶未諳其稱號，而漫注顧況邪？元末張思廉《棲鶴峰》詩：「華陽真逸上清來，鐵笛一聲山月曉。」正指陶隱居也。

槎頭

張伯雨詩：「槎頭釣魚秋雨足。」

吴旦生曰：《襄陽耆舊傳》：「峴山下漢水中出鯿魚，味極肥美。常禁人采捕，以槎斷水，因謂之槎頭鯿。」宋張敬兒爲刺史，作六櫓船置獻齊高帝曰：「奉槎頭縮項鯿一千八百頭。」唐孟浩然詩：「試垂竹竿釣，果得槎頭鯿。」又云：「鳥泊隨陽雁，魚藏縮項鯿。」故杜子美詩：「復憶襄陽孟浩然，清詩句句盡堪傳。即今耆舊無新語，謾釣槎頭縮項鯿。」黄山谷《題浩然畫像》詩：「先生一往今幾秋，後來誰復釣槎頭？」

《鶴林玉露》云：「《周禮·庖人》：『共祭祀之好羞。』鄭康成《注》云：『好羞，謂四時所謂膳食。若荆州之鮺魚、揚州之蟹胥。』陸德明《音釋》云：『蟹醬也。』則是『鮺魚』或即槎頭魚，字作『鮺』邪？」

青䭀飯

張伯雨詩：「白石資方青䭀飯，洪厓借乘雪精騾。」

吴旦生曰：陶隱居《登真訣》有「乾石青精䭀飯」。「䭀」音迅，謂飡也。其法即南燭草木浸米，蒸飯暴乾，其色青如鷖珠，食之可以延年卻老。《神農本草》木部有：「南燭枝葉，人服輕身長年，令人不飢，益顔色。取汁炊飯，名爲烏飯。又名黑飯草。」在道書謂之「南燭草木」，在《本草》謂之「南燭枝葉」，蓋一物也。《神仙傳》：「鄧伯元、王元甫俱在霍山，服青精飯。」又唐高宗命葉法善往江東造青䭀飯。《瑣碎録》云：「蜀人遇寒食日，采楊桐葉染飯，色青而有光，食之資陽氣，謂之楊桐飯。道家謂之青䭀飯。」

石泉

張伯雨詩：「石泉新處鑽槐火，山雨多時拾菌釘。」

吴旦生曰：東坡《夢看參寥飲茶》詩：「寒食清明多過了，石泉槐火一時新。」問：火固新矣，泉何故新？答曰：俗以清明淘井。故伯雨又有《上巳》詩：「槐火新泉還有夢。」謂此事也。金人劉無黨《寒食》詩：「楊柳杏花相對晚，石泉槐火一時新。」蓋直寫坡語矣。《續禮儀志》：「冬至日鑽燧改火，夏至日浚井改水。然則古人水火皆改，所謂陰鑑、陽鑑是也。」

栗

張伯雨《寄新栗》詩：「揭來常熟嘗新栗，黄玉穰分紫殼開。」吴旦生曰：耿緯詩：「霜凝栗罅開。」蓋詞人狀物，曲盡形容，言栗必及其殼。而杜子美則亦及栗篷矣，其詩云：「嘗果栗皺開。」《集韵》：「皺，側尤切，革紋蹙也。」周繇詩：「開栗弋之紫皺。」貫休詩：「新蟬避栗皺。」陸放翁詩：「開皺得紫栗。」又云：「蝟刺坼蓬新栗熟。」

屬對

馬虚中詩：「吟静驚山鬼，心空守谷神。」

吴旦生曰：楊仲弘《雪中》詩：「寒侵兔窟愁山鬼，凍合龍宫偪水仙。」向服其工。又見虚中一聯，可悟屬對之法。大抵屬對工難，自然更難。虚中正于難處見其安閒，如《江邊餞别》詩：「古巷聚人祠櫟社，暮潮催客散樟亭。」《浙江晚眺》詩：「雲分雨脚回沙漵，帆趁潮頭出海門。」《幽居遣懷》詩：「卜築每嫌山有姓，避時長羡草無名。」皆佳致也。

蹋裹彩

《滇南志》載梁王郡主阿䓀詩曰：「吾家住在雁門深，一片閒雲到滇海。心懸明月照青天，青天不語今三載。蘋花歷亂蒼山秋，誤我一生蹋裹彩。雲片波璘不見人，押不蘆花顏色改。肉屏獨坐細思量，西山鐵立霜瀟灑。」

吴旦生曰：至正間，明玉珍將紅巾三萬攻雲南。梁王、孛羅皆奔，總管段功進兵燒紅巾，追至七星關，勝之。梁王深嘉段功，以郡主阿䓀妻之，奏授雲南平章。後爲梁人所譖，梁王密召阿䓀，付以孔雀膽一具，命毒殪之。潸然不受命，私語段功，不聽。明日邀功至通濟橋，馬逸，因格殺之。阿䓀愁憤作此詩。按：「蹋裹彩」，錦被名也。杜子美詩：「布衾多年冷如鐵，嬌兒惡卧蹋裹裂。」當亦指此。謝世修《注》以爲「嬌兒蹋破其裹，全不煖也」，恐非。東坡《紙帳》詩：「但恐嬌兒還惡睡，夜深蹋裹不成眠。」洪武中高季迪《兜羅被歌》云：「今朝得此何奇絶，展覆不憂兒蹋裂。」亦皆承此謌耳。

「押不蘆花」，靈草也。「肉屏」，駱駝也。

歷代詩話卷六十九　壬集八

壽谿　吴景旭旦生氏著

元　詩　卷中之下

三　瓦

《輟耕録》曰：「陳衆仲嘗題樂全堂，有『能守不成三瓦戒』之句，人多不知所出。按：《史記·龜筴傳》云：『天尚不全，故世爲屋不成三瓦而陳之。』《注》：『陳，猶居也。』」

吴旦生曰：《東園客談》云：「予家有堂名樂全，虞奎章爲予記之。翰林陳衆仲有『能守不成三瓦戒，樂全長得保天鈞』之句，衆未解『三瓦』，詢之。云：出《史記·龜筴傳》，褚先生曰：『天尚不全，故世爲屋不成三瓦而陳之。』徐廣《注》：『一云：爲屋成，欠三瓦而棟之。』」余按：「陳」訓「居」，《南村》引之，似無義。後觀《東園》，迺其家所自記，則「陳」字徐《注》作「棟」，其義益顯，故喜而詳録之。成化中吴克温《次吴匏庵板屋韵》云：「何必大廈成，而後虚三瓦。」

躑躅

達白野《春日次韵》云：「躑躅花深嘑杜宇，鸕鷀灘暖聚王餘。」

吴旦生曰：韓退之詩：「躑躅閒開艷艷花。」王荆公詩：「亦見舊時紅躑躅。」陸放翁詩：「密葉深深躑躅紅。」蓋杜鵑花又名紅躑躅。王建《宫詞》云：「敕賜一窠紅躑躅，謝恩未了報花開。」蓋爲宫禁所重如此。花小而紅，此爲川鵑，故可貴。洪景盧謂是今映山紅，恐未必然。今江南山谷中紅、紫二色，花大單瓣，鄉人但稱映山紅，采作樵蘇，奚足貴也。《古今注》云：「羊躑躅花，黄羊食之則死。羊見之則躑躅分散，故名羊躑躅。」《花史》云：「羊齧草木，其處不生，獨誤食此花則躑躅以死。」

木犀

貢仲章《秋日即事》詩：「官冷久無金馬夢，院深惟有木犀香。」

吴旦生曰：屬對極其工緻而卻自然。按：桂曰木犀，以木紋理如犀也。字从「犀牛」之「犀」，俗作「樨」字，非是。張思廉詩：「木樨花開秋可憐。」則失攷矣。

江東曰巖桂，楊升庵云：《尸子》：『春華秋英曰桂。』王維詩：『人閒桂花落，夜静春山空。』秋花者，乃木犀、巖桂耳。」湖南曰九里香。宋王以寧《道中聞九里香花》詩云：「何許緑裙紅帔客，御風來獻返魂香。」

三伏八分

貢性之詩：「葛巾白苎消三伏，繭紙烏絲寫八分。」

吴旦生曰：性之辭氣渾成，如「桃花流水春三月，楊柳東風雨一蓑」、「飛瀑曉翻千嶂雪，驚濤秋湧萬松聲」、「風作鳴潮吹雨散，山如走馬渡江來」，皆爽朗可誦。

《曆忌釋》云：「伏者何？金氣伏藏之日也。四時代謝，皆以相生：立春木代水，水生木；立夏火代木，木生火；立冬水代金，金生水；至于立秋，以金代火。金畏於火，故至庚日必伏。庚者，金也。」《通書》云：「夏至後第三庚爲初伏，第四庚爲中伏，立秋後第一庚爲末伏，故曰三伏。」

《十體書斷》云：『八分者，秦羽人上谷王次仲所作也。字文簡略，可赴急用。惟蔡伯喈乃造其極。蔡文姬云：「臣父言：割隸字八分取二分，割李篆字二分取八分，故名八分。」』《書法苑》云：「本楷字，漸若八字分散，故名八分。」《學古編》云：「八分者，漢隸之未有挑法者也。比秦隸則易識，比漢隸則微似篆。若用篆筆作漢隸字，即得之矣。」《學古編》云：「一曰科斗書。科斗書者，蒼頡觀三才之文，及意度爲之，乃字之祖，即今之偏旁是也。畫文像蝦蟆子，形如水蟲，故曰科斗。二曰籀文。籀文者，史籀取蒼頡形意配合爲之，損益古文，或同或異，加之銛利鉤殺，大篆是也。史籀所作，故曰篆文。三曰小篆。小篆者，李斯省籀文之法，同天下書者。比籀文體，十存其八，故小篆爲之八分小篆也。既有小篆，故謂籀文爲大篆文云。四曰秦隸。秦隸者，程邈以文牘繁多，難于用篆，因減小篆爲便用之法。便于佐隸，故曰隸書。五曰八分。詳上。六曰漢隸。漢隸者，蔡邕石經及漢人諸碑上字是也。此體最爲後出，皆有挑法。與秦隸同名，其實異。七曰款識。款識者，諸侯本國之文也。古者諸侯書不同文，故形體各異。秦有小篆，始一其法。近世學者取款識字爲用，一紙之上，齊楚不分，人亦莫曉其謬。今分作外法，故末置之。」《十體書斷》云：「章草者，漢黄門令史游所作也。存隸之梗概，損隸之規矩，速赴急就，謂之草書。行書者，後漢潁川劉德昇所造也。即正書之小僞，務從簡易，相間流行，謂之行書。飛白者，後漢左中郎將蔡邕所作也。邕待詔門下，見役人以堊帚成字，心悦而爲飛白之書。創法于八分，窮微于小篆。草書者，後漢徵士張伯英所造也。昉于章草，變以成今，世稱一筆書。」

吴趨

成原常《秋夜雜詠》云：「世事有今日，生年猶故吾。抽書逢越絶，引曲感吴趨。」

吴旦生曰：「趨」字不當作平聲叶。樂府有《吴趨行》，五臣于題下注云：「趨，步也。」余按《樂府原題》云：「齊謳者，齊人之歌。吴趨者，吴人之舞。欲爲齊謳者，必本齊音。欲爲吴趨者，必本吴調。」《樂府解題》云：「吴人以歌其地。」則五臣注「步」字甚無謂。楊升庵云：「《詩》：『巧趨蹌兮。』《史記》：『士争趨燕。』《莊子》有『不任其聲而趨舉其詩焉』，崔《注》云：『不任其聲，憊也；趨舉其詩，無音曲也。』」劉會孟云：「趨者，情惬而詞迫也。與『吴趨』之『趨』，當音七注切。」則「趨」字非平聲明矣。戴叔能詩：「祇訝當年嘗越膽，那堪此日聽吴趨。」元人類多誤叶。

原常五律若《寄慈谿》詩：「曉塔天童寺，春帆日本船。」《遊虎丘》詩：「短簿荒祠酒，生公舊塔鐙。」《宿聖壽寺》詩：「鳥驚棲後樹，僧掩讀殘經。」七律若《夜思》詩：「青鐙細雨三更夢，白首殘編萬古心。」《追念故友》詩：「世間我豈長貧者，地下君爲不死人。」《環碧齋》詩：「月涵虛白浮秋去，水泛空青入座來。」《宿寒橋》詩：「乾坤萬事雙蓬鬢，風雨孤舟半夜潮。」杰然蒼秀，方駕李唐。危太樸嘗以杜工部、柳刺史期之。

假對

《麓堂詩話》曰：「元詩『山中烏喙方嘗膽，臺上蛾眉正捧心』、『人憐狗監知司馬，我喜龍門識李膺』、『生藏魚腹不見水，死挽龍髯直上天』，皆得李義山遺意。」

吴旦生曰：「司馬」、「李膺」一聯乃成原常詩。此雖屬兩人名，而「膺」借作「鷹」，又假對也。《漫叟詩話》所載荆公「黄耇日」對「白雞年」之類。

又原常《遊上方寺》詩：「老去任添新白髮，平生能著幾青鞋。」以「鞋」换「屐」，頗自然，不爲遷就。

蕨拳

丁仲容《寄謝子木》詩：「湖海客身皆暮齒，家山兒蕨等春拳。」吴旦生曰：李太白詩：「不知行徑下，初拳幾枝蕨。」黄山谷詩：「竹筍纔生黄犢角，蕨芽初長小兒拳。」《王直方詩話》曰：「張閣見山谷『蕨芽』之句，曰：『此忍人也。』時閣斷葷，而有此語。」崇禎中沈景倩詩：「剥苔千石髮，剖蕨一拳牙。」按《格物論》云：「蕨生山間，根如紫草，莖青紫色，末如小兒拳。亦如大雀拳足，又如其足之蹷也，故謂之蕨。周秦曰蕨。齊魯曰虌，初生時似虌腳，故名。」

客星

周衡之《題子陵釣圖》落句云：「人間萬古仰孤風，天上有星猶是客。」吴旦生曰：古今詞人多誤用客星事，如楊升庵以博洽稱，亦有詩云：「半天高柳驛門青，我是客星非使星。」而不知其非吉星也。按《太公陰謀》云：「六庚爲白獸，在上爲客星，在下爲害氣。」桑氏懌《客星亭記》云：「客星有曰周伯、曰老子、曰王蓬絮、曰國皇、曰温星，凡有所犯，無不菑凶。」《後漢・天文志》：「客星居周野，光武崩應之。」于此不書，似因子陵而諱占也。且犯帝之變，劉聰遂亡，光武無應者，豈目前下賢一事，亦可弭其菑患與？

《祕笈》云：「周伯，大而色黄，煌煌然。見，其國兵起，若有喪，天下飢，衆庶流亡去其鄉。老子，明大色白，淳淳然。所出之國，爲飢、爲凶、爲善、爲惡、爲喜、爲怒。出見則兵火起，人主有憂。王蓬絮，狀如粉絮，拂拂然。見則其國兵起，若有喪，白衣之會，其邦飢亡。國皇星，出而大，其色黄白，望之有芒角。見則兵起，國多變，若有水飢，人主惡之，衆庶多疾。温星，色白而大，狀如風動摇，常出四隅。出東南，天下有兵，將軍出于野；出東北，當有千里暴兵；出西北，亦如之；出西南，其國兵喪，並起大水，人飢。」

《宋・天文志》云：「客星有三：一曰老子，二曰國星，三曰温星。老子稱李耳，古之有德行而不仕，老而有壽之人。國星者，國皇也，不知何國人。温星者，温其姓，古之有操行而不仕者也。三人者，其精皆爲星，命之爲客星。」《通志》云：「瑞星十二中，有周伯、王蓬芮，皆古者高世不仕之人，其精爲星，帝命之爲瑞星。」然考之《晉志》，瑞星止四星，其周伯又于客星見之，無王蓬芮。而客星則有王蓬絮芮，所至之國，非福也。而所言妖星，則別有蓬星焉，曰蓬芮、曰蓬絮芮、曰蓬星。其言禍福不同，豈各有據乎？

《廣異記》云：「漢武帝微行，造主人家。有婢國色，仍留宿，與主婢卧。有一書生，亦寄宿，善天文，忽見客星掩帝座甚急。書生驚呼咄咄，不覺聲高。又見一男子操刀入户，聞書生聲急，遂縮走，客星應時而退。如此者數過，帝乃悟曰：『必此人壻也。』遂召羽林搶奴誅之。」據此，則武帝在光武前，其占驗已如此。余故歷引客星故實，而斷之爲非吉星也。

虎丘

張仲舉《遊虎丘寺》詩：「虎來古冢金精白，龍卧秋池劍影寒。」

吴旦生曰：虎丘，舊名海湧山。《吴越春秋》言：「闔閭葬于國西北，名虎丘。扁諸之劍，魚腸三千在焉。葬之已三日，金精上揚爲白虎，踞墳，故曰虎丘。」杜子美《蕃劍》詩：「虎氣必騰上，龍身寧久藏。」蓋用此事與龍躍延津事耳。今仲舉正用虎以爲上句，借用龍以爲下句，恰合劍池，故佳。《太平清話》云：「顔真卿《虎丘》詩：『劍池穿萬仞，盤石坐千人。』故名千人坐。」劉致《姑蘇臺》詩：「江閲水犀歐冶劍，氣騰金虎闔閭墳。」嘉靖中粱有譽《姑蘇懷古》詩：「金虎跡荒靈氣滅，水犀軍散霸圖空。」似相本而較勝。

木上座

何太虚《夜立》詩結句云：「只有殷勤木上座，共聽枯葉響蕭騷。」

吴旦生曰：江西饒德操後爲僧，名如璧，嘗作詩勸吕東萊學道云：「向來相許濟時功，大似頻伽餉遠空。我已定交木上座，君猶求舊管城公。文章不療百年老，世事能排雙頰紅。好貸夜窗三十刻，胡牀趺坐究幡風。」今觀太虚此詩頷聯云：「萬里明河流眼去，三更獨雁倚風高。」亦是得道語也。

張來儀《遊虎丘》詩：「相攜木上座，來禮石觀音。」

梧竹

《存齋詩話》曰：「丁鶴年《題鳳浦方氏梧竹軒》詩：『鳴鳥曾聞此地過，至今梧竹滿丘阿。政懷翦葉書周史，卻恨翻枝入楚歌。金井月明秋影薄，石壇風細晚涼多。中郎去後知音少，共負奇才奈老何。』時作者已滿卷，此詩一出，皆爲斂衽。」

吴旦生曰：中二聯分貼「梧」、「竹」，極其穩細。蓋鶴年以西裔致稱高士，其詩以淹雅爲宗，如《兵後還武昌》云：「歸期實誤王孫草，遠信虚憑驛使梅。」又《樊口隱居》云：「春深門巷先生柳，雪後園林處士梅。」皆極使事之長。

圭齋

《堯山堂外紀》曰：「歐陽原功官國子監。丁卯八月，崇天門傳臚賜進士，右榜第一人阿察赤，左榜第一人李黼，皆原功西廳授業生也。是日京尹備鼓樂、旗幟、麾蓋甚都，導二狀元入學謝師，拜原功明倫堂。榜眼劉思誠、探花郎徐容，嘗從原功遊，亦拜其側。其餘進士拜者，雜沓不能記。原功成絶句以紀盛事云：『昔被仁皇雨露恩，三朝五度策臨軒。小臣報國無他技，館下新添兩狀元。』『禁苑層層桃李開，天街繡轂轉晴雷。銀袍飛蓋人争看，兩兩龍頭入學來。』『淡墨題名二十年，一官獨自擁寒氈。居然國子先生館，三五魁躔拜座前。』」

吴旦生曰：原功號圭齋，所著詩有《圭齋集》。其造就後進，一時推爲領袖，故有詩云：「謁客及門容履滿，贄文盈篋借鐙看。」則知一副熱腸出于性然，乃其門庭則寂如也。《東谷贅言》云：「長沙有朝士還鄉，賓至則鼓吹喧闐。有執友謁之，朝士曰：『翁好誦詩，近何誦？』友曰：『誦得孫鳳洲贈歐陽圭齋詩云：「圭齋還是舊圭齋，不帶些兒官樣回。若使它人居二品，門前簫鼓閙如雷。」』」觀此，深足媿朝士，而原功故自超矣。

人日

陶南邨《人日》詩：「元日至人日，未有不陰時。甫也昔所云，屢驗信弗疑。今歲異常歲，萬口稱稀奇。一晴連七朝，春氣即盎而。輕煙散微暄，麗日流祥暉。谿山逞德色，草木帶光輝。羊猪狗雞利，馬牛被郊畿。民物鮮疵癘，禾稼其蕃滋。」

吴旦生曰：「元日至人日，未有不陰時」二句乃老杜詩，因陰晴之異，即用爲起語耳。劉克云：此東方朔占書也。凡歲後八日：一日雞，二日犬，三日豕，四日羊，五日牛，六日馬，七日人，八日穀。其日晴則所主之物育，陰則灾。子美之意，以天寶亂，人物多灾。而南邨遂謂錫以雍熙，故辭意不同。

《太平御覽》載晉議郎董勛答問禮俗云：「正月一日爲雞，二日爲狗，三日爲羊，四日爲猪，五日爲牛，六日爲馬，七日爲人。正旦畫雞於門，七日帖人於帳。今一日不殺雞，二日不殺狗，三日不殺羊，四日不殺猪，五日不殺牛，六日不殺馬，七日不行刑。於此日向晨，至門前呼牛羊雜畜令來，乃置粟豆於灰，撒之宅内，云以招牛羊。」按一説云：「天地初開，以一日作雞，七日作人也。」

《北史》載：「魏帝宴百僚，問：『何故名人日？』魏收舉董勛之言爲對，時邢邵輩甚恧焉。」

《詞林海錯》云：「古人人日亦登高。晉李充《人日登剡山》詩：『命駕升西山，寓目眺原野。』桓温參軍張望亦有《人日登高》詩。唐中宗景龍三年正月七日，御清暉閣，登高遇雪，因賜金綵人勝，令學士賦詩。宗楚客有『九重中禁起，七夕早春還。太液波爲水，蓬萊雪作山』之句。」隋文帝正月十五日與近臣登高，召元冑曰：「與外人登高，不如就朕也。」韓退之有《寒食登高》詩。

硬黄

陶南邨詩：「搆室延虚白，臨書擣硬黄。」

吴旦生曰：陸放翁詩：「道室生虚白，仙經寫硬黄。」南邨似本此。即觀《南邨輟耕録》：「今人謂臨摹爲一體，不知臨、摹、硬黄、嚮搨四者迥然不同。臨，謂置紙在旁，觀其大小濃淡形勢而學之，若臨淵之臨；摹，謂以薄紙覆上，隨其曲折婉轉用筆曰摹；硬黄，謂置紙熱熨斗上，以黄蠟塗匀，儼如枕角，毫釐必見；嚮搨，謂以紙覆其上，就明窗牖間映光摹之。」楊升庵云：「六朝人尚字學，摹、臨特盛。其曰廓填者，即今之雙鉤；曰影書者，如今之嚮搨。」

榕

陶南邨《題張景辰福建歸》云：「榕陰處處浮嵐外，杜宇聲聲落照邊。」

吴旦生曰：閩、廣有木名榕音容，其木大而多陰，可蔽百牛，故字有寬芘廣容之説。《集韵》：「榕初生如葛藟緣木，後乃成樹。枝下著地，又復生根，異於他木。」柳子厚詩：「榕葉滿庭鶯亂啼。」蘇東坡詩：「卧聞榕葉響長廊。」薩天錫詩：「竹谿泥滑滑，榕樹雨瀟瀟。」迺賢詩：「萬里秋風榕葉暗，一林新雨荔枝肥。」陳孚《謁柳侯廟》詩：「欲奠荔蕉不知處，滿池榕葉擁朱門。」許有壬詩：「谿寒清見底，榕老亂垂根。」高啓詩：「祠羞荔子傳巫語，縣蔽榕陰放吏歸。」

燭翦

《升庵詩話》曰：「武伯英《詠燭翦》詩：『嘑殘瘦玉蘭心吐，蹴落春紅燕尾香。』爲一時所賞。」

吴旦生曰：李君實謂：「細思上句無味。」因戲改之云：「吞殘月魄蠹頤動，蹴落花鬚燕尾香。」又改云：「朱櫻顆坼金蟲墮，絳樹花殘玉燕斜。」自以爲體物較勝。余以伯英本句神韻自然，君實刻意描寫。讀者鑒其苦心，但未免露鑱。按：伯英，崞縣人，爲觀州倅。家故饒財，第宅園亭，爲河東之冠。貯書有萬卷樓。爲人多技巧，山水雜畫，斲琴和墨，皆極其工。興定末，殁於關中。

升庵於此詩後又載永樂中李古廉《詠翦刀》詩：「吴綾翦處魚吞浪，蜀錦裁時燕掠霞。深院響傳春晝静，小樓工罷夕陽斜。」公之直節清聲，而嫵媚如此，信乎賦梅花者不獨宋廣平也。錢牧齋謂：「此詩不載《古廉集》中。大率前輩别集經人撰定，恐破壞道學體面，每削去閒情、豔體之作，而存其酬應冗長者，殊可歎也。」

歷代詩話卷七十　壬集九

壽谿　吴景旭旦生氏著

元詩　卷下之上

鐵史

曹石倉曰：「廉夫樂府原編十六卷，今只存四卷。又門人顧亮所編，詠史不在此内。又鈔本者，亦係詠史詩也。先生詩集多係其門人吴復所編。先生自以爲：『古樂府辭世人罕習，善和予者，惟五峰李季和而已。』季和死，命吴復録季和死後凡若干首，至其墓焚之。則先生之與季和自相期許，可知矣。晚年門人章琬復輯其後所製者二百首，與吴復所編三百首，名曰《鐵雅》。蓋先生詠史詩，名曰《鐵史》。而鐵崖，其所居山名也。少年過太湖，得鏌鋣，煉爲鐵笛，又嘗自稱爲鐵笛道人云。」

吴旦生曰：張伯雨謂：「善用吴才老韵書，以古語駕馭之，李季和、楊廉夫遂稱作者。」章楓山謂：「廉夫與季和相倡和爲漢、魏樂府辭，直欲度越齊、梁而上薄《騷》、《雅》。」又廉夫自言用三體詠史：「用七言絶句體者三百首，古樂府體者二百首，古樂府小絶句體者四十首。絶句人易到，吾門章木能之；古樂府不易到，吾門張憲能之；至小樂府，二三子不能，惟吾能之。故五峰李著作推爲詠史上手。」余觀其冰稜魁崛之氣，不自掩抑，上下千百年，發而爲詠史樂府諸篇章，高自期待，而又得季和左右之，誠杰搆也。王弇州謂「雜以斷案」，何元朗謂「非正脈」，李西涯謂「恃才縱筆，不能合度」，皆未知廉夫者。

按：廉夫又有鐵龍精、鐵仙、鐵龍仙伯、老鐵之稱。卞宜之作《鐵笛》詩寄之云：「一段清冰百鍊鋼，曾翻宮徵事虚皇。裂開黄鶴磯頭石，驚落青鸞鏡裡霜。仙子佩環新樂府，翰林風月舊文章。道人清節磨礱久，卻笑桓伊獨據牀。」又楊孟載有詩名，廉夫戲以所號鐵笛爲題，使其賦之。孟載《效老鐵體呈歌》云：「鐵崖道人吹鐵笛，宮徵含嚼太古音。一聲吹破混沌竅，一聲吹破天地心。一聲吹開虎豹闥，彤庭跪獻丹扆箴。問君何以得此曲妙諧律吕，何以召陽而呼陰？都將《春秋》二百四十二年筆削手，譜成透天之竅價重雙南金。廉夫注：「《春秋》，一本名《透天關》。」掉頭玉署不肯入，直入弁峰絶頂俯瞰東溟深。王綱正統著高論，唾彼傳僻兼書淫。時人不識我不厭，會有使者徵球琳。具區下浸三萬六千頃之白銀浪，洞庭上立七十二朶之青瑶岑。莫邪老鐵作龍吼，丹山鳳舞江蛟吟。勖哉宗彦吾所欽，赤泉之盟猶可尋。更吹一聲振我清白祖，大鳴盛世載賡阜財解愠南風琴。」陳眉公云：「鐵笛今在張仲仁處，聞其色有緑羽，損而多坎，吹之不能成聲矣。」

素雲

楊廉夫詩：「椰漿半斗破明月，鐵笛一聲停素雲。」

吴旦生曰：仲瑛與廉夫飲，侍姬素雲行椰子酒。今人以椰子漿爲椰子酒，而不知椰子花可以釀酒。殷堯封詩：「椰花好爲酒，誰伴醉如泥。」《海録碎事》云：「椰子爲越王頭。」廉夫乘興奏鐵龍之笛，仲瑛口占云：「鐵笛一聲停素雲。」廉夫遂足成之。仲瑛次韵云：「并刀落手碎玉斗，椰蜜分香屬紫雲。」

倪元鎮《寄廉夫》詩：「彈琴吹鐵篴，中有古衣巾。」廉夫《寄元鎮》詩：「祇陀山下問幽居，新長青松七八株。見説近前丞相怒，歸來自寫草堂圖。」亦足見兩人之標興矣。余尤愛建文時龔大章一聯云：「好事主人金粟老，能文館客鐵龍仙。」二子平生，能以健筆括盡。

《蘇談》云：「阿瑛好事而能文，當時楊廉夫、鄭明德、張伯雨、倪元鎮皆其往還客也，尤密者爲秦約、于立、釋良琦。有二妓曰小瓊花、南枝秀，每會必在焉。」余因按《玉山詩序》，有「侍姬小瓊英調箏」，即其人也。其詩云：「金杯素手玉嬋娟，照見青天月子圓。錦箏彈盡鴛鴦曲，都在秋風十四絃。」讀之風流欲溯。

《詩話類編》云：廉夫晚寓松江，優游光景，殆二十年。姬妾十數人，曰桃葉、曰柳枝、曰璚華、曰翠羽。年既八十，精力不衰，璚華尚有弄瓦、弄璋之喜。客有小海生者，賀之爲江山風月福人，貌廉夫像而賦詩其上曰：「二十四考中書令，二百六字太師銜。不如八字神仙福，風月湖山一擔擔。天年只至九十九，好景常如三月三。小素小蠻休比似，桃根桃葉尚宜男。」廉夫和之曰：「紅兜羅巾白氎衫，金鑾致仕得頭銜。家無撲滿從誰破，世有鐵枷人自擔。黄白未嘗傳八八，龍蛇奚用辨三三。人間黄閣在平地，付與西京妾一男。」廉夫云：「有才力者，韵愈險，句愈奇。」二詩全不爲險韵所縛，所謂縛虎手也。

按：至正戊子二月十九日，玉山雅集。張渥用李龍眠白描體作圖，廉夫爲之記云：「冠鹿皮，衣紫綺，坐案而伸卷者，鐵笛道人會稽楊維禎也。執笛而侍者，姬，爲翡翠屏也。琴書左右，捉玉麈從容而色笑者，即玉山主者也。姬之侍，爲天香秀也。美衣巾，束帶而立，頤指僕從治酒者，玉山之子元臣也。奉肴核者，丁香秀也。持觴而聽令者，小瓊英也。」

不屈

《南濠詩話》曰：「張士誠據吴中，東南名士多往依之。不可致者，楊廉夫一人。一日，聞其來吴，使人要於路，廉夫乃至賓賢館。時元主方以龍衣、御酒賜士誠，喜廉夫至，即飲以御酒。廉夫作詩云：『江南歲歲烽煙起，海上年年御酒來。如此烽煙如此酒，老夫懷抱幾時開？』士誠知不可屈。」

吴旦生曰：廉夫高狷性成，晚年益縱詩酒，用自晦耳。洪武二年，遣詹同文趣召，廉夫作《老客婦謡》上之。同文爲作《老客婦傳》，其自爲詩云：「皇帝書徵老秀才，秀才嬾下讀書臺。」宋濳谿送以詩云：「不受君王五色詔，白衣宣至白衣還。」《藝苑卮言》云：「高皇徵修元史，廉夫不屈，乃放之歸。時危太樸爲弘文館學士，上一日聞履聲，問爲誰，太樸率然曰：『老臣危素。』上不懌，曰：『吾以爲文天祥邪。』謫佃臨濠死。人以定楊、危之優劣。嗚呼！廉夫其於高皇不屈，而屈於僞周哉？」《菽園雜記》云：「高皇厭危素自稱老臣，令余闕廟燒香。蓋余、危皆元臣，余爲元死節，故以媿之。」《閑中今古録》云：「太祖設宴，使元時舊象舞。象伏不起，殺之。次日作二木牌，一書危不如象，一書素不如象，挂於危素兩肩。」《聽雨紀談》云：「唐宋人無有書進士於官銜之上者，逮元猶然。獨楊廉夫當元世之季，書『李黼榜進士』，至用刻之印章。蓋黼死節之臣，廉夫書之者，欲自附於忠節之後，其意固有在也。」

《枝山前聞》云：「今士庶所戴方頂大巾，相傳太祖召廉夫，戴此以見。上問：『所戴何巾？』廉夫對曰：『四方平定巾。』上悦，遂令士庶依其製戴。」

胭脂井

廉夫爲賦《胭脂井》詞云：「昨夜韓擒虎，金陵奏凱回。井中人不死，重帶美人來。」

吴旦生曰：隋克臺城，後主投井中。軍人窺井，呼不應。欲下石，乃聞叫聲。以繩引之，頗訝其重，乃與張貴妃、孔貴嬪同束而上。此杜牧所謂「三人出眢井」也。按：井在金陵法寶寺，有石欄，紅痕若胭脂。相傳後主與張、孔淚痕所染，故名胭脂井。石欄上刻後主事迹，八分書，乃大曆中張著文。又有篆書「戒哉戒哉」數字。寺即景陽宮故地也。故井在焉，後人又名爲辱井。

宫人斜

廉夫樂府又賦《胭脂井》云：「井中人，不殉死，宫人斜在雷塘阯。」

吴旦生曰：《春明退朝録》：「唐内人墓謂之宫人斜，四仲遣使者祭之。」《秦京雜記》：「長安舊牆外長三里曰宫人斜，風雨夜多聞歌哭聲。」唐雍裕之《宫人斜》詩：「幾多紅粉委黄泥，野鳥如歌又似啼。應有春魂化爲燕，年年飛入未央栖。」據此，則唐時事也。按《廣輿記》：「隋煬帝葬宫人處名玉鉤斜，在江都治之西。」又羅隱作《煬帝陵》詩：「君王忍把平陳業，只博雷塘數畝田。」然則廉夫何不指玉鉤斜，於雷塘較合，而稱唐之宫人斜邪？

石婦

楊廉夫作《石婦操》，其引曰：「石婦，即望夫石也，在處有之。詩人悲其志與精衛同，不必問其主名也。予爲詞補入琴操云：峩峩孤竹岡，上有石魯魯。山夫折山華，歲歲山頭歌石婦。行人幾時歸，東海山頭有時聚。行人歸，啼石柱，石婦岑岑化黄土。」

吴旦生曰：《後山詩話》：「望夫石在處有之，古今詩人共用一律。惟劉夢得云：『望來已是幾千歲，只似當年初望時。』語雖拙而意工。黄叔達，魯直之弟也，以顧況爲第一，云：『山頭日日風和雨，行人歸來石應語。』語意皆工。江南有望夫石，每過其下，不風即雨，疑況得句處也。」《復齋漫録》云：「王建集載《望夫石》詩：『望夫處，江悠悠。化爲石，不回頭。山頭日日風和雨，行人歸來石應語。』乃知非顧況作，豈後山、叔達亦偶忘之耶？」《漁隱叢話》云：「荆公選《唐百家詩》，亦以此詩列集中。」則叔達之誤無疑。《事物考》云：「昔人有遠戍，其婦山頭望之，化爲石。其母爲餅將以爲餉，使其子偵之，恐其焦不可食也。往已無及矣，因化此鳥，但呼婆餅焦也。今江淮有之。」梅聖俞作《禽言》詩云：「婆餅焦，兒不食。爾父向何之，爾母山頭化爲石。山頭化石可奈何，遂作微禽嘵不息。」

羊車

楊廉夫《和薩天錫宫詞》云：「檐前不插鹽枝竹，卧聽金羊引小車。」

吴旦生曰：《通鑑》、正史皆言晉武帝平吴後頗事遊幸，宫中乘羊車，任所適幸之。宫人競以鹽汁灑地，竹葉插户，欲引羊以希幸。廉夫正詠其事也。李君實謂：「羊性很劣，不能駕車。」考《隋・輿服志》：「羊車，晉司隸校尉劉毅奏置。蓋護軍羊琇私乘者也。其制如軺車，金寶飾，紫錦幰，朱絲網。馭童二十人，皆兩鬟髻，服青衣。取年十四五者，謂之羊車小史。駕以果下馬，其大如羊。」帝之所乘，實此車也。插竹、灑鹽，殊爲附會。余按王伯厚《漢制攷》云：「羊車。

《注》：羊，善也。善車，若今定張車。《疏》謂漢世去今久遠，未知定張車將何所用，但知在宫内所用，故差小爲之，謂之羊車也。《釋名》云：羊，祥也。祥，善也。善飾之車，今犢車是也。」據此，則宫内用羊車，其制已古。而晉武乘以荒遊，爲失其初耳。竊以此義較君實爲確。

警枕

廉夫作《警枕辭》云：「不睡龍，醒復醒，珊瑚圓木摇金鈴。」

吴旦生曰：《吴越志》載：「錢王鏐自少在軍中，夜未嘗寐，倦極則就圓木小枕，或枕大鈴，寐熟輒攲而寤，曰警枕，因名不睡龍。」故廉夫詠之。按《禮記注》：「潁，警枕也。刀之在手謂之潁，禾之秀穗亦謂之潁，枕之警動亦謂之潁。」《困學紀聞》引作「熲」，謂之熲者，熲然警悟也。蔡邕《警枕銘》云：「應龍蟠蟄，潛德保靈。制器象物，示有其形。哲人降鑒，居安慮傾。」范淳甫記司馬君實以圓木爲警枕，少睡則枕轉而覺，乃起讀書。

鞋杯

《雲林遺事》曰：「楊廉夫耽好聲色。一日與元鎮會飲友人家，廉夫脱妓鞋，置酒杯其中，使坐客傳飲,名曰鞋杯。元鎮素有潔疾,見之大怒,翻案而起,連呼齷齪而去。」

吴旦生曰: 瞿宗吉年十四,見廉夫《香奩八題》,即席倚和。廉夫因以「鞋杯」命題,宗吉作《沁園春》云:「笑書生量窄,愛渠儘小,主人情重,酌我休遲。」廉夫大喜,即命侍妓歌以行酒。又,何元朗遇王弇州夜集,元朗袖中偶帶王賽玉鞋一隻,出以行酒。弇州作長歌,有云:「手持此物行客酒,欲客齒頰生蓮花。」元朗爲之歎賞。然攷前此已有之,《墨莊漫録》載王深詩云:「時時行地羅裙掩,雙手更擎春瀲灩。旁人都道不須辭,儘做十分能幾點。春柔淺醮蒲萄暖,和笑勸人教引滿。路塵忽浥不勝嬌,剗蹈金蓮行款款。」

凸凹

楊廉夫作《内人剖瓜詞》云:「玉郎渴甚索相嘲,可忍食殘團月凹。」

吴旦生曰: 韓退之《雪》詩:「凹中初蓋底,凸處遂成堆。」歐永叔《古瓦研歌》:「誰使鐫鑱凸與凹。」能盡二字之理。楊升庵謂:「土窪曰凹,土高曰凸,古之象形字也。」周伯温乃云:「凹當作坳,凸當作垤。俗作凸凹,非是。」反以古字爲俗字也。東方朔《神異經》云:「大荒石湖,千里無凸凹,平滿無高下。」《畫記》云:「張僧繇畫一乘寺壁,遠望如凹凸,近視則平,遂呼爲凹凸寺。」一云尉遲乙僧善繪凹凸花。

升庵又云：「容宊即凹凸。此二字出《蒼頡篇》，極古。」陳恕仁云：「《經史直音》：容音濶，合也；宊音亦，穴也。」

蝶裙

楊廉夫作《續匳集》，其於《學書》有云：「新詞未上鴛鴦扇，醉墨先污蛺蜨裙。」

吴旦生曰：《唐闕史》云：「京兆韋進士納洛妓，五年而卒。有言嵩山任處士有返魂之術，韋求見之。任云：『須得一經衣之衣，以導其魂。』韋搜得一裙之金縷者，任爲致之，無異平生。韋爲詩云：『惆悵金泥簇蝶裙，春來猶得伴行雲。』」陸魯望有《金縷裙記》。《酉陽雜俎》云：「秀才顧非熊，少時嘗見鬱棲中壞緑裙幅，旋化爲蜨。」《埤雅》云：「朽木化爲蟬，壞裙化爲蝶，腐菌化爲蜂。」

射鴨

廉夫《題繆佚寫林塘圖》云：「清流帶古郭，中有射鴨堂。」

吴旦生曰：常熟繆貞爲江浙掾史，其子佚讀書能畫，故廉夫詩先美貞以及佚也。按：孟郊爲溧陽尉，開射鴨堂，蓋性喜射鴨爲樂，有「不如竹枝弓，射鴨無是非」之句。東坡《題縣尉水亭》詩：「已作觀魚檻，還開射鴨堂。」又《讀孟郊詩》云：「桃弓射鴨罷，獨速短蓑舞。」

麒麟楦

廉夫詩：「不才何用麒麟楦。」

吴旦生曰：「楦」，許怨切。《朝野僉載》云：「楊炯每見朝官，目爲麒麟楦。言如弄假麒麟，刻畫頭角，修飾皮毛，覆之驢上，巡場而走。及脱皮揭，還見驢焉。無德而衣朱紫，與覆麒麟皮何别？」陸放翁詩：「殘骸皆作麒麟楦，舊友仍非處士牙。」萬曆中申維烈詩：「走馬禁中多媪相，麒麟楦會一齊來。」

審雨堂

楊廉夫詩：「王侯螘穴一夢覺，歸作槐陰審雨堂。」

吴旦生曰：《窮神祕苑》云：「元魏時，盧汾嘗叩樹，有一女子衣青出，引汾入。見廳堂危豁，有堂題曰審雨堂，蓋古槐中蟻穴也。」范石湖詩：「垤鳴東山鸛，堂審南柯蟻。」

邏檀

廉夫《琵琶怨》云：「蜀絲鴛鴦織錦縚，邏檀鳳皇斷金槽。」吴旦生曰：《譚賓録》：「開元中，有中官白季貞，自蜀使回，得琵琶以獻。其槽以邏沙檀爲之，温潤如玉，光耀可鑒。有金縷紅紋，蹙成雙鳳。楊妃每抱是琵琶奏於梨園，而諸王貴主，自虢國已下，競爲貴妃琵琶弟子。每受曲畢，皆廣有進獻。」《太真外傳》云：「絃乃末訶彌羅國永泰元年所貢者，渌水蠶絲也，光麗如貫珠。」

西湖竹枝

楊廉夫《西湖竹枝歌》云：蘇小門前花滿株，蘇公隄上女當壚。南官北使須到此，江南西湖天下無。

鹿頭湖船唱赧郎，船頭不宿野鴛鴦。爲郎歌舞爲郎死，不惜真珠成斗量。

家住城西新婦磯，勸君不唱縷金衣。琵琶元是韓朋木，彈出鴛鴦一處飛。

勸郎莫上南高峰，勸我莫上北高峰。南高峰雲北峰雨，雲雨相催愁殺儂。

湖口樓船湖日陰，湖中斷橋湖水深。樓船無柁是郎意，斷橋有柱是儂心。
病春日日可如何，起向西窗理琵琶。見説枯槽能卜命，柳州衖口問來婆。
小小渡船如缺瓜，船中少婦竹枝歌。歌聲唱入箜篌調，不遣狂夫横渡河。
石新婦下水連空，飛來峰前山萬重。妾死甘爲石新婦，望郎忽似飛來峰。
望郎一朝又一朝，信郎信似浙江潮。牀腳掮龜有時爛，臂上守宫無日銷。

吴旦生曰：《藝苑巵言》：「元時法網寬，人不必仕宦。浙中每歲有詩社，聘一二名宿如廉夫輩主之，刻其尤者爲式。」此《西湖竹枝詞》所由作也。故山西和維序之曰：「廉夫晚歲寓居西湖，留連詩酒，乃賦《西湖竹枝詞》若干首。一時和者數百家，雖婦人女子之作，亦爲收録。廉夫加評點，板行海内。久之湮滅。今得詞一百八十五首，計一百二十人。」余從本集録廉夫九首，復於徐興公選本録和者二十五首，於錢牧齋選本録和者十八首，及它本所見一二首。徐野君取洪、永以後所詠爲《西湖竹枝詞續集》。余選二十五首附於後，爲暇日瀏覽焉。

興公選本

蘇小門前騎馬過，相逢白髮老宫娥。自言記得前朝事，只説當年賈八哥。　宇文子真
手種宜男寄去時，花開灼灼子離離。芳心不似蘼蕪草，一任春風爛熳吹。　陸繼之
南北高峰作鏡臺，十里湖光如鏡開。行人有心都照見，勸郎肝膽莫相猜。　朱仲文

湖上采菱菱溼衣，泥中取藕偶來歸。快殺鴛鴦不獨宿，卻嫌鸂鶒傍人飛。釋道元

儂家住在湧金門，青見高峰白見雲。嶺上並無丞相宅，湖邊猶有岳王墳。于彦成

楊柳樹頭雙鵓鴣，雨來逐婦晴來呼。鴛鴦到死不相背，雙飛日日在西湖。又

郎去東征苦未歸，妾去采桑長忍飢。養蠶成絲不敢賣，留待織郎身上衣。釋雷隱

十五女兒羅髻垂，照水學畫雙蛾眉。長橋橋下彎彎月，偏向儂家照别離。郗九成

妾家西湖住横塘，門前楊柳萬條長。願郎醉後莫折斷，留待重來繫馬韁。又

郎去天涯妾在樓，西湖楊柳又三秋。郎情莫似湖頭水，城北城南隨處流。楊子壽

楊白花開風滿天，花開成絮不成緜。不如落向西湖水，化作浮萍箇箇圓。顧進道

郎子别時秋月明，説道歸時春水生。曉起門前聽過馬，馬嘶都是别人行。又

孤山梅花開雪中，恰似阿儂冰雪容。不學畫橋南畔柳，春來容易嫁東風。王彦强

與郎别久夢相思，不作西園蝴蝶飛。化作春深題鴂鳥，一聲聲是勸郎歸。馬民立

銷金窩邊瑪瑙坡，争似儂家春最多。蝴蝶滿園飛不去，好花紅到翦春羅。熊進德

湖湖艇艇風徐徐，秋水蕩漾金芙蕖。釣魚不是貪雙鯉，爲恐腹中藏素書。韋德圭

湖中采蓮蓮刺長，芡頭新剥掌中妝。掌中芡子眼中淚，化作鮫珠遺我郎。楊宗善

西湖女兒似西施，瓜皮小船歌竹枝。郎心如月有時黑，妾心如山無動時。張大本

蘇公隄上柳枝枝，月子彎彎似妾眉。記得雙雙拜新月，只今獨有影相隨。又

儂自西湖日日愁，郎船只在浙江頭。憑誰移得吴山去，湖水江波一處流。沈自誠

楓篁嶺下月色涼，無數竹枝官道旁。東家爲愛青青節，截作參差吹鳳皇。别里沙彦誠

湖中日日坐船窗，水面鯉魚長一雙。好寄尺書問郎信，惱人湖水不通江。吴彦章

美人絶似董嬌嬈，家住南山第一橋。不肯隨人過湖去，月明夜夜自吹簫。士女曹妙清比玉

憶抱明珠買妾時，妾起梳頭郎畫眉。郎今何處妾獨在，怕見花開雙蛺飛。張妙浄惠蓮

蘇公隄上楊柳青，人來人去綰離情。東風爲爾叮嚀道，折斷柔條莫再生。無名氏

牧齋選本

雲髻高梳鬟不分，埽除虚室事元君。新黏白紙屏風上，盡畫蓬萊五色雲。潘子素

水仙祠前湖水深，岳王墳上有猨吟。湖船女子唱歌去，月落滄波無處尋。黄子久

昨夜西湖月色多，照見郎君金叵羅。明朝江頭放船去，江亭風雨奈君何。曹新民

茜紅裙子柳黄衣，花間采蓮人不知。唱歌蕩槳過湖去，荷葉荷花風亂吹。陳敬德

牡丹開時花滿闌，芍藥開時春已殘。等過三春今半夏，重樓日日倚闌干。顧翼之

阿儂心似湖水清，願郎心似湖月明。南山雲起北山雨，雲雨朝朝何處晴。

十三女兒不出門，父孃墳在葛嶺根。同攜女伴蹋青去，不上道旁蘇小墳。宋無逸

湖上采薪春復春，養蠶長見繭絲新。老蠶不識人間事，猶趁東風了此身。又

湖光照儂雙畫眉，鬢邊照見一莖絲。東家女伴多年别，昨日攜來十歲兒。又

湖頭女兒二十多，春山兩點明秋波。自從湖上送郎去，至今不唱江南歌。馬文璧

潮去潮來春復秋，錢塘江水通湖頭。願郎也似江潮水，莫去朝來不斷流。張芸已

孤山脚下三叉路，孤山墳上好梅花。不似馬塍桃李樹，隨春供送到人家。張希顔

水長西湖一尺過，湖頭狂客奈愁何。鯉魚吹浪楊花落，聽得鱅聲歸思多。葉居仲

蘇公隄上草離離，春盡王孫尚未歸。風度珊瑚簾影直，一雙紫燕近人飛。周正道

采菱女兒新樣妝，瓜皮船小水中央。郎心只如菱刺短，妾情謾比藕絲長。又

湖光女兒不解愁，二三蕩槳百花洲。貪看花間雙蛺蝶，蜻蜓飛上玉搔頭。嚴景安

湖上女兒學琵琶，滿頭都插鬧妝花。自從彈得陽關曲，只在湖船不在家。强彦栗

初三月子似彎弓，照見花開月月紅。月裡蟾蜍花上蝶，憐渠不到斷橋東。繆叔正

《升庵詩話》一首

盡説盧家好莫愁，不知天上有牽牛。賸拋萬斛燕支水，溜向銀河一色秋。徐延徽

《歸田詩話》二首 瞿宗吉云：「惜不記其人姓名。」

春暉堂上挽郎衣，别郎問郎何日歸。黄金臺高尚回首，南高峰頂白雲飛。

官河繞湖湖繞城，河水不如湖水清。不用千金酬一笑，郎恩才重妾身輕。

選野君續本

望郎不歸春又深，相思敲斷碧瑶簪。南高峰頭有香願，早買湖船出湧金。瞿宗吉

西子湖邊楊柳枝，千條萬縷盡垂絲。東風日暮花如雪，飛入雕牆兩不知。又

春來芳草蹋成蹊，半是車輪半馬蹏。多謝清明三日雨，舊痕新緑一般齊。楊孟載

湖日初明湖水涯，門前鵲噪郎到家。折得草花還自喜，插向阿奴雙髻丫。孫太初

春風楊柳緑絲絲，似妾千思復萬思。妾家有酒沙糖味，郎若來嘗便得知。沈石田

杏子單衫窄樣裁，荷花嬌貌一般開。心中有事誰知得，酸去酸來只怨梅。又

討玫祈籤問後因，大槐宫裡話前程。憑君金玉過於斗，四月嘑鵑能幾聲？釋心一

一灣高岸幾家船，聚族成村列市廛。解語小兒知物價，而今猶數宋時錢。申瑶泉

酒盡罏青客未休，脱衣走馬恣風流。西湖亦有横塘曲，一拍風吹入秀州。王辰玉

錦馬穿花十八孃，春風吹過草生香。珊瑚鞭墜不回顧，卻折柳枝三尺長。田子藝

白公隄畔草離離，别樣湖山絶可思。個中風景誰當似，蘇小當年未嫁時。卓左車

雙雙夫婦進香歸，北到孤山南浄慈。偶向岳王墳裡過，囑郎須買耍孩兒。王季重

南屏鐘罷黑稜層，二十亭亭月二更。畫舸香車都不見，西陵橋下數魚鐙。又

湧金門外水微茫，問水亭邊上小航。三十六橋隨意去，阿誰風色似錢唐？李長蘅
湖南柳大解拖煙，湖北花開不賣錢。儂正南來郎北去，相逢憎殺兩來船。吴去塵
杭州纖趾四方傳，蹋破蘇隄一寸煙。新月吐時真像月，蓮花開處又生蓮。徐野君
個個春衫簇繡裙，滿湖風月幾家分。妾心堅似南山石，郎情薄似北山雲。又
陸公祠下酒如泉，十五小姬向晚妍。兩頰欲言紅似火，低頭學索酒家錢。胡彦遠
人依三竺結樓臺，竹嶺松坪酒肆開。貸得僧錢娶新婦，夜深花燭拜如來。黄伯傳
大小兩山猶號孤，虧儂獨自住西湖。少年若也能留佩，何必兒家日望夫。王丹六
青陽處處賣湖隄，白墮家家颭水旗。不道岳墳春似海，果然人象午潮時。邵古庵
一群野烏立樹丫，一雙好鳥睡淺沙。生憎我郎顛倒甚，藕花不采采梨花。徐幼夌
西子湖頭賣酒家，春風摇蕩酒旗斜。行人沽酒唱歌去，蹋碎滿街山杏花。女子朱静庵
横塘秋老藕花殘，兩兩吴姬盪槳還。驚起鴛鴦不成浴，翩翩飛過白蘋灘。又
紅漆車兒駕白羊，吴鹽空灑竹枝香。不知羊角如心曲，纔聽車輪欲斷腸。無名氏

蘇臺竹枝

《詩話類編》曰：「楊廉夫《竹枝詞》，一時和者五十餘人。有瞿宗吉《竹枝詞》云：『月落西邊有時

出，水流東去幾時還？早起腥風滿城市，郎從海口販鮮回。』尤越出廉夫矣。」

吴旦生曰：前載宗吉所和《竹枝詞》「望郎不歸春又深」、「西子湖邊楊柳枝」二首，又見《翦鐙新話》所載《聯芳樓記》，乃知《詩話》所收爲薛氏作，而誤認爲宗吉也。按：至正初，吴郡姓薛者有二女，長曰桂英，次曰蕙英，皆能詩賦。建一樓以處之，名曰蘭蕙聯芳之樓。有詩數百篇，號《聯芳集》。時廉夫《竹枝》鏤板書肆，二女見之，笑曰：「西湖有《竹枝曲》，東湖獨無《竹枝曲》乎？」乃製《蘇臺竹枝曲》十章。廉夫見其稿，手寫二詩於後。

姑蘇臺上月團團，姑蘇臺下水潺潺。月落西邊有時出，水流東去幾時還？

館娃宫中麋鹿遊，西施去泛五湖舟。香魂玉骨歸何處，不及真娘葬虎丘。

虎丘山上塔層層，静夜分明見佛鐙。約伴燒香寺中去，自將釵釧施山僧。

門泊東吴萬里船，烏啼月落水如煙。寒山寺裏鐘聲早，漁火江楓惱客眠。

洞庭金柑三寸黄，笠澤銀魚一尺長。東南佳味人知少，玉食無緣進上方。

荻芽抽筍楝花開，不見河豚石首來。早起腥風滿城市，郎從海口販鮮回。

楊柳青青楊柳黄，青黄變色過年光。妾似柳絲易憔悴，郎如柳絮太顛狂。

翡翠雙飛不待呼，鴛鴦並宿幾曾孤。生憎寶帶橋頭水，半入吴江半太湖。

一緺鳳髻緑於雲，八字牙梳白似銀。斜倚朱門翹首立，往來多少斷腸人。

百尺高樓倚碧天，闌干曲曲畫屏連。儂家自有蘇臺曲，不去西湖唱采蓮。

廉夫二詩

錦江只説薛濤牋，吴郡今傳蘭蕙篇。文采風流知有自，連珠合璧照華筵。

難弟難兄並有名，英英端不讓瓊瓊。好將筆底春風句，譜作瑶箏絃上聲。

歷代詩話卷七十一 壬集十

蒔谿 吴景旭旦生氏著

元詩 卷下之下

柯敬仲

倪元鎮《題柯敬仲竹》云：「檢韵蕭蕭人品係，篆籀渾渾書法俱。奎章博士生最晚，耽詩愛畫同所趨。」

吴旦生曰：徐克昭《稗史集傳》云：「柯九思，字敬仲，遇文宗於潛邸。及即位，置奎章閣，特授學士院鑒書博士。凡内府所藏，咸命鑒定，寵顧日隆，由是見忌。御史章入，文宗重違諫臣意，敕除外，諭其少避，『俟至上京，宣汝矣』。未幾，大行上賓。敬仲流寓中吴，善寫竹石。自謂寫榦用篆法，枝用草書法，葉用八分，或用魯公撇筆法，木石用金釵股、古漏痕之遺意。」則元鎮題竹而及人品、書法，亦摭實也。

《堯山堂外紀》云：「敬仲在奎章，得出入内廷。後失寵，退居吴下。虞伯生作《風入松》長短句寄之云：『畫堂紅袖倚清酣，華髮不勝簪。幾回晚直金鑾殿，東風軟，花裡停驂。書詔許然官燭，輕羅初試朝衫。　御溝冰泮水挼藍，飛燕語呢喃。　重重簾幕寒猶在，憑誰寄，錦字泥緘。報道先生歸也，杏花春雨江南。』詞翰兼美，一時争相傳誦，機坊以此織成帕云。」

鵯鵊

倪元鎮《聞鵯鵊》詩：「林影曨曨鵯鵊聲，歐陽詩句最關情。」

吴旦生曰：歐陽永叔《鵯鵊》詞云：「紅紗蠟燭愁夜短，緑窗鵯鵊催天明。」此元鎮所稱「關情」句邪？乃催明之鳥，故韓致堯詩：「殘夢依依酒力餘，城頭批頰伴嘑烏。」張文潛詩：「紙窗將白燭微明，鵯鵊枝頭一兩聲。」皆與永叔同意。

按：「鵯鵊」，作「批鵊」，亦作「批頰」。其頰上有二點白，故名。今名山呼，一名夏雞，俗名隔隥雞。《韵會》以爲杜鵑，非也。《留青日札》云：「至蠶候乃鳴者，俗曰札山、札火，亦因其聲也。」

盧延遜詩：「樹上諮諏批頰鳥，窗間壁剥叩頭蟲。」又見《海録碎事》載一詩云：「小鳥聞批頰，微蟲弄叩頭。」豈其偶同邪？天啓間黄太穉詩：「割樹放飛批頰鳥，闌雲留養剔牙松。」皆於「頰」字見工。《異苑》云：「有小蟲，形色如大豆，咒令叩頭，如所教，然後請放。稽顙輒七十而有聲。」傅咸有《叩頭蟲賦》。《霍小玉傳》有叩頭蟲。

匡山

倪元鎮《爲張來儀賦匡山讀書處》云：「廬山鬱岧嶤，上有香鑪峰。」吴旦生曰：《漢・郡國志》：「廬江郡潯陽縣南有廬山。」惠遠《廬山記》云：「有匡續一作「俗」，先生，出殷、周之際，受道於仙人，而適游其巖。時人感其所止，爲神仙之廬，因名廬山。」按：匡續，字子孝。豫章舊志謂漢時封於潯陽，恐誤。謝顥《廣福碑》云：「周威烈王以安車迓匡續。續仙去，惟廬存，因命其山爲靖廬山。邦人以先生姓呼匡山，又曰匡阜。」按：續師柱下史，住南障山，改呼匡廬。《建章寶録》云：「隆安六年，桓玄遺書於匡山惠遠法師。」則匡山之爲廬山，固在潯陽矣。如老杜《贈太白》云：「匡山讀書處。」乃蜀中彰明縣之大匡山也。《學林新編》以爲太白舊游廬山，子美欲招隱爲廬山之遊。余於己集杜詩中詳辨其誤。今元鎮借五字爲篇題，起手即説廬山，而全篇絶不涉太白，庶無礙也。

養鴨

倪元鎮詩：「笠澤至今能養鴨，山陰何處覓籠鵝？」

吴旦生曰：《談苑》：「陸龜蒙居笠澤。有一内臣自長安使杭州，舟經舍下，彈其一緑頭鴨死。龜蒙遽從舍出，大呼云：『此緑鴨有異，善人言，適將獻天子。今將此死鴨以詣官。』内使少長宫禁，信以爲然，厚以金帛遺之。徐問：『此鴨何言？』龜蒙曰：『常自呼其名。』」東坡《題三賢堂》詩：「郤因養得能言鴨，驚破王孫金彈丸。」馬虚中詩：「昭諫謾愁花解語，天隨曾聽鴨能言。」

百顆

倪元鎮《送甘允從》詩：「奉橘定應題百顆，籠鵝即欲寫千行。蘭亭書法人間少，好去山陰覓野航。」

吴旦生曰：韋應物《青橘》絶句云：「書後欲題三百顆，洞庭須帶滿林霜。」黄山谷謂：「右軍一帖云：『奉橘三百枚，霜未降，不可多得。』韋詩蓋取諸此。」東坡《書劉景文所藏帖》云：「君家子敬十二字，氣壓鄴侯三萬籤。」則誤以爲子敬帖矣。山谷《謝黄柑》云：「書後合題三百顆，頻隨驛使未應慳。」《漁隱叢話》謂：「右軍又一帖云：『奉黄柑二百，不能佳，想故得至耳。』山谷誤用爲『三百』。」右軍前一帖在《賜書堂法帖》中，後一帖在《劉次莊法帖》中。

犢鷗

倪元鎮《苦雨》詩云：「十里荒涼黄犢草，五湖浩蕩白鷗波。」吴旦生曰：《詩話》：「盧仝詩：『陽坡草軟厚如織，因與鹿麛相對眠。』荆公止用五字道盡兩句，云：『眠分黄犢草。』豈不簡而妙乎？」《天廚禁臠》云：「沙草則衆人所謂水邊林下之物，所與游處者，牛羊鷗鳥耳。荆公造而爲語曰：『眠分黄犢草，坐占白鷗沙。』其筆力高妙，殆若天成。」今元鎮脱換其語，便寫出積雨瀦水之景，尤使人一唱而三歎也。吴文定公云：「元鎮詩脱去元人穠麗之氣，而得乎陶、柳之法。然世知者少，以其隱處山林下耳。」

顧仲瑛

《存餘堂詩話》曰：「舊藏顧仲瑛詩帖一紙，乃《次韵劉孝章治中邀夏仲言郎中遊永安湖》詩二首，字畫絶工。楊鐵崖嘗和之，中有一聯云：『啄花鶯坐水楊柳，雪藕人歌山鷓鴣。』極爲鐵史所稱許。楊支硎跋其後云：『吾家鐵先生，平日豪氣塞雲漢，未嘗輕易假人以稱可語。今爲仲瑛拈出一聯，低頭遜避，乃知先生目中自有人也。』仲瑛在當時能以俠勝，詩筆特其餘耳。今求斯人，又何可得？家有數百頃田，被新衣，駕大舫，赫赫買冠帶，欺鄉里愚民，彼視文事爲何物？然則雖有吾家先生，當何所詣哉！」

吴旦生曰：此詩不載《玉山草堂集》。按：仲瑛雄於貲，折節讀書。築别業於茜涇西，曰玉山佳處，日夜與客置酒賦詩其中。因刻交遊諸公詩，自鐵崖而下四十餘家，曰《草堂雅集》。或頌云：「追草《玄》於西蜀，軼浣花於南杜。」李祁謂：「使是集與《蘭亭》、《桃花園序》並傳天壤間，則後之覽者，安知其不我若耶？」同時有沈萬三及福山曹氏，亦以財雄於吴，而文雅不及，宜支硎之感歎於跋尾也。

仲瑛自記云：「玉山中亭館凡二十有四，其扁題皆名公鉅卿、高人韵士口詠手書，以贈予者。」後斷髮，自稱金粟道人，自畫小像，浴馬摘阮，補釋典，寫道經。最後則方牀曲几，與一老翁對語，而題詩其上云：「儒衣僧帽道人鞋，天下青山骨可薶。若説向時豪俠處，五陵鞍馬洛陽街。」五像有石刻傳吴中。又自爲壙志，戒其子以紵衣、桐帽、椶鞋、布韈纏裹入土。

雨交

顧仲瑛詩：「舊雨不來今雨來，故交那在新交右。」

吴旦生曰：《白孔六帖》載：「杜子美卧病長安旅次，多雨生魚，青苔及榻。常時車馬之客，舊雨來，新雨不來。」按：「舊雨」，即舊日也。陸放翁詩：「少陵今雨無客至，寂寞衡門晝常閉。」蓋詠其事也。今仲瑛以分題用爲起語，又反其意而用之。

蘇東坡詩：「新巢語燕還窺硯，舊雨來人不到門。」劉無黨詩：「客裏厭聞今舊雨，夢餘愁聽短長更。」王仲澤詩：「舊雨故人應念我，不來聯句夜煎茶。」范德機詩：「頗怪來今雨，相看語後天。」成化中邵國賢詩：「客復來今雨，山如對此翁。」程克勤詩：「百年老友不復見，舊雨故人空一來。」朱性甫詩：「老夫把卷仍自讀，舊雨到門今不來。」

滕王

劉仲修《鍾陵眺望》詩：「鳳迷吴女瓊軒月，蝶失滕王畫棟雲。」

吴旦生曰：王建《宫詞》：「搨得滕王蛺蝶圖。」按《酉陽雜俎》云：「嘗見滕王蝶圖，有名江夏班、大海眼、小海眼、村裡來、菜花子。」《圖繪寶鑑》云：「滕王湛然，善畫花鳥蠭蝭。」此是滕王湛然也。王勃詩：「珠簾暮卷西山雨，畫棟朝飛南浦雲。」按《唐書》云：「元嬰爲荆州刺史，驕佚失度。及遷洪州都督，以貪聞。高宗給麻二車，助爲錢緡。」故《滕王閣記》云：「南昌故郡，洪都新府。」此是滕王元嬰也。今仲修詩「蝶」與「棟雲」並入一句，混甚。

謝豹

戴叔能詩：「百年世事醯雞變，一夜鄉心謝豹啼。」

吴旦生曰：《老學庵筆記》：「吴人謂杜宇爲謝豹。杜宇初啼時，漁人得蝦曰謝豹蝦，市中賣筍曰謝豹筍。」顧況詩：「緑樹村中謝豹啼。」若非吴人，不知爲何物。《禽經》云：「杜鵑啼苦則倒懸於樹，自呼曰謝豹。」《成都舊事》云：「有人飲於錦城謝氏，其女窺而悦之。其人聞子規啼，心動，即謝去。女恨甚。後聞子規啼，則怔忡若豹鳴也。使侍女以竹枝驅之，曰：『豹，汝尚敢至此啼乎？』故名子規爲謝豹。」

又按：謝豹，人也，抱耻而死，其魄爲蟲，潛行地中，羞見人。掘出之，猶以雙足覆面，作忍耻狀。《酉陽雜俎》云：「虢州有蟲名謝豹，常在深土中。司馬裴沈子常掘阬獲之，小類蝦蟆，而圓如球。見人，以前兩脚交覆首，如羞狀。能穴地如鼢鼠，頃刻深數尺。或出地聽謝豹聲，則腦裂而死。俗因名之。」

成幹詩：「杜鵑花與鳥，怨艷兩何賒。疑是口中血，滴成枝上花。一聲寒食夜，數朵野僧家。謝豹出不出，遲遲日又斜。」張泌詩：「高林帶雨楊梅熟，曲岸籠雲謝豹啼。」周衡之詩：「東風一樹棠梨老，落日千山謝豹啼。」葉子奇詩：「待尋無樹人家宿，免得中宵謝豹啼。」弘治中鄭繼之詩：「謝豹見人嘸出血，王孫上樹捷如風。」

雙廟

張思廉《雙廟詞》末云：「唐家宫殿秋草生，二十一陵如掌平。獨遺雙廟門前石，日有行人來繫牲。」

吴旦生曰：《珊瑚鉤詩話》：「睢陽雙廟，俗謂之五侯廟。雙廟者，爲張、許建也；五侯者，南、雷、賈亦作像於廊廡耳。」王荆公詩：「就死得處所，至今猶耿光。此獨身如在，誰令國不亡。」黄豫章詩：「縱使賀蘭非長者，未妨南八是男兒。」余按：巡，字巡，鄧州人。博通群書，爲文章不立稿。其守睢陽，城孤勢蹙，猶激勵將士，賦詩云：「裹瘡猶出陣，飲血更登陴。」又《聞笛》詩云：「不辨風塵色，安知天地心。」其《謝金吾將軍表》與許遠《祭城隍》文，皆嚼齒穿齦之辭。劉禹錫云：「此二公天贊其心，俾之守死善道。向若救至身存，不過一張僕射耳，則巡、遠之名安得以耀萬古哉？」金人趙周臣詩：「男兒生不功名死無益，莫言薄領卑凡職。君不見，當時髯張一尉耳，至今雙廟令人起。」《草木子》云：「近有以《張巡傳》黏窗者，一士人見之，題云：『坐守睢陽當豹關，江淮賴此得全安。至今青史雖零落，猶障窗風一面寒。』」

《南濠詩話》云：「會稽張思廉流寓吴門，時張士誠欲結内遊客，大開賓賢之館。聞思廉名，禮致爲樞密院都事。遂委身事焉。未幾，張敗。思廉變姓名，走杭州，寄食報國寺。旦暮手一編，人不得窺。後思廉死，寺中人取視之，乃其平生所作詩也。」

白翎雀

《輟耕録》曰：「《白翎雀》者，教坊大曲也。始甚雍容和緩，終則急躁繁促，殊無有餘不盡之意。竊嘗病焉。後見陳雲嶠云：白翎雀生於烏桓之地，雌雄和鳴，自得其樂。世皇因命伶人碩德閭製曲以名之。曲成，上曰：『何其末有怨怒哀嫠之音乎？』時譜已傳矣，故卒莫能改。張思廉作歌曰：『真人一統開正朔，馬上鞮鞻手親作。教坊國手碩德閭，傳得開基太平樂。檀槽頷呀鳳皇齶，十四銀環挂冰索。摩訶不作兜勒聲，聽奏筵前《白翎雀》。霜皠皠，風轂轂，白草黄雲日色薄。玲瓏碎玉九天來，亂撒冰花灑氈幕。玉翎琤琎起盤礴，左旋右折入寥廓。崒嵂孤高繞羊角，哦啁百鳥紛參錯。須臾力倦忽下躍，萬點寒星墜叢薄。砉然一聲震雷撥，一十四絃喑一抹。鶖鶬飛起暮雲平，鷙鳥東來海天闊。黄羊之尾文豹胎，玉液淋漓萬壽杯。九龍殿高紫帳煖，蹋歌聲裏懽如雷。白翎雀，樂極哀，節婦死，忠臣摧。八十一年生草萊，鼎湖龍去何時回？』」

吴旦生曰：觀王原吉《書無題後》云：「莫識《白翎》終曲語，蛟龍雲雨發無時。」正以其有怨嫠之音，爲曲終之讖也。張光弼詩：「傷哉不聞《白翎雀》，但見落日生寒煙。」亦同此意。《蓉塘詩話》云：「朔地無他禽鳥，惟鴻雁與白翎雀。鴻雁畏寒，秋南春北。白翎雀雖窮冬沍寒，亦不易處。故世祖作樂，名《白翎雀》。」札朮嘗言於汪罕曰：「我於君是白翎雀，他人是鴻雁耳。」正謂此。

按：每歲此鳥先駕往返，故楊廉夫《宮詞》云：「天上駕鸞先有信，九重鑾駕上都迴。」永樂中周藩誠齋作《元宮詞》云：「上都隨駕自西回，女伴遥騎駿馬來。蹋徧路旁青野韭，白翎飛上李陵臺。」

戹閏

吴文可《擬李長吉十二月樂辭》末有《閏月》云：「山中獨戹黄楊樹。」

吴旦生曰：蘇子瞻《退圃》詩：「園中草木知無數，獨有黄楊戹閏年。」自注：「俗説黄楊木無火，歲長一寸，遇閏退一寸。」故宋人《閏月表》云：「梧桐之葉十三，黄楊之戹一寸。」洪武時，李仲修《十二月樂章》，其《閏月》云：「嬴皇當極黄楊死，一寸霜皮生不起。嶧陽老榦青銅根，玉葉排秋十三子。」《遁甲注》云：「梧桐以知日月正閏，生十二葉，一邊有六葉，從下數一葉爲一月；有閏則十三葉，視葉小者，則知閏何月也。」《廣雅》云：「芙蕖一葉一花，花葉常偶生，故謂之藕。藕生應月，月生一節，遇閏則益一節。」《留青日札》云：「梟芘藉菰芧皆應月十二子，閏益一子。」《石室奇方》云：「椶櫚，俗名棕拔，其木應月生片，遇閏則生半片。歲長十二節，閏年增半節。」《羽毛攷異》云：「鳳尾十二翎，遇閏歲生十三翎。今樂府小調尾聲十二板，以象鳥尾，故曰尾聲。或增四字，亦加一板以象閏。」

宫詞

王叔明《宫詞》云：「南風吹斷采蓮歌，夜雨新添太液波。水殿雲廊三十六，不知何處月明多？」

吴旦生曰：仁和俞友仁見叔明《宫詞》，歎曰：「此唐人得意句也。」遂以其妹妻之。或以此詞爲永樂時王甸字子宣作，恐誤。按：叔明爲趙松雪之甥，畫山水得外氏法，方希直所謂「吴下王蒙藝且文，吴興趙公之外孫」也。隱於黄鶴山，號黄鶴山樵。與大癡老人黄公望子久、梅道人吴鎮仲圭、趙孟頫子昂，稱爲元四大家。成化間，平仲微《題叔明畫》云：「我昔見之湖上居，當門萬朵翠芙蕖。承平公子有故態，文敏外孫多異書。閒吮彩毫消白日，夢騎黄鶴上清虚。此圖定倚吴山閣，醉點南屏春雨餘。」

《四友齋叢説》云：「叔明洪武初爲泰安知州，廳事後有樓，正對泰山。叔明張絹素於壁，興至即著筆，凡三年而畫成。一日，會陳惟允，值大雪，叔明謂曰：『改此畫爲雪景，何如？』惟允爲小弓夾粉筆，張滿彈之，粉落絹上，儼如飛舞之勢。相顧以爲神奇。叔明題其上曰：岱宗密雪圖。」

禽蟲

《夷白齋詩話》曰：「元釋溥光，字元暉，俗姓李氏。特封昭文館大學士、榮祿大夫，賜號立悟大師。有二絶句云：『蟭螟殺敵蚊眉白作「巢」上，蠻觸交争蝸角中。何異白作「應似」諸天觀下界，一微塵裡白作「内」鬪英雄。』『荳苗鹿嚼解烏毒，艾葉雀銜奪燕巢。鳥獸不曾看《本草》，諳知藥性是誰教？』詩亦奇拔，恨不多見。」

吴旦生曰：此非元釋溥光詩也。余於《唐詩類苑》中見白樂天《禽蟲》十二章，自序云：「《莊》、《列》寓言，風騷比興，多假蟲鳥以爲筌蹏。故《詩》義始於《關雎》、《鵲巢》，道説先乎鯤鵬、蜩鷃之類是也。予閑居乘興，偶作一十二章，頗類志怪放言。每章可致一哂，一哂之外，亦有以警其衰耄封執之惑焉。微之、夢得云：『此乃九奏中新聲、八珍中異味也。』」按：前二首外，有可采者，如云：「燕違戊己鵲避歲，兹事因何羽族知？疑有鳳皇頒鳥曆，一時一日不參差。」又云：「江魚群從稱妻妾，塞雁聯行號弟兄。但恐世間真眷屬，親疏亦是强爲名。」又云：「蠶老繭成不庇身，蜂飢蜜熟屬它人。須知年老憂家者，恐是二蟲虚苦辛。」又云：「一鼠得仙生羽翼，衆鼠相看有羨色。豈知飛上未半空，已作烏鳶口中食。」其於物理人事，參勘了達，非樂天，未易到此。

《遯齋閑覽》云：「鸂鶒能敕水，故宿水而物莫能害。鶴能巫步禁蛇，故食蛇。啄木遇蠹穴能以嘴畫字成符，即蠹蟲自出。鵲有隱巢木，故鷙鳥能免。燕銜泥避戊己日，故巢固而不傾。鸛有長水石，故能於巢中養魚而水不涸。燕惡艾，雀欲奪其巢，即銜艾置其巢中，燕見艾避去。此皆鳥之有智者。」

歷代詩話癸集目録

明詩

卷上之上

卷上之中

岸善崩　腕法　紅兜　春夢婆

卷上之下

玉簫　囊雲　緑腰　只孫
海青　中秋　桔橰烽　瑩中
荆山居士

卷中之上

行邊詩　鍾馗　白鵲　豪放
繡鞋　懷古　白髮春風　下第
烏鬚

卷中之中

忌晨　詩弔　把滑　禽言

卷中之下

卷下之上

卷下之中

卷下之下

歷代詩話卷七十二　癸集一

蔣谿　吴景旭旦生氏著

明詩 卷上之上

實字

劉伯温《雪鶴篇》云：「鸞鵷烏鴻鶉鴰翬，鷺鶚鸛鵲鷹與鶬。」

吴旦生曰：《沙中金集》載：「唐宋人有疊用七實字爲句者：『岷峨之山中巴江，桂椒枏櫨楓柞樟。』又『異人間出駭四方，嚴王陳李司馬楊』，又『騅駓駰駱驪騮騵，白魚赤兔騂皇驕』，又『鵶鴟鷹雕雉鵠鶡，燏炰煨爊熟飛奔』。」《王直方詩話》載潘邠老詩：「封胡羯末謝，龜駒玉鴻洪。」余謂此法早見之漢《柏梁臺詩》「柤梨橘栗李桃梅」矣。今伯温直將實字連疊兩句，尤異。若伯温《送姚伯淵赴清谿任》云：「鯀鱨鯩鰱魴與鱮。」則是一句疊實者矣。《餘冬序録》云：「七物爲句，亦偶用耳。或謂詩多用實字爲美，誤矣。」

三竿五兩

張志道《長蘆渡江往金陵》詩云：「春日三竿上翠屏，曉風五兩下蘆汀。」一云：吴旦生曰：《南齊・天文志》：「永明五年十一月丁亥，日出三竿，朱色、黄色、赤暈也。」日出三竿，曉日候景也。」蘇東坡詩：「酒醒門外三竿日。」陶南邨詩：「紅日三竿睡正安。」張文潛詩：「斜日兩竿眠犢晚。」吕信臣詩：「一竿斜日酒旗閒。」則知視日有三竿、兩竿、一竿之説。又陸放翁詩：「殘日半竿斜谷路。」金人史舜元詩：「日上南窗已數竿。」萬曆中陳仲醇詩：「高枕窗西日幾竿。」總是曉日、晚日，皆可以竿言也。

郭璞《江賦》：「覘五兩之動静。」《注》云：「以雞羽爲扇，重八兩，繫於檣尾以候風。兩音量。」《淮南子》：「若綄之候風也。」許慎云：「綄，候風扇也。楚人謂之五兩。」李頎詩：「北風吹五兩，誰是潯陽客？」蘇東坡詩：「栬轉三山没，風回五兩偏。」洪武初張適詩：「樵唱千邨雨，漁歌五兩風。」《兵書》云：「五兩候風法，以雞羽重八兩，建五丈旗，取羽繫其巔，立軍營中。」

鯉魚風

宋景濂詩：「秋林崖荔雨，春浦鯉魚風。」

吳旦生曰：《提要録》言：「鯉魚風乃九月風也。」李賀詩：「門前流水江陵道，鯉魚風起芙蓉老。」余觀李暐《八月辭》云：「鯉魚吹長風，曲池芙蓉老。」袁宗《曉寒曲》云：「秋江夜雨芙蓉老，翡翠雙飛下紅蓼。鯉魚風起鴻雁悲，徹骨清寒夢魂杳。」蓋用長吉語也。郭奎詩：「鯉魚風熟香粳早。」羅鄂州詞云：「九月江南秋色，黄雀雨，鯉魚風。」據此，則於秋時用之爲宜，景濂作「春浦」，誤矣。

唐庚《晚春》詩：「水國春深梅子雨，江天日暮鯉魚風。」亦是誤用。而《漁隱叢話》稱爲佳句，何邪？況江天日暮，恰似秋容，作者、賞者俱未之察耳。他如唐人有「農家榆莢雨，江國鯉魚風」之句，《月令廣義》引之爲三月事。李商隱詩：「後谿初起鯉魚風。」《石谿漫志》云：「鯉魚風，春夏之交。」孫蕡《湖州樂》云：「鯉魚風起燕飛斜。」劉原博詩：「沙氣半蒸梅子雨，浪花初過鯉魚風。」則是誤認已久，而景濂亦承之也。

王逢《秋感》云：「鯪魚風息静江波。」

白燕

《堯山堂外紀》曰：「袁海叟嘗謁楊廉夫，見几上有琴川時大本《詠白燕》詩：『春社年年帶雪歸，海棠庭院月争輝。珠簾十二中間卷，玉翦一雙高下飛。天下公侯誇紫頷，國中儔侶尚烏衣。江湖多少閒鷗鷺，宜與同盟伴釣磯。』謂廉夫曰：『此詩殆未盡體物之妙。』廉夫不以爲然。海叟歸作詩，翌日呈廉夫云：『故國飄零事已非，舊時王謝見應稀。月明漢水初無影，雪滿梁園尚未歸。柳絮池塘春入夢，梨花庭院冷侵衣。趙家姊妹多相忌，莫向昭陽殿裏飛。』廉夫得詩歎賞，連書數紙，盡散坐客。一時呼爲袁白燕。」

吴旦生曰：海叟詩天骨清妙，稜稜露爽，《白燕》尤擅場。李獻吉謂：「其集中《白燕》最下最傳，諸高者顧不傳。」豈爲知言哉？《蓉塘詩話》載顧文昱《題白燕》云：「萬里西風吹羽儀，獨傳霜翰向南飛。蘆花映月迷清影，江水涵秋點素輝。錦瑟夜調冰作柱，玉關曉度雪霑衣。天涯兄弟離群久，皓首江湖猶未歸。」此與海叟詩可相頡頏矣。余觀海叟此詩，如朱鳳山所選《在野集》改「故國飄零事已非」作「老去悲來不自知」，此庸妄可笑。益見景文起句之佳，中二聯形似點化，俱入神妙。即大本「珠簾」、「玉翦」之句，極爲廉夫所賞，亦遜其自然。所微嫌者，海叟末句稍套，不若文昱結二語猶有餘情。

疊字

袁海叟《建華亭學》詩云：「其大維何，有門言言。有堂軒軒，有廡騫騫。有階平平，高墉連連。鑿池濊濊，樹木芊芊。」

吴旦生曰：海叟此等句，從《大雅・皇矣》篇「臨衝閑閑，崇墉言言。執訊連連，攸馘安安」得來。揭曼碩詩：「我游於袁，於龍之干。有闢閑閑，有環言言。有構桓桓，維集之安。」亦此法也。按《古詩十九首》：「青青河畔草，鬱鬱園中柳。盈盈樓上女，皎皎當窗牖。娥娥紅粉妝，纖纖出素手。」昔人謂連下疊字以成句，出自創裁。後見韓退之《南山》詩：「延延離又屬，夬夬叛復遘。喁喁魚闖萍，落落月經宿。誾誾樹牆垣，巘巘架庫廄。參參削劍戟，焕焕銜瑩琇。敷敷花披萼，闟闟屋摧霤。悠悠舒而安，兀兀狂以狃。超超出猶奔，蠢蠢駭不懋。」則十四句連下疊字。金人蕭真卿《采蓮曲》一篇十四句，全用疊字爲句，蓋，又出於韓也。

詠蚊

《四友齋叢説》曰：「楊鐵崖選《大雅集》，獨取海叟《詠蚊》一首，末云：『東方日出苦未明，老夫閉門不敢行。』蓋言其時小人貪殘，如蚊蚋嘬人脂血。至明初，人若可以少安矣，然明而未融，蚊蚋尚未盡去，故閉門而不敢行。似有譏切明初之意。」

吴旦生曰：《海叟集》四卷，不載此詠。於集外見一首云：「群蛇戢戢方鬬争，蝦蟆螻蛄相和鳴。百足之蟲行無聲，毒氣著人昏不醒。蚊蚋雖微亦從横，隱然如雷吁可驚。東方日色尚未明，老夫閉門不敢行。」觀其質力蒼冪，絶似初漢人筆，鐵崖亦取其氣崛耳。託興要在全篇，若以末語「明」字爲含譏切，便是下士廋詞，殆未然。

海叟之父可潛，爲府掾，作《檢田吏》一篇云：「有一老翁初病起，破衲襤毿瘦如鬼。曉來扶向官道旁，哀告行人乞錢米。時予奉檄離江城，邂逅一見憐其貧。倒囊贈與五升米，試問何故爲窮民。老翁答言聽我語：我是東鄉李福五。我家無本爲經商，只種官田三十畝。延祐七年三月初，賣衣買得犁與鋤。朝耕暮耘受辛苦，要還私債輸官租。誰知六月至七月，雨水絶無潮又竭。欲求一點半點水，卻比農夫眼中血。滔滔黄浦如溝渠，農家争水如争珠。數車相接接不到，稻田一旦成沙塗。官司八月受災狀，我恐徵糧喫官棒。相隨鄰里去告災，十石官糧望全放。當年隔岸分吉凶，高田盡荒低田豐。縣官不見高田旱，將謂亦與低田同。文字下鄉如火速，逼我將田都首伏。只因嗔我不肯首，卻把我田批作熟。太平九月開旱倉，主首貧乏無可償。男名阿孫女阿惜，逼我嫁賣賠官糧。阿孫賣與運糧户，即日不知在何處。可憐阿惜猶未笄，嫁向湖州山裏去。我今年已七十奇，飢無口食寒無衣。東求西乞度殘喘，無因早向黄泉歸。旋言旋拭腮邊淚，我忽驚慚汗霑背。老翁老翁勿復言，我是今年檢田吏。」蓋可潛筆法矯矯至此。海叟世其學，他作遜迺公，而《詠蚊》差近之，宜鐵崖獨取此首。

屭贔罘罳

劉子高《燕城懷古》云：「花外斷橋支屭贔，草間壞壁綴罘罳。」

吴旦生曰：《韵會》：「贔屓，鼇也。一曰雌鼇爲贔。」左思《吴都賦》：「巨鼇贔屓，首冠靈山。」上音備，下許器反。謂海中蓬萊山，大鼇以首戴而承之也。張衡《西京賦》：「巨靈贔屓。」薛《注》云：「作力之貌。」謂借贔屓以形容巨靈開山之力也。白樂天《海圖屏風》詩：「贔贔牽不動，綸絶沈其鉤。」凡此皆指其力而言。今子高以爲支橋，殆未審矣。按升菴言：「龍生九子，不成龍，各有所好：一曰贔贔，形似龜，好負重，今石碑下龜趺是也；二曰螭吻，形似獸，性好望，今屋上獸頭是也；三曰蒲牢，形似龍而小，性好叫吼，今鐘上鈕是也；四曰狴犴，形似虎，有威力，故立於獄門；五曰饕餮，好飲食，故立於鼎蓋；六曰虮蝮，性好水，故立於橋柱；七曰睚眦，性好殺，故立於刀環；八曰金猊，形似獅，性好煙火，故立於香罏；九曰椒圖，形似螺蚌，性好閉，故立於門鋪首。此見《山海經》、《博物志》。」然則支橋之物，應用虮蝮，而於贔贔無涉也。

徐興公又言：「龍生九子，所載不同：蒲牢好鳴，鐘鈕之獸；囚牛好音，樂器之獸；蚩味好吞，殿脊之獸；嘲風好險，殿角之獸；睚眦好殺，刀頭之獸；屓贔好文，碑旁之獸；狴犴好訟，獄門之獸；狻猊好坐，佛座之獸；霸下好重，碑座之獸。」又云：「瓦貓好險，檐前獸；饕餮好水，橋下獸；蠻蛑好慵，門前獸；憲章好囚，獄門獸；蜥蜴好腥，刀頭獸；蒲牢、霸下、屓贔、蚩吻，與前同。」據此，則又有屬饕餮於橋者。而贔贔支橋，未之前聞。子高不考核爾。

《演繁露》云：「前世載罘罳之制凡五。鄭康成引漢闕以明古屏，而謂其上刻爲雲氣蟲獸者是。」《禮疏》：「屏，天子之廟飾也。」鄭之《釋》曰：「屏謂之樹，今浮思也。刻木爲雲氣蟲獸，如今闕上之爲矣。」此其一也。顏師古正本鄭説，兼屏、闕言之，而於闕閣加詳。《漢書》：「文帝七年，未央宫東闕罘罳災。」顏釋曰：「罘罳，謂連屏曲閣也，以覆重刻垣墉之處。其形罘罳。一曰屏也。罘音浮。」此其二也。漢人釋「罘」爲復，釋「罳」爲思，雖無其制，而特附之。或曰臣朝君，至罘罳下而復思。王莽斸去漢陵之罘罳，曰：「使人無復思漢。」此其三也。崔豹《古今注》依鄭義而不能審知其詳，遂拆以爲二，闕自闕，罘罳自罘罳，其言曰：「漢西京罘罳，合板爲之，亦築土爲之。」詳豹之意，以築土者爲闕，以合板者爲屏也。至其釋闕，又曰：「其上皆丹堊，其下皆畫雲氣、僊靈、奇禽、異獸，以昭示四方。」此其四也。唐蘇鶚謂爲「網户」，其《演義》之言曰：「罘罳字象形。罘，浮也；罳，絲也。謂織絲之文，輕疏浮虚之貌。蓋宫殿窗户之間網也。」此其五也。凡此五者，雖參差不齊，而其制、其義互相發明，皆不可廢。罘罳云者，刻鏤物象，著之板上，取其疏通連綴之狀而罘罳然，故曰浮思也。以此刻鏤，施於廟屏，則其屏爲疏屏；施諸宫禁之門，則爲某門罘罳；而其在屏，則爲某屏罘罳；覆諸宫寢闕閣之上，則爲某闕之罘罳，非其別有一物。元無附著，而獨名罘罳也。至其不用合板刻鏤，而結網代之，以蒙冒户牖，使蟲雀不得穿入，則別立絲網。凡此數者，雖施置之地不同，而罘罳之所以罘罳，則未始或異也。

《釋名》云：「罘罳，在門外。臣將入請事，於此復重思也。」今之照牆也。李長吉詩：「寒入罘罳殿影昏。」吴正子《箋》云：「以木爲門扉，而刻爲方目，如羅網之狀。今人謂之隔亮也。」楊升菴云：「罘罳，花蒂窗也，象天上櫺星。」《選詩》：「層牖御櫺軒。」《營造法式》名「柿蒂窗」。

籒文作「罙𦊙」又作「盧」，《周禮》作「浮思」，《釋名》作「罦思」，蕭子雲《雪賦》作「罦罳」，宋玉《大言賦》作「覆思」。

訪駙馬

《詩話類編》曰：「孫仲衍平生詩甚多，已傳刻於世。尚有詩二絶失刊，今録於此。《訪駙馬不遇》云：『青春駙馬未還家，公主傳宣坐賜茶。十二闌干春似海，隔窗閒殺碧桃花。』《詠石榴》云：『纍垂纍垂復纍垂，纍垂壓倒珊瑚枝。秋風擘破玳瑁皮，露出數顆珍珠兒。』」

吴旦生曰：周益公《入直》詩：「緑槐夾道集昏鴉，敕使傳宣坐賜茶。歸到玉堂清不寐，月鉤初上紫薇花。」薩天錫《蘂珠宫》末句云：「步虚聲斷闌干外，春去秋來顔色改。東風吹老碧桃枝，深院無人夜如海。」二詩直爲仲衍先鞭。

《詩話類編》又載：「解大紳訪某駙馬不值，公主聞其名，欲觀之，隔簾使人留茶。解索筆題曰：『錦衣公子未還家，紅粉佳人叫賜茶。内院深沈人不見，隔簾閒卻一團花。』公主怒其誚己，遂奏聞。太宗曰：『此風流學士，見他做甚。』」余以仲衍、大紳相去不遠，事至傳譌，而《類編》既載仲衍，又收大紳，亦見其采集之雜紊矣。

臨刑口占

《明初雜記》曰：「高皇誅藍玉，籍其家，凡有隻字往來，皆得罪。孫蕡因與玉題一畫，故殺之。臨刑口占云：『鼉鼓三聲急，西山日又斜。黄泉無客舍，今夜宿誰家？』上問監殺指揮：『孫蕡死時何語？』指揮以此詩對，上怒云：『彼有此好詩，汝乃不覆奏而殺之，何也？』竟殺指揮。」

吴旦生曰：曹石倉《十二代詩選》云：「郡邑傳皆言蕡死以梅思祖，非藍玉也。」豈《雜記》别有考歟？余觀小説家皆云蕡坐爲藍玉題畫誅，惟黄佐《廣州人物傳》云：「洪武二十二年，蕡謫戍遼東。梅思祖鎮三韓，迎置家塾，以黨禍見殺。」則石倉據此也。錢牧齋《列朝詩集》云：「按《藍玉傳》，殺詩人孫蕡，而梅思祖守雲南，未嘗鎮遼東。況思祖以十五年十月卒，安得以二十五年延蕡家塾？」余以牧齋此語，不惟證黄佐之誤，而并證石倉可也。

《藕居士詩話》云：「《詩歸》評『夜臺無李白，沽酒與何人』，是爲自家死後占地步；『夜臺猶寂寞，疑是子雲居』，是爲他人死後占地步。然太白語謔浪，達夫語淒感。予亦謂張説『夜臺無戲伴，魂影向誰嬌』，是爲妓人死後賣俏麗；孫蕡『黄泉無客舍，今夜宿誰家』，是爲自家死後尋寓所。然平居語易，臨刑語難。唐伯虎易簀時，亦有『黄泉若遇好朋友，只當飄零在異鄉』。」

銅斗

高季迪詩：「醉拍銅斗歌嗚嗚，此樂除卻江南無。」吴旦生曰：孟東野詩：「銅斗飲紅酒，手拍銅斗歌。儂是拍浪兒，飲則拜浪婆。」余觀東坡詩：「齊聲争唱浪婆詞。」張來儀詩：「舟師拍浪咒浪婆。」蓋與季迪同本孟詩也。又東野《送淡公》詩：「儂是清浪兒，每蹋清浪遊。笑伊鄉貢郎，蹋土稱風流。」東坡詩：「碧山影裏小紅旗，儂是江南蹋浪兒。」王質夫詩：「萬頃波間蹋浪兒。」

妥

季迪《贈鄭滎陽》詩：「刀鳴鬬夫勇，花妥笑女倩。」吴旦生曰：杜子美《重過何氏》詩：「花妥鶯捎蝶，谿喧獺趁魚。」潘邠老云：「『妥』音墮，乃韵。」不知秦音以落爲妥，上聲。少陵，秦人也。李長吉詩：「花孃篸綏妥。」注云：「關中呼落爲妥。」可證。晁無咎詩：「上林花妥逐鶯飛。」虞伯益詩：「日停花妥豔，風過竹生香。」揭孟同詩：「玉沼萍開魚上躍，繡簾花妥燕低飛。」湯子重詩：「罥絮游絲時趁蝶，妥花深葉暗嗁鶯。」金人馮子駿長短句云：「花觸飛丸紅雨妥。」萬曆中錢牧齋詩：「柳眠全約略，花妥半鬖髿。」

兔目

高季迪詩：「塘水龍鱗細，城槐兔目新。」

吴旦生曰：漢人尹都尉著書，名《種植法》，中有「棗鼠耳，槐兔目」之語。宗懍《春望》詩：「都尉新移棗，司空始種楊。」而升菴謂用僻事，須引《種植》語以釋之。今季迪以之入詠，亦用《種植書》也。又觀《淮南子》云：「槐之生也，入季春五日而兔目，十日而鼠耳，更旬而始規，二旬而葉成。」則是一槐而兼此稱邪？

季迪屬對工細，如《送胡鉉游會稽》詩：「黄絹尋碑讀，紅裙賭墅攜。」《送烏程馮明府》詩：「竹欄春護鴨，葦箔夏分蠶。」用事、用景，何等穩貼。又不若《寄錢塘故人》詩：「明月潮千里，殘陽雨半湖。」尤覺渾然。

《眉公筆記》云：「高、楊、張、徐稱吴中四傑，比唐之四傑。故老言：『不惟文才之似，而其終亦不相遠。』孟載、盈川，令終如一。季迪存心無疵，而斃則同乎賓王。幼文雖不溺海，僅全要領，而非首丘。來儀竄嶺表，尋召還，以對内政不協，恐禍及己，遽投龍江以没，又與照鄰無異。」《吴中故語》云：「季迪宿龍灣，夢其父書掌作一『魏』字，曰：『此人慎勿與相見。』後蘇守魏觀徙郡衙，正當僞周之宫基。乃飛言太守復宫，有異圖。上使御史張度覘焉。御史僞爲役人，執搬運之勞。工畢，季迪爲上梁文。御史還奏，守與季迪並死都市。」

無題

《南濠詩話》曰：「楊孟載詩律精切，其追次李義山《無題》五首，詞意俱到，真義山之勍敵也。」

吴旦生曰：按孟載題下序云：「嘗讀義山《無題》詩，愛其音調清婉，雖極其穠麗，然皆託於臣不忘君之意，而深惜乎才之不遇也。」余以孟載此語，是未解其義體爾。詩話舊謂：無題詩自唐李商隱而後，作者代有其人，然不傷於誕，則傷於淫，且詞晦旨幽，使人讀之，茫不知其意味所在。余以傷淫者，乃其本質使然。解其義體，斯得其意味矣。觀《香匳集》，有《無題詩序》云：「辛酉年，戲作《無題詩》十四韵，奉常王公、内翰吴融、舍人令狐涣相次屬和。」《夢谿筆談》謂：「《香匳》乃和凝所作。凝後貴，悔其少作，故嫁名於韓偓。」此亦自傷其淫豔故也。《老學菴筆記》云：「唐人詩中有曰『無題』者，率杯酒狎邪之語，以其不可指言，故謂之『無題』，非真無題也。近吕居仁、陳去非亦有曰『無題』者，乃與唐人不類，或真亡其題，或有所避，其實失於不深考耳。」

雨　風

楊孟載《瓜洲逢丘克莊》一聯云：「白苧青衫雨，烏紗短帽風。」吴旦生曰：讀此聯者，看出景中人，則克莊呼欲出矣。妙在「雨」、「風」二字，若斷若連綴而有力，此句眼在第五字也。他如《雜興》云：「薄暝山腰雨，疏紋水面風。」「窗鳴風減睡，炊斷雨添貧。」皆是寫雨、風處入神耳。然《江邨雜興》、《郊居雜興》諸作，皆可誦，如「晚簾花掠燕，春水絮吹魚」、「藕深荷蓋密，竹瘦筍鞭遲」、「緑蕪三尺雨，朱槿一籬花」、「賣薪沙店遠，占穀瓦龜靈」、「草香千品藥，松老一身苔」、「猨聲黄葉寺，牛背夕陽山」，何渠不若王、孟。乃其自號眉菴，所著爲《眉菴集》，謂眉無用於人之身，又何謙也。

《南濠詩話》云：「孟載詩律尤精，如云『花無桃李非春色，人有笙歌是太平』、『一官不博三竿日，萬事無過兩鬢星』，予愛其閒曠；及云『亂世身如危處立，異鄉人似夢中來』、『千金已廢牀頭劍，一字無存架上書』，則又歎其困窮；『細雨落花來滚滚，緑波芳草去迢迢』、『六朝舊恨斜陽外，南浦新愁細雨中』，予愛其含蓄；及云『柳色嫩於鵞破殼，蘚痕斑似鹿辭胎』、『小雨送花青見蕚，輕雷催筍碧抽尖』，則又驚其新巧；至『翠袖錦箏邀上客，畫船銀燭照歸人』、『高樓錦瑟花連屋，深巷珠簾柳映橋』，則又見其情致之綺麗矣；『宣王石鼓青苔澀，武帝金盤玉露多』、『八陣雲開屯虎豹，三江潮落見鼋鼉』，則又見其氣象之突兀矣；他如『半醉半醒花冉冉，閒愁閒悶雨沈沈』、『恨不髮如春草緑，笑曾花似面顔紅』、『萬里歸心鷗送客，片時殘夢鳥驚人』，則又優柔痛快，而無牽合排比，其亦詩人之豪者哉！」

《麓堂詩話》云：「世稱高、楊、張、徐。高季迪才力、聲調過三人遠甚，百餘年來，亦未見卓然有以過之者，但未見其止耳。張來儀、徐幼文殊不多見。楊孟載《春草》詩最傳，其曰：『六朝舊恨斜陽外，南浦新愁細雨中。』曰：『平川千里人歸晚，無數牛羊一笛風。』誠佳。然『緑迷歌扇，紅襯舞裙』，已不能脱元詩氣習；至『簾爲看山盡卷西』，更過纖巧；『春來簾幙怕朝東』，乃豔詞耳。今人類學楊，而不學高者，豈惟楊體易識，亦高差難學故耳。」

上巳

張來儀《三月三日》詩：「姬旦城洛邑，多士方來并。羽觴隨流波，逸語存遺聲。秦王臨河曲，高會列簪纓。金人貢長劍，諸夏俱來盟。」

吴旦生曰：《續齊諧記》：「晉武帝問摯虞：『三日曲水，其義何指？』答曰：『漢章帝時，平原徐肇以三月初生三女，至三日俱亡，一邨以爲怪。乃相攜之水濱盥洗，因流以汎觴。曲水之義始此。』帝曰：『若如所談，便非佳事。』東晳進曰：『昔周公城洛邑，因流水以泛酒，故逸詩云：

「羽觴隨波。」又秦昭王三月上巳置酒河曲，見金人出，捧水心劍，曰：「令君制有西夏。」及秦霸諸侯，乃因此處立爲曲水祠。二漢相沿，皆爲盛集。』帝曰：『善。』賜金五十斤，左遷虞爲陽城令。」來儀數語，則純用束晳語也。又見《拾遺記》：「周昭王溺於漢水，二女延娟、延娛夾擁王身同没焉。江漢人至上巳日，禊集祠間，以爲風俗。」故楊廉夫作《漢水操》云：「湘水離離徒以斑我衣，漢水漪漪可以禊我衣。」然此亦非佳事，而廉夫且歌之矣。按《風俗通》云：「周禮：女巫掌歲時，以祓除疾病。」禊者，潔也，故於水上盥潔之也。巳者，祉也，邪疾已去，祈介祉也。《月令廣義》云：「祓禊音廢系。」

《月令通考》云：「今言五月五日曰重五，九月有重九日，則三月三日亦宜曰重三。」張説詩：「暮春三月日重三。」魏元忠詩：「三月重三日。」此可據也。

《癸辛雜識》云：「上巳當作十干之己。古人用日例，如上辛、上戊之類，無用支者。」然余攷《神隱》云：「三月三日爲上巳，清明前三日爲上己。上巳脩禊除不祥，上己禁煙寒食也。」則是義各有在。

佛鐙院

張來儀《舟中望佛鐙院懷南澗》詩云：「蕩舟西陂上，望山懷遠公。遥知覆衲卧，雪屋一鐙紅。事殊迹暫曠，神交理自通。維當待歲杪，期子白雲中。」

吴旦生曰：來儀於題下自注云：「院在烏程六都施家橋東北，久廢，今爲歸安前丘吴氏墳墓。」按：此迺余之七代祖西疇耕隱，六代祖安素公之塋在焉。先世本居新安，因正肅公扈蹕南渡，遷吴興之寶谿俗名射邨，即葛常之《韵語陽秋》所謂「先文康公守湖，因家寶谿之上，建觀稧堂於水濱」，又胡苕谿《漁隱叢話》所謂「先君丐祠居射邨」，蓋其地也，一時之盛，並開五府。今嶽廟、南廟等刹，猶其故阯。距此里許，爲前丘，復改築焉。今族里冠裳，緜緜於斯。其在洪武初，已爲名流鉅公所記載如此，而佛鐙院至今存也。蓋來儀，潯陽人。湖州舊志因其爲潯陽人，遂譌以爲南潯人，非也。喜吴興山水，卜居菁山，距前丘而西十數里，故詳余之先世云爾。

《詞林人物考》云：「來儀《遊山寺》句有『松老知僧臘，禪空悟佛心』，或譏其剽竊韓翃『僧臘』、『禪心』語也。昔子卿有『明月照高樓，想見餘光輝』，子美有『落月照屋梁，猶疑見顔色』，不以爲病。今來儀用『老知』、『空悟』，虚字轉妙。」

程孟陽云：「來儀五言古詩學杜、學韋，各有神理，非苟然者。樂府歌行才力馳騁，音節諧暢，不襲宋、元格調。孟載樂府尚多套數語，不若來儀才力深渾，有自得處。七言律詩清圓渾脱，不事雕繢，全是唐音，頡頏高、楊，未知前後。或謂楊不如高，又謂張、徐不及高、楊，皆耳食之論也。」

蜀山

徐幼文詩：「谿山固可娱，風雨亦足庇。」

吴旦生曰：吾鄉弁山之南爲蜀山。《吴興掌故》云：「元授張來儀以安定書院山長，因欲卜居吴興，以詩約幼文云：『吴興好山水，爾我盍遷居。繞郭群峰列，迴波一鏡如。蠶餘即宜稼，樵罷亦堪漁。結屋雲林下，殘年共讀書。』於是來儀居菁山，幼文居蜀山，遂建蜀山精舍。」此詩殆其卜築時作。

歷代詩話卷七十三　癸集二

冓谿　吴景旭旦生氏著

明詩 卷上之中

紅橋

林子羽《投紅橋》詩：「桂殿焚香酒半醒，露華如水點銀屏。含情欲訴心中事，羞見牽牛織女星。」

吴旦生曰：閩縣張氏女居紅橋之西，因自號紅橋。善屬文，操觚之士，咸託五字爲媒。王恭寄以詩，不答。王偁税其鄰舍以居，竊見張睡起，寄以詩。怒其輕薄，遂不出。林子羽鴻過其居，見張焚香，託鄰媪投此詩。張援筆答曰：「梨花寂寂鬬嬋娟，銀漢斜臨繡户前。自愛焚香消永夜，從來無事訴青天。」媪持詩賀鴻，大喜過望，使媪通殷勤。越月餘，始獲命。鴻遂舍其家，以外室處之。鴻有妻朱氏，年十九卒。偁賂侍者，潛窺鴻與張狎，作《酥乳》、《雲鬟》二詩戲之。張愈恚，偁乃挽鴻遊三山。鴻逃歸，夜至所居，張方倚橋而望。鴻作三絶句，張倚和焉。明年，鴻有金陵之遊，寄絶句七首。張見詩，感念成疾，不數月而卒。鴻歸道中作詩，及至紅橋，聞張已卒。見牀頭玉佩玦懸一緘，拆之，有七絶句。鴻賦輓詞酹之，王偁亦以詩哭焉。所唱和各以名號韵押爲戲，並附。

子羽定情詩

雲娥酷似董嬌嬈，每到春來恨未銷。誰道蓬山天樣遠，畫闌咫尺是紅橋。

紅橋詩

芙蓉作帳錦重重，比翼和鳴玉漏中。共道瑶池春似海，月明飛下一雙鴻。

子羽夜至紅橋所居三首

溶溶春水漾璚瑶，兩岸菰蒲長緑苗。幾度蹋青歸去晚，卻從鐙火認紅橋。

素馨花發暗香飄，一朵斜簪近翠翹。寶馬歸來新月上，緑楊影裏倚紅橋。

玉階涼露滴芭蕉，獨倚屏山望斗杓。爲惜碧波明月色，鳳頭鞋子步紅橋。

紅橋和詩

桂輪斜落粉樓空，漏水丁丁燭影紅。露溼暗香珠翠冷，赤欄橋上待歸鴻。

橋外千花照碧空，美人遥隔水雲東。一聲寶馬嘶明月，驚起沙汀幾點鴻。

草香花煖醉春風，郎去西湖妾向東。斜倚石欄頻悵望，月明孤影笑飛鴻。

子羽金陵寄詩七首

女嫘江上送蘭橈，長憶春纖折柳條。歸夢不知江路遠，夜深和月到紅橋。

驪歌聲斷玉人遥，孤館寒鐙伴寂寥。我有相思千點淚，夜深和雨滴紅橋。

殘鐙暗影别魂消，淚溼鮫人玉綫綃。記得雲娥相送處，淡煙斜月過紅橋。

春衫初試淡紅綃，寶鳳搔頭玉步揺。長記看鐙三五夜，七香車子度紅橋。

一襟離恨怨魂消，閒卻鳴鸞白玉簫。燕子不來春事晚，數株楊柳暗紅橋。

傷春雨淚溼鮫綃，别雁離鴻去影遥。流水落花多少恨，日斜無語立紅橋。

綺窗别後玉人遥，濃睡纔醒酒未消。日午卷簾風力輭，落花飛絮滿紅橋。

丁羽道中詩

三千客路動行鑣，遠别歸來興欲飄。祇恐鳳樓人待久，玉鞭催馬上紅橋。

留别子羽七絶句

牀頭絡緯泣秋風，一點殘鐙照藥叢。夢吉夢凶都不是，朝朝望斷北來鴻。

井落金瓶信不通，雲山渺渺暗丹楓。輕羅露溼鴛鴦冷，閒聽長宵嘹唳鴻。
寂寂香閨枕簟空，滿階秋雨落梧桐。内家不遣園陵去，音信何緣寄塞鴻？
玉筯雙垂滿頰紅，關山何處寄書筒？緑窗寂寞無人到，海闊天高怨落鴻。
衾寒翡翠怯秋風，郎在天南妾在東。相見千回都是夢，樓頭長日妬雙鴻。
半簾明月影朣朧，照見鴛鴦錦帳中。夢裏玉人方下馬，恨它天外一聲鴻。
一南一北似飄蓬，妾意君心恨不同。他日歸來也無益，夜臺應少繫書鴻。

子羽輓詞

柔腸百結淚懸河，瘞玉埋香可奈何。明月也知留佩玦，曉來長想畫青娥。仙魂已逐梨雲夢，人世空傳《薤露》歌。自是忘情惟上智，此生長抱怨情多。

附王偁哭詩

據孟揚《虚舟集》載此首，題作《過舊遊有感》。孟揚與子羽善，且最情癡，和此者屬孟揚無疑。本傳亦作孟揚詩。錢謙益《列朝詩集》以爲王恭作，誤。

溼雲如醉護輕塵，黄蜨東風滿四鄰。新緑只疑銷晚黛，落紅猶記掩歌脣。舞樓春去空殘日，月榭香飄不見人。欲覓梨雲仙夢遠，坐臨芳沼獨傷神。

竊見

象牙�碧紗籠，綽約佳人睡正濃。半抹曉煙籠芍藥，一泓秋水浸芙蓉。神遊蓬島三千界，夢繞巫山十二峰。誰把棊聲驚覺後，起來香汗溼酥胸。

酥乳

一雙明月貼胸前，紫禁葡萄碧玉圓。夫壻調疏綺窗下，金莖數點露珠懸。

雲鬢

香鬟三尺綰芙蓉，翠聳巫山雨後峰。斜倚玉牀春色去，鴉翎蟬翼半蓬鬆。

附王恭投詩

重簾空見月昏黃，絡緯嘶來也斷腸。幾度繫書君不答，雁飛應不到衡陽。

按：子羽妻朱氏，亦能詩。嘗勉子羽五韵云：「玉食叨陪近尚方，五雲深處列鵷行。經綸輔國從人仰，竹帛流芳與世長。待漏衣霑仙掌露，朝天身惹御鑪香。功名成遂歸寧日，一榻清風緑野堂。」

燕銜

《少室山房詩評》曰：「林子羽七言律，如『珠林積雪明山殿，玉澗飛流帶苑牆』、『諸天日月環龍衮，九域山河拱象筵』、『衲經雁宕千峰雪，定入峩眉半夜鐘』、『林邊夜火懸沙驛，海上寒山出郡樓』，皆氣色高華，風骨遒爽。而諸選家例取其『隄柳欲眠鶯唤起，宫花乍落鳥銜來』等句，迺其下者耳。」

吴旦生曰：「隄柳」一聯，子羽東苑應制之作，是其勝場，那可輕詆。但據歷來諸本，俱作「鳥銜來」，嘗疑以「鳥」對「鶯」，虚實不倫，如楊文敏詩「東風葉暗留鶯語，落日林深看鳥回」，余方病之，子羽七律當家，何亦作此失體語？後見《十二代詩選》，作「燕銜來」，爲之擊節。可知詩人佳句，誤落舛譌者，何可勝道。若余遇一字未安，如負重創，輒自嗤其迂癖矣。

送荆門

徐氏《筆精》曰：「浦長源《送人之荆門》詩：『長江風颺布帆輕，西入荆門感客情。三國已亡遺舊壘，幾家猶在住荒城。雲邊路繞巴山色，樹裏河流漢水聲。若過旗亭多買醉，不須弔古漫題名。』近見一詩話載此詩稍異，今録於後：『匹馬南歸望古城，半林殘雨夕陽明。雲邊路繞巴山色，樹裏河流漢水聲。墮淚有碑苔色古，甘棠無樹酒旗横。那堪回首成陳迹，笳鼓西風慘客情。』詩話無名氏，得之杭州僧房。」

吴旦生曰：長源聞林子羽名，欲往訪之而無由。以收買書籍至閩，以詩謁子羽。子羽不見，使門人周元、黄元問所從來。長源出所懷詩投之曰：「以此相評耳。」二元讀之，至「雲邊路繞」一聯，驚歎曰：「吾家詩也。」白子羽。出見之，相得益歡。由是浦舍人詩名藉甚。長源，無錫人，爲晉王府引禮舍人，故子羽《送長源歸》詩：「白髮相看閩海別，青山遥送晉陵歸。」又呈詩云：「平蕪一騎經吴苑，積雨孤舟夢晉宫。」

礮車颶母

詹同文《送徐復初海道知事》詩云：「礮車雲起天垂野，颶母風來雪湧波。」

吴旦生曰：「礮」一作「砲」。《國史補》云：「暴風之候有砲車雲。」《海録碎事》載此，作「抛雲車」，恐誤。《王直方詩話》云：「舟人占雲，若砲車起，輒急避之，乃大風候也。」蘇東坡詩：「砲車雲起風欲作。」張文潛詩：「喜逢山色開眉黛，愁對江雲起砲車。」

「颶」，《説文》从具。俗本多作颶風，非。《南越志》云：「熙安間多颶風。颶者，具四面之風也。一曰惧風，常以六七月間發。未至時三日，雞犬爲之不寧。」《嶺表録異》云：「秋夏間或雲物慘然，有暈如虹，長六七尺。此候則颶風必發，故呼爲颶母。見忽有震雷，則颶風不作矣。」練伯上詩：「日落雷塘龍霧合，虹消桂嶺颶風回。」

《南越志》云：「颶母即孟婆。」按：江南七月間有大風，相傳以爲孟婆發怒。北齊李騊駼問陸士秀：「江南有孟婆，是何神也？」士秀曰：「《山海經》：『帝女游於江中，出入必以風雨自隨。』以帝女，故曰孟婆。」《留青日札》云：「《易》：巽爲風，其卦爲少女。三陰卦，以孟、仲、季言之，故曰孟婆。」蔣捷詞：「春雨如絲，繡出花枝紅裊。怎禁他、孟婆合皁。」巽亦東南之卦，於時正春也。一云：風稱孟婆，宋汴京句欄語也。宋徽宗詞：「孟婆、孟婆，你做些方便，吹箇船兒倒轉。」

《番禺記》云：「石尤風，亦颶風之類。」按洪容齋謂：「打頭逆風也。唐人多用之，陳子昂《入峽苦風》詩：『寧知巴峽路，辛苦石尤風。』戴叔倫《送裴明州》詩：『知君未得去，慙媿石尤風。』司空文明《留盧秦卿》詩：『無將故人酒，不及石尤風。』」《江湖紀聞》有石氏女嫁爲尤郎婦之説。楊升菴謂：「石尤，江中水蟲名。此蟲出必有惡風。舟人目打頭風曰石尤風，猶嶺南人曰颶母，黃河人曰孟婆也。」陳晦伯《正楊》云：「古樂府宋武帝歌：『願作石尤風，四面斷行旅。』似非打頭風。」胡元瑞云：「當是巨颶、狂飆之類。今江湖間飄風驟起，則舟俱不行。舟人所謂『大風三，小風七』。其云『四面斷行旅』，正指此。若以爲打頭風，則固有可行者，尚何四面斷行旅之有哉？」余據陳、胡之言，正合具四面風之義，愈知石尤之爲颶風類矣。「石尤」一作「石郵」。李義山詩：「來風怪石郵。」楊文公詩：「石郵風惡客心愁。」

元宵

張行中《元宵》詩：「大地金蓮分夜色，上方玉燭慰民心。」

吴旦生曰：《帝京景物略》云：「張鐙之始也，漢祀太乙，自昏至明。」僧史謂：「西域臘月晦日名大神變，燒鐙表物。漢明因之，然臘月也。」梁簡文有《列鐙賦》，陳後主有《山鐙》詩，亦復未知歲鐙何時，月鐙何夕也。張鐙之始上元，初唐也。睿宗景雲二年正月望日，異人婆陀請然千鐙，帝御安福門縱觀。上元三夜鐙之始，盛唐也。玄宗正月十五前後二夜，金吾弛禁，開市然鐙，永爲式。上元五夜鐙之始，北宋也。乾德五年，太祖詔曰：「朝廷無事，年穀屢登，上元可增十七、十八兩夜。」上元六夜鐙之始，南宋也。理宗淳祐三年，請預放元宵。自十三日起，巷陌橋道，皆編竹張鐙。而上元十夜鐙，則始太祖建南都，盛爲綵樓，招徠天下富商，放鐙十日。今北都鐙市，起初八，至十三而盛，迄十七乃罷也。永樂七年，令元宵節賜百官假十日。令市十日，賜百官假五日。内臣自秉筆篆近侍，朝臣自閣部正，外臣自計吏，不得過市，猶古罰帟幕蓋帷意。其他例得與吏士軍民等過市。長洲楊補《鐙市竹枝詞》云：「風定晴酣午氣煎，今朝真箇蹋鐙天。平添什物三分價，撒盡官兒新俸錢。」「皮絃聲裏識椒房，内語咿啞喝道忙。樓上眼光樓下落，下頭人説上頭强。」「須知各省計偕來，外職京官雜秀才。五日假恩中旨出，閣門只有相公開。」「犢褌磨著侍中璫，簇簇鐙光背月光。多少侯家花半臂，撾箏打碟舞郎當。」麻城劉侗《竹枝詞》云：「貂裝鞍馬象裝車，不是勳家是戚家。笑上街樓簾盡卷，遊人團定候琵琶。」「田家歌舞魏家漿，海淀園林恭順香。桃李莫分先後種，恩波一片是春光。」「鐙樓絃管欲溫人，樓下金珠飽殺春。老米青煤明日客，片時和哄可憐身。」「鼇山一搭歲千金，蠲免爭傳此玉音。平買市鐙歸內裏，明明照見市民心。」華亭汪歷賢《竹枝詞》云：「豐頤廣顙出侯門，熊白方甘狐白溫。聞賜鐙棚添綵索，千鐙燄燄曉猶存。」「長安鐙市晝連宵，游女爭呈馬上腰。蹋蹋鐙光莫歸去，前門釘子玉河橋。」

六更

唐處敬詩：「宮中六更初罷鼓，藍田璽玉沈崖浦。」

吴旦生曰：處敬詠謝皋羽事，故引用宋初語。汪水雲詩：「亂點傳籌殺六更。」亦指此也。《豹隱紀談》引楊誠齋詩：「天上歸來有六更。」蓋内樓五更絶，梆鼓交作，謂之蝦蟇更。禁門方開，百官隨入，所謂六更也。外方則謂之攢點。要之，宋初六更自有微意。《閒中今古録》云：「宋太祖建隆庚申受禪後，聞陳希夷『只怕五更頭』之言，命宮中轉六更方鼓嚴鳴鐘。」太祖之意，恐有不軌之徒竊發於五更時。故終宋之世，六更轉於宮中，然後鳴鐘。殊不省「庚」、「更」同音也。至理宗景定元年，歷五庚申。越十七年，宋亡，而希夷五更之數信矣。元延祐七年庚申，而順帝生。當時人只呼庚申君，觀《庚申君大事記》是也。則與宋祖命轉六更之言，益信數之不爽。楊升菴云：「夜漏五五，相遞爲二十五。」唐李郢詩：「二十五聲秋點長。」韓退之「雞三號」、「更五點」是也。至宋世有寒在五更頭之忌，宫掖及州縣更漏皆去五更後三點，又并去初更二點以配之，首尾止二十一點，非古也。

七賢

唐愚士詩云：「七騎從容出帝闉，蹇驢驄馬雜山犉。瀛洲學士參差出，十八人中一半人。」

吴旦生曰：七賢過關，人多謂唐人。夫瀛洲之士講學謀國，未聞名七賢，又未聞騎騾及牛馬者，不知愚士何據而云。又見《玉堂漫筆》謂：「開元冬雪後，張説、張九齡、李白、李華、王維、鄭虔、孟浩然出藍田關，遊龍門寺，而虔圖之。」張輅詩：「二李清狂狎二張，吟鞭遥指孟襄陽。鄭虔筆底春風滿，摩詰圖中詩興長。」是必有所傳也。然李白天寶間方來京師，李華天寶間方拜官，自與數人不同。虞伯生《題孟浩然像》詩：「風雪空堂破帽温，七人圖裹一人存。」自注又不同人，是殆非唐矣。蓋春秋有七人，唐有七愛，宋有七老，建安有七子，未嘗稱賢也，惟晉時竹林七人稱賢耳。及考王戎嘗乘小馬，驢也，山濤乘驢，劉伶乘鹿車，餘則乘馬，正符七人之數。其乘鹿車者，後人訛畫爲牛也。且接羅、烏帽，晉人所戴，而唐則巾矣。元時曹文貞公伯啓集又有《七子圖》詩曰：「清談飄逸事陵遲，七子高風世所稀。公室傾危無砥柱，服牛乘馬欲何之？」此又一證也。

楊升菴云：「洪武中高得暘《題錢舜舉寒林七賢圖》云：『詵然七子美風度，乃有遺像圖生綃。衣冠半帶晉季態，人物絶是唐中朝。想當朝政日休暇，擬采野景歸風謡。青騾黄犢蹋凍雨，蹇驢瘦馬衝寒飈。醉鞭笑停似按轡，銀蹬戲拍催聯鑣。尚疑高李六君子，當時未見潘逍遥。道同氣合志相感，雖曠百世如同僚。』又熊直題云：『左遷與投散，逝者良悠悠。他人未足説，所惜柳與劉。』『天涯相聚一回首，往事於人竟何有？莫念玄都舊種桃，且往愚谿牓栽柳。』據此則高適、李白、孟浩然與劉禹錫、柳宗元不同時，潘逍遥宋人，又在後矣。合而圖之謬甚，亦不足深辨也。」

梧桐園

王仲光《梧桐園》詩：「七月交秋未變秋，輕輕一葉下枝頭。君王不在當時悟，直到彫殘後始愁。」吴旦生曰：《述異記》：「梧桐園在吴宫，吴王夫差舊園也。」一名鳴琴川，又云梧桐宫，在句容縣。傳云：吴別館有楸梧成林焉，梧子可食，古樂府所謂「梧宫秋，吴王愁」是也。

岸善崩

童中州《罱泥行》：「雨淋浪拍岸善崩，歲歲罱泥增岸塍。」

吴旦生曰：《前漢志》：「岸善崩。」「善」訓多。按《國風》：「女子善懷。」鄭《箋》：「善，猶多也。」《後漢紀》：「蠶麥善收。」《晉春秋》：「陸雲善笑。」皆訓多。祝希哲《題畫》詩云：「總道江南風景好，從來都讓罨泥人。」

腕法

張子宜詩：「鵝游同腕法，鸛舞按琴彈。」

吴旦生曰：《埤雅》：「鵝善轉旋其項，古之學書者法以動腕。羲之好鵝者以此。」張素正云：「善書者貴指實掌虛，腕運而手不知。鵝頸有腕法，倘在是耶？」《後山談叢》云：「蘇、黄兩公皆善書，不能懸手。逸少非好鵝，效其腕頸爾。」正謂懸手轉腕。而蘇公論書，以手抵案，使腕不動爲法，此其異也。《夢谿筆談》云：「吴人謂梅子爲曹公，以其望梅止渴也。又謂鵝爲右軍。有遺人醋梅燖鵝，作書曰：『醋浸曹公一甕，湯燖右軍兩隻，聊備一饌。』」

《蓬軒吴記》云：「張適字子宜，七歲習《詩經》，十三赴鄉試，稱奇童。洪武初，宋濂薦脩《元史》，拜水部郎中。未幾辭歸，與高季迪啓、楊孟載基、張來儀羽、徐幼文賁、王止仲行、梁用行時、方以常□、錢彦周□、杜彦正寅、浦長源源輩結爲詩社，號十才子。」

紅兜

《歸田詩話》曰：「叔祖士衡和楊廉夫《宋故宮》詩：『歌舞樓臺擬汴州，可憐蠻觸戰蝸牛。臨書玉枕雕檐静，行酒青衣罽帳愁。卷土自應從亶父，滔天誰復放驩兜？臺空樹老寒鴉集，落日白波江上秋。』廉夫喜其和『兜』字韵勝。蓋廉夫詩用『紅兜』字，元廢宋宫爲佛寺，西僧皆戴紅兜帽也。然結句更陡健。」

吴旦生曰：瞿佑字宗吉，年十四，鄉人章彦復命賦雞詩，大加稱賞。手寫桂花一枝，并題其上以贈云：「天上麒麟元有種，定應高折廣寒枝。」瞿翁遂搆傳桂堂。廉夫訪士衡於此堂，遊晏累日，因和「兜」字韵詩。時宗吉尚少，見廉夫《香匳》八題，即席倚和。其《花塵春跡》云：「燕尾點波微有韵，鳳頭蹋月悄無聲。」《黛眉顰色》云：「恨從張敞毫邊起，春向梁鴻案上生。」《金錢卜歡》云：「織錦軒窗聞笑語，采蘋洲渚聽愁吁。」《香頰嗁痕》云：「斑斑湘竹非因雨，點點楊花不是春。」廉夫語士衡曰：「此君家千里駒也。」宗吉别有《香匳集》百餘首，每題有引，俱自爲序。

春夢婆

瞿宗吉詩：「主翁不悟榮華過，一笑重煩春夢婆。」

吴旦生曰：東坡在昌化，嘗負大瓢行歌。田間有老婦，謂坡曰：「内翰昔富貴，一場春夢。」坡然之。里人呼此媪爲「春夢婆」。坡作詩有「换扇唯逢春夢婆」之句。後楊廉夫賦《春夢婆》云：「黄柳城邊風雨多，白頭宫女有遺歌。東坡哨徧無知己，賴有人間春夢婆。」洪武中王彦舉《醉夢軒》詩：「邯鄲枕上意如何，笑殺當年春夢婆。」

《東谷贅言》云：「士夫有與女流款洽若交遊然者，而君子無鐫譏焉。若王右軍之於賣扇老媪、杜少陵之於黄四孃、白樂天之於潯陽商婦、蘇東坡之於春夢婆是已。」

歷代詩話卷七十四　癸集三

靑谿　吴景旭旦生氏著

明詩　卷上之下

玉簫

寧藩臞仙作《宫詞》云：「忽聞天外玉簫聲，花下聽來獨自行。三十六宫秋一色，不知何處月偏明。」

吴旦生曰：永樂中，賢妃權氏乃高麗國王李芳遠所進。維時高麗例貢美女，故順妃任氏、昭儀李氏、婕妤吕氏、美人崔氏，皆高麗人。至庚寅詔止之，不復貢。權氏尤穠粹，善吹玉簫。侍上至臨城，薨，謚恭獻。以其最寵倖，爲臞仙所詠。《宫閨詩史》以此詩爲權妃作，非也。臞仙是高皇十六子，封大寧。以靖難功，文皇改封南昌。所著《宫詞》一百七首，又云：「宫漏已沈參倒影，美人猶自學吹簫。」又云：「三十六宫秋月白，美人花下教吹簫。」皆紀其事也。宣德中女官王司綵《宫詞》云：「贏得君王留步輦，玉簫嘹喨月明中。」亦指此。

囊雲

寧藩臞仙《囊雲》詩云：「蒸入琴書潤，黏來几榻寒。小齋非嶺上，弘景坐相看。」

吴旦生曰：自陶弘景山中聚雲，遇客輒放之爲贈。蘇子瞻山中見雲氣奔突，遂以手開籠收之，及歸放出，作《攓雲篇》云：「道逢南山雲，欻吸如電馬。竟誰使令之，衮衮從空下。」又云：「搏取置笥中，提攜反茅舍。開緘轉放之，掣去仍變化。」宣和中，艮嶽初成，多造油絹囊，入水溼之，曉張於絶巘危巒之上。既而雲盡入，遂括囊，題曰貢雲。每車駕所臨，則盡縱之，滃然充塞，如在千巖萬壑間。今永樂中，臞仙每月令人往廬山之顛，囊雲以歸，結小屋曰雲齋，每月放雲一囊，四壁氤氲裊動。

緑腰

周藩誠齋作《緑腰琵琶》詩云：「緑腰舞困琵琶歇，花落東風嬾下樓。」

吴旦生曰：《青箱雜記》：「曲有《録要》者，録《霓裳羽衣曲》之要拍。」《海録碎事》載《琵琶録》云：「康崑崙彈新翻羽調《緑腰》。」《演繁露》云：「今世亦有《六么》，而其曲有高平吕調，不與羽調相協。」

《癸辛雜識》云：「唐休《樂志》：『俗樂二十八調，中吕、高平、仙吕在七羽之數。』蓋中吕，夾鐘羽也；高平，林鐘羽也；仙吕，夷則羽也，安得謂不與羽調相協？」《注》：「即《録要》也。」本自樂工進曲，上令録出要者，乃以爲名。言「緑腰」，誤也。《蔡寬夫詩話》云：「《緑腰》，本名《録要》，今又謂之《六么》。」《螢雪叢説》引律詩云：「白髪不愁身外事，《六么》且聽醉中詞。」謂此詩之所以對者，無非借數而已。余觀其不用「緑腰」與「白髪」作正對，而以「六么」借對者，正以「緑腰」字爲譌，而不欲用之也。楊升菴謂：「六博即今骰子，而梟即骰子之么。曲中有六么，序義取六博之采。」反以「録要」爲妄説，恐未必然也。

《碧雞漫志》云：「《六么》，一名《緑腰》。元微之《琵琶歌》：『《緑腰》散序多攏撚。』又云：『逡巡彈得《六么》徹，霜刀破竹無殘節。』沈亞之《歌者乘記》云：『合韵奏《緑腰》。』又誌盧金蘭墓云：『爲《緑腰》、《玉樹》之舞。』白樂天《楊柳枝詞》：『《六么》《水調》家家唱，白雪梅花處處吹。』又《聽歌》六絶句内《樂世》一篇云：『管急絃繁拍漸稠，《緑腰》宛轉曲終頭。誠知《樂世》聲聲樂，老病殘軀未免愁。』《注》云：『《樂世》，一名《六么》。』王建《宫詞》：『琵琶先抹六么頭。』故知唐人以『腰』作『么』，惟樂天與王建耳。或云此曲拍無過六字者，故曰『六么』。至樂天獨謂之『樂世』，他書不見也。」

歐陽永叔云：「貪看《六么》花十八。」此曲内一疊名「花十八」，前後十八拍，又四花拍，共二十二拍。樂家者流所謂「花拍」，蓋非正也。

只孫

誠齋《元宮詞》有云：「御前咸著只孫衣。」

吴旦生曰：周伯琦《詐馬行序》云：「只孫宴者，只孫猶言一色衣也，俗呼曰詐馬筵。」張昱《輦下曲》云：「祖宗詐馬宴灤都。」柯九思《宫詞》云：「千官一色真珠襖。」皆指此也。《輟耕録》云：「只孫宴服者，貴臣見饗於天子則服之，今所賜絳衣是也。貫大珠以飾其肩背間，膺首服亦如之。」《近峰聞略》云：「元親王及功臣侍宴者，别賜冠衣，謂之只孫。今儀從所服團花只孫，當是也。」《長安客話》云：「景泰中見下工部旨，造只遜八百副。皆不知只遜何物，乃知爲上直校鵞帽、錦衣也。」

海青

周藩誠齋作《元宫詞》云：「年年正旦將朝會，殿内先觀玉海青。」

吴旦生曰：誠齋，高皇之孫，洪熙初襲封。所作《元宫詞》百首，自序云：「永樂初，賜一老嫗，年七十，乃元后之乳姆。女常居宫中，知元宫事，一一備陳。」故詩皆實事，有外人不得而知者。誠齋别有《宫詞》云：「鷹坊下直人争問，誰貢河東白海青？」柯敬仲《宫詞》云：「元戎承命獵郊坰，敕賜新羅白海青。」《注》：「海青，海東俊鶻也。白者尤貴。」《統志》云：「五國城出海東青，小而健，能禽天鵞，有重三十餘斤者，以首得者爲貴。進御膳，故名頭鵞。賞黃金十錠。今鼓吹中《鎖剌曲》有名《海東青》，蓋象其聲也。」《六硯齋筆記》云：「海東青，大如鳩。別一鳥名小青兒，大如雀。與海青同上，俟其飛過天鵞，小青銜去其帽。海青俯視天鵞，直下，爪其眼，灑血而墜。」

白湛淵《續演雅》詩：「海青羽中虎，燕燕能制之。」歐陽玄詞：「鷹房持獵回車駕，却道海青逢燕怕。」楊升菴云：「海東青，鷹之猛鷙者也。燕子之弱能翦之。」

《秕言》云：「吴中方言稱衣之廣袖者，謂之海青。按：太白詩：『翩翩舞廣袖，似鳥海東來。』蓋言翩翩廣袖之舞，如海東青也。」

中秋

《七修類藁》曰：「永樂中，中秋開宴不見月，聖情不懌。學士解縉口占《風落梅》一闋云：『姮娥面，今夜圓，下雲簾不著臣見。拚今宵倚闌不去眠，看誰過廣寒宮殿。』又賦詩云：『吾聞廣寒八萬三千脩月斧，暗處生明缺處補。不知七寶何以脩合成，孤光洞徹乾坤萬萬古。三秋正中夜當午，佳期不擬姮娥誤。酒杯狼籍燭無輝，天上人間隔風雨。玉女莫乘鸞，仙人休伐樹。天柱不可登，虹橋在何處？帝閽悠悠叫無路。吾欲斬蜍蛙，磔冥兔，坐令天宇絶纖塵，世上青霄粲如故。黃金爲節玉爲輅，縹緲鸞車爛無數。水晶簾外河漢横，冰壺影裏笙歌度。雲旗盡下飛玄武，青鳥銜書報王母。但期歲歲奉宸遊，來看《霓裳羽衣舞》。』上覽之歡甚，爲停杯以待。夜午，月復明。上大笑曰：『解縉真才子，奪天手也。』命宮人滿酌宣勸，盡懽而罷。」

吴旦生曰：《石林詩話》載：「晏元獻留守南郡，王君玉以館職從公爲簽判，賓主相得，日以賦詩飲酒爲樂。遇中秋陰晦，君玉密使人伺公，曰：『已寢矣。』亟爲詩以入云：『只在浮雲最深處，試憑絃管一吹開。』公枕上得詩，即索衣起，召客治具，大合樂。至夜分，果月出，遂樂飲達旦。」觀此，與大紳事同。大抵天上人間，總屬有情，故文人興會所至，綵鋒射之，風月亦樂得而如人意邪？《麓堂詩話》云：「大紳才名絶世，詩無全稿。如『采石弔李白，中秋不見月』，不過數篇。其餘真僞相半，頓令觀者有『楓落吴江冷』之歎。」

桔槔烽

解大紳《市橋會郭千户作》詩云：「沙磧茫茫塞草肥，桔槔烽上暮煙飛。」

吴旦生曰：《墨子》作「頡皋」。《後漢書注》：「邊方備警作土臺，臺上作桔槔，頭上有兜零，以薪草置其中，常低之。有寇即然火舉之以相告，曰烽火。」《經史直音》云：「晝曰烽，夜曰燧。」戎昱詩：「山頭烽子聲聲叫。」「烽子」，守烽卒也。

曹石倉《十二代詩選》誤「烽」作「峰」，幾不辨爲何物。按：此乃唐人張仲素《塞下曲》有此二語，不知大紳何以有之？

瑩中

《異林》曰：「秀州沈氏入宮，爲給事中。孝宗試《守宮論》，沈文發端云：『甚矣秦之無道也，宮豈必守哉！』上悦，擢第一。弟溥，貢士，就試春官。沈贈以詩云：『自少辭家侍禁闈，人間天上兩依稀。朝隨鳳輦辭青瑣，夕捧鸞書入禁薇。銀燭燒殘空有淚，玉釵敲斷竟無歸。年來望爾登金籍，同補山龍上衮衣。』」

吴旦生曰：沈氏瓊蓮，字瑩中，世傳沈萬三之後。有廷禮父子，皆仕於朝。因得通籍掖庭，爲女學士。故其作《宫詞》云：「中使傳宣光禄宴，内家學士作新除。」又云：「明窗棐几凈鑪薰，閒閲仙書小篆文。」又云：「水風涼好朝西坐，專把書經教小王。」蓋實譜也。

荆山居士

《異林》曰：「姑蘇孟淑卿，訓導澄之女。自以配不得志，號曰荆山居士。嘗論宋朱淑真詩曰：

『作詩須脱胎化質，僧詩無香火氣乃佳，女子鉛粉亦然。朱生故有俗病，李易安可與語耳。』其《悼亡》詩云：『斑斑羅袖溼啼痕，深恨無香使返魂。荳蔻花開人不見，一簾明月伴黄昏。』又《春歸》云：『落盡棠梨水拍隄，萋萋芳草望中迷。無情最是枝頭鳥，不管人愁只管啼。』又《長信秋詞》末韵云：『君意一如秋節序，不教芳色得長春。』《冬詞》末韵云：『雙蛾争似庭前柳，臘盡春來又放舒。』」

吴旦生曰：《蓬軒吴記》云：「孟小姐嘗過惠日菴訪尼僧，書其亭曰：『矮矮圍牆小小亭，竹林深處晝冥冥。紅塵不到無餘事，一炷煙消兩卷經。』此詩殊雅。其集多桑間之詠，不足傳也。」余按：淑卿性疏朗，不忌客，爲時所病。故稱詩獨許李易安，亦將以人之病易安者病之耳。《閒中今古録》云：「瞿宗吉所著《香臺集》有『易安樂府』之目，引《漁隱叢話》云：『趙明誠乃清獻公之子，妻李氏，能文詞，號易安居士。有樂府詞三卷，名《漱玉集》。明誠卒，易安再適非類，既而反目，有啓與綦處厚學士：「猥以桑榆之晚景，配兹駔儈之下才。」見者笑之。』此宗吉所以有『清獻名家阨運乖，羞將晚景對非才』之句。因歎易安，翁則清獻，爲時名臣；夫則明誠，官至郡守，亦景薄桑榆，何爲而再適耶？按：易安名清照，濟南李格非之女。適明誠，乃趙挺之子。挺之謚清獻。再適張汝舟。」

徐昌穀云：「淑卿詩零落已多，其佳句傳者，直欲與文姬、羽仙輩争長。」

歷代詩話卷七十五　癸集四

犇谿　吴景旭旦生氏著

明　詩　卷中之上

行邊詩

《西湖塵談録》曰：「王世昌越雖尚權譎，而文事武備皆有可觀。『世間惟有征夫苦，天下無如邊地寒。鬓爲胡笳吹作雪，心因烽火煉成丹』，其《行邊》詩也。西涯李公謂其『姿表奇邁，議論英發。其於邊徼險易、敵情真僞、將士强弱勞逸，皆在胸臆。出奇取捷，謀定後發，莫測所向。顛倒才智，自爲操縱，而人人欣勸，樂爲之用』，可謂得其實矣。」

吴旦生曰：《蓬軒類紀》：「世昌廷試日，稿甫就，忽旋風起腋下，騰公卷於雲霄中。廷臣與同試者咸仰視，彌久彌高，至不能見乃已。詔許别楮謄進。踰年，高麗貢使持其卷上聞。後公由中執法大司馬至封威寧伯，蓋飛騰之兆，已見於廷試之日矣。」《詩話》載：「公一日思退，賦詩云：『歸去來兮歸去來，千金難買釣魚臺。也知世事只如此，試問古人安在哉？緑醑有情憐我老，黄花無主爲誰開？平生事業心如火，一夜西風化作灰。』未幾，以事敗，編管安陸，遂符『一夜化灰』、『黄花無主』之讖。」據此則人生榮落，自有期會。或以偕汪直出塞，致開邊釁，士論少之。鄭淡泉謂：「汪直自敬憚威寧，威寧不峻拒之，亦未爲過也。」可稱知心之論。余每誦其《次韵馬大理》云：「鬧來愛飲三杯酒，老去羞談兩石弓。」則以文臣而三佩將印，乃向所羞稱也，豈欲開邊釁哉！

鍾馗

《寓圃雜記》曰：「嘗歲除，劉原博邀劉廷美守歲。廷美挾所藏鍾馗畫像求題，原博爲賦《終南進士行》，大書於上曰：『長空糊雲夜風起，不忿成群跳狂鬼。倒提三尺黄河冰，血灑蓮花舞秋水。飛螢負火明月羞，櫟窠影黑嗁鵂鶹。緑袍烏帽逞行事，磔腦刳腸天亦愁。中有巨妖誅未得，盍駕飆輪驅霹靂。如何袖手便忘機，回首東方又生白。』明旦，廷美持歸，懸之中堂。京師風俗，每正旦，主人皆出，惟置白紙簿并筆硯於几上。賀客至，書其名，無迎送也。劉定之、黄廷臣首至，見此詩，各摘簿一葉，録之以去。繼至者皆摘録之。頃間，簿已盡矣。明旦，復置簿，亦如之。金本清戲謂廷美曰：『此鍾馗乃耗紙鬼也。』」

吴旦生曰：唐人題吴道子畫鍾馗卷首云：「明皇因痁作，夢二鬼，一大一小。其小者衣絳犢鼻，屨一足，跣一足，懸一屨，搢一大筠紙扇，繞殿而奔。其大者戴帽，衣藍裳，袒一臂，鞹雙足，乃捉其小者，刳其目，擘而啖之。上問大者曰：『爾何人也？』奏云：『臣鍾馗氏，即武舉不捷之士也。誓與陛下除天下之妖孽。』夢覺，痁苦頓瘳，詔吴道子如夢寫之。」咸通中，進士周繇以《明皇夢鍾馗賦》知名。《續博物志》云：「俗傳鍾馗起於明皇之夢，非也。《北史》：堯暄，本名鍾葵。于勁，字鍾葵。宋宗慤妹，名鍾葵。」非特明皇時。但「葵」、「馗」二字異耳。又終葵，菜名。楊升菴謂：「《考工記》：『大圭首終葵。』《注》：『終葵，椎也。齊人名椎曰終葵。蓋言大圭之首如椎爾。』俗畫神像帖於門首，執椎以擊鬼，便附會説鍾馗能啖鬼。」陳心叔謂：「升菴無據。若以字音相同，則《左傳》殷人七族，有終葵氏；《爾雅・釋草》篇有終葵、中馗二草名，豈可曲引爲證？」或云：「『鍾馗』當作『終夔』，謂《六書本義》『終』有窮極畢死之義，古文『夔』一作『馗』。《集韵》『馗』、『夔』、『逵』、『䦌』通用。『夔』，《孔叢子》所謂『土石之怪夔罔兩』是也。窮治邪鬼，故稱終夔耳。」此亦意撰也。若然，則作「鍾馗」亦可，「鍾」有收聚之義，何必改「鍾」爲「終」。胡元瑞謂：「心叔、升菴據孫逖、張説文集有《謝賜鍾馗畫表》，俱以鍾馗不始開元時。然考《北史》及《魏書・堯暄傳》，暄字辟邪，本名鍾葵，後賜名暄。又《夢谿筆談》載：『皇祐中，金陵發一冢，有石誌，乃宋宗慤母鄭夫人。』宗慤有妹名鍾馗，則鍾馗之名在六朝前已有之。流傳執鬼，非一日矣。堯暄之本名鍾葵，宗氏之妹名鍾馗，皆即以鬼神爲名。故暄名鍾葵而字辟邪者，即取鍾馗能驅邪辟耗之意。後人既不得鍾馗出處，見暄名鍾葵，又有辟邪之字，反以世傳鍾馗爲出於此，豈不甚乖舛哉？」又隋煬帝即位，嵐州刺史喬鍾葵從漢王諒起兵，爲大將軍。

白鵲

劉原博《題雙喜圖送馬勝宗從昌平侯出鎮宣府》云：「遠隨金印出邊州，早報平安入鳳樓。翦取白羅飛繡影，旗竿十丈挂人頭。」

吴旦生曰：牧齋《列朝詩集》有此絶句，後注云：「湯公讓作此詩，未出，見原博作，乃歎服曰：『此真題邊將白鵲詩，吾詩乃學課語耳。』遂焚其藁。」余因記劉欽謨《懸笥瑣探》云：「聞鄒克明作《三夸》詩，其一言蘇秉衡，其二言湯公讓，其三言劉原博。有錢端學，聞公讓名，屢質所爲詩。公讓始曰可，中而厭，終則勃然怒曰：『何絮絮如此！』端學跼蹐去。予戲之曰：『向有人言，公謂杜陵無好句。今觀之果然。』公讓曰：『吾詩正學杜，何嘗云杜無好句，若云學杜者無好句則有之耳。』原博嘗爲《藹窩》詩，有『今古茫茫白雲老』之句。有謂：『雲者聚散無常之物，豈得謂老？』原博曰：『不聞「天若有情天亦老」乎？』其人辨不已。原博怒曰：『不讀二萬卷書，看溥詩不得。』予以爲『白雲老』者，蓋指藹窩如白雲常在，則謂之老亦無害。況晉人題李老谷，固有『駱駝夜吼青雲老』之句乎。予在京，嘗與公讓同過原博。公讓攜八詩就評，原博以手掩之，問曰：『此何詩也？』公讓曰：『北京八景詩。』原博曰：『比在當時胡文穆公、楊文敏公、曾狀元、王侍講詩，皆未易及，公所作能勝之則出，不然不如已也。』公讓曰：『第讀之。』原博爲讀一首，即還曰：『不如多矣。』又言：『昨與楊帥作《白鵲》詩，殊不佳。我亦嘗作，乃真邊將白鵲詩。如公之作，直學課詩耳。』原博詩曰：『早隨金印出邊州，晚送懽聲入御樓。翦取白羅飛繡幕，旗竿十丈挂人頭。』公讓大稱服。此頗近夸，而夸者亦復自屈於夸者，亦遇其敵而然也。」余觀欽謨所載詩，與牧齋本字句稍殊。牧齋謂「公讓自媿爲學課詩」，欽謨謂「原博薄公讓爲學課詩」，又殊，故兩存之。

豪放

《懸笥瑣探》曰：「予在史館，日請良醖一斗，然飲少，多有藏者。湯公讓索之，詩曰：『兼旬無酒飲，詩腹半焦枯。聞有黄封在，何勞市上沽。』嘗至其第，見其廳事春聯曰：『東坡居士休題杖，南郭先生且濫竽。』其東偏曰：『暫拄西山笏，閒開北海尊。』其西偏曰：『長身惟食粟，老眼漸生花。』豪俠之氣可見。」

吴旦生曰：公讓，東甌襄武王之曾孫也，有文武才。成化初，守禦延綏孤山堡，戰殁。月餘，口外某驛忽一兵官至，騶從甚盛。坐中堂，索筆硯、鐙燭，閉户而寢。明發開户，寂然無人，但見壁間有詩云：「手持長劍斬渠魁，一箭那知中兩腮。塞馬踐來頭似粉，烏鴉啄處骨如柴。交游有義空揮淚，弟姪無情不舉哀。血污游魂歸不得，當年空築望鄉臺。」人始知爲湯公也。蓋其歌詩豪放，性志使然。彼髯之自期待當何待。若以六體香匳不減義山，則又文弱士目之矣。

繡鞋

《寓圃雜記》曰：「沈愚，字通理，乃宣德間金陵十才子中一人也。有《續香匳》四卷，倣韓致堯之作。《繡鞋》一首云：『幾日深閨繡得成，著來便覺可人情。一彎煖玉淩波小，兩瓣秋蓮落地輕。南陌蹋青春有跡，西廂立月夜無聲。看花又溼蒼苔露，曬向窗前趁晚晴。』」

吴旦生曰：通理博覽群籍，不樂仕進，以業醫終其身。或勸之仕，曰：「吾非籠絡中物也。」詩餘、樂府，尤爲人所傳。劉原博題其集云：「隋珠趙璧常自珍，樂府詞林盡相惜。」一云：蘇秉衡少時作《繡鞋》詩，人呼爲「蘇繡鞋」。觀通理次義山《無題》五首，則知繡鞋是通理擅場。

按：吴下劉原博溥、中都湯公讓允績、崑山沈通理愚、海昌蘇秉衡平、蘇秉貞正、西蜀晏振之鐸、四明王柏原淮、吴下鄒克明亮、淮南蔣主忠忠、戚里王善甫貞慶，時稱景泰十才子。或云：洞庭徐德重震亦在十子之列。

懷古

《詩話類編》曰：「姑蘇懷古詩多用宋以前事，鮮有能用近時事，且言詳盡而意微婉者。惟丘仲深詩云：『西風黄菜葉乾時，城郭人民半是非。九四不成龍或躍，萬三無復燕于飛。玉虹百尺形空壯，金虎千年氣已微。何事章縫袂相接，等閒廟算出神機。』按：張士誠據吴時，用黄、蔡、葉三參軍。吴人謡曰：『黄菜葉，用齒頰。一夜西風來，乾壓。』『九四』，士誠乳名。『萬三』，吴中富人姓沈氏，名富，字仲榮，行三，人以『萬三秀』呼之。『九四』、『萬三』，人名、數目，對偶甚切。『玉虹』、『金虎』，皆吴中故事。末句蓋謂榮國公姚廣孝也，幼嘗爲僧，名道衍。」

吴旦生曰：《西樵野記》云：「僞周嘗用黄敬夫、蔡彦文、葉德新三參軍，皆迂闊書生，不識大計。洪武丁未下江南，三人伏誅，其屍風乾於旗竿之首。初，吴中童謡曰：『丞相做事業，專用黄菜葉。一夜西風來，乾别。』於是始驗。」《翦勝野聞》又載謡云：「張王做事業，只憑黄菜葉。一朝西風起，乾癟。」文徵仲《弔僞周故阯》詩：「欲談天祐誰堪問，自唱西風菜葉歌。」《續停驂録》云：「張士誠，泰州白駒場人。兄弟三人，士德、士貴。以行稱九四、九五、九六。」

楊君謙《蘇談》云：「元時富人陸道原，貨甲吴下，爲甫里書院山長。一時名流，咸與之游處。暮年對其治財者二人，以貲歷付之曰：『吾産皆與汝，惜爲汝禍耳。』道原遂爲黄冠師，居陳湖之上，開瑞雲觀居之，改名宗静。又納貲爲道判，時稱陸道判。其故宅今爲竹堂寺。所謂二者，其一即沈萬三秀也；其一姓葛，亦富。」《傳信録》云：「萬三甚富，今會同館是其故宅，後湖中地是其花園，京城自洪武門至水西門是其所築也。」《蘇談》又云：「萬三家在周莊，破屋猶存，亦不甚宏壯，殆中人家制耳。惟大松猶存焉。被没者非萬三家，蓋萬四之在黄墩者耳。」《留青日札》云：「萬三名富，字仲榮。弟萬四，名貴，字仲華。本湖州南潯人。父沈祐，始徙蘇之長洲東蔡村。貴之子漢傑，又徙於化周莊。漢傑之子玠，爲户部倉曹員外郎。富之子達卿。」據此則周莊屋當是萬四之裔，非屬萬三矣。《餘冬序録》云：「萬三有聚寶盆，貯少物，經宿輒滿。詔取入試，不驗，還其家。後籍没，復歸禁中。」《長安客話》云：「工部有銅簏四，一在節慎庫，高可過人，是萬三没入之物。光禄寺有鐵力木酒榨，每榨用米二十石，得汁百甕，亦其没入者。」

白髮春風

《詩話類編》曰：「丘仲深嘗作《因事有感》詩，其序曰：『唐人有詩云：「公道世間惟白髮。」又曰：「惟有東風不世情。」又曰：「花開蛺滿枝，花謝蛺還稀。惟有舊巢燕，主人貧亦歸。」是皆憫世悼俗之言。味其詞，可以知其時矣。由今日以觀，尤有甚於此者，故反其詞爲一絶云：「白髮年來也不公，春風亦與世情同。於今燕子如蝴蝶，不入尋常矮屋中。」誦之者足以見世態炎涼之變。』」

吴旦生曰：《漁隱叢話》：「杜牧詩：『公道世間惟白髮，貴人頭上不曾饒。』羅鄴詩：『年年檢點人間事，惟有東風不世情。』嘗以此二絶作一聯云：『白髮惟公道，東風不世情。』此窮人不偶，遺興之作也。」今仲深反其詞爲之，感慨良深。然詩家又病其太露。如錢起《歸故山》詩：「谷口春殘黄鳥稀，辛夷花盡杏花飛。始憐幽竹山窗下，不改清陰待我歸。」何等藴藉。《王直方詩話》云：「元祐初，多用老成。故東坡詩：『此生自斷天休問，白髮年來漸不公。』陳無己詩：『今代貴人頭白髮，挂冠高處不宜彈。』秦少游復有『白髮偏於我輩公』之句，則是白髮亦有隨時之義。」

下第

《風雅鼓吹》曰：「吴中奚昌元啓與粤東丘仲深最厚，嘗出其《下第》詩，有『沙鷗欺人故傍船』之句。仲深哂之。元啓曰：『先生亦嘗下第，恐不能無此意。』仲深因覓舊稿，得三律云：『一笑出都門，薰風正晏温。逍遥閒歲月，俯仰舊乾坤。戀闕心徒切，談天舌謾存。滿懷今古事，誰可細評論？』其二曰：『萬里一遊人，自憐還自嗔。無錢堪使鬼，下筆或通神。孰識琴中趣，空懷席上珍。欲憑詹尹卜，如我豈長貧。』其三曰：『壯志冷於灰，歸心疾似飛。白雲長在望，清淚欲霑衣。五月收新植，三春采嫩薇。故鄉雖遥遠，生計未爲微。』蓋先生正統甲子發解，此戊辰、辛未下第所作也，辭意和平而無迫切之態。元啓大媿服。」

吴旦生曰：自洪武三年庚戌命天下鄉試，四年辛亥會試，至十七年甲子復命各省鄉試，定三歲一舉行焉。刻程文，自二十年丁卯始。試録定式，自二十三年庚午始。京畿與布政司鄉試，在子、午、卯、酉年秋八月。禮部會試，在辰、戌、丑、未年春二月。蓋定規也。洪武癸未，太宗渡江；天順癸未，貢院火，皆以其年八月會試，明年三月殿試，於是二次有甲申。貢院火時，舉人死者九十餘人。奚元啓作詩云：「回禄如何也忌才，春風散作禮闈災。碧桃難向天邊種，丹桂翻從火裏開。豪氣滿場争吐燄，壯心一夜盡成灰。曲江勝事今何在，白骨稜稜漫作堆。」則元啓一輕儇好事人也，然其辭亦足悲夫。

《識小編》云：「舊制：殿試在三月朔日。成化八年，以悼恭太子發引，改於十五日，至今因之。」

《蒹葭堂雜鈔》云：「陸楠上南宫不售，歸過揚州，司關欲税其舟，楠投一詩云：『獻策金門苦未收，歸心日夜水東流。扁舟載得愁千斛，幸有君王不税愁。』其官見詩，迎而禮之。」

烏鬚

《詩話類編》曰：「陸參政文量寓京時，客有授烏鬚方者，口占一詩答之云：『染將粉白媚嬌紅，祇畏癡心笑老翁。五色今生當順受，二毛何況世人同。』聞者以爲明達。」

吴旦生曰：成化間，賈番進獅子，奏乞大臣往迎。文量時爲兵部郎，諫止之。家藏萬卷，手自讎校。所著《菽園雜記》、《式齋集》。其子安甫撰《式齋藏書目録》，桑民懌、祝希哲、徐昌穀爲之序。觀其《寄鼎儀》云：「歸來無計買青山，身在從渠兩鬢斑。」又《訓若庸》云：「聞君近日緣詩瘦，華髮星星革帶鬆。」其意與答烏鬚同。然劉禹錫有云：「近來後輩輕前輩，好染髭鬚作後生。」豈唐時已有此方邪？觀何長瑜《嘲臨川僚佐》云：「陸展染白髮，欲以媚側室。青青不解久，星星行復出。」則又在晉、宋時矣。

歷代詩話卷七十六　癸集五

壽谿　吴景旭旦生氏著

明詩　卷中之中

忌晨

《存餘堂詩話》曰：「西涯《五月七日泰陵忌辰》詩云：『祕殿深嚴聖語温，十年前是一乾坤。孤臣林壑餘生在，帝里金湯舊業存。舜殿南風難解愠，漢陵西望欲銷魂。年年此日無窮恨，風雨瀟瀟獨閉門。』讀之不能不使人掩卷流涕。」

吴旦生曰：西涯四歲能大書。景帝召見，命書「龍」、「鳳」、「龜」、「麟」十餘字。書奏，大喜，抱置膝上，賜珍果寶鏹。六歲、八歲，兩召試《尚書・益稷》篇，命肄京庠。天順中，登進士，時年十七。陸鼎儀作《瓊林醉歸圖》詩：『行過玉河三百騎，少年争説李東陽。』後孝宗賜第，在灰廠小巷，因稱李閣老衚衕。析爲民居，嘉靖中贖還，爲公祠。所傳雙珠履，二寸許絆繫之；一灩紵小衫，公舉奇童時，著以見景帝者。由此觀之，蓋公之受知於累朝最深且殊，宜其言詠之下，如攀鼎髯而號痛也。

《四友齋叢説》云：「西涯當國時，門生或朝罷、或散衙後即集其家。有一門生歸省，兼告養病。西涯集諸人餞之，即席賦贈。汪石潭詩先成，中一聯云：『千年芝草供靈藥，五色流泉洗道機。』西涯將後一句抹去，令石潭重改。衆請曰：『此詩絶好，師何故以爲未善？』西涯曰：『歸省與養病是二事，今兩句單説養病，不及歸省，便是偏枯，且近於合盤。』即援筆改曰：『五色宫袍當舞衣。』衆始服。」

詩弔

《墅談》曰：「楊文貞公士奇，於攻己者目爲輕薄生事，必欲黜之，禁錮終身。李文達公賢譏之，以爲有媿於文潞公之於唐介。及其處羅狀元倫，則與文貞不殊。成化中，大學士某卒，有以詩弔之曰：『何事先生蚤蓋棺，薤歌聲裏路人歡。填門客散恩何在，負郭田多死亦安。鹽海已無前日利，冰山誰障舊時寒？九原若遇南陽李，爲道羅倫已復官。』嗚呼！李文達豈料後人復以其譏楊文貞者而反譏之哉？」

吴旦生曰：李南陽遭喪，朝廷留之。羅彝正詣其第，告以不可。踰數日，歷陳奪情起復非是，援富弼及劉珙故事奏之。學士陳公文爲李畫策，彝正遂落職，時論大不平。明年，陳公薨於位，薛御史之綱作此詩弔之。時南陽已謝世，而彝正召還復脩撰矣，故末有此語。楊南峰稱爲詩史云。

把滑

《存餘堂詩話》曰：「吴原博詩格尚渾厚，琢句沈著，用事果切，無漫然嘲風弄月之語。其《雪後入朝》詩云：『天門晴雪映朝冠，步澀頻扶白玉闌。爲語後人須把滑，正憂高處不勝寒。飢烏隔竹餐應盡，馴象當庭蹋又殘。莫向都人誇瑞兆，近郊或恐有袁安。』其愛君憂國、感時念物之情，藹然可掬。至如古人隨車縞素、灞橋驢背，自是閒話頭。」

吴旦生曰：岑參詩：「色借玉珂迷曉騎，光添銀燭晃朝衣。」只説得早朝雪後之景耳。今原博如許心腸，冠之揆右，自足衣被天下。卒以老居臺閣，不得大用。自號匏菴，亦自傷矣。《餘冬序録》云：「今世俚語『前人失腳，後人把滑』，即漢諺『前車覆，後車戒』之義。」因觀金人劉無黨《敗車行》云：「前車行，後車逐，車聲夜隨山詰曲。前車失手落高崖，車輪直下聲如雷。同行急救救不得，人牛翻壓鳴聲哀。我時潛聞後車説，前車使牛何太拙。只知拍手笑前人，不道後來當改轍。前途猶有坡陀在，後車當以前車戒。」此則先原博而暢言之矣。

禽言

桑民懌既調柳，林君待用以書來云：「柳州山水，子厚爲之出色，今付公矣。」作詩答之曰：「鷓鴣知我行不得，杜宇勸人歸去休。」

吴旦生曰：武廟之初，李西涯柄政。或題詩譏之曰：「回首湘江春草緑，鷓鴣啼罷子規啼。」解禽言者云：「鷓鴣聲道『行不得哥哥』，子規聲道『歸去好』。」據此直是民懌注腳。

《吴郡二科志》云：「桑悦，字民懌。嘗詮次古人，以孟軻自況，班、馬、屈、宋而下不論也。有問韓文，曰：『此小兒號嗄之聲。』問翰林文學，曰：『舉天下惟悦最高耳，其次祝允明，其次羅玘。』由是喜俠者多慕焉。部使者駐節海虞，悦謁之書，刺曰：『江南才子桑悦拜。』使者大駭，問左右，曰：『書生也。』迺延之校書，而預刊落以試悦。校至不屬，即索筆請書足。使者敬服。後以貢士試禮部，文大奇，典試曰：『豈江南桑生耶？狂士，狂士！』遂下第。大學士丘濬慕其名，召令觀所爲文，紿曰：『某人撰。』悦心知之，曰：『何得若文而令悦觀。』濬曰：『生試爲之。』歸譔以奏，濬稱善。初，悦名在乙榜，至是調某州博士。山東提學掾將行，詣濬别。濬曰：『博士桑悦，宜加優禮。』掾至州，悦不爲迎。掾使吏促之來，悦怒曰：『第還，三日後來，復則不來矣。』後三日，悦詣長揖。掾作厲曰：『博士不當跪耶？』悦前曰：『汲長孺不拜大將軍，今明公以面皮相恐，豈寥廓之士可籠之威重耶？』因解綬請去。掾不得已，容之。按：御史聞悦名，召令坐講。悦因跣足捫蝨，御史不能禁，令出。後薦之，遷長沙别駕，尋轉柳州，荒落殊甚。悦不堪，思歸，因作詩，有『鷓鴣道我行不得，杜宇勸人歸去休』之句。」

飛詩會

《堯山堂外紀》曰：「祝允明嘗偕陸濟民、張夢晉、韓壽椿登虎丘浮屠，至絶頂，但見八荒洞然，萬籟齊發，飲酒樂甚。壽椿出紙筆，賦詩以紀其遊。允明詩先成，云：『草木衣裳下，雲霞掌握中。偶然飛咳唾，珠玉滿天風。』濟民云：『極目飛鴻小，致身雲路中。詩人少知己，發付與東風。』夢晉云：『慮遺塵寰外，天歸眼界中。新詩三百首，句句答松風。』壽椿云：『詩寄千峰窟，春横一鏡中。攜壺兼荷鍤，不減晉人風。』詩成閣筆，天風颯然，飄其詩草，盤旋直上太虚，如神物掀舞。將擲地，又爲蒼鷹所舉，竟不知其所上也。遂名爲飛詩會。」

吴旦生曰：希哲年五歲，作徑尺字。《國寶新編》云：「書學精工，自《急就》以逮虞、趙，上下數千年變體，罔不得其結搆。若羲、獻真行，懷素狂草，尤臻筆妙。」余觀其書優於詩，詩優於文。至於聲色自娱，登場傅粉，謔浪翫弄，何有一世。蔣子雲發龍門之歎，桑民懌僅三人之目，誠有以窺其藴也。閻起山謂：「惜乎不自厚，分才雜劇，此亦俳優工戲何異。」然此又烏足與語希哲乎。

希哲右手枝指，因號枝指生。按：《春秋正義》，手五指之名：曰巨指《儀禮・大射》、《孟子》云「巨擘」、食指《左傳》、將指《儀禮・大射》注、無名指《孟子》、小指《儀禮》云「季指」。此《困學紀聞》所載也。余又見《吴越春秋》云：「闔閭傷將指。」蓋將指，足大指，言其將領諸指也。

久雨

程克勤《與沈石田書》曰：「舟次吴門，恖恖竟不得一面。君謙儀曹誦見贈佳作，有『人從今日去，雨是幾時晴』之句。欲請書爲行李之重，不可得也。」

吴旦生曰：克勤舉成化丙戌進士，歷官至宫詹。先是，臺臣論奏，請退姦進賢，克勤在所進中，用是見忌。會雨災，言官請罷免，以塞天變。詔致仕。沈石田送以詩云：「車馬出春明，雨中人獨行。人從今日去，雨是幾時晴？静閣一杯酒，亂聞千樹鶯。故山堪注《易》，天意就先生。」石田又於題下自注云：「因久雨，爲言者濫及去位。」據石田注與克勤書，則知克勤以久雨去也。《實録》云：「弘治元年十月，以久陰不雨，監察御史王嵩等疏陳脩省，劾禮書周洪謨及程敏政等。上以敏政舊侍從官，令致仕。」蓋作「久陰不雨」，非是。

題畫

《四友齋叢説》曰：「沈石田詩有絶佳者，但爲畫所掩，世不稱其詩。有題畫七言云：『幽居臨水稱冥棲，蓼渚沙坪咫尺迷。山雨忽來茆溜細，谿雲欲墮竹梢低。檐前故壘雌雄燕，籬脚秋蟲子母雞。

此處風光小韋杜，可能無我一青藜？』此詩情景皆到，而律調亦清新。今之作者，豈容易可及。」

吴旦生曰：石田年十五，游金陵，作百韵上地官崔侍郎。面試《鳳凰臺賦》，立就。景泰間，郡守以賢良應詔。筮之，得《遯》之九五，乃決計隱遯。以畫擅名。其人碧眼飄鬚，儼若神仙。一日登黄鶴樓，數客飲其上。石田題云：「昔聞崔顥題詩處，今日始登黄鶴樓。黄鶴已隨人去遠，楚江依舊水東流。照人惟有古今月，極目深悲天地秋。借問回仙舊時笛，不知吹破幾番愁。」詩成，大書於壁而去。客驚謂曰：「此必仙也。」尋物色之，乃知爲石田。

石田所著《客座新聞》云：「各邊軍士從戰，身荷鐵甲、戰裙、遮臂等具，共重四十五斤；鐵盔、鐵腦蓋，重七斤；頓項、護心、鐵脇，重五斤；弓撒、箭袋，重十斤；腰刀，三斤半；蒺藜骨朵，重三斤；箭筒，一斤，通計八十八斤半。予聞之征人，因偶成一篇，用志邊軍勞苦云：『從軍莫從口外軍，身挾戰具八十斤。頭盔腦包重得七，頓項掩遮以五論。惟甲所被四十五，腰刀骨朵二四均。精工精鐵始合度，日夜磨淬光勝銀。二五弓箭及其服，隨身衣裳八乃足。佩多身重難負荷，還須上馬看輕速。銀包酒袋煙烘麪，得飲馬溺喉且沃。將軍令嚴隨鼓進，誓與敵軍争一鏃。此時顧功不顧身，刀痕箭瘢無好肉。歸來性命萬死餘，便使封侯未堪贖。江南一體行伍人，美衣好食何苦辛。將錢買貨事游蕩，有眼不曾經戰塵。聽談邊軍却不信，亦莫感媿朝廷恩。』」余喜其辭致蒼直，兵制見焉。選家不之及，蓋世之不稱石田詩久矣。

夜哭

《夷白齋詩話》曰：「都玄敬少嘗學詩沈石田之門。石田問近有何得意作，玄敬以《節婦》詩首聯爲對。其詩云：『白髮貞心在，青鐙淚眼枯。』石田曰：『詩則佳矣，有一字未穩。』玄敬茫然，避席請教。石田曰：『爾不讀《禮經》？經云寡婦夜不哭。何不以「鐙」字爲「春」字？』玄敬悦服。」

吴旦生曰：詩律深嚴，一字之間，不容苟下如此。今之肆穎疾揮，文不擇言，亦可炯鑒矣。《新知録》云：「昔人謂詩有别才，非關學也，誠然矣；其謂詩有别趣，非關理也，則殊未是。杜子美詩所以爲唐詩冠冕，以理勝也。彼以風容色澤、放蕩情懷爲高，而吟寫性靈爲流連光景之辭者，豈足以語《三百篇》之旨哉？」近唐寅《送人下第》詩曰：「王家空設網，儒子尚懷珍。」唐荆川以爲是有怨意，因舉唐人詩曰：「明主既不遇，青山胡不歸？」如此胸次，方無係累也。此見詩之命意，當主於理矣。都穆《詠節婦》詩，沈石田以爲《禮經》寡婦不夜哭，「鐙」字改作「春」，此見詩之用字當主於理矣。若謂詩非關理，豈不謬哉？

按：玄敬七歲能詩，好遊山水，至屢空，輒笑曰：「天地之間，當不令都生餒死。」一歲除夕絶糧，作詩寄朱堯民曰：「歲云暮矣室蕭然，牢落生涯只舊氈。君肯太倉分一粒，免教人笑突無煙。」堯民儲千錢爲歲用，分半贈之。玄敬日事讎較。吴門有娶婦者，夜大風雨，滅燭。徧乞火，無應者，雜然曰：「南濠都少卿家有讀書鐙在。」叩其門，果得火。邢麗文《寄玄敬》詩：「滿座賓朋應貰酒，一樓鐙火想讎書。」

悼張

都玄敬《悼張夢晉》詩：「高樓明月依然在，遼鶴歸來定幾年。」

吴旦生曰：夢晉年十四五作詩，有「高樓明月清歌夜，知是人生第幾迴」之句。玄敬素愛其語，至是舉以悼之。按《吴郡二科志》云：「張靈，字夢晉，吴縣人，與吴趨唐寅最善。寅嘗邀遊武丘，會數賈飲於可中亭。靈更衣爲丐者上，謂亦能詩。時賈所爲詩，有『蒼官』、『青士』、『扑握』、『伊尼』諸詞，因以問靈。靈曰：『蒼官，柏也；青士，竹也；扑握，兔也；伊尼，鹿也。』賈始駭，令賡。靈即揮毫不已，凡百絶。抵舟，易維蘿陰下。賈使人察之，不見也，皆以爲神仙。賈去，復上亭，朱衣金目，作胡舞，形狀殊絶。初，靈與寅俱爲郡學生，鄞人方誌來督學，惡古文辭，察知寅，欲中傷之。靈悒鬱不自遣。寅曰：『子未爲所知，何愁之甚？』靈曰：『獨不聞龍王欲斬有尾族，蝦蟇亦哭乎？』果爲所斥罷。」

《存餘堂詩話》云：「夢晉早歲功名未偶，落魄不羈，寄情詩酒間。臨終之前三日，作詩云：『一枚蟬蜕榻當中，命也難辭付太空。垂死尚思玄墓麓，滿山寒雪一林松。』後一日又作詩云：

『彷彿飛魂亂哭聲，多情於此轉多情。欲將衆淚澆心火，何日張家再託生？』二詩可以想見其風致，亦足悲夫。」

畫菊

《駒陰冗記》曰：「唐子畏旅宿寧德，館人懸畫菊，題絶句云：『黄花無主爲誰容，冷落疏籬曲徑中。儘把金錢買脂粉，一生顔色付西風。』蓋自況云。」

吴旦生曰：《吴郡二科志》：「唐寅，字伯虎，一字子畏，中式第一。先是，洗馬梁儲校寅卷，歎曰：『解元在是矣。』儲事畢歸，嘗從程詹事敏政飲。敏政方奉詔典會試，儲執卮請曰：『寅高才，惟君卿奨異之。』敏政曰：『吾固聞之，寅，江南奇士也。』會儲奉使南行，寅感激，持帛一端詣敏政，乞文餞。後被逮，因此論之。」《四友齋叢説》云：「江陰富室徐經，與子畏同鄉舉，遂同至京。徐有戲子，日從子畏馳市中。時屬目已衆，徐營他逕以進。子畏疏狂，時漏言語，因罣誤除籍。」

初爲諸生，嘗作《悵悵》詩：「悵悵莫怪少時年，百丈游絲易惹牽。何歲逢春不惆悵，何處逢情不可憐。杜曲梨花杯上雪，灞陵芳草夢中煙。前程兩袖黄金淚，公案三生白骨禪。老後思量應不悔，衲衣持鉢院門前。」觀其詞與其事合，蓋語讖也。何元朗稱此詩才情富麗，何必減六朝人。余按：子畏集中，除去「何歲逢春」二語，作一律，與《擁鼻行吟》一律，俱作《漫興》十首。余購一畫，乃子畏五旬之辰自寫一幀，題云：「醉舞狂歌五十年，花中行樂月中眠。漫勞海内傳名字，誰信腰間没酒錢。書本自慚稱學者，衆人疑道是神仙。些須做得工夫處，不損胸前一片天。」是王文恪公所藏。

集中一詩云：「若還一日天塌了，大家齊叫阿癐癐。」語雖俚，亦有所本。《輟耕録》云：「淮人寇江南日，於臨陣之際，齊聲大喊『阿癐癐』，以助軍威。」《朝野僉載》云：「武后時，滄州南皮縣丞郭勝静每巡鄉，唤百姓婦，託以縫補而姦之。其夫至，縛勝静，鞭數十。主簿李懋往救之，勝静羞諱其事，低身答云：『忍痛不得，口唱阿癐癐。勝静不被打，阿癐癐。』」

《雪濤詩評》：「子畏題所畫小景云：『不鍊金丹不坐禪，不爲商賈不耕田。興來只寫江山賣，免受人間作業錢。』又題一釣翁畫云：『直插漁竿斜繫艇，夜深月上當竿頂。老漁爛醉唤不醒，滿船霜印蓑衣影。』皆有天趣。而選刻者删之，以繩尺求子畏耳。」

月上

《四友齋叢説》曰：「吴中舊事，其風流有致足樂詠者。朱野航乃葑門一老儒也，頗攻詩，在篠匾王氏教書。王亦吴中舊族。野航與主人晚酌罷，主人入内。適月上，野航得句云：『萬事不如杯在手，一年幾見月當頭。』喜極發狂，大叫叩扉，呼主人起，詠此二句。主人亦大加擊節，取酒更酌，至興盡而罷。明日徧請吴中善詩者賞之，大爲張具，徵戲樂，留連數日而罷。此亦一時盛事也。」

吴旦生曰：朱性甫精楷法，手録前輩詩文，積百餘家。聞人有奇書，輒借閱，手自繕寫，所纂集總數百卷。其所著《野航詩集》，今不傳。與朱堯民齊名。文徵仲志性甫之墓云：「兩人皆不仕。成化、弘治間，其名奕奕於郡城之東，人稱之曰兩朱先生。正德壬申，堯民死。明年，性甫又死。自兩人死，吴中故實，往往無所於考。而求其遺書，亦無所得。惜哉！」錢牧齋云：「自元季迨國初，博雅好古之儒總萃於中吴，南園俞氏、笠澤虞氏、廬山陳氏，書籍金石之富，甲於海内。景、天以後，俊民秀才，汲古多藏，繼杜東原、邢蠢齋之後者，則性甫、堯民兩朱先生其尤也。其它則又有邢量用文、錢同愛孔周、閻起山秀卿、戴冠章甫、趙同魯與哲之流，皆專勤績學，與沈啓南、文徵仲諸公相頡頏。吴中文獻，於斯爲盛。百年以來，古學衰落，而老生宿儒，笥經蠹書者，往往有之。吴岫方山，非通人也，聚書逾萬卷。錢穀叔寶，畫史也，與其子允治手鈔書，至數千卷。居今之世，後生末學不復以讀書好古爲事。喪亂以後，流風遺書，益蕩然矣。予嘗欲取吴士自俞石磵、王光菴以後，網羅遺佚，都爲一編，而吴岫諸人亦附著焉。庶幾前輩風流不泯没於後世，且使吴人尚知有讀書種子在也。」

歷代詩話卷七十七　癸集六

靑谿　吴景旭旦生氏著

明詩 卷中之下

泣孝宗

《西山日記》曰：「李獻吉郎户部時，上孝宗皇帝萬言書，酷似賈長沙，劾壽寧侯鶴齡兄弟。有張氏語中宫，疑其訕己也。左右競前激上怒，請杖之。上持不可，語劉忠宣曰：『一杖，夢陽死矣。』竟釋之。孝宗崩，夢陽有『十年放逐同梁苑，中夜悲歌泣孝宗』之句。」

吴旦生曰：獻吉本關中人，從父宦，遂寓大梁，邊廷實所謂「却望秦山懷故道，即歸梁苑亦他鄉」也。弘治中，應詔陳言二病、三害、六漸，末及鶴齡爲外戚驕恣之漸，繫錦衣獄。旋釋之。一夕醉，遇鶴齡大市街，以鞭梢擊之，墮二齒。鶴齡隱忍而止。後有詩云：「半醉唾罵文成侯。」蓋指此也。正德初，代尚書韓貫道草奏，劾八閹，復逮繫，劉瑾必欲殺之。獻吉出片紙曰：「對山救我。」秦人皆言：「瑾恨不能致康德涵，德涵往，獻吉可生也。」乃往謁瑾。瑾大喜，盛稱德涵真狀元，爲關中增光。德涵曰：「海何足言。今關中自有三才：老先生之功業，張尚書之政事，李郎中之文章。」瑾曰：「李郎中非夢陽耶？應殺無赦。」德涵曰：「殺之，關中少一才矣。」明日，瑾奏上赦出。蓋獻吉實賴德涵營救而脱。後德涵得罪，獻吉議論稍嚴刻，馬中錫作《中山狼傳》詆之。《藝苑卮言》云：「獻吉有《贈黄子》詩：『禁城春日紫煙重，子昔爲雲我作龍。有酒每邀東省月，退朝曾對掖門松。十年放逐同梁苑，中夜悲歌泣孝宗。老體幸强黄犢健，柳吟花醉莫辭從。』徐昌穀有《寄獻吉》詩：『汝放金雞别帝鄉，何如李白在潯陽。日暮經過燕市曲，解裘同醉酒罏傍。徘徊桂樹涼風發，仰視明河秋夜長。此去梁園逢雨雪，知予遥度赤城梁。』雖李自少陵，徐自青蓮，而李得青蓮長篇法，徐得少陵琢句法，當爲七言翹楚。而諸家選俱未及，在所未解也。」

樂陵令

《詩話類編》曰：「何仲默與李獻吉齊名，然讀其《樂陵令行》一篇，亦何嘗規規模古，蓋不過就當日時事鋪敘結搆，自具古體。其詩云：『山東郡縣一百八，無有一城無戰場。到今漂血成野水，如山白骨横秋霜。雲臺砌高將不收，投筆亦有書生謀。黄金大印賜豪貴，白面豈得言封侯。唐朝公卿集如雲，平原太守名不聞。二十四城見賊走，抗城乃是平原守。君不見前者寇到時，縣吏州官各亡命。北梁白馬終日行，濟上黄旗錯相映。不聞開門戰，但聞開門迎。吁嗟乎，平原太守樂陵令。』夫此詩以樂陵配平原，亦偶然耳。然平原幸脱禄山，竟陷希烈；許公初成却敵之功，後卒死逆藩，二人忠節遭際，蓋略相似矣。」

吴旦生曰：當時何、李同聲，獻吉以觸宦官、外戚得罪，仲默因天變上封事曰：「義子不當畜，宦官不當寵。」蓋指錢寧、劉瑾也。又如上書辨獻吉江西之訟，奉詔雲南，却象犀、珍貝之贈，則其正骨剛風，兩人如一稟矣。故於《樂陵令》援往徵今，直攄其中而出之，略無辭飾，具見詩人之大端。按：仲默十五舉於鄉，又四年舉進士，三十九而卒。使假以年，其境詣當何如？讀者必欲捃摭緒論，以相詆呵，得非詞苑蒼鷹？

《藝苑卮言》云：「何仲默謂獻吉『振大雅，超百世，書薄子雲，賦追屈原』。王子衡云：『執符於雅謨，游精於漢魏。以雄渾爲堂奧，以蘊藉爲神樞，思入玄而調寡和。如鳳矯龍變，人罔不知其爲祥，亦罔不駭其異。』黄勉之云：『興起學士，輓回古文。五色錯以彪章，八音和而協美。如玄造包乎品物，海渤匯夫波流。』又云：『江西以後，愈妙而化，如玄造範物，鴻鈞播氣，種種殊别，新新無已。』其推尊之，可謂至矣。然王敬夫、薛君采各有《漫興》詩，王詠何云：『若使老夫須下拜，便教獻吉也低頭。』薛云：『俊逸終憐何大復，麤豪不解李空同。』則似有不盡然者。及觀何之駁李詩，有云：『詩，意象應曰合，意象乖曰離。空同丙寅間詩爲合，江西以後詩爲離。試取丙寅作，叩其音，尚中金石；而江西以後之作，辭艱者意反近，意苦者辭反常，色黯淡而中理，披慢讀之，若摇鞞鐸耳。』李之駁何則曰：『如摶沙弄泥，散而不瑩。闊大者鮮把持，文又無針綫。』又云：『如仲默「《神女賦》」、「《帝京篇》」、「南遊日」、「北上年」四句接用，古有此法乎？蓋彼知神情會處，下筆成章爲高；而不知高而不法，其勢如搏巨蛇、駕風螭，步驟雖奇，不足訓也。君詩結語太拙易；七言律與絶句等，更不成篇，亦寡音節；「百年」、「萬里」，何其層見疊出也。七言若翦得上二字，言何必七也。』二子之言，雖中若戈矛，而功等藥石。特何謂李江西以後爲離，與勉之言背馳，此未識李耳。李自有二病，曰：模倣多則牽合而傷跡，結搆易則麤縱而弗工。」

陳卧子云：「暇日與轅文論詩，轅文曰：『李、何七言律皆本於杜，李得其雄壯，何得其雅鍊。』此論誠知言哉！予以爲李以渾直之氣行其雄壯，何以婉麗之致追其雅鍊，故人見李之襲，以何爲脱耳。」

《解頤新語》云：「薛君采詩：『俊逸真憐何大復，麤豪不解李空同。』夫大復未足於俊逸，空同不全於麤豪也。」

送别

《藕居士詩話》曰：「何仲默『城邊客散重回首，愁見孤鴻落晚汀』，與嚴維『日晚江南望江北，寒雅飛盡水悠悠』同一意，而嚴有蕭寥不盡之情，然不如太白『孤帆遠影碧空盡，惟見長江天際流』更黯淼。此俱本《南華》『送君者自涯而返，君自兹遠』之意。」

吴旦生曰：《國風・燕燕》之次章云：「瞻望弗及，佇立以泣。」此爲千古送别之祖。諸公佳句胎骨《三百篇》，本非《南華》。而「孤鴻」、「寒雅」等即與「燕燕于飛」作興例看。楊升菴引《禽經》謂：「鳥向飛背宿，燕向宿背飛，莊姜取其背飛之義。」則又固於説燕矣。王摩詰詩：「車徒望不見，時見起行塵。」東坡《别子由》詩：「登高回首坡隴隔，時見烏紗出復没。」亦此意也。

文章煙月

《藕居士詩話》曰：「裴愈《送魯秀才南遊》詩：『東吴山色家家月，南楚江聲浦浦風。』徐昌穀少時所作『文章江左家家玉，煙月揚州樹樹花』似出此，而藻麗過之。」

吴旦生曰：昌穀自琴川徙家吴縣，與唐子畏、祝希哲、文徵仲號吴中四才子。研究詩學，所著有《談藝録》，詞家奉爲玉律。文徵仲云：「『文章』、『煙月』之句，至今令人口吻猶香。」閻起山云：「論者以爲此集中警句，雖沈、宋無以加。」皇甫百泉云：「昌穀自評其詩若棄妻怨妾，此特其少年體耳。」《藝苑卮言》云：「昌穀之於詩也，黄鵠之於鳥，瓊瑶之於石，松桂之於木也。」

傲睨

《藕居士詩話》曰：「孫太初蓬首提籃，直入邵文莊公宅，自移榻，坐南面。典謁駴而報公，公知必太初，倒屣出見。太初不交一言，即起去，但曰：『十年吟破吴門月，剛得梅花一句詩。』蓋謂公吴中一人也。」

吴旦生曰：傲睨是太初本色。嘗攜鶴入南屏山，其《新卜居》詩：「養鶴似嫌雙口累，爲漁又過一生身。」許九杞爲買鶴田，歲輸糧於萬峰深處，因立鶴田券。時費子充罷相，訪之。值其晝寢，故卧不起。久之出，亦不謝。送及門，第矯首東望曰：「海上碧雲起，遂接赤城，大奇，大奇。」子充出，語人曰：「我一生未嘗見此人也。」余有《過歸雲菴》詩：「坐來風暖紅偏落，目極晴空翠欲微。海上碧雲遥接處，百年猶向此中歸。」蓋道其事。

石扉

《夷白齋詩話》曰：「孫太初《歸雲菴》詩：『沙晴竹碧鷗出飛，野老候余開石扉。』古之人但言『柴扉』、『荆扉』，並無『石扉』之理。如漢人發哀公冢云：『初至一户，無扃鑰。石牀方四尺，牀上有石几。左右各三石人立侍，皆武冠帶劍。復入一户，石扉有鎖鑰。』太初好奇，初不知『石扉』乃墓中石門耳。故詩貴乎允當。」

吴旦生曰：一元，字太初。不知何許人，自云關中。嘗棲太白之巔，稱太白山人。或云安化王之親支，有託而逃也。徐文長作《孫山人考》云：「以鈔書役某府中，府公爲補吏。會覲，槖白金使山人致布政使。被盜，無以報命，遂亡抵浙。」此説誤。正德中，紹興守劉麟去官，卜築吴興之南坦，建業龍霓，以按察挂冠，隱西谿。郡人御史陸崑，亦在罷。長興吴琉隱居蒙山，招太初作湖南雅社，稱苕谿五隱。戊寅，太初來僦居湖南後林村，就婚施氏，生一女而卒，葬道場山之麓。而歸雲菴乃其所棲止也，中有挂瓢堂。按：太初嘗以鐵笛、鶴瓢自隨，顧華玉所謂「龍笛吟風，鶴瓢酌月」。鄭善夫《弔太初於道場山中宿歸雲菴》詩：「雲藏伏虎寺，花近挂瓢堂。」

顧華玉爲浙左藩時，物色太初不可得。稍閒，輒道衣幅巾，放舟湖上，幾行求得之。月下有舟泊段橋下，一僧、一鶴、一童子煮茗。笑曰：「此必太初也。」移舟就之，遂往還無間。

闌干

孫太初詩：「山中芝草闌干長。」

吴旦生曰：凡以横斜爲義，皆可言「闌干」。今太初亦謂芝草之横斜耳，非指闌楯而言。薛珍君《題壁》詩：「苜蓿長闌干。」正同此意。按：階際木句欄曰闌干，字从木，作「欄杆」，蓋以木縱横爲之也。如曹植詩：「月落參横，北斗闌干。」蓋言其横斜貌也。白樂天《長恨歌》：「玉容寂寞淚闌干。」韻書：「眼眶謂之闌干。」淚出於眼，亦有縱横之意也。王元昌云：「闌干，淚不斷之貌。」亦未盡其義。至於左太沖《吴都賦》：「金鎰磊砢，珠琲闌干。」是則「磊砢」、「闌干」皆言其多也。富嘉謨《明冰篇》：「南山闌干晝夜冰。」岑參《白雪歌》：「瀚海闌干百丈冰。」是大概言其闊遠也。《湧幢小品》云：「闌干之名，起於北魏。南蠻中依樹積木以居，名曰闌干。大小隨其家口之數，往往推一長者爲王。入唐，此二字成雅語矣。」

用脩

《藝苑卮言》曰：「楊用脩工於證經，而疏於解經；博於稗史，而忽於正史；詳於詩事，而不得詩旨；精於字學，而屈於字法；求之宇宙之外，而失之耳目之前。凡有援據，不妨墨守；稍涉評擊，未盡輸攻。」

吴旦生曰：用脩博覽群籍，研心攷訂，洵一代之偉人矣。武廟閲《文獻通考・天文》，星名有「注張」，亦作「汪張」，下問歷官、史館，皆愕然。用脩復曰：「注張，柳星也。《周禮》：『以注鳴者。』《注》云：『注，味也，鳥喙也。音咒，南方諸鳥七宿，柳爲鳥之味也。』《史記・律書》：『西至於注張。』《漢書・天文志》：『柳爲鳥喙。』」又湖廣土官水盡源通塔平長官司入貢，同官疑爲三地名。用脩曰：「此六字地名也。」取大明官制證之。凡所攷據，手薈成書。焦氏特標百餘種。余極艷之，購求二十年，僅得實其强半，迺余所傾心而快目也。然廣引生瑕，亦所不免。余《詩話》中時時正救之，非故取一代之偉人而好爲鐫譙音煎嚼也，鄙意誠如弇州所云耳。

用脩兩上《議大禮疏》，率群臣撼奉天門大哭，廷杖者再，謫戍雲南永昌衛，投荒三十餘年。其《七十行戍稿》有《病中感懷》詩：「七十餘生已白頭，明明律例許歸休。歸休已作巴江叟，重到翻爲滇海囚。遷謫本非明主意，網羅巧中細人謀。故園先隴癡兒女，泉下傷心也淚流。」詞人讀之，至今血口。按：在滇時嘗醉，鉛粉傅面，作雙丫髻插花，門生舁之，游行城市，諸伎以精白綾作裓服之。酒間乞書，醉墨淋漓。好事者購歸，裝潢成卷。

繼室黄氏有《寄夫》詩：「雁飛曾不到衡陽，錦字何由寄永昌？三春花柳妾薄命，六詔風煙君斷腸。曰歸曰歸愁歲暮，其雨其雨怨朝陽。相聞空有刀環約，何日金雞下夜郎？」久爲藝林傳誦，惜其詩不多作，亦不存藁。故用脩亦云：「易求海上瓊枝樹，難得閨中錦字書。」

信天翁

蘭廷瑞詩：「荷錢荇帶緑江空，唼鯉含沙淺水中。波上魚鷹貪未飽，何曾餓死信天翁。」

吴旦生曰：晁景遷集：「黄河有信天緣，常開口待魚。」《潛確類書》：「名天然。」樓攻媿云：「水禽有名信天公。」《容齋五筆》云：「瀛、莫二州之境，塘濼之上，有禽二種。其一類鶂，色正蒼而喙長，凝立水際不動，魚過其下則取之。終日無魚，亦不易地。名曰信天緣。其一類鶩，奔走水上，不問腐草泥沙，唼唼然必盡索乃已，無一息少休。名曰漫畫。信天緣若無能者，乃與漫畫均度一日，無飢色而反加壯大。二禽禀性不同如此。」

謝氏《詩源》云：「有送入至瀛州詩：『人逢隨客意，鳥聽信天緣。』昔有奚倩游於瀛，見一婦人美而豔，在門，倩曰：『可借宿乎？』婦曰：『敝居蕭瑟，故當隨客意耳。』倩入，婦使侍兒具酒餚，遂與之偶。明日送野外，即乘綵雲而去，蓋仙也。」

子衡

李舒章曰：「當何、李時，長於五言古詩者，有王子衡、薛君采。子衡峻麗，得其雄分；君采雋潔，得其英分。」宋轅文曰：「舒章所言，似謂子衡似空同，君采近大復也。」

吴旦生曰：子衡、君采大抵規摹三謝，故五言神似。蓋弘、正間何、李並興，主持風雅，爲一代冠弁，何容抹摋。即子衡高自標置，推尊北地，未免抑古揚今，亦詩家尊題之意，未可執爲口實，遂謂「大言不慙，未有甚於子衡」者也。觀子衡之論詩曰：「詩貴意象透瑩，不喜事實黏滯。古謂『水中之月，鏡中之影』，可以目覩，難以實求』是也。《三百篇》比興雜出，意在辭表；《離騷》引喻借論，不露本情。東國困於賦役，不曰『天之不恤』也，曰『維南有箕，不可以簸揚；維北有斗，不可以挹酒漿』，則天之不恤自見。齊俗：婚禮廢壞，不曰『婚不親迎』也，曰『俟我於著乎而，充耳以素乎而，尚之以瓊華乎而』，則償不親迎可知；不曰『己德之脩』也，曰『余既滋蘭之九畹兮，又樹蕙之百晦。畦留夷與揭車兮，雜杜蘅與芳芷』，則己德之美，不言而章；不曰『己之守道』也，曰『固時俗之工巧兮，偭規矩以改措。背繩墨以追曲兮，競周容以爲度』，則己之守道，緣情以灼。斯皆包韞本根，標題色相，鴻材之妙擬，哲匠之冥造也。」據此，則子衡之於詩，固韞義深矣，豈沾沾自喜，馳騁一槩云爾哉！

《西山日記》云：「鄭善夫初不識子衡，作《漫興》十首，中有『海内談詩王子衡，春風坐徧魯諸生』。後鄭卒，王爲位而哭，走使千里致奠，爲經紀其喪，仍刻其遺文。」

歷代詩話卷七十八　癸集七

壽谿　吴景旭旦生氏著

明詩 卷下之上

出京

文徵仲致仕出京，馬上口占云："白髮蕭蕭老祕書，倦遊零落病相如。三年虚索長安米，一日歸乘下澤車。坐對西山朝氣爽，夢回東壁夜窗虚。玉蘭堂内秋風早，幽竹黄花不負予。"

吴旦生曰：徵仲到京，林見素徧稱於臺省諸公。時喬白巖爲太宰，夙重見素，乃力主張授翰林待詔。見素曰："吾此行爲徵仲了此一事，庶不徒行矣。"然在翰林，大爲姚明山、楊方城所窘。嘗昌言於衆曰："我衙門中不是畫院，乃容畫匠處此邪？"蓋人之雅俗相懸如此。抑知其拂袖出都，夷然就道，至今讀口占一律，有何芥蔕於胸次也。觀徵仲有《詠蛙》詩："年來水旱真難卜，我已公私付兩忘。寄謝繁聲休强聒，吴城明日是端陽。"殆爲姚、楊言也。

遣懷

《夷白齋詩話》曰：「文徵仲有《病起遣懷》二律，蓋不就寧藩之徵而作也。詞婉而峻，足以拒之於千里之外。詩云：『潦倒儒宫二十年，業緣仍在利名間。敢言冀北無良馬，深媿淮南賦小山。病起秋風吹白髮，雨中黄葉暗松關。不嫌窮巷頻回轍，消受鑪香一味閒。』『經時卧病斷經過，自撥閒愁對酒歌。意外紛紜知命在，古來賢達患名多。千金逸驥空求骨，萬里冥鴻肯受羅。心事悠悠那復識，白頭辛苦服儒科。』後寧藩敗，凡應辟者，崎嶇萬狀，公獨晏然，始知公不可及也。」

吴旦生曰：徵明初名璧，以字行，更字徵仲。以諸生歲貢入京，授翰林院待詔。三載，謝病歸。按：唐王以黄金數笏遣一承奉求畫，徵仲堅拒不見，其使逡巡而去。寧庶人以厚幣招致海内名士，徵仲謝弗往。唐子畏往，佯狂而返。識者兩高之。日本貢使踵門求見，具冠服，南面受拜，而卻其贄，曰：「此國體也。」晚年衣紅絨衣，戴卷檐帽，坐紙窗下，擁鑪曝背，劇談亹亹，坐客皆移日忘去。卒之時，方爲人書志石，未竟，欠伸閣筆，端坐而逝。

二子：彭，字壽承，國子監博士；嘉，字休承，和州學正。張伯起云：「文太史詩未必上超開元，佳者亦不失大曆。後生小子，信口詆訾，迨國博、郡博之作，謂之文家詩。今觀壽承『妾家住近江淹宅，曾讀銷魂《别賦》來』、休承『五百年來幾摹本，翠禽猶在最高枝』等句，及《張公》、《善權》二作，亦各有致，可盡訾乎？太史女嫁王子美者，更好學，號爲博洽，亦能詩，所作《明妃曲》尤傳。」

刻竹

文徵仲《刻竹》詩：「蕭蕭落木帶江干，蒻蒻幽花過雨斑。豈意旅遊逢九日，共來把酒看三山。」吳旦生曰：徵仲與許彦明同遊金陵嘉善寺，因題詩竹上，後書「丁亥九月九日」。徵明同子嘉、彦明同子穀來，休承即刻詩大竹上。好事者取詩竹製筆筒，今尚在王丹丘家。按：富川有東坡竹，蓋公嘗以題壁餘墨灑竹上而不滅，新篁枝葉，皆有墨痕。後百八十年，謝疊山謫居是地，其竹尚然。景泰中杜用嘉詩云：「重華南去不南還，二女嘑痕在竹間。亦有富川蘇子墨，至今枝葉尚斑斑。」

獨退

《清暑筆談》曰：「高子業詩：『衆女競閨中，獨退反成怒。』夫争妍取忌，有之也；而獨退成怒者，豈不以衆邪醜，正世忌太潔耶？故楊誠齋有云：『聲利之場，輕就者固不爲世所恕，蔡定夫是也；不輕就者亦不爲世所恕，朱元晦是也。』」

吴旦生曰：《少室山房詩評》云：「子業視李、何後出，而其五言古律之工，不欲作今人一字，在唐不減張曲江、韋蘇州矣。」又引陳約之序其集云：「洪武初，沿襲元體，頗存纖詞，時則高、楊爲之冠；成化以來，海内穌豫，搢紳之聲，喜爲流易，時則李、謝爲之宗；及乎弘治，文教大起，學士輩出，力振古風，盡削凡調，一變而爲杜，時則有何、李爲之倡；嘉靖改元，後生英秀，稍稍厭棄，更爲初唐之體，家相淩競，斌斌盛矣。夫意製各殊，好賞互異，亦其勢也。然而作非神解，傳同耳食，得失之致，亦略可言。何則？子美有振古之才，故雜陳漢、晉之詞，而出入正變；初唐襲隋、梁之後，是以風神初振，而縟靡未刊。今無其才而襲其變，則其聲龘厲而畔規；不得其神而舉其詞，則其聲闡緩而無當。彼我異觀，豈不更相笑也。」論國初及弘、正而下格調之變，無如此序之精當者。據此，乃胡元瑞之有取於約之序也，而人之論約之者，亦有取焉。若唐元薦之論詩云：「明詩莫盛於弘治，藝苑則李懷麓、張滄洲爲赤幟，而和者多失於流易；山林則陳白沙、莊定山爲眉目，而議者或以爲旁門。李、何一出，變而學杜。正變雲擾，剽竊雷同，比興漸微，風騷日遠。箴其偏者，唐應德也。嘉靖初，更爲六朝、初唐，而纖豔不逞，闡緩無當，作非神解，傳同耳食。議其後者，陳約之也。」余故合録之，其時之風會可槩見矣。

子安

《藝苑卮言》曰：「皇甫子安之博覽古選，頗勝子循之禪棲，近體爲佳。子安卒，蔡子木以詩哭之云：『五字沈吟詩品絶，一官憔悴世塗難。』可謂實録。蔡每對予讀，輒哽咽淚下。」

吴旦生曰：皇甫氏涍，字子安；與其弟汸，字子循；濂，字子約，皆登嘉靖間進士。其兄沖，字子浚，亦登鄉薦。王元美所云「太原兄弟，並擅菁華」也。子循《寄懷子木》云：「日日江頭聞送客，每於詩卷恨錢郎。」蓋子循與子木同官陪都，亦如唐時送行詩，非錢起、郎士元，不足取重也。

《堯山堂外紀》云：「王元美爲比部郎，嘗與蔡子木、徐子與、吴明卿、謝茂秦飲。謝時再遊京師，詩漸落，子木數侵之。已被酒，高歌其夔州諸詠，亦平平耳。甫發歌，明卿輒鼾寢，鼾聲與歌相低昂。歌竟，鼾亦止，爲若初醒者。子木面色如土。子與復與子木論文，不合而罷。後五歲所，而子木以中丞撫河南，子與守汝寧，明卿謫歸德司理，張肖甫謫裕州同知，皆屬吏也。子木張宴備賓主，身行酒炙，曰：『吾烏得有其一以慢三君子。』尋具疏薦之。」

受卷

張涇川《贈嚴維中》詩：「登科豈必傳三唱，受卷曾知讓一籌。」

吴旦生曰：弘治乙丑，張涇川爲受卷官，見維中制策，擊節稱賞。既而不預一甲之選，爲之太息。後維中使粤，過之，涇川贈此詩。維中詶云：「往事殷勤勞晤語，非才流落負心知。」按：維中通籍後，屏居鈐山之東堂，折節讀書，與名流往來，人望翕然歸之。何至得君專政，屠戮忠良，後世唾詈爲權姦首也。

《玉堂叢語》云：「高中元爲嚴維中門生。嚴自内直回，往候之。適其鄉人如牆而立，嚴一至，衆張拱以前。高曰：『有一雅謔，敢爲老師道否？韓昌黎二語，與目前事相類。』嚴曰：『何語？』曰：『「大雞昂然來，小雞聳而待」也。』嚴亦大笑。人素嘲江西人爲雞，故云。」余觀《詩説雋永》：「李伯紀爲行營使，王仲時、張仲宗俱爲屬。王頎長，張短小，白事相隨。一館職戲曰：『大雞昂然來，小雞聳而待。』」則宋時已有此謔。

贈盧

張王屋《贈盧次楩》詩：「左驂猶有胥靡贖，鼓吏終成處士名。」

吴旦生曰：陳卧子稱此聯用事切當，蓋指濬獄也。按：次楩雄於貲，使酒罵坐。嘗爲具，召邑令。令乃日昃至。次楩醉卧，不能具賓主，令心銜之。會醉，榜其役夫。旬日，役夫夜壓於牆，隕。遂禽治次楩，坐繫獄。獄中感奮，著《幽鞫放招賦》以自廣。謝茂秦挾其賦走長安，見諸貴人，絜而泣。平湖陸與繩爲濬令，平反得脱。故次梗《寄茂秦》云：「魯連自是紫煙客，倜儻長揖二千石。一朝談笑解聊城，東入滄溟杳無跡。」而茂秦有《感次梗》云：「燕霜終古憤，梁獄昔年書。世事疏狂裏，交情患難餘。」

茂秦

《藝苑卮言》曰：「謝茂秦曳裾趙藩，嘗謁崔子鐘，崔有詩贈之。後以救盧次楩北遊燕，刻意吟詠，遂成一家。句如『風生萬馬間』，又『馬渡黄河春草生』，皆佳境也。其排比聲偶，爲一時之最。第興寄小薄，變化差少。嘗謂其七言不如五言，絶句不如律，古體不如絶句。又謂如程不識兵，部伍肅然，刁斗時擊，而寡樂用之氣。」

吴旦生曰：茂秦居鄴邸，爲趙康王客。康王薨，其曾孫穆王復禮之。潘景升《亘史》云：「趙王雅愛茂秦詩，從王客鄭若庸得《竹枝詞》十章，命所幸琵琶妓賈叩度而歌之。萬曆癸酉冬，茂秦從關中還過鄴，偕若庸見王。王宴之便殿，酒行樂作，王曰：『止。』命細瑟，以琵琶佐之。聲繁屏後，王復止衆妓，獨奏琵琶。方一闋，茂秦傾聽，未敢發言。王曰：『此先生所製《竹枝詞》也，諳其聲，不識其人可乎？』命諸妓擁賈姬出拜。光華射人，藉地而竟《竹枝》十章。茂秦謝曰：『此山人鄙俚之辭，安足污王宫玉齒。請更製《竹枝詞》，以備房中之奏。』王曰：『幸甚。』茂秦老不勝酒，醉卧山亭下。王命姬以袛代薦，承之以肱。明日，上新《竹枝詞》十四闋。姬按而譜之，不失毫髪。元夕，便殿奏技。酒闌送客，即盛禮而歸賈於邸舍。茂秦載以游燕、趙間。逾二年而逝，姬奉柩停大寺之旁，每夜操琵琶一曲，歌茂秦《竹枝詞》，必慟絶而罷。」

陳卧子云：「茂秦地位于鱗之下，徐、吴之上。元美評其所製最當，而未免以蕭、朱之嫌，左袒濟南，抑之太甚。此文人之交，不足重也。」

萬峰

《堯山堂外紀》曰：「謝茂秦遊天壇，賦七言一律：『天畔飛霞照萬山。』尋易『山』字爲『峰』，遂成絶句云：『度嶺攀崖自一筇，黄冠竹下偶相逢。振衣直上昇仙石，天畔飛霞照萬峰。』」

吴旦生曰：詩家易字，最爲緊要，余於庚集高詩中論之。至有兩字一義，而用此則安，用彼則否，尤關微妙，在人深思而自得之。如柳文暢詩「亭皋木葉下」、謝玄暉詩「雲中辨煙樹」，不可作「亭皋樹葉下」、「雲中辨煙木」。蓋「木」之與「樹」、「山」之與「峰」，其義一也。試取數語細哦之，覺舌本間有斷斷不可混下者。此無他，響與啞之别也。

《外紀》又云：「有客問作詩之法於謝茂秦。請出一字爲韵，以試心思。乃得『天』字，遂成三十六句云：『林開鳥雀天』、『鵶號月黑天』、『春陰欲雨天』、『斜陽禾黍天』、『明河半在天』、『一棹劃江天」、「荷影亂湖天」、「江清魚在天」、「蜮影瘴江天」、「千江各貯天」、「海氣混茫天」、「霜冷菊花天」、「雲慘戰場天」、「野燒氣蒸天」、「鷹揚朔漠天」、「馬見渥洼天」、「神龍穴海天」、「湖抱岳陽天」、「飢鼯叫雪天」、「鐘磬徹諸天」、「心空静裏天」、「鶴夢不離天」、「濁水混青天」、「東南百越天」、「江波不定天」、「雲蘿隱洞天」、「丹氣夜薰天」、「登嶽上捫天」、「隴樹插秦天」、「霜清瘴癘天」、「氣霾漢家天」、「冰開雁沼天」、「海簸大鵬天」、「嶺斷五羊天」、「微茫晝裏天」、「人老醉鄉天」。又用「天」字起，得十二句云：「天馬行無迹」、「天覆空青色」、「天高籠鳥心」、「天陰鬼火亂」、「天寒鷹力健」、「天聚峨嵋雪」、「天勢海相吞」、「天風助鬭虎」、「天山雄漢塞」、「天長接鄧林」、「天晴百鳥散」、「天垂四野青」。又第二用「天」字，得十二句云：「井天開地鏡」、「鈞天奏太和」、「蜀天低劍閣」、「雲天渾一色」、「木天通夜鼠」、「羅天昭象緯」、「楚天三峽斷」、「海天騰蜃氣」、「諸天空色界」、「江天月兩分」、「霜天紅樹老」、「通天鳥道寒」。又第三用「天」字，得十二句云：「夜爽天街露」、「孤峰天外出」、「風暖天絲度」、「静中天籟起」、「隱見天河影」、「峽開天一綫」、「漢北天常雪」、「日高天更青」、「霞明天姥峰」、「禪林天雨花」、「雲疏天色澹」、「井平天影出」。又第四用「天」字，得十二句云：「風響參天樹」、「鑿嶺蜀天開」、「混沌是天肧」、「萬物各天機」、「出塞胡天盡」、「龍鬭海天翻」、「雁得楚天春」、「虹截江天碧」、「王氣浮天闕」、「虢涔縮天影」、「秋氣澄天宇」、「到海得天多」。客謝而去。顧茂秦笑曰：「子何太泄天機邪？」

簡倨

《堯山堂外紀》曰：「李于鱗爲陝西按察使，鄉人殷者來巡撫，嘗下檄于鱗，代撰奠章及送行序。于鱗不樂，移病乞歸，殷留之。入謝，乃請曰：『臺下但以一介來命，不則尺蹏見屬，無不應者，似不必檄也。』殷謝過，有所屬撰，以名刺往。久之，復移檄。于鱗上疏乞休，不待報，竟歸。吏部惜之，用何仲默例，許養疾，疾愈起用，蓋異數也。于鱗歸，杜門，自兩臺監司以下，請見不得，去亦無所報謝，以是得簡倨聲。又嘗爲詩云：『意氣還從我輩生，功名且付兒曹立。』諸公聞之，有欲甘心者。」

吴旦生曰：于鱗守順德時，訪胡提學，乃蜀人也。問之曰：「楊升菴健飯否？」胡曰：「升菴錦心繡腸，不若陳白沙鳶飛魚躍也。」于鱗拂衣去。後按察關中，過許中丞，問：「今能詩何人？」于鱗云：「惟王元美，其次宗子相。」許請子相詩觀之，于鱗勃然曰：「夜來火燒卻。」蓋其性行簡倨如此。然觀陳眉公語陳卧子云：「少時見元美言，往者燕邸之會，于鱗詩必晚出，見他人有工者，即廢己作，不復示人。前輩自矜其名乃爾。」據此，則爲于鱗下懷處也。以簡倨一切之人而獨下懷於吟事，知其中本無虚憍之氣也。論者謂其狂易叫囂，弊流後進，亦太刻深矣。

新河

《堯山堂外紀》曰：「『舊河通匏子，新浪漲桃花』，元人張仲舉詩也。嘉靖中，河決徐沛，大司空萬安朱公衡排衆議，改築新渠，百年河患，一旦屏息。海内名士，咸有頌章。李于鱗詩云：『河隄使者大司空，兼領中丞節制同。轉餉千年軍國壯，朝宗萬里帝圖雄。春流無恙桃花水，秋色依然匏子宫。太史但裁溝洫志，丈人何減漢臣風。』『春流』一聯，王元美亟稱之，以爲不可及。然實用張語而意稍不同。後元美過新河，亦有詩呈朱公云：『日出煙空匹練飛，大荒中劃萬流依。連山盡壓支祁鎖，逼漢疑穿織女機。九道徵輪寬氣象，六軍容物迴光輝。甘棠欲讓金隄柳，曾護司空卻蓋歸。』論者以『支祁』、『織女』一聯又在『桃花水』、『匏子宫』之上。」

吴旦生曰：元美謂：「『春流無恙桃花水，秋色依然匏子宫』，不知者以爲上單下重。按：三月水謂之桃花水，爲害極大。此聯不惟對偶精切，而使事用意之妙，有不可言者。」余觀杜詩：「三月桃花浪。」趙《注》引《韓詩》：「溱與洧，方涣涣兮。」《注》謂：「三月，桃花水下時也。」希《注》引《漢・溝洫志》：「來春桃花水盛。」顔師古《注》謂：「《月令》：『仲春之月，始雨水，桃始華。』蓋桃方華時，既有雨水，川谷冰泮，衆流猥集，波瀾盛長，故謂之桃花水。」余喜此兩《注》最得源委。若東坡詩：「桃花春浪孤舟起。」程《注》但引《杜欽傳》，不知有《韓詩》、《月令》事矣。

《續停驂録》云：「黄河水異，凡立春後凍解，候水初至，凡一寸，則夏、秋當至一尺，謂之水信。《水衡記》：「正月名凍解水。」二月、三月曰桃花水，春末曰菜花水，四月末曰麥黄水，五月曰瓜蔓水，《水衡記》：「瓜延蔓，故名瓜蔓水。」六月中旬後曰樊《水衡記》作「礬」山水，七月曰豆花水，八月曰荻苗水，《水衡記》：「荻花，故名荻苗水。」九月曰登高水，十月曰復漕水，《水衡記》：「水落復故道，謂之復漕水。」十一月、十二月曰蹙凌水。《水衡記》：「水斷復結，謂之蹙凌水。」非時汎漲，曰客水。其勢移徙横注岸如刺毁，曰劄岸。漲溢踰防，曰抹岸，掃岸。故朽潛流刺其下，曰塌岸。浪勢旋激岸土上隤，曰淪卷。逆漲曰上展，順漲曰下展。直流中屈曲横射，曰徑窌。水猛驟移，其將澄處望之明白，曰拽白，又曰明灘。其汨起處輒能溺舟者，曰薦浪水。水退淤澱，夏則膠土肥腴；初秋則黄滅土，頗爲壤；深秋則白滅土；霜降後皆沙也。」

于鱗首云：「河隄使者大司空。」蓋「空」字與「同」、「雄」、「宫」、「風」相叶。余按：「司空」之「空」不當作平聲韵叶也。《詩話類編》云：「『空』字有四音。平聲音枯公切，《説文》：『竅也。』天曰太空，紗名方空，從平聲。上聲音孔，《考工記》：『函人眡其鑽空。』《舜紀》：『穿爲匿空旁出。』《莊子》：『罍空之在天澤。』《注》：『小穴也。』《張騫傳》：『樓蘭、姑師小國，當空道。』柳子厚《祭張舟文》：『空道北出，式遏蠻陬。』《大宛傳》：『張騫鑿空。』皆音作上聲。去聲音控，《詩》：『不宜空我師。』《論語》：『其庶乎屢空。』《揚子》：『《酒誥》之篇俄空焉。』唐詩：『潭影空人心。』又『天空霜無影』，又『十八人名空一人』，皆音去聲。入聲音窟，古者穴地穿崖而居，謂之土空。司空，官名，居四民時地利也，故曰司空。《周禮注》：『司空，主國空地以居民。』『空地』即窟地也。

天上星有土司空，亦映地之土穴。《詩》曰：『陶復陶穴。』又『曰爲改歲，入此室處』，『室』即土空也。冬時萬物閉藏，故司空之官屬冬。」據此，則于鱗直作平聲叶者，未深攷耳。

白雪樓

李于鱗《酬李東昌》詩：「江湖盤薄有能事，畫我山中白雪樓。」吴旦生曰：于鱗自秦中挂冠，搆白雪樓，所著名《白雪樓詩集》。東昌李使君子朱讀其集，繪爲圖以寄之，于鱗詶贈此詩。按：于鱗自謂樓在濟南郡東三十里許鮑城，前望太麓，西北眺華不注諸山，大、小清河交絡其下，左瞰長白、平陵之野，海氣所際，每一登臨，鬱爲勝觀。《自題白雪樓》云：「大清河抱孤城轉，長白山邀返照迴。」《謝魏使君》云：「白雪新題照畫闌，鮑山堪此對盤桓。」王元美乃謂：「樓上于鱗讀書，而其下甚穢，可笑。」則又何邪？陳眉公云：「于鱗死，其子駒後亡，家貧，白雪樓已鬻他人矣。」文人薄命如此。

大陸

李于鱗《登真定大悲閣》詩：「坐來大陸當窗盡，不斷滹沱入檻流。」

吴旦生曰：大陸在真定府寧晉縣，即《禹貢》陸澤之地，大河所經，受滏音輔、洨音肴、沙潦音際諸水。夏潦之時，漳水、滹沱，南北交注。其澤東西徑三十里，直接隆平、任縣，俱百餘里。漳、滹二水遠徙，可以耕種。《後漢書》：「鉅鹿郡有大陸澤。」《吕氏春秋》：「九藪，趙之鉅鹿。」高誘《注》云：「廣阿澤是也。」按：廣阿、大麓，同澤異名。舊志因《尚書》「納於大麓」之文，遂有堯臺、象城二迹。隋《圖經》云：「大麓有堯臺，高與縣城等。世謂堯禪舜處也。」《地里志》云：「大麓有象城縣，舜弟子所封之邑也。」故于鱗《同元美登郡樓詩》：「銜杯大麓來秋色，倚檻邢臺過白雲。」元美有《于鱗邀登郡樓》詩：「不盡天風吹大陸，何來嶽色滿邢州？」時于鱗守順德，古名邢州也。偶見後之倣七子聲口者動言「大陸」，竟作平原廣野之通稱，特詳釋之。

五子七子

王元美《贈吴明卿》詩：「無妨中散來千里，更喜延之詠五君。」又《贈姚匡叔》詩：「見數八公君第幾，空傳七子世無多。」匡叔以道術爲王客，惓惓七子之盛。

吴旦生曰：嘉靖間，元美初成進士，隸事大理山東李伯承。伯承爲通之于鱗，遂結社都下，作五子詩。東郡謝茂秦榛、濟南李于鱗攀龍、吴郡王元美世貞、長興徐子與中行、廣陵宗子相臣、南海梁公實有譽，於時稱五子，實六子也。已而茂秦與于鱗隙，遂去茂秦，而進武昌吴明卿國倫，又益以南昌余德甫曰德、銅梁張肖甫佳允，則所謂七子者也。又有新蔡張助甫九一，與德甫、肖甫相繼而入七子社者，此元美所云「吾黨有三甫」也。先是，弘、正中，北地李獻吉夢陽、信陽何仲默景明、武功康德涵海、鄠杜王敬夫九思、吴郡徐昌穀禎卿、儀封王子衡廷相、濟南邊廷實貢亦稱七子，詞林於是有先七子、後七子之目矣。逮于鱗没，元美引進益多，如蒲圻魏順甫裳、歙郡汪伯玉道昆、從化黎惟敬民表之屬，稱爲後五子；崑山俞仲蔚允文、濮州李伯承先芳、孝豐吴峻伯維嶽、順德歐楨伯大任之屬，稱爲廣五子；至於常熟趙汝師用賢、雲杜李本寧維禎、南樂魏懋權允中、四明屠長卿隆、金華胡元瑞應麟，遂稱末五子矣。

評七子

《少室山房詩評》曰：「嘉、隆並稱七子，要以一時著作聲氣傅合耳。然其才殊有徑庭：于鱗七言律、絶高華傑起，一代宗風；明卿五、七言律整密沈雄，足可方駕。然于鱗則用字多同，明卿則用句多同，故十篇而外，不耐多讀，皆尺有所短也。子相爽朗以才高，子與森嚴以法勝，公實縝麗，茂秦融和，第所長俱近體耳。」

吴旦生曰：胡元瑞品評七子，而不及王元美者，此敬美所謂「胡郎論古今文人，互有雌黄，至於吾兄，無可瑕摘」也。然元美於五子之詩，茂秦居首；漫興之作，于鱗其一，蓋亦著矣。又謂：

「宗子相天才奇秀，其詩以氣爲主，務於勝人，間有小瑕，及遠本色者，弗恤也。吴明卿才不勝宗，而能求諸實境，務使首尾匀稱，宫商諧律，情實相配。子相自謂勝吴，然已不戰屈矣。徐子與斟酌二子，頗得其中，已是境地，精思便達。梁公實工力故久，才亦稱之。」據此，覺他人之評七子，愛憎遷忽，茫無定緒，究不若七子中自評其儕偶爲大當也。

牛腰

王元美詩：「囊裹牛腰詩卷麤，他年鶴背重還無。何如負局先生好，只負真形五岳圖。」

吴旦生曰：時有樓道人以詩卷偏索名公題贈，故元美題此誚之。李太白詩：「書禿千兔筆，詩載兩牛腰。」陸放翁詩：「題詩又滿牛腰束，采藥常攜鵶觜鋤。」萬曆中程孟陽《和牧齋移居》詩：「未煩馬汗曾充棟，不及牛腰免借車。」錢牧齋詩：「牛腰詩卷互傳誦。」

青雲

王元美詩：「我自青雲甘薄宦，誰當白雪問相思？」

吴旦生曰：王、李類以「青雲」、「白雪」作對，如于鱗詩：「即今病借青雲起，何用詩傳白雪音。」元美詩：「青雲坐向論心失，白雪歌容攘臂驕。」余觀《京房易占》云：「青雲所覆，其下有賢人隱。」《續逸民傳》云：「嵇康蚤有青雲之志。」衡陽王云：「身處朱門而情在江湖，形入紫闥而意在青雲。」梁袁象《贈隱士庾易》詩：「白日清明，青雲遼亮。」阮籍詩：「抗身青雲中，網羅孰能施？」李白詩：「所以青雲人，高歌在巖户。」皆作隱逸用。如顔延年《五君詠》云：「仲容青雲器。」《注》言：「器識高遠也。」即《史記》「閭巷之人，欲砥行立名，非附青雲之士，惡能施於後世」，此亦非爲仕路言也。今之指功名爲青雲，何哉？然在唐時，白樂天《聞元八改官》詩：「交親盡在青雲上，鄉國遥抛白日邊。」方干《送侯郎中赴闕》詩：「青雲舊路歸仙掖，白鳳新詞入聖聰。」要其始，由於揚雄《解嘲》云：「當塗者升青雲，失路者委溝渠。」後遂以爲故實邪。

二王

《少室山房詩評》曰：「予與友人拈二王律詩，長公有『花裏鳴絃千嶂色，月明飛舄萬家春』，次公則『飛舄夜懸天姥夢，栽花春映赤城標』；長公有『悲歌碣石虹高下，擊筑咸陽日動摇』，次公則『星近長安多聚散，雲深碣石易浮沈』，真勍敵也。」

吴旦生曰：敬美弱冠稱詩，李于鱗呼爲「小美」。嘗致書元美云：「小美思火攻伯仁，奈何不善備之？」余德甫《寄元美兄弟》詩：「吴中二美得王郎。」余觀他人之尸祝元美，卑者未窮其藴，高者或溢其量，總不若敬美之遺兄書爲定論也。其書云：「詩道拓基於北地，極深於濟南。然而采蓄之途尚狹，游矯之神未充。兼此二家，登乎彼岸，古惟陳思、子美，今則吾兄庶幾。吾兄境雖神詣，然亦學以年劭。白雲之什，雖經删改，未離矜莊。逮乎讞獄三輔，建節青土，字字快心，言言破的，性靈效矣，變化見矣。擊節賞勝，每恨古人無此快句。然謂稍遜《古十九首》，意者亦坐斯皺。居憂以後，縱心觸象，取材愈博，演教彌神。或鬼篆虵文，冥搜六合之外；或牛溲馬勃，近取咫尺之間。離觀則邈若無關，湊泊則天然一色。大都字險者韵必妥，韵奇者聲必調，天壤之間，若爲預設。此真藝林之絶技，律家之玄造也。甚或直指故陳，纖詞閒作。雖淮陰用兵，多多益善；瞿曇拈指，頭頭是道。然弟臆陳，則謂周行所示，末流宜慎。何者？恐比丘無飯鹹之能，效羅什而有室也。所以郎襄諸篇，特寡游戲。簡善謔以示娱，宏大雅而垂訓，意在兹乎？」

秦聲

王伯榖《曲中》詩：「一半秦聲半楚聲，秦娥調瑟楚娥箏。」

吴旦生曰：李龜年至岐王宅，聞琴聲曰：「此秦聲。」良久又曰：「此楚聲。」主人入問之，則前彈者隴西沈妍，後彈者揚州薛滿也。伯榖用此。

懷妾

王伯穀《答袁懋中問病》詩云：「書生薄命元同妾，丞相憐才不論官。」吴旦生曰：王元美有《和伯穀懷出妾》詩：「妾與書生俱薄命，花隨春帝不長情。」蓋指此也。嘉靖間，懋中執政。伯穀游北雍，閣試《缾中牡丹》詩。其牡丹名「相袍紫」，伯穀乃作一聯云：「色借相君袍上紫，香分太極殿中煙。」懋中賞歎，呼詞館諸公，數之曰：「公等能道得王秀才十四字邪？」引爲記室。懋中卒，無子。伯穀渡江哭其墓，有詩云：「伯道遺孤安得有，中郎少女亦曾無。」又云：「山上杜鵑花是鳥，墓前翁仲石爲人。」其聲淒婉，不堪竟讀。

《文苑瀟湘》云：「詩不嫌巧，只要巧得入妙。如伯穀《壽張伯起令母》詩：『共道麻姑如好女，笑看萊子似嬰兒。』蓋張母九十而健，伯起亦七十，故云。《題梅衡湘平朔方卷》詩：『美人學舞魚腸劍，厮養能開兕角弓。』都是實事，描寫得佳。曾寓陳令君所，陳觴之樓上，遂作詩二句云：『多君下榻能留穉，有客登樓亦姓王。』用陳蕃、王粲事，化腐爲新。」

枇杷

《詩話類編》曰：「莫廷韓過袁履善先生，適郡人獻枇杷果，誤書『琵琶』字，相與大笑。青浦令屠長卿續至，莫避去。令偶謂：『有莫君，不可得見也。』先生曰：『正在此。』因出見，而笑容滿面。令君以爲問，先生道其故。令君曰：『琵琶不是這枇杷。』先生曰：『只爲當年識字差。』莫即云：『若使琵琶能結果，滿城簫管盡開花。』令君賞譽再三，遂定交。」

吴旦生曰：「琵琶」二字，按《説文》作「枇杷」，又《釋名》：「枇杷，本出於馬上所鼓也。推手前曰枇，引手卻曰杷。」及觀胡曾《贈薛濤》詩：「萬里樓臺女校書，琵琶花下閉門居。」金人馬定國《雪霽》詩：「獨往南塘探春色，琵琶花下竹雞鳴。」則「枇杷」二字又作「琵琶」，豈古字可互通邪？書之以爲博雅者談助云。

「琵琶」字本作「批把」，《搜神記》作「鞞婆」。

生日

徐文長《上胡宗憲生日》詩：「幾年載筆承英盼，四海爲家只浪投。授簡真慙稱記室，逢人交慶識荆州。」

吴旦生曰：胡宗憲督師平倭，文長筦書記。嘗戴敝烏巾衣，白布澣衣，長揖入坐，縱談時務。督府勢嚴重，勿顧也。嘉靖己未秋九月，宗憲生辰，故上詩述其幕下之情。後宗憲下請室，文長發狂，尋病卒。袁中郎遊越，得其殘帙，示陶周望，相與激賞。且謂：「其胸中有一段不可磨滅之氣，英雄失路，託足無門之悲。故其詩如嗔如笑，如水鳴峽，如鐘出土，如寡婦之夜哭，羈人之寒起。」其集自是盛傳於世。余按：宗憲嘗讌將士爛柯山，文長作詩云：「萬里封侯金印大，千場博戲彩毬新。」時沈嘉則同在幕，亦宴山上，請爲《鐃歌》十章。援筆立就，釃酒高吟，至「狹巷短兵相接處，殺人如草不聞聲」，宗憲起捋其鬚曰：「何物沈生，雄快乃爾。」知其時辟置幕府者，率皆國士。

歷代詩話卷七十九　癸集八

靑谿　吴景旭旦生氏著

明詩 卷下之中

襲前

《藕居士詩話》曰："「袁中郎力糾明詩，藝林咸允。十集出，幾於紙貴。務去陳言，力驅剽竊，殊爲有功詩道。其謂不襲前人一字一意，恐未盡然。略舉一二，如『庖人供薄餅，稚子獻香梨』，襄陽有『廚人具雞黍，稚子摘楊梅』；『落絮黏行牘』，老杜有『落絮黏行蟻』；『倦來看洗馬』，老杜有『晚涼看洗馬』；『感郎千金顧』，古詩有『感郎千金意』；『去日翟公猶有客，到來潘岳已無花』，鐵女有『舊曲聽來猶有恨，故園歸去已無家』；『珠簾欲度聞仙語』，佺期有『經聲欲度聞天語』；『古屋繫龍兒』，老杜有『古屋畫龍蛇』；『東風吹綻紅亭草』、『東風吹暖婁江樹』，唐人有『東風吹緑瀛洲草』；『文雅王元美，清夷孫太初』，即老杜之『清新庾開府，俊逸鮑參軍』也；『六朝舊事殘鐘外』，即楊載之『六朝舊恨斜陽外』也。大約此等偶襲古，亦不避。《三百篇》亦有之，不足爲病。劉玉受云：『初讀袁集，酷愛之，徐覺其玩世語多，老婆心少。此是大根權機，政不必作婆子氣。』旨哉！」

吴旦生曰：當循聲溯影之時，堆垛成風，中郎起而闢之，灑灑蕩蕩，眼膜頓洗，正不可少此打猛諢出也。其自謂不襲，與必欲指其襲，皆是習氣未除。要之，詩人工拙，全不在此，亦觀其大段若何耳。余最愛中郎《别伯穀》一律云：「河上清霜雁字斜，西風匹馬又天涯。錦帆涇繞郎官舍，冠子橋通處士家。好事每供梅月水，清齋長試穀前茶。東鄰不是無姝子，眼底何人解浣紗？」清疏絶俗，無半點煙火，中郎與伯穀身分俱出。

卓老

湯義仍《歎卓老》云：「自是精靈愛出家，鉢頭何必向京華。知教笑舞臨刀杖，爛醉諸天雨雜花。」

吴旦生曰：温陵李卓吾，名贄，自稱卓老。以孝廉爲姚安太守，政令清簡。公座或與髡俱，又輒至伽藍判公事。踰年，入雞足山，閱藏不出。御史疏令致仕歸。妻莊夫人，生一女。莊殁後，不復近女色。一日搔髮，自嫌蒸蒸作死人氣，遂去髮，獨存髭鬚，禿而方巾。所著《藏書》、《焚書》，又著《孫子參同成》。會當事疏上，指爲妖人，逮詔獄。恚甚，遂以薙髮刀自剄。馬侍御經綸哭之曰：「天乎先生，妖人哉？其後一著書老學究，其前一廉二千石也。」乃收葬之通州迎福寺側。王覺斯弔其墓云：「李子何方去，寒雲葬此疆。性幽成苦節，才躁及餘殃。鬼雨濛昏眼，蒿山泣夜鵂。愁看哽咽水，老淚入湯湯。」

謫歸

湯義仍《送臧晉叔謫歸湖上》詩：「卻笑唐生同日貶，一時臧穀竟何云。」吴旦生曰：晉叔先生爲余之外舅，從父行，有晉風，縱情任誕。官南國子博士時，族祖湧瀾公亦爲南駕部郎，兩人每出，必以棋局、蹴毬懸之輿後，此義仍所謂「深鐙夜雨宜殘局，淺草春風恣蹴毬」也。晉叔又與小史衣紅衣，並馬出鳳臺門，中白簡。罷官時，唐仁卿以議文廟從祀偕貶，同日出關。故義仍有「唐生」、「臧穀」之句，以爲美談。然義仍所著詞曲四夢，晉叔謂是架上書，非場上調，遂加芟潤。義仍憤然作絶句，儗之摩詰雪蕉矣。晉叔居平，每云經史俱經人道過，獨取元人詞曲百種，刊校成書，至今蓺林珍之。

秋草

《甲乙賸言》曰：「頃入都，詞人益寥落無幾。而所見篇什，惟吴允兆《秋草》十詩及汪明生《秋閨雜詠》翼翼可誦。其他惟柳陳父《元夕》一結云『看他何處不娱人』，及楊不棄《谿上偶成》『沙頭小鴨自呼名』而已。至如朗哉、公翰諸君，都不復進，亦足見詩道之不振也。」

吴旦生曰：族祖允兆公，以布衣標置詞場。吴興稱詩者，必爲公首屈一指。其《秋草》十章，皆堪傳誦，而「八月幽并百草黄」一章尤爲選家所重。兼善臨池，好事者取公手揮《秋草》諸篇鐫之石，肖公像於幀首，野衣幅巾，儼然癯叟也。公集名《射堂詩鈔》。余之外祖母爲公姪女，詩得家法。盛年孀節，所著《憂餘草》、《哀餘草》行世，今選集所載吴淑貞是也。惜二刻與《射堂》刻俱銓擇失當，遺逸猶多，以俟訂定。

養紙薰衣

李本寧詩：「銀光紙養芙蓉粉，金縷衣薰豆蔻香。」

吴旦生曰：嘗閲升菴集，有云：「『養紙芙蓉粉』，薛濤事；『薰衣豆蔻香』，霍小玉事。」而本寧爲此聯，亦比偶中佳語也。崇禎中單蕁僧詩：「豆蔻篆雙參佛罷，芙蓉箋界學書成。」又全用其語。若沈景倩詩：「養紙芙蓉粉似脂，瓠犀濡墨寫新詩。」沈令則詩：「芙蓉膩粉養成堆，待取綾紋十樣來。」劉伯宗詩：「它年覓得芙蓉粉，尚欲相期九萬枚。」則近時習用之矣。

本寧聲高翰苑，標映一時。其評論唐人最佳，節録之，云：「古者上自人主，下自學士大夫，以及細民，莫不爲詩，而詩盛衰之機在上。後世細民不知詩，人主罕言詩，僅學士大夫私其緒，而詩盛衰之機在下。長慶、西崑、玉臺，能爲體以自標異，而無能使人盡爲其體。少陵詩盛行，迺在革命之代，其轉移化導之力，詎足望人主乎？則唐與古殊矣。樂八音皆詩，《詩》三百皆樂。唐人樂府，已非漢魏六朝之舊。自郊廟而外，時采五、七言絶句，長篇中雋語，被絃管而歌之。代不數人，人不數章，則唐與古殊矣。六朝以上，惟樂府、選詩眉目小别，大致固同。至唐而益以律、絶、歌行諸體，夐不相侔。夫一家之言易工，而衆妙之門難兼，則唐與古殊矣。先王辨論官才，勸懲燬惡於詩焉，資其極，至於饗神祇而若鳥獸。善作者莫如周公，堇堇可數。他皆太史所采，稍爲潤色。春秋列國卿大夫稱《詩》觀志，大抵述舊。而唐一人之詩，常數倍於《三百篇》。一切慶弔問遺，遂以充筐篚餼牽，用愈濫而趨愈下，則唐與古殊矣。」

弄

虞長孺《滿覺弄看花》詩：「玉岑西望逼瑤城，月路青青桂影横。」

吴旦生曰：杭州南屏山之深處，有名滿覺弄，迤延數里，皆植桂花。崇禎癸酉秋八月，嵇年祖凝宇公同先子往游，旭率諸弟操壺觴以從，得窮其勝。先子問：「名『弄』何義？」旭前曰：「高下桂枝，有石逕可通，如人家之屋下小巷，呼之爲『弄』也。」《離騷》云：「五子用失乎家衖。」楊子云：「一鬨之市。」皆訓巷，即當作弄。《集韵》：「弄，廈也，屏也。又作㢅。」蓋即今稱耳。《字書》有一字而倍爲兩字者，如因「衖」字呼「弄唐」是也。俗語有兩字而呼爲一字者，如合「衚衕」爲

「衕」字是也。《南齊書》：「蕭諶接鬱林王出西弄，弑之。」此亦宫中别道，如永巷之類。《隋書》：「南寧有小勃弄、大勃弄。」元《經世大典》有「火衖」，《注》：「音弄。」王元美《游洞庭山記》有「風弄」，又《弇山園記》有「鐵貓弄」。一云嚴陵瀨有風七里，無風七十里，土人謂之「瀧」，或譌爲「籠」，皆當從此「弄」字。楊升菴云：「弄者，蓋衖字之轉音耳。」敬述前聞以對。先子顧諸弟而笑曰：「汝兄之言辨。」

嬾婦

曹能始《桂州風謡》二首，末云：「嬾婦田間過，忙將織作陳。」吴旦生曰：自注：「嬾婦，山猪也，食人田禾。以機杼之物陳設，則止。余以此嬾婦所化，即墮異類，猶見機杼而卻走也。按《述異記》：「淮南有嬾婦魚。俗云：昔陽氏家婦爲姑所怒，溺死，化爲魚。《象州異物志》作「死爲獸」。脂可然燭。以之照鳴琴、博弈，則爛然有光，及照紡績，則不復明。」《説文》：「鰗魚。」《酉陽雜俎》：「奔鮃，一名瀱。」《草木子》云：「即江豚也。」《丹鉛續録》：「魭魚即嬾婦魚也。多膏，以爲燈。佛經謂之『饞燈』。」《開元天寶遺事》號爲「饞魚燈」。則能始所稱「山猪」即此類，物理固有然者。

三雅五經

李君實作《飲酒》詩：「登樓客在傳三雅，問字人來揖五經。」吴旦生曰：魏文帝《典論》云：「靈帝末，斗酒直萬金。劉表一子好飲，乃製三爵：大曰伯雅，注云：「一斗。」一云受七勝，即「升」字。次曰中雅，注云：「五升。」一云受六勝。小曰季雅。注云：「三升。」一云受五勝。蓋君實用此。而王粲依劉表，作《登樓賦》，故並及之耳。潘遠《紀聞譚》云：「閬中有人修池，得三銅器，狀如杯盞。上各有二篆字，一云伯雅，二云仲雅，三云季雅，乃名此池爲三雅也。」趙德麟云：「恐是盛酒器，非飲器也。」曾存之云：「古人軀幹大，升合小。」王仲弓《傷寒證治論・湯劑注》云：「古方三兩當今一兩，三升當今一升。」《東觀漢記》：「今日歲首，請上雅壽。」于志寧詩：「俱裁七步詠，共傾三雅杯。」劉孝綽詩：「共摛雲氣藻，同舉雅文杯。」

《廣韵》「㼢」字注云：「酒器。㼢即雅字也。」《方言》：「㼢、㽘、甂、㼜，皆㮇也。秦晉之郊謂之㼢，所謂伯㼢也；其大者謂之㽘；吴越之間曰甂；齊右平原以東，或謂之㼜。㮇其通語也。」「㼢」，音雅；「㽘」，呼雅反；「甂」，音章；「㼜」，音摩。

《侯鯖録》云：「陶人之爲器，有酒經焉。晉安人盛酒似瓦壺之製，小頸、環口、脩腹，受一斗，可以盛酒。凡饋人則書云：『酒一經。』或二經至五經焉。他境人有游於是邦，不達其義，聞『五經』至，束帶迎於門，乃知是酒五缾爲五經焉。」

虎落龍鍾

鍾伯敬《編籬》詩：「縛柴成虎落，澆竹汰龍鍾。」

吴旦生曰：按鼂錯《論邊塞事》云：「爲中周虎落。」《注》謂：「若今用竹虎，以竹篾相連，遮落於塞要下，以沙布其表。旦視其跡，知寇來也。」揚雄《羽獵賦》：「虎落三嵕，以爲司馬。」一作「虎路」。《古音略》云：「路，音落，疊也。謂以繩周繞之。」世芳詩：「不須防虎落，聊復策龍韜。」《戲瑕》云：「竹名龍鍾。而唐詩：『雙袖龍鍾淚不乾。』則直以貌老人衰相矣。然竹實有名龍鍾者，羅浮山第三十一嶺，半是巨竹，皆七八圍，長一二丈，謂之龍鍾竹。」余按杜子美《寄高適岑參》詩：「何太龍鍾極，於今出處妨。」薛蒼舒《注》云：「龍鍾，竹名。謂其年老如竹之枝葉搖曳，不自禁持，取此義也。」殊不知《南越志》與《羅浮山記》所載龍鍾竹，乃是希世之異物，馬融《長笛賦》「惟籠籦之奇，生於終南之陰崖」是也，安得以年老取義注杜邪？後人反援爲故實，而伯敬不攷，亦漫作此句。《緗素雜記》云：「古語有二聲合爲一字者，如『不可』爲『叵』，『何不』爲『盍』。從西域二合之音，切字之元也。『龍鍾』、『潦倒』正二合之音。『龍鍾』切『癃』字，『潦倒』切『老』字。欲言『癃』、欲言『老』，即以『龍鍾』、『潦倒』言之。」

余觀伯敬詩，清迥自異，全用歐九《飛蓋橋翫月》筆法。與譚友夏選《古唐詩歸》，一時從鍾、譚入門者，翕然稱之。其後訾者日起。吴逸一云：「讀《詩歸》，知鍾、譚善索隱，每取奇於句字之間。至於全章主意，卻不理會。宜不能服大匠心也。」余以此論切中其弊，因歎選事之難，如竟陵一派，體質尚其枯淡，句調尚其生硬，意見小偏，遂失當行者有之。唐仲言駁其選唐不過欲鋤去初、盛、中、晚疆界，故於開元諸公，必取其調落中、晚者。此論亦太刻深矣。至錢牧齋云：「鍾、譚之類，《五行志》所謂詩妖。」天乎冤哉，恐未遽令竟陵心折。

利瑪竇

譚友夏《過利泰西墓》云：「私將禮樂攻人短，別有聰明用物殘。」

吴旦生曰：萬曆辛巳，大西洋奉耶穌教者利瑪竇，自歐羅巴國航海九萬里入中土。始到肇慶，劉司憲持其貢表上聞。所貢耶穌像、萬國圖、自鳴鐘、鐵絲琴等，上啓視嘉歎，命給廩，賜第宣武門内，建天主堂，供耶穌像其上。按《耶穌釋略》云：「耶穌，譯言捄世者，尊主陡斯降生後之名也。陡斯造天地萬物，無始終形際。因人始亞當，以阿輳言，不奉陡斯。陡斯降世，拔諸罪過人。漢哀帝二年庚申，誕於如德亞國童女瑪利亞身，而以耶穌稱。居世三十三年，般雀比剌多以國法死之。死三日，生；生三日，昇去。死者，明人也；復生而昇者，明天也。」越庚戌，瑪竇卒。詔以陪臣禮葬阜城門外二里溝嘉興觀之右。李卓吾贈詩云：「逍遥下北溟，迤邐向南征。刹刹標名姓，山山記水程。回頭十萬里，舉目九重城。觀國之光未，中天日正明。」李君實贈云：「雲海盪朝日，乘流信綵霞。西來六萬里，東泛一孤槎。浮世常如寄，幽棲即是家。那堪作歸夢，春色任天涯。」

白小

譚友夏詩：「夕煙湖上黄茅屋，秋雨橋邊白小魚。」吴旦生曰：老杜《白小》詩：「白小群分命，天然二寸魚。細微霑水族，風俗當園蔬。」友夏評云：「形容細魚賤而多，妙絶。」蓋老杜詠物之工，高出千古。友夏深所矜賞，因以入詠。《韵語陽秋》言：「白小與菜無異，豈復有厚味哉？故白樂天亦有『下飯腥鹹白小魚』之句。魚始二寸已就烹，魚之窮也；寒士又從而食之，其窮抑甚。」又陸放翁詩：「羹釜帶鱗烹白小，蓬門和蔓繫黄團。」

山史

陳仲醇詩：「花枝送客蛙催鼓，竹籟喧林鳥報更。」

吴旦生曰：仲醇自言：「山鳥每至五更，喧起五次，謂之報更。蓋山中真率漏聲也。嘗居小崑山下，適聞庭蛙，請以節飲。因題此聯，可爲山史實録。」余按：小崑山，二陸讀書處。仲醇築臺其陰，以棲隱焉。少負高才，與董玄宰齊名。侍御某督學至華亭，兩人各自許第一。已而揭名，玄宰首，仲醇在次。遂裂儒衣冠焚之，決計肥遯。時年二十有九。自是名傾海内，有山中宰相之目。薦剡上聞，累辟不起。四方造請其廬，乞片札以引重者，幾於在陸滿車、在水滿舟矣。即下肆之一芒屩、一粉餈，無不曰此眉公鞋、眉公餅云。蓋眉公其自號，而物矜矜以求售，亦號焉已耳。

陳木叔《贈眉公》詩：「金馬有星仍字隱，玉璜雖夢不能臣。」潘木公極賞此二語。余弱冠晤眉翁於南屏山寺，盤桓竟日。因以詩投贈云：「仙家十賚陶弘景，戰國一人魯仲連。」翁謝不敢當。

宣廟器

張士昌《觀宣罏歌》云：「吁嗟乎此鑪不可狀，南鑄北鑄徒多樣。日除獸面象鼻與分襠，戟耳魚耳斯爲上。」又倪天樞《宣瓷謡》云：「燦然者瓷識宣皇，當年盛時陶器良。饒土凝雪骨薄剛，如水泑光火則降。」又金聲《觀宣廟漆器歌》云：「人工化工二俱有，百年收藏長在手。奴驅倭漆兄剔紅，請爲宣皇記考工。」

吴旦生曰：器首宣廟之銅，宣銅鑪其首。鑪之製有辨焉，色有辨焉，款有辨焉。製所取宜書室、登几案、入賞鑒，則莫若彝乳鑪之口徑三寸者。其製：百摺、彝鑪、乳鑪、戟耳、魚耳、蜒蚰耳、薰冠、象鼻、獸面、石榴足、橘囊、香奩、花素、方圓鼎等，上也；角端、象頭鬲、判官耳、雞腿、腳扁鑪、翻環、六稜、四方直腳鑪、漏空桶鑪、竹節、分襠、索耳等，下也；釘耳補款者，僞也。色種種，面色二：蠟茶色，汞浸擦薰洗爲之；有栗色、有藏經紙、有褐色、有棠梨、有茄皮。鏒金色，金泥塗炙成之。有赤金霞片。覆手色二：雞皮紋色，火氣久而成者，跡如雞皮，拂之實無跡也；青緑硃斑色，未經火氣久而成也。款亦製辨、色辨之。陰印陽文，真書「大明宣德年製」，字完整，地光澤，與鑪色等，非經雕錯者。近有北鑄以施家名，有蘇鑄以甘家名，有南鑄以甘家名，每以僞得真售。然製即可僞也，款即可僞也，色終不可爲僞。宣鑪色黯然，奇光在裏，審視如膚肉内色。藴火爇之，彩爛善變。僞者外光奪目，内質理疏，槁然矣。傳宣廟時，内佛殿災，金銀銅像渾而液，因用鑄器，非也。宣廟欲鑄鑪，問工：「銅何法鍊而佳？」工奏：「鍊至六則現珠光寶色，異恒銅矣。」上曰：「鍊十二乃鑄也。」先是，永樂間鑄燒斑彝。耳多寬索，腹多分襠。後是，景泰、成化間鑄獅頭彝。厚赤金作雲鳥片帖鑄之，款用藥燒「景泰年製」等字。質色製款，無如宣鑪者。其他宣器，質色如鑪也，而入賞鑒則亞之。次窑器，古曰柴、汝、官、哥、均、定，在今則永、宣、成、正、嘉、萬、官窑。其時饒土入地未惡，其土骨紫白。料法、泑藥水法、底足火法、花青畫彩法，雅既入古，緻又盡今。故懸日無多，而購市重直，傳世永寶焉。永窯之壓手杯，傳用可久，價直甚高。坦口、折腰、沙足、滑底，外深青花，内雙獅毬。毬内篆書「永樂年製」，細如粒米。鴛鴦心次之，花心次之。近者倣之以蠢厚，約略形似耳。宣窯之紅魚靶杯，末西紅寶石塗，魚形，泑内燒出，泑上寶紅凸起。紫黑者，火候失也。青花茶靶杯，畫龍、松、梅。酒靶杯，畫人物、海獸。硃砂小壺大碗，色紅鮮，白鎖口。竹節滷壺、小壺、匾罐，皆罩蓋者。鑪、缾、盤、碟、敞口花尊、蜜漬桶罐，多五采者。白壇琖，心有「壇」字。暗花白茶琖，甕肚、釜底、縧足，裏有龍鳳暗花，底有「大明宣德年製」暗款。坐墩等。有漏花填彩，有實花填彩，皆深青地。有藍地填彩，有白地青花，有冰裂紋。器式續事，皆發古未有。而橘皮紋起隱隱然。他則水注，五采桃注、石榴注、彩色雙爪注、雙鴛注、鵞注。筆洗，魚藻洗、葵瓣洗、磬口洗、螭洗。兩臺鐙檠，雀食罐，蟋蟀盆等。成窯之葡萄靶杯，五彩，敞口匾肚。草蟲可口，子母雞勸杯，人物蓮子酒琖，草蟲小琖，青花酒琖，薄纔如紙。齊筯小碟，香盒小罐。皆五采者。嘉窯之青花、五彩二窯，製器悉備，有小白甌，亦曰壇琖。醮壇用器，内書「茶」、「酒」、「棗湯」、「薑湯」等字。三色魚匾琖，磬口，饅心，圓足。紅鉛小花合子等。大如錢，有青花，有紅花。蓋永尚厚，成尚薄；宣青尚淡，嘉青尚濃。成青未若宣青，蘇渟泥青也；宣彩未若成彩，淺深入畫也。嘉、萬之回青，特爲幽蒨；隆窯之春宮，不入鑒藏，是其別已。其同者，汁水瑩厚如堆脂；汁中棱眼，有若蟹爪也；質料膩實，不易茅蔑也；磨弄歲深，火色退浄也。今市所争購，多當年不中御用者。其有龍紋五爪，不落民間，或碾去一爪，而亦市之。次漆器，古犀毗、剔紅、戧金、攢犀、螺鈿，市時時有，而今則剔紅、填漆、倭漆三者。剔紅，宋多金、銀爲素，今錫、木爲胎。永樂中則果園廠製，合、盤、匣不一。合有蔗段、蒸餅、河西、三撞、兩撞等式，盤有圓、方、長、八角縧環、四角牡丹瓣等式，匣有長方、四方、二撞、三撞四式。其法：朱漆三十六次，鏤以細錦，底漆黑光。針刻「大明永樂年製」字。以比元作者張成、楊茂，劍鐶、香草之式，似爲過之。宣德中製，同永樂，而特紅鮮。底用刀刻「大明宣德年製」，填以金屑。僞造者，用礬朱或灰團起外，硃漆二層，曰罩紅也。填漆，刻成花鳥彩。填稠漆，磨平如畫，久逾新也。倭漆，胎輕，漆滑，鉛鈐口。金銀片，漆中金屑燦燦如飛金，無少渾暗。有圓三、五、七、九子合，有方四、六、九子匣。其小合匣重止三分有三。撞合有粉、扇、筆等匣，有木銚，有角盥。中土盡其技者，稱蔣製倭漆與潘製倭銅焉。正統中，楊塤之描漆、汪家之彩漆。設色如畫，用粉入漆，久乃如雪。或曰真珠粉也。隆慶中，方信川之堆漆螺蛔、黃平沙之剔紅，人物精采，刀法圓滑。雲南雕法雖細，用漆不堅，刀不藏鋒，稜不磨熟矣。次紙墨，紙不如舊，墨不如新。宣紙至薄能堅，至厚能膩。箋色古光，文藻精細。有貢箋，有緜料。式如榜紙，大小方幅，可揭至三四張。邊有「宣德五年造素馨紙」印。後則有白箋，堅厚如板，兩面砑光如玉。有灑金箋，有灑金五色粉箋，有金花五色箋，有五色大簾紙，有瓷青紙，堅韌如段素，可用書泥金字。有藍紙。薄不能佳。外則有薛濤蜀箋、鏡面高麗箋、松江譚箋、新安倣宋藏經箋等。墨欲黑，古墨色光如漆，濃不湮沁，淡不脱神。今其法不可得。時御用内墨，則宣廟之龍鳳大定、光素大定。青填、金填「大明宣德年製」字。别有朱、藍、紫、緑等定。外則國初之查文通、龍忠迪碧天龍氣水晶宫二種，方正牛舌墨，蘇眉陽卧蠶小墨，嘉、萬之羅小華小道士等、汪中山太極十種、元香太守四種、客卿四種、松滋侯四種、邵格之、方于魯青麟髓等。其子子封曰羲蒼篆、程君房玄元靈氣等。方、程墨各有譜。今之潘嘉客紫極龍光、潘方凱開天容、吴名望紫金霜、吴去塵不可磨、未曾有等。

而市品價尤重者，始方、羅，中方、程，今兩吴也。其爲質輕煙細，易松以桐，易桐以脂，煙百兩，油三石，今五石矣。茜染獨草，今用剖矣。若遂能取巨勝油煙，徐鉉、李廷珪何足殊異哉？見《帝京景物略》。

龍尾

錢牧齋詩：「趁朝龍尾還如夢，穩卧牛衣得此生。」

吴旦生曰：《雍録》：「龍尾道者，含元殿正南升殿之道也。」康駢《劇談録》云：「含元殿左右立棲鳳、翔鸞二闕，龍尾道出於闕前，殿門去南門二里。元會來朝者，仰觀玉座，如在霄漢。蓋含元殿南疏階升殿，凡爲三大層，自下而上。其下兩層，皆培土鋪甎，爲陂陀斜道，不疏小級。其鋪甎處逶迤屈曲，凡七轉。自丹鳳北望，則如龍行而垂其尾。是以命爲龍尾道也。龍尾云者，亦附並龍首山爲義而立名也。比之龍尾者，其培土處合爲一階，而階上所鋪甎道則分而爲兩，以引班對上。故仁裕曰『階兩面，龍尾道各六七十步』也。」李德裕《獻替録》云：「朝官退朝後，從龍尾道出。」《戎幕閒談》云：「李迪上龍尾道，見一玉魚子，光瑩奪目。」許渾詩：「纔歸龍尾含雞舌，更立螭頭運兔毫。」王建《宫詞》：「上得青花龍尾道，側身偷覷正南山。」崇禎中吴梅村詩：「退直夜歸龍尾道。」

雌甲

申維烈《贈曾弗人同庚》詩：「雌甲幸同予共汝，雄文翻讓弟爲兄。」吴旦生曰：《諧噱録》：「裴晉公在相位，有人寄槐癭一枚。欲削爲枕，郎中庾威捧翫良久，曰：『此是雌樹生者，恐不堪用。』裴曰：『郎中甲子多少？』庾曰：『某與令公同是甲辰生。』公笑曰：『郎中便是雌甲辰。』」錢牧齋《贈陳叟生子》詩云：「人世但求庚癸足，生年更要甲辰雄。」范石湖云：「夏月值甲子日雨，以妨農爲憂。老農云：『喜遇雙日是雌甲子，雖雨無妨。』因考《歲時雜占注》云：『甲子值隻日多驗，雙日少驗。』古詩云：『老尚誇雌甲，狂寧作散仙。』蓋古人原有雌雄之説。」

廿年

申維烈詩：「廿年風雨隔胡牀。」

吴旦生曰：入聲十四緝韻中載「廿」字，詩家往往用二十作「廿」，蓋古文省便字也。按《説文》：「廿，人汁切，二十并也。」「卅，蘇沓切，三十并也。」「卌，先立反，四十并也。」《玉篇》：「廿，如拾切。」「卅，先闔切。」《廣韻》二十七合中音颯，二十八盍又收。「卌，先入切。」《容齋隨筆》云：「秦始皇凡刻石頌德之辭，皆四字一句。《泰山辭》曰：『皇帝臨位，二十有六年。』《琅琊臺頌》曰：『維二十六年，皇帝作始。』《之罘頌》曰：『維二十九年，時在仲春。』《東觀頌》曰：『維二十九年，皇帝春游。』《會稽頌》曰：『德惠脩長，三十有七年。』此《史記》所載，每稱年者，輒五字一句。嘗得《泰山辭》石本，乃書爲『廿有六年』。想其餘皆如是，而太史公誤易之，或後人傳寫之訛耳。其實四字句也。」余觀《國語》云：「行玉廿穀。」正作此字。顔之推《稽聖賦》：「中山何夥，有子百廿。」

犢鼻

尹子求《登華山》詩：「脱卻深衣宜犢鼻，攀來絶壁是猨身。」

吴旦生曰：《司馬相如傳》：「身自著犢鼻褌，滌器市中。」師古《注》：「即今之衳之容反也。形似犢鼻，故名。」余按《明堂圖》：「人身兩膝以下，有穴名犢鼻。」《西谿叢語》云：「膝上二寸爲犢鼻穴。」蓋言褌之短，僅至於此也。甯戚《南山歌》：「短布單衣適至骭。」老杜《同谷歌》：「短衣數輓不掩脛。」亦同此意。則顔師古、韋昭之注皆誤。《留青日札》云：「以三尺布爲之，形如牛鼻。蓋前後各一幅，中裁兩尖襠交輳。即今之牛頭子褌，一名梢子。乃爲農夫田衣，而士人無復服之者。」此説俚甚。

顔俠客

茅止生《詠顔俠客》詩：「俠香不得狂飆颺，猶是吴趨一酒人。」吴旦生曰：天啓間，楊副院漣首暴璫罪，一時清流之禍，緹騎四出。周銓部順昌被逮，民大譁。顔佩韋創義洶變，手殺一校尉。已而談笑入西市，目當事曰：「我死而生，諸公生而死矣。」同坐死者五人。吴因之率衆葬之虎丘，勒石曰「五人之墓」，今巋然存也。止生作《二十八忠詩》，以表諸君子；又作《三奇詩》，顔其一也。顔沈湛里中，鬬走技擊爲雄，卒之慷慨赴義，賢於衣冠遠矣。止生爲鹿門先生之孫。年十歲，吴興大祲，太守陳幼學議輸振，人囁嚅莫敢應。止生垂髫奮袖，請傾家廩以濟荒。太守歎曰：「此異童子也。」長而好談兵，進《武備志》，待詔翰林，改授副總兵。以罪遣戍，因呼憤縱酒而死于昭遠。《感述》云：「氣滿揮戈遑駐日，心傾指困遡駒年。」又云：「北闕籌兵真武庫，西曹謗篋似文淵。」

歷代詩話卷八十　癸集九

荮谿　吴景旭旦生氏著

明詩　卷下之下

格律

陳卧子《辱李司馬萍槎贈詩勉以世事兼許文筆》云：「久瞻樞府重明光，投我連城雲錦章。傷亂已聞劉太尉，賞音深媿蔡中郎。九龍移帳春無草，萬馬窺邊夜有霜。蚤晚滄江驚驛使，詔書先問右賢王。」朱雲子論此詩曰：「三、四穩實，五、六巉秀，方見配搭之妙。向與卧子論李頎『知君官屬』一篇章法濃淡、音節頓挫之妙，深夜相與歎息：『可語格律者，世無一二。』今閱卧子詩至此，恍如當日。」

吴旦生曰：卧子此詩，起二句見司馬贈詩；頷聯之上句見世事，下句見文筆，輕將題面收拾已過；而頸聯乃贊美司馬之辭；結句又足成之。卧子深於格律，有筋節，有氣韻，故爲七字擅場。此法從唐律中得來，如老杜《奉送蜀州柏二別駕將中丞命赴江陵起居衛尚書太夫人因示從弟行軍司馬位》，其起句云：「中丞問俗畫熊頻，愛弟傳書綵鷁新。」言柏中丞貞節遣弟別駕將命而往也。頷聯上句云：「遷轉五州防禦使。」言中丞時爲夔州都督也。《唐書》：「夔州兼峽、忠、歸、萬爲五州。」下句云：「起居八座太夫人。」言起居衛尚書伯玉之祖母也。唐以六尚書、左右僕射合爲八座。頸聯云：「楚宫臘送荆門水，白帝雲偷碧海春。」乃是江陵與蜀州景語。結句云：「與報惠連詩不惜，知吾斑鬢總如銀。」則及示從弟意矣。如孫逖《和左司張員外自洛使入京中路先赴長安逢立春日贈韋侍御及諸公》，其起句云：「忽覩雲間數雁迴，更逢山上一花開。」第一句見使還，第二句見立春也。頷聯云：「河邊淑氣迎芳草，林下輕風待落梅。」承第二句立春而言也。頸聯上句云：「秋憲府中高唱入。」言張之以詩贈韋也。下句云：「春卿署裹和歌來。」自言以此詩和張也。結句云：「共言東閣招賢地，自有西征作賦才。」乃贊美張公耳。觀杜、孫二詩，極完整，卻又極貫串。凡作長題而有數事者，皆於此等詩細求之，則首尾部位自然勻美，而何有淩雜之患哉？即以李頎一篇言之，《送李回》起句云：「知君官屬大司農，詔幸驪山職事雄。」言回侍從而往驪山也。頷聯上句云：「歲發金錢供御府。」是承第一句官司農而言也。下句云：「晝看仙液注離宫。」是承第二句幸驪山而言也。頸聯云：「千巖曙雪旌門上，十月寒花輦路中。」是往驪山景語，蓋此篇總以第二句爲主也。結句云：「不覩聲明與文物，自傷留滯去關東。」則頎之反而自道耳。此等格律，非盛唐何以有此？

大長秋

陳卧子《感懷》詩：「群臣多拜大長秋。」

吴旦生曰：《通典》：「戰國時有宦者令，秦有中謁者令丞，漢灌嬰爲中謁者，後常以閹人爲之。又有衛尉、少府各一人。漢景帝改爲大長秋，或用中人，或用士人。成帝加置太僕一人，掌太后輿馬，通謂之皇太后卿。又有長信、長樂少府，職如長秋。後漢大長秋常用宦者，職掌奉宣中宫命，中宫出則從。」師古云：「秋者，收成之時；長者，恒久之義，故以爲皇后官名。」《漢書・戾太子傳》：「夜入未央宫殿長秋門。」《後漢書・馬皇后傳》：「有司奏立長秋宫。」《注》：「請立皇后，不敢指言，故以宫稱之。」《南齊書》：「秋宫亦遽，軒景前虧。」《梁書》：「配德早終，長秋曠位。」《隋書》：「大長秋主諸宦者，以司宫闈之職。」劉禹錫《宫詞》云：「日晚長秋簾外報。」于鵠《少年行》云：「少年初拜大長秋。」

雁塞

陳卧子《燕中雜詩》：「雁塞雲連陣，龍沙月近樓。」

吴旦生曰：《燕中》用「雁塞」字，卧子似未確核。嘗見今人所用「紫塞」、「雁門」、「雁塞」，皆混而稱之，莫攷其地。按《古今注》云：「秦築長城，土色皆紫。漢塞亦然，故稱紫塞焉。」周興嗣《千字文》：「雁門紫塞。」鮑照《蕪城賦》：「北走紫塞。」杜甫詩：「蕭蕭紫塞雁。」李頻詩：「秦地山河連紫塞。」是矣。《山海經》云：「雁門山，雁出其間，在高柳北。」《梁州記》云：「梁州縣界有雁塞山，傳言此山有大池水，雁棲集之，因名雁塞。」顧太初有《雁塞考》，最審實可據。蓋云：「雁門、紫塞皆在北，今人稱北爲雁塞，非也。」《荆州記》：「雁塞北接梁州汶陽郡，其間東西嶺屬天無際。雁飛翥至此，即回翼。惟一處稍下，每雁飛達，則矯翮裁度下處而過，故名雁塞。地在蜀、漢間也。」

文無害

黄太穉《讀周元立兩都詩有懷》云：「更誰年少文無害，有客陽春和不多。」吴旦生曰：《野客叢書》謂：「蕭何以文無害爲沛主吏掾，趙禹爲丞相亞夫吏，府中皆稱其廉平。然亞夫不任，曰：『極知禹無害，然文深，不可居大府。』張湯給事内史，爲寧氏掾，以湯爲無害，言大府。」顔師古《注》：「無害，言最勝。又曰傷害也，言無人能傷害之者。」僕觀《後漢・百官志》：「秋冬遣無害都吏按訊諸囚。」《注》：「案律有無害都吏，如今言公平吏。」《漢書音義》曰：「文無所枉害，蕭何以文無害爲沛主吏掾，正如此也。」據此，則「文無害」乃漢律中語。太穉用作讀詩贊美之辭，未之攷究爾。如楊仲弘詩：「慎察文無害，詳觀獄有疑。」自是確當。

成語

黄太穉《寄懷三友》其中二聯云：「以吾一日長乎爾，如此三星粲者何。漢口帆從鸚鵡落，荆州士比鯽魚多。」

吴旦生曰：《王直方詩話》：「山谷嘗謂：『作詩使《史》《漢》間全語，爲有氣骨。』後因誦孟浩然詩，見『以吾一日長』、『異方之樂令人悲』及『吾亦從此逝』，方悟山谷之言。」太穉正得此意，故用成語獨蒼然。

《北夢瑣言》云：「江陵世號衣冠藪澤。人言琵琶多如飯甑，措大多如鯽魚。」

串月

徐元歎《串月》詩：「金波激射難可擬，玉塔倒懸聊近似。塔顛一月獨分明，千百化身從此止。」

吴旦生曰：蘇俗：每歲八月十八夜，士女凝妝，挈壺罍，艤舟於橋畔，首尾鱗比，僅出篷窗以遲月。蓋吴中盛水，水與月相吞孕。凡區一水，即各絡一月。望之纍纍焉，如編貝而成串，謂之看串月。故元歎詩序：「或云從寶帶橋外出，數有七十二，此横説也。或云葑關外極饒谿港，是夜月出其方，光影相傳，望如塔鐙，此豎説也。薄暮登楞伽山，坐靈官殿庭，遠水縱横，昏昏莫辨。更餘，孤魄漸升，從谿港一一現形，分身無數，始大異之。二更後，益奇。總之，所爲玉塔者近是。向之横豎，俱不足言。」今取元歎之序與詩合觀之，所謂「串月」，宛在行間矣。

稻孫

單尊僧詩：「稻孫翻曉露，鳩婦語晴煙。」

吴旦生曰：《番禺雜録》：「稻再生曰稻孫。」又米元章秋日登無爲州城樓宴集，見田禾青青可愛，問之老農。云：「稻孫也。稻已穫，得雨復抽餘穗。」元章喜而名其樓曰稻孫樓。今尊僧句用此。

方瞳

陳百史詩：「赤幢既獲老方瞳。」

吴旦生曰：《潛確類書》：「李根兩目瞳子皆方，云八萬歲則瞳子方。」《拾遺記》：「老聃居山，有父老五人，方瞳玉面，共談天地。乃五方五行之精。」《枕中書》：「忽見一真人，眼瞳正方，頂負圓光，玉顔絶世。」東坡詩：「白髮何足道，要使雙瞳方。」楊仲弘詩：「已驚雙鬢短，更待兩瞳方。」揭曼碩詩：「方瞳緑鬢紅氍毹。」《仙書》言：「陶通明晚年，一眼有時而方。」《搜神記》：「堯時偓佺，兩目更方。」

支離

張鍾筠詩：「石拳磊亂排棊譜，木叟支離負斧形。」吴旦生曰：《研莊雜記》：「鮮于伯機嘗於廢圃中得怪松一株，移置所居齋前，呼爲支離叟，朝夕撫翫以爲適。」《遂昌雜録》云：「僧温日觀時至其家，抱軒前支離叟，或歌或笑。其法中所謂散聖者，其人也。」鍾筠用此。

按《莊子》：「支離疏者，頤隱於齊，肩高於頂，會撮指天，會撮，椎髻也。五管在上，五臟之管，皆屬於背。背曲僂則管在上也。兩髀爲脇。」此數句畫出馱子形狀。蓋支離者，傴僂也，肢體不收拾之貌。而鮮于取以名松，必此松之盤屈而傴僂矣。

春場

劉同人詩云：「楊柳活，楊柳多，小孩小女閒不過，絲綫結鞭鞭陀羅。鞭陀羅，陀羅起；陀羅起，鞭不已；鞭不已，陀羅死。」又詩云：「楊柳青，兒手空鐘不暫停。空鐘空鐘，舒而遠聽。如蛣蜣起，未觸於屏。簫垂笛横，絲絃合併。大人爲政，小兒無此耐煩性。」又詩云：「倒掖器，如甌落階餅倒水。匀匀呼吸吹薄紙，吸少呼多脱餅底。藏爹錢瞞爹，眼裏迷糊，琉璃廠甸。子兒迷糊倒掖器，爹著汗，嬷著淚。」

吴旦生曰：「楊柳活」、「楊柳青」，皆燕人習俗語，而同人采之成詠也。燕中兒謂之打拔拔。按：宋時寒食有抛墒之戲，兒童飛瓦石之類也。謂起於堯民之擊壤。古童兒所戲之器，非土壤也。《風土記》云：「以木爲之，前廣後鋭，長四尺三寸，其形如履。先側一壤於地，遥於三四十步外，以手中壤擊之，中者爲上。」梅聖俞詩：「窈窕蹋歌相把袂，輕浮賭勝各飛墒壬禾切。」蓋同人與宛平于奕正蒐事摘辭，著《帝京景物略》一書，可爲采風之助。如《春場》一帙，附載十二月事例，詳善有致，堪與《荆楚歲時記》並傳。

《帝京景物略》云：東直門外五里爲春場，場内春亭，萬曆癸巳，府尹謝杰建也。故事：先春一日，大京兆迎春。旗幟前導，次田家樂，次句芒神亭，次春牛臺，次縣正佐、耆老、學師儒、府上下衙皆騎，丞尹輿。官皆衣朱簪花迎春，自場入於府。是日，塑小春牛芒神，以京兆生舁入朝，進皇上春，進中宫春，進皇子春。畢，百官朝服賀。立春候，府縣官吏具公服，禮句芒，各以綵仗鞭牛者三，勸耕也。退，各以綵仗贈貽所知。按造牛芒法：日短至，辰日，取土、水、木於歲德之方。木以桑柘，身尾高下之度，以歲八節四季，日十有二時。蹋用府門之扇，左右以歲陰陽。牛口張合，尾左右繳。芒立左右，亦以歲陰陽，以歲干支納音之五行。三者色，爲頭、身、腹色。日三者色，爲角、耳、尾，爲膝脛，爲蹏色。以日支孟、仲、季爲籠之索，柳鞭之結子之麻苧絲。牛鼻中木曰拘脊子，桑柘爲之，以正月中宫色爲其色也。芒神服色，以日支受尅者爲之，尅所尅者，其繫色也。歲孟、仲、季，其老、壯、少也。春立旦前後或日中者，是農忙也。過前，農早忙；過後，農晚閒也。而神並乎牛，前後乎牛分之，以時之卯後八曰燠，亥後四曰寒，爲罨耳之提且戴，以日納音，爲髻平梳之頂耳前後，爲鞋袴行纏之懸著有無也。田家樂者，二荆籠，上著紙泥鬼判頭也。又五六長竿，竿頭縛脬如瓜狀，見僧則捶，使避匿，不令見牛芒也。又牛臺上，花繡衣帽，扮四直功曹立，而兒童瓦石擊之者，樂工四人也。攷《漢·郊祀志》，迎春，祭青帝句芒，青車旗服，歌青陽，舞雲翹，立青幡，百官衣皆青，郡國縣官，下至令史，服青幘。今者朱衣。唐制：立春日，郎官御史長貳以上賜春羅幡勝，宰臣親王近臣賜金銀幡勝，入賀，帶歸私第，民間翦綵爲春幡簪首。今惟元旦日，小民以鬉穿烏金紙，畫綵爲鬧蛾，簪之。

正月元旦，五鼓時，不卧而嘘，嘘則急起，或不及衣，曰卧嘘者病也。不卧而語言，或户外呼，則不應，曰呼者鬼也。夙興盥漱，啖黍糕，曰年年糕。家長少畢拜，媚友投箋互拜，曰拜年也。燒香東嶽廟，賽放爆杖，紙且寸。東之琉璃廠店，西之白塔寺，賣琉璃缾，盛朱魚，轉側其影，小大俄忽。別有銜而嘘吸者，大聲哧哧，小聲嗱嗱，曰倒掖氣。旦至三日，男女於白塔寺繞塔。旦至晦日，家家竿標樓閣，松柏枝蔭之，夜鐙之，曰天鐙。是月也，女婦閒，手五丸，且擲且拾且承，曰抓子兒。丸用象木銀礫爲之，競以輕捷。八日至十八日，集東華門外，曰鐙市。貴賤相遝，貧富相易貿，人物齊矣。婦女著白綾衫，隊而宵行，謂無腰腿諸疾，曰走橋。至城各門，手暗觸釘，謂男子祥，曰摸釘兒。擊太平鼓無昏曉，跳百索無稚壯，戴面具耍大頭和尚，聚觀無男女。有以詩隱物，幌於寺壁者，曰商燈。立想而漫射之，無靈蠢。十一至十六日，鄉村人縛秫稭作棚，周懸雜燈，地廣二畝，門徑曲黠，藏三四里，入者誤不得逕，即久迷不出，曰黄河九曲燈也。十三日，家以小琖一百八枚，夜燈之，徧散井竈門户砧石，曰散燈也。其聚如螢，散如星，富者燈四夕，貧者燈一夕止，又甚貧者無燈。小兒共以繩繫一兒腰，牽焉，相距尋丈，迭於不意中拳之以去，曰打鬼。不得爲繫者兒所執，執者，鬨然共提代繫，曰替鬼。更繫更擊，更執更代，終日擊，不爲代，則佻巧矣。又繩以爲城，二兒帕蒙以摸，一兒執敲城中，輒敲一聲，而輒易其地以誤之，爲摸者得，則蒙執敲兒，曰摸蝦兒。望前後夜，婦女束草人，紙粉面，首帕衫裙，號稱姑娘。兩童女掖之，祀以馬糞，打鼓，歌馬糞薌歌，三祝，神則躍躍，拜不已者，休，倒不起，乃咎也。男子衝而仆。十九日，集白雲觀，曰耍燕九，彈射走馬焉。廿五日，大啖餅餌，曰填倉。

二月二日曰龍擡頭，煎元旦祭餘餅，薰牀炕，曰薰蟲兒，謂引龍，蟲不出也。燕少蜈蚣而蠍，其爲毒倍焉；少蝨而蠅，其爲擾倍焉；蚤蝨之屬，臭蟲又倍焉。所苦尤在編户，雖預薰之，實未之除也。小兒以木二寸製如棗核，置地而棒之，一擊令起，隨一擊令遠，以近爲負，曰打柭柭，古所稱「擊壤」者耶？其謠云：「楊柳兒活，抽陀螺。楊柳兒青，放空鐘。楊柳兒死，踢毽子。楊柳發芽兒，打拔兒。」「空鐘」者，刳木中空，旁口，盪以瀝青，卓地如仰鐘，而柄其上之平。别一繩繞其柄，别一竹尺有孔，度其繩而抵格空鐘，繩勒右卻，竹勒左卻。一勒，空鐘轟而疾轉，大者聲鐘，小亦蛣蟯飛聲，一鐘聲歇時乃已。製徑寸至八九寸。其放之，一人至三人。陀螺者，木製如小空鐘，中實而無柄，繞以鞭之繩而無竹尺。卓於地，急掣其鞭，一掣，陀螺則轉，無聲也。視其緩而鞭之，轉轉無復住。轉之疾，正如卓立地上，頂光旋旋，影不動也。

三月清明日，男女掃墓，擔提尊榼，轎馬後挂楮錠，粲粲然滿道也。拜者、酹者、哭者、爲墓除草添土者，焚楮錠次，以紙錢置墳頭。望中無紙錢，則孤墳矣。哭罷，不歸也，趨芳樹，擇園圃，列坐盡醉。有歌者，哭笑無端，哀往而樂回也。是日簪柳，遊高梁橋，曰踏青。多四方客未歸者，祭掃日感念出游。廿八日，東嶽仁聖帝誕，傾城趨齊化門，鼓樂旗幢爲祝，觀者夾路。是月，小兒以錢泥夾穿而乾之，剔錢，泥片片錢狀，字幕備具，曰泥錢。畫爲方城，兒置一泥錢城中，曰卯；兒拈一泥錢遠擲之，曰撇。出城則負，中則勝，不中而指杈相及亦勝，指不及而猶城中則撇者爲卯。其勝負也以泥錢。別有挑用葦，綳用指者，與撇略同。有撇用泥丸者，與錢略同，而其畫城廓遠。

四月一日至十八日，傾城趨馬駒橋，幡樂之盛，一如嶽廟，碧霞元君誕也。立夏日，啓冰，賜文武大臣，編氓得賣買，手二銅盞疊之，其聲磕磕，曰冰盞。冰著溼乃銷，畏陰雨天，以緜衣蓋護，燠乃不消。八日，捨豆兒，曰結緣。十八日，亦捨。先是，拈豆念佛，一豆，佛號一聲，有念豆至石者。至日熟豆，人徧捨之，其人亦一念佛，啖一豆也。凡婦女不見答於夫姑婉若者，婢妾擯於主及姥者，則自咎曰：「身前世不捨豆兒，不結得人緣也。」是日，耍戒壇，游香山、玉泉、茶酒棚、妓棚，周山灣澗曲。聞初説戒者，先令僧了願如是，今不説戒百年，而年則一了願。是月榆初錢，麪和糖蒸食之，曰榆錢糕。

五月一日至五日，家家妍飾小閨女，簪以榴花，曰女兒節。五日之午前，群入天壇，曰避毒也。過午出，走馬壇之牆下。無江城繫絲投角黍俗，而亦爲角黍；無競渡俗，亦競游耍。南則耍金魚池，西耍高梁橋，東松林，北滿井，爲地不同，飲醼熙游也同。太醫院官，旗物鼓吹，赴南海子，捉蝦蟇，取蟾酥也。其法：針棗葉，刺蟾之眉間，漿射葉上，以蔽人目，不令傷也。漬酒以菖蒲，插門以艾，塗耳鼻以雄黃，曰避蟲毒。家各懸五雷符。簪佩各小紙符，簪或五毒、五瑞花草。項各綵繫，垂金錫，若錢者，若鎖者，曰端午索。十三日，進刀馬於關帝廟，刀以鐵，重八十觔，紙馬高二丈，鞍韉繡文，轡銜金色，旗鼓頭踏導之。

六月六日，曬鑾駕，民間亦曬其衣物，老儒破書，貧女敝緼，反覆勤日光，晡乃收。三伏日洗象，錦衣衛官以旗鼓迎象出順承門，浴響閘。象次第入於河也，則蒼山之頹也，額耳昂回，鼻舒糾吸噓出水面，矯矯有蛟龍之勢。象奴輓索據脊，時時出没其鬐。觀者兩岸各萬衆，面首如鱗次貝編焉。然浴之不能須臾，象奴輒調御令起，云浴久則相雌雄，相雌雄則狂。

七月七日之午，丢巧鍼，婦女曝盎水日中，頃之水膜生面，繡鍼投之則浮。則看水底鍼影，有成雲物、花頭、鳥獸影者，有成鞋及翦刀、水茄影者，謂乞得巧。其影粗如槌，細如絲，直如軸蠟，此拙徵矣。婦或歎，女有泣者。十五日，諸寺建盂蘭盆會，夜於水次放鐙，曰放河鐙。最勝水關，次泡子河也。上墳如清明時，或製小袋以往，祭甫訖，輒於墓次掏促織，滿袋則喜，秫竿肩之以歸。是月始鬭促織，壯夫士人亦爲之。鬭有場，場有主者，其養之又有師，鬭盆筩罐，無家不貯焉。立秋日，相戒不飲生水，曰：「呷秋頭水，生暑疿子。」

八月十五日祭月，其祭果餅必圓，分瓜必牙錯瓣刻之如蓮華。紙肆市月光紙，繢滿月像，趺坐蓮華者，月光徧照菩薩也。華下月輪桂殿，有兔杵而人立，擣藥臼中。紙小者三寸，大者丈，緻工者金碧繽紛。家設月光位於月所出方，向月供而拜，則焚月光紙，徹所供，散家之人必徧。月餅、月果，戚屬餽相報，餅有徑二尺者。女歸寧，是日必返其夫家，曰團圓節也。

九月九日，載酒具、茶罏、食榼，曰登高。香山諸山，高山也；法藏寺，高塔也；顯靈宫、報國寺，高閣也，糬不登。賃園亭，闖坊曲，爲娱耳。麪餅種棗栗，其面星星然，曰花糕。糕肆標紙綵旗，曰花糕旗。父母家必迎女來食花糕，或不得迎，母則詬，女則怨詫，小妹則泣，望其姊姨，亦曰女兒節。

十月一日，紙肆裁紙五色，作男女衣，長尺有咫，曰寒衣。有疏印緘，識其姓字輩行，如寄書然，家家脩具夜奠，呼而焚之其門，曰送寒衣。新喪，白紙爲之，曰新鬼不敢衣綵也。送白衣者哭，女聲十九，男聲十一。是月，羊始市，兒取羊後脛之膝之輪骨，曰貝石，置一而一擲之。置者不動，擲之不過，置者乃擲；置者若動，擲之而過，勝負以生。其骨輪四面兩端，凹曰真，凸曰詭，旬曰騷，輪曰背，立曰頂骨律。其頂，歧亦曰真，平亦曰詭。蓋真勝詭負而騷背間，頂平再勝，頂歧三勝也。其勝負也以貝石。

十一月冬至日，百官賀冬畢，吉服三日，具紅箋互拜，朱衣交於衢，一如元旦。民間不爾，惟婦製履舄，上其舅姑。日冬至，畫素梅一枝，爲瓣八十有一，日染一瓣，瓣盡而九九出，則春深矣，曰九九消寒圖。有直作圈九叢，叢九圈者，刻而市之，附以九九之歌，述其寒燠之候。歌曰：「一九二九，相唤不出手。三九二十七，籬頭吹觱篥。四九三十六，夜眠如露宿。五九四十五，家家堆鹽虎。六九五十四，口中呬暖氣。七九六十三，行人把衣單。八九七十二，貓狗尋陰地。九九八十一，窮漢受罪畢。纔要伸腳睡，蝨蟲蠍蚤出。」

十二月一日至歲除夜，小民爲疾苦者，奉香一尺，宵行衢中，誦元君號，自述香願，其聲烏烏惻惻，曰號佛。行過井，過寺廟，則跪且拜而誦，香盡尺乃歸。八日，先期鑿冰方尺，至日納冰窖中，鑑深二丈，冰以入，則固之，封如阜。内冰啓冰，中涓爲政。凡蘋婆果入春而市者，附藏焉。附乎冰者，啓之如初摘於樹，離乎冰則化如泥。其窖在安定門及崇文門外。是日，家效菴寺，豆果雜米爲粥，供而朝食，曰臘八粥。廿四日，以糖劑餅、黍糕、棗栗、胡桃、炒豆祀竈君，以糟草秣竈君馬，謂竈君翌日朝天去，白家間一歲事。祝曰：「好多説，不好少説。」記稱：竈，老婦之祭，今男子祭，禁不令婦女見之。祀餘糖果，禁幼女，不令得啖，曰啖竈餘，則食肥膩時口圈黑也。廿五日五更，焚香楮，接玉皇，曰玉皇下查人間也。竟此日，無婦嫗詈聲。三十日五更，又焚香楮送迎，送玉皇上界矣，迎新竈君下界矣。插芝蔴稭於門檐窗臺，曰藏鬼稭中，不令出也。門窗貼紅紙葫蘆，曰收瘟鬼。夜以松柏枝雜柴燎院中，曰燒松盆，熰歲也。懸先亡影像，祀以獅仙斗糖、蔴花鐵枝，染五色葦架竹罩陳之。家長幼畢拜，已，各自拜，曰辭歲。已，藂坐食飲，曰守歲。是月，小兒及賤閒人以二石毬置前，先一人踢一令遠，一人隨踢其一，再踢而及之，而中之爲勝。一踢即著焉，即過焉，與再踢不及者，同爲負也。再踢而過焉，則讓先一人隨踢之。其法初爲趾踵苦寒設，今遂用賭，如博然，有司申禁之，不止也。

凡歲時不雨，家貼龍王神馬於門，磁缾插柳枝，挂門之傍，小兒塑泥龍，張紙旗，擊鼓金，焚香各龍王廟。群歌曰：「青龍頭，白龍尾聲作以，小孩求雨天歡喜。麥子麥子焦黃，起動起動龍王。大下小下，初一下到十八聲作巴，摩訶薩。」初雨，小兒群喜而歌曰：「風來了，雨來了，禾場背了穀聲作古來了。」雨久，以白紙作婦人首，翦紅綠紙衣之，以苕帚苗縛小帚，令攜之，竿懸檐際，曰埽晴孃。日月蝕，寺觀擊鼓鐘，家擊盆盎銅鏡，救日月，聲嘈嘈屯屯滿城中。蝕之刻，不飲不食，曰生噎食病。幼兒見新月，曰月芽兒，即拜篤篤，祝，乃歌曰：「月，月，月，拜三拜，休教兒生疥。」小兒遺溺者，夜向參星叩首，曰：「參兒辰兒，可憐溺牀人兒。」見流火，則啐之曰「賊星」。夜不以小兒女衣置星月下，曰：「女怕花星照，兒怕賊星照。」亦不置洗濯餘水，爲夜遊神飲馬也，曰「不當價」。如吴語云「罪過」。初聞雷則抖衣，曰蚤蝨不生。見霓曰杠，戒莫指，謂生指頂瘡，曰惡指也。初雪，戒不入口，曰毒。再雪，則以炖茶。積雪，以塑於庭。燕舊有風鳶戲俗曰毫兒，今已禁。風則剖秫稭二寸，錯互貼方紙，其兩端紙各紅綠，中孔，以細竹橫安秫竿上，迎風張而疾趨，則轉如輪，紅綠渾渾如暈，曰風車。

《歷代詩話》八十卷，吴景旭旦生撰。旦生，一號仁山，歸安人。明諸生，耆德篤學。由前丘移城内之蓮花莊，築堂名南山，即趙子昂故宅。旦生於此嘯詠終日，有《南山自訂詩》。此書分爲十集，以十干爲目：甲集六卷，皆論《三百篇》；乙集六卷，皆論《楚詞》；丙集九卷，皆論賦；丁集六卷，皆論古樂府；戊集六卷，皆論漢魏六朝詩；己集十二卷，前九卷論杜詩，後三卷爲《杜陵譜系》；庚集九卷，皆論唐詩；辛集七卷，皆論宋詩；壬集十卷，前三卷論金詩，後七卷論元詩；癸集九卷，皆論明詩。其體例仿陳耀文《學林就正》，每條各立標題，先引舊説於前，後雜采諸書，以相考證。或辨其是非，或參其異同，或引伸其未竟，或補綴其所遺，皆下一格書之。舊説所無，而景旭自立論者，則惟列本詩於前，而以己意發揮之。雖皆采自詩話、説部，不盡根柢於原書，而取材繁富，能以衆説互相鉤貫，以參考其得失，已開乾嘉諸儒之風氣。名爲詩話，意不專主於説詩。《提要》以《漁隱叢話》擬之，覺其氣象尤爲宏遠，祇因卷帙重大，二百餘年竟無刻本。輾轉傳鈔，不無譌誤。今爲刊行，庶不泯作者之辛苦，而貽後學以資糧矣。歲在甲寅六月，吴興劉承幹跋。

一木堂詩麈

一木堂詩麈提要

《一木堂詩麈》二卷，據福建師範大學圖書館藏舊鈔本點校。撰者黄生（一六二二—一六九六），原名琯，又名起溟，字扶孟，號白山，江南歙縣人。明末諸生，入清不仕，著述以終。有《杜詩説》、《一木堂集》等。此本抄於有格紙上，每半頁九行，行二十六字。二卷一爲初學，一答質難，各有題目及序文，似非作於同時。其説主唐音，詳説詩體、作法等，較明人爲切實。此書另有刊本，附於嘉慶間浣月齋刊黄生《增訂唐詩摘鈔》後，卷二内容偶有小異，闕小目，序置於卷末。今黄山書社即採此本，刊入《皖人詩話八種》。

一木堂詩麈卷一

天都白山黄生著

詩家淺説

淺説者，爲初學説也。詩之爲道甚廣，昔賢亦嘗備著其説，第初學無由遍窺，即窺之，亦難驟入。兹粗陳崖略，聊爲下學津梁，如匠者之規矩，射者之彀率。至由淺入深、由工入巧，則尚有進於此者，是卷又其筌蹄也。

凡欲學詩，須先爲不朽計。若習覩世俗所尚，徒爲倡酬贈答之具，是則枉用心思，濫費筆墨，不若不學之爲愈也。若欲爲不朽計，第一貴在立品。何也？作者必與古人争勝，而後能成不朽之名。夫古人所以身没而名不滅者，非徒以其詩也。其立品必高於流俗，如雞群野鶴，如嶺上長松，雖有時爲庸衆之所非笑，而其神情超曠，常不肯自命爲一世之人。此即詩家安身立命之處，雖不期其詩之必傳，而後世之名必歸之。所以傳之者，不在其詩，而在其詩之人也。是故詩之境曠，而拘者不得也；詩之道雅，而俗者不得也；詩之思清，而濁者不得也；詩之韵悠揚澹蕩，而笨鈍者不得也。去是數者，而後可與言詩，而後可與古人争不朽之名。立品。

詩有古今諸體，初學未能遍攻，當先自近體始。近體有五七言律、五七言絶四種。元周伯弜《三體詩法》一書，差足津梁後學。顧第舉其大綱，而唐人字法、句法、對法、起法、收法，極盡變化，前人間亦拈及，惜未備未詳。予嘗遍加蒐摘，列爲句圖，類聚而門分之，倘好事者爲一梓行，亦足補前賢所未逮也。以下近體。

詩之五言八句猶文之四股八比，不過以起承轉合爲篇法而已。起聯當説破題意，次聯則承其意而下，第三聯則略開一步，尾聯則又收轉，與起聯相應，以完一篇之意。此處最不宜草草，結處有精神，前路雖平，皆不足爲累；苟一結衰憊，前路雖工，不稱完璧矣。章法。

中二聯非寫景，即敘事，或述意三體。以「虛、實」二字括之，寫景爲實，事意爲虛，故立四實四虛、前實後虛、前虛後實之式。大抵一虛一實者其常，全實全虛者其變。就中惟四虛體宜少作，蓋近體一道，不寫景而專敘事與述意，是謂有賦而無比興，韵致即不見生動，意味即不見淵永，結構雖工，不足貴也。善詩者常欲得生動之致、淵永之味，則中二聯不嫌俱寫景。然有大景小景、遠景近景、全景半景，景中見事見意，四實中又當暗自分別。若不辨此法，亦難稱作家也。中聯。如杜審言「雲霞出海曙，梅柳渡江春。淑氣催黄鳥，晴光轉緑蘋」，一大景，一小景也；杜甫「浮雲連海岱，平野入青徐。孤嶂秦碑在，荒城魯殿餘」，一遠景，一近景也；又「退朝花底散，歸院柳邊迷。樓雪融城濕，宮雲去殿低」，一半景，一全景也。

近體中有起聯對而次聯不對者，昔人謂之「偷春體」，余易名爲「换柱對」。有前二聯並不對者，有以第三句對首句，第四句對次句者，昔人謂之「扇對」，予易名謂之「開門對」。有全首俱對者，老杜多此體。有全首俱不對者，太白多此體。皆屬變格。詩道純熟，或間出而用之。以下對法。如「言從石菌閣，新下穆陵關，獨向池陽去，白雲留故山」王維，「清晨入古寺，初日照高林。曲徑通幽處，禪房花木深」常建，「無家對寒食，有淚如金波。斫卻月中桂，清光應更多」杜甫，此換柱對格也。「昔年秋露下，羈旅逐東征。今歲春光動，崎嶇別上京」韓愈，「幾思同靜話，夜雨對禪牀。未得重相見，秋燈照影堂」鄭谷，此開門對格也。又有兩句中字法參差相對者，如「衆水會涪萬，瞿唐爭一門」杜甫，「衆水」與「一門」對，「涪萬」與「瞿唐」對也；「舳艫爭利涉，來往任風潮」孟浩然，「舳艫」與「風潮」對，「利涉」與「來往」對也。又有對而不對，不對而對者，如「春潮灞水上，飲馬桃花時」李頎，「芳草歸時遍，情人故郡多」韋應物，雖不對而聲勢自足相應，不得以對病之。蓋律詩對固宜切，然太切則又欠生動，宋人所謂「對法要存性」是也。至若「江漢思歸客，乾坤一腐儒」杜甫，則上句「思歸」是聯字，下句「腐儒」是聯字；「風鳴兩岸葉，月照一孤舟」孟浩然，則上句「兩岸」是聯字，下句「孤舟」是聯字。合讀若對，拆開實不對。此犯詩病，不可學也。

對法不可不工，亦不宜太工。如「清風」「明月」、「青山」「緑水」、「黄鶯」「紫燕」、「桃紅」「柳緑」，便是蒙館對法。予猶記十許歲時，長老輩有文酒之會，席間先祖命予出謅。時茉莉盛開於庭，長者出對云：「白玉花開香入席。」余即對云：「黄金釀熟色浮杯。」舉座贊賞，且相訝能以酒對花，不類學童想路。不知余已私能爲詩矣。如張籍「花下紅泉色，雲西乳鶴聲」，工在一「乳」字；杜甫「捲簾惟白水，隱几亦青山」，好在一「白」字。若以「白」對「紅」，以「緑」對「青」，即索然矣。

對法不可合掌。如一動必一静，一高必一下，一縱必一横，一多必一少，此理可以類推。如耿湋「冒寒人語少，秉月燭來稀」，「稀」、「少」合掌。賈島「流星透疏木，走月逆行雲」，「流」、「走」合掌。曹松「汲水疑山動，揚帆覺岸行」，「行」、「動」合掌。顧在鎔「犬爲孤村吠，猿因冷木號」，「吠」、「號」合掌。崔顥「川從陝路去，河繞華陰流」，「川」、「河」並水。皆爲合掌。

詩以導其意之所欲言。古體不拘排偶，可以直抒己意，故雖有句法，鍛鍊之功尚少。至如五言八句，聲律排偶，軌格一定，必欲鑄意成辭，命辭遣意，非鍛鍊句法，何以見工？唐人句法，備有多種。職此之故，後之學者不能盡悉其法，雖有妙句，僅屬暗合。問其何以稱妙，且不自知，況能盡其變化哉？以下句法。

句法最忌直率，直則淺，淺則薄，此「婉潤」二字爲近體之要訣。即以唐人較之，戴叔倫「如何百年内，不見一人閑」直率，何如趙嘏之「星星三鏡髮，草草百年身」婉潤；韓愈之「況與古人別，那堪羈宦愁」直率，何如靈一之「宫柳鄉愁亂，春山客路遥」婉潤；貫休之「故國在何處，多年未得歸」直率，何如司馬扎之「芳草失歸路，故鄉空暮雲」婉潤。兩相比較，工拙自見。

説見不得直言見，説聞不得直言聞。如岑參「見雁思鄉信，聞猿積淚痕」，不若柳宗元之「愁深楚猿夜，夢斷越雞晨」較爲藴藉。然亦有詩眼在「見」、「聞」二字者，如張祜之「樹影中流見，鐘聲兩岸聞」，温庭筠「果落見猿過，葉乾聞鹿行」，則非二字不足以發其意。又不可一概而論。宋人論句法，謂句中有眼，宜著意鍊此一字。然此特句法之一耳。試問杜甫之「清新庾開府，俊逸鮑參軍」，温庭筠之「雞聲茅店月，人跡板橋霜」，眼在何處？不盡讀唐詩，識其鎚鍊之妙，未可輕言句法也。

以十字道其一事者，拙也，約之以五字則工矣；以五字道一事者，拙也，見數事于五字則工矣。如韋應物「浮雲一別後，流水十年間」，權德輿則以「十年曾一別」盡之。高適「大都秋雁少，只是夜猿多」，馬戴「楚雨霑猿暮，湘雲拂雁秋」，「猿」、「雁」之外，更道數事。

唐人鍊句，有倒裝、横插、明呼、暗應、藏頭、歇後諸法。凡二十種。法所從生，本爲聲律所拘。十字之中，意不能直達，因委曲以就之，所以律詩句法多於古詩，實由唐賢開此法門。後人不能盡曉其法，所以句多直率，意多淺薄，不堪與前人較量工拙也。

以上法，見《一木堂詩式》。初學猶恐不能遽了，今姑述一粗淺之法，庶幾易入。如五字爲句，則上二下三、上三下二、上一下四、上四下一、上二中二下一、上二中一下二、上一中二下二、上一中一下三，八法盡之；七字爲句，則上四下三、上三下四、上五下二、上二下五、上一下六、上六下一、上二中二下三、上二中四下一、上一中四下二、上一中三下三，十法盡之。

上二下三，如盧照鄰「玉劍浮雲騎，金鞭明月弓」，杜甫「澗水空山道，柴門老樹村」。上三下二，如杜甫「把君詩過日，念此别驚神」，于武陵「一封書未返，千樹葉皆飛」。上一下四，如許渾「臺倚烏龍嶺，樓侵白雁潭」，司空曙「雁惜楚山晚，蟬知秦樹秋」。上四下一，如喻鳧「雀啄北窗曉，僧開西閣寒」，護國「蓮花國土異，貝葉梵書能」。上二中一下二，如杜審言「旌旗朝朔氣，笳吹夜邊聲」，韓翃「星河秋一雁，砧杵夜千家」。上二中二下一，如司空圖「春風倚馬醉，江月釣魚歌」，許渾「晴山開殿翠，秋水捲簾寒」。上一中二下二，如張祜「地盤山入塞，河繞國連天」，賈島「井鑿山含月，風吹磬出林」。上一下一中三，如杜甫「星臨萬户動，月傍九霄多」，祖詠「劍臨南斗近，書寄北風遥」。此皆以五字成句，而句中有讀者也。

上四下三，如王維「九天閶闔開宫殿，萬國衣冠拜冕旒」，杜甫「龍武新軍深駐輦，芙蓉别殿慢焚香」。上三下四，如李紳「洛陽城見梅迎雪，魚口橋逢雪送梅」，韓翃「斑竹岡連山雨暗，枇杷門向楚天秋」。上二下五，如杜甫「朝罷香烟攜滿袖，詩成珠玉在揮毫」，劉滄「霜落雁聲來紫塞，月明人夢在青樓」。上五下二，如杜甫「不見定王城舊處，常懷賈傅井依然」，又「同餐夏果山何處，共釣寒濤石在無」。上一下六，如杜甫「盤剥白鵶谷口栗，飯煮青泥坊底芹」，唐彦謙「烟横博望乘槎水，日上文王避雨陵」。上六下一，如杜甫「忽驚屋裏琴書冷，復亂簷前星宿稀」，賈島「忽從城裏攜琴去，許到山中寄藥來」。上二中二下三，如李頻「旌旗落日黄雲動，鼓角陰風白草翻」，楊巨源「論舊舉杯先下淚，傷離臨水更登樓」。上一中三下三，如杜甫「魚吹細浪摇歌扇，燕蹴飛花落舞筵」，郎士元「門通小徑連芳草，馬飲春泉踏淺沙」。上二中四下一，如崔顥「河山北枕秦關險，驛路西連漢畤平」，杜審言「宫中下見南山盡，城上平臨北斗懸」。上一中四下二，如陸龜蒙「詩懷白閣僧吟苦，俸買青田鶴價偏」。此皆以七字成句，而句中有讀者也。

用字宜雅不宜俗，宜穩不宜險，宜秀不宜粗。一句之工，未足庇其全首；一字之病，便足累其通篇，下筆時最當斟酌。蓋近體與古詩不同，既以五言八句爲限，其體則方，其調則圓。昔人謂「四十賢人，内中著一屠沽兒不得」，真確論也。以下用字。

詩中用字，大抵取之群書與出之胸臆二者。取之善則無病，取之不善則爲累。約係詩家常用者自然秀而穩，反是則粗而險；近體常用者自然雅而清，反是則俗而濁。世有喜新厭熟，務用詩中不常用之字者，固不可與言詩矣。至於古詩之字難入近體，又宜急辨。如風近，飈、颸古；月近，蟾、魄古；山、峰近，巒、岑、巘、岡、陵古；池、塘近，沼、瀦古；舟、船近，航、艖、舠、艘、舸、艫古；車近，軺、轅、輿古之類。緣六朝爭尚綺靡，專以他字代本字，自唐賢律體既成，斂華就實，掃滌繁蕪，一歸大雅。後之爲詩者，豈可不辨古律之體而一概施用乎！又有一類之字，若可通用，畢竟此善彼不善者。如賈島「僧敲月下門」，初欲用「推」字，不能自決，待退之而後決；齊己「前村深雪裏，昨夜一枝開」《早梅》，本作「數枝」，因鄭谷言而始易之。用字之宜斟酌如此。

用字之妙，無如老杜。只常用之字，一經其手，便使人移動不得。如「湖闊兼雲霧，樓孤屬晚晴」、「芹泥隨燕觜，花蕊上蜂鬚」、「山鬼迷春竹，湘娥倚暮花」、「紅入桃花嫩，春歸柳葉新」、「眼穿當落日，心死著寒灰」，皆不易更換。又慣用「兼」字、「帶」字、「受」字、「赴」字、「報」字、「破」字、「封」字、「送」字、「動」字，無不入妙，宜就全集摘出之。

所謂出之胸臆者，非謂未經人用，創作自我也。即以杜詩而論，如「花重錦官城」，花繁曰「重」。「月傍九霄多」，月滿曰「多」。「東林竹影薄」，影稀曰「薄」。「力稀經樹歇」，力倦曰「稀」。「天寒關塞深」，塞遠曰

「深」。「暫時花戴雪」，花輕曰「戴」。皆以人所常用之字，而用法與人不同，便覺有奇理、有别趣。此屬意匠經營之巧，非出自胸臆而何？

詩莫難於寫景，以古今共此風光物色，前人已無奇不搜，無妙不出。今時有作，開口即忌爲前人道過，欲謝朝華而啓夕秀，不亦難乎？雖然，人患無筆耳。有筆，則何景不可寫，何物不可詠！其神來之句，天然湊泊，雖若出於古人，而實古人所未道。語云「陶奇撰幽，不乏心匠」，正謂此也。前輩如萬茂先云：「湖闊烟無盡，山空月自寒。」程孟陽云：「高樹猶霞氣，孤帆已月華。」「潮滿炊烟白，山移睥睨青。」寫景甚真，何嘗經人道過？又予友屈翁山云：「日月相吞吐，乾坤自混茫。」此二語惟老杜能道，然亦老杜所未道。又友人胡君惠詩一册，予劇賞其二語云：「花飛新葉出，月落曙光來。」不惟出自新撰，而陰陽消息之理尋常道破，豈直妙於寫景而已乎！以下寫景。

廿年前凡友人惠詩，類摘其佳句，寫成一帙。後爲一人探囊而去，並拙稿失之。猶憶有孫君文侯一聯云：「長途遲步急，滑道薄裝多。」蓋述貧士雨中徒步之苦。「遲步急」三字，真刻劃不到。謂己行已急，僅同他人之遲步者，書獃形狀如見。

詩家寫有景之景不難，所難者寫無景之景。此亦惟老杜饒爲之，如「河漢不改色，關山空自寒」，寫初月易落之景；「秋日新霑影，寒江舊落聲」，寫微雨易晴之景；「日長惟鳥雀，春遠獨柴荆」，寫花事既敗之景。偏從無月無花處著筆，後人正難措手耳。寫景中有用地名一例，下筆最宜選擇。若地名不雅，即爲用字之累。如杜甫《詠蜀道圖》「劍閣星橋北，松州雪嶺東」，全蜀地名多矣，何獨拈此四處？蓋取其字雅秀故也。又七言絶「已收滴博雲間戍，欲奪蓬婆雪外城」，地名殊極𧜟襶，卻用「雲間」、「雪外」四字調劑之，便不覺其礙眼，真詩家化工手也。因憶友人陳伯璣論詩云：「『姑蘇城外寒山寺』，自是天成妙句。若作『金陵城外報恩寺』，即不妙矣。」見陳所刻《詩慰》中。按：陳所論亦入細，第能道其然，而不能道其所以然。所以然者，非地名不雅之故乎！

寫景之句，以雕琢工緻爲妙品，真境湊泊爲神品，平淡直率爲逸品。如沈佺期「芳春平仲緑，清夜子規啼」，王維「明月松間照，清泉石上流」、「雨中山果落，燈下草蟲鳴」，孟浩然「緑樹村邊合，青山郭外斜」，賈島「松生青石上，泉落白雲間」，于武陵「泉聲入秋寺，月色遍寒山」，皆逸品也；王維「日落江湖白，潮來天地青」，杜甫「四更山吐月，殘夜水明樓」、「野徑雲俱黑，江船火獨明」，温庭筠「雞聲茅店月，人跡板橋霜」，嚴維「柳塘春水漫，花塢夕陽遲」，皆神品也。若其他登妙品者，則不可枚舉也。

起聯有對起，有散起。唐人散起者多，唯老杜好用對起。其對起法，又有兩意分對者，有一意相承者。大抵熟於律詩，故拈著便對。若起聯是兩意，則次聯必分應之。或中二聯各應一句；或中二聯止應一句，至尾聯再應一句；或前三聯各開説，用尾聯總收。近體莫多於老杜，故法亦莫備於老杜。以下起聯。

唐人起法，惟務平直，不事奇巧。蓋此爲一篇之冒，但當徐徐引起題意，以後再著精采可耳。有平起，有仄起，有引句即用韵起。仄起者，其聲峭急；平起者，其聲和緩。仄起而用韵者，其響更切；平起而用韵者，其聲稍浮。下筆宜自消息。如杜審言「獨有宦遊人，偏驚物候新」，岑參「詔去未央宫，登壇近總戎」，李白「犬吠水聲中，桃花帶雨濃」，王維「柳暗百花明，春深五鳳城」，杜甫「落日在簾鉤，溪邊春事幽」，顧況「何地避春愁，終年憶舊遊」，此仄起用韵者也；如董思恭「琵琶馬上彈，行路曲中難」，劉希夷「佳人眠洞房，回首見垂楊」，高適「諸生日萬盈，四十乃知名」，杜甫「宫衣亦有名，端午被恩榮」，嚴維「蘇躭佐郡時，近出白雲司」，韓翃「春城乞食還，高論此中閑」，喻鳧「空爲《梁父吟》，誰竟是知音」，此皆平起用韵者也。近體以起承轉合爲首尾腰腹，此脈絡相承之次第也。首動則尾隨，首擊則尾應，腹承首後，腰居尾前，不過因首尾以爲轉動而已。是故一詩之氣力在首尾，而尾之氣力更倍於首。如龍行空，如舟跋浪，常以尾爲力焉。

唐人佳句，可摘之聯爲夥，起次，結又次之，可見結之難工也。其法有尾結見意者，有尾聯點題者，有尾聯進步者，有尾聯宕開者，有尾聯寓意者、補繳者，具僕所選《唐詩矩》中。不觀全詩，則不足以識其意，故不標出。結聯。

以上所論五言之法，並通於七言。第七言增加二字，句長則氣易弱，惟少用虚字，句格自然挺健。兼此體當擇題而作，近人既不知擇題，又不知七言律難於五言律，率爾便作，體氣骫骳，正如病夫强襲衣冠耳。以下總論五七言。

近代作七言律，亦有專言氣格，宗尚盛唐者。見非不卓，第矯枉過正，又如笨伯不能行動。大抵氣格固不可廢，風神亦不宜減，此在虚實之間，善自消息。氣格以主之，風神以運之，斯爲上乘。

詩道以自然爲上，工巧次之。工巧之至，始入自然；自然之妙，無須工巧。高廷禮列子美於大家，不居正宗之目，此其微旨可見。五言中如孟浩然《過故人居》、王維《終南別業》，七言中如崔曙《九日登仙臺》、李頎《送魏萬之京》、高適《送王李二少府》、劉方平《秋夜寄皇甫冉鄭豐》，皆不事雕繪，妙極自然者也。

王元美謂「章法之妙，有不見句法者；句法之妙，有不見字法者」。此最上一乘法門，即工巧之至而入自然者也。詩家火候未至，豈能頓詣此境！故作詩不談章法、句法、字法，非邪魔，即外道。

絶句之起承轉合一如律詩，但絶八句爲四句而已。雖曰絶句，而律之性情規模自在，是故字句加少，含蘊倍深。其體或對起，或對收，或兩對，或兩不對，格局既殊，法度亦變。對起者，其意必盡後二句；對收者，其意必作流水呼應。不然，則是不完之律。亦有不作流水者，必前二句已盡題意，此特涵泳以足之。兩對者，後亦用流水，或前暗對而押韵，使人不覺；亦有板對四句者，此多是漫興寫景而已。兩不對者，大抵以一句爲骨，餘三句皆顧此句，或在第一，或在第二，或在第三、四；亦有以兩句爲骨者。又有兩呼兩應者，或分應，或各應，或錯綜應。又有前後兩截者，有一意直敘者；有前二句開說，後二句綰合者。有以倒敘爲章法者，有以錯敘爲章法者。惟此體最多變局，在人消息而善用之耳。以下七言絶。

對起，如杜甫「岐王宅裏尋常見，崔九堂前幾度聞。正是江南好風景，落花時節又逢君」。以後二句見意。

對收，如杜審言「知君書記本翩翩，爲許從戎赴朔邊。紅粉樓中應計日，燕支山下莫經年」，流水呼應。劉長卿「昨夜承恩宿未央，羅衣猶帶御爐香。芙蓉帳小雲屏暗，楊柳風多水殿涼」。涵泳。兩對，如長孫左輔「愁多不忍醒時别，想極還應静處行。誰遣同衾又分手，不如行路本無情」。呼應。押韵對起，如杜審言「遲日園林悲昔遊，今春花鳥作邊愁。獨憐京國人南竄，不似湘江水北流」。板對四句，如朱長文「白雲盡處見明月，黄葉落時聞擣衣。龍向洞中銜雨出，鳥從花裏帶香歸」。兩不對，如賈島「紅粉當壚弱柳垂，金花臘酒解酴醿。笙歌日暮能留客，醉殺長安輕薄兒」，以首句作骨。李白「楊花落盡子規啼，聞道龍標過五溪。我寄愁心與明月，隨風直到夜郎西」，以次句作骨。王昌齡「昨夜風開露井桃，未央前殿月輪高。平陽歌舞新承寵，簾外春寒賜錦袍」，以第三句作骨。杜牧「銀燭秋光冷畫屏，輕羅小扇撲流螢。天街夜色涼如水，卧看牽牛織女星」，以第四句作骨，韓翃「春城無處不飛花，寒食東風御柳斜。日暮漢宫傳蠟燭，輕烟散入五侯家」，以三、四句作骨。白居易「帝子吹簫逐鳳凰，空餘仙洞號華陽。落花何處堪惆悵，頭白宫人掃影堂」。以一、二句作骨。兩呼兩應，如李白「故人西辭黄鶴樓，烟花三月下揚州。孤帆遠影碧空盡，惟見長江天際流」，一呼二應、三呼四應，此各應法也。劉禹錫「江南江北望烟波，入夜行人相應歌。《桃葉》傳情《竹枝》怨，水流無限月明多」，一呼四應、二呼三應，此錯應法也。王昌齡「故園今在灞橋西，江畔逢君醉不迷。小弟鄰莊尚漁獵，一封書寄數行啼」。一呼三應、二呼四應，此分應法。前後兩截，如王昌齡「寒雨連江夜入吴，平明送客楚山孤。洛陽親友如相問，一片冰心在玉壺」。前送客，後寄訊，分兩截。一意直叙，如薛維翰「白玉堂前一樹梅，今朝忽見數枝開。兒家門户重重閉，春色如何得入來」。前開後合，如王維「新豐美酒斗十千，咸陽遊俠多少年。相逢意氣爲君飲，下馬高樓垂柳邊」。一言酒，二言人，三、四始合説。倒敘，如楊貴妃「羅袖薰香香不已，紅蕖嫋嫋秋烟裏。此二句在後。輕雲嶺上乍摇風，嫩柳池邊初拂水。此二句在前。」此咏舞也。舞者先緩拍，後滚催，故必作倒叙看始合。錯叙，如白居易「人道中秋明月好，欲邀同賞意如何。華陽洞裏秋壇上，今夜清光此最多」。第二句當在後。又如王昌齡「真成薄命久尋思，夢見君王覺後疑。火照西宮知夜飲，覺後。分明複道奉恩時。夢中。」此代言望幸之情也。「分明複道」云云，既而「火照」云云，夢中情事宛然。覺後猶疑非夢，輾轉尋思，君恩徒在夢中，豈非真成薄命乎！此詩以四、三、二、一，爲一、二、三、四。而錯叙到底，是以千年來無人解此。

嚴滄浪謂「七律難於五律，五絶難於七絶」，四種判若黑白，即唐人復起，不易其言。蓋七絶本五絶而來，第主風神，不主氣格，故易；五絶則字句愈促，含蘊愈深，故難。然七絶主風神，是矣，或風神太露，意中言外，無復餘地，則又失盛唐家法。故此體中、晚人多有妙者，直是風神太露，得在此，失亦在此。至如五絶，人多以小詩目之，故不求工緻。然作家于此，務從小中見大，納須彌于芥子，現國土于毫端，以少許勝人多多許。謂五絶難於七絶，豈欺我哉。以下五言絶。

五言絶有兩種：有意盡而言止者，有言止而意不盡者。言止而意不盡，深得味外之味，此從五律而來，故爲五絶正格；意盡言止，則突然而起，斬然而止，中間更無委曲，此實樂府之遺音，故爲變調。

意盡言止，如金昌緒「打起黄鶯兒，莫教枝上啼。啼時驚妾夢，不得到遼西」，劉采春「那年離别日，只道住桐廬。桐廬人不見，今得廣州書」，李益「嫁得瞿唐賈，朝朝誤妾期。早知潮有信，嫁與弄潮兒」，此樂府之遺音也；言止而意不盡，如崔國輔「玉籠薰繡裳，著罷眠洞房。不能春風裏，吹卻蘭麝香」，楊衡「十年勞遠别，一笑喜相逢。又上青山去，青山千萬重」，韓氏「流水何太急，深宫盡日閑。殷勤謝紅葉，好去到人間」，此五絶正格也。

凡詩腸欲曲，詩思欲癡，詩趣欲靈。意本如此，而語反如彼，或從其前後左右曲折以取之，此謂之詩腸。狂欲上天，怨思填海，極世間癡絶之事，不妨形之於言，此謂之詩思。以無爲有，以虚爲實，以假爲真，靈心妙舌，每出常理之外，此謂之詩趣。意匠。

詩腸之曲，如岑參「勤王敢道遠，私向夢中歸」，本怨赴邊庭，歸期難必，語故如此。如杜甫「漸喜交遊絶，幽居不用名」，本怨交遊絶跡，反以喜爲言也。又「萬方頻進喜，無乃聖躬勞」。非恐聖躬勞于應接，正恐聖心狃目前收京之喜，不爲剪滅朝食之計耳。所以知詩中有此意者，因上文有「雜鹵横戈數，功臣甲第高」二語，故結句云云，可謂妙于立言矣。詩思之癡，如李白「剗卻君山好，平鋪湘水流。巴陵無限酒，醉殺洞庭秋」，杜甫「斫卻月中桂，清光應更多」，萬楚「河水浮落花，花流東不息。應見浣紗人，爲道長相憶」。詩趣之靈，如李白「歲晚或相訪，青天騎白龍」，又「白髪三千丈，緣愁似箇長。不知明鏡裏，何處得秋霜」，杜甫「山鬼迷春竹，湘娥倚暮花」，李洞「硯磨青露月，茶吸白雲鐘」。唐人唯具此三者之妙，故風神灑落，興象玲瓏。自宋以後，此妙不傳，所以用盡心力，終難追配唐賢也。

律詩有規矩可循，有門徑可指；古詩則無規矩也，無門徑也，不過直陳其意之所欲言而已。故古人未嘗含毫吮墨，學焉而後能之也。緣其中有如是躍躍欲吐之意，可歌可舞、可泣可涕之懷，然後發之於言，期於能達其意而止。且有言止而意不盡者，蓋言之所陳有限，意之所蓄無窮，以有限之詞，寫無窮之意，故其爲詩淵然而深，幽然以渺，使人遇之言句之外，而不得索解於文字之中。且古之作者，其源皆出自《三百篇》，雖規制有殊，而興、比、賦之意則無或異，是以假物見端，以類托寓，言在此而意在彼。原夫詩之爲道，感人以聲不以辭，喻人以志不以事，是故婉約而多諷，優而不迫。非熟讀深思，不能測其意旨之所在也。漢、魏尚已，江左以後，始事修辭，加之粉繪，以性情之事，爲文章之能，詩道所以日盛，即其所以日衰也歟？顏、謝興而事排比，休文出而談聲病，唐人律體，始此濫觴。於是有句可摘，有字可賞，而規矩門徑亦由此生焉。獨陳拾遺深病麗偶，毅然以復古爲倡，於是王、孟、儲、常、王昌齡、李頎、韋、柳諸賢起，而李、杜二公復大振厥聲。唐人復存古詩一派者，子昂之力也。以下古體。

欲學古詩，當盡探古今作者源流，得其風概。取材於《選》，博趣於唐，主之以理，匠之以意，運之以機，會之以神，然後能出入變化，自成一家。初學之士，未易言此。第當約取古詩之佳者，録成一帙，朝吟夕諷，耽玩既久，心手自能密移，如朱晦庵所謂「方寸之中，無一字世俗言語意思，則其爲詩，不期高遠而自高遠矣」。古辭不知作者，用以合樂，謂之樂府；詞人所著，名氏著聞，謂之古詩。其性情軌度，故爾不同。然自六朝以後，詞人多有擬古樂府之作，則已溷而爲一，莫可置辨矣。又有所謂騷體者、琴操者，皆樂府之别派。今但總名曰古體，以别于律詩云。

五言，如無名氏《十九首》，蘇武、李陵《贈别》，卓文君《白頭吟》，班婕妤《怨歌行》，辛延年《羽林郎》，宋子侯《董嬌嬈》，蔡邕《飲馬長城窟》，蔡琰《悲憤詩》，無名氏《陌上桑》、《長歌行》、《君子行》、《相逢行》、《隴西行》、《艷歌行》、《枯魚過河泣》、《焦仲卿妻詩》、《雞鳴高樹顛》，《古詩》五首，又三首，魏文帝《雜詩》，甄后《塘上行》，魏明《種瓜篇》，陳思王《野田黃雀行》、《聖皇篇》、《白馬篇》、《名都篇》、《美女篇》、《棄婦篇》、《贈白馬王彪》，繁欽《定情詩》，阮籍《詠懷》，傅玄《雜詩》，左思《詠史》、《招隱》、《嬌女詩》，殷仲文《桓公井》，陶淵明《和劉柴桑》、《與殷晉安別》、《使都經錢溪》、《和郭主簿》、《贈羊長史》、《桃花源詩》、《歸田園居》、《乞食》、《連雨獨飲》、《懷古田舍》、《西田穫早稻》、《下潠田舍穫》、《飲酒》、《擬古》、《雜詩》、《詠貧士》、《讀山海經》、《擬挽歌》，無名氏《西洲曲》，顏延之《五君詠》、《秋胡詩》，謝靈運《七里瀨》、《游南亭》、《游赤石》、《登江中孤嶼》、《石室山詩》、《齋中讀書》、《田南樹園》、《石壁精舍》、《過白岸亭》、《廬陵王墓下作》，鮑照《代東門行》、《代放歌行》、《登廬山》、《行京口》、《學古》、《過銅山掘黃精》、《三日》，謝朓《游東田》、《暫使下都》、《郡内高齋》、《之宣城郡》、《晚登三山》、《郡内登望》、《高齋視事》、《冬緒羈懷》、《移病還園》、《春思》、《新治北窗》、《臨溪送別》，沈約《別范安成》，江淹《惜晚春》、《古離別》，班婕妤《詠扇》，陶徵君《田居》，庾信《梅花》，楊素《山齋獨坐》、《贈薛播州》。

七言，如張衡《四愁詩》，魏文帝《燕歌行》，晉《白紵舞歌》，湯惠休《白紵歌》，梁武帝《河中之水歌》、《東飛伯勞歌》，簡文帝《烏栖曲》，元帝《燕歌行》，岑之敬《當壚曲》，王筠《行路難》。按：六朝以前，七言甚少，至唐人歌行，始大暢厥體，宜參觀之。

雜言，則許由《箕山》，夷、齊《采薇歌》，《宋城者謳》，《野人歌》，甯戚《飯牛歌》，《漁父歌》，《越人歌》，《越謠歌》，《成人歌》，《優孟歌》，《王子思歸引》，《扊扅歌》，《易水歌》，漢高帝《大風歌》，項羽《垓下歌》，武帝《秋風辭》、《李夫人歌》、《落葉哀蟬曲》，淮南王《八公操》，延年《歌》，唐山夫人《安世房中歌》，蘇伯玉妻《盤中詩》，無名氏《郊祀歌》、《鐃歌》、《蒿里曲》、《薤露歌》、《西門行》、《東門行》、《孤兒行》、《悲歌》，魏武帝《秋胡行》，魏文帝《陌上桑》、《艷歌何嘗行》，陳思王《妾薄命》、《當來日大難》，陳琳《飲馬長城窟行》，傅玄《吴楚歌》、《車遥遥篇》、《雜言》、《雲歌》，無名氏《晉杯槃舞詩》、《濟濟篇》、《樂詞》、《休洗紅》，鮑照《淮南王》、《擬行路難》、《代夜坐吟》、《代春日行》，無名氏《木蘭詩》、《敕勒歌》，崔氏《靧面辭》。

四言，則《慶雲歌》、《白雲謡》、《穆天子謡》、《西王母吟》，孔子《蟪蛄歌》，陳音《彈歌》，莊周《引聲歌》，祝牧《偕隱歌》，韓憑妻《歌》，秦女《琴歌》，《湘中漁歌》、《三秦記民謡》，韋孟《諷諫詩》，東方朔《誡子詩》，司馬相如《封禪頌》，韋玄成《自劾詩》、《誡子孫詩》，傅毅《迪子詩》，朱穆《絶交詩》，仲長統《述志詩》，麗玉《箜篌引》，魏武帝《短歌行》、《觀滄海》、《土不同》、《龜雖壽》，文帝《短歌行》、《善哉行》，陳思王《矯志詩》，嵇康《幽憤詩》，束皙《補亡詩》，張翰《周小史詩》，左芬《啄木詩》，郭璞《贈温嶠》，陶淵明《時運》、《榮木》、《歸鳥》、《勸農》，無名氏《獨漉篇》，梁武帝《逸民》。

朱晦翁嘗自言：「將陶淵明詩平仄用字，一一依他做，到一月後，便解自做，不要他本子。」按：此是學詩一粗法，初學亦可用之。不拘作古今體，取前人一詩爲式，依其平仄作去。律則效其句法。至純熟後，便似公孫大娘《渾脱舞》矣。

凡詩無論古今體，五、七言，總不離「起承轉合」四字，而千變萬化出於其中。近體分起承轉合，自不必言；若古體之或短或長，則就四字展之縮之、頓之挫之而已。起、結例用二語或四語，而杜《送王砅評事》，則「我之曾老姑」至「盛事垂不朽」，凡三十八句，總只當一起。《北征》詩，「至尊尚蒙塵」以下四十八句，總只當一結。至轉法，或一轉，或數轉，惟視其詩之短長。此類不可枚舉。又有即起即承、即承即轉、即轉即合者，亦惟意所至，隨手成調。總之，法則一，而出入變化乎法者，固不一也。五言，詩之根本也；其餘諸體，詩之枝葉也。該溯所從來，自《風》、《騷》而漢、魏，自漢、魏而盛唐，唐雖創爲近體，實奄有前代之規。屈指當時，宗工鉅匠，古有兼工，律無獨勝。惟晚唐之士，才力寡薄，棄古不務，始事以近體鳴。由此觀之，則其難易之數可知，其本末之辨亦可知。後人畏難就易，故多攻律體，少製古風，非所謂知本者也。

古體太摹古人，則性情不露；純用己法，則古調有乖。當如臨書者，用古人意七分，參己意三分，庶幾精神足相映發。

今之作者惟不能命意，徒求工於字句，故避熟趨生，避舊趨新。若知命意，則生即在熟之中，新不出舊之内。蓋立意不由人，則神骨自超，風度自異；若區區在字句求新，神骨依舊凡下，氣度依舊猥衰，是猶村漢著新衣，何足令人改觀，徒增醜態而已。大約五言古句法不宜尖巧，須平實穩重；音節不宜近律詩，須切而響。七言古高者易涉粗豪，卑者易流纖弱，須斟酌，骨肉匀停，聲調和暢，始稱合作。

至妙莫如真，至奇莫如平，至濃莫如淡，至貴莫如清。落想欲得遠，運腕欲得輕，寫景欲得别，敘事欲得明。難字不可用，險韵不可賡。生路不可走，熟徑不可行。意愈深愈淺，思愈入愈精，神愈凝愈栗，趣愈癡愈靈。玉以磨而潔，珠以養而瑩，山以聳而秀，川以迴而瀠。審能服膺此語，而不以詩擅一代之名者，未之有也。通論。

一木堂詩塵卷二

天都白山黄生著

詩學手談

不佞妄負能詩之名，是故户外之屨與郵中之筒，大半交遊中嗜痂者，謬以此事相質。余既不敢屢負其意，亦謬有以答之，時命學子録成副本，積久得若干言。其所論或深或淺，亦粗亦精，初學倘有進步處，則是卷亦可觀也已。

凡作詩先明四要，而後及格局字句。何謂四要？曰詩品，曰詩癖，曰詩腸，曰詩喉。立身不能高邁流俗，非品也；一切塵雜得分其心，非癖也；運思不能遠之八表，細入無倫，非腸也；出口有道學氣、時文氣、塵俗氣、婦女氣、詩餘氣、院本小説氣，非喉也。若格局字句，但取古人之詩，熟讀而涵泳之，果能了然於心，自能了然於口。此非一語所能盡也。人之言曰：「詩道性情。」三尺童子皆知之。其實近人之詩，不知性情果在何處。好和險仄之韵，好作無益之題，好爲應酬之什，性非其性，情非其情矣！如此而望其詩之可傳也，得乎？人又有言：「爲詩必本乎《風》、《雅》。」夫本乎《風》、《雅》者，非取《三百篇》句模而字範之謂也，當知凡詩之虚處即「風」，詩之實處即「雅」。虚處餘音餘韵，使人得之言外，非風乎？實處真情真境，詠之如在目前，非雅乎？果能先立其品，次深其癖，紆曲其腸，浄潔其喉，則性情之真，風雅之實，可得而言矣。至於規模往代，無取氾濫，惟以漢、魏、李唐爲主，則門户正而骨格成。及其至也，醞釀融液，與之俱化，語語如出古人而實古人所未道，斯藝林之極致，可與古先作者馳騁于千載之下矣。

必其人之性情風格具見於其詩之中，而後人以詩傳，詩亦以人傳。人品故爾不同，或高如停雲，或曠如野鶴，或樸如陶匏，或韵如修竹，或潔如秋水，或静如空山，皆可爲載詩之質，傳詩之具。最忌者卑耳、鄙耳。世言「詩能窮人」，或曰「窮而後工」。黄子曰：皆是也。夫人之于詩，工則窮，窮則工，殆兩相成，良以前數者，皆致窮之道，而即致工之道。蓋有窮至而工不至者矣，未有工至而窮不至者也。原其性情風格若此，必與古相悦，與世相戾，而復屏其衆好以專於詩，不窮何待哉！若夫卑、鄙之士，惟恐取戾於世，則以逢迎便辟爲第一義。此其人或可不窮，而其詩必不能工。世法既深，俗氣重灼，詩魔退三舍以避之矣。夫安能以齷齪之胸，而强爲清微超妙之語耶？彼高者、曠者、樸者、韵者、潔者、静者之性情風格則反是，恒患其詩之不工，而窮固非其所患。不患窮，窮至矣。恒患其詩之不工，工亦至矣。是其終固兩相成，而其始亦交相礪。及其礪之久，而入于自然，舉夫人性情風格皆於詩焉見之。然則後世誦其詩，而以爲如見其人者，必是人也夫。必是人也夫，詩傳矣！

凡衆藝出於手口者，不可有一毫粘帶，一有粘帶，出之即不圓利。如控弦發矢，執筆作書，轉喉度曲，皆同此病。矢之不中，書之不善，曲之不精，皆手口間有粘帶故耳。此病他人不能知，惟專精於其藝者自知之。有病自知，方始有進步處。觀詩家「彈丸脱手」之喻，則知作詩亦不外此理。心手間一有粘帶，即不能如其意之所欲言。古人詩成家者，讀之多婉轉流利，捫之則無斧鑿之痕。自宋以後，詩人多不逮此，此「彈丸脱手」之境最難到也。前三事乃有形之粘帶，此事乃無形之粘帶。前三事他人不知，惟己知之；此事則他人知之，獨己不知，即或知之，故步亦難頓去。非至純至熟，未易言也。

人皆知詩爲吟詠性情之具，而不知性情之何以達於詩。唯讀古人所作，述哀怨，即真使人欲泣；叙愉快，即真使人起舞。氣激烈，即使人欲擊唾壺；意飄揚，即使人如出天地。此即古人之性情足于後人相感發處。詩不到此，終非上乘。

此道信之於己，不若信之于人；信於當時之人，不若信於千載以下之人。凡詩文之能傳，與傳之永不永，繫於此故也。將求信於當世之人，惟不執一己之獨是，與同志互相商榷，斯已耳。若欲信於千載以下人，將何從質證？亦惟己質之、己證之而已。己質、己證云者，非自見其佳之謂，能自見其醜之謂也。余嘗自揣所作，三十以前，不遇良朋，其醜都不自知；四十以後，每詩文落稿時，其中或大佳而小醜，或大醜而小佳，猶不自知也，必歷時歲而後知之；迄于今，落稿時猶不自知也，必覆閱而後知之。然則稱心而出，一出於口，即莫逆於心，純乎佳而無片辭一字之醜，此境豈易到耶？不到此境，又安能千世以下人誦之亦會心而莫逆耶？

論詩之要領，「聲」、「色」二字可以盡之。《書》曰：「詩言志，歌永言，聲依詠，律和聲。」古人詩未有不協聲律者，唐以前能詩之士未有不知音律者，故言詩而聲在其中。《騷》、《雅》、漢魏、六朝、三唐之聲各不同，以樂隨世變，故聲亦隨世變也。自宋逐腔填詞，以長短句爲樂府，而詩遂爲紙上之言。其體雖效古人，不過揣摩其音響而已，豈能知歷代之詩之聲之所從出哉？近世更思標新立異，就字句間弄巧，或並其音響而失之，詩道之所以益衰也。漢以前詩皆不尚雕繪，直道胸臆，所謂太白不飾也。然而真色在是。今人作詩無精采，與衰草朽木何異！試取古人之韵時加玩味，自然得其所益，其精采亦必倍於他日矣。

韵有心、有手、有筆、有墨。詞藻鮮潤，墨也；筋節轉掉，筆也。所以運之者，手也；所以主之者，心也。心，君也；手，將帥也。筆，偏裨也；墨，士卒也。心使手，手使筆墨，此經營慘澹時可得而言者也。及其成也，則筆墨之跡俱化，而手亦不有其功，而歸功於心。猶夫士卒功成，歸之將帥，而將帥復歸之其君也。夫讀詩者，曰思深、曰氣厚、曰趣溢、曰味永、曰神來、曰性情畢露，非歸功於心而何？其有筆墨之跡未化者，即不能當此目，此將不能御士卒之過也。將且無功，君安所歸功也哉？

陳無己云：「學詩如學仙，時至骨自换。」此喻極善。今人所作，體氣凡下，不能追步古人者，緣是俗骨，非仙骨耳。夫所謂學仙者，必古初有是羽化沖舉之人，我慕其道，而又得其訣，綿綿若存，用之不竭；及其至也，蟬蜕龍變，不知其然而然，則仙道成而沖舉可待矣。詩之爲道亦若是。且如漢、魏、唐諸家，沖舉羽化之人也。學之者雖不能一蹴而至，然苟得其訣，火候匀停，則丹成而骨自换，亦有不知其然而然者。若學宋、元及近代之作，正如學仙者不知其訣，墮入旁門，至死無成，祇增魔障而已。

爲詩不學古人則無本；徒學古人，拘拘繩尺，不敢少縱，則無以自立，爲後世必傳之地。此擬議以成變化，乃詩家之要論也。漢、魏變《風》、《騷》，而實本乎《風》、《騷》；唐人兼變漢、魏、六朝，而實本乎漢、魏、六朝。生唐人之後，而更欲求變，厥功實難。何也？其體已成，所變者不過其詞藻風旨故也。此如冠裳佩玉之制既備，後人但期周旋揖讓，中規中矩，以勿背先正之制，斯已耳。然而守法之士，繩趨尺步，徒襲叔敖之衣冠；標新之士，詭服異裝，適形野夫之了鳥。是故正中有變，變而不離乎正，擬議之功，誠未易言。尼父云：「縱心所欲不踰矩。」竊謂聖學可通於詩學，知此，可與言詩矣。柳子厚、白樂天、王介甫諸文，皆引《論語》作「縱」。

詩道至唐而止，猶治道至周而止也。周監二代，故損益因革盡其宜。後人雖欲求加于周之上，而有所不能矣。唐酌漢、魏、六朝，故風骨、聲情備其美。後人即欲超出于唐之外，而有所不能矣。雖有奇技淫巧，不能含規矩以爲器；雖有飲羽穿札，不能外彀率以爲射。含規矩以爲器，是無器也；外彀率以爲射，是無射也。詩家千變萬化，不能出古人範圍。學者未能洞厥源流，窺其潭奥，遽欲自闢乾坤，别成世界，是將廢規矩而爲公輸，去彀率而爲后羿，猶之乎無詩已矣。

古詩如渾金璞玉，雕鏤無煩；律詩如美錦珍裘，裁製匪易。古詩如老、莊之道貴自然，律詩如申、韓之治尚名法。古詩如李將軍刁斗不驚，律詩如程衛尉斥堠必嚴。古詩如青緑銅器，款式模糊，土花銹蝕，辨之有奇理，嗅之有古香；律詩如螺鈿盒子，底蓋周匝，采色陸離，合之則均匀，捫之則無跡。

鍊字莫過於六朝，鍊句莫過於唐人。漢、魏以神氣勝，故不争奇於字句。

古詩不可使肉勝骨，肉多而無骨，則古詩亡，齊、梁是也；律詩不可使骨勝肉，骨立而無肉，則律詩亡，宋是也。唐之古詩反齊、梁而幹以風骨，故古詩復存；明之律詩鑒宋而加以色澤，故律詩復振。

詩有寫景、有敘事、有述意三者，即《三百篇》之所謂賦、比、興也。事與意只賦之一字盡之，景則兼興、比、賦而有之。大較漢、魏詩賦體多，唐人詩比、興多。六朝未嘗無賦、比、興，然非《三百篇》之所謂賦、比、興也。宋人未嘗無賦、比、興，然只可謂宋人之賦、比、興也。

意貴深，語貴淺。意不深則薄，語不淺則晦。寧失之薄，毋失之晦。今人之所謂深者，非深也，此不知匠意之過也。

形象謂龍穴沙水，喜逆而惡順。惟詩亦然。逆則力厚，順則勢走，此章、句、字三者倒敘、倒裝、倒插之法所宜講也。

主之以骨格，運之以風神，調之以音節，和之以氣味，四者備而詩道無餘蘊矣。

一畫家語余云：「看畫之法，當置身空中，以目下視，然後峰巒之重疊，川谷之逶迤，咫尺可窮萬里。若就平地視之，則第能見一層耳。」此言妙得畫理。余因悟詩家構思匠意，亦必神遊廣漠之鄉，置身寥廓之域，齊古今如旦暮，視人物如蟣蠓，下筆始能超絕，出語始得驚人。

竊謂古詩之要在格，律詩之要在調。亦如遏雲社中所謂「北力在絃，南力在板」耳。絃可操縱在手，板不可遊移于腔；調可默運於心，格不能不模範於古。唐人古詩無有不從前代入者：子昂從阮入，王、孟、韋、柳從陶入，李頎、常建、王昌齡諸人從晉、宋入，太白從齊、梁入，獨老杜從漢、魏入，取法乎上，所以卓絕衆家。中唐諸子，其變斯極：長吉學《楚騷》不得而趨於詭僻，退之追《風》、《雅》不及而逃於生峭；孟郊之苦吟，盧仝之狂囂，創不成創，因無所因；張、王樂府，時有遺聲；元、白倡酬，了無深致。要之皆彼善於此也。晚唐之變，無所復之，不得不專於近體，才力所限，豈可强哉！

晦翁《感興詩》，其源出陳子昂《感遇》；子昂《感遇詩》，其源出阮籍《詠懷》。自六朝詩道陵夷，競尚浮靡，至子昂一變，斂華就實，崇雅黜浮，古道振興，故獨爲晦翁所取。其《感興》諸詩，實擬《感遇》而作，在宋人固稱鐵中錚錚者。詩學與理學故當別論，此非一語所能了，但晦翁實以理學兼詩學耳。就詩論詩，謂《感興》嗣響《感遇》則可，謂《三百》以後無詩，惟朱子《感興》可繼，非但言詩家不服，即晦翁亦未必以爲然。使晦翁果以《風》、《雅》自任，漢、魏而後蓋從抹殺，何不徑學《三百》，乃推服近代之子昂，區區取其詩而擬之哉？蓋爲詩之道，不論古今諸體，但能比興深微，寄託高遠，有得於性情，有裨於世教，即是《風》、《雅》遺音。其合者固在工句琢字之外，而不工句琢字，亦未必能合也。若不講淵源，不諳體制，率意吟諷，而曰：「吾以歌詠性情而已，惡用雕繪粉飾，喪其天真爲？」此近世道學先生所藉口，晦翁之詩正不如是。試取《感興》諸篇讀之，惟其力摹子昂，字矜句琢，氣度逼肖，故正學得而稱之。在正學已非通論，況執正學之一言，妄欲箝作詩者之口，非惟不知詩，亦若不知晦翁之詩。此道聽塗説之士，何足與之深辨哉！

程伯子云：「凡《詩》、《書》中言『帝』者，便有個主宰的意思；言『天』者，便有個包含遍覆底意思。」此語大可爲詩文用字之訣，蓋天即帝、帝即天，第用之各有所宜。若當帝而天、天而帝，則於理有礙矣。是故詩文用字不宜信手，必於上下文語意熨貼無痕，方不礙眼。此不獨論詩，古文、時文，同一道也。

昔蘇子瞻在黄州，諸妓皆有詩，獨李琪者未之及。臨行，坐客代爲之請，公即席書二語云：「東坡三載黄州住，何事無言及李琪？」仍放筆，與客飲酒談笑。客以語既率易，又未成篇，從容爲之再請。坡大笑云：「幾忘出場。」隨續二語云：「恰似西川杜工部，海棠雖好不留詩。」於是衆共欣賞而罷。余謂「出場」二字是作近體詩要訣，蓋前路不妨平易，一篇之意，全在結處見精神，最宜警策生動：或收拾一篇，或更進一步，或另開一境。既有「出場」，則前路皆同鱗爪，而此譬驪龍之珠矣。若前路仍有佳語，固是上乘；或前路語佳而結處平常，使人讀至此，無一倡三歎之意，豈非明月之累乎？

詩之爲道，與其多而不精，曷若不多而精。是故詠新篇，不如改舊作；喜與時流倡和，不若歡同往哲晤言。誠取古人之詩，時加繹諷，學其入想之曲，學其出筆之趣，學其命意之遠，學其托興之深。神解既合，天機自啓。如是而不以詩名一世者，未之有也。

近體如馬之駕車，必六轡在手，而後能不失其馳；古體如風之使帆，朝發白帝，暮即江陵矣。蓋近體主格，古體主氣故也。然善御者，二十四蹄，投之所向，無不如意；舟憑風力，而水道曲折，不致差錯，亦恃有舵。則主格而氣未嘗不存，主氣而格未嘗可廢也。

詩必有線索，虚字呼應是也。線索在詩外者勝，在詩内者劣。今人多用虚字，線索畢露，使人一覽略無餘味，皆由不知古人詩法故耳。或問線索内外之説，曰此即書法可喻：有真、有行、有草，行草牽制連帶，此線索之可見者也；真書運筆，全在空中，故不可見，然其精神顧盼，意態飛動處，亦實具牽制聯帶之用。此惟善書者知之。故詩外之線索，亦惟善詩者得之。

律詩貴立格局，古詩貴審音節。或疑二語似相反者，不知律詩有一定之規矩，即屬對，小兒稍知平仄者，音節亦能强諧；獨古詩既無八句之限，又無四聲之拘，非熟讀古人之詩，默會其宫商消息之妙而出之，則一篇之中俄而漢魏、俄而晉宋、俄而齊梁，且有非漢非魏、非晉非宋、非齊非梁之音雜廁其間，入口自能辨識。此學古詩者不徒審其格局，而音節尤在所重也。

近體以琢對，故有句法；古體可以唯所欲言，然未嘗無句法也。古體句法雖不用雕琢，然必揣摩其音響，使呼應愜順。蓋謂不拘平仄，則多隨筆成句，句雖無病，調則有病。不知古詩雖無平仄，未嘗無聲響，不應宜平而仄、宜仄而平，誦之自覺不合調矣。近體繩墨所拘，故病易見，亦易避；古韵反是，故病難見，非惟難見，亦難言。惟揣摩熟者自知之。今之爲古韵者，以爲不拘平仄，不用對偶，即古韵矣。雖云古韵，仍是近體聲口，此未嘗著意揣摩故也。

擬古樂府，當相其題之時代，而以意消息之。雖不可太摹，亦不宜太遠。優孟衣冠，故非俊物；張公李帽，亦豈當行？

作詩不患無題，患有好題無佳詩耳。何謂好題？可以當《三百篇》之興、觀、群、怨者，上也；如漢、魏之述事、詠懷、贈言、喻志，次也；如六朝之留連光景、吟賞風物，又次也。唐人承其後，前代規制至此大備，其命題更自不苟。如同一宴會題，題中人名，彼此互闕，此是各有契，不相濫及；又或但舉一二人，而餘則從略。以此推之，則其不肯輕易假借，率爾應酬，斷可識矣。是故作詩必擇題，製題必擇人；人不佳則累其題，題不佳則累其詩，下筆不可不慎也。此外如書懷、寫景之類，亦必遇題而後有詩，未有執詩以待題者。遇題而後有詩，則詩中方見得自己性情。若徒蓄勃勃作詩之興，逢題即和，逢人即韵，雖富有篇什，而己之性情汩没多矣。此識者讀其題，而可逆卜其韵之不工也。昔有問作賦之法於司馬長卿者，「能讀千賦則善賦，能觀千劍則善劍」，詩之爲道，亦猶是耳。博觀古人之裁製，乃以啓方寸之靈源。第初時識其繩尺部伍，必不敢率意苟作，此時半字皆無，至有終年不成一韵者。久則得其意味，熟其機趣，沛然川至，滃然雲興，不自知其韵之所自來。是真熟韵以待題之詩，而亦必無可累其韵之題矣。

談詩道於今日，非上材敏智之士則不能工。何也？以其非童而習之，爲父兄師長所耳提而面命者也。大抵出於攻文業舉之暇，以其餘力爲之，既不用以取功名、博科第，則於此中未必能專心致志，深造自得，以到古人所必傳之處。故凡稱詩而以工鳴者，非上材敏智之士未易幾此。其次則必遇多聞直諒之友，相與研摩古今，指摘瑕疵，趣向不誤，加以功力，亦能有成。不然，人韵亦詩，此倡彼和，積成卷帙，自命詩人，源流不知，體格莫辨，與夫詩家風神骨力、興象聲光之屬，俱不解爲何物。既自命爲韵人矣，雖有識者，亦將隨聲贊誦之不暇，惡敢效三益而箴八病耶？伏承吾子惠顧，其禮甚恭，其辭甚遜，欿然退然，大異乎世之浮誇自喜者，投韵一帙，必望僕爲攻玉之錯，不願爲悦客之脂。僕雖鄙陋，無能裨益高深，然豈敢虚盛意而不獻其一得乎？展讀大作，首首穩當，略無出入之處。然覺有一種不煩思索、不費推敲語句，提筆便利，故病處尋不出，佳處亦尋不出，謂之穩則可，謂之工則未也。

凡詩之稱工者，意必精，語必秀，句有句法，字有字法，章有章法。大作似信手信口，直率成篇，而與古人法度之精嚴、意境之深曲、風骨興象之生動，未之有得焉。夫爲韵而不期傳世則已，必期傳世，安可汩没于時流之中，不思投足以追古人耶？欲追古人，則當熟讀古人之詩，先求其矩矱，次求其意境，又次求其興象、風骨。得之於心，自能應之於手。一吟一詠，使讀者不知爲今人之詩，則其傳於後世也可必矣。尊稿有佳句，已一一標出。然試問吾子何以稱佳，恐亦不能自言其故。緣是想頭筆路暗合古人，雖得之於手，實未嘗得之於心也。其佳處既不能自知，則病處又安能知之？能穩而不能工，是即詩之大病也。至於古體，則並「穩」字亦難許，由未晣歷代源流支派之同異，而自度其才力之所能爲。才大者兼工衆體，才小者專學一家，又或醖釀衆美，以成一古，豈不詳體制、不講家數，但去對偶即可謂之古韵乎哉！以其不從古韵中來，故句穉而少蒼，意直而少曲，言必盡而旨無餘，形雖具而神不足，不可不一一反求之也。至《葩經》體尤不必作，此雖工，亦不足稱。善學《三百篇》者，無如漢魏之樂府、唐人之絶句，彼蓋得其性情神理之所在，豈斤斤句格是效而已乎？伏承盛意，肫懇出於中心，輒不自外，傾吐至此，惟恕其狂妄，俛加采擇。悚息，悚息。

近體用字最宜斟酌，俚字不可用，文字又不可用。昔人云：「五言律如四十賢人，中間著一屠沽兒不得。」用俚字是著屠沽也，用文字則著學究矣。至語助入詩，自是腐宋陋習。若熟讀唐人韵，則此等字面不期去而自去矣。

近體以氣格爲主，風神爲輔。用事不化，則傷氣格；用字不妙，則損風神。唐人惟老杜書破萬卷，使事用字，多從經史中來。然下筆有神，融洽無跡，餘人豈可藉口哉！

詩中以虚字爲筋節脈絡，承接呼應之間，有當用處，有不必用處。不必用而用則句不健，當用而不用則意不醒，此中最宜消息。

唐人多以句法就聲律，不以聲律就句法，故語意多曲，耐人咀嚼。後人不知此法，順筆寫去，故語意淺顯，使人一讀即了，味同嚼蠟矣。如少陵「清旭楚宫南，霜空萬嶺含」，順之當云「萬嶺楚宫南，霜空清旭含」；「北歸衝雨雪，誰憫敝貂裘」，順之當云「誰憫敝貂裘，衝雨雪北歸」也。「户外昭容紫袖垂，雙瞻御座引朝儀」，乃「昭容户外引朝儀，御座雙瞻紫袖垂」也；「花近高樓傷客心，萬方多難此登臨」，乃「高樓花近此登臨，萬方多難客傷心」也。此特句法之一端，明者可以類通。詳見予所著《杜詩説》及《一木堂詩説》。

唐詩多主興象，故常有言外之味，雖去《三百篇》遠，而性情特與之相近。自宋人尊老杜爲詩史，於是填故實，著議論，寖入惡道，而詩人之性情遂不可復見矣。松必大夫，竹必子猷，菊必淵明，梅必和靖，御史必衣繡，邑宰必彈琴，貫朽粟紅，皆取適用。試觀子美，每至敘事難措辭處，即用古人影掠，我能使故實，不爲故實使，後人豈易效顰！至如用促織事云：「草根吟不穩，床下夜相親。」用螢火事云：「幸因腐草出，敢近太陽飛。未足臨書卷，時能點客衣。」正如風裏花香、水中鹽味，何嘗有跡可求哉！

嘗語時流，律詩之體，兼古文、時文而有之。蓋五言八句，猶之乎四股八比也。今秀才家爲詩，易有時文氣，而反不知學時文之起承轉合，可發一笑。至其拘於聲律，不得不生倒敘、省文、縮脈、映帶諸法，並與古文同一關捩。是故不知時文者，不可與言詩；不知古文者，尤不可與言詩。

詩家下筆，即當有千秋自命之意。凡讀古人詩，覺其性情風概如現在目前者，皆古人出其筆墨以質諸異代者也。是故每敘一事，務使後人如稔其故；每述一意，務使後人如見其情；每寫一景，務使後人如值其時、歷其地。詩至此，方可稱工，方可信其必傳於後。而今人每苦於下筆不能了快，於敘事一種尤甚。蓋有甲知之而乙不能知者，同遊知之而外人不能知者，又安望其後世之人讀其詩而相悦以解耶？此無他，下筆時不能爲他作計故。蓋以己辭達己意，詩成自讀，己讀己詩，只如讀他人詩，更只如讀前人詩，若未嘗出於己口，過於己目，細細推勘，不輕放過，久之，即工拙利鈍，默然自解。繼此下筆，自無不亮之景、不透之情事矣。

詩之有韵，猶字之有體，皆數變而至今者也。書家如大小篆、八分、隸、楷，學者用筆不可雜，雜則見笑於大方；詩韵如《風》、《騷》、《選》、唐、宋、元，學者用之亦不可混，混則取譏於識者。律詩遵沈韵不必言，宋人詩餘取韵稍寬，大要是《洪武正韵》。元人入聲配入平上去，本爲北曲之用，而今爲南曲者亦遵之，與律詩必遵沈韵，雖《洪武正韵》重以帝王之權，亦不能奪。皆習與體成，不可易也。至爲古詩，則必用古韵。古韵無一定之譜，故人未易了了。近世朱氏作《韵總持》一書，分古、唐、元三種，似已。不知古韵又自分二種：有《風》、《騷》之韵，有漢、魏之韵。今若作賦、頌、箴、銘之類，當依四《詩》、《楚辭》用之；若作古韵，當依《選》體用之。漢、魏之異於《風》、《騷》者，以稍拘四聲及少叶韵故也。至於真文、庚青、侵尋三韻，有開口、閉口、鼻音之異，非獨周氏爲歌曲而設，自《風》、《騷》而降，更無相犯。《風》、《騷》雖不拘四聲，而必拘此三韻。真文自通寒山元先，庚青自通陽，侵尋自通鹽鹹，各一類從，不少混也。今之爲詩者，以爲出沈韻即入古韻耳。一篇之中，真庚不分，侵蒸並見。一二詩家巨擘，亦時犯此，無論初學。法冠寵服，楚客吴吟，其詩縱工，烏能傳誦於後世哉！

陳後山云：「學詩如學仙，時至骨自换。」嚴滄浪云：「禪道在妙悟，詩道亦在妙悟。」一以仙喻詩，一以禪喻詩，並可稱善喻。「時至骨自换」，此以工夫火候言也。至於「悟」之一字，則是解粘去縛，單刀直入，第一法門。然禪家求悟，在參話頭；詩家求悟，參個什麽？此須各人自家理會。「踏破鐵鞋無覓處，得來全不費工夫」，如是，如是。

偶與友人閲一時流韻，余曰：「此公以老手自負，當亦盛世所推重，然其韻殊有病痛，非但他人不能識，即彼亦不能自知。緣此道真識者少，彼此負韻名，則亦以名推之而已。至於此公雅意學杜，杜韻雄跨百代，在處處見己胸襟、見己身分。此公亦學其用意，而才力不足以赴之，是以了然于心，不能了然於筆，此其韻之大病。然以老手自負，則雖有病痛，彼終不能自知也。」因爲友人指摘數處，友人稱服，云：「人但見其聲調鏗鏘，詞句新倩，便自爲佳。如君論詩，真是透入骨髓，詩中好醜，絲毫莫遁。」予曰：「看詩如看美人，粉白黛緑，金搖玉脱，非所以爲美也，其美在肌理骨格。一有微疵，外飾雖佳，不足稱矣。今之爲詩者，但見塗脂傅粉，便以美人目之，彼豈知天下之正色哉！」友人笑曰：「而今而後不惟得看韻法，且得看美人法矣。」

今人稱才識兼到者曰「有手眼」。蓋無眼則讀書無得，無手則所作不工。而手之工拙，恒視乎眼之高下。蓋有眼力到十分，手力只到六七分者矣；未有具四五分之眼力，而可得十分之手力者也。且夫眼之所識，何以能至於手？手、眼之力，心實引之。惟心之空洞靈透到十分，則手、眼兼得之矣。或曰：「人非上智，此心不能盡到十分空洞靈透之地，奈何？」曰：「此有物窒之耳。」曰：「何物？」曰：「人、我是也。古人學兼聞，故曰『好問則裕』，曰『不恥下問』；今人稍有眉目者，便以下問爲恥，是已自封，其心之不空洞、不靈透也固宜。」

詩家貴先辨雅俗，雅者，常也。李文饒曰：「文章如日月，雖終古常見，而光景常新。」此雅之説也。不新則腐，腐則不雅；不常則怪，怪則不雅。斯二者，一言以蔽，則曰俗而已矣。是故雅之訓常，而常不足以盡雅；新似於雅，而雅則久而愈新。文章能久而愈新，而後雅道歸之。持此以論，則辨雅俗如别黑白矣。《三百篇》，雅之源也；《楚辭》，變雅之祖也。雖變而不失其正，故在不祧之位。漢、魏古詩出《三百篇》，樂府出《楚辭》，故爲雅宗。自宋而下，漸趨浮靡，而雅道遂衰。如繪者之務絢其綵以悦人目，而不知浮金耀碧之必渝也；如歌者之務繁其聲以媚人耳，而不知哀絃急管之厭聽也。唐監於六代，色去其絢，聲去其繁，雖與大白不飾、朱絃疏越者不可同年而語，然崇雅黜浮之功於是乎在。由中迨晚，競爲變調，不怪則腐，斯道之勿絶如綫。獨宋猥陋，無力起衰，而大雅遂墮地矣。

詩欲高華，然不得以浮冒爲高華；詩欲沈鬱，然不得以晦澀爲沈鬱；詩欲雄壯，然不得以粗豪爲雄壯；詩欲沖淡，然不得以寡薄爲沖淡；詩欲奇矯，然不得以詭僻爲奇矯；詩欲典則，然不得以庸腐爲典則；詩欲蒼勁，然不得以老硬爲蒼勁；詩欲秀潤，然不得以嫩弱爲秀潤；詩欲飄逸，然不得以佻達爲飄逸；詩欲質厚，然不得以板滯爲質厚；詩欲精采，然不得以雕繪爲精采；詩欲清真，然不得以鄙俚爲清真。詩家雅俗之辨，略盡於此。宋、元、明諸名手，皆不能無議。噫！難言矣。

宋人學識，大概腐陋，故於古人得其皮毛，不得其神髓。又言論風旨，動師前輩，雖有儁才，亦難自拔。詩道不振，職此故也。明人之才，實遠勝宋人，故不肯自安卑近，力追漢、魏、盛唐，次猶擷芳六朝、希聲大曆。其蔽也，才爲法縛，情爲才淹，骨體具矣，神髓猶未。後來者又以翻案爲奇，另趨險仄一路，尖新小巧，生硬空疏，以語古人，僅云影響，並皮毛亦無之矣。

今人喜騖新奇，有談古法者，反嗤鄙之曰：「惡用是朽斷紅腐者爲哉！吾人自有性靈，取之無禁，用之不竭，所以頡頏古人者盡在是矣。亦步亦趨，甘爲奴隸，不亦愚乎？」爲此説者，似是而實非也。夫性靈在我，必因古人以爲用。譬則公輸雖巧，必以規矩成方圓；師曠雖聰，必以律吕正音聲。恃性靈而廢規格，是猶徒手而製器，空耳而聆音也。且今之所謂新奇者，吾知之矣：以爲古韵之必不可復學漢、魏也，取之性靈，則漢、魏自我作矣；律詩之必不可復學唐也，取之性靈，則唐自我作矣。爲此説者，豈不目空千古？然視其所作，格調、字句之間，務鉤深弔詭以自異，不知與漢、魏、唐人相背馳者，適與宋、元相凑泊。蓋諸體之規制既定，才情雖變，無所復之，區區字句之間，欲求新立異，豈知昔人已先我而爲之哉！宋、元學古人而誤，而流爲外道，猶可言也；今人欲超古人，而反得宋、元所學之古人，不幾墮入邪魔耶！且復有明明唐以前不可學，而轉學宋者。語云：「取法乎上，僅得乎中。」今學宋人，是取法乎下矣，吾不知其所得居何等也。

馮元成云：「文章之爲用也，法必古程，機貴神解。法出於古，非古人自法也。物之有則，開闔自然，天爲之創；機之自我，非私臆也。匠之製物，尺寸不爽，神爲之户。」按：此數語，非獨摛文者宜奉爲寶鑑，即拈韵者亦當採爲玄珠也。

張思光有言：「文無常體，但以有體爲常。」此千古操觚家第一義也。夫文之有體，猶人一身四肢、九竅五臟、六腑百骸，有一不具，不可以爲人。寢假而適市，紛紛總總者人也，然而面目無有同者，豈非其體則一，而其所以爲體者固未嘗一乎？是故文必有體，而但不可襲其體以爲體。《離騷》不襲《三百》，《離騷》自有《離騷》之體也；漢、魏不襲《楚辭》，漢、魏自有漢、魏之體也；李唐不襲漢、魏，李唐自有李唐之體也，從無襲而取之者。後世之士以爲文有常體也，則以模範爲之，規規而矩矩，步步而趨趨，面目則似，神氣索然，此優孟之抵掌耳；或謂文無常體也，則以矯造爲能，視古若讎，鑿空爲宇，恃其悍才，以矜獨智，此刑天之舞戚耳。二家各執一是，此罵彼爲人奴，彼號此爲怪魅。試取思光之言折衷之，深造而自得，窮神以幾化，則兩家皆廢然而退矣。

思光又云：「可師耳以心，不可使耳爲心師。」此千古學問之要訣也。夫「師耳以心」者，爲學而反之于思也；「耳爲心師」，則學而不思，終無以自得於己矣。孟子曰：「思則得之，不思則不得。」思也者，其集神明之庭，啓天機之鑰乎？蓋人心之靈，不用則錮，錮則天機不開，天機不開則神明不集。故有經史子集背誦如流，問以其義，則舌卷口噤者，昔人是以有「書廚」之目。即或讀《史記》不知班孟堅，讀《南華》不知列禦寇，是則中有窒礙，彼此不能通貫。豈知萬理雖殊，要歸一理，使無冥通默會之妙，安能盡古今之書而讀之哉？凡此皆學而不思，心靈爲書所錮，自絶其天機故也。《管子》曰：「思之思之，思之不通，鬼神將通之。」此言人第患不思耳，未有思而不得者也。當其未得，則悶然若迷蠢，困然其若羈。及其既得，則沛然莫禦，欣欣如獲其故，此豈真有鬼神來告哉？不過化吾之心以爲輪，化吾之思以爲馬，因而乘之以游乎曠朗之塗，息駕於無垠之野而已矣。千古學問文章，不出思光前後兩語。予特因其説而暢言之，以告同志焉。

凡書畫、詩文皆有天然一定之則，止藉我手成之，我口宣之耳。合乎其則則工，不合則否。同是手也，同是口也，然而有合、有不合，何也？其人之手口，不能盡如化工之肖物故也。《詩》不云乎：「天生烝民，有物有則。」彼造物者不過因其則而肖之，曷嘗有心於是哉！人之盡其藝者，能如化工之無心，則成於手者忘其手，出於口者忘其口，手、口俱忘而神行乎其間則藝成，而天下以絶藝歸之。故書曰法書，畫曰妙畫，詩曰絶調，文曰佳文，觀者第賞其神妙，而不知其所以然；作者第爲人鑑賞，亦不自知其所以然。所以然者非他，合乎天然之則而已。庖丁解牛，不見牛也；匠石之運斤，不見斤也；善游者之没水，不見水也。「不見」也者，忘乎所事之謂也。夫人不能執事而忘所事，則其藝之入神無日矣。然則如之何而後可以幾此？《易》曰：「不習無不利。」賈子曰：「習慣如自然。」習則熟，熟則忘，忘則化，化則神，神則天。

（吴忱、楊焄點校）

龍性堂詩話

龍性堂詩話提要

《龍性堂詩話》初、續集，據乾隆四十年閩中葉氏慕陶軒刊本點校。撰者葉矯然（一六一四——一七一一），字子肅，號思庵，福建閩縣人。順治九年進士，授工部主事，改樂亭知縣。有《龍性堂集》。此書諸家序，謝天樞作於康熙十二年癸巳，吴琇作於二十八年己巳，而《續集》記事又有及於三十一年壬申者，知數度改訂，定稿歷時近二十載。刊行更晚至乾隆四十年，有邱振芳、鄭念容及秦大士三序，歷述其孫葉臯南（聲遠）出家藏稿本二册（卷）梓成之始末。葉氏論詩標舉聲、義兩端，以此考索六朝以來詩家之流變關係，所謂「古今詩人以變調能工者惟顔延之、謝朓、王維、杜甫而已」。書中解析各家各詩，即主要留意於其間之互承互變情形，而不滿於嚴羽、高棅「初盛中晚」乃至六朝、唐、宋詩之類分别時代之説，而欲泯其界畫也。然亦不免模糊影響之論，如謂謝朓集有陶句，有大謝語，乃至有中晚唐人妙諦、「渾身韓昌黎」者；謂梅堯臣詩「直是六朝、三唐好手」，「無一字宋習」，似此全無史識，辨之甚無謂。葉氏學有根柢，解杜、韓、義山、半山、東坡詩等，多引人所未及書，發人所未發言，或中或不中，雖非的論，要於諸家詩之箋注不無補益也。又於晚明王、李、三袁、陳子龍，及同時之王漁洋、宋荔裳、程可則（周量）等，皆有議論，時間最近，不妨可聽。

序

《風》、《騷》而還，代傳作者，宗派既多，流别各具，即六義之從同，而未嘗無意見之存焉。稽閩之有詩話，肇於滄浪，然後人已不無遺議。是雖捃摭瑣碎，聊資談助，而非確有心得，欲縱横於古今作者之林，難矣！思庵先生起家名進士，投簪甚早，既嗜學之篤，且得年之優，爲詩能兼衆體；又於丹鉛餘閒，略示别裁之意，或甲乙其大凡，或指明其誤謬，其引援之富，考核之精，每多發前人所未發者。讀《龍性堂》、《東溟集》、《雁哄篇》諸詩，又讀所著詩話，先生之所爲用其心，曾是泛濫而無涯也乎？嘗思「詩不關學」，厥言最妄。非學無以長識，非學無以廣才。有志之士，羅古今諸大家而三復之，當概可見先生之學具有本原。世所傳《易史合參》外，其有禆於經傳者，尚多著述。先生之於詩，特其學之餘，而詩話又其餘之餘耳。沿流溯源，前輩風流，依依可想，則即以吉光片羽，等天球赤刀之重，固足以衣被藝林而有餘也。後學邱振芳拜撰。

序

念榮至南昌，適葉皐南先生宰彭澤，以公晉省，異鄉聚首，叙舊談心。因出思庵先生所著《易史參録》相示，蓋以史證經，倣瓊山《大學衍義補》之引事以爲發明，使後人得有所據，以不疑於心而措諸事，著述之功，於是爲偉。既又讀《龍性堂》、《東溟集》、《雁唳編》諸詩，繪物攄情，出入於漢、魏、六朝、三唐、兩宋間，兼有衆體，而自露其質勁清超之本性。最後又得家藏所著詩話二册，讀之，乃知先生之詩所以能追作者之故，而嘆其用力之久且深也。古今之論詩者多矣，顧有持其一説，不能無偏，往往得於此而失於彼；至其説之實可信者，後人又或忽焉不察，遂至殊塗異户，無以盡愜夫尚論者之心。先生博采古今及同時名流之言，隨其高下，斷以己見。其言之得者，從而表之；言之失者，從而辯之。其自所引論，則皆精切不差，可以振聾開瞶，如身在堂上別堂下人之妍媸也，如持權操度以較一切輕重短長之物也，誠後人所當奉爲指南者矣。先生之學，蓋自歸林後，數十年中，益臻純粹，於以見曩時先進之風流，尤足動人矜式云。乾隆乙未季春，後學鄭念榮謹書。

序

詩可以意會，不可以言傳者也。詩而有話，毋乃涉於迹象，落於言詮歟？然詩話之由來尚矣：「思無邪」，孔子之詩話也；「不以文害辭，不以辭害意」，孟子之詩話也。漢、魏而下，鍾嶸、高仲武、敖陶孫、楊誠齋輩，有《詩品》，有《詩評》，有詩派，各出己意，且以爲品題。而閩中嚴滄浪、劉後村之詩話最著，亦最傳。入明以來，濟南、吴郡、公安、竟陵、蘭溪、雲間放言高論，幾乎前無古而後無今，然信口雌黄，出奴入主，求得詩家三昧，其猶隔一塵也。國朝詩教肇興，漁洋、静志居二家，評隲最爲允當。閩中葉思庵先生，與阮亭、竹垞生同時，同以詩名。而先生一行作吏，遽賦歸田，有所著述，僅藏之名山，故其詩不大著。余所見《龍性堂》、《東溟》二詩集，深愛其體裁格調，於漢、魏、兩晉、六朝、三唐靡所不合，而寥寥數卷，每以未窺全豹爲憾。歲壬午，奉命出典閩試，得先生之孫聲遠，詢先生遺稿，尚有十餘種。余時以試事行急，未及卒讀。越十年，聲遠作宰江右之彭澤，復謁余於饒州，出先生詩話二卷，請序於余。余繙閲再四，益知先生學有本原，殆少陵所云「讀書破萬卷，下筆如有神」者。昔人以爲「詩不關學」，其信然歟？今先生所著《易史參録》已登御覽，而詩話二卷，上下數千年如指諸掌。觀其捃摭廣博，探索隱微，將古今人之詩魄悉攝而著之紙上，間有是非，皆歸平允，是即祖述孔、孟論詩之旨，與後世之哆口而談者，固不啻霄壤。滄浪、後村，其能獨擅閩中之美耶？後之人讀先生之詩話，當不以余言爲河漢也。是爲序。乾隆四十年仲春上浣，江寧鑑泉秦大士拜題。

序

「晚節漸於詩律細」，「細」之爲義，詩話所從來也。予奪可否，次第高下，詩於是乎有選；平章風雅，推敲字句，詩於是乎有話。話者，詩選之功臣也。思庵先生負蓋代才，辰之役，於先伯父爲同譜，顧弗得一校天禄。既而種花畿輔間，矻矻簿書，星霜幾六易，博上考矣，乃以他人詿誤去。懸車後一切屏絶，藜床棐几，獨肆力於詩，含咀百家，吐納萬象，天下所稱《東溟集》、《龍性堂》詩也。更以緒餘，蜿蜒磅礴，激昂揮灑，則溢而爲詩話。讀先生詩話，而知先生之詩以是爲星源矣。余自蓬窗呫嗶，窺先生制舉義，急秘枕函，矜制作鉅手。及一行作吏，則先生鄉也，輒沾沾喜，以爲是當玉我成。既就見，而先生果不我鄙也。叩以閭閻疾苦，政治所宜興革，一一有南車示余，奉教惟謹。久之，而以所纂詩話若干卷相商確，且索序言。余讀之，而嘆昔之窺先生於制義者，猶半豹也。夫有韵之言，其旨微，其趣别，其爲物多姿而體屢遷，此寧可一格繩者？濟南、吴郡、公安、竟陵反脣相稽，皆以一格繩者也。彼其執焉而偏，過焉而枉，固屬未廣，亦由未細。試使諸公空人我相，以局外身作局内説，閒閒評論，寸長尺短，未必不各見面目，而一以黨伐從事，心粗則眼翳矣。詩話者，以局外身作局内説者也，故其立論平而取義精。加以先生之才、之學、之識，歛其舟楫霖雨之能，而畢之於四聲六義之際，其前無古人，後無來者，宜也。夫風氣者，天地自然之數也。李、杜文章，蘇、黄詞賦，出其魄力，詎不足以相易？然而彼亦自若，此亦自若，舉其片語隻字，如有不能相借者。乃知《清平》三首，《秋興》八闋，東坡居士、山谷老人之倡酬，亦不過含毫者自升自降、自屈自伸於風氣中，必有傑然一時者爲之弁冕，因而代有一二鉅公，供人膾炙，此則視其魄力爲之。今之論者，左初、盛而右中、晚，且及宋、元，錦坊花樣，逐時新爽，非人所能爲也，然亦惘惘無所適從。先生獨出手眼，高揖退之、長吉、義山、子瞻而推轂之，其論次甚詳且至。先生之廣，先生之細，於閒閒評論一一見出。然則此詩話於先生，則《東溟》之所由集，而《龍性堂》之所由詩，於天下則亦中、晚、宋、元之詩選也。時康熙己巳清和之吉，梁溪年家姪吴琇拜題。

序

詩至今日，幾無可爲之詩矣！吾所欲言，前人皆已言之；吾所矜爲非我莫能言，昔之人固以爲所已言而不足言。竊怪夫世之役役焉撚鬚嘔心，晝夜吟哦不休，而終無以過乎人之所已言與其不足言者，何自苦之甚也？雖然，彼固未盡見夫前人之詩，而徒窮其力以思；思而得，遂以爲我之詩已能如是，宜其甚自喜也。夫使極山川之幽遐，日月寒暑之遷易，風雲草木、鳥獸昆蟲之詭異情狀，凡其寄之大地間，爲吾可見可聞之物，無一非千百世以上之人所已見已聞之物。吾能言之，昔之人顧不能言哉？夫惟人之所處之世，所遇之地，各有不同，故觸之而日新，出之而日變，而其詩亦因以千百世而不窮。於是遂不能以此人之詩易爲彼人之詩，且不能以千百代之詩而求合於一代之詩。余嘗持此説以論詩，而未得其可以言者，迺同門友思庵先生已先獲我心耳。思庵於詩，自漢、魏、六朝、三唐、宋、元、明諸家無不讀，顧不苟於爲詩。嘗語予曰：「詩不能自爲我一人之詩，爲之何益？然非盡見古人之詩，而遡其源流，折衷其是非，必不能自爲我一人之詩也。」作詩話若干卷，蓋深慨夫世之言詩者，而與之盡讀古人之詩焉耳。夫古之作詩者，各有其世，各有其地，故其詩亦各不同。今惟以我所處之世、所遇之地而爲詩，則其詩遂日新日變，上下千百世而不窮，又安在前人之所已言與夫忽之以爲不足言者，不爲吾一人所獨得之言也。即由是言之，則思庵詩話信可爲天下則矣，吾願盡人而讀之也。時康熙癸丑孟冬，眷門年弟謝天樞星源頓首題。

龍性堂詩話初集

閩晉安葉矯然思庵甫著

龍門之於文，少陵之於詩，夫人知之，夫人能言之也。至其殊途同歸，微二公言，千百世人莫能知也。《五帝贊》云：「擇其言尤雅者，著之於篇。」又「非好學深思，心知其意者，難爲淺見寡聞道」。此史公自贊其百三十篇之《史記》也。《絶句》云：「未及前賢更勿疑，遞相祖述復先誰？别裁僞體親《風》《雅》，轉覺多師是汝師。」此子美自道其千四百首之杜詩也。細味此詩與贊語，字字吻合，句句相通。「不及前賢」，則「好學」宜亟矣；學貴「心知其意」，彼「遞相祖述」者，規規於古人字句之間，毫不能自抒其心得，終寄籬下，故曰「復先誰」也；「别裁僞體親《風》《雅》」者，即《贊》云「文不雅馴」，「擇其言尤雅者」是也，「擇」字即「别」字、「裁」字注脚；「轉覺多師是汝師」，分明是「難爲淺見寡聞」句轉語。故知詩文一致，兩公早已言之矣。

柳子厚云：「文有二道：詞令褒貶，本乎著述者也；導揚諷諭，本乎比興者也。著述者出於《書》之謨、訓，《易》之象、系，《春秋》之筆削，其要在於高壯廣厚，詞正而理備。比興者出於虞、夏之詠歌，殷、周之《風》《雅》，其要在於麗則清越，言暢而意美。茲二者，其旨義乖離不合，故秉筆之士恒偏勝獨得，而罕有兼者焉。」秦淮海云：「人才各有分限，杜子美詩冠古今，而無韵者殆不可讀；曾子固以文名天下，而有韵輒不工，此未易以理推也。」陳後山又云：「杜之詩法，韓之文法也。詩文有體，韓以文爲詩，杜以詩爲文，故不工耳。」三公之言彷佛相似，然似之而非也。夫六經之道，同源一致，差異者體格耳。休文有言：「二班長於情理之説，相如工爲形似之言。原其飈流所始，莫不同祖《風》、《騷》。徒以賞好異情，故意製相詭。」子厚謂之「旨義乖離」，可乎？周公訓誥之文，備於《尚書》，而《七月》、《清廟》諸什，風流爾雅，實爲後世詩人鼻祖，可謂之「獨得」、「罕兼」，「人才各有分限」乎？吾嘗聞之坡公矣：「凡物一理也，通其意則無適而不可。分科而醫，醫之衰也；占色而畫，畫之陋也。和、緩之醫，不别老少；曹、吴之畫，不擇人物。謂彼長於是則可也，曰能是不能是則不可。」後有論者，坡公爲不可及矣。

有詩以來，鄭漁仲主聲，馬貴與主義，持論各有所見。蓋《三百》之義盡於興觀群怨，其聲則瞽史之徒皆能歌也。自後歷代作者精求其義，而節音不皆可歌，或五字並側，或十字俱平。唐興，昉《尚書》「和聲」之旨，始製爲律體。一律之内，旨𢀖音叶，格高句諧，平側對待，自有一定。天然之妙，似於主聲之説居勝。然興會不高，神致索然，雖極宫商之美，弗善也。故知二家之説，合則並美，離則兩傷，盡善盡美，斯爲難矣。

《三百篇》，先儒謂皆可被管絃。朱晦翁言《三百》中可被管絃只數章。昔人有以等子韵譜，取《三百篇》字字韵之，竟無一章合律者。由此言之，謂《三百篇》可盡被管絃，亦空言不足據也。蓋五音十二律既有正、有變、有反，而三聲之中有老、有少、有次，又有老之老、少之少、次之次，是五音之變爲不可勝窮。漢孝文時，得魏文侯樂人竇公者，年百八十歲，兩目皆瞽。獻其書，乃《周官》宗伯之大司樂也。夫以數百年之簡帙，出一瞽人之手，能無保其殘闕失真乎？故曰聲音道微，久而失其傳也已。

「不以文害詞，不以詞害意」，此千古説詩妙諦也。然作詩妙諦，亦不外此二語。作詩一句未穩，便害一章；一字未穩，便害一句，并害全詩。然則孟子之言，寧獨爲説詩者發歟？

簡文與湘東王論文云：「吟詠性情，反擬《内則》之篇；操筆寫志，更摹《酒誥》之作；『遲遲春日』，翻學《歸藏》；『湛湛江水』，遂同《大傳》。」要知此語不徒見臨文體位不同，亦見《騷》、《雅》風流不是邊幅道學者得而詭托。

沈約有言：「律吕適宜，宫商互變，五色相宣，八音協暢。妙達斯旨，始可言文。」此自矜其四聲之秘也。其云：「靈均以來，多歷年代，雖文體稍精，而此秘未覩。」又云：「褒、向、班、楊，清詞麗曲，時發乎篇，而蕪音累筆良多。」又云：「張、蔡、曹、王，曾無先覺；潘、陸、顔、謝，知之彌遠。」亦過於薄今人而不愛古人矣，宜梁武之不深然也。

後唐明宗謂其子從榮曰：「吾嘗見先帝好作歌詩，甚無謂。汝將家子，文章非素習，必不能工，傳於人，徒作笑資耳。」此老作家語，明宗之爲明，不虚也。

作詩須生中有熟，熟中有生。生不能熟，如得龍鮓熊白，而鹽豉烹飪稍有未匀，便覺減味；熟不能生，如樂工度曲，腔口爛熟，雖字真句穩，未免優氣。能兼兩者之勝，殊難其人。

作詩高手在鍊意，鍊格、鍊詞次之。詞、格之鍊，人恒知之，至鍊意則未必知也。故知鍊意者，可與言詩。

詩心與人品不同。人欲直而詩欲曲，人欲樸而詩欲巧，人欲真實而詩欲形似。蓋直則意盡，曲則耐思；樸則疑野，巧則多趣；真實則近凝滯，形似則工興比。要其旨統歸於温厚和平，則人品、詩心一揆也。

近人作詩率多賦體，比者亦少，至興體則絶不一見。不知興體之妙，在於觸物成聲，衝喉成韵，如花未發而香先動，月欲上而影初來，不可以意義求者。《國風》、古樂府多有之。徐文長謂：「今之南北東西雖殊方，而婦女、兒童、耕夫、舟子，塞曲征吟，市歌巷引，無不皆然，默會自有妙處。」知言哉！

詩忌費解，然太便口則少沉着之味；詩忌牽合，然太鶻突則少超越之趣。此中淺深，不可以言喻，解人自會。

黄東厓與黄明立論詩云：「使昉改從時賢，入今吴、楚諸名流派中，則亦有所不屑。」黄石齋與許甫草云：「吾閩人之稱詩也，與爾吴人異。」卓哉言乎！可想二黄胸中壁立處。

予最喜讀昌黎、長吉、義山、子瞻四公詩，間有所得，輒標識數語於上。暇日偶閲營山陳蝶庵周政先生與王普瞻書，盛述此數公之詩，乃知世固有真讀書風雅人先得我心者。其書云：「近世詩人眼孔小已極已，投獻吉、李、譚之門作重儓，復何望哉！齋中無事，讀右丞等，不如看齊、梁小兒爲得也。病起喜看昌黎、長吉、義山詩。昌黎詩絶妙耳，何古今但誦其文也？長吉童年調嘴，略無墨汁，玉樓見召，自是天人。如蔡少霞寫山玄卿文，真長吉本色。然集中幽異怪誕之語，説鬼正其神處，説苦正其樂處，亦可喜也。義山不然，有來歷，有根據，用僻事而實一一可考，唯坡公可以繼之。坡公之詩未易讀，彼其傀儡古人，調和衆味，命意使事，迴出意表，蓋從義山一派，窺出《三百篇》『荇菜』、『罍瓶』、『匏葉』、『冰泮』微意，《風》、《雅》正派，正在於此。而『獨彼不逮』之誚，魯直輩可謂有眼睛乎？義山《錦瑟》詩之佳，在『一絃一柱』中思其『華年』，心緒紊亂，故中聯不倫不次，沒首沒尾，正所謂『無端』也。而以『清和適怨』當之，不亦拘乎？」

涇陽雷伯籲云：「詩文不專思致慮，則不能工；一專思致慮，則此中憧憧擾擾，比一切聲色貨賄更甚，故詩文之累心不少。」烏程唐宜之云：「明妃初遇單于之夕，摩詰見脅禄山之時，秉燭徬徨，不能寤寐，幸留詩詞一道，以寫其悲憤無聊。假使古才人生於結繩前，更無筆墨以發其淋漓之感，懊恨當何如？」以此觀之，詩、文兩者乃破悶之劑，不可謂累心之物也。杼山有言：「隳名之人，萬緣都盡，惟留詩道以樂性情。」職此故耳。

學詩入手，舍初、盛而言中、晚，則失之纖；舍三唐而究宋、元，則失之雜。得手以後，高語初、盛而土苴中、晚，則邊幅而少新警；堅守唐調而抹殺宋、元，則拘墟而不廣大。今海内趨風宋、元，鬬秘炫詭極矣，識者又不可不致思。

詩中造句押韵，悉歸自然，不强造作。唐之大家中，雖太白、子美、義山，莫不皆然。獨昌黎、長吉兩公創闢奇險，不循徑道，而語語天拔，得未曾有，洵異才也。後人何可輕學，亦何可不學？

楚嚴平子云：「國家功令，初不以詩取士，士大夫不以此輕重人才。凡此居然作詩者，其於詩，非真如嗜酒好色，不能自已於性情者。或少年好名，精神大半耗於干禄之學，復以緒餘分風流一席。不然，則有薦紳先生，晝錦之餘，萬全孫謀，然後以其既衰血氣，應酬山水花月之間。則又有布衣之徒，其始學制舉藝不成，退而學詩，思挾以涉四方、遊大人。不得已而從事，無惑乎於此道概無聞也。」此論絶倒，使普天下作詩人一齊汗下，大暢吾所欲言。

摯虞論詩，謂：「辨言過理，則失其義。」樊川序長吉，謂：「少加以理，可奴僕命《騷》。」嚴氏「詩不關理」之説，豈其然乎？

子瞻云：「不識廬山真面目，只緣身在此山中。」魯直云：「世人但學《蘭亭》面，欲换凡骨無金丹。」今人學古詩而徒求之曹、劉、沈、謝，學今體而徒求之李、杜、高、岑，皆從門入者，不能至也。東坡教人作詩，熟讀《毛詩》與《離騷》，曲折盡在是矣，亦至言也。

閩曹能始先生云：「作詩如書者、畫者、弈者、謳者、擊劍者，必藉師承指教，而後當家。若自作聰明，雖極奇别，終是外道。」旨哉言乎！予請畢其説於左方。

王逸少題衛夫人《筆陣圖》後云：「夫欲書者，凝神静思，預想字形，大小偃仰，平直振動，令筋脉相連，意在筆前，然後作字。若平直相似，狀如算子，上下方整，前後齊平，此不是書，但得其點畫爾。」予嘗謂今人作律詩，起結軟美，兩聯匀稱，此正與右軍所云「上下方整，前後齊平」「算子」之詩，學者可不戒哉！

宋李夢英好篆書而無古法，其自叙云：「落筆無滯，縱横得宜，大者縮其勢而漏其白，小者均其勢而伸其畫。」當時郭忠恕深惡之，欲焚其説。予謂夢英此書即逸少「算子」之狀，今人軟美匀稱之詩，何以異是？

王逸少初學衛夫人書，及渡江見李斯、曹喜等書，之許見鍾繇、梁鵠書，之濟見蔡邕書，又見張㫤《華岳碑》，始知少學衛夫人書徒費日月。今人單居渺見，封己自是，無江山、友師之資，而欲詩道之大昌，亦見其惑也。

晉宋翼工書。始工點畫，其師鍾繇見而叱之。翼三年不敢見繇，潛心改迹，書名大著。黄魯直評鍾離州小字《千字文》：「嫵媚而有精神，熟視皆有繩墨。」因知萬事皆當師古也。

李嗣真論右軍書每不同，以變格難儔。書《樂毅論》、《太史箴》體皆正直，有忠臣烈士之象；《告誓文》、《曹娥碑》其容憔悴，有孝子順孫之象；《逍遥篇》、《孤雁賦》迹遠趣高，有拔俗抱素之象；《畫象贊》、《洛神賦》姿奇雅麗，有矜莊嚴肅之象：皆見義而成字，得意而獨妍。學詩不辯諸體，古、近一樣胡盧，豈所謂「變格難儔」者歟？右軍云：「真書、行書，皆依此法。若學草書，又有别法。至八分、古隸以及章草、行押，各各體勢不同。」書伎猶然，況六義乎？

陳用之善畫，宋迪謂曰：「汝畫信工，但少天趣。當求一敗牆，張素倚之，朝夕觀之。既久，隔素見敗牆之上高平曲折，皆成山水之象。心存目想，高者爲山，下者爲水，顯者爲近，晦者爲遠。神領意造，恍然見有人禽草木飛動之勢，則隨意命筆，自然境皆天就，不類人爲，是爲天趣之筆。」試取而論詩，詩至天趣，亦難言矣。求之古人，其唯謫仙、坡仙乎？

弈者王積薪從明皇幸蜀，夜宿深溪之家，夜静，堂内無燭，婦姑對談口弈。姑曰：「子已北矣，正勝九枰耳。」遲明，積薪具禮以問。姑曰：「是子可教以常勢。」因指示攻守、殺奪、防拒之法，曰：「此已無敵矣。」薪自是其藝絶倫，竭心九枰之勢，終不能得。予有《詠楸枰》云：「日對玉楸局，不解九枰勢。乃知口弈人，冥心爲絶藝。」蓋本此也。

唐貞元康崑崙善琵琶，時號第一手，登樓彈一曲新翻調《緑腰》。西樓出一女郎，抱琵琶，亦彈此曲，移在《楓香》調中，妙絶入神。崑崙大驚，請以爲師。女郎遂更衣出，乃莊嚴寺師段善本也。翌日德宗召之，令崑崙彈一曲。段師曰：「本領何雜，兼帶邪聲。」崑崙驚曰：「段師，神人也！」德宗令授崑崙。段奏曰：「且請崑崙不近樂器十數年，忘其本領，然後可。」詔許之。後果窮段師之藝。

魏將軍鄧展善有手臂，曉五兵，又稱其空手入白刃。曹子桓嘗與論劍，謂言將軍非也。展因求與對。時酒酣耳熱，方食芊蔗，便以爲杖，下殿數交，三中其臂，左右大笑。展意不平，求更爲之。子桓言：「予法急屬，難相中面。」展言願復一交，予知其突以取交中也，因僞深進，乃展果尋前，余却脚勦，正截其顙，座中驚視。余還坐，笑曰：『昔陽慶使淳于意去其故方，更授以秘術，今予亦願鄧將軍捐棄故技，更受要道也。』一座盡歡。」

永叔論詩云：「狀難寫之景，如在目前；含不盡之意，見於言外，然後爲工。」王元美譏爲「全不解詩」，似過。陳大樽評李于鱗絶句云：「語甚鍊而若出自然，意必渾而每多可思。」兩語真作家話，不特絶句也。味二公之言，詩雖不易工，然要不外是。

許彦周云：「詩有力量，如弓之鬬力，其未挽時，不知其難也；及其挽時，力不及處，分寸不可强。」誠哉是言！諺曰「棋力酒量」，詩何不然？何、李往復論詩文書，雖詞不相下，而意實相師。若必欲定其孰爲是非，孰爲高下，則癡人前説夢矣。何之言曰：「作者須自創一堂室，自開一户牖。」信然，則韓起八代，謝語天拔，似於詩文另闢一堂户，而反謂古法亡於韓、謝，則又何也？故獻吉乘間即以「法」之一字攻之。然獻吉之所謂「法」者，尺寸方圓之規矩也。梓人作室，欂櫨榱題，雖準規矩，而締造既成，工拙不同，又非區區徒法之爲也。項籍喜兵法，略知其意；淵明讀書，不求甚解，寧必尺尺而寸寸之乎？總之，變化從心，言不盡意。何不能捨李之法，李亦喻何之筏。知其解者，横説豎説，無所不悦而已；不知者目以文人相輕，自古已然，則又何、李之所竊笑也。

北地之壘，公安之戈，其才學論斷，皆足以聳動天下之耳目，移易一時之好尚。王、李，奉北地者；鍾、譚，援公安者；雲間，嘘王、李者。溯其時能如高子業、皇甫昆季、湯義仍、徐文長輩，卓爾成家，矯矯不群，殆難其人。

六一每一詩文成，必録草粘齋壁上，數四旋繞諷詠，多所更定。客見之曰：「公才名冠代，當世孰敢議公文者，何自苦爲？」公笑曰：「今人不敢議，後世當有議吾文者。」又云：「吾三十年後，當無有傳誦吾文者。」蓋推子瞻也。其苦心虚懷如此。

韓退之《送李礎序》：「李生温然爲君子，有詩八百篇，傳詠於時。」又《盧尉墓誌》云：「君能爲詩，自少至老可録者，在紙千餘篇。無書不讀，然只用以資爲詩。」樂天作《元宗簡集序》云：「著古詩一百八十五，律詩五百有九。」至悼其死曰：「遺文三十軸，軸軸金玉聲。」世知其名者少矣，況於詩乎？乃知唐人詩湮没不傳者尚多也。

古人送别，若語不一，而意實相師。《衛風》「瞻望弗及，泣涕如雨」，《琴操》「手無斧柯，奈龜山何」，謝客「顧望脰未悁，河曲舟已隱」，岑參「橋回忽不見，征馬尚聞嘶」，東坡「登高回首坡隴隔，惟見烏帽出復没」，總是一意。猶有傷心者，隴西「長當從此别，且復立斯須」，屬國「生當復來歸，死當長相思」，延之「生爲久别離，没爲長不歸」，子美「明知是死别，且復哀其寒」，張籍「人當少年嫁，我當少年别」，亦一意也。

譚七言近體於今日，奇正濃澹，無所不可，第要情真筆老，一種神韻隱躍於五十六字之中，不問其爲初、盛、中、晚也。第最忌命一題，便有一套爛熟應付話頭，首尾勾稱，兩對軟美，令人乍讀聲口穩便，細看了無神氣，如泥木偶，如倚門伎，如廚傳筵食，如何樓古董，最可厭，最不可醫。

村留神遇魯班，深匿不出。問之，曰：「卿善圖物，吾不敢以貌露也。」海神見秦皇帝，曰：「吾貌醜，願帝勿圖我也。」今人好刊詩文露醜，其不爲海神、村留神笑者幾希。

嚴儀卿論詩，人所習解。其云：「雜唐人詩於古今人集中，望其題引而即知爲唐人，不必全讀詩。」此最妙論。李于鱗論詩，猖狂自喜。其云：「人困於其才之所不及，掉而之險；苦於其學之所不及，苟而之俚。」此語實有體認。鍾伯敬論詩，着而好盡。其云：「六朝纖靡已極，苟順手做去，而不爲砥柱，則填詞、雜劇，不在宋、元，必在唐人。」此最有見。俱表而出之。

嚴滄浪、胡元瑞談詩，皆稱詳達曲盡，陳大樽所云「如老樂工，精粗高下，皆傳弟子」是也，而當世不甚重之。歐陽永叔謂：「當時天下未有道韓文者，尹師魯、蘇子美、穆伯長、柳仲塗輩，皆於五代文體薄弱之時，力宗昌黎，天下文章，由是一變。」迄今惟知有永叔，師魯、伯長之徒，人無稱焉。宋人稱詩，前推蘇、黄，後推陳、陸，不及滄浪；明人好言北地、濟南，於元瑞不齒及，且重誚之，從可知矣。

詩有爲而作，自有所指，然不可拘於所指，要使人臨文而思，掩卷而嘆，恍然相遇於語言文字之外，是爲善作。讀詩自當尋作者所指，然不必拘某句是指某事，某句是指某物，當於斷續迷離之處而得其精神要妙，是爲善讀。

詩貴神似，形似末也。楊廷秀作《江西宗派詩序》云：「形然而已矣，高子勉不似二謝，二謝不似三洪，三洪不似徐師川，師川不似陳後山，而況似山谷乎？味然而已矣，酸鹹異和，山海異珍，而調腼之妙，出乎一手也。似與不似，求之可也，遺之亦可也。」宋人論詩，此最神解。試溯論之：《十九首》不似《三百》，曹、劉不似《十九首》，沈、謝不似曹、劉，李、杜不似沈、謝，況蘇、黄乎？要各有獨至之妙。又《騷》不似《詩》，賦不似《騷》，古體不似賦，今體不似古體，況辭曲乎？要實有同源之美。所謂二其形，一其味；二其味，一其法者也。東坡云：「作詩必此詩，定知非詩人。」徐熙畫花卉，意在不似，有高於似者，是謂神似。《詩》曰：「惟其有之，是以似之。」神似之謂也。

作詩有甫脱稿頗信爲然，而轉眼締觀，覺其不然。讀古人詩，有乍見爲佳，及展轉披玩，覺未愜人意；亦有乍見爲不佳，他日一再讀，翻覺大獲我心。此中境况淺深，非作者不能領會。

沙門稱詩者率工今體，大概不外江山、月露、草木、蟲鳥及偈禪語録字句而已。宋九僧詩最知名，伎倆亦不過此。當時有立禁體困之者，諸僧遂擱筆，不成一字。

明山人詩濫惡者多，即佳者身分亦薄。謝茂秦、盧次楩最稱作者。茂秦今體，節制精嚴中神采煥發，詞壇之李臨淮也；古體詩差遜次楩。而盧之今體，則遠不及謝。

規規摹倣古人而神氣不舒者，文通之《雜擬》也；格調遒逸而俗氣未除者，少陵之古詩也。此論爲今人説法，非敢妄議古人也。然今人可與言此者鮮矣！

韓、柳二家以詩論，韓具别才，柳却當家。韓之氣魄奇矯，柳不能爲；而雅淡幽峭，得騷人之致，則韓須讓柳一席也。

作詩須著身分語。所謂「身分」者，又非若七子之叫囂張大也。春容和雅中自見風裁，如尹之清風，黄之千頃；如穎之處囊中，鶴之在鷄群；如捉刀牀頭之知爲曹公，稠人廣坐之辨爲士龍：此詩品也。昔范榮期讀孫興公《天台賦》曰：「聲雖未叶宫商，然中有得意佳句，應是我輩人語。」此即身分是也。

詩家熟後求生，密後求疏，巧後求拙。蓋詩之熟者、密者、巧者終帶傖氣，非絶詣也。雖然，寧獨詩哉！

劉夢得評柳文「端而曼，苦而腴，佶然以生，癯然以清」，識者謂其已嚼出柳文佳處。予請移此語以評孟郊詩爲確。東坡不喜郊詩，比之「寒蟲夜號」，此語似過。蓋東坡逸才，彷彿太白，太白尚不知飯顆山頭之苦，而謂以文章爲樂事者，不厭此愁結肺腑之言哉！然「春風得意馬蹄疾，一日看盡長安花」，未始非快語也。

殷璠獨遺工部，昭明廣録平原，選家好自矜尚，從古已然。浸淫至今日，北地也，濟南也，公安也，竟陵也，雲間也，反唇操戈，出主入奴，風雅之道委地矣。

元人孟昉讀長吉《十二月詞》，檃括其語爲《天净沙》調十三章，音節和諧，甚見巧思。引云：「凡文章之有韵者，皆可歌也。第時有升降，言有雅俗，調有古今，聲有清濁。原其所自，無非發人心之和，非六德之外别有一律吕也。使今之曲歌於古，猶古之曲；古之詞歌於今，猶今之詞也。其所和人心者，奚今古之異哉？」濟南王象晉作《詩餘圖譜序》云：「元聲本之天地，至情發之人心，音韵合之宫商，格調協之運會。運會一流，音響隨易，何餘非詩？何唐、宋非周？」吴門周之璵年九十，工詩，有云：「詩也者，時也。《雅》、《頌》以還，漢、魏、六朝，三唐、兩宋，由元訖明，莫不有時焉。生今之時，而優孟建安，刻劃初、盛，拘於墟之見也。韓、柳起衰八代，杜、李振響六朝，厥功偉矣。而千載下讀其文，諷其詩，則韓、柳也，非賈、董也；杜、李也，非蘇、枚也。即其間有儼然賈、董、蘇、枚者，亦韓、柳之賈、董，杜、李之蘇、枚，炯炯不合也。即韓、柳、杜、李作者之心與手，亦不斤斤求合也。何也？時爲之也。今人好高是古，以護其短，動云《三百》後無詩，過矣！」

邢子愿云：「李于鱗初作詩，尚操齊音，以仄爲平，江左諸君有竊笑者。時方飲酒，即齧舌血滴杯中，吞之，曰：『後再犯此，當盡割吾舌。』自是一變，無復齟齬。」前輩刻苦若此，今之孟浪成句者，寧不愧此？

南北土音之訛不一。余見吴、越人作詩，如讀「靡」作「縻」，「顆」作「科」，「閩」作「閔」，平仄之失，雖名下不免。吾欲借于鱗舌血餘瀝，酹江左諸君，可乎？一笑。

論明人詩，正大和平，折衷風雅，無如陳卧子先生。觀其《答胡學博書》，略云：「萬曆之季，士大夫偷安逸樂，百事墜壞。而文人墨客所爲詩歌，非祖述《長慶》，以繩樞甕牖之談爲清真，則學步《香奩》，以殘膏剩粉之資爲芳澤。是舉天下之人，非迂朴如老儒，則嫵媚若婦人也。是以士風日靡，士志日陋，而文、武之業不顯。鍾、譚兩君者，少知掃除，極意空淡，似乎前二者之失可少去矣。然舉古人所爲温厚之旨，高亮之格，虚響沈實之分，珠聯璧合之體，感時託風之心，援古證今之法，皆棄不道，而又高自標置，以致海内不學之小生、遊閒之緇素，侈然皆自以爲能詩。何則？彼所爲詩既無本，詞又鮮據，可不學而然也。夫居縉紳之位而爲鄉鄙之音，立昌盛之朝而作衰颯之語，此《洪範》所爲言不從而可爲世運大憂者也。」蓋卧子當啓、禎之時，詩道陵夷已極，故推明正始，特表何、李、王、李諸君爲昭代眉目。至其論古詩，則議于鱗之專擬漢、魏，爲規模不廣。及自運，亦時倣温、李，極藻麗之致。且時際滄桑，所著《感事》、《秋懷》諸什，悲歌激烈，可泣鬼神。使不遂志早殁，文章能事，起衰八代，非公而誰？當時有謂雲間之才子如卧子者，予故愛其才情，美其聲律。惟其淵源流别，各有從來，予嘗面規之以錞于雲間後賢。噫！是豈知卧子者哉？

江右徐仲光芳云：「詩之道，以氣格爲上，而結構亦不可遂輕；以性情爲先，而聲響亦不可遂廢。

詞莫陋於縟贅，而徑率之句亦不可謂之自然；境莫妙於目前，而凡俚之言亦不可名爲真至。韵而不靡，朴而不麄，淡而不枯，工而不詭。使事而不流於雜，談理而不墜於腐，模古而不傷於痕，蹈空而不病於鑿。」亦作家之言也。石倉所謂「此道之難，難如登天」。

江右陳少遊孝逸云：「狹邪佳麗學度曲，年十七八時專心求益，雖嬌澀未成音律，却更多姿。而老大不嫁者，久擅歌場，見人非己法，即謂不合，雖古調逼真，其如面目可憎何哉！今之名士，愎陋不學，半壞於趨競，半棄於自是。幽、燕老將，殊非氣韵沉雄；至冷落門前，且并琵琶舊曲亦忘之矣。」此語説得名宿心死面灰，爲之絶倒。

論詩者謂初、盛、中、晚之目始於嚴滄浪，而成於高廷禮，承譌踵謬，三百年於兹，則大不然。夫初、盛、中、晚之詩具在，格調聲響，千萬人亦見，胡可溷也？又謂燕公、曲江亦初亦盛，孟浩然、王維亦盛亦初，錢起、皇甫冉亦中亦盛，如此論人論世，誰不知之？夫所謂初、盛、中、晚者，亦不過謂其篇什格調中同者十八，不同者十二，大概言之而已，非真有鴻溝之畫，改元之號也。學者謂有初、盛、中、晚之分，而過爲低昂焉，不可也。如謂無低昂而并無初、盛、中、晚之名焉，可乎哉？自前人爲此言，周元亮復廣而伸之，甚哉其勢利之見也！

晚唐之馬戴，盛唐之摩詰也；晚唐之曹鄴，中唐之孟郊也。逸情促節，似無時代之別。

宋荔裳云：「取古人之詩，研極於《風》、《雅》之變，别其體製，究其指歸，孰簡而該，孰麗而則，孰婉而多風，孰華而不靡，孰閎深而浩瀚，孰要渺而超忽，泳之游之，飲食而寤寐之，不越期年，必大有異。」此作家體驗之言也。

詩不難於成而難於妙，不難於麗而難於古，不難於古而難於秀。

暇日嘗與客論樂府。客曰：「樂府長短言不一，章無定句，句無定字，可任意而爲之歟？」予曰：「是何言之易，而規規字句之間也。請悉言之，可乎？昔者后夔典樂，曰：『詩言志，歌永言，聲依永，律和聲。』子曰：『吾自衛反魯，然後樂正，《雅》、《頌》各得其所。』《頌》奏於廟，《雅》賡於朝，太史採《風》獻於王，王命被之管絃，是詩與樂合，所由來矣。周東《詩》亡，《樂經》散失。漢孝武創爲樂府，命官掌之，於是始有《郊祀》、《房中》、《鐃歌》、《横吹》諸曲，燕享、軍興兼用。一時興懷感觸，上好下甚，凡街陌謳謡，節奏鏗鏘，皆中宫羽焉。至如七言《柏梁》體，蘇、李、《十九首》等篇，或名爲古詩，古詩與樂府判然分矣。顧六代依倣，皆有樂府，文詞不刊，而節拍高下，律吕短長，自非專家，鮮合劃度。馬貴與所謂『義布方册，聲久易湮』。朱晦翁亦云：『聲音道微，不可得而傳也。』故崔豹、吴競之徒以事解目，以義説名。樂府之行於世者，或就題賦形，或斷題取義，或與題渺不相涉而各出臆解，或另造新題而點綴今事，種種不一，然猶未變其調也。至唐虞世南《從軍行》、高適《飛龍曲》，五言排也；楊炯《梅花落》、盧照鄰《隴頭水》，五言律也；沈佺期『盧家少婦』、王摩詰『居延城外』，七言律也，如此者不可悉數。是樂府也，直詩之而已，豈非詩與樂府分而仍合之驗與？高廷禮《品彙》於樂府不另標目，概附之古今體詩，豈無見哉！要之，漢、唐迄今，幾二千年，樂府與詩，其分也以聲而分，其合也以義而合，分合盛衰之際，正變源委具在。非深心此道者，鮮可與微言也。」

樂府，漢、魏以質勝，齊、梁以文勝，王仲初句質而實巧，李長吉文奇而調合，皆樂府妙手也。李于鱗點竄字句，以近而失之。李西涯讀史作樂府，倣退之《十操》體，不知者以爲創調耳。漢《郊祀》詞幽音峻旨，典奥絕倫，體裁實本《離騷》。愚意郊天饗帝非《招魂》比，如《練時日》、《赤蛟》等篇，雖極奇特，未免失體。故傅玄所作晉《郊祀》詞，一本《雅》、《頌》，然字句太襲，略無意義。惟顔延之《夕牲》、《迎送神》等作，新練矜貴，最稱古則。昭明獨登《文選》，鑒别精卓，良不虚也。

曹能始云：「李于鱗樂府，自謂『擬議以成其變化』。今觀其樂府，點竄古人一二字而已，未見其所謂『變化』者。」又云：「竟陵清刻而有痕。論詩與論史不同，論史貴直捷痛快，抉剔無餘；論詩貴含蓄不盡，往往言外見意。《詩歸》之選，未必和盤托出。」能始之言如此，知於此道經營心苦矣。

張文昌樂府擅場，然有不滿者。如《節婦吟》云：「君知妾有夫，贈妾雙明珠。感君纏綿意，繫在紅羅襦。」又云：「還君明珠雙淚垂，何不相逢未嫁時。」此婦人口中如此，雖未嫁，嫁過畢矣。或云文昌却鄆帥李師古之聘，有托云然。但勝理之詞，不可訓也。楊廉夫辭明祖之徵，賦《老客婦行》以見志云：「少年嫁夫甚分明，夫死獨存舊箕帚。」得之矣。楊廉夫樂府小詩、竹枝、宫詞，無一篇不佳，直掩前古。

古樂府：「愛惜加窮袴，防閑托守宫。今日牛羊上丘隴，當年近前面發紅。」乍讀忽忽，三復而思，愀然太息曰：「此樊通德之所以擁髻而泣也。加以窮袴，托之守宫，當年之愛惜防閑，雖貯金屋、鎖銅臺，不啻過也。豈料今日之牛羊上丘隴乎？然玉體青苔，蛾眉秋草，人事變化之常，自道眼觀之，庸足異耶？」

《古豔歌》：「今日天上樂，相從步雲衢。天公出美酒，河伯出鯉魚。青龍前鋪席，白虎持榼壺。南斗工鼓瑟，北斗工笙竽。嫦娥垂明璫，織女奉瑛琚。蒼霞揚東謳，清風流西歈。垂露成帷幄，奔星扶輪輿。」讀者不過謂放言自恣，如後人《迎仙曲》、《上雲樂》，李賀、盧仝輩口角而已。然自達者觀之，此樂不問古今，不別賢愚，人人有之，時時有之。東坡所謂「取之無禁，用之不竭，山間之清風，江上之明月」也。

平子《同聲歌》「解衣巾粉御，列圖陳枕張。素女爲我師，儀態盈萬方。衆夫所罕見，天老教軒黄。樂莫樂斯夜，没齒安可忘」等語，蕩精摇思極矣，然却寫得如許古雅。此漢人樂府身分處，非齊、梁豔手可望。

魏武樂府質而古，去西京不遠；子桓婉而文，似兆晉、宋之風；思王宏中肆外，質有其文，真古詩耳：此三曹之辨也。

古樂府《西州曲》，唐人李端《古别離》格調祖之，而語意尤妙。坊刊多摘截不全。偶覓一善本，備載首尾，特爲録出，與識者共賞之：「水國葉黄時，洞庭霜落夜。行舟聞商賈，宿在楓林下。此地送君還，茫茫似夢間。後期知幾日，前路轉多艱。巫峽通湘浦，迢迢隔雲雨。天晴見海檣，月落聞鐘鼓。人老自多愁，水深難急流。清宵歌一曲，白首對汀洲。」「與君桂陽别，令君岳陽待。後事忽差池，前期日空在。木落雁嗷嗷，洞庭波浪高。遠山雲似蓋，極浦樹如毫。朝發能幾里，暮來風又起。如何兩處愁，皆在孤舟裏。昨夜天月明，長川寒且清。菊花開欲盡，薺菜夜來生。下江帆勢速，五兩遥相逐。欲問去時人，知投何處宿？空令猿嘯時，泣對湘潭竹。」

晏子論樂曰：「一氣、二體、三類、四物、五聲、六律、七言、八風、九歌，以相成也；清濁、小大、短長、疾徐、哀樂、剛柔、遲速、高下、出入、周疏，以相濟也。」聲音之道微如此。

古謡云：「城中好高髻，四方高一尺。城中好廣眉，四方廣半額。城中好長袖，四方全疋帛。」曹鄴倣之云：「天子好征戰，百姓不種桑。天子好年少，無人薦馮唐。天子好美女，夫婦不成雙。」合讀之，覺古語欲笑，曹語欲哭矣。上好下甚如此。

沈東陽樂府，結撰紆鬱，隱而彌耀，密而見理。如「局途頓遠策，留懽恨奔箭。拊戚狀驚瀾，循休擬回電」、「往懽追壯心，來戚滿衰志。殂芳無再馥，淪灰豈遂熾」等語，却與大謝齊鑣，平原嗣響。

漢、魏樂府有闕訛處、奇特處，然奇特不礙其闕訛也；六朝樂府有新拔處、靡拙處，然新拔不憾其靡拙也。讀者分別觀之，自領其妙。

蕭齊高帝《塞客吟》，沉思逸構，不減魏武。嘗感澤中鶴，詠云：「八風儛游翮，九野弄清音。一把雲間志，爲君苑中禽。」志意如此，寧肯爲人下哉？南唐徐知誥，少養楊行密家，詠燈云：「主人若也勤挑撥，敢向樽前不盡心。」語雖近俚，而其不凡亦可見矣。

《扶風歌》：「維昔李徵期，寄在匈奴庭。忠信反獲罪，漢武不見明。」劉琨此語，足爲李陵、司馬遷吐氣，較桓伊之曲，尤見悲忼。

魏武《薤露》，哀公侯也，故云「沐猴而冠帶」，「已亦先受殃」；《蒿里》，哀生民也，故云「白骨露於野」，「萬姓以死亡」。亂世楚酸之音，真不堪讀。

清廟之瑟，朱絃洞越，一唱三嘆，有遺音矣，其《十九首》之謂與？子建極力摹擬，醞釀風華，而氣象高深有間。阮、陶二公，抗跡塵寰，神致沖澹，妙寄筆墨之外。學者無此種襟抱，傚之未免易人心手，尋常者藏拙耳。故潘、陸、顔、謝出，躭思結響，矜飭爲工。譬之好女脩容，非靚粧不出也。

玄暉、明遠，骨氣秀勁，最稱逸才。今綈觀其集中，規摹太康、元嘉者什三，開先初、盛者什七，風氣之兆，若有神然。此古詩之源流，不可不知也。

《十九首》：「《晨風》懷苦心，《蟋蟀》傷局促」，指《秦》、《魏》二風詩也。《晨風》語多憂思，故曰「懷苦心」；《蟋蟀》語多儉陋，故曰「傷局促」。吾友吴冉渠曾亦言及，其義甚明。《詩歸》評：「『苦心』、『局促』着『晨風』、『蟋蟀』上，謬甚。」竟認似羅隱「芙蓉抵死怨珠露，蟋蟀苦口嫌金波」矣〔一〕，豈不夢見？

【校勘記】

〔一〕「蟋蟀」，原文脱漏，據羅隱《官池秋夕》補。

李于鱗謂「唐無五言古」，胡元瑞服其確論，鍾伯敬極詆孟浪。余詳考唐詩，如宋之問、徐彦伯《入崖口五渡》倡和，柳子厚《湘口》、《登蒲州》諸作，皆刻意三謝，古則可誦，不入唐調者，未可謂「唐無五言古」也。若漢、魏則絶響矣。

六朝俳偶，始於士衡。以靈運之才，體裁不免，風氣所趨固然。大謝整處倣陸，逸處本陶，而靈秀天拔，則擅兩家之長。

潘安仁《代賈謐贈士衡》詩，前輩有謂其「發端四韵，源流太遠」者，殆非也。潘意鋪揚晉得天統，歷叙皇王，以詆吳國之僭耳。然溯羲、軒迄周、漢，反遺却唐、虞，立言殊不知務。且發端二十餘句，如「二儀」、「八象」、「九有」、「六國」、「四隅」、「三雄」等語，堆叠滿紙可厭，遠不及陸之報章典縟多風，琅琅可誦也。即此見潘、陸優劣耳。陸詩云「迭毁迭興」，「崇替有徵」；又云「改物承天」，「吳亦龍飛」，隱然見從古廢興無常，不特亡吳爲然，意實言表。後宋文信公之對元帥，似亦本此。夫亡國之大夫，結褵之嫠婦也。與息嬀而譏息君之無良，對甄后而語袁氏之不淑，可乎？昔盧志謂機曰：「陸遜、陸抗，於君遠近何如？」機曰：「如君之於盧毓、盧珽。」志大恚恨。蓋子前名父，臣前訴君，少有肺腸，孰能堪此！今潘之詩猶盧志也，爲士衡者，詞雖辨而心良苦矣。

叔夜《幽憤》：「采薇山阿，散髮巖岫。永嘯長吟，頤性養壽。」靈運《臨終》：「送心正覺前，新痛久已忍。唯願乘來生，怨親同心朕。」二公當絶命之辰，神沖氣定。世傳嵇生鼓瑟形解，謝公慧業生天，端不誣也。

士衡獨步江東，《入洛》、《於承明》等作，怨思苦語，聲淚迸落。至讀其樂府，於逐臣棄友、禍福倚伏、休咎相乘之故，反覆三嘆，詳哉言之。宜其憂讒畏譏，奉身引退，不圖有覆巢之痛也。秋風蓴鱠，華亭鶴唳，可同日語哉？韓非《説難》而不免於難，叔夜《養生》而竟戕其生，自古文人，智不逮言。吾於平原，有餘恫焉。

劉越石豪傑之士，《扶風歌》慨慷不拘，誦之，紙上英氣拂拂，當與魏武「對酒」並讀。「獲麟」句複得無理，要不當以此疵之。李卓吾之言，非知詩者。

郭景純，仙人也。《遊仙詩》鋪陳瑰異，如數家珍，實有冥契，非關寄託。

康樂「池塘生春草，園柳變鳴禽」，亦一時意興妙語耳，乃自謂有神助；文暢「亭臯木葉下，隴首秋雲飛」，未嘗費造作，而王融賞心，書之齋壁。豈非以其雕飾者易工，而天然者罕覯耶？

謝玄暉集佳句不一，如「日出衆鳥散，山暝孤猿吟。已有池上酌，復此風中琴」、「興以暮秋月，清霜落素枝」、「連陰盛農節，臺笠聚東菑。高閣常晝掩，荒堦少諍詞」、「切切陰風暮，桑柘起寒煙」、「寒城一以眺，平楚正蒼然」，皆陶句也；「疲驂良易返，恩波不可越。誰慕臨淄鼎，常希茂陵渴」、「既秉丹石心，寧流素絲涕」、「托養因支離，乘閒遂疲蹇」、「防口猶寬政，餐荼更如薺」、「假遇非將迎，靖共延殊慶」，皆大謝語也；「魚戲新荷動，鳥散餘花落」、「寒草分花映，戲鮪乘空移」、「田鵠遠相叫，沙鴇争渡飛」、「風碎池中荷，霜剪江南渌」、「竹樹澄遠陰，雲霞成異色」、「花叢亂數蝶，風簾入雙燕」、「紅蓮搖弱荇，丹藤繞新竹」、「青蛉草際飛，遊蜂花上食」，皆中、晚人妙諦也；至其「大江流日夜，客心悲未央」、「風雲有鳥道，江漢限無梁」、「春草秋更緑，公子未西歸」、「天際識歸舟，雲中辨江樹」、「餘霞散成綺，澄江浄如練」、「風動萬年枝，日華承露掌」、「朔風吹飛雨，蕭條江上來」，此等高秀絶塵，直開三唐諸公妙境，不可思議，宜太白之臨風以爲「驚人」也。

古今詩人以變調能工者，惟顔延之、謝朓、王維、杜甫而已。顔擅雕鏤，而《秋胡行》、《五君詠》，不減芙蕖出水；謝公秀句，已肇唐風，而《出尚書省》、《登孫權故城》、《八公山》等篇，依然元嘉體裁；摩詰高逸，至誦其應制、應教諸作，儼造五鳳鉅手；子美雄渾悲壯，直壓百代，而放翁、海叟偏宗其蕭散不羈之筆。落落名家，四公外不多見也。

太沖《詠史》：「臨組不肯緤，對珪寧肯分。」全用大謝《述祖德》詩語。至「功成不受賞，高節卓不群」，與謝「惠物辭所賞，勵志故絶人」同意，而造語深淺迥别。

東陽「春光發隴首，秋風生桂枝」，吴興「亭皋木葉下，隴首秋雲飛」本之；子山「路高山底樹，雲低馬上人」，太白「山從人面起，雲傍馬頭生」本之；總持「叢花曙後發，一鳥霧中來」，延清「野花叢發好，澗鳥一聲幽」本之；玄暉「青蛉草際飛，遊蜂花上食」，子美「仰蜂沾落絮，行蟻上枯梨」本之。後人踵事增華，真有洌冰勝藍之妙。至醴陵之「寒郊無留影，秋日懸清光」、「日落長沙渚，層陰萬里生」，開府之「流水桃花色，春洲杜若香」、「落日含山色，歸雲帶雨餘」，江令君之「漢曲天榆冷，河邊月桂秋」、「斷山時結霧，平海若無流」，張散騎之「霞明黄鵠路，風爽白雲天」、「朔氣凌疏木，江風送上潮」，此等皆六朝人出色句，恐盛唐諸公亦不易彷彿也。

何仲言體物寫景，造微入妙，佳句實開唐人三昧。如「少壯輕年月，遲暮惜光輝」、「遠江飄素沫，高山鬱翠微」、「岸薺生寒葉，村梅落早花。遊魚上急水，獨鳥赴行楂」、「石蒲生促節，巖樹落高花」、

「月映九微火，風吹百和香」、「清池映疏竹，飛蝶弄晚花」、「天邊看遠樹，水底見行雲」、「霧夕蓮出水，霞輕日照梁」、「浪白風初起，江暗雨欲來」、「露濕寒堤草，月映清淮流」、「曉燈暗離室，夜雨滴空階」、「疏樹翻高葉，寒流聚細紋」、「蛺蝶縈空戲」、「水影漾長橋」，皆妙句也。世徒稱其「枝横却月觀，花繞鳳凰臺」，何耶？魯直云：「比來工五字，句法妙何遜。」不虛也。

士衡「服美改聲聽，居愉遺舊情」，諷刺輕薄語説得如許藴藉，視唐薛據「俗流實驕矜，得志輕草萊」，語真膚淺不堪矣。

陸士衡《文賦》，士龍嘗病其多綺語，士衡深服其確識；自後詩文成，必示士龍定之。沈休文製《郊居賦》，未脱稿，要王元禮示之，元禮讀至「雌霓連卷」，及至「䟶石墜星」，「冰懸埳而帶坻」，皆擊節稱賞。休文曰：「知音者稀，真賞殆絶，所以相要，正在此數句耳。」予每閱此，深羡其哲昆良友，文章知己，一時樂事，不至「後世誰定吾文」之嘆。

蘇、李《録别詩》，或云已作，或云擬作。今不必深辯，總是叙述兩人同在塞外時，武奉詔還闕，陵留滯北庭，臨歧握别，真有難爲情者。《選》注云：「武將使塞外，陵贈此詩。」復因「結髮爲夫妻」句，便云「武臨使時别妻作」，恐非是。何以明之？李云「欲因晨風發，送子以賤軀」，明是自傷其屈辱殘軀，不得與武同歸也；至「攜手上河梁，遊子暮何之」，益見其無所歸之悲。武答云「行役在戰場，相見未有期」，把「行役」二字替出敗降，「戰場」二字替出北庭，何等妙於立言；其云「結髮」、「恩愛」等語，乃風人比興之詞耳。此詩入低手，於李便説許多憤鬱語，於蘇便多一番慰藉語。今李曰「努力崇明德，皓首以爲期」，蘇曰「願君崇令德，隨時愛景光」，其温容不逼，交相勸勉，雖古《三百》何以加焉！

鮑明遠「五馬相餞送，高才集新豐。九族共瞻遲，賓友仰徽容」，「富貴他人合」也；左太沖「主父宦不達，骨肉還相薄。買臣困樵採，伉儷不安宅」，「貧賤親戚離」也：世情的的，如此怕人。

鮑明遠云：「十載學無就，善宦一朝通。」客難曰：「《書》云：『學古入官。』《孟子》亦云：『幼學壯行。』不學而善宦，有諸？」僕曰：「是何言之固也？子不聞司馬季主之言乎：『初試官時，卑疵而前，孅趨而行，相引以勢，相争以利，倍力爲巧詐，飾虚功，執空文，以求便勢尊位。』若此者，所謂善宦也。屈子云：『予固知蹇蹇之爲患兮。』『余不忍爲此態也。』駱丞云：『誰惜長沙傅，空負洛陽才。』『三冬自矜誠足用，十年不調幾邅迴。』高才無貴仕，自古以爲嘆也。」

「枚皐文章敏疾，長卿著作淹遲，皆擅一時之譽。而長卿首尾温麗，枚皐時有累句，故知疾行者無善跡也。」今人無七步、八叉之神，觸事感賦，咄嗟而就，反誚嘔血撚鬚之癡，則吾不知之矣。

陸厥「安陵泣前魚」，泣魚乃龍陽君事，誤用安陵；老杜「胡騎中宵堪北走」，劉琨吹笳，胡騎散去，非笛也；子瞻「懷慎蒸胡蘆」，蒸胡蘆是鄭餘慶事，非懷慎也。詩家借用，如此類甚多，要不礙其爲大家，第學者不可藉口。

《唐風》「子有酒食，何不日鼓瑟？宛其死矣，他人入室」、魏武「對酒當歌，人壽幾何？譬如朝露，去日苦多」、子桓「人生如寄，多憂何爲？今我不樂，日月如馳」、陸機「人壽幾何？逝如朝霜。時不重至，華不再揚」、嗣宗「丘墓蔽山岡，萬代同一悲。千秋萬歲後，榮名安所之」、《十九首》「松柏摧爲薪，古墓犁爲田。白楊起悲風，蕭蕭愁殺人」、子建「驚風飄白日，光景馳西流。生存華屋處，零落歸山丘」、太白「功名富貴若長在，漢水亦應西北流」、子美「卧龍躍馬終黄土，人事音書漫寂寥」、魯直「賢愚千載知誰是，滿眼蓬蒿共一丘」等語，雖是口頭慣熟，然鐘鳴酒醒之餘，每一念過，未嘗不泣數行下也。

登臨懷古詩，作五言古最易浸淫時調。漢、魏無此等題，詩亦不傳。三謝中如《登孫權故城》、《八公山》、《張子房》、《過廬陵王墓》諸作，音調古則，絶可誦法，不流唐響。

陶公云：「被褐忻自得，屢空常晏如。」未免貧賤驕語耳。白少傅爲王涯所譏，貶江州司馬，得免甘露之禍，賦詩云：「當君白首同歸日，是我青山獨往時。」升沉禍福，死生倚伏，念此大爲寒心，寧特富貴浮雲哉！

康樂造句雋拔，而時出經語、道學語。如「解作竟何感，升長皆豐容」、「溶至宜便習，兼山貴止託」、「雖抱《中孚》爻，終慚貝錦詩」，皆經語也；如「沉冥豈别理，守道自不攜」、「慮澹物自輕，意愜理無違」、「矜名道不足，適己物可忽」、「事爲名教用，道以神理超」、「淄磷謝清曠，疲薾慚貞堅」、「戰勝癯者肥，止鑒流歸停」、「得性非外求，自已爲誰纂」、「感往慮有復，理來情無存」，皆道學語也。諸如此類，人多怪爲創調，不知其源出《國風》。《燕燕》云：「仲氏任只，其心塞淵。終温且惠，淑慎其身。」《雄雉》云：「百爾君子，不知德行。不忮不求，何用不臧？」女子送人、感懷，援燕飛雉羽起興，觸物流連，極風人之致矣；而卒章忽作「塞淵」、「温惠」、「德行」、「忮求」等語，其於持躬善世之道，亹亹言之，何等學問，是豈尋常閨閫口角哉！故知真道學人即真風雅人也。婦人女子且然，於康樂又何疑焉？

古詞「今日牛羊上丘塚，當年近前面發紅」、崔惠「眼看春色如流水，今日殘花昨日開」、李益「昔人未爲泉下客，行到此中亦斷腸」，從花殘溯花開，從死後溯生前，語意並倒，更見悲切。

嘗想左太沖「振衣千仞岡，濯足萬里流」二語，欲作數語點綴實景不得。及讀坡老《武昌西山》詩云：「中原北望渺何許，但見落日低黄埃。歸來解劍亭前路，蒼崖半入雲濤堆。」想見左語在阿堵中之妙。

鮑明遠詩靈心慧舌，不可殫指。如「萬曲不關情，一曲動情多。欲知情厚薄，更聽此聲過」、「食梅常苦酸，衣葛常苦寒。絲竹徒滿耳，憂人不解顔」、「直如朱絲繩，清如玉壺冰。何慚疇昔意，猜恨坐相仍」、「傷禽惡弦驚，倦容惡離聲。離聲斷客情，賓御皆涕零」，此五言之妙也；「春燕差池風散梅，開帷對影弄春爵」、「朱門九重門九關，願逐明月入君懷」、「瀉水置平地，各自東西南北流。人生亦有命，安能行嘆復坐愁」，皆七言之妙也。其寫情寫景，無限悲婉，「俊逸鮑參軍」，有以也。至其質而帶詼，直而轉趣，則如「今朝臨水拔已盡，明日對鏡還復盈」、「不見亡靈蒙享祀，何時傾杯竭壺罍」、「結髮與我言，死生好惡不相置。今朝見我顔色改，意中索寞與先異」，讀之令人失笑，覺「俊逸」二字復不足以盡之。鍾嶸謂其「貴尚巧似，不避危仄，頗傷清雅之調」，豈知明遠者哉？

康樂「隈隩逕峴，厲急陵緬。逕復迴轉，沉深清淺」，四句八用複字；太沖「峭蒨菁蔥間」，一句四用複字；安仁「周遑忡驚惕」，一句五用複字，皆不礙其佳處，又何疑少陵之「艱難苦恨」耶？

温子昇作《韓陵山寺碑》，庾子山讀而寫其本。南人問信曰：「北方文士何如？」信曰：「唯有韓陵一片石堪共語耳。」吴明卿云：「安得一片韓陵石，爲汝重題處士墳。」曹能始云：「只有石堪語，何妨鹿與群。」俱本庾也。

楊用修云：「何遜與范雲聯句：『洛陽城東西，却作經年别。昔去雪如花，今來花似雪。』李商隱《送王校書分司》詩云：『多少分曹掌秘文，洛陽花雪夢隨君。定知何遜緣聯句，每到城東憶范雲。』又一絶云：『不妨何范盡名家，未解當年重物華。遠把龍山千里雪，將來擬並洛陽花。』二詩皆用此事，若不究其源，不知爲何説也。」升庵此等發明，最是有功後學。

邢子才常云：「沈東陽文章，用事不使人覺，若出胸臆，深以此服之。」此語最有會。梁王筠好弄葫盧，每吟詠則注水於葫盧，傾已復注，若擲之於地，則詩成矣。如此風致，較王勃臨文搆思，卧榻以被蒙頭；薛道衡閉窗獨坐，怒窗外人行，不特苦樂不同，而雅傖亦迥别矣。

簡文帝《寒食》詩云：「雪花無有蔕，冰鏡不安臺。」又《詠月》云：「飛輪了無轍，明鏡不安臺。」後人以爲「無蔕」者，是無帝也；「不安臺」者，是臺城不安也；「輪無轍」者，以邵陵名綸，空有赴援名也。《隋書·五行志》載：「陳時，江南盛歌《桃葉詞》云：『桃葉復桃葉，渡江不用楫。但渡無所苦，我自來迎接。』後隋晉王廣伐陳，置將桃葉山下。及韓擒虎渡江，大將任蠻奴至新亭，以導北軍之應。」以今觀之，簡文之詩，讖然耳；《桃葉》一婢子之詞，陳國敗亡應之，何耶？

顔延之《五君詠》，蓋忿其出守永嘉，托以自寓也。詞旨矜練，千載絶調。元魏時有常景者，自傷淹滯，以司馬相如、王褒、嚴君平、楊子雲四賢皆有高才而無重位，乃托意讚之。讚相如云：「長卿有豔才，直致不群性。鬱若春煙舉，皎如秋月映。遊梁雖好仁，仕漢常稱病。清貞非我事，窮達委天命。」讚褒云：「王子挺秀質，逸氣干青雲。明珠既絶俗，白鵠信驚群。才世苟不合，遇合塗自分。空枉碧鷄命，徒獻金馬文。」讚君平云：「嚴君體沉静，立志明霜雪。味道綜微言，端蓍演妙説。才屈羅仲口，位結李强舌。素尚邁金貞，清標凌玉徹。」讚子雲云：「蜀江導清流，楊子挹餘休。含光絶後彦，覃思邈前修。世輕久不賞，玄談物無求。當塗謝權寵，置酒獨閒遊。」亦可稱彷彿光禄。人知顔，鮮有知常者，爲録之。

鍾仲偉評沈約詩云：「休文衆製，五言最佳。值永明中，時謝朓未遒，江淹才盡，范雲名級又微，遂稱獨步。故當詞密於范，意淺於江。」此約實録定評也。史以嶸嘗求譽於約，約拒之，及約卒，以此語報宿憾，未免以私意没其公論。

北齊釋子寶月有《行路難》詩，乃東陽柴廓所作。寶月常憩其家，會廓亡，因竊有之。廓子賫手本出都，欲訟其事，乃厚賂止之。此事可入《笑林》。予因謂子玄篡向秀之書，延清攘希夷之句，身列儒林，事同盜竊，若剃僧犯盜，律加一等，爲之捧腹。

劉宋時，北平郗紹作《晉中興紀》，以示何法盛。法盛極讚其美，謂紹曰：「卿名位貴達，不復須此延譽，如袁宏、干寶之徒，賴有著述傳聲耳。我寒士無聞，願以爲惠。」紹不與。書成，法盛詣紹，適紹不在，徑竊書去。紹無兼本，遂行何書。予謂何法盛嗤呆可笑，然丐而不與乃竊之，較寶月減等論，可乎？

陸機「焉得忘歸草，言樹背與襟」，增换《毛詩》字義最妙。蓋機自入洛後，思歸憂切，托於忘歸，正其憂之至也；背後襟前，言不特樹之後，并樹之前，益見其憂之甚耳。陸詩深妙如此，焦弱侯謂陸「忘歸」誤，「背」之亦誤，可爲一笑。

微之評杜：「詞氣豪邁而風調精深，屬對律切而脱棄凡近。」卓哉言乎！能豪邁而不能精深者，宋詩也；切對律而未免凡近者，元、明詩也。微之評杜詩而早及後世學杜詩者，不謂之「才子」，不可得也。

子美絶句古質理趣，最得樂府遺意。楊用修謂其「無所解」，則吾不知矣。

老杜《百舌》詩：「過時如發口，君側有讒人。」按汲冢《周書》：「芒種後十日，反舌無聲，過時而鳴，主有讒人在君側。」昔人已知之。「發口」二字，或疑無據。《戰國策》：「張儀詐許楚地六百里，陳軫欲諫，楚王曰：『願陳子閉口勿言。』及不與地，楚王怒，陳軫曰：『軫可發口乎？』」「發口」本此，《千家註》所無也。

杜「重碧拈春酒，輕紅擘荔枝」，「拈」字亦新，唐人多用之。元稹《元日》詩「笑看稚子先拈酒」、白樂天詩「歲酒先拈辭不得」、杜又云「醉客拈鸚鵡」是也。

杜《江邊星月》詩：「歷歷竟誰種，悠悠何處圓？」明是引用古詩「歷歷種白榆」與沈約《詠月》「清光信悠悠」句。「悠悠」，月光也；「白榆」，星也，援據甚確。或有謂賦雜他語，如何見是星月，謬矣！即杜亦有「悠悠照邊塞」句，則劉會孟之謬益見。〔一〕

【校勘記】

〔一〕「即杜亦有」兩句，原誤置下一條之末，據文意移正。

卞圜杜本「留歡上夜關」，非「卜夜闌」；「把君詩過日」，非「詩過目」；「愁對寒雲白滿山」，非「雪滿山」；「曾閃朱旗北斗殷」，非「北斗閑」。宋子京家抄杜本「握節漢臣歸」，乃是「秃節」；「新炊間黄粱」，乃是「聞黄粱」，皆確不可易。

杜「古者三皇前，滿腹志願畢。胡爲有結繩，陷此膠與漆？禍基燧人氏，厲階董狐筆。君看燈燭張，反使飛蛾密」，又「古者葛天民，不貽黄屋憂。至今嵇阮輩，熟醉爲身謀」，又「王侯與螻蟻，同盡隨丘墟。願聞第一義，回向心地初」，一部《南華》妙諦，不意於聲韵之文見之，子美豈直詩人耶！

杜「星隨平野闊，月湧大江流」，又「野流行地日，江入度山雲」，説得江山氣魄與日月争光，罕有及者。劉隨州「叠浪浮元氣，中流没太陽」、竇叔向「日御高浪出，天入四空無」、李義山「池光不受月，江氣欲沉山」，差足頡頏。

老杜「水落魚龍夜，山空鳥鼠秋」，即岑參「魚龍川北磐溪雨，鳥鼠山西洮水雲」。「魚龍」、「鳥鼠」皆地名，解「魚龍」以秋爲夜者，鑿矣。此與「無風雲出塞，不夜月臨關」同解。子瞻「瓦屋寒堆春雪後，峨眉翠掃雨餘天」亦倣此，皆借地名以起義也。

子美《與鮮于仲通》詩云：「侯伯知何算，文章實致身。」言致身不自文章，雖貴如侯伯，何足算也。

語微恨而帶詼。若「奸雄惡少封公侯」，則怒駡矣。

陳仲醇云：「五十方能讀杜詩。」蓋謂其閲世深，聞見廣，始能領略要妙也。予謂學者早年讀杜，未能遽悉高深，必馳騖衆家之奇者、麗者、澹者、逸者、奔者、峭者，領新標異，自號名流；及至五十，菁華刊落，筆墨銷歸，繙杜集一再讀，而覺向之所謂奇者、麗者、澹者、逸者、奔者、峭者，不過有杜之一體，至其包括衆妙，波瀾獨老，真覺人所不能爲而爲之者也。王臨川云：「世之學者至乎甫，而後爲詩不能至，要之不知詩焉爾。」誠哉是言也！

曹能始入蜀以後詩，才力漸放，應酬日煩，率易頗多，都無持擇，失其少年面目。及觀能始詩云：「予選明詩嘉靖中，匏庵唱和石田翁。論晴較雨當家話，食葉成文道者風。」則能始之所持可知矣。大抵名士耄年，不耐應接，不暇雕刻，精神有限，率爾泛應，故香山、放翁動爲老人藉口，即獻吉、元美諸公，桑榆類然。予固不能獨爲能始解嘲。然細玩少陵夔府、秦州諸詩，皆非少年之作，而凌雲掣海，擲地金聲，略無一毫頹放習氣。其自道云「晚節漸於詩律細」，「語不驚人死不休」；稱人云「庾信文章老更成」，「暮年詩賦動江關」，洵千古宗匠也。

予欲合子美、子瞻七言古體，梓爲一集。蓋此體中之神通廣大，無如二公，杜奇而壯，蘇奇而秀，千古雙絶。袁石公《讀少陵集》云：「僅有蘇玉局，異代足相配。」知言哉！今爲摘其佳句相頡頏者於左方。

少陵「詞源倒流三峽水，筆陣獨掃千人軍」、「三更笛裏《關山月》，萬國兵前草木風」，此壯語也；

東坡「鵾鵬擊水三千里，組練長驅十萬夫」、「令嚴鐘鼓三更月，野宿貔貅萬灶煙」，足稱勁敵。然此人所易知者，至杜云「白摧朽骨龍虎死，黑入太陰雷雨垂」、「子規夜啼山竹裂，王母晝下雲旂翻」，語以奇勝而帶幽；蘇云「江雲有態清自媚，竹露無聲浩如瀉」、「微風萬頃靴紋細，斷霞半空魚尾赤」，語以幽勝而實奇。不相襲而相當，二公之謂歟？

少陵詠馬及題畫馬諸詩，寫生神妙，直空千古，使後人無復着手處。如《驄馬行》云「五花散作雲滿身，萬里方看汗流血」、「赤汗微生白雪毛，銀鞍却覆香羅帕」、「晝洗須騰涇渭深，朝趨可刷幽并夜」，《畫馬引》云「曾貌先帝照夜白，龍池十日飛霹靂」、「斯須九重真龍出，一洗萬古凡馬空」等語，皆筆奪化工。後子瞻《題韓幹畫馬》詩，知其獨步，便不復摹寫，第云「老髯奚官騎且顧，前身作馬通馬語」，只於馬廝身上放一奇語，亦可謂補子美之所不及矣。

老杜《題王宰山水圖歌》云「巴陵洞庭日本東，赤岸水與黄河通，中有雲氣隨飛龍。舟人漁子入浦溆，山木盡亞洪濤風」，又題《劉少府山水障歌》云「滄浪水深青溟闊，欹岸側島秋毫末。不見湘妃鼓瑟時，至今斑竹臨江活」等句，筆底煙雲，透出紙背，無能繼者。後子瞻《題三丈大幅圖》云：「扶桑大璽如甕盎，天女織綃雲漢上。往來不遺鳳咮梭，誰能鼓臂投三丈？」《畫竹石壁上》云：「枯腸得酒芒角出，肝肺搓枒生竹石。森然欲作不可回，寫向君家雪色壁。」亦可謂手快風雨、筆下有神者矣。

坡老《題張競辰所居》詩云：「清江縈山碧玉環，下有老龍千歲閒。知君好事家有酒，化爲老人來叩關。」此與《後赤壁》末段夢鶴意景變化相似。因想子美《寄韓諫議》詩「美人娟娟隔秋水，濯足洞庭望八荒。鴻飛冥冥日月白，青楓葉赤天雨霜。玉京群帝集北斗，或騎麒麟翳鳳凰。芙蓉旌旗煙霧落，影動倒景摇瀟湘」等語，文心幻淼，直登屈、宋之堂。蘇公又嘗教人作詩之法，當熟玩《離騷》曲折，良有見乎此也。

子美詩引中用字最妙，如議婚姻曰「平章」，修虎落曰「式遏」，治屋曰「檢校」，耘草曰「耗稻」，行脚曰「步趾」，今人便不能如此古雅矣。

少陵《偶題》云：「前輩飛騰入，餘波綺麗爲。」自漢、魏至齊、梁，千餘年間，文章升降，評騭盡此二語。其曰「車輪徒已斲，堂構惜仍虧」，傷己之無賢嗣也；「漫作《潛夫論》，誰傳幼婦碑」，慨時之無知音也。此篇微詞雋旨最多，讀者當心知其意。

子美《寄題江外草堂》云「經營上元始，斷手寶應年」、「事跡無固必，幽貞媿雙全」，康樂語也；《秋行官》云「東渚雨今足，佇聞粳稻香。上天無偏頗，蒲稗各自長」、「北風吹蒹葭，蟋蟀近中堂。荏苒百工休，鬱紆遲暮傷」，陶令語也。讀二詩始知「安得思如陶謝手，令渠述作與同遊」，杜之嚮往二公久矣。

子美《八哀詩》薈蔚蒼鬱，略無凡氣，洋洋纚纚，直百餘言，真傑作也。宋人謂其傷於多，如李邕、蘇源明篇中多累句，删去其半方盡善。吾不知其何句爲累，何處可删也！宋人無識至此，敢爾妄言。「蚍蜉撼大樹」，真可笑也。

老杜「減米散同舟，路難思共濟。向來雲濤盤，衆力亦不細。呀坑瞥眼過，飛櫓本無蒂。得失瞬息問，致遠宜恐泥。百慮視安危，分明囊賢計。茲理庶可廣，拳拳期勿替」，語氣老成，自非淺學能道。子瞻謂其「村陋」，何耶？

杜詩「破浪南風正，迴檣畏日斜」，「畏日」者，夏日也。杜嘗云：「愛日恩光蒙借貸，清霜殺氣得憂虞。」知「愛日」，則「畏日」之義無疑矣，況與「南風」句的對乎？辟彊園注解可笑。柳耆卿夏日詞云：「艤棹蒹葭浦，避畏景。」「畏景」，即「畏日」也。此亦一證。

杜老又《觀宴將士》詩云：「醉客拈鸚鵡，佳人指鳳凰。」「鸚鵡」，杯也；「鳳凰」，簫也，其義甚明。注杜者謂《鸚鵡賦》，又謂「鳳凰」指座客奇瑞；又不知唐人「拈」字義，妄改作「霑」字。《哀鄭虔》云：「滄洲動玉陛，寡鶴誤一響。」注：「『滄洲』、『寡鶴』未詳。」愚謂「寡鶴一響」，琴也。古樂府有彈《別鶴》，故下有「彈琴視天壤」之句。

謝在杭《詩話》云：「絶句雖短，又是一種學問。子美才力非不廣裕，而往往爲絶句所窘，反不如一二青衣名伎之作，所謂鼠穴之鬬者，非耶？」在杭雅負能詩，胡爲出此言？予嘗疑之。後復見其《詩話》一二則，稱杜絶別調，在江寧、常侍之上，始知其通識，前言或其少年習楊用修之説耳。

宋人王源叔洙，歐陽公稱其博學多聞，嘗馳書問「古孺[illegible]」者。今觀源叔注杜，皆尋常淺陋，甚不足觀。更元遺山、祝廉夫、吴彦高諸公，皆爲源叔辨其未嘗注杜，歷歷有據。考云：「同時人鄧慎思竭平生心力爲之者，鏤板家標題，托名源叔耳。源叔之孫祖寧所傳，前有序引，備言其大父未嘗注杜。」則知其注之不足重也。註者何容易爲？

謝繹梅杰《詹言》云：「虞伯生注杜，『頻繁』不知爲庾亮，『如意』不知爲王戎，『下耩』不知爲桓虞，『伏鉞』不知爲宗資，『褰帷』不知爲賈琮，『斷石』不知爲峽，『長流』不知爲江，『胡語』不知爲老子，『自寬』不知爲馬援，『如泥』不知爲周澤，『高門』不知爲鮑宣，與夫『獨夜』之本於《四哀》，『糺紛』之本於賈誼，『幽側』之本於《四約》，『莫打鴉』之本於古曲，『欲教鋤』之本於《卜居》，『奉引』之本於《聖公傳》，『袈沙』之本於《四公律》，亦咸未之考焉，故知爲贋本也。」世傳謂元人張性伯成之所爲，而托之虞以顯，理或然也。吾里前輩之實學，與謏聞影響者不同。

老杜「萬古雲霄一羽毛」句，歷注杜者不得明解。謝繹梅《詹言》解爲孔明才品，鼎足一人，千古一人，如「孤鳳」、「一鶚」之意，故云「一羽毛」。「羽毛」，猶羽儀也。似得之。

陳子昂嘗集古文之佳者爲一編，名曰《善文》。老杜《哀蘇源明》詩云：「學蔚醇儒姿，文包舊史善。」「善」字本此。李頎《贈張顛》詩：「皓首窮草隸，時稱太湖精。」老杜《楊監見示張旭草書圖》云：「嗚呼東吴精，逸氣感清識。」「精」字亦本李。少陵之宗本朝前輩字義如此。

老杜東柯詩：「落日邀雙鳥，晴天卷片雲。」摩詰《送梓橦使君》詩：「山中一夜雨，樹杪百重泉。」有別本「卷」作「養」，「夜」作「半」，予却以爲不然。「一夜雨」者，言夜雨滂沱，懸瀑萬壑，「一夜」、「百重」自爲呼應之語。晴天無雲而「卷片雲」，山之深峻自見。「卷」字却現成，若「養」則未免入魔矣。

老杜《寄韓諫議》詩有「色難腥腐飡楓香」句，注：「壺公命費長房飡溷臭，長房難之。楓香未詳。」予按《十洲記》云：「有聚窟洲之山，山多大樹，與楓木相類，而花葉香聞數百里。伐其木根心，取汁煮之，可丸，名曰震檀香，或名却死香。漢武帝幸安定，月支國獻香四兩，大如雀卵，色如桑椹，燒之，人死三月，聞香氣更生。」即此「楓香」也。杜更有「獨嘆楓香林，春時好顔色」之句。

子美《火》詩：「青林一灰燼，雲氣無處所。入夜殊赫然，新秋照牛女。風吹巨焰作，河棹騰煙柱。勢欲焚崑崙，光爛焮洲渚。腥至焦長蛇，聲吼纏猛虎。神物已高飛，不數石與土。」奇語咄咄。後劉夢得《武陵觀火》有云「盲風扇其威，白晝曛陽烏」，又「金烏入梵天，赤龍遊玄都」，又「吹光照水府，炙浪愁天吴」，又「厚地藏宿勢，遥林呈驟楛」，又「晉庫走龍劍，吴宫傷燕雛」等句，瑰偉不凡，亦堪彷彿杜公。

杜詩「一戎纔汗馬，百姓免爲魚」，或詆「一戎」爲不成語。予見駱丞《姚州道露布》有「塗山萬國，戮後至者防風；丹浦一戎，緩前禽者就日」，又「一戎而荒憬肅清，再鼓而邊隅底定」，乃知少陵自有所本，後人讀書不多，勿遽議短長也。

陸機兄弟入洛，居茅屋三間，士衡居東，士龍居西。子美《示姪佐》詩有「喜聞茅屋趣」之句，正用此事。東坡有「士衡去國三間屋」，又云「周公與管蔡，恨不茅三間」，意以周公與管、蔡若處茅屋之内，必無放殺之事。後華亭之唳，是又不肯甘老茅屋之過矣。

韓昌黎「歛退就新懦，趨榮悼前猛。歸愚識夷途，汲古得修綆」，又「古聲久埋滅，無由見真濫。低心逐時趨，苦勉祇能暫」，又「世累忽進慮，外憂遂侵誠。强懷張不滿，弱慮缺易盈」，與士衡「懷往歡絶端，悼來憂成緒」，「規行無曠迹，矩步豈逮人」，「遠期鮮克及，盈數固希全」，「無迹有所匿，寂寞聲必沉」，「肆目眇不及，緬然若雙濳」，沉思鬱響，同一關棙。東坡謂詩之變格自韓始，孰知固有由來也。昌黎《聽潁師彈琴》，頓挫奇特，曲盡變態，其妙與李頎《胡笳》、長吉《箜篌引》等耳。六一指爲琵琶，最確。樂天云：「朱絃疏越，清廟歌曲，澹節稀聲，寧有所謂『昵昵兒女』、『勇士赴敵場』者乎？常建曰：『泠泠七絃遍，萬木澄幽陰。能使江月白，又令江水深。』庶乎山水清音矣。」予於是益嘆歐公之見卓，而義誨之説，趙璧之聲，皆鑿而淫聽者也。

昌黎詩不似唐，却高於唐。永叔論詩，不專美子美而尊昌黎，良亦有見。陳後山謂「韓以文爲詩，故不工」。不知韓，并不知詩也。然則韓之「起八代」，寧特以其文哉？

退之《南山》詩，中間連用五十餘「或」字，又連用疊字十餘句，其體物精緻，公輸釋斤，道子閣筆矣。予嘗命子弟録一通，誦而玩之，可以變化胸中，錯綜筆下，信山谷云「工巧子美不及」也。

退之《答張徹》詩，奇句種種，如「泉紳拖修白，石劍攢高青」、「濳苞絳實坼，幽亂翠毛零」，「乘枯摘野豔，沉細抽濳腥。遊寺去陟巘，尋徑返穿汀。緣雲竹竦竦，失路麻冥冥。淫潦忽翻野，平蕪眇開溟。防泄塹夜塞，懼衝城晝扃」、「急景促暗棹，戀月留虛亭」等語，雕鏤天拔，直兼顔、謝之長，覺子美「高蘿成帷幄，寒木壘旌旆。遠水曲通流，嵌竇濳洩瀨」之語，不能擅場矣。吾故曰不似唐而高於唐也。

昌黎「喚起窗全曙，催歸日未西」，「催歸」即子規；「喚起」亦鳥名，其聲清亮圓轉，於春晚鳴，江南謂之「春喚」。王介甫「蕭蕭搏黍聲中日，漠漠春鋤影外天」，「搏黍」，鶯也；「春鋤」，鷺也。兩公用禽名相似，而韓語意相關，尤妙。

杜紫微之快逸，人所知也。獨《弄水亭》有句云「斷霓天帔垂，狂燒漢旗怒」、「膝泉落環珮，畦苗差纂組」，宛是昌黎口角。

退之《詠雪》詩云：「隨車翻縞帶，逐馬散銀杯。」永叔評謂未工，此語深有會。元人《解醒歌》云：「馬蹄亂撒銀杯去，滾滾隨車縞帶來。」填詞用之，便覺長價。

退之「多情懷酒伴，餘事作詩人」，亦一時寄傲語耳。永叔便謂「退之筆力，無施不可，而嘗以詩爲文章末事」，又謂其「資談笑，助諧謔，叙人情，狀物態，一寓於詩，曲盡其妙」。僕謂永叔此語，不知退之，并不知詩。詩云詩云，「談笑」、「諧謔」云乎哉？

謫仙，仙也，仙可學耶？生無鎖子骨而欲飛昇御風，非狂則騃矣。此李赤之所以亡魂於厠鬼也。

李詩「南船正東風，北船來自緩。江上相逢借問君，語笑未了風吹斷」，杜詩「疾風吹塵暗河縣，行子隔手不相見。湖城城北一開眼，駐馬偶識雲卿面」，二公寫出停船借問，高揖金鞭，邂逅情景如見，非慣川途人不知其妙。

青蓮「明月直入，無心可猜」，與漆園「虚舟觸船，褊人不怒」同意。著「明月」上説，更奇，宜蘇次公有味乎其言。

楊用修好譽其鄉人，屢尊太白，於子美每致微詞，至謂「子美絶句無所解」，又謂「朝發白帝暮江陵」不及「朝辭白帝彩雲間」。噫！二公差次，微之、半山曾亦言及，識者猶譏其過於分別，用修何太擬議爲也？

「萬壑樹參天，千山響杜鵑」、「柳暗百花明，春深五鳳城」，千古發端絶唱也。長吉「春月夜啼鴉，宮簾隔御花」、「河轉曙蕭蕭，鴉飛睥睨高」，風神不減右丞。然於右丞則爲專家，於長吉則爲變調。長吉七言，奇特最多。予略摘其言之尤雅者，如「中天夜久高明月」、「文章何處哭秋風」、「溪女洗花染白雲」、「涼風雁啼天在水」、「春梭抛擲鳴高樓」、「寶枕垂雲選春夢」，宛然謫仙佳致。後人目爲「鬼才」，真不知其身在煙火中也。

長吉「買絲繡作平原君，有酒唯澆趙州土」，語極爽快。然不及高達夫「只今肝膽向誰是，令人却憶平原君」之濬永不盡。

長吉耽奇鑿空，真有「石破天驚」之妙，阿母所謂「是兒不嘔出心不已」也。然其極作意費解處，人不能學，亦不必學。義山古體時效此調，却不能工，要非其至也。

長吉《春坊正字劍子歌》云：「莫令照見春坊字。」人多不解。蓋秦皇名正，照出「正」字，是觸荆卿之不平也。

李長吉「丹成作蛇乘白霧，千年重化玉井土。從蛇作土二千載，吴堤緑草年年在」，即魏武「騰蛇千年，化爲死灰」之説也。然「從蛇作土」句更奇譎悖人。

長吉集中有《嘲少年》一篇，詞義淺陋，決屬贋作。李赤之於太白，識者自辨。

長吉好用「牛」、「蛇」字。如「黄金絡雙牛」、「牛頭高一尺」、「書司曹佐走如牛」、「道逢騶虞，牛哀不平」；用「蛇」字，如「舞席泥金蛇」、「蕃甲鎖蛇鱗」、「竹蛇飛蠹射金沙」、「丹成作蛇乘白霧」、「蛇子蛇孫鱗蜿蜿」。信樊川謂「牛鬼蛇神，不足爲荒幻怪誕也」。

李義山《錦瑟》詩：「錦瑟無端五十弦，一弦一柱思華年。莊生曉夢迷蝴蝶，望帝春心託杜鵑。滄海月明珠有淚，藍田日暖玉生煙。此情可待成追憶，只是當時已惘然。」黄山谷不曉其義，蓋未識其寓言之意也。細味此詩，起句説「無端」，結句説「惘然」，分明是義山自悔其少年場中風流摇蕩，到今始知其有情皆幻，有色皆空也。次句説「思華年」，懊悔之意畢露矣。此與香山《和微之夢遊》詩同意。「曉夢」、「春心」，「月明」、「煙暖」，俱是形容其風流摇蕩處，着解不得。義山用事寫意，皆此類也。袁中郎謂《錦瑟》詩直謎而已，豈知義山者哉？

義山晚唐第一人，王元美譏爲浪子薄有才藻。又云：「《錦瑟》兩聯，不解則涉無謂，既解則意味都盡。」其言如此，吾不知如何爲解，如何爲不解也？然則元美亦不必言詩可矣。

宋人有趙推官者，不知何許人，托據《古今樂志》云「錦瑟之爲聲，適怨清和」，以解義山《錦瑟》兩聯。造作字義，附會强合，大是訓詁氣習。王元美謂「既解則意義索然」，亦信此説，可發一噱。

義山《曲池》詩：「日下繁香不自持，月中流豔與誰期？迎憂急鼓疏鐘斷，分隔休燈滅燭時。張蓋欲判江灩灩，迴頭更望柳絲絲。從來此地黄昏散，未信河梁是别離。」金聖嘆謂義山指曲池以見意，似亦得解。第細注多以己意附會，未見明確。此詩看末二語，知曲池爲古迎送餞别之地，如灞上、勞勞亭之類。早日花香，夜月光影，皆日夜中自然景況。「急鼓斷鐘」，夜已盡也；「休燈滅燭」，天將曙也。曙而復旦，所見張蓋映江，回頭折柳，景色不殊，往來如故，即子美所云「歌泣如昨日，聞見同一聲」之妙。蓋此地日暮人散，夜去朝來，紛紛攘攘，總無已時。然天地蘧廬，人生逆旅，愚者不知，智者不免，能信爲别離者乎？結語無限感慨。永叔云：「長亭送客兼迎客，費盡春條贈别離。」亦此意也。

洪覺範作《冷齋夜話》，謂許彦周曰：「詩至李義山，爲文章一厄。」許蹙額無言。洪再三詰之，許隨詠義山句曰：「夕陽無限好，只是近黄昏。」明譏其憒憒也。則洪之所作亦可知矣。吾友謝星源云：「對此等人悶殺，只好詠一詩示之。」予爲大笑。按：洪乃沙門，號寂音尊者，曾著《楞嚴尊頂法論》十卷餘，今評詩若此，則其所論又可知矣。

楊大年宗西崑體，作《漢武》詩云：「力通青海求龍種，死諱文成食馬肝。待詔先生齒編貝，忍令索米向長安。」稍似義山。然以少陵爲「村夫子」，似又徒貌義山者，不知義山固精於少陵者也。

子瞻七言律好用典實，自是博洽之累。或曰其源實本之義山，良然。

滇中蘭廷瑞《題嫦娥奔月圖》云：「竊藥私奔計已窮，稾砧應恨洞房空。當時射日弓猶在，何事無能射月中？」讀之失笑。因憶李義山「八駿日行三萬里，穆王何事不重來」之句，皆就古事傅會處翻出新意，令人解頤。

李義山慧業高人，敖陶孫謂其詩「綺密瓌妍，要非適用」，此皮相耳。義山《無題》云「春蠶到死絲方盡，蠟炬成灰淚始乾」，又「神女生涯原是夢，小姑居處本無郎」，其指點情癡處，拈花棒喝，殆兼有之。又「直道相思了無益，未妨惆悵是清狂」、「平明鐘後更何事，笑倚墻邊梅樹花」、「若是曉珠明又定，一生長對水晶盤」，覺慾界纏人，過後嚼蠟，即色即空之義也。至「浪跡江湖白髮新，浮雲一片是吾身」、「東西南北皆垂淚，却認楊朱是本師」，分明禪悟語氣，豈可以漫浪子訶之？

李義山七律工麗瑰瑋，人所知也。其五律佳句，半山稱其「老杜無以過」，指「池光不受月，暮氣欲沉山」、「江海三年客，乾坤一戰場」而已。然實有不止此者，約舉之，如《寄謝先輩》云：「星勢寒垂地，河聲曉上天。」《題人隱居》云：「石梁高瀉月，樵路細侵雲。」《擬杜》云：「虹收青嶂雨，鳥没夕陽天。」《崇讓宅》云：「密竹沉虚籟，孤蓮泊晚香。」《淮陽路》云：「斷雁高應急，寒潭曉更清。」《晚歸》云：「虎當官道鬬，猿上驛樓啼。」《夜出》云：「月澄新漲水，星見欲銷雲。」《春宵》云：「晚晴風過竹，深夜月當花。」諸如此類，皆神骨高秀，不用典實爲工。至其詠物入微，寫照妙語，則如詠雲云「潭暮隨龍起，河秋壓雁聲」，詠雨云「氣涼先動竹，點細未開萍」，詠晴云「併添高閣迥，微注小窗明」，詠月云「流處水紋急，吐時雲葉鮮」，是皆得象外之趣，尤不可及。

齊桓公讀書堂上，有斲輪笑於堂下。康樂卧病山頂，覽古人遺書，與其意合，悠然而笑。因想摩詰「笑讀古人書」，「笑」字下得不苟。客曰：「『醉歌田舍酒』，亦有據乎？」予笑曰：「魏武『對酒當歌』，又楊惲『酒後耳熱，仰天撫缶，而呼嗚嗚』，其詩曰：『田彼南山，蕪穢不治。』非『醉歌田舍酒』乎？」客亦大笑。

摩詰《山居秋暝》詩：「空山新雨後，天氣晚來秋。明月松間照，清泉石上流。竹喧歸浣女，蓮動下漁舟。隨意春芳歇，王孫自可留。」第七句頗費解。予揣詩意，以衆芳摇落之辰，悲感易生，自達人觀之，春榮秋歇乃天之道，隨意處之，則王孫無芳草之怨而自可留，亦招隱之意也。蓋此詩前六句信口不加思索，到結故作藴藉語，俾輕淺人不得效顰，此詩人身分處也。

張説《邕湖山寺》結句：「若使巢由同此意，不將蘿薜易簪纓。」讀者認「若使」二字作反結詞，愈解愈晦。蓋此承上文種種出塵幽致，若是可使巢、由同此意趣，故不將蘿薜易簪纓也。此「使」字與《中庸》「使天下之人」「使」字同解，亦與李頎《送魏萬》結句略同，莫以長安行樂之地，致令歲月蹉跎也。二語殊妙，俱不費解。

郭象云：「暖若春陽之自和，故澤榮者不謝；淒乎如秋霜之自降，故雕落者不怨。」太白亦云：「草不謝榮於春風，木不怨落於秋天。」觀此則「隨意春芳歇」之義了然矣。摩詰之詩，豈淺人所能彷彿哉？

王孫壽《賦胡孫》云：「顔狀似老翁。」杜用其語云：「顔狀老翁爲。」似僻而拙。謝康樂《歸永嘉》云：「心跡雙寂寞。」杜用其語云：「心跡喜雙清。」殊顯而妙。

唐人聽琴、聽琵琶詩，如右丞之於董大，昌黎、昌谷之於穎師，奇語叠出，彷髴盡致，後人莫臻其妙。黄庭堅有《聽戴道士彈琴》及《聽宋宗儒摘阮歌》，亦復傑出者。《摘阮》云：「寒蟲催織月籠秋，獨雁叫群天拍水。楚國羈臣放十年，漢宫佳人嫁千里。深閨洞房語恩怨，紫燕黄鸝韵桃李。楚狂行歌驚市人，漁火拏舟在葭葦。」《彈琴》云：「春天百鳥語撩亂，風蕩楊花無畔岸。微霰愁猿抱山木，玄冬孤鴻度雲漢。斧斤丁丁空谷樵，幽泉落澗夜蕭蕭。十二峰前巫峽雨，七八月後錢塘潮。孝子流離在中野，羈臣歸來泣亡社。空牀思婦感蟏蛸，暮年遺老依桑柘。」二詩點綴工巧，足繼唐響，東坡、堯臣咸不及也。

盩厔尉集賢校理白居易作樂府及詩百餘篇，規諷時事，流聞禁中。憲宗見而悦之，召入翰林爲學士。唐時人主雅嗜詩章如此，故一代人士篇什之盛，超軼今古，視宋之坐貶坡公，相去遠矣。

元稹云：「玉碎無瓦聲，鏡破有半明。」白居易云：「擣麝成塵香不滅，拗蓮爲寸絲難斷。」較李義山「蠶死絲盡」、「蠟灰淚乾」，又進一解。

玄暉「澄江浄如練」，有病其複者，王元美解惟澄故浄。邊貢「自聞秋雨聲，不種芭蕉樹」，元美又詆謂芭蕉不可言樹。合而觀之，元美可與言詩耶？

樂天詩「已開第七帙，屈指幾多人」，又「行開第八帙，可謂盡天年」。《芥隱筆記》謂「七十以上爲開第八帙」。吴冠五云：「今人但用『望』字，無用『開』字。周元亮云：『踰七者曰開，近八者曰望。』」予謂「二月已破三月來」，知「破」之爲已往，則「開」字爲將來矣，初不問七十、八十也！

宋季益、廣二王從福州航海幸泉州，駐蹕莆田。守臣蒲壽庚拒城不納，佯著黄冠野服，歸隱山中，自稱處士，示不臣二姓之意，而密以蠟丸裹降表，命善水者由水門潛出納款。既而元以歸附之功，授官平章，開平海省泉州。忽二書生踵門，自云從潮州來，求謁。閽人以晝寢，將爲白。書生曰：「願紙筆書姓名。」閽人遺之，遂各賦詩一首云：「楊花落地點蒼苔，天意商量要入梅。蛺蝶不知春去也，雙雙飛過粉墻來。」又「劍戟紛紜扶主日，山林寂寞閉門時。水聲禽語皆時事，莫道山翁總不知。」書畢，不著姓氏，拂袖而去。壽覺，閽人以詩進，惶汗失措，遣人四出追之，竟不復見。

北地《送穆主事奔喪歸》詩云：「海內君親情併苦，天涯書劍路俱遥。」結云：「君去會應朝北斗，余歸終擬伴漁樵。」信陽《寄希哲兄》詩亦云：「海內君親情獨苦，天涯兄弟見俱難。」結亦云：「君夢可曾回故里，予心終日在長安。」二君雖同調，不嫌襲出，何也？

何大復《寄邊子》云：「汝從元歲侍今皇，誰念先朝老奉常。一出雲霄空悵望，十年歧路各蒼茫。」起最似李義山《上令狐相公》詩。王元美最愛而屢效之，如《送史僉事》云：「汝過崆峒劍色開，輕裘千騎擁登臺。」《送汝康》云：「汝遊桂嶺疑天盡，更入滇方覺地寬。」《寄仲芳》云：「當年汝拜尚書郎，天子宵衣問朔方。」亦稍彷彿。後陳卧子《寄楊伯祥》一律深得其妙，云：「汝從高卧豫章城，何減關西伯起名。鉅鹿風塵餘部曲，匡廬煙霧擁諸生。清時黨錮非難解，亂後音書倍欲驚。十載離居獨惆悵，滄浪東去不勝情。」聲情直與信陽頡頏，余至今誦之。

半山古體奇崛波瀾，揆之昌黎、子美、子瞻，無不神合。絢鍊語則如「跳鱗出重錦，舞羽墜輭玉。碧筩遞卷舒，紫角聯出縮。千枝孫嶧陽，萬本母淇澳」，又「月出映溝坻，煙升隱墟落。寒魚占窟聚，暝鳥投枝泊。亭皋閑晚市，隴首歸新穫。佇子終不來，青燈耿林壑」，又「淺沙棧素舸，一水宛秋蛇。漁商數十室，門巷隱桑麻。翰林謫仙人，往歲酒姥家。調笑此水上，能歌《楊白花》」，又「山白梅蕊長，林黄柳芽短。笭箵沙際來，略彴桑間斷」，又「青遥遥兮纚屬，緑宛宛兮横逗。積李兮縞夜，崇桃兮炫晝。蘭馥兮衆植，竹娟兮常茂。柳蔫綿兮含姿，松偃蹇兮獻秀。鳥跂兮下上，魚跳兮左右」等語是也；矯異語則有「鴻濛無人梯，沆漭逸天浮。巉巖拔青冥，仙聖所止留」，又「禹行掘山走百谷，蛟龍竄藏魑魅伏。心誌幽妖尚覬隙，以金鑄鼎空九牧。冶雲赤天漲爲黑，韝風餘吹山拔木。鼎成聚觀變怪素，夜人行歌鬼晝哭。功施元元後無極，三姓衛守相傳屬」，又「飛蟲凌競走獸慄，霜雪夏落雷冬鳴。野人往往見神物，鱗甲漠漠雲隨行」等語是也。録之以見此老之風神氣骨，直與三公掩映後先，無唐、宋升降之殊。

半山有《招約之》詩，起云：「往時江總宅，近在青溪曲。井滅非故桐，臺傾尚餘竹。池塘三四月，菱蔓芙蕖馥。蒲柳亦競時，冥冥一川緑。」與梅聖俞《武陵行》起云：「生事在漁樵，所居亦煙水。野艇一竿絲，朝朝狎清泚。忽自傍藤陰，乘流轉山觜。始覺景氣佳，潛通小谿裏。常時不見春，入谷驚花蕊。花外一峰明，林間碧洞啓。遥聞鷄犬音，漸悟人煙邇。」此等疏越韵度，非匠手不能。

六朝詩綺異，多帶險趣。唐調開，音節諧和矣，然典則瑰異，純乎六代也。故唐應德絶喜初唐，而王道思謂初、盛大懸絶，非知音者。

初唐法格純正，自推燕、許、沈、宋，必簡諸公，拾遺、曲江別創古調，便開韋、柳法門矣。于鱗稱伯玉「以其古詩爲古詩」，洵爲辨眼，非竟陵所知。

太白「地轉錦江成渭水，天迴玉壘作長安」、子美「錦江春色來天地，玉壘浮雲變古今」，乃是鋪張明皇幸蜀微意，似宋人「直把杭州作汴州」語意。不知者祇以壯麗目之，且截去上二字作對聯書者，真可笑也。

黄東厓《宧夢録》云：「予與周玉成、蔣八公同在館閣，暇日聚會清談，多以詩句屬對諧劇，最有思致。如蔣云：『兄短弟長，乍見翻疑長者長。』謂絶對。時周沉吟半晌，對云：『我唱子和，細聽轉覺和而和。』周仍舉『林木森森』四字，『望日望月月偏明』七字，皆絶對。又『屋角鹿獨宿，溪西鷄齊啼』，平仄對句，妙絶解頤。又周作内閣聯：『王道蕩蕩平平，無偏無黨，風動四方歸歛福；臣鄰師師濟濟，有憑有翼，日嚴六德是和衷。』黄題翰林院聯句云：『累朝恩禮並隆，人重官，非官重人，不忘晞光依日月；先輩典型具在，德勝才，毋才勝德，還思矢節凛冰霜。』」皆典重莊雅，不易得也。

謝朓「傍眺鬱篻簩，還望森柟㮰。荒隩被葴莎，崩壁帶苔蘚。䴉䴊叫層嵁，鷗鳧戲沙衍」數語，磊砢開昌黎法門。放翁詩多淺顯，然有句云：「古湫石蜿蜒，孤島松磊砢。湘竹閟娥祠，淮怪深禹鎖。鬼神駭犀炬，天地赫龍火。瑰奇窮萬變，鵾鵬尚么麽。」便渾身韓昌黎矣。

元人劉因字夢吉，詩亦矯矯不凡。范箕生稱其「蒼深絶調，三百年來無人知者」，未免過言。予細玩其佳句，如「崔嵬自可兄呼石，憔悴直須僕命《騷》」、「眼花不見羲之俗，口快争言杜甫村」、「蜀道青天休種杞，武陵流水漫尋花」，語語拔出後前；至如「掌上三峰看太華，人間一髮是中原」、「黄雲古戍孤城晚，落日西風一雁秋」，亦警異可稱，此外寥寥耳。

賈閬仙「長江人釣月，曠野火燒風」、「流星透疏木，走月逆行雲」、「遠天垂地外，寒日下峰西」、「邊日沈殘角，河雲截夜城」、「峰懸驛路殘雲斷，海侵城根老樹秋」、「山鐘夜渡空江水，汀月寒生古石樓」等語，真堪鑄佛禮拜。

唐房融在韋后時用事，謫南海，過韶之廣果寺，今之靈鷲也。有詩云：「零落嗟殘命，蕭條託勝因。方燒三界火，遽洗六情塵。隔嶺天花發，凌空月殿新。誰憐鄉國思，從此學分身。」時融筆授《首楞》，其文妙絶千古，詩乃僅見此律。即其子琯相繼爲相，皆有盛名，而詩章寥寥，何也？

杜公詩出入變化佛書，絶無痕跡。如「迴向心地初」、「白首初問止」、「觀經等明白」，用内典語，人所知也；至如「十日畫一水，五日畫一石」，實本《大涅槃》「譬如畫石，其文常存，畫水即滅，勢不久住」語化出；更如「過客竟須愁出入，居人不自解東西」，亦不過爲寫其山徑之紆曲而已，孰知其本《首楞》云「譬如迷人於一聚落，惑南爲北」語化來。此皆從前註釋未有，特爲拈出。

元人郭正平《詠雪》云「灞橋柳絮人千里，楚澤蘆花水半扉」、「身卧不知雲子白，氣酣聊作木奴酸」，皆楚楚有致。

杜《八哀》鄭虔篇云：「體變鍾兼兩。」注言：「『變鍾』外自成一家爲『兼兩』。」然「兼兩」字何所本？按《漢書》：「秦法禁民之習藝者，不許兼方，不驗輒死。」《注》言：「民之有方伎者，不得兼兩。」杜本之。《千家注》所無也。

東匡詩句多入妙處，予已録之至再矣。然尤有未盡者，如《宿左坊》云：「微風嘶鐵馬，初月吐銅龍。」《泊楓橋》云：「野雷春不蟄，江火暮還生。」又「萍過黏魚網，鶴歸暝虎丘。」《季女于歸》云：「弁兮方燕婉，哀矣合龍鍾。」《有感》云：「續《騷》猶詈女，陳《範》最嗤奴。」《過山家》云：「鹿場堆稻藳，蛛網繡藤花。」《晚度》云：「雁沙平帖樹，漁火暗炊雲。」《詠馮夫人和戎》云：「圖形分燕頷，字牝亦龍媒。」又「裙釵張博望，歌舞霍嫖姚。」《賀人得第八女》云：「梧鳳雛皆美，騶隨女不妨。」又「嬌少陶公女，還期嫁孟嘉。」注：「孟嘉娶陶侃第十女。」

東厓有《戲拈左傳中雋語爲詩十二章》，今集其善句，如「人啼深駭豕，天壓驟號牛」、「食指嘗黿動，胚胎乳虎留」、「寶判雌雄雉，妖徵内外蛇」、「成師傳是兆，疑老使之年」、「羊舌連宗覆，鶏皮到老聞」、「族行虞不臘，歌罷鄮無譏」、「斷足林雍躗，食言郭重肥」、「于思謳棄甲，長鬣相登臺」、「千載爽鳩樂，百身鍼虎哀」、「鶏距徒煩飾，鷸冠未用驕」、「代君逢丑父，貽母潁封人」。此類與《銅雀臺》詩異曲同工，覺《左氏》之菁華奇奧，班班如覩，不徒矜其鍛鍊也。

東厓先生當革代時，有《荒感》限韻詩八十二首，中如「有淚銅人甘戀漢，無情玉馬苦朝周」、「先世豈知王氏臘，後人誰愛褚公書」、「罍尊醉益看花感，絃管淒增落葉哀」、「元亮詩成題甲子，伯仁宴罷泣山河」、「春去尚憐望帝魄，信來誰答子卿書」、「雁横塞北鮑照恨，花發江南庾信哀」、「共道王嬙嬌勝畫，虚勞蔡琰雅能琴」、「市上駱駝驚馬脊，榜中蝌蚪見蟲書」、「鑪間突炭將疑啞，筑裏藏鉛未覺盲」、「啼鳥也知亡國恨，汗牛空信古人書」、「芻狗已陳寧避爨，桔槔雖巧略嫌機」、「達官虚負白烏恨，狂客實含朱鳥哀」、「莫遺良朋知僞啞，須教侍婢信真盲」、「四野黄沙邊磧怨，千門緑柳曲江哀」、「枯魚此日將書至，旅雁何年繫帛回」，哀聲險韻，不堪多讀。

江陵張太岳有詩云：「高岡虎方怒，深林蟒正嗔。世無迷路客，終是不傷人。」蓋江陵生平留心禪學，見《華嚴經》有「不惜頭目腦髓，爲世界衆生，是大菩薩行」，故當國時一意直行，不顧是非毁譽也。時參議吴道南移書責其驕抗，輕棄天下士，故有此詩云云。予細味詩意，虎蟒自處，恨詞耳，後二句終是慈悲心腸。黄氏東厓謂：「其人何樂以虎蟒自處，不曰世有麟鳳乎？」恐猶未深喻其旨。

吾里林尚書泮初守廣州，過厓山，有石刻「元丞相伯顔滅宋於此」，爲改「宋太傅樞密使張世傑死節於此」，觀者悚然。後趙僉事瑶題詩過此，有「鐫功勒石張弘範，不是胡兒是漢兒」；劉忠宣復爲廟祀宋慈元后於其左，大義益明。此事載黄東厓《唯疑集》中。予謂且不論「胡兒」、「漢兒」，只「滅」字便失帝王繼正統大體，故《書》曰「克商」、「克夏」，不用「滅」字。張弘範何足以知此？

堂邑穆賢庵孔暉，陽明之門人也。專於《楞嚴》。病中詩云：「四外虛空盡本心，却將形識認來深。阿難忽聽如來咄，慟極歡生淚滿襟。」紫柏師稱賢庵著述發揮儒釋精奥，凡若干部，惜未見。及視爲霖師，道予讀《楞嚴》，一一以儒理相配，則所疑者尚多，何如也。

晉人談理，言中有言；唐人作詩，句中有句。子美「把君詩句過日，念此别句驚神」、「不貪句夜識金銀氣，遠害句朝看麋鹿遊」，是句中有句也，人亦知之；至「且看欲盡花句驚眼，莫厭傷多酒句入唇」，恐未必了了也。「欲盡花」，錢起之「辛夷花盡杏花飛」是也。子美又有「離筵傷多酒」之句，「多酒」二字，想唐時口頭語。至今主人勸客云：「今日飲無多酒。」客謝云：「酒多矣。」此語猶傳也。不然，子美何一再用之乎？劉辰翁以「多酒」爲不成語，不知其義也。

予偶於家姪士正扇頭見鄭幾亭宫詹題詩云：「我誦《白頭戒》，聞之韓侍郎。老唯憂活計，病更戀班行。矍鑠誇身健，周遮説話長。吾能免此否？兩鬢已如霜。」似是幾亭人地語意，心折其高老，至弛其後書，述白太傅《白頭戒》詩乃爽然，始嘆古人爲不可及。

按：《豫章圖經》記唐王季友，豐城人，家貧賣屐，博極群書，刺史李勉甚敬之。又杜詩《可嘆》篇中略云「近者抉眼去其夫，河東女兒身姓柳。丈夫正色動引經，豐城客子王季友。貧窮老瘦家賣屐，好事就之爲攜酒。豫章太守高帝孫，引爲賓客敬之久。聞道三年未曾語，人生反覆看亦醜。明月無瑕豈容易，紫氣鬱鬱猶衝斗」等語，可知季友之婦爲貧不安其室，事與朱買臣同。而世只道買臣，不言季友，何也？微杜詩而千古羞塚單行會稽矣！一笑。

袁中郎詩集幾千首，矯枉初、盛，終落元、白後塵。入格者數首，録存其本色。如《送龍君御治兵甘州》云：「歷盡邊霜與塞雲，舊題名處墨氤氳。要將麟鳳誇殊俗，也使侏儺識古文。漢世才人求屬國，晉家詞客帶將軍。腐儒半尺毛錐子，大纛高牙得似君。」又「十萬貔貅擁火旗，角巾紈扇坐麾時。閨中莫道腰圍減，塞上難辭鬢髮絲。鼙鼓静來朝散帙，氍毹遮處夜圍棋。邊人慣唱《伊涼》曲，好譜新詞與雪兒。」又「寶劍犀弓大羽囊，軍中聊作健兒裝。一函雲卷天驕檄，十里風吹侍史香。朗月澄江真快士，修髯白面舊僊郎。也知陶侃無高韵，謝却樗蒲與《老》《莊》。」又《祝曾退如太史》云：「睡闌日影度疏寮，廿載君王罷早朝。安石榴開紅照地，御河水釀緑平橋。花前曉珮聞燕語，醉後春雲夢楚腰。近日蒙莊通大旨，閒燒藜火注《逍遥》。」

中郎更有《懷龍湖》詩云：「漢陽江雨昔曾過，歲月驚心感逝波。老子本將龍作性，楚人元以鳳爲歌。朱絃獨操誰能識？白頸成群爾奈何。矯首雲霄時一望，别山長是鬱嵯峨。」此詩甚佳，第六句大欠雅。蓋當時卓吾既爲僧，乃聚淫僧、淫少年，不守戒行爲詆，即艾千子亦信爲口實。予於《訂艾篇》

已謂此話出自中郎口矣。昔朱晦翁病山谷詩多信口亂道，予於中郎亦云。

老杜七言古，《韓諫議》之超忽，《魏將軍》之雄伉，一則宗《騷》，一則其獨步也。又《大食刀》、《角鷹》二詩同調，不得以音節字句議其短長。劉須溪評《角鷹》詩，既云「此詩不得以逐句逐字、某地某事意之」，甚得解，《大食刀》詩復呶呶，何也？甚矣，宋人不可與言詩！在劉猶然，況其他歟？

何信陽《看打魚歌》末幅云：「楚妃玉手揮霜刀，雪花錯落金盤高。鄰家思婦清晨起，買得蘭江一雙鯉。簁簁紅尾三尺長，操刀具案不忍傷。呼童放鯉𣿬波去，寄我素書向郎處。」信陽向鋭意學子美，此詩實踞子美之上。蓋何嘗論古《三百》、《十九首》風人之義，關於君臣、朋友者，必託諸夫婦，宣鬱達情。子美詩多沉着，而出於夫婦者常少，故此作過之。王道思嘗負其文時過於古人，詩則不能。何此作可謂過於古人矣。此吾所謂「詩首鍊意」者，此等篇是也。

世之論信陽者，以其雄壯少減北地。然吾觀何有《題赤壁圖》短歌，其悲壯處儘可相埒，選者多遺之。兹爲録出云：「老瞞横槊江之皐，眼中吴越一秋毫。吴人彀弩來江左，江頭鳴笳晝舉火。旌旗飄揚北風前，舳艫化作江中煙。英雄一去音塵滅，斷水殘山弔詞客。白雪堂前煙草暮，黄泥坂下臨皐路。酒酣唤客吹玉簫，江風山月不待招。昔時霸業那足數，鶴夢悠悠渺千古。回首東坡百世人，圖畫蒼蒼空有神。」又「周郎舳艫大江半，曹氏旌旗眼中暗。當時萬馬下中原，江水千年餘斷岸。黄州逐客玉堂仙，停舟到此悲秋天。龍争虎鬬慨往事，酹月臨風懷昔賢。古人今人皆已矣，吁嗟丹青乃誰子？赤壁之山今如此。」

新城王西樵、貽上詩從六季入手，五言古是其專藝，歌行長篇偏注意坡公，若近體則未之許也。與荔裳、周量塗轍迥異，想不甘踐歷下阡陌，故所就爾爾。

貽上有絶句云：「濟南文獻百年稀，白雪樓空宿草非。未及尚書有邊習，猶傳林雨忽霑衣。」注：「邊司徒仲子邊習有句云：『野風欲落帽，林雨忽霑衣。』又『薄暑不成雨，夕陽開晚晴。』」津津道之，而及「濟南」、「宿草」，自有微意。

涪翁稱「疏影横斜水清淺，暗香浮動月黄昏」不如「雪後園林才半樹，水邊籬落忽横枝」，自有别致可想；至謂「氣蒸雲夢澤，波撼岳陽城」不如「雲中下蔡邑，林際春申君」，則太欺人耳。王貽上亦云其語太顛，是也。

施愚山《浮萍兔絲篇》，奇事奇情，古意翩躚，當與《孔雀東南飛》並傳千古。五言律佳句，如「鵲聲空院竹，秋色半亭蕉」，及「高柳不藏閣，流鶯解就人」四語，便可壓卷。

南海程周量詩體特出時流，五言佳句予已摘於前。至七言全是唐音，今録其尤雅者於左方。如《送魏子存司理成都》：「誰説蠶叢不易行，春風三月馬蹄輕。銅梁舊枕秦山險，玉壘新連楚塞平。芳草緑齊過漢水，杜鵑紅盡到綿城。知君篋底多詞賦，諭蜀文應似長卿。」《送隱巖禪師遊五臺》：「横肩榔栗出吴城，處處看山衹獨行。衲破不知寒暑變，性真偏愛水雲清。雁門古塞諸峰迴，鳥道新秋萬壑明。到日文殊重説法，清涼又見一蓮生。」《同門沈繹堂副使屢奉詔旨入對寵賚有加詩以美之》：「每入深宫到夕曛，受恩誰復得如君？御香衣袖尋常惹，天語絲綸次第聞。宣室自應陳賈對，甘泉真愧薦雄文。從今身似紅樓燕，來往丹霄傍五雲。」《送愚山游嵩山》：「老大逢秋客思驚，那堪又送故人行。數句與我清樽共，今夕爲君白髮生。馬首漸寒嵩少路，魚書相望宛陵城。當時朔雪多年别，此後還知歲幾更。」細味聲調，宛似吾里石倉先生。或問與荔裳孰優？曰：「宋以練勝，然每首起結處多另作意；程却信口，不着意處甚神合。」

萊陽荔裳初年心儀王、李，時論以七子目之，信然。中年所作諸體大非曩製，澹遠清新，揆之古人，無所不合，真豪傑也。

吴門林若撫，名雲鳳，從未聞其詩名，忽見其有《絳雲樓落成》排律二十韵，又《與吴梅村梅花菴話雨聯句》排律六十二韵，及其《虎丘》、《中秋》五古二詩，大驚其博雅無敵，急抄藏之，惜未見其全集爲恨。附記於此，備遺忘焉，且與世人共賞之。

《梅花庵聯句》云：「放策名園勝，停驂客思淹。林。初涼欣颯爽，入夜莫廉纖。吴。有意聞乾鵲，無因見皎蟾。林。蒲荒迷鷺影，花落冷魚噞。鳥語枝頭咽，蟲鳴葉底潛。清高幽事足，良會逸情兼。吴。貧士藏書富，高人取韵嚴。曹騰長自卧，剥啄遺童覘。北郭予偕隱，東山爾共瞻。林。生來門是德，住處水名廉。吴。觸地詞源湧，摧鋒筆陣銛。林。萬言成寸晷，一字直三縑。雜圃開蘭蒞，名材貢杞柟。三千登甲第，四十到宫詹。林。仙樂清商引，天廚法酒霑。星軺遊宛雒，樓檻出沱濳。職亞成均掌，官同秘院僉。含毫芸客草，插架石渠籤。吴。翰染丹青幃，棋分黑白奩。望崇敦雅素，氣直拆壬憸。林。道已銘鐘鼎，交仍隔釜鬵。雲霄三省相，虎豹九關閹。吴。害物磨牙慘，持權炙手炎。游夫空押闔，武士浪韜鈐。林。海宇洪鑪焰，民生烈鼎燖。天心何叵測，宸極竟危阽。吴。夏社松陰改，周原麥秀漸。詩書遭黨錮，冠蓋受髠鉗。林。暴骨嚴城陷，燒屯甲士殲。孑民餘爨僰，尺土剩滇黔。吴。越俗更裳佩，秦風去帽幨。煩衣還戌削，長帶孰韭籤？絶跡違朝市，全身混里閻。林。挐舟浮磵曲，扶杖度山崦。菌閣迎寒葺，茅亭帶雨苫。冥鴻避繒弋，老馬脱御箝。朋舊從頭數，詩章信口占。林。境奇窮想入，才退莫言砭。大曆場誰擅？元和體獨孅。聆音嗤《下里》，覩貌嘆無鹽。好句金囊貯，清談麈尾拈。飛觴邀阮籍，竪義問劉惔。吴。情洽蠲苛禮，形忘略小嫌。詠諧文乞巧，憔悴賦駈店。書擬中郎秘，香憑小史添。搴蘭將滿幄，采菊不盈襜。林。紙帳蛛絲細，紗屏蝶粉粘。試茶思陸羽，退筆弔蒙恬。玩物高居淡，安心老境甜。食羹調芍藥，釀法製莃薟。黄擘團臍蟹，霜批巨口鮎。香流金杏酢，脆入玉梅醃。送酒横波灑，調箏素手擔。新聲歌緩緩，痛飲醉厭厭。吴。梅老看圍屋，花開待放簷。道人君勿愧，處士我何謙。林。緑印苔間屐，青飄柳外帘。池流沿岸圻，峰勢出墻尖。吴。興劇神偏旺，狂來語類譫。徘徊吟數過，撚斷幾根髯。林。」

黄梨州詆卧子詩噓北地、歷下之寒火，故見詘於艾千子，爲學未成，天下不以名家許之。吾每讀至此處於其《南雷集》中，直掩卷不欲觀之。其實不知詩而强言詩，故人言兩失。

龍性堂詩話續集

閩晉安葉矯然思菴甫著

白樂天「一爲州司馬，三見歲重陽」、「四十著緋軍司馬，男兒官職未蹉跎」，武元衡亦云「惟有白鬚張司馬，不言名利尚相從」，此以「司」作仄聲也。又樂天「在郡六百日，入山十二回」，又「緑浪東西南北路，紅欄三百九十橋」，是以「百」、「十」字作平聲也。「翰」字本平，而杜老「扁舟不獨如張翰」，又作仄。楊巨源「請問漢家誰第一？麒麟閣上識酇侯」，乃以「酇」字作平。陸務觀名游，秦少游名觀，似皆平聲，而劉後村云「晚節《初寮集》，中年務觀詩」，又「黄本何堪處秦觀，白麻近已拜申公」，又作仄聲。達磨之「磨」，今人都訛作平，而温公云「達磨自云傳佛心」，東坡亦云「西來達磨尚求心」。劉更生之「更」本平聲，宋郊《答葉清臣》云「莫驚書録題臣向，便是當時一更生」，又作仄；劉後村乃云「未應天禄閣，便欠一更生」，又作平。坡公云「仙心欲捉左元放，癡疾還同顧長康」，及作古詩，又云「道逢眇道士，疑是左元放」。我欲從之語，恐復化爲羊」，又作平聲。諸如此類甚多，姑舉所見者言之，以見當酌用也。

唐人興趣天然之句，如常侍「池空菡萏死，月出梧桐高」、「孤燈聞楚角，殘月下章臺」，嘉州「雷聲傍太白，雨在八九峰」、「飲酒溪雨過，彈棋山月低」，左司「秋山起暮鐘，楚雨連滄海」、「歸棹洛陽人，殘鐘廣陵樹」，文房「衆嶺猿嘯重，空江人語響」，員外「清鐘揚虚谷，微月深重巒」。此等落句，每一諷誦，真有成連移情之嘆。

唐人征戍語淒酸入骨，各極其妙。如「胡馬嘶一聲，漢兵淚雙落」、「百戰若不歸，刀頭怨秋月」、「戰餘落日黄，軍敗鼓聲死」、「赤肉痛金瘡，他人成衛霍」、「征人燒斷蓬，對泣沙中月」、「坐恐塞上山，低於沙上骨」等語，讀之真如霜笳曉角，悲哀欲絶。

劉文房「風竹自吟遥入磬，雨花隨淚共沾巾」，羅昭諫「雲牽楚思横漁艇，柳送鄉心入酒樓」，徐文長「老淚高梧雙欲墜，孤心缺月兩難圓」，元裕之「吟比候蟲秋更苦，夢和寒鵲夜頻驚」，王伯穀「月與離樽今夜滿，秋將行色一時分」，皆就景寫情，各有其妙，誰云古今不相及也？

唐人林寬《寓興》一律悲感情深，選本多不録，爲搜出。云：「西母一杯酒，空言浩劫春。英雄歸厚土，日月照閒人。衰草珠璣塚，冷灰龍鳳身。茂陵驪岫晚，過者暗傷神。」亦佳作也。

玉川子爲退之所重，《月蝕詩》亦是忠愛熱血，詭托而出，蓋《離騷》之變體也。元美譏其「病狂人囈語」，恐元美猶是夢耳。又謂「任華、馬異皆乞兒唱長短急歌，博酒食者」。少年口過已甚，宜其晚節之懊悔也。

同題始皇陵詩，王維「星辰七曜隔，河漢九泉開」，許渾「一種青山秋草裹，路人惟拜孝文陵」，元好問「無端一片云亭石，殺盡蒼生有底功」，侈語、冷語、謾駡語，各有其妙。

許渾「溪雲初起日沉閣，山雨欲來風滿樓」，劉滄「半夜秋風江色動，滿山寒葉雨聲來」，語意工妙相似，亦相敵。

「匆匆不暇草書」，乃知草書非易就者。小詩亦然。盛唐諸體詩，中、晚、宋、元名家間有彷彿者；惟李、杜絶句，渾成天趣，開元千百年後，不能一至其妙。乃知小詩之難，難於大篇也。子瞻云：「文章曹植今堪笑，却卷波瀾入小詩。」然則小詩豈易涉筆也乎？

自唐風肇，漢、魏古詩鮮有道者，至宋、元竟束之高閣，略不省及矣。北地推明之功，自不可没，後人未可輕訾也。

樂天《聽箏》詩：「江州去日聽箏夜，白髮新生不願聞。如今格是頭成雪，彈到天明亦任君。」蔣竹山《聽雨》詞云：「少年聽雨倡樓上，紅燭昏羅帳。中年聽雨客蓬中，江闊天長雁叫空。而今聽雨僧寮下，鬢已星星也。悲歡聚散總無情，一任階前點滴到天明。」人生老景，萬緣都盡，一老人聽箏聽雨，一任天明，實情實景。李獻吉《元夕》云：「兒女添燈鬧，鄰家品笛殘。少時思可笑，走馬向更闌。」老人追憶少年事，往往可笑，皆此類也。

太白數登黄鶴，心折崔顥，至不能成句。康樂南行載餘，帝問製作，只《弔廬陵》一篇。今人出不百里，賦詠連篇，不問絶唱上頭，瓦後尾續，大足供人笑資。如有能勸其勿浪作詩者，太上當記百功。

劉文房「草色平湖緑，松聲小雪寒」，曹能始「明月有佳色，秋鐘多遠聲」，足以當之。近見周元亮有「秋心增半夜，雨氣滿孤燈」之句，工妙似之。然終不若李頎「秋聽萬户竹，寒色五陵松」之自然可貴也。

韋詩古澹見致，本之陶令，人所知也。集中實有藍本大謝者，或不之覺，特爲拈出。如「性愜形豈勢，境殊路遺緬」、「無累恒悲往，長年覺時速」、「適悟委前忘，清言怡道心」、「樂幽心屢止，遵事跡猶遽」、「積喧忻物曠，聽玩覺景馳」等句皆是；至於「填壑躋花界，疊石搆雲房」、「風條灑餘靄，露葉承新旭」、「摘葉愛芳在，捫竹憐粉汙」、「緣崖摘紫房，扣檻集靈龜」，則依依晉、宋諸公佳致矣。

李文山群玉專以吟詩自娱，好吹笙，工急就章。親友强之赴舉，一上而止。後湖南觀察裴休薦之於朝，授秘書郎。進詩表，略云「臣居沅、湘，宗師屈、宋，楓江蘭浦，蕩思摇情。爨桐不爆，俄成曲突之煙；埋劍無光，永作流泉之鐵」等語。進入後，延英口宣勑旨云：「卿所進歌詩，朕已覽遍。今有小錦衫器物賜卿，宜領取。夏熱，今比平安。」夫以新進草莽，出其製作，上陳睿覽，遂蒙温語慰賚，見先朝人主好文憐才至意，令人追誦「北闕」之句，不勝嘆息。

晚唐七言律佳句，有雄快絶倫者，如「下國卧龍空寤主，中原得鹿不由人」、「天上玉書傳詔夜，陣前金甲受降時」、「邊騎不來沙路失，國恩深後海城荒」、「地主望中迷橘柚，旅遊誰肯重王孫」、「南國羽書催部曲，東山毛褐傲羲皇」之類是也；有高逸孤寄者，「便同南郭能忘象，兼笑東林學坐禪」、「已知世事真徒爾，縱有心期亦偶然」、「落日亂蟬蕭帝寺，碧雲歸鳥謝家山」、「玄豹夜寒和霧隱，驪龍春暖抱珠眠」之類是也；有悲歌欲絶者，如「雲雨暗更歌舞伴，山川不盡別離杯」、「數莖白髮生浮世，一盞寒燈共故人」、「故園書動經年絶，華鬢春惟滿鏡生」、「五湖歸去孤舟月，六國平來兩鬢霜」、「女蘿力弱難逢地，桐樹心孤易感秋」之類是也；有寫景繪物入情入妙者，如「滿樓春色旁人醉，半夜雨聲前計非」、「雨暗殘燈人散後，酒醒孤館雁來初」、「詩情似到山家夜，樹色輕含御水秋」、「碧山初暝嘯秋月，紅樹生寒啼曉霜」、「遠驛新砧應弄月，初程殘角未吹霜」、「孤島待寒迎片月，遠山終日送餘霞」、「細水浮花歸別澗，斷雲將雨下孤村」、「殘春孤館人愁坐，斜日小園花亂飛」、「灘頭鷺占清波立，原上人傍返照耕」、「鶴盤遠勢來孤嶼，蟬曳殘聲過別枝」、「仙掌月明孤影動，長門燈暗數聲來」之類是也；有點綴故實工巧者，如「西園公子名無忌，南國佳人字莫愁」、「青州從事來還易，泉布先生老未慳」、「山中宰相陶弘景，洞裏真人葛稚川」、「屏上樓臺陳後主，鏡中金碧李夫人」、「塵外鄉人爲許掾，山中地主是茅君」之類是也；有頹放縱筆生姿者，如「題詩朝憶復暮憶，見月上弦還下弦」、「黄葉黄花古時路，秋風秋雨別家人」、「故山歲晚不歸去，高塔天晴獨自登」、「江人依舊棹舴艋，江岸還是飛鴛鴦」、「四時最好是三月，一去不回惟少年」、「鳥去鳥來山色裏，人歌人哭水聲中」，諸如此類是也。誰謂晚唐無詩哉！

晚唐馬虞臣「猿啼洞庭樹，人在木蘭舟」，右丞之「雨中山果落，燈下草蟲鳴」也；「廣澤生明月，蒼山夾亂流」，工部之「薄雲巖際宿，孤月浪中翻」也；「積翠含微月，遥泉韵細風」，蘇州之「禁鐘春雨細，宫樹野煙和」也；「河漢秋生夜，杉梧露滴時」，襄陽之「微雲澹河漢，疏雨滴梧桐」也。豈復有人代之隔哉？

晚之不及初、盛者，非謂今體，謂古體也。元和今體新逸，時出開元、大曆之上；惟古體神情婉弱，醖釀既薄，變化易窮。至宋得長公、涪翁、永叔諸公，天分既高，人力復盡，其繪情寫物，雖似另開生面，而實青蓮、工部胎骨。不知者徒以蘇、黄之體少之，真矮人觀場也。

唐昭宗光化三年，左補闕韋莊奏：「詞人才子，時有遺賢，不霑一命於聖明，没作千年之恨骨。據臣所知，則有李賀、皇甫松、李群玉、陸龜蒙、趙光長、温庭筠、劉德仁、陸逵、傅錫、平曾、賈島、劉稚珪、羅鄴、方干，俱無顯過，皆有奇才。麗句清辭，徧在詞人之口；抱恨啣冤，竟爲冥路之塵。伏望追賜進士及第。」韋莊此奏，雖爲憐才闡幽至意，然未免爲識者所笑。夫科第非褒封之物，且長吉召賦玉樓，修文天上，其視人間青紫，真一虻子，寧復以一命爲介介者？予去歲過京口，見顧修遠所刊有《李杜同榜登科詩》十首，蓋爲李、杜惜一第也。其韋補闕之見歟？

康熙甲辰，僕南旋買舟朱僊鎮，夜泊汴河驛口，阻凍五晝夜。所見驛樓前鷄初鳴時，車馬聲璘璘然動，來往喧呶竟日，至漏三方息，想見義山《曲池》詩之妙。及凍甫解，解纜見斷冰觸船，舟人叫聲如雷，兩岸雪花颷起，誦唐人「風兼殘雪起，河帶斷冰流」句，不禁神王。因次韵弔武穆云：「風聲沉戰鼓，殺氣咽河流。」宋荔裳見之曰：「何其聲之似高達夫也！」其首尾忘之矣。

司空表聖詩多佳句，如「緑樹連村暗，黄花入麥稀」、「川明虹照雨，林密鳥銜人」、「馬色經寒慘，鵰聲帶晚饑」、「孤嶼池痕春漲滿，小欄花韵午晴初」、「五更惆悵迴孤枕，猶自殘燈照落花」，皆足稱也。

司空表聖詩清真高古，全無晚唐一點尖新塗澤習氣。如《半山》云：「名因不朽輕仙骨，理到忘機近佛心。」《争名》云：「窮辱未甘英氣阻，乖疏還有正人知。」又：「霄漢逼來心不動，鬢毛白盡興猶多。」《退栖》云：「得劍乍如添健僕，亡書久似失良朋。」又「燕昭不是空憐馬，支遁何妨亦愛鷹。」《寫真》云：「幽情暗結千重恨，寒勢常欺一半春。」又「文武輕銷丹竈火，市朝偏貴黑頭人。」即此數語，可想見其爲人。

賈島「怪禽啼曠野，落日恐行人」，夕陽驢背上真有此景，想之心怦怦然動。微之之所謂「凡近」者，即殷璠之所云「俗體」也。王建詩往往在人口中，而樂天稱爲麗則；許渾詩極斐然，而放翁詆其鄙陋。能通於二公之論，此道思過半矣。

韓、白、歐、蘇詩自是大家材料，不當律以常格。元美以宋人呼退之爲大家，未免勢利；永叔不識詩，自標譽能詩；子瞻墜落彼趣中，亦自雄快：皆方隅之見，不能另具一副心眼者也。

柳吴興「太液滄波起，長楊高樹秋」，晏同叔「冰從太液池邊動，柳向靈和殿裏看」，語意皆同。胡元瑞以同叔「靈和」字面稍僻，又於「柳」不切，易作「長楊」，詫爲的對，不知初本吴興句也。「長楊」較「靈和」似顯，第宋武植柳於靈和殿，亦最易曉者，以爲不切「柳」，何也？

介甫詩，崛强自喜中，時亦清麗絶人。五言今體如「清江無限好，白鳥不勝閒」、「落日更清坐，空江無近舟」、「緑陰生晝寂，幽草弄秋妍」，七言如「寒鴉對立西風樹，幽草環生白露庭」、「落木雲連秋水渡，亂山煙入夕陽橋」、「雲埋塞路驚塵合，霜入春風滿鬢愁」、「孤城倚薄青天近，細雨侵陵白日昏」、「千家漁火秋風市，一葉歸舟暮雨灣」、「樹外鳥啼催晚種，花間人語趁朝虚」、「荒埭暗鷄催月曉，空場老雉挾春嬌」、「細數落花因坐久，緩尋芳草得歸遲」，如此等句，每一諷誦，半山風流，至今想見。世人徒誦其「江月轉空爲白晝，嶺雲分暝與黄昏」、「一水護田將緑遶，兩山排闥送青來」，則未免着相矣。

介甫詩：「三代子百姓，公私無異財。人主擅操柄，如天持斗魁。」此新法之本意也。又云：「衆人紛紛何足競，是非吾喜非吾病。頌聲交作莽豈賢，四國流言旦猶聖。」其言如此，寧以人言爲足恤者哉！

子瞻詩包羅萬象，一由我法，集中一種煙雲滿紙、咳唾琳琅者爲最，清空如話者次之，至有時鬭韵露異，不無小巧，求真得淺，未免添足。退之、香山、義山亦時時有之，要不礙其爲大家。胡元瑞以爲於詩無解，蟪蛄豈知春秋哉！

王半山「京口瓜洲一水間，鍾山祇隔數重山。春風又緑江南岸，明月何時照我還？」吴中士人家藏其草，初云「又到」，圈去，注曰「不好」，改爲「過」；復圈去，改爲「入」；旋改爲「滿」，凡如是十餘字，始定爲「緑」。黄山谷「歸燕略無三月事，高蟬正用一枝鳴」，初曰「抱」，又改曰「占」、曰「在」、曰「帶」、曰「要」、至「用」字始定。二字之改，雖未甚工，然見古人苦心如此。

宋人潘閬，字逍遥，有《歲暮自桐廬歸錢唐》詩云：「久客見華髮，孤棹桐廬歸。新月無朗照，落日有餘暉。漁浦風水急，龍山煙火微。時聞沙上雁，一一向南飛。」却有唐人風格。又王明之在姑蘇有所愛，至京師，逾時不得歸，作詩云：「黄金零落大刀頭，玉筯歸期盡到秋。紅錦寄魚風逆浪，碧簫吹鳳月當樓。伯勞知我經春别，香蠟窺人一夜愁。好去渡江千里夢，滿天梅雨是蘇州。」此詩却元調，何也？

魯直七言今體，得杜之勁蒼而少妩媚，要亦就性之所近，故有少陵一體也。五言古出入拾遺、東野之間，七言長篇則依然嘉州、常侍得意筆耳。

王介甫爲江東提刑，按部至饒州，見廳事屏間有題小詩云：「呢喃燕子語梁間，底事來驚夢裏閒？說與傍人應不解，杖藜攜酒看支山。」大嘆賞之。問誰所作，左右云：「州務劉季孫也。」即召與語，嘉嘆升車而去，不復問務事。至傳舍，郡學生持狀立庭下，請差官攝州學事。公判監州，一部皆驚，遂知名。舒州朱載爲黄州教授，有詩云：「官閒無一事，蝴蝶上階飛。」坡公見之，稱賞再三，遂爲知己。張乖崖在蜀，有録事參軍老病廢事，公責之，遂求去，以詩留别云：「秋光都似宦情薄，山色不如歸興濃。」公驚，謝之曰：「吾過矣！同僚有詩人而吾不知。」因留而慰薦之。惜逸其姓名。此三公者，憐才樂善，風流千載可掬。今世此風，邈不可覩矣。

文與可「美人却扇坐，羞落庭下花」，坡公最激賞之。兩語麗而韵，比長吉「下階自折櫻桃花」較妙。少有見其全什者，詩云：「咸陽秦王家，宫闕明曉霞。丹文映碧鏤，光采相鈎加。銅螭逐銀猊，壓屋驚蟠拏。洞户銷日月，其中光景賒。春風動珠箔，鸞額金窠斜。美人却扇坐，羞落庭下花。閒弄金指環，輕冰扼紅牙。君王顧之樂，爲駐七寶車。自捲金縷衣，龍鸞蔚紛葩。持以贈所歡，結歡期無涯。」其麗緻絶倫，宋詩所少也。

山谷云：「以俗爲雅，以故爲新，如孫、吴之兵，棘端可以破鏃，此詩人之奇也。」蓋詩之奇不在此，山谷認此爲奇，所以爲山谷也。朱文公譏山谷詩多信口亂道，楊用修亦嗤鄙之。雖不盡然，然非無見者。

王介甫《進字説》云：「正名百物自軒轅，野老何知强討論。只可與人漫醬瓿，豈能令鬼哭黄昏。」則《字説》亦達人遊戲之筆，初未嘗自誇爲不刊之書也。當日諸公何苦詆刺，如貢父之「老鸛」、子瞻之

「爲鳩」云云諸可笑者。乃知新法之行，雖屬執拗，亦諸人激成之過。魯直云：「荆公六藝學，妙處端不朽。諸生用其短，頗復鑿户牖。譬如學捧心，初不悟己醜。玉石恐俱焚，公爲區别否？」不專主王氏而罪附和者，最爲平允，足令荆公心服。

陸放翁云「唐人愛飲甜酒、灰酒」，引少陵「不放香醪如蜜甜」、陸魯望「酒滴灰香似去年」爲證。《學齋呫嗶》云：「放翁援杜爲切，誤認陸句。蓋陸《初冬》句云：『小爐低幌還遮掩，酒滴灰香似去年。』言圍爐飲酒，盞瀝滴在灰中而香，仍似去年光景，不是灰酒也。以上句觀之，其義昭然。放翁工於詩而不善説詩，何哉？」此言是矣。至「愛飲甜酒」引杜句爲切，則又不然。杜云：「人生幾何春又夏，不放香醪如蜜甜。」「甜」者，甘也。即甘食、甘飲之義。言景光易邁，忽春又夏，當飲酒爲樂，如蜜之甜。此即古樂府《相勸酒》遺意。若認酒甜，何啻説夢。以文害詞，以詞害意，甚矣説詩之難也！

坡公寫日初出則云：「天門夜上賓出日，萬里紅波半天赤。歸來平地看跳丸，黄金一點鑄秋橘。」寫月初生則云：「明月未出群山高，瑞光千丈生白毫。一杯未盡銀濤湧，亂雲脱壞如崩濤。」此等氣魄，直與日月争光，李、杜文章雖光焰萬丈，安得不虚此老一席！

坡公《伏龍行》云：「眼光作電走金蛇，倒捲黄河作飛雨。」《鐵柱杖》云：「柳公手中黑蛇滑，千年老根生乳節。」即長吉復生，不能過此。

宋人蘇養直絶句：「屬玉雙飛水滿塘，菰蒲深處浴鴛鴦。白蘋滿棹歸來晚，秋着蘆花一岸霜。」「扁舟繫岸依林樾，蕭蕭兩鬢吹華髪。萬事不理醉復醒，長占煙霞弄明月。」東坡喜書之，謂若置之太白集中，誰復疑其非。予謂二詩亦清激有態，中、晚佳境；第「萬事不理」句終是宋人口角，輒混太白，恐難欺人，抑阿其所親耶？

陸放翁《春愁曲》云：「伏羲三十餘萬歲，春愁歲歲常相似。外大瀛海環九州，無有一州無此愁。」又絶句云：「縱得金丹真不死，摩挲銅狄更添愁。」讀之不特人間無有生之樂，即神仙亦無不死之樂。昌黎云：「人欲久不死而觀居此世者，何也？」爲之三嘆。

放翁詩多至萬首，其佳句甚夥，當分别觀之。世多詆其俚淺，然實有警處、逸處、造作處。如《感懷》云：「故人不見暮雲合，客子欲歸春草生。」《雨霽》云：「雨聲已斷時聞滴，雲氣將歸别起峰。」《雨泊》云：「風吹暗浪重添纜，雨送新寒半掩門。」《夜步》云：「風遞鐘聲雲外寺，水摇燈影酒家樓。」《小雨》云：「剪燈院落晨猶冷，賣酒樓臺晚放晴。」《幽居》云：「燕低去地不盈尺，鵲喜傍簷時數聲。」《寄意》云：「客從謝事歸時散，詩到無人愛處工。」《初冬》云：「楓葉欲殘看愈好，梅花未動氣先香。」諸如此類，皆古調也。至其用疊字入妙處，則有「孤村寂寂潮生浦，小院昏昏雨送梅」、「稻壠牛行泥滑滑，野塘橋壞雨昏昏」、「草煙漠漠柴門裏，牛跡重重野水濱」、「陂塘漫漫行秧馬，門巷陰陰掛艾人」、「白塔昏昏纔半露，青山淡淡欲平沉」，皆言近致遠，有浣花、曲江之遺焉。

南宋人詩，放翁、誠齋、後村三家相當，皆以野逸勝，而精彩燁然，放翁尤妙。予已略其佳句於前，而尤有未盡焉者，如「高城薄暮聞吹角，小市豐年有戲場」，又「沙冷斷鴻投别浦，風高殘漏下孤城」，又「九萬里中鵾變化，一千年外鶴歸來」，又「未霜村舍秋先冷，無月江邊夜自明」，又「身世蠶眠將作繭，形容牛老已垂胡」，又「雨餘千疊暮山緑，花落一溪春水香」，又「虚名定作陳驚座，好句真慚趙倚樓」，又「百草吹香蝴蝶鬧，一溪漲緑鷺鷥閒」，又「蚍蜉布陣雨將作，蛺蝶成團春已濃」，又「老牸行將新長犢，空桑卧出寄生枝」，又「數聲相應鳩呼雨，一片初飛葉報秋」，又「船頭坎坎回帆鼓，旗尾舒舒下水風」，又「性懶杯盤常偶爾，地偏鷄犬亦翛然」，又「緑樹晚涼鳩語鬧，畫梁晝寂燕歸遲」，又「梅青巧配吴鹽白，筍美偏宜蜀豉香」，又「嫩莎經雨如秧緑，小蝶穿花似繭黄」，又「聯舟作隊圍魚陣，屈竹成籬護芡畦」，又「雲歸時帶雨數點，木落又添山一峰」，又「數蝶弄香寒菊晚，萬鴉回陣夕楓明」，諸如此等，則萬里、莆陽所少也。

歐陽永叔詩，心手經營，較子瞻尤多作意。余於全集中録五十餘首，皆翩翩唐調，不落宋習者，另梓外，今爲摘其佳句。如五言云「瑶華傷遠道，芳草送歸鞍」，又「帆歸黄鶴浦，人滯白蘋洲」，又「山河識天府，風雨度函關」；七言如「清江萬古流不盡，白鳥雙飛意自閑」，又「夢回夜帳聞羌笛，詩就高樓對隴雲」，又「梁苑樹荒誰共客？楚江楓老獨悲秋」、「千重寒浪翻如箭，萬疊春山翠入樓」，皆作家語也。

蘇欒城詩，世不多見，東坡嘗云：「其《南窗》詩，人間當録數百本。」今讀之，清逸閒適，淡致如許。詩云：「京城三日雪，雪盡泥方深。閉門謝往還，不聞車馬音。西齋書帙亂，南窗日方升。展轉守床榻，欲起復不能。閉户失瓊玉，滿堦松竹陰。故人遠方來，疑我多苦心。疏拙自當爾，有酒聊共斟。」此詩當於陶、柳門外另置一席。又《題李龍眠山莊圖》四絶，《瓔珞巖》云：「流泉逢石罅，脉散成寶綱。

水神瓔珞看，山是如來相。」題《雨花巖》云：「巖花不可舉，翔蕊久未墜。忽蕩幽人前，知子觀空坐。」《玉龍潭》云：「白龍晝飲潭，修尾掛石壁。幽人欲下看，雨雹時相射。」《陳彭漈》云：「蒼壁立積鐵，懸泉瀉天紳。山行見已久，指與未來人。」此詩忽作奇警語，與前又是一格。陸放翁稱次公詩勝於長公，非無見也。

《竹坡詩話》云：「東坡戲作《煮豬肉》詩云：『漫着火，多着水，火候足時他自美。』不過滑稽語耳。後讀《雲仙散録》載黄昇日食鹿肉二斤，自晨煮至日春，則曰火候足矣。乃知此老雖煮肉，亦有故事。」近見明人飲酒詩云：「但餘六長瓶，味甘色如醥。儲以嫁嬌女，宰羊會鄰保。」謂不過偶托語耳。及閲房千里《投荒録》云：「南方人有女數歲即釀酒，候陂水竭，置壺其中，密固其上。候女將嫁，即決水取以供客，謂之女酒，酒味絶美。」知其言之有所本也。

陶公《桃源詩》有「鷄犬互鳴吠」語，子瞻和之云：「杞狗或夜吠。」俱佳。後袁石公和之云：「岫老鶹鵂斑，谿淺琉璃吠。」時人不解。以問小修，小修曰：「西域有吠琉璃，《楞嚴經》中有大琉璃，古德以爲必吠琉璃，譯者悞也。吠是琉璃色。」此可與徐文長「向日捉琵琶」同僻。

楊鐵崖《題馬文璧雪景圖》云：「東山西山失翠微，銀海玉海涵清暉。老僧覓句扶桑曉，化作青雲滿谷飛。」真仙品也。

又唐伯虎題云：「寒氣凝江水不波，網船衝雪起鯿窠。詩人攬勝開窗看，榾柮初紅酒滿螺。」此詩與楊作可無低昂。

太倉王辰玉衡，不以詩名。袁小修《日記》稱於極樂寺中見其題壁二律，中有「雪中烏乳分齋鉢，僧歸月下及梵鐘」，又「寒燈貝葉翻香蠹，春樹簷花坐語禽」，爲佳境。又稱其臨池遒媚妙絶。知名下無不可也。

或問莊孔陽以張東海草書，莊曰：「好到極處，俗到極處。」又問若何而可，曰：「寫到好處，變到拙處。」詩道亦然。雖然，寧獨詩與字然哉？

劉貢父云：「梅堯臣愛嚴維『柳塘春水漫，花塢夕陽遲』，固善矣。細較之，『夕陽遲』則繫『花』，『春水漫』何須『柳』也？似未盡善。」余閲之，不覺失笑。「夕陽遲」，春日遲遲也，何爲繫「花」？「春水漫」，水流漫也，何關於「柳」？宋人之着相强解事，類如此。

永叔語其子棐曰：「吾《廬山高》惟李太白能之；《明君曲》雖太白不能，惟子美能之；至其後篇，雖子美不能，惟吾能也。」今其詩具在，試取太白《廬山謡》與較之，果何如也？《明君曲》前、後篇與「群山萬壑」，直有仙凡之隔。人苦不自知，「家有敝帚，享之千金」，不意永叔而作是言也。或曰其子揚厥考之詞，非六一語也。良然。

原吉滿腹悲憤，而詩歌琅琅，聲出金石，不許淺學人襲牙後一字。如「滄洲露白蒹葭滿，甲第秋聲蟋蟀高」、「邊地雪霜憐馬革，五湖煙雨夢鴟夷」、「夜久長庚隨月上，天清高鳥帶霜飛」、「大地風塵憂未解，扁舟江海去無期」、「杏花落盡東風惡，燕子歸來社雨寒」、「《紫芝》遺曲歌商皓，烈火殘經補漢儒」等語，皆人所不能道也。

虞、范、楊、揭，元號四家。今觀其集，篇什格調，如出一手，七言古稍有可觀，近體勻軟卑凡，了無可取。其云欲矯宋人拘牽之弊，而才具單弱，不敵蘇、歐、王、黄遠矣。

《續樹萱記》：元撰夜見吴王夫差與唐諸詩人詠詩。李翰林云：「芙蓉露濃紅壓枝，幽人感秋花畔啼。玉人一去未回馬，梁間燕子三見歸。」張司業云：「緑頭鴨兒咂萍藻，采蓮女郎笑花老。」杜舍人云：「鼓鼙夜戰北窗風，霜葉沿階貼亂紅。」杜工部云：「紫領寬袍漉酒巾，江頭蕭散作閒人。」白少傅云：「不因霜葉辭林去，的當山翁未覺秋。」李奉禮云：「魚鱗甃空排嫩碧，露桂稍寒掛團璧」等句，皆雜擬唐人逼肖。或謂宋人王性之所作，托名元撰，無是公之意也。文人遊戲筆墨，工巧如是。

黄東厓擬黄石齋先生碑銘，屢輟筆，愧懼交集，作詩云：「尼父題碑兩人耳，有殷少師吴季子。許由遺塚在箕山，已著疑詞於遷史。唐紀張巡段秀實，各推韓柳巍峩筆。枉用王磐弔文忠，在元此道黑如漆。國朝羞人危太素，末年遺守余公墓。革除大節王與周，何事西楊强迴護？我幸衰頽未至此，炯炯慚公負一死。商容衹合教老聃，欲贊夷齊恐非喜。」自注云：「篇中用二十人姓名，略有所倣。」余嘗讀柳州《與商孟容書》中一段，僅百餘字，備二十人姓名，抑先生倣此歟？此詩雖與日月争光可也。

金源氏時朱自故詩，句法工致，楚楚不俗，最得唐人筆意。如《郊行》云：「小溪煙重偏宜柳，平野雲垂不礙花。」《秋眺》云：「樓影不摇溪水浄，春聲相答暮山空。」《清河道中》云：「川平佛塔層層見，浪穩商舟尾尾行。」《細雨不出》云：「疏疏小雨槐花落，寂寂虚堂燕子飛。」諸如此類，何減倚樓、校書當年？

元遺山「黄花自與西風約」、曹能始「東風不負藤蘿約」，同用「約」字，説得風、花有情。

楊伯嵒云：「經史中之字註音韻，世人傳訛，不以爲嫌，散文中用之或不妨，至對偶押韻，決當審慎。」予謂凡四聲中平仄互見經前人用過者，或可藉口，若夫訛亦當斟酌，不得效顰，貽笑大雅。

五季楚馬氏時劉昭雨者，爲天策府學士，工詩，論：「五言如四十賢人，不亂着一字屠沽。」又云：「索句如獲玉匣，精求必得其寶。」嘗有句云：「句向夜深得，心從天外歸。」爲時所稱。同時有何仲舉、石文德者，皆以能詩名。何《秋日晚望》云：「村迎高鳥歸深樹，雲傍斜陽過遠山。」石《挽宫嬪》云：「月沉湘浦冷，花謝漢宫秋。」皆殘唐妙手也。

王元美云：「唐人紀宋延清二事，吾皆疑之。其一謂延清夜投靈隱寺，得句『鷲嶺鬱岧嶤，龍宫鎖寂寥』，吟甚苦。一老僧云：『少年何不言「樓觀滄海日，門聽浙江潮」？』遂終篇。跡之，乃賓王也。其二謂希夷『去年花落顔色改，今年花開復誰在？』延清愛而欲有之，不許，遂以土囊壓殺之。夫『落花』句雖自妍，要非至者，且延清自多佳境，何至苦欲得之？又按：延清與賓王年事不甚相遠，賓王有《江南贈宋五之問》及《兗州餞别》詩，何得言非舊識？若賓王果爲老僧，而之問後謫至杭，亦且老矣，何得呼爲『少年』？止由二詩並見集中，而好事者欲以證希夷之横死，賓王之逃生，故令延清受此長誣耳。」元美此辯引據甚確，第此二事總見佳句不易得，如「性癖躭佳」、「不死不休」之意，不必認真可耳。

周元亮云：「今人讀詩文，痛痒了無覺，求其能以土囊壓殺人者，正不易得。」有激乎其言之也！

晉江何鏡山喬遠與友人莊應嘐書曰：「君爲詩，將生而對人讀之乎？抑死後任人讀之也？生有莊應曙在旁，曰吾語如此如此；若死後而任人讀之，則必使吾之意通於百世之後，俾觀者自得之，尚可從旁曰吾詩如此如此耶？」東坡云：「三分詩，七分讀。」其莊應曙之謂歟？

陳大樽評李東陽詩「如帝釋天人，雖無與宗派，實爲法門所貴」。予謂此語移以評倪鴻寶、黃石齋詩亦當，然難語曹溪之嫡矣。

袁小修七言今體，清音古調，高出中郎之上。讀其佳句，無一凡筆。如《漢陽感舊》云：「芳草偏憐衡處士，桃花不夢息夫人。」《遊黃鶴》：「峰連建業何曾斷，浪接瀟湘總未平。」《渡黃河》云：「草經青女全無色，雁過黃河別有聲。」《懷中郎》云：「青山到處悲王粲，明月曾經照謝莊。」《不第歸》云：「相逢誰勝黃江夏，不死差强禰正平。」《別傅叔睿》云：「張緒通身如弱柳，謝郎五字似芙蓉。」不一而足。余尤愛其《長安道上醉歸》一律云：「天街十里霧濛濛，醉後依稀似夢中。栖樹寒鴉一背月，戀槽歸馬四蹄風。椶櫚暗暗藏禪寺，鈴柝沉沉護漢宮。訊罷騶人無一事，流星如火耀晴空。」誦之宛然如東華馬上酩酊夜歸時也。

袁小修云：「作詩不外情、景，情雖無所不寫，而亦有不必寫之情；景雖無所不收，而亦有不必收之景。中郎矯歷下之拘，多抒其意中之所欲言，而刊去套語，間入俚易。」誠哉是言！使中郎而在，當爲稽首。

吾閩《武夷志》載九曲溪頭有郭璞題讖詩云：「黃岡降勢走飛龍，鬱鬱蒼蒼氣象雄。兩水護纏歸洞府，諸峰羅立拱宸宮。林中猛虎横安跡，天外狻猊對面崇。玉佩霞衣千萬衆，萬年仙境似空同。」周元亮曰：「璞時詩體便有七律，便有晉安惡濫之七律，真可發一噱。諸志中如此類者甚多，編者皆存而録之，不解其故。」余以此等惡詩皆由士大夫所歷宦治，好言修志，以文其俗吏面目，實不曉風雅爲何物；又多委之一二小生老儒之手，妍媸莫辨，悉存篇帙故耳。第此等詩處處有之，不得專罪晉安，亦不得專指《武夷志》也。

皇甫子安五律通體雋別，純是六朝，似不肯乞靈王、杜者。蓋此體易就難工，必如此深秀，淺人始不敢輕下筆。阿弟子循，姿致不愧塤篪，而未免露作家氣習；至七律則賞心大暦，不甘寄七子籬下矣。二甫洵吴中傑士也。子安五律秀句，如《江上别友》云：「分鴻下林影，别鶴上琴聲。」《春天對雨》云：「疏花開獨樹，新水亂寒塘。」《宴流杯亭》云：「暝樹煙常合，春山雨不分。」《夜泊》云：「蓼積寒江渚，楓凋古驛亭。」《彭城道中雨行》云：「殘陽向湍没，飛雨度川重。」《靈巖溪口》云：「雲行低合柳，江淺細澄沙。」「岸静渚花落，溪閒山鳥吟。」《天平寺》云：「松堂散花雨，溪牖摇峰陰。」《治平寺》云：「一林寄空水，滿院生雲陰。」《靈巖寺》云：「遥靄引疏磬，群峰寒暮天。」《懷子循》云：「山鐘摇客夢，池草結遐心。」諸如此妙語，雲間選明詩盡汰之，謂其落中、晚色相。果爾則何遜、江總、張正見、庾子山諸公，皆可謂中、晚乎？選家好尚之偏如此！

子安同時有徐紹卿縡者，五言幽逸耐賞，儘有可採。如「怨别清江路，相看暮髮人」、「歲華看逝水，心事見殘灰」、「荻花明翠渚，雲葉散華天」、「暮山飛靄遍，春嶺掛星疏」、「月白鴻聲切，花寒露氣多」、「暮窗行翠岫，春檻抱滄流」、「蕪緑煙催暝，花寒雨作愁」等語，皆不落囂凌習氣，所謂心醉殷璠之鑒者也。

李于鱗《詠梅》云：「仙郎夢斷月應知。」用羅浮事。武林張繡虎乙之，以落韵未穩，不知其本陸放翁語也。放翁《詠梅》云：「與人又作經年别，問月應知此夜愁。」故李因之。李好談盛唐，而自運每每入宋、元如此。

于鱗七言律多至三百餘首，只一格調，數見不鮮耳。其實工穩華縟，自足以鼓吹當代，領袖時賢，不必譏之太過。

謝茂秦「天横落照明孤壘，地湧寒沙接亂山」、「地出三峰雄陜服，天分八水雜秦聲」、「天開鳥道千盤嶂，地入蠶叢萬嶺西」，屢用「天」、「地」字，氣象峥嶸。然較老杜「地經灧澦雙蓬鬢，天入滄浪一釣舟」，語雖精彩有餘，而神韵不及。蓋謝語景出而意盡，杜句景盡而意無窮也。

晉江林翀漢光禄鄉捷甲午，見後甲午，同郡林錦峰中丞見後壬戌，又林震西太守見後乙丑，皆同姓，壽考科名，真僅事也。黄東厓祝翀漢有詩：「百歲庚新欣杖玉，三秋甲滿慰泥金。」吾里前輩有人，不及遍考，閩省賢書中，當添一則搜入。

李卓吾與公安二袁稱爲知交，小修贈李詩云：「座中鸚鵡人如在，樓上元龍氣不除。」想見秃翁鬚眉。黄東厓《過通州墓下》云：「窮年墨汁翻青簡，到老霜刀送白頭。」讀之令人下淚。

于鱗「萬里銀河接御溝」，舊稿「何處還逢玉樹留」；茂秦「庭草驚秋白露垂」，舊稿「玉露初驚沾草重」，二首起句改得工拙迴異。詩不厭改，拙速巧遲，詎不然耶？

紡授堂古詩，佳者本於昌黎、山谷；近體欲矯晉安之靡，多抒胸臆，終之沖雅。里中稱詩者類效顰之，如「《孤憤》《説難》消涕淚，婦人醇酒晦英雄」、「老我意中六太息，送君江上一衰翁」、「書同輪扁讀方快，劍笑莊生説未雄」等語，頗見鋒穎，然去風人之旨甚遠。若「牛未出欄終土塊，驥思歷險出風塵」、「鳳意矜毛終礙網，龜貪曳尾半拖泥」，鄙俚不堪，幾墜惡道。

「四更山吐月，殘夜水明樓」，東坡謂兩語千古絶唱。茂秦《詠秋月》云：「銀漢光翻千里雪，桂花香動萬山秋。」又「光臨鳳闕疏鐘斷，寒入龍庭畫角悲。」可謂異調同工。觀者勿以吾言爲不倫，便稱知詩。

僕在北平六載，絶無與言詩者。及見灤州高二亮輔辰前輩諸製，甚瑰瑋不群，五言今體尤多入妙。如《夷齊廟》云：「薇清公子氣，竹問故城名。」《至榆關》云：「山頭排雉白，海氣上鷗青。」又「堠雲狼峻火，秋色雁低樓。」《賦螢火》云：「秋風思煬帝，草色化王孫。」又「澹影漁楓遠，流光石火翻。」《泛江》云：「露江横棹白，日壑透巖紅。」又「小幔封雲壑，寒鐺煮雪江。」《登釣臺》云：「午圓山樹影，風咽澗蟬秋。」又「澹景煙成路，清吟月在衣。」《園居》云：「午雨灌花熱，山雲割石尊。」又「種蔬弘地德，閲鳥極天程。」種種佳句，亦「韓陵一片石」也。

會稽詩人，宋有陸務觀，明有徐文長，結撰不同，而語意彷彿。今觀五、七言摘句，合放翁集中觀之，不前後神似乎？陶石簣謂：「王、李之派盛行，操翰者羞言宋、元，知務觀者鮮矣，況文長乎？」此亦知音之言也。

文長五言律，初無佻纖詭靡之習。如《入京》云：「碧柳深高館，紅雲近侍臣。」《新晴》云：「鳥啼御溝柳，象散閣門花。」《贈鴻臚》云：「風雲留宿雨，花草踏晴泥。」《入燕》云：「紅葉淮流舫，黄塵沛縣驟。」《園林》云：「高樓煙欲暮，遠岫雪將晴。」《芹芽》云：「暖風來燕子，寒食伴棠梨。」《紅戰袍》云：「春籠香共疊，夜帳火俱明。」《過宋陵》云：「過客悲山鳥，王孫種墓田。」《假磬》云：「特懸孤磬在，時扣萬山虚。」《寶刀》云：「海泛防龍合，天陰聽鬼愁。」又「綵絨結蠻女，鐵色照并州。」此等語，中郎皆著實激賞，何減三唐！

文長七言清新之句，如《送人鎮川貴》云：「秋浦送人歌《白苧》，夜郎吹笛待青蓮。」《送方阜民公子》云：「客裏經春花作伴，酒中連日雨留行。」《觀海》云：「千山見日天猶夜，萬國浮空水自平。」《與王山人》云：「平原自有三千客，門下聊同十九人。」《露筋祠》云：「畫壁已殘春社雨，靈風時滿夜歸旗。」瑰麗之句，如《贈李都司》云：「寶刀雪暗桃花血，鐵鎧風輕柳葉衣。」又「團花韎韐蒐春日，細柳旌旗拊髀年。」《壽吴宣府》云：「笑引雙椎胡女拜，傳呼萬帳令公來。」詠物精緻之句，如《萬緑叢中紅一點》云：「青樓百座迎桃葉，翠袖傾宫捧太真。」《鷄聲》云：「韵飄籬外風遥應，頸漲花前繡愈圓。」《畫魚》云：「壁上懸魚難聚網，畫心無獺穩摇鬚。」《觀妓放體空中》云：「雙彎鐙底羅鞋窄，都在空中粧翠寒。」《賣磬》云：「莊舄戀鄉聲自舊，金人辭漢淚長流。」

吾友蔣子陸宣能詩而不肯多作，蓋不苟作也。嘗與予過清湖，賦詩四首，宛是晚唐好手。録而傳之，以見吾里之詩，不專晉安風調。「此地三經過，今來似小康。沿溪春水白，比畝割秋黄。買婢藏深屋，栽花出短墻。山氛雲已靖，尚有力征忙。」「紫翠山連野，濤聲耳畔過。綠鋪朝露菽，黃落晚秋禾。柏老同楓葉，松樛混薜蘿。重重丘壑意，輿軟越村多。」「數里平沙路，西風帶雁過。草枯鼯遯穴，冰合馬嘶河。錯跡字行籀，層痕江湧波。捲簾城郭隱，愁暮奈陰何！」予於友人處見曹能始前輩書絹素《遊凝雲亭》一詩云：「亭敞遥天盡，鐘聲隱隱聞。松杉巢曉日，香火燒秋雲。溪界千行篆，鴻披一字文。祇園凝望處，花雨落氤氳。」此詩子陸似之。蓋子陸草書好規摹能始，故詩句亦彷彿也。

陳卧子謂：「聯句璧合難，珠聯尤難。至奇險處，如伐山鑿石，忽遇尖側，自是天然，不關人力。」故知造作者不可也，韓、孟未免賣弄古董耳。

閩王氏時有詹敦仁，字君澤，隱居佛耳山，素號博雅。留從效問以南漢主劉龑取名義，君澤爲詩答云：「伏羲初畫卦，蒼氏乃製字。點畫有邊傍，陰陽有協比。古者不嫌名，周人始稱諱。始諱猶未酷，後習轉多忌。或援他代易，或變文迴避。濫觴久滋蔓，傷心轉益熾。孫休命子名，吴國尊王制。覃菡霔弄僻，踖昷竅甦異。梁復踵已非，時亦跡舊事。巤杰自其一，蜀闖是其二。鄙哉仉砉名，陋矣越鱗義。大唐有天下，武后擁神器。私制迄無取，古音實相類。乖矗乙囝星，㐫恧匡西埊，缶圀已曌颪，作史難詳備。唐祚值傾危，劉龑懷僭僞。吁嗟毒蛟輩，睥睨飛龍位。龑儼雖同音，形體殊乖致。廢學愧未弘，來問辱不棄。奇字難雄博，摛文服韓智。因誦鄙所聞，敢布諸下吏。」從效得詩，深嘆服。觀此覺楊雄、司馬相如、韓退之未免狡獪。詩甚典瑰不凡，大似昌黎。

吴駿公序《彭燕又集》云：「往者予偕志衍舉於鄉，同年中雲間彭燕又、陳卧子以能詩名。卧子長予一歲，而志衍、燕又俱未三十。每置酒歡，志衍偕燕又好少年蒲博之戲，浮白投盧，歌呼絶叫。而卧子獨據胡床，爇巨燭，刻韵賦詩，中夜不肯休。兩公者目笑之曰：『何自苦？』卧子慨然曰：『公等以歲月爲可恃乎？吾每讀《終軍》、《賈誼》二傳，輒繞床夜走，撫髀太息。吾輩年方隆盛，不於此時有所紀述，豈能待喬松之壽，垂金石之名哉？壯盛智慧，殊不再來，公等奈何易視之也？』其後十餘歲，志衍不幸殁於成都；卧子以事殉節，其遺文卓犖，流布海内，不負所志。余與燕又偷活草間，又六七年於此矣。自顧平生無可表見，將以其餘年肆力於文章。顧兵興以來，流離奔走，神知耗竭。每憶少時讀書，不至觝滯，今手一編者，終日覆而按之，不能舉其詞。蓋予年過四十而髮變齒落，志雖盛而氣已衰矣。追念卧子疇昔之言，未嘗不爲之流涕也。」駿公此言，寫照大樽鬚眉如生。然大樽豈僅以紀述名世哉？顧偉南開雍有《賦得五月十三日》詩三首，此詩爲陳大樽先生作也。世傳關壯繆亦以是月日致命，故有「歸漢報劉」之句，讀者多忽之。

東厓詩極瑰奇，極葩豔。如《送安吉州守》云：「衙齋菰冷魚爲米，澤國桑稠蟹有筐。」《賦春水滿四澤》云：「雨過青蕪閒放犢，春深紅樹穩藏鶯。」《偶興》云：「龍猶致豢躭謀食，雁却遭烹罪不鳴。」又「廷尉宅門題盡否，敬容賓客對殘無？」《題子昂畫》云：「蔔酒酪漿馳騕褭，金蹄玉蹬盡麒麟。」皆佳句也。

周朴，吴興人，字大朴。唐末避亂，居福州烏山僧寺。好苦吟，彷彿賈瘦，詩亦清峭自好，有「古陵寒雨絶，高鳥夕陽明」、「風暖鳥聲碎，日高花影重」，及「黄河九曲冰先合，紫塞三春不見花」之句。歐陽公嘗稱之。黄巢入閩，逼之仕，朴罵云：「我尚不仕天子，焉能從賊？」因被害。嚴氣如此，又豈特爲詩人已哉！

王元美再召入京，一時親知出餞，置酒金山。醉後有云：「送客總歸惟月在，遊人欲老奈山何！」袁小修最激賞之，謂《四部》中所無妙語。讀之信然，然自晚年語耳。予讀《首楞》「八還」之義云：「諸可還者，自然非汝；不汝還者，非汝而誰？」深嘆賞元美此二語入禪之妙。

康熙庚戌春，蕭蟄庵御史請急返里，過仙霞五顯嶺，扁題杜句「鐵鎖高垂不可攀，致身福地何蕭爽」，予親見之。後死閩禍，邵蓉園謂此二語之讖，人生信有數哉！予友卞興書晚年自號二濟，詩文有聲。濟南郡守某延致師席，病至濟寧，卒於旅舍。「二濟」之讖，詎非前定？

吾閩建陽黄瀓之，字帥先，一字波民。弘光南都，以布衣通籍。入清，僑居廣陵。能文工書，尤長於詩。丁未歲，余過京口，遇之僧寮。時三伏，揮汗爲余書便面，五律宛然王、孟佳境。後二十年辛酉，予至延令放生庵，見其題壁上詩，住僧言已化去五載矣。吾里陳白雲之儔歟？世人稱閩派者，真不知子都之姣也。窮老無子，歿於維揚，同人醵金殯之。惜不見全稿，只以所見録之。《與偕一和尚話舊》云：「不謂又重逢，相尋一信筇。感時看樹長，閲世得天慵。舊夢餘寒榻，新愁入暮鐘。栖栖猶昨日，投老向何峰？」又「馴鳥傍簷啼，繁花復滿畦。柳風亭午細，麥浪逐秋低。一鉢貧如故，多年路不迷。祇憐蝸蘚跡，漫滅壁間題。」又「有酒君堪飲，無書我故閒。留雲伴夜榻，借雨洗秋山。竹響知猿戲，松翻見鶴還。明朝唯獨往，選勝待躋攀。」又「山氣日空明，蕭疏夜復清。燈光蛩語細，露響鶴魂驚。落木鳴幽壑，歸雲戀短楹。小童頻不寐，開户看秋聲。」又小詩云：「聽漏坐三更，殘燈照疏雨。蟋蟀不世情，來共幽人語。」又「倦夜試名香，留僧坐山閣。忘却下湘簾，風急瓶花落。」

寧都魏伯子云：「絶句本截律詩，然讀首一句即知是絶，與律不同。律詩首句每有端凝浩瀚巍峩之意，絶詩首句多帶輕利。」此語誠然。

孫豹人《溉堂詩話》云：「七言律用平仄，舊説『一三五不論，二四六要分明』，不知一三五更須斟酌。至於五言古篇中第二句第三字宜平，七言古篇中第二句第五字宜平，亦當加意，若純用仄，亦一疵也。蓋此法在唐以前尚不大拘，至唐人始密，讀者多忽之。今略舉一二：五言如杜工部《苦雨奉寄隴西公》一首，凡二十四句，只『信』字、『碎』字用仄聲；七言古如昌黎《謝鄭群贈簟》一首，通篇第五字無一仄聲。」此最細心處，亦可爲學者準繩也。附録之。

《溉堂詩話》云：「杜于皇謂某友詩已細矣，惜尚未到粗處；王阮亭謂某友詩極美矣，恨不曾見他醜處。」孫豹人亦謂某友詩快利不可言，更須造到鈍處。此三言人多稱之。蓋此三言，即予前所云「熟者、密者、巧者，非詩之絶詣」之説也。好而知其惡，惡而知其美者，天下鮮矣。

方孝孺之族也，尚書魏公澤時謫爲寧海典史，當捕方氏，極力保護周旋，以故方氏有遺育。澤後過方故居，有句云：「黄鳥向人空百囀，清猿墮淚只三聲。」至今讀之嗚咽。

閩王氏延彬，審邽之子，忠懿之姪也。爲泉州刺史，工詩歌，頗通禪理。性豪華，巾櫛冠履，凡日一易。詞客謁見，多爲所屈，一時徐寅、韓偓諸名士，自爲不及之。有詩云：「兩衙前後訟堂清，軟錦披袍擁鼻行。雨後緑苔侵履跡，春深紅杏鎖鶯聲。因攜久醞松醪酒，自煮新抽竹笋羹。也解爲詩也爲政，儂家何似謝宣城？」詩頗楚楚，於諸王中亦可謂錚錚矣。

予午夢有句云：「每嘆著書人已去，無端掩卷夢相牽。」頗自嘆賞。及見蘇欒城絶句云：「避事已謝客，養性不看書。書中多感遇，掩卷輒長吁。」乃知昔人已道之矣。

凡古韵叶音甚夥，姑舉「東」韵一字言之。如「朋」叶「篷」，楊用修深詆沈約入「蒸」韵之謬，而引《棠棣》「每有良朋，烝也無戎」、逸詩「翹翹車乘，招我以弓。豈不欲往，畏我友朋」，又《太玄》「一與六爲宗，二與七爲朋」，又劉楨《魯都賦》「和族綏宗，肅戒友朋」，爲叶「東」之據。陳季立第《古音攷》謂「朋」有兩音，與「東」叶者，以用修之引爲然；與「蒸」叶者，則有《椒聊》「蕃衍盈升」、「碩大無朋」，《菁莪》「在彼中陵」、「錫我百朋」，《魯頌》「三壽作朋，如岡如陵」爲然。楊去奢時偉又謂「升」亦音宗，「陵」亦音隆，引《儀禮》「八十縷爲一宗」，「宗」，古「升」字；《小雅》「與爾臨衝」，《韓詩》作「隆衝」；劉熙《釋名》：「陵，隆也。」《易・坎卦》：「維心亨，乃以剛中。天險不可升，地險山川丘陵。」歷歷援據。三公所言皆是，見前輩攷訂核詳處，一「東」爲然，他叶可類推矣。

謝茂秦詩多矜重而出，獨有《秋日懷弟》一律，情真筆老，若不經意爲工。詩云：「生涯憐汝自樵蘇，時序驚心尚道途。別後幾年兒女大，望中千里弟兄孤。秋天落木愁多少，夜雨殘燈夢有無？遥想故園揮涕淚，況聞寒雁下江湖。」此詩人多不録，知音者少耳。

曹峨雪動，當王、李餘燼，竟陵鵲起之時，獨標格韵，不隨呼拜，亦稱傑出。嘗觀其《談詩》一律云：「詩思人殊更擬誰？祖分左右亦偏師。可憐鸚鵡空調舌，果有麟鸞不畫眉。《白雪》豈容多和客，黄金只合富偷兒。若將標榜稱名士，滿眼文人車載遲。」則其特立可知矣。予讀其集中佳句，如《傷春》云：「血漬五陵沉琥珀，歌殘《九辯》碎珊瑚。」《初夏》云：「匝地遥看惟緑暗，司天都説是朱明。」《書事》云：「極快只當炊一熟，真狂不直鼓三撾。」《送人督餉》云：「民果樂輸寬夏楚，國多本計賤秋毫。」《送人視鹽政》云：「算商只是權宜策，憂國能無痛哭書？」《送人之任》云：「盡説彼中多盜患，寧知此屬爲身謀。」《訪友不值》云：「無主亦能容坐久，是誰相值竟遲還。」《游魚唼花影》云：「似共燕泥銜處濕，不隨鸚粒啄時空。」《觀湖南旋師》云：「一函馬革英雄恨，半壁蠻天瘴厲横。」《五日夏至》云：「天中女壯參羲畫，地下臣些弔楚吟。」《晨起》云：「先生烏有門前客，道士《黄庭》枕畔書。」《秋況》云：「螢分殘火三星夜，蟲織西風一段秋。」又「摹得硬黄《十七帖》，守將雌黑五千言。」儘多工妙可誦。

袁海叟《白燕》詩云：「月明漢水初無影，雪滿梁園尚未歸。」人服其工妙，然亦有藍本。唐寇豹與謝觀以文藻齊名，觀謂寇曰：「君《白賦》有何佳句？」豹曰：「曉入梁園之苑，雪滿群山；夜登庾亮之樓，月明千里。」袁句本之，第「無影」、「未歸」，於「燕」字尤見巧思耳。

壬戌秋，予過歸德，見旅舍壁上有三應老人題《弔侯朝宗》一律云：「侯生磊落佳公子，壯悔堂文類八家。曾約梅村辭服匿，復從藥地羨袈裟。跡回竟作河間婦，心熱俄希上苑花。三策未收賁志歿，空留高調怨琵琶。」此詩乃朝宗實録，三應不知何許人也？

吾郡右衛指揮使胡席公上琛，年十六能詩，以襲蔭過易水，詠曰：「一死酬知己，丈夫豈所難。至今過易水，猶恨誤燕丹。」丙戌，大師入城，飲藥死，拜先人像，題曰：「孝既存宗，忠惟盡節。欲求死所，於斯爲得。」信乎忠孝性成，二詩存不朽矣。

方密之云：「詩不可以析理，析理之詩非詩之勝地。『手無斧柯，奈龜山何？』今問夫子曰：『手有斧柯，奈龜山何？』」可謂「詩不關理」注脚。

寧陵吴冉渠淇同知鎮江時，於堂上讞獄，兩造方嘵嘵不已，忽憶少陵「九重春色醉仙桃」句，疑「仙桃」字無據，急傳板傳署取杜集急翻，一堂人咸愕然，不知所謂。京口人至今爲笑談。此亦可入《笑林》也。

明初詩人，劉文成、袁御史、高太史鼎足相當，雄視一代。楊孟載、張來儀、徐幼文輩，不特才遠不逮，而氣格凡近，了無可取，殷璠所謂「俗體」者，不解當時何以與季迪齊名。近程孟陽且謂四家工力悉敵，不得漫分軒輊。抑自欺欺人哉！

浦長源初謁林子羽，誦其「雲邊路遶巴山色，樹裏河流漢水聲」，子羽驚嘆曰：「此吾家詩也。」遂邀入社。湯若士自言「吾詩三變而力窮」，最後得「嶽勢侵雲連雁影，蟬聲隔樹見河流」爲佳句。今觀二詩相彷彿，而二公嘆賞者，以致勝也。作詩少致，雖極壯麗，未免傖父。

陳大樽評詩多有可採，獨於劉文成，謂其「詞傷婉弱，令人思留侯之貌」。今合《覆瓿》、《犁眉》二集觀之，出入諸體，峥嶸雅壯，亦詩人之傑者，烏得謂其「婉弱」哉！

高子業云：「本非所長而强力摹之，必取詡於衆。」皇甫子循云：「我與吾周旋久，自成一家。」當北地、濟南風靡之會，而静氣平心，不争名，不徇好，能以古人爲歸，如二子者，可謂不欺其志也已。

袁小修評中郎《錦帆》、《解脱》二集：「間有率易遊戲語，快爽之極，浮而不沉；情景太真，近而不遠。」此語直抉出香山逗漏處，何況中郎耶。

「舊河通瓠子，新浪漲桃花」，唐人張仲素語也，後人「春流無恙桃花水，秋色依然瓠子宫」本之；「舊路人非芳草在，故宫春盡落花知」，金陵柳應芳句也，後人「楊柳風流煙草在，杜鵑春恨夕陽知」本之，亦可謂翩翩出藍矣。

薛君采論五言律，推右丞、蘇州爲第一，良有深意妙會，覺子美猶當别論。僕嘗持此議未發，君采先獲我心，然此可爲知者道。

顧華玉云：「五、七言絶，韵古則調高，情真則意遠。」僕謂韵古則調高，信矣，惟情真則意難遠，然不特絶句也。

絶句體裁不一，或截半律，或截兩聯，或云關扼在第三句，信俱有之。但絶句亦有古今體，自漢已有，如「藁砧今何在」四首是也；六代甚夥，不可殫述；至唐絶則平仄鏗然，上下黏合，一如律體。李、杜多失黏處，實倣古絶，非唐調也。

論者謂絶句當法盛唐，不可落中、晚，以開、寶興象玲瓏，語意渾婉，大曆後漸多雕刻故也。此論信然，然不可執。蓋詩非無故而作，忽一感觸，偶拈四語，機到神流。有含蓄爲工者，亦有透徹爲快者；有寄托遥深者，亦有刻畫目前者：總欲調高意遠，初未問其字謫仙而句少陵也。即以宋、元人論，路舒云：「庭樹鳥頻啄，山房人未眠。寒叢落桂子，野水過茶煙。」永叔云：「涼宵吹笛千山月，路暗迷人百種花。棋罷不知人換世，酒闌無奈客思家。」此二絶，即摩詰、少陵亦不能遠過也。

吾郡林子羽、鄭繼之咸工七律，子羽刻意三唐，已造堂奥；繼之髣髴工部，幾奪神骨。同時高、袁、李、何亦爲却步，所不能與争名者，以樂府古體也。今人議吾鄉詩多本子羽，聲調平穩，目爲閩派，大抵緣《晉安風雅》一刻故耳。《晉安風雅》由當時王、李之派盛行，選者不能另出手眼，特取聲調整齊者以悦里耳，非作者之咎也。

五言古，王子衡、薛君采造詣獨深，皆有精至處，同時何、李不及也。若嘉、隆諸子，則無敢望其項背。

予詠荔枝有「傖兒漫把葡萄比，西子下同黄四娘」之句，客見之曰：「『黄四娘家花滿枝』，於荔枝何居？」予漫應之曰：「東坡謂『江瑶似荔枝』，荔枝之色香味有一似江瑶乎？」客愕然不知所謂，良久曰：「云『葡萄』有説乎？」予曰：「魏文帝最喜葡萄，有賜群臣葡萄手詔，北人因謂可匹荔枝。劉彦沖詩：『鷄冠借喻何輕許，馬乳争名大不量』之句是也。」客又曰：「云『西子』何也？」曰：「天下凡物之尤美者，皆托喻西子，如稱藕爲『西子臂』，吴人呼河豚腹腴爲『西子乳』，吾鄉海錯有『西子舌』是也。」客又曰：「云『黄四娘』何也？」曰：「此借言也。東坡與客野步野人家，見雜花盛開，扣門求觀，主人林氏媪出應，白髮青裙，少寡，獨居三十年矣，故有『主人白髮青裙袂，子美詩中黄四娘』之句。僕蓋借之以見葡萄比荔枝，是以絶世之君王寵而下與三家村娘子等倫也，亦傎甚矣！詩雖不工，然漫無意義者，予斷不敢出也。」

台州陳琪園璜《詩話》云：「阮嗣宗《詠懷》詩曰：『寧與燕雀翔，不隨黃鵠飛。黃鵠遊四海，中路將安歸？』此即《莊子》『鷦鷯巢林，不過一枝』之意，以卑處自安也。又曰：『雲間有玄鶴，抗志揚哀音。一飛沖青天，曠世不再鳴。豈與鶉鷃遊，連翩戲中庭。』斯則翀天驚世之意，以高飛爲快也。較前似翻一案。要知才士處世，雌伏雄飛，俱有難處之地，無可奈何，或抑之，或揚之，屢遷其詞，詩之以『詠懷』名，此其大端也。」琪園此論，可謂阮公知己。僕謂阮公《詠懷》，實本《十九首》。「南箕北有斗，牽牛不負軛。良無磐石固，虛名復何益？」似不近名矣。又云：「人生非金石，豈能長壽考？奄忽隨物化，榮名以爲寶。」依然是夫子「疾没世而名不稱」意。可知詩人胸中有大本領，詞屢遷而義有爲，意並行而實不悖。徒區區聲律之末，亦淺之爲詩矣。

閨媛竇梁賓《雨中看花》詩云：「東風未放曉泥乾，紅紫花開不耐寒。待得天晴花已老，不如攜手雨中看。」陳琪園評云：「憐香惜豔，千古情至。」此語解頤。予因憶曹能始一絶：「梅花落盡絳桃開，臨老偏宜緩緩來。漏洩春光無次第，不須簫鼓更相催。」老人愛惜物華情景，寫得咄咄逼人，而總醞釀於少陵「花壓高樓傷客心」、「且看欲盡花經眼」、「即遣花開深造次」、「嫩蕊商量細細開」等句變化來。

古樂府多用「爲」字韵，如「君家婦難爲」、「雖班輸亦奚以爲」、「芳是香所爲」。子美亦多用之，如《送王侍御往東川》云「此贈却輕爲」，《從驛至東屯》云「一學楚人爲」，《同舍弟宴書齋》云「書齋能爾爲」，《宴使君東樓》云「樂任主人爲」，《偶題》云「餘波綺麗爲」，不一而足。李卓吾謂：「遇險韵，雖宗匠如子美，亦不能佳。」蓋不知其所本也。

詩家巧易而拙難，中、晚今體不及初、盛，只不能拙；唐人古體不及漢、魏，亦只不能拙。董玄宰評黄庭堅書云：「凡書要拙多於巧。」詩可知矣。

五律不着一毫聲色，天然高貴。唐人則右丞、蘇州爲絶唱，襄陽、柳州次之，文房、虞臣又次之，宋、元絶響矣。司空表聖云：「右丞、蘇州詩澄澹精致，格在其中。」旨哉是言！

沈存中云：「唐人以小詩著名，而讀書滅裂。如樂天詩『俱化爲餓殍』，『殍』作『夫』押；杜牧之『厭飫不能飴』，『飴』乃餳，非飲食也。」方密之謂：「晉王薈以私粟作粥飴饑者；又郄鑒甚窮，鄉人共飴之；又古謡云『飴我大豆烹芋魁』，豈不作飲食用？『殍』作『孚』，古通音，《唐韵》收入『敷』字下，故樂天用之。存中自不深考耳。」此最詳洽，沈當無詞。

杜「五雲高太甲，六月曠摶扶」，「太甲」無解。《莊子》：「摶扶摇而上。」「扶摇」，風也。「摶」，旋也。「摶扶」何解？謝在杭譏杜老亦有牽扭處，洵然。

小杜《池州别孟遲》詩：「我欲東召龍伯翁，水盡到底看海空。」咄咄奇語，與老杜「頓轡海徒湧，神人身更長」之語相當。

唐人排律，初推沈、宋，而宋妙於沈者，以逸勝也；盛則右丞尤在青蓮之上，亦以逸不可及；至杜公廣大神通，壓古軼今，岑、高諸人無敢望其項背。武后時有鄭愔者，其人不必言，此體却工，似爲杜公開山。

有客談杜詩「心肝奉至尊」句頗生，予曰：「此暗用弘演納肝事，非生也。」又謂「至尊」、「河北」欠整，曰：「此等警語，不得訾其未整。李商隱云：『猿鳥猶疑畏簡書，風雲長爲護儲胥。』却極新整，較杜逸致微遜。」

朱子云：「古人詩中有句，今人詩更無句，只是一直説。如陳簡齋詩『亂雲交翠壁，細雨濕青林』、『暖日薰楊柳，濃陰醉海棠』，這般詩一日作百首也得。」此語最説得好，學詩者宜味。

平原《弔魏武》一賦，調笑盡情，英雄心死千年。楚人袁中郎《鄴城道》詩略云：「樓外羌雛嘯，宫中寡婦悲。好還不再世，兇狡亦何爲？」又「殘粉迎新帝，妖魂逐小郎。曹家兄弟好，毋乃太淫荒！」又「且勿度前村，白楊路漸昏。一丘文字鬼，千古戰争魂。」可爲雅謔。晉江黄東厓《賦銅雀臺》有云「小侯鄴下長，新婦洛川神」、「上天應《板》《蕩》，老猾出《風》《騷》」、「過車防腹痛，得檄愈頭風。牛老犢何罪？巢傾卵已空。楚江鷓鴣血，芳草至今紅」等語，使三曹見及，亦應大笑黄泉。

少陵拗體詩，袁海叟、鄭少谷多工此調。後人效顰，鮮有佳者。予於友人家絹素上見有粤人曹圻一首，甚妙，云：「江上秋深多白蘋，江邊茅齋結構新。亂編茭荻已可愛，便有鷗鷺來相親。野老犁鋤時對語，漁家罟網若爲鄰。風塵飄泊甘遲暮，五十無聞老此身。」亦自然可貴，非老手不能。

李獻吉《三皇祠》詩起句：「爰從開闢無三聖，蠢爾生民豈至今。」嘗讀而嘆其高妙。其實本退之《原道》云「爲之醫藥，以濟其殀死」、「如古無聖人，人類澌滅久矣」數語中來。

李易安字清照，趙明誠仲子德甫之妻。工樂府，嘗有《讀史》詩云：「兩漢本繼紹，新室如贅疣。

所以嵇中散，至死薄殷周。」朱子稱之非婦人口角，信然。然吾按《通考》載清照夫死後卒改醮，何也？

半山説詩云：「『風静花猶落』，是静中見動意；『鳥鳴山更幽』，是動中見静意。」石林説詩云：「『聽雨寒更盡，開門落葉深』，是以『落葉』比雨聲也；『微陽下喬木，遠燒入秋山』，是以『微陽』比『遠燒』也。」二公之説豈無解，然余正嫌其太索解，故後人説宋無詩，惟彊解詩，是以無詩也。

老杜「盤渦鷺浴」、「獨樹花發」二句，公自注曰：「戲爲吴體。」徐文長解謂：「即『墻頭栽菜姊無園』，上四字謎，而下三字破謎語也。杜言巫峽非人所居，而已居之，自知之而已矣。與『盤渦』不宜『鷺浴』而浴之者，鷺亦自知之也。此所謂『獨樹花發自分明』也。」予竊有説焉：以下句釋上句意，如古詞云「圍棋燒敗襖，着子故衣然」、陸龜蒙云「旦日思雙履，明時願早諧」、皮日休云「莫言春繭薄，猶有萬重思」是也。今細味杜此句，與東坡詩云「蓮子劈開須見薏，秋秤着盡更無棋。破衫却有重縫處，一飯何曾忘却匙」，是文與釋並見一句中，又與古體小異矣。

又「奉使虛隨八月槎」，文長謂：「唐自吐蕃入寇後，嘗遣御史大夫李之芳等往使，被留逾年。甫蓋傷之，故《有感五首》有『乘槎斷消息，無處覓張騫』之句。此言『虛隨』者，正指李之芳等。」可謂的解。又「『藤蘿月』是夏月，『蘆荻花』是秋花，言光陰易邁也。」「藤蘿月」雖不獨夏，然「蘆花」確是秋景，此説亦無人知之。

又《公孫大娘劍器》解云：「《劍器》乃武舞之曲名，其舞用女妓而雄粧之，其實空手舞也。」見《文獻通考・舞部》〔一〕。

【校勘記】

〔一〕「舞部」，原誤入下條之首，據文意移正。

又「『雲斷岳蓮臨大路』，『大路』，陝、華間地名也。《晉書》：『檀道濟從劉裕伐姚泓，至潼關，姚鸞屯大路，以絶檀之糧道。』作『大道』者訛。」略舉此數種觀之，青藤老人之注杜，出從前千家幾頭地矣。

曹能始《送西安太守》詩云：「長安西望路漫漫，泰華峰陰日色寒。長樂故宫秦輦絶，未央前殿漢鐘殘。月明渭水浮三輔，花滿驪山繡七盤。京兆風流誰不羨，時從閨閣畫眉看。」謝在杭稱其「大曆以來，罕見斯語」，信然。予謂此詩中用地名十見，而不覺其重疊者，起結婉媚也。即兩聯工整，亦不許抄襲《廣輿記》者效顰。

宋浦江吴渭字清翁，結月泉社，以《春日田園雜興》爲題，偏致天下能詩之士，於丙戌小春月望傳帖，次年正月望日收卷，聘謝翱爲考官。三月三日揭榜時，作者二千七百三十五人，選中二百八十名，以杭州羅公福爲第一，司馬澄翁等次第有差。第一名一縑七丈、筆五帖、墨五笏，餘以次差。公福詩云：「老我無心出市朝，東風林壑自逍遥。一犁好雨秧初種，幾道寒泉藥旋澆。放犢曉登雲外壠，聽鶯時立柳邊橋。池塘見説生新草，已許吟魂入夢招。」羅此詩只是老氣勝人，何遽第一？尚不及魏子大「布穀叫殘雨，杏花開半村」十字爲佳。

吾三山孫君實學稼，博洽多聞，翩翩自喜。以祖、父某某萬曆癸未、庚戌相繼登第通籍，入清故業蕭然，棄諸生高尚，薄遊四方，於燕、薊、鞏、洛之地，爲里中仕宦者主幕，蓋念餘年。自有句云：「白首竄身甘瑣瑣，廡下墻東無不可。」識者憐之。後竟卒於懷州。予見其嗣君蔚若，出其《蘭雪軒詩》，幾二千餘首。讀之大驚，令抄所尤心賞者八十餘首藏弆。今爲採其佳句，五言如《渡黄河》云：「精靈紛壁馬，天意晦魚龍。」《濟寧州》云：「秋聲來紫塞，海氣失青齊。」《定西》云：「惠文茶馬貴，廣武酒泉遥。」又「疊嶂傾朱圉，連營舞白題。」《蒙城》云：「生計長龜手，頻年但馬蹄。」《甌西》云：「僕姑殘燒盡，睥睨夕陽低。」《過漱石山房》云：「天半鴻疑乙，雲中鶴去丁。」《報恩寺塔》云：「風高吹萬杳，勢迴大千收。」《新薄》云：「露珠寒墜掌，冰玉滑流匙。」《楊柳青》云：「征塵沽酒客，斜日渡河人。」七言如《燕京雜感》云：「青貂短後廬兒貴，玉管横吹子弟新。夜永燭龍迴曼衍，燈微釵鳳出逡巡。」又「步摇錦結珊瑚重，服匿香盛琥珀深」，又「原廟玉衣荒燕壘，長陵抔土宿狐群」，又「笳聲怨入當窗織，月色凉生向晚砧」，皆絶妙律句也。

君實詩，杜體歌行，尤多奇警，不能盡載，略舉三杜體。如《與友夜話感舊》云：「缺月既墜孤燈青，小窗露草生微馨。舊事難忘那可道，長歌當泣誰爲聽？柝聲永夜隔深巷，樹影半出依重扃。屈指酒徒各垂老，一身萬里哀伶俜。」又《中山城南曉霜》云：「煙霜古城迷不開，城頭曉角吹黄埃。高旌半卷聲颯颯，流澌不下寒皚皚。樹杪晨光墜缺月，道傍戍火焚枯槐。短袖納手憑馬足，前行去盡孤裴裹。」歌行如《老宫監》云：「白楊古寺風淒淒，白頭宫監作鬼啼。爲我覼縷如提撕，摇手顧視語微低。少曾着籍通金閨，萬曆天子秉玄珪。深宫聖福天與齊，外庭封事日晏題。披香博士下簾犀，御書小紙函綠綈，宣付綸扉命簡稽。前星座側墮妖霓，行觸寶瑟憂日磾。至尊躬自臨階梯，太子皇孫左右攜。相承三世無乖暌，文武恬嬉忌鼓鼙。上公獨自憫元黎，書生過計空栖栖。可憐腐骴委圜陛，輕者竄棄守故蹊。先皇聖敬誠日躋，十七年中那忍提。內帑金帛積沙泥，顰蹙憂貧面目黧。私府小取慎撮圭，永和貴嬪曳短袿。小醜陸梁起關西，耕夫不得安鉏犁。大將登壇若怒猊，不聞築觀封鯨鯢。中原馳蹂如麋麛，即今內舍多鬼妻。九門一旦風煙迷，中宮寶劍瑩鷿鵜，元子諸王逐溝谿。虞淵日落天宇墜，蟻封不信潰金隄。老人未死身窮棲，幸有殘喘甘鹽虀，施力於佛爲廝奚。語未及終聲轉嘶，咿嚘咽切無端倪。我聞其語意愴悽，淚如綆縻鼻爲醯。不忍竟坐起杖藜，草根日冷鳴莎鷄。」

《禮運》云：「貨惡其棄於地，不必藏於己；力惡其不出於身也，不必爲己。」此四語渾穆廣大，未易形容。因憶杜詩「四鄰出耒耜，何必吾家操」，即此意義。又東坡《遊博羅香積寺詩引》云：「寺去縣七里，三山犬牙，夾道美田，麥禾甚茂。寺下谿水，可作碓磨，若築塘百步，閘而落之，可轉兩輪、舉四杵也。以屬縣令林抃，使督成之。」坡公遠謫潮、惠，見谿水可作碓利民，便殷勤督邑令興事，此亦「貨惡其棄於地」，「不必爲己」念頭。乃知賢者用心愷惻，兩公皆然，豈如今之詩人率爾詠歌哉！詩云：「二年流落黿魚鄉，朝來喜見麥吐芒。東風摇波舞淨綠，初日泫露酣嬌黃。汪汪春泥已没膝，剡剡秋穀初分秧。誰言萬里出無友，見此二美喜欲狂。三山屏擁僧舍小，一谿雷轉松陰涼。要令水力供磑磨，與相地脉增隄防。霏霏落雪看收麫，隱隱疊鼓聞春糠。散流一啜雲子白，炊裂十字瓊肌香。豈惟牢九薦古味，要使真一流仙漿。吟成捧腹因絶倒，書生説食真膏肓。」

子美《遊何將軍山林》六首，末首起句云：「幽意忽不愜，歸期無奈何。」趙注云：「自叙客懷，謂所以『忽不愜』者，由未有歸期也。」真類説夢耳。蓋子美前五首俱述何氏山林之勝，故末首云「幽意忽不愜」，將别何氏而歸，真無奈何耳；故頸聯云「出門流水住，回首白雲多」，尚有戀戀之意；結句云「祇應與朋好，風雨亦來過」，全首俱是眷戀山林之想。若作自叙客懷，思歸故鄉，大無意味矣。此徐興公之解也。興公所著《筆精詩話》，此則最爲得解，足稱子美知己。

徐興公稱謝曰可廷讃云：「王右丞《出塞》第三句『暮雲空磧時驅馬』，又『玉靶角弓珠勒馬』，重一『馬』字。按：鮑照詩『秋霜曉驅雁』，又『北風驅雁天雨霜』，又《洛陽伽藍記》『北風驅雁，千里雲飛』，然則右丞句爲『驅雁』無疑矣。」又「迸水定侵香案濕」，魏禹卿辨云「定水迸侵」。又「桃源面面絶風塵」，陳可棟辨云「桃源西面」對「柳市南頭」。此三公之言，予皆謂不然。「驅馬」正指出塞言，若「驅雁」，無謂矣，不得以重一「馬」字起疑。「桃源面面絶風塵」，正是形容其幽致，若云「西面」，則三面皆風塵矣，豈桃源仙境耶？「迸水」、「定水」，亦未見確論。

《筆精》載：李長吉詩本奇峭，而用字多替换字面，如吴剛曰「吴質」，美女曰「金釵客」，酒曰「箬葉露」，劍曰「三尺水」，劍具曰「麗䙰」，甲曰「金鱗」，燐火曰「翠燭」，珠釧曰「寶粟」，冰曰「泉合」，嫦娥曰「仙妾」，讀書人曰「書客」，桂曰「古香」，裙曰「黄鵝」，釵曰「玉燕」，蠶曰「八繭」，月曰「玉弓」、曰「碧華」，日曰「白景」、曰「頳玉盤」，帨曰「封巾」，城曰「女垣」，鼠穴曰「竄徑」，天門曰「閶扇」，王孫曰「宗孫」，禁中曰「御光」，小柳曰「栱柳」，鵾絃曰「鵾箏」，竹曰「緑粉」，笋曰「龍林」，漆燈曰「漆具」，旅獒曰

「旅狗」，帶曰「腰鞓」，犬曰「宋鵲」，墓曰「墳科」，碑曰「黑石」，拍扳曰「蠟板」，白馬曰「白騎」，髮曰「鳳窠」，懸鶉曰「飛鶉」，日光曰「飛光」，槐曰「兔目」，鮐背曰「鮐丈」，陶令曰「陶宰」，螢曰「淡蛾」，鮫綃曰「海素」，熊掌曰「獶拳」，五星曰「五精」，山曰「疊龍」，馬曰「神騎」，天曰「圓蒼」，女衣曰「銀泥」，符曰「合竹」，錢曰「蚨母」，白黑曰「粉墨」，丹書曰「靈書」，賓雁曰「客雁」，湘君曰「江君」、曰「湘女」。又云有郊居生《題金銅仙人辭漢歌》，楊廉夫手書其詩云：「神明臺芘茂陵鬼，六宮火滅劉郎死。芙蓉仙掌驚高秋，雄雷掣碎銅蛟髓。魏官移盤天日昏，車聲轔轔繞漢門。鐵肝苦淚滴鉛水，石馬尚載西風魂。青天爲客驚曉別，天籟啼聲地維裂。銅臺又折當塗高，夜夜相思渭城月。」雖是隱括李語，要亦傑作也。

長吉詩不及二百首，而字裏行間，秀拔天然，謝客之「芙蓉出水」也。不知者徒詫其替換字面，則皮相耳。今録其嘉句，五言如《山居》：「長鎗江米熟，小樹棗花春。」「土甑封茶葉，山杯鎖竹根。」《七夕》：「鵲辭穿線月，花入曝衣樓。」《過華清宫》：「雲生朱絡暗，石斷紫錢斜。玉盌盛殘露，銀燈點舊紗。」《南園》：「柳花驚雪浦，麥雨漲溪田。」《感憶》：「好作鴛鴦夢，城南罷擣砧。」「淚濕紅綸重，棲烏上井梁。」依然中、晚佳境。至七言則天拔超忽，以不作意爲奇而奇者爲最上，如《高軒過》之「二十八宿羅心胸」、「筆補造化天無功」，《崑崙使者》之「金盤玉露自淋漓，元氣茫茫收不得」，《官街鼓》之「磓碎千年日長白，孝武秦皇聽不得」、「幾迴天上葬神仙，漏聲相將無斷絶」，《將進酒》之「桃花亂落如紅雨」、「酒不到劉伶墳上土」，《龍夜吟》之「月下美人望鄉哭」、「湘江夜半龍驚起」，《秦宫》詩之「秦宫一生花裏活」、「醉睡氍毹滿堂月」，《仙人辭漢歌》之「畫欄桂樹懸秋香，三十六宫土花碧」、「衰蘭送客咸陽道，天若有情天亦老」，《箜篌引》之「江娥啼竹素女愁」、「崑山玉碎鳳凰叫，芙蓉泣露香蘭笑」，《夢天》之「遥望齊州九點煙，一泓海水杯中瀉」，《秋來》之「雨冷香魂弔書客」、「不遣花蟲粉空蠹」，諸如此類，真所謂「咳唾落九天，臨風生珠玉」者耶！

長吉詩無七言近體，亦是千古一恨事。

石倉詩以年而異，以變而新。予數録其佳句，然有未盡者。五言如《入蜀》云：「水田開四野，松石閉孤僧。」「城荒惟有迹，山遠始爲容。」「薄寒成翠色，疏雨點黄昏。」「漢味流蒟醬，秦形刻石犀。」「甘露黄龍瑞，清風白虎仁。」又《得家信》云：「驟驚函半損，幸露語平安。」又《遊山》詩：「嶂猿聲外雨，野鶴夢中秋。」「野亭漁並席，官渡馬同船。」黄東厓曰：「寫情景無不入微。」七言如《游九鯉湖》云：「魚龍壑冷魂難寐，鳥雀山秋語易哀。」「鷄聲雲外河清淺，鶴夢松間月有無。」黄東厓曰：「此仙都也，非公仙骨不稱。」《游武彝》云：「金函骨冷埋青蘚，鐵笛聲寒入白雲。」「仙橘堂空棋撤局，御茶園廢竈沉煙。」「雲邊玉女臨妝鏡，溪上漁郎隱釣磯。」「九曲漫移青雀舫，半空遥駕紫鸞車。」「巖頭人去空摹鶴，洞裏仙居忽聽鷄。」黄東厓曰：「字字典雅，永爲山中香火。」以視公金陵諸作，業有進矣。」味東厓評，知兩公聲情，固有水乳之合，可謂知深賞至者。予初讀石倉《金陵弔古》諸作，便疑非曹公佳境；今閲黄公語，信風雅文章自有真也。竟陵諸輩非不心折，而致微詞者，妬婦耳。

林初文《蛾眉篇》，才情斐亹，人多稱之。予獨愛其「客情如春草，無處不堪生」、「春風與楊柳，年年是故人」、「野水上道路，涼風吹衣裳」、「獨憐山寺月，相送海門秋」。石倉亟嘆其可傳，蓋與其「明月有佳色，秋鐘多遠聲」句，澹致有合也。

莆處士周士塤《田家吟》云：「牆壓花枝妨客過，泥深苔逕喚人扶。」與同里許巖長「種松夜月嫌多影，藝竹秋風厭有聲」並稱佳句，較月泉社諸君更勝一籌。東厓五言如《哭石齋》云：「魂無歸闕處，膚是杖廷餘。《三易洞璣》在，何人解舊書？」《送仲兄都中南歸是日陪祀太廟復詣禮部護日歸追送弗及》云：「朱絲縈社鼓，玄酒薦齋壇。恰值匆匆別，愁人是此官。」《紀日講》云：「上卿腰帶重，中貴耳璫殊。」又「醞饈光禄餉，羅綺婕妤題。」《建州陸行》云：「樹密跳松鼠，山圍叫竹鷄。」又「水竹腰筒引，葘田口字安。」皆寫景入妙，依稀石倉聲調，吾故曰兩公詩有水乳之合也。

前後七子喜道涪州、遺山之詩，海内尋聲者争言宋、元，炫異弔詭，無所不至，一時風靡。荔裳、周量二君自大雅不群，姑舉其五言佳句誦之。宋如「亂蛩催髪白，疏雨逼燈青」、「明河秋不落，白露月初寒」、「人疑龍性傲，官似馬曹閒」、「松光青不定，海氣白成圍」、「片雲孤嶂起，一雨萬松迷」、「白雲相識舊，紅葉再來多」、「柳重低煙色，荷枯碎雨聲」、「橋影眠花鴨，波光浴竹鷄」，程如「蟲聲喧別浦，人語静空林」、「斜日明歸棹，空江憶故人」、「惠風隨雨過，江芷帶潮生」、「看竹雲歸寺，攜琴客上樓」、「微涼高館夕，長嘯大江秋」、「山川記行役，風雨隔伊人」、「當杯見楊柳，立馬在津亭」、「隔浦浮春氣，連天落雁聲」、「空青圍九點，積翠沓千重」，此等聲情，即置之三唐，殊無以辯。

予束髪讀雲間陳卧子、夏彝仲舉業文，心嚮往之；壯遊四方，每以未至吴淞爲恨。昨歲壬申臘，自禾城浮大江入松，泊旗亭，登岸市鱸魚案酒，亟問土人陳、夏二公故宅後人，無有識者，不勝欷歔三嘆。攜酒與魚入舟，大醉就枕，而喉間咯咯有聲，欲吐微詠，竟以胸中作惡，不能成句而止。歸蜀後，侄士正録眎《舟入雲間感事》一律，起云：「涼暑推遷祇自傷，吴歌一闋起滄浪。江浮天外無窮碧，花入秋深已半黄。」高調入雲，喜其驟進，但以接語可商，不禁捉筆足之云：「精衛魂沉何處問，鱸魚膾美到來嘗。虚名那及一杯酒，指點機山空斷腸。」詩成，掀髯自喜，即不作雲間詩可耳。

趙文華與嚴世蕃狎飲達旦，有遺片紙於席，書李白詩句「東樓喜奉連枝會，南陌愁爲落葉分」，索其人不獲。未幾俱敗。「東樓」，世蕃號也。太白詩乃爲千年後讖，奇矣！

田公一儁《無題》詩：「兩朝勳業列旂常，連正臺階十五霜。功格皇天誰可比？只應前世有空桑。」爲江陵奪情發也。又《春日偶感》詩：「兩夜東風作意吹，桃紅李白冠當時。多情却恨春光少，底事同林隔一枝？」似指張懋修、嗣修兄弟，若云曷少渠家一探花云爾。二詩雖微婉，却怒駡甚。

弘治劉文和珝子鋭，甫八歲，召入，拜起如禮，善屬對，授中書舍人。慮牙牌觸損，以銀易之，仍不時召見。鋭後博學多識，官太常卿。駕朝陵，有御製詩，用「康」字，諸臣屬和一律。鋭獨引遺塚存康事，云成祖詔斥陵旁塚，惟留竇、褚、康三姓，爲奇聞。按：此亦由其家世歷宦，自少聞朝事故耳。此李文饒謂用顯官宜用公卿大夫子弟也。讀書亦然。

李夢陽釋獄在弘治十八年四月中，越月馭上賓，故有「中夜悲歌泣孝宗」之句。正德七年九月黄河連清，李夢陽詩云：「今瑞定於今帝應，世人休擬聖人生。」蓋婉辭也。至嘉靖改元，又有「紫蓋復從嘉靖始，黄河先爲聖人清」。舊有河宜濁反清，應陰變陽，諸侯變王之説，予謂正德之河清，猶《春秋》桓、宣之書有年也。

王韋舉進士，有歌過其邸者云：「朝來睡起繞花行，香霧襲衣寒氣重。」後閣試《春陰》詩，遂用之。李西涯擊節，謂非世人語，改庶吉士。視錢起《湘靈鼓瑟》事何殊。

嘉靖時詞林歲時會，分韵倡酬。趙大洲《贈孫季泉》詩：「季子文章伯，王孫忠孝家。」又穆孔暉《題南司業邸》有「書聲山下月，詩思竹邊秋」之句，爲崔子鍾嘆賞。

黄山谷「相戒莫浪出，月黑虎夔藩」，「夔」字用老杜「虎恃爪牙，昏黑撐突，夔人屋壁」之語；東坡「主孟當啗我，玉鱗金鯉魚」，「主孟」字用優孟謂里克妻之語。二詩古色斑斑，不必過求字義作解，累紙不休。

少保黄公克纘雅善聲律，嘗同諸公讌集用妓，得句云：「休言伐木人求友，須念提筐女有夫。」微婉近風人體。

給諫劉公斯埭，名從「來」從「土」，上初呼「來」音，旋改呼「已」音，衆茫然。查灰韵實無「埭」字，始深服聖學之博。閔中儼嘗語人：凡韵本「十四寒」内無「完」字音，即爲俗本。

侍郎張公元佐能詩，如《山居》云：「朋舊寬無賴，山林養不材。」《渡易水》云：「寒風吹易水，落日弔荆軻。」並佳句，爲人嘆賞。

御史盧公世漼篤嗜杜詩，即家爲亭祀之，署「杜亭」。所詠有「將書抵塞三間屋，用酒消融萬古愁」

之句，人深賞之。

初唐丁仙芝《餘杭醉歌贈吴山人》：「曉幕紅襟燕，春城白項烏。只來梁上語，不向府中趨。城頭坎坎鼓聲曙，滿庭新種櫻桃樹。桃花昨夜撩亂開，當軒發色映樓臺。十千兑得餘杭酒，二月春城長命杯。酒後留君待明月，還將明月送君回。」此篇句句字字古調，唐人絶無此等筆。王元美謂此歌「千古絶唱，正不在多」，知音知言！

昌黎《琴操東方未明》僅四十二字，而興比賦俱備，有不可名言之妙。予老得讀黄東厓《夜門》九章，中有《星爛》一章，形容三光制伏之理，潛見之宜，盈虚消息之道，知其一本昌黎此章。恐讀者未諳所由來，並録於右，與識者共賞之。韓：「東方未明大星没，獨有太白配殘月。嗟爾殘月勿相疑，同光共影須臾期。殘月暉暉，大白睒睒。雞三號，更五點。」黄：「星布實滿天，其質微者光芒不能自見，所可見煌煌百數大星而已。雞鳴欲曙，則此百數大星者，岌處於不能自存之勢，惟力鉅如長庚，孤明配月。頃之併月勢不能自存，大都星爲月掩，月爲日掩，彼此隱相制伏，君子亦爲其不可掩者已矣。噫！陽德方升，豈不大哉！君子觀於星之自密而疏而淡而滅，可以悟潛見之宜焉，可以衷身世之理焉。」

何大復「風急鳴江鸛，天高落塞鴻」，人知其句之工，而不知上句尤工。攷《易》風地《觀》，《説文》云：「觀從鸛。鸛，大鳥，擊喙有聲，高巢，知陰晴大風大水，土人以望其居徙占災焉。」故云風急而鳴。若易他字，少味矣。何詩不易讀若此。

宋王逢原詩云：「天骨老硬無皮膚。」何物耶？不覺失笑。逢原雖學韓，却霄壤。王介甫崛强人，故稱之，宜其不滿於蘇、歐二公也。近習尚宋詩，吴、越間争誦之，識者不入牢籠。

謝皐羽古詩云：「牽牛秋正中，海白夜疑曙。野風吹空巢，波濤在孤樹。」律詩如「戍近風鳴柝，江空雨送舟」、「隣逋燈下索，鄉夢戍邊回」、「紫關當太白，藥氣近樵青」、「暗光珠母徙，秋影石花消」、「下方聞夕磬，南斗掛秋河」，已據長慶、寶曆之上座矣。

嘗讀唐樂府「征人燒斷蓬，對泣沙上月」，與「花發多風雨，人生足别離」句，知其妙，不知作者謂誰。偶閲晚唐杜曲于濆集始知，因閲其全詩。如《擬古意》云：「國色久在室，良媒亦生疑。」《思歸引》云：「身同樹上花，一落又經歲。」《塞下曲》云：「戰鼓聲未齊，烏鳶已相賀。」《村居晏起》云：「起來花滿地，戴勝鳴桑間。」「朱門與蓬户，六十頭盡斑。」《東門路》云：「白日不西没，紅塵應更深。」「所以青青草，年年生漢陰。」此體人都説王建、張籍，那識有于子清？甚矣唐人之磊落英多也！

梅宛陵詩無一字宋習，直是六朝、三唐好手，使楊用修録以射覆，何信陽烏能辨爲孰唐孰宋耶？予嘗遍閲其古體，篇篇入妙。近體佳句則如「鳩鳴桑葉吐，村暗杏花殘」、「岸痕添宿雨，草色際平田」、「壇場祠乙鳥，桑柘響陰梟」、「山川包楚鄧，風物似荆州」、「將軍守漢法，壯士發燕歌」等語，歐陽那得不心折耶！

李長吉最心醉新野父子，觀其《補庾肩吾還會稽歌》，則其流連仰止可知矣。長吉眼空千古，不唾拾前人片字，獨用子山「山杯捧竹根」全句，云「土甑封茶葉，山杯鎖竹根」，又可知矣。

庾子山佳句，有六代絶唱者，有三唐開山者，當分别觀之。如「鼉橋浮少海，鵠蓋上中峰」、「雷輚驚戰鼓，劍室動金神」、「長於析鳥羽，合甲抱犀鱗」、「電欻驅龍馬，山精鏤寶刀」、「雲氣浮函谷，星光絶潁川」、「纖腰減束素，别淚損横波」、「關門臨白狄，城影入黄河」、「錢刀不相及，耕種且須深」、「祥鸞棲竹實，靈蔡上芙蓉」、「含風摇古度，防露動林於」、「更羸承落雁，韓盧鬬蟄熊」、「花梁反披葉，蓮井倒垂房」等句，則六代絶唱也；如「荷風驚浴鳥，橋影聚行魚」、「雨歇殘虹斷，雲歸一雁征」、「哀笳關塞曲，嘶馬别離聲」、「塞迥下榆葉，關寒落雁毛」、「秋風别蘇武，寒水送荆軻」、「待詔還金馬，儒林歸石渠」、「竹淚垂秋筍，蓮衣落夏渠」、「蒼鷹斜望雉，白鷺下看魚」、「野鑪然樹葉，山杯捧竹根」、「野鷹能自獵，江鷗解獨漁」等句，則開山三唐也。

子山五言古有《和張侍中述懷》三十韵，子美排律藍本也。今約其句之工妙者，則如「奔河絶地維，折柱傾天角。成群海水飛，如雨天星落。負鍤遂移山，藏舟終去壑。生民忽已魚，君子徒爲鶴」，「張翰不歸吴，陸機猶在洛。漢陽錢已盡，長安米空索。時占季主龜，乍販韓康藥」，「虢鄶終無依，齊秦竟何托？大夫惟閔周，君子常思亳」，「操樂楚琴悲，忘憂魯酒薄」，「惟有丘明恥，無復榮期樂」，「雖忻曲轅樹，猶懼雕陵鵲」等語，典而能暢，險而不鑿，儉腹得此，如飽太牢矣。

子山《對酒》詩，范箕生稱庾集第一篇。予最愛之，捉筆作短歌輓香爲、星源二公，竊効之，竟誚東鄰矣。庾詞云：「春水望桃花，春洲藉芳杜。琴從緑珠借，酒就文君取。牽馬向渭橋，日曝山頭脯。山簡接離倒，王戎如意舞。筝鳴金谷園，笛韵平陽塢。人生一百年，歡笑惟三五。何處覓錢刀，求爲洛陽賈。」

開府《寄王琳》云：「玉關道路遠，金陵信使疏。獨下千行淚，開君萬里書。」忠憤欲絕。《寄徐陵》云：「故人倘思我，及此平生時。莫待山陽路，空聞笛裡悲。」情至懷友，宛似車過腹痛之聲。

開府七古《楊柳歌》長篇，藻豔真可掞天，薛道衡、四傑等皆其下風也。約録之，如「鳳凰新管蕭史吹，朱鳥春窗玉女窺。銜雲酒杯赤瑪瑙，照日食螺紫琉璃」，又「日暮歸時倒接羅，武昌城下誰見移，官渡營前那可知。獨憶飛絮鵝毛下，非復青絲馬尾垂。欲與《梅花》留一曲，共將長笛管中吹」。

庾新野佳句，如「竹徑簫聲發，桐門琴曲愁」、「閣影臨飛蓋，鶯鳴入洞簫」、「玉醴吹巖菊，銀床落井桐」、「梨紅大谷晚，桂白小山秋」、「塵飛遥騎没，日落半峰寒」、「絡緯無機織，流螢帶火寒」、「黑米生菰葉，青花出稻苗」、「枯桑落古社，寒鳥歸孤城」，妍逸風神，不怕煙樓撞破矣。至「雁重翻傷性，蠶寒更養身」，稍費解。

庾子慎《詠美人》云：「鏡前難並照，相將映渌池。非關能結束，本自細腰肢。」《詠美人看畫》云：「並出似分身，相看如照鏡。」「不解平城圍，誰與丹青競？」工妙入神。

戴道默、范箕生《詩家選序》云：「詩至獻吉而古，蔽也襲；至于鱗而高，蔽也狹。狹與襲，病也，然唐也。公安出，則叛唐入宋矣，猶宋也。竟陵起，則漸入元矣。」竟陵與元不類，何云「入元」？元有絶妙者。竟陵起而明詩亡矣，蓋痛之也。

沈休文詩思深藻密，多沉堅之響。及觀其《登臺望秋月》、《歲暮愍秋草》、《晨征聽曉鴻》、《被褐守山東》等篇，情文斐亹，點綴流連，直是初唐四傑鼻祖，信大家才子不可以一格律也。